*Autorin:*

Die international erfolgreiche Bestsellerautorin Suzanne Brockmann hat über 45 packende Romane veröffentlicht, die vielfach preisgekrönt sind. Ehe sie mit dem Schreiben begann, war sie Regisseurin und Leadsängerin in einer A-Capella-Band. Mit ihrer Familie lebt sie in der Nähe von Boston.

# Suzanne Brockmann

## Operation Heartbreaker 1:
## Joe – Liebe Top Secret

### Seite 5

---

## Operation Heartbreaker 2:
## Für immer – Blue

### Seite 263

MIRA® TASCHENBUCH
Band 26058

1. Auflage: Januar 2017
Copyright © 2017 by MIRA Taschenbuch
in der HarperCollins Germany GmbH
Erste Neuauflage

Titel der amerikanischen Originalausgaben:

Prince Joe
Copyright © 1996 by Suzanne Brockmann
Erschienen bei: Silhouette Books, Toronto

Forever Blue
Copyright © 1996 by Suzanne Brockmann
Erschienen bei: Silhouette Books, Toronto

Published by arrangement with
HARLEQUIN ENTERPRISES II B.V./S.àr.l.

Konzeption/Reihengestaltung: fredebold&partner GmbH, Köln
Umschlaggestaltung: Werbeagentur Hafen gsk GmbH, Hamburg
Umschlagabbildung: Getty Images, München: Gabriela Medina, Pavel Novikov,
Philippe Intraligi, RICOWde
Redaktion: Mareike Müller
Satz: GGP Media GmbH, Pößneck
Printed in Germany
Dieses Buch wurde auf FSC®-zertifiziertem Papier gedruckt.
ISBN 978-3-95649-729-2

www.mira-taschenbuch.de

Werden Sie Fan von MIRA Taschenbuch auf Facebook!

# Suzanne Brockmann

# Operation Heartbreaker 1: Joe – Liebe Top Secret

### Roman

Aus dem Amerikanischen von
Daniela Peter

*Für Eric Ruben,*
*meinen Schwimmkumpel*

Liebe Leserinnen und Leser,

im Stammbaum unserer Familie finden sich viele deutsche Namen: Bose, Shriever, Hopf, Kramer ... Denn im späten 19. Jahrhundert wanderten meine tapferen Urgroßeltern von Bremerhaven nach New York aus. Sie waren Bäcker, aber mein Urgroßvater hatte schon immer von einer eigenen Farm geträumt.

Meine Urgroßeltern arbeiteten hart und verkauften ihre Bäckerei in New York, um eine kleine Farm in Spring Valley zu erwerben. Dort wuchsen ihre Kinder auf, darunter auch meine Großmutter. Meine Mutter verbrachte später so manchen Sommer auf der Farm, und sie war noch in Familienbesitz, als ich ein kleines Mädchen war. Ich erinnere mich noch gut daran, wie wir Onkel Hans und Tante Frieda dort besucht haben.

Als Teenager habe ich Bremerhaven kennengelernt und auch das Haus, in dem mein Urgroßvater aufwuchs. Meine Cousins leben heute noch darin und pflegen liebevoll ihren kleinen Garten. Dieser Garten ist wirklich wunderschön, und doch verstehe ich den Lebenstraum meiner Urgroßeltern. Sie wagten es, ihrer Heimat Lebewohl zu sagen und in Amerika völlig neu anzufangen. Sie setzten alles auf eine Karte – und gewannen.

Aber obwohl sie auswanderten, blieben sie doch stets in Kontakt mit der Familie daheim. Und so durfte ich erleben, wie meine deutschen Cousins mich mit offenen Armen und einem warmen Lächeln willkommen hießen.

Gerade deshalb freue ich mich sehr, dass meine Buchreihe über die Navy SEALs jetzt auch in Deutschland veröffentlicht wird, und ich wünsche Ihnen beim Lesen genauso viel Vergnügen, wie ich es beim Schreiben hatte!

Herzlichst Ihre

Suzanne Brockmann
www.SuzanneBrockmann.com

# Prolog

*Bagdad, Januar*

Friendly fire.

„Freundbeschuss", so nannte man es, wenn die US-Flieger angriffen. Navy SEAL Joe Catalanotto fand es jedoch alles andere als freundlich, als der explosive Regen niederprasselte. Ob von den eigenen Truppen oder von anderen – eine Bombe war immer noch eine Bombe. Und sie zerstörte alles, was sich in Reichweite befand. Wer auch immer sich zwischen den Bombern der Air Force und deren militärischen Zielen aufhielt, war in Lebensgefahr.

Genau dort befand sich die sieben Mann starke Eliteeinheit Alpha Squad. Die Männer waren weit hinter die feindlichen Grenzen vorgedrungen und saßen jetzt viel zu nah bei einer Fabrik fest, in der bekanntermaßen Munition hergestellt wurde.

Joe blickte angespannt auf den Sprengstoff, den Blue, Cowboy und er an der ustanzischen Botschaft befestigten. Dann sah er auf. In der Stadt war es taghell. Um sie herum schienen alle Lichter anzugehen. Feuer und Explosionen erhellten den Nachthimmel. Es wirkte unnatürlich, gespenstisch. Ein Höllenspektakel.

Aber es war real. Verdammt, es war *mehr* als das. Es war gefährlich – *brand*gefährlich. Selbst wenn sie vom Beschuss der eigenen Truppen verschont blieben, liefen Joe und seine Männer Gefahr, in die Hände feindlicher Soldaten zu geraten. Wenn man sie gefangen nahm … Zum Teufel, Spezialeinheiten wie die SEALs wurden in der Regel wie Spione behandelt – und exekutiert.

Doch das hier war ihr Job. Für genau solche Situationen waren die Navy SEALs ausgebildet worden. Und jeder von Joes Männern erledigte seine Aufgaben mit der Präzision eines Uhrwerks und mit kühler Zuversicht. Nicht zum ersten Mal mussten sie einen Rettungseinsatz in einem umkämpften Gebiet ausführen. Und es war garantiert nicht das letzte Mal.

Joe begann zu pfeifen, während er mit dem Plastiksprengstoff hantierte. Cowboy, wie sie Lieutenant Harlan Jones aus Texas nannten, hob ungläubig den Blick.

„Cat arbeitet besser, wenn er dabei pfeift", erklärte Blue über sein Headset. „Hat mich während des Trainings immer ganz verrückt gemacht. Irgendwann habe ich mich daran gewöhnt. Das wirst du auch noch."

„Wunderbar", murmelte Cowboy und reichte Joe das Ende der Zündschnur.

Seine Hände zitterten.

Joe betrachtete den jüngeren Mann. Cowboy gehörte noch nicht lange zur Truppe. Er hatte Angst, kämpfte aber dagegen an. Joe sah, wie er die Wangen anspannte und die Zähne zusammenbiss. Seine Hände zitterten vielleicht, trotzdem erledigte der junge Kerl seinen Job. Er stand es durch.

Cowboy erwiderte Joes Blick herausfordernd und wartete auf einen Kommentar.

Den Joe ihm natürlich lieferte. „Luftangriffe machen dich nervös, was, Jones?", fragte er. Er musste schreien, um verstanden zu werden. Sirenen heulten, Alarmsignale schrillten, und das Feuer der Fliegerabwehr donnerte durch ganz Bagdad. Und natürlich war da auch noch der ohrenbetäubende Lärm der amerikanischen Bomben. Ja, sie befanden sich wirklich mitten in einem verdammten Krieg.

Cowboy öffnete den Mund, um etwas zu sagen, aber Joe hinderte ihn daran. „Ich weiß, wie du dich fühlst", rief Joe und legte letzte Hand an den Sprengstoff, der ein riesiges Loch in die Grundmauern der Botschaft schlagen würde. „Ich springe aus einem Hubschrauber in eiskaltes Wasser und mit dem Fallschirm aus tausend Metern, ich schwimme zwanzig Kilometer und trage, wenn es sein muss, auch einen Nahkampf mit einem religiösen Fanatiker aus. Aber das hier ... Junge, ich sage dir, in Bagdad einzurücken, während es Bomben vom Himmel regnet, das macht mich auch ein bisschen nervös."

Cowboy prustete. „Sie und nervös? Verdammt, Mr. Cat, es gibt doch nichts auf der Welt, vor dem Sie sich fürchten!"

Joe grinste. „Fertig", rief er und nickte zufrieden. Sie würden die Wand aufsprengen, hineingehen, die Zivilisten rausholen und dann innerhalb von zehn Minuten auf dem Rückweg sein. Keine Sekunde zu früh. Was er Lieutenant Jones gesagt hatte, stimmte. Zum Teufel! Joe hasste Luftangriffe.

Blue McCoy stand auf und gab dem restlichen Team Handzeichen. Der Boden unter ihnen bebte, als eine Bombe in der Nähe einschlug. Blue begegnete Joes Blick und grinste, während Cowboy eine Reihe von Flüchen ausstieß.

Joe lachte. Er hielt Feuer an die Zündschnur.

„Dreißig Sekunden", sagte er zu Blue, der es an den Rest des Teams per Handzeichen weitergab. Der Trupp robbte auf die andere Seite der Straße, um in Deckung zu gehen.

Kurz bevor eine Bombe explodiert, dachte Joe, gibt es immer einen Moment, manchmal ist es nur ein ganz kurzer, in dem sich alles zu verlangsamen scheint. Alle warten. Er betrachtete die vertrauten Gesichter seiner Männer. Er sah ihnen an den Augen, an den gespannten Lippen und Wangen an, dass das Adrenalin durch ihre Körper rauschte. Es waren gute Kerle, und wie immer würde er Himmel und Hölle in Bewegung setzen, damit sie lebend aus dieser Stadt herauskamen. Nein, nicht nur lebend. Er würde sie *unversehrt* aus diesem Inferno herausbringen.

Joe musste nicht auf den Sekundenzeiger seiner Uhr sehen. Er wusste, dass es gleich passieren würde – trotz der Tatsache, dass die Zeit sich zu verlangsamen und unermesslich auszudehnen schien.

*Bumm.*

Es war eine starke Detonation, doch der Lärm ging fast unter bei all den ohrenbetäubenden Explosionen, die die ganze Stadt erschütterten.

Noch bevor sich die Staubwolke gelegt hatte, war Blue zur Stelle. Er führte die anderen über die vom Krieg beschädigte Straße; wachsam achtete er auf Heckenschützen und huschte geduckt voran. Kopfüber kroch er in den hübschen kleinen Krater, den sie auf einer Seite in die ustanzische Botschaft gesprengt hatten.

Harvard informierte die Luftunterstützung per Funk darüber, dass sie hineingingen. Joe hätte zwar wetten können, dass die Air Force viel zu beschäftigt war, um sich ernsthaft für die Alpha Squad zu interessieren. Aber Harvard erledigte seinen Job, genau wie die anderen SEALs. Sie waren ein Team. Sieben Männer. Sieben der besten und klügsten Männer, die der härtesten Elitetruppe der Welt angehörten. Sie waren dazu ausgebildet worden, zusammenzuarbeiten und zusammen zu kämpfen, wenn nötig bis zum Tod.

Joe folgte Blue und Bobby in den Keller der Botschaft. Cowboy war dicht hinter ihnen, während Harvard und der Rest des Teams ihnen Rückendeckung gaben.

Drinnen war es dunkler als in der Hölle. Gerade rechtzeitig konnte Joe sein Nachtsichtgerät aufsetzen. Um ein Haar wäre sein Gesicht mit voller Wucht gegen Bobbys Rücken geprallt. Dabei hätte er sich unter Umständen die Nase gebrochen, weil der große Mann vor ihm ein Gewehr quer über dem Rücken trug.

„Warte", flüsterte Bob ihm zu.

Er trug sein Nachtsichtgerät. Genau wie Blue und Cowboy.

Sie waren hier unten allein, abgesehen von den Spinnen, Schlangen und was immer sonst noch über den harten dreckigen Boden krabbelte.

„Die scheiß Zeichnung ist falsch. Hier sollte eine Treppe sein", hörte Joe Blue murmeln und trat vor, um nachzusehen. Verdammt! Das hatte ihnen gerade noch gefehlt!

Joe zog die Karte aus der Vordertasche seiner schusssicheren Weste, obwohl er sich den Grundriss des Kellers vor langer Zeit eingeprägt hatte. Die Abbildungen, die er in der Hand hielt, gehörten zu einem ganz anderen Gebäude als dem, in dem sie standen. Wahrscheinlich war es die ustanzische Botschaft in einer anderen Stadt, in einem anderen Land auf der anderen Seite der verdammten Erdkugel. Verflucht! Hier hatte wirklich jemand Mist gebaut.

Blue beobachtete ihn, und Joe wusste, dass der Offizier seine Gedanken erriet. Der Schreibtischhengst, der für die Beschaffung des Grundrisses verantwortlich war, würde in einer Woche einen sehr schlechten Tag haben. Vielleicht auch früher. Denn der Commander des SEAL-Teams Alpha Squad würde ihm einen kleinen Besuch abstatten.

Jetzt mussten sie sich allerdings um das akute Problem kümmern. Es gab drei Gänge, die jeweils in die Dunkelheit führten. Keine Treppe in Sicht.

„Wesley und Frisco", befahl Blue mit gedehntem Südstaatenakzent, „bewegt eure Ärsche hier rein, Jungs. Wir bilden Zweiergruppen. Wes und Bobby. Frisco, du bleibst bei Cowboy. Ich gehe mit dir, Cat."

Schwimmkumpel. Blue hatte Joes Gedanken gelesen: Mit Ausnahme von Frisco, der ein Auge auf Cowboy hatte, bildeten jetzt genau die Männer ein Team, die sich am besten kannten – die Schwimmkumpel. Männer, die zusammen durch die Höllenwoche gegangen waren – eine ebenso quälende wie qualvolle Woche während der Ausbildung zum Navy SEAL –, halten zusammen. Daran bestand kein Zweifel.

Wesley und Bobby gingen nach links. Frisco und Cowboy nahmen den rechten Gang. Und Joe ging geradeaus. Blue hielt sich dicht hinter ihm. Mit den Nachtsichtgeräten sahen sie aus wie Außerirdische. Sie schwiegen jetzt. Joe hörte seine Männer über seinen Kopfhörer leise atmen. Langsam und vorsichtig bewegte er sich voran. Instinktiv achtete er auf Sprengfallen oder Hinweise darauf, dass sich vor ihnen etwas bewegte.

„Vorratskammer", flüsterte Cowboy ins Mikrofon.

„Dito", sagte Bobby leise. „Hier sind Konserven und ein Weinkeller. Nichts rührt sich, kein Lebenszeichen."

Joe sah die Bewegung im selben Augenblick wie Blue. Gleichzeitig entsicherten sie ihre Maschinenpistolen und gingen in die Hocke.

Sie hatten die Treppe nach oben gefunden.

Und dort, unter der Treppe, hockte Tedric Cortere, der Kronprinz von Ustanzien. Zu Tode erschreckt und zitternd wie Espenlaub versuchte er, sich hinter drei seiner Mitarbeiter zu verstecken wie hinter Sandsäcken.

„Nicht schießen", sagte Cortere in vier oder fünf verschiedenen Sprachen, während er die Hände hoch über seinen Kopf streckte.

Joe richtete sich auf, ließ das Gewehr jedoch nicht sinken, ehe er sicher war, dass die Männer unbewaffnet waren. Erst danach setzte er das Nachtsichtgerät ab und blinzelte. Allmählich gewöhnten sich seine Augen an das schummrige rötliche Licht, das Blue mit einer Stablampe aus seiner Tasche auf die Männer warf.

„Guten Abend, Euer Hoheit", sagte er. „Ich bin Navy SEAL Lieutenant Joe Catalanotto. Ich bin gekommen, um Sie hier rauszuholen."

„Kontakt", gab Harvard in diesem Moment über Funk durch, nachdem er Joes Worte über das Headset mitgehört hatte. „Wir haben Kontakt hergestellt. Wiederhole: Wir haben das Gepäck und steuern die Zielgerade an."

In diesem Moment hörte Joe, wie Blue lachte.

„Cat", stieß er gedehnt hervor. „Hast du dir diesen Typen angesehen? Ich meine, Joe, hast du richtig hingeschaut?"

In ein paar hundert Meter Entfernung schlug östlich von ihnen eine Bombe ein. Prinz Tedric presste sich dichter an seine Mitarbeiter, die genauso verängstigt waren wie er.

Wenn der Prinz aufstünde, wäre er ungefähr so groß wie Joe, vielleicht ein bisschen kleiner.

Er trug ein zerrissenes weißes Satinjackett, was ihm eine gewisse Ähnlichkeit mit einem Elvis-Imitator verlieh. Das Kleidungsstück war erstaunlich kitschig. Es war mit goldenen Epauletten dekoriert, und auf der Brust war eine Reihe von Medaillen und Abzeichen angesteckt – zweifellos für Tapferkeit während des Kampfes. Seine Hose war schwarz und schmutzig.

Aber es lag nicht am Kleidungsstil des Prinzen, dass Joe der Mund offen stand. Es war sein Gesicht.

Den Kronprinzen von Ustanzien anzusehen war, als blickte er in einen Spiegel. Sein dunkles Haar war länger als Joes. Doch davon abgesehen war die Ähnlichkeit geradezu unheimlich. Dunkle Augen, große Nase, ovales Gesicht, ausgeprägte Wangenknochen.

Der Typ sah genauso aus wie Joe.

# 1. Kapitel

*Einige Jahre später*
*Washington D. C.*

Die Kameras aller bedeutenden Nachrichtensender waren auf ihn gerichtet, als Tedric Cortere den Flughafen erreichte. Diplomaten, Mitarbeiter der Botschaft und Politiker strömten dem Kronprinz von Ustanzien entgegen, um ihn zu begrüßen. Aber der Prinz zögerte einen Moment. Er nahm sich die Zeit, lächelte und winkte in die Kameras.

Er befolgte ihre Anweisungen bis ins letzte Detail. Veronica St. John, Image- und Medienberaterin, unterdrückte ihr erleichtertes Seufzen nicht. Es kam zaghaft, denn für einen Triumph, das wusste sie, war es zu früh. Tedric Cortere war ein Perfektionist. Es gab keine Garantie dafür, dass der Prinz – der Bruder von Veronicas Schulkameradin und absolut bester Freundin – mit dem zufrieden war, was er an diesem Abend in den Nachrichten sehen würde.

Allerdings hatte er jeden Grund zur Freude. Es war der erste Tag seines Staatsbesuchs in den Vereinigten Staaten. Und er zeigte sich von seiner besten Seite. Er versprühte seinen Charme und beeindruckte mit seinen königlichen Umgangsformen. Dabei legte er gerade so viel blaublütige Arroganz an den Tag, dass er die nach Königshäusern verrückte amerikanische Öffentlichkeit begeisterte. Er dachte daran, direkt in die Kameras zu schauen. Er hielt seine Augen ruhig und das Kinn niedrig. Und, dem Himmel sei Dank: Für einen Mann, der zu Panikanfällen neigte, war er regelrecht souverän und ruhig.

Er gab den Teams der Nachrichtensender genau, was sie wollten: die Nahaufnahme eines anmutigen, charismatischen, märchenhaften europäischen Prinzen.

Sie hatte vergessen, „unverheiratet" hinzuzufügen. Und wenn Veronica Amerikaner richtig einschätzte – und das tat sie, es war schließlich ihr Job –, dann würden Millionen amerikanischer Frauen die Abendnachrichten sehen und davon träumen, Prinzessin zu werden.

Dass sich die Öffentlichkeit nach Märchen verzehrte, konnte die Beziehungen zwischen zwei Regierungen nur verbessern. Das und das kürzlich entdeckte Erdöl, das der trockene Boden Ustanziens barg. Doch Tedric war nicht der Einzige, der an diesem Morgen für die Kameras schauspielerte.

Veronica beobachtete, wie Senator Sam McKinley den Mund zu einem strahlenden Lächeln verzog, das seine weißen Zähne entblößte. Es wirkte so aufgesetzt und war so offensichtlich für die Reporter bestimmt, dass sie fast in Gelächter ausgebrochen wäre.

Das tat sie natürlich nicht. Denn während ihrer Kindheit und Jugend hatte sie als Tochter eines international agierenden Geschäftsmanns, der jedes Jahr in ein anderes und meist exotisches Land zog, eines gelernt: Diplomaten und hohe Mitglieder der Regierung – besonders königliche – nahmen sich sehr, sehr ernst.

Deshalb biss Veronica sich kaum merklich auf die Lippen, während sie in respektvollem Abstand hinter dem Prinzen stehen blieb. Er führte eine Gruppe Assistenten und Berater an, die zu seinem königlichen Gefolge gehörten.

„Euer Hoheit, im Namen der Regierung der Vereinigten Staaten", erklärte McKinley mit starkem texanischem Akzent, „möchte ich Sie in der Hauptstadt unseres Landes willkommen heißen." Er schüttelte dem Prinzen die Hand und triefte geradezu vor Wohlwollen.

„Ich grüße Sie mit der zeitlosen Ehre und Tradition der ustanzischen Flagge", erwiderte Prinz Tedric förmlich. „Sie ist in mein Herz eingewoben."

Das war seine Standardbegrüßung, nichts Besonderes. Trotzdem waren seine Worte bei diesem Publikum sehr effektvoll.

McKinley setzte zu einer längeren Begrüßungsrede an, und Veronica ließ den Blick schweifen.

Sie sah ihr Spiegelbild in den Glasfenstern des Flughafengebäudes, ihr strenges cremefarbenes Kostüm, das leuchtend rote Haar, das sie zu einem französischen Zopf geflochten hatte. Groß, schlank und gelassen. Ihr Ebenbild zitterte leicht, als ein Flugzeug über die Startbahn donnerte und abhob.

Es war eine Illusion. Tatsächlich war sie von einer albernen Nervosität erfüllt, die auf Stress beruhte und dem Wissen, dass sie es war, die die Verantwortung trug, sollte Prinz Tedric ihren Anweisungen zuwiderhandeln und im Fernsehen einen schlechten Eindruck machen. Schweiß perlte zwischen ihren Schulterblättern herunter, ein weiterer Nebeneffekt ihrer Anspannung. Nein, sie fühlte sich weder cool noch gelassen, ungeachtet ihres Auftretens.

Sie hatte diesen Auftrag dank ihrer Freundin bekommen. Prinzessin Wila wusste, wie sehr Veronica darum kämpfte, ihre junge Firma in Gang zu bekommen. Sicher, sie hatte zuvor bereits kleinere, weniger heikle Jobs übernommen. Aber dieser war der erste, bei dem wirklich etwas auf dem Spiel stand. Wenn sie bei Tedric Cortere Erfolg hatte, würde es sich herumsprechen, und sie würde mehr Aufträge bekommen, als sie überhaupt bewältigen konnte. Aber eben genau das: *wenn* …

Doch Veronica war auch aus einem anderen Grund engagiert worden. Wila hatte ihr den Job vermittelt, weil sie sich Sorgen um die wirtschaftliche Lage von Ustanzien machte. Sie hatte erkannt, wie wichtig dieser Besuch war. Veronica sollte Wilas Bruder, dem nervösen Prinzen, als Image- und Medienberaterin beibringen, wie er unter den wachsamen Blicken der Fernsehteams ruhig und entspannt wirkte. Der Besuch in den USA war die Feuertaufe. Und Wila vertraute darauf, dass ihre Freundin den Job erfolgreich erledigte.

„Ich zähle auf dich, Véronique", hatte sie am vergangenen Abend am Telefon gesagt. Gewohnt offen hatte sie hinzugefügt: „Die Beziehungen zu den USA sind einfach zu wichtig. Lass nicht zu, dass Tedric es vermasselt."

Bis jetzt machte Tedric seine Aufgabe gut. Er sah gut aus, und er fand die richtigen Worte. Aber für Veronica war es viel zu früh, um wirklich zufrieden zu sein. Ihr Auftrag lautete, dafür zu sorgen, dass das auch so blieb.

Tedric mochte die beste Freundin seiner Schwester nicht besonders, und das beruhte auf Gegenseitigkeit. Er war ein ungeduldiger, aufbrausender Mann und daran gewöhnt, seinen Kopf durchzusetzen.

Veronica konnte nur hoffen, dass er erkannte, wie gut es gelaufen war, wenn er später die Nachrichten sah. Falls nicht, würde sie davon erfahren, so viel war sicher.

Jeder Cent ihres Honorars, das ihr der Besuch des Prinzen in den Vereinigten Staaten einbrachte, war hart erarbeitet. Denn auch wenn Tedric Cortere wie ein Prinz aussah und so auftrat, war er auch arrogant und verwöhnt. Und fordernd. Und oft unvernünftig. Und ab und zu nicht besonders nett.

Oh, er kannte die Etikette. Er war in seinem Element, wenn es glamourös wurde, bei Feierlichkeiten, Partys und anderen gesellschaftlichen Auftritten. Über Kleidung und Mode wusste er einfach alles; mit Hingabe pflegte er seinen extravaganten Stil. Tedric konnte mit einer einzigen Berührung japanische Seide von amerikanischer unterscheiden. Er war Weinkenner und Gourmet. Er konnte reiten und fechten, spielte Polo und fuhr Wasserski. Er engagierte unzählige Mitarbeiter und Berater, die um ihn herumtanzten. Sie erfüllten selbst seine kleinsten Wünsche und versorgten ihn genauso gewissenhaft mit allen Informationen, die er brauchte, um sein Land zu repräsentieren.

Veronica beobachtete, wie er den US-Offizieren die Hand schüttelte. Er lächelte charmant. Sie konnte fast hören, wie die Kameras in die Nahaufnahme zoomten.

Der Prinz schaute direkt in die Linsen der Kameras und vertiefte das Lächeln im richtigen Augenblick. Verwöhnt oder nicht, mit seinem gepflegten Äußeren, dem athletischen Körperbau und dem attraktiven Gesicht sah er einfach sehr gut aus.

Er sah gut aus? Nein, dachte Veronica. Ihn einfach nur als gut aussehend zu bezeichnen passte nicht. Wenn sie ganz ehrlich war, fand sie ihn einfach hinreißend. Er war ein Kunstwerk. Er hatte langes, volles, dunkles Haar, das ihm bis zu den Schultern ging. Sein Gesicht war oval und schmal, seine außergewöhnlichen Wangenknochen zeugten von der Verwandtschaft mit der Familie seiner Mutter, die aus dem mediterranen Raum stammte. Seine Augen waren dunkelbraun, seine Wimpern sündig lang. Sein Kiefer war kantig, seine Nase stark und männlich.

Doch Veronica kannte ihn, seit sie fünfzehn war. Er war damals neunzehn gewesen. Natürlich hatte sie sich sofort bis über beide Ohren in ihn verknallt. Allerdings hatte sie nicht lange gebraucht, um zu erkennen, dass der Prinz anders war als seine lustige, kesse, fröhliche und schon früh geschäftstüchtige Schwester. Tatsächlich war Tedric sogar entschieden langweilig – und extrem mit seinem äußeren Erscheinungsbild beschäftigt. Unzählige Stunden hatte er damit verbracht, vor dem Spiegel zu stehen, sich das Haar zu kämmen, die Muskeln anzuspannen und seine perfekten weißen Zähne zu inspizieren. Wila und Veronica waren damals immer von Lachkrämpfen geschüttelt worden.

Trotzdem war Veronicas Schwäche für Prinz Tedric nicht verflogen. Bis sie sich mit ihm unterhalten und hinter die Fassade geblickt hatte. Hinter dem schönen Gesicht und dem gepflegten Erscheinungsbild, dem Charme und seiner sozialen Kompetenz, ganz tief in seinen dunkelbraunen Augen war ... nichts.

Jedenfalls nichts, das *Veronica* interessiert hätte.

Dennoch musste sie zugeben, dass sie sich heute immer noch jemand Großes, Geheimnisvolles und Attraktives unter dem perfekten Mann vorstellte. Jemanden, der ausgeprägte Wangenknochen und schimmernde braune Augen hatte. Jemanden, der Kronprinz Tedric schrecklich ähnlich sah, aber einen wachen Verstand hatte, und dessen Herz für mehr schlug als das eigene Spiegelbild.

Sie war nicht auf der Suche nach einem Prinzen. Genau genommen war sie überhaupt nicht auf der Suche. Veronica hatte keine Zeit für eine Beziehung – zumindest nicht, bis ihre Firma richtig lief.

Während die Militärkapelle mitreißend die ustanzische Nationalhymne schmetterte, blickte Veronica wieder auf die verschwommenen Spiegelbilder. Ein Blitzlicht am oberen Balkon erregte ihre Aufmerksamkeit. *Das war seltsam.* Dem Flughafenpersonal war der Zutritt zur ersten Etage doch aus Sicherheitsgründen verboten worden.

Sie drehte den Kopf, um genauer hinzusehen, und erkannte starr vor Schreck: Das Blitzlicht, das sie gesehen hatte, war eine Reflektion gewesen. Und zwar auf einem langen Gewehrlauf, der direkt auf Tedric zielte.

„Runter!", rief Veronica, aber ihre Warnung ging in den Trompeten unter. Der Prinz hörte sie nicht. Niemand hörte sie.

Sie rannte auf Prinz Tedric und all die Würdenträger zu. Sie war sich durchaus im Klaren, dass sie mitten in die Gefahr hineinlief, statt sich in Sicherheit zu bringen. *Dieser Mann ist es nicht wert, dass man für ihn stirbt,* dieser verrückte Gedanke blitzte für den Bruchteil einer Sekunde in ihr auf. Doch sie konnte nicht warten und zulassen, dass der Bruder ihrer besten Freundin getötet wurde. Nicht, wenn sie in der Lage war, es zu verhindern.

Als der Schuss sich löste, stürzte sich Veronica mit voller Wucht auf Tedric und warf ihn fest zu Boden. Knochen knackten, als wären sie beim Rugby. Ihr Bruder Jules wäre stolz auf sie gewesen. Sie verletzte sich die Schulter, zerriss sich die Strumpfhose und schrammte sich beide Knie auf.

Aber sie rettete dem Kronprinzen von Ustanzien das Leben.

Als Veronica in den Konferenzraum des Hotels ging, war ihr klar, dass das Treffen bereits vor einer ganzen Weile begonnen hatte.

Senator McKinley saß an einem Ende des großen Konferenztischs. Das Jackett hatte er aufgeknöpft, die Krawatte gelockert und die Hemdsärmel aufgekrempelt. Henri Freder, der Botschafter von Ustanzien, saß neben ihm. Ein weiterer Diplomat und mehrere andere Männer, die Veronica nicht erkannte, hatten die andere Hälfte des Tischs eingenommen. Männer in schwarzen Anzügen standen an Türen und Fenstern, konzentriert und wachsam. Veronica war klar, dass das Agenten waren, Spitzen-Bodyguards von der Federal Intelligence Commission. Sie waren geschickt worden, um den Prinzen zu beschützen. Aber warum diese Elitetruppe, warum die FInCOM? Schwebte Prinz Tedric immer noch in Lebensgefahr?

Tedric thronte am Kopf des Tischs. Er war von einem Dutzend Mitarbeitern und Beratern umgeben. Vor ihm stand ein kühles Getränk. Träge malte er Muster in das Kondenswasser, das sich auf dem Glas abgesetzt hatte.

Als Veronica den Raum betreten hatte, stand Tedric auf, worauf die anderen Männer sich ebenfalls erhoben.

„Jemand sollte Miss St. John einen Stuhl holen", befahl der Prinz scharf mit seinem charakteristischen Akzent aus britischem Englisch und einem Hauch Französisch. „Sofort."

Einer der weniger bedeutenden Mitarbeiter seines Stabes trat hastig zurück und bot Veronica seinen Stuhl an.

„Danke", erwiderte sie und schenkte dem jungen Mann ein Lächeln.

„Setzen Sie sich", forderte der Prinz sie auf. Seine Miene wirkte wie versteinert, als er wieder Platz nahm. „Ich habe eine Idee, aber dazu brauche ich Ihre Unterstützung."

Veronica sah den Prinzen unverwandt an. Nach dem Anschlag am Vormittag war er sofort in Sicherheit gebracht worden. Seitdem hatte sie ihn weder gesehen noch etwas von ihm gehört. Er hatte sich bis jetzt nicht die Mühe gemacht, sich bei ihr dafür zu bedanken, dass sie ihm das Leben gerettet hatte, und offensichtlich hatte er das auch weiterhin nicht vor. Sie arbeitete für ihn, deshalb war sie eine Bedienstete. Er erwartete, dass sie ihn rettete. In seiner Welt gab es keinen Grund, ihr dankbar zu sein.

Aber sie war keine Bedienstete. Als seine Schwester im vergangenen Jahr Veronicas Bruder geheiratet hatte, war sie die erste Brautjungfer gewesen. Veronica und der Prinz gehörten praktisch zur selben Familie. Doch Tedric bestand immer noch darauf, dass sie ihn mit „Euer Hoheit" ansprach.

Sie setzte sich und zog den Stuhl dichter an den Tisch heran. Daraufhin nahmen nun auch die anderen Männer wieder Platz.

„Ich habe ein Double", erklärte der Prinz. „Er ist Amerikaner. Und ich halte es für das Beste, wenn er für die restliche Zeit meines Staatsbesuchs meinen Platz einnimmt. Das wird meine Sicherheit garantieren."

Veronica lehnte sich vor. „Entschuldigen Sie, Euer Hoheit. Bitte verzeihen Sie mir die Frage, aber steht Ihre Sicherheit denn immer noch auf dem Spiel?" Sie blickte über den Tisch und sah Senator McKinley an. „Ist der Attentäter nicht festgenommen worden?"

McKinley leckte sich mit der Zunge über die Schneidezähne, bevor er antwortete. „Ich fürchte nein", bekannte er schließlich. „Und die Federal Intelligence Commission hat Grund zu der Annahme, dass die Terroristen im Laufe der nächsten Wochen einen weiteren Anschlag auf den Prinzen verüben wollen."

„Terroristen?", wiederholte Veronica, blickte von McKinley zum Botschafter und schließlich auf Prinz Tedric.

„Die FInCOM hat die Identität des Schützen festgestellt", erwiderte McKinley. „Er ist ein altbekannter Killer, der für eine südamerikanische Terrororganisation arbeitet."

Veronica schüttelte den Kopf. „Warum sollten südamerikanische Terroristen den ustanzischen Kronprinzen töten wollen?"

Der Botschafter nahm die Brille ab und rieb sich müde die Augen. „Gut möglich, dass es ein Vergeltungsschlag ist, weil Ustanzien sich mit den USA verbündet hat."

„Wir wissen von FInCOM, dass diese Gruppen nicht so leicht aufgeben", sagte McKinley. „Sogar bei verstärktem Sicherheitsaufgebot werden sie es nach Einschätzung der FInCOM noch einmal versuchen. Unsere Aufgabe besteht darin, eine Lösung dieses Problems zu finden."

Veronica lachte. Es brach einfach aus ihr heraus, ohne dass sie etwas dagegen tun konnte. Die Lösung lag doch auf der Hand. „Sagen Sie die Reise ab."

„Das geht nicht", antwortete McKinley mit fester Stimme.

Veronica warf einen Blick auf die andere Seite des Tischs und musterte Prinz Tedric. Zur Abwechslung blieb er jetzt still. Und er sah nicht besonders glücklich aus.

„Die Publicity für diese Reise ist zu wichtig", erklärte Senator McKinley. „Sie wissen genauso gut wie ich, dass Ustanzien die finanzielle Unterstützung der USA braucht, um Förderanlagen zu bauen und ihre Ölquellen nutzen zu können." Der korpulente Mann lehnte sich auf seinem Stuhl zurück und klopfte mit seinem Stift auf die Mahagoniplatte. „Die Aussicht auf wettbewerbsfähige Ölpreise reicht allerdings nicht, um die nicht unbedeutenden Geldsummen aufzutreiben, die sie brauchen", fuhr er fort, ließ den Stift fallen und strich sich durch das lichte graue Haar. „Und offen gesagt: Das Interesse der Öffentlichkeit an einem unbedeutenden kleinen Land wie Ustanzien geht – entschuldigen Sie, Prinz – gegen null, das zeigen die jüngsten Umfragen. Kaum jemand kennt Ustanzien, und die Leute, die es kennen, wollen dort nicht investieren. Das ist so sicher wie das Amen in der Kirche. Sie werden keinen Cent rausrücken, solange es hier genug Firmen gibt, in die sie ihr Geld stecken können."

Veronica nickte. Sie war sich nur allzu bewusst, dass der Senator recht hatte. Er sprach Prinzessin Wilas größte Sorge aus.

„Außerdem", fügte der Senator hinzu, „können wir die Gelegenheit nutzen, um diese Terroristen zu schnappen. Und wenn sie diejenigen sind, für die wir sie halten, dann *sollten* wir sie auch kriegen. Und zwar um jeden Preis."

„Aber wenn Sie mit Bestimmtheit wissen, dass sie einen neuen Anschlag verüben …?" Veronica sah Tedric über die Tischplatte hinweg fest an. „Euer Hoheit, wie können Sie sich einer solchen Gefahr aussetzen und in Kauf nehmen …?"

Tedric schlug ein Bein über das andere. „Ich habe nicht die Absicht, mein Leben in Gefahr zu bringen. Ich werde hier in Washington bleiben, an einem sicheren Ort, bis die Gefahr vorüber ist. Die Reise wird jedoch wie geplant fortgesetzt – nur dass dieser Doppelgänger an meiner Stelle sein wird."

Plötzlich ergaben die Worte des Prinzen einen Sinn. Er hatte ein Double, jemanden, der genauso aussah wie er. Und er war Amerikaner.

„Dieser Mann", fragte McKinley, „wie hieß er doch gleich, Sir?"

Langsam und vielsagend zuckte der Prinz die Schultern. „Woher soll ich das wissen? Joe. Joe Irgendwer. Er war Soldat, ein amerikanischer Soldat."

„Joe Irgendwer", wiederholte McKinley, während er einen kurzen erschöpften Blick mit dem Diplomaten zu seiner Linken wechselte. „Ein Soldat, der Joe heißt. Es dürfte nur ungefähr fünfzehntausend Männer mit Namen Joe in der US-Armee geben."

Der Botschafter, der neben McKinley saß, lehnte sich vor. „Euer Hoheit", sagte er geduldig, „wann sind Sie diesem Mann begegnet?"

„Er war einer der Männer, die meine Flucht aus der Botschaft in Bagdad ermöglicht haben", antwortete Tedric.

„Ein Navy SEAL", murmelte der Botschafter an McKinley gewandt. „In dem Fall sollten wir ihn problemlos finden. Wenn ich mich nicht irre, war an der Mission nur ein sieben Mann starkes Team beteiligt."

„SEAL?", fragte Veronica, setzte sich auf und legte die Arme auf den Tisch. „Was ist ein SEAL?"

„Die United States Navy SEALs sind eine Spezialeinheit der US Navy", erklärte Senator McKinley. „Eine Elitekampftruppe. Sie haben die härteste Militärausbildung der Welt absolviert und sind überall einsetzbar – auf See, in der Luft und an Land. Sollte der Mann, der dem Prinzen so ähnlich sieht, tatsächlich ein SEAL sein, dann ist dieser Doppelgänger-Job für ihn ein Spaziergang."

„Er war allerdings unerträglich *vulgär*", sagte der Prinz blasiert und fegte ein paar nicht vorhandene Krümel von der Tischplatte. Er sah Veronica an. „Und da kommen Sie ins Spiel. Sie werden diesem

Joe beibringen, wie ein Prinz auszusehen und sich zu verhalten hat. Wir können die Reise um …", er runzelte die Stirn und wandte sich fragend an McKinley, „… eine Woche verschieben, richtig?"

„Höchstens um zwei, drei Tage, Sir." Der Senator verzog das Gesicht. „Wir könnten bekannt geben, dass Sie mit einer Grippe angereist sind, und versuchen, das Interesse der Öffentlichkeit mit Berichten über Ihre Genesung aufrechtzuerhalten. Ich fürchte nur, dass das nach ein paar Tagen niemanden mehr interessiert. Sie kennen ja das Sprichwort: Aus den Augen, aus dem Sinn. Das darf keinesfalls passieren."

*Zwei oder drei Tage.* Zwei oder drei Tage, um einen derben amerikanischen Soldaten – einen Navy SEAL, was immer das wirklich bedeutete – in einen Prinzen zu verwandeln. Sollte das ein Witz sein?

Senator McKinley ging zum Telefon und versuchte, den geheimnisvollen Joe aufzuspüren.

Erwartungsvoll sah Prinz Tedric Veronica an. „Schaffen Sie das?", fragte er. „Können Sie aus diesem Joe einen Prinzen machen?"

„In nur zwei oder drei Tagen?"

Tedric nickte.

„Ich müsste rund um die Uhr arbeiten." Veronica sprach ihre Gedanken laut aus. Wenn sie sich auf diesen verrückten Plan einließ, musste sie diesem SEAL auf Schritt und Tritt folgen. Sie dürfte ihn keine Sekunde lang aus den Augen lassen. Die ganze Zeit müsste sie mit ihm üben und bereit sein, jederzeit einzuspringen und seine noch so kleinen Fehler wiedergutzumachen. „Und selbst dann haben wir keine absolute Sicherheit …"

Schulterzuckend wandte sich Tedric an den Botschafter. „Sie kann es nicht", erklärte er rundheraus. „Wir *müssen* die Reise absagen. Kümmern Sie sich um meinen Rückflug nach …"

„Ich habe nicht gesagt, dass ich es nicht kann", unterbrach Veronica ihn und fügte schnell hinzu: „Euer Hoheit."

Der Prinz drehte sich wieder zu ihr um und zog eine seiner perfekt gezupften Augenbrauen hoch.

In Gedanken hörte Veronica Wila sagen: „Ich zähle auf dich, Véronique. Die Beziehungen zu den USA sind überaus wichtig." Wenn die Reise abgesagt wurde, würden sich Wilas Hoffnungen auf eine rosigere Zukunft in Luft auflösen. Und es wären nicht nur die Hoffnungen ihrer Freundin, die im Keim erstickt würden. Veronica durfte das kleine Mädchen nicht vergessen, das im Saint Mary wartete …

„Nun?", fragte Tedric ungeduldig.

„Abgemacht", erwiderte Veronica. „Ich werde es versuchen."

Schwungvoll legte Senator McKinley den Hörer auf. „Ich glaube, wir haben unseren Mann", verkündete er breit lächelnd. „Navy Lieutenant Joseph P. …" Er warf einen Blick auf den Zettel, auf dem er sich während des Telefonats Notizen gemacht hatte. „… Catalanotto. Sie faxen ein Foto."

Veronica spürte, wie ihr gleichzeitig heiß und kalt wurde. Lieber Gott, was hatte sie gerade getan? Womit hatte sie sich da einverstanden erklärt? Was, wenn sie es nicht durchziehen konnte? Was, wenn es unmöglich war?

Ein schriller Piepton ertönte. Sowohl der Prinz als auch Senator McKinley standen sofort auf und gingen durch die geräumige Suite zu dem Faxgerät, das unter dem Erkerfenster angeschlossen war.

Veronica blieb am Tisch sitzen. Wenn es nicht den Hauch einer Chance gab, müsste sie ihre beste Freundin im Stich lassen.

„Mein Gott", stieß McKinley impulsiv aus, während das Foto langsam ausgedruckt wurde. „Das ist unmöglich."

Er zog das Fax aus dem Gerät und reichte es dem Prinzen.

Schweigend starrte Tedric auf den Ausdruck. Ohne ein Wort zu sagen, ging er zurück zum Tisch und gab Veronica die Seite.

Abgesehen von der Tatsache, dass der Mann auf dem Foto einen locker sitzenden Kampfanzug trug, mit oben aufgeknöpftem Hemd und bis zu den Ellenbogen hochgekrempelten Ärmeln … abgesehen von der Tatsache, dass der Mann auf dem Foto dunkles, zerzaustes und halblanges Haar hatte und den Gurt eines Maschinengewehrs über der Schulter trug … abgesehen von der Tatsache, dass die Kamera ihn halb lächelnd, mit humorvollen, intelligenten, funkelnden dunklen Augen eingefangen hatte … abgesehen von all diesen Fakten, hätte der Mann auf dem Foto durchaus der Kronprinz von Ustanzien sein können. Oder zumindest sein Bruder.

Der Bruder, der *besser* aussah.

Er hatte die gleiche Nase, die gleichen Wangenknochen, den

gleichen markanten Kiefer und das gleiche Kinn. Aber ein Teil seines Schneidezahns war abgebrochen. Das würde ihnen allerdings keine Schwierigkeiten bereiten. Den Zahn konnte man bestimmt innerhalb von Stunden überkronen.

Er wirkte schwerer als Prinz Tedric, dieser amerikanische Lieutenant. Schwerer und größer. Stärker. Aus gröberem Holz geschnitzt. Aus *wesentlich* gröberem Holz, und das in jeder Hinsicht. Lieber Gott, wenn dieses Foto nur die Spitze des Eisbergs abbildete, musste Veronica bei diesem Mann bei den Grundlagen anfangen. Sie müsste ihm zuerst sitzen, stehen, gehen beibringen …

Als sie aufsah, merkte sie, dass Prinz Tedric sie beobachtete.

„Irgendwie habe ich das Gefühl", sagte er mit seinem feinen Akzent, „dass Sie sich in diesen Job richtig reinknien müssen."

Auf der anderen Seite des Zimmers nahm McKinley den Telefonhörer ab und wählte. „Ja. Hier ist Sam McKinley, *Senator* Sam McKinley. Ich brauche einen Navy SEAL Lieutenant namens Joseph …", er sah wieder auf seine Notizen, „… Catalanotto … Mensch, was für ein Zungenbrecher! Ich brauche diesen Lieutenant hier in Washington, und zwar gestern."

# 2. Kapitel

Die Hände hinter dem Kopf verschränkt lag Joe an Deck und betrachtete die blendend weißen Wolken, die sich am kristallklaren, blauen kalifornischen Himmel bauschten. Sie bewegten sich fortwährend, veränderten sich ständig.

Das gefiel ihm.

Es erinnerte ihn an sein Leben – ständig in Bewegung und voller Überraschungen. Er wusste nie, wann sich ein weicher Lufthauch plötzlich in einen wilden Sturm verwandelte.

Aber Joe mochte das. Er fand es gut, nie zu wissen, was ihn hinter einer Tür erwartete – die Lady oder der Tiger. Und zweifellos hatte er beides erlebt, seit er ein SEAL war.

Doch heute musste er sich weder Ladies noch Tigern stellen. Heute hatte er Urlaub, Landgang, wie man es bei der Navy nannte. Witzig, dass er diesen Tag ausgerechnet auf einem Fischerboot verbrachte.

Nicht, dass er kürzlich viel Zeit auf See verbracht hätte. Eigentlich war er in den letzten paar Monaten genau sechsundneunzig Stunden auf einem Marineschiff gewesen, und das war Teil einer Übung gewesen. Einige der Stunden davon hatte er als Ausbilder verbracht, andere als Auszubildender. Das gehörte alles dazu, wenn man ein Navy SEAL war. Egal welchen Rang oder wie viel Erfahrung man hatte, man musste immer lernen, immer wieder trainieren, sich immer wieder mit neuer Technik und neuen Methoden vertraut machen.

Joe war in neun verschiedenen Fachgebieten Experte, aber diese Gebiete veränderten sich stetig. Genau wie die Wolken, die über ihm schwebten. Genau wie er es mochte.

Auf der anderen Seite des Decks diskutierten Harvard und Blue entspannt darüber, wer den deprimierendsten Brief der Woche bekommen hatte. Beide trugen legere Wochenend-Outfits, ähnlich der abgetragenen Hose und dem verwaschenen T-Shirt, das Joe anhatte.

Joe hatte überhaupt keine Post bekommen; nichts, außer natürlich Rechnungen. *Das* war deprimierend.

Er schloss die Augen und hörte dem Gespräch mit halbem Ohr zu. Er kannte Blue nun seit acht, Harvard seit sechs Jahren. Blue hörte man stark an, dass er südlich der Mason-Dixon-Linie aufgewachsen war. Harvard dagegen sprach nasal und hatte einen vornehmen Bostoner Akzent. Ihre Stimmen waren Joe so vertraut wie seine eigene. Ihr SEAL-Team bestand aus sieben Männern. Joe und Blue waren die besten Freunde. Daryl Becker, genannt Harvard, stand Blue auch recht nah, was Joe gelegentlich auf die Nerven ging.

Carter „Blue" McCoy und Daryl „Harvard" Becker: der Rebell aus dem Süden und der Yankee von der Eliteuniversität. Beide waren SEALs und besser als die Besten. Und beiden war klar, dass es bei den Navy SEALs keine Vorurteile gab.

Weit draußen außerhalb der Bucht funkelte das blaugraue Wasser und glitzerte im Sonnenschein. Joe sog die salzige Luft tief in die Lungen.

„Oh Gott", sagte Blue, als er die zweite Seite seines Briefs las.

Joe blickte seinen Freund fragend an. „Was ist?"

„Gerry will heiraten", erwiderte Blue und strich sich durch das sonnengebleichte blonde Haar. „Und zwar Jenny Lee Beaumont."

Jenny Lee war Blues Highschool-Freundin gewesen. Sie war die einzige Frau, über die er jemals gesprochen hatte – die Einzige, die etwas Besonderes für ihn war.

Nachdenklich wechselte Joe einen Blick mit Harvard. „Jenny Lee Beaumont, hm?"

„Genau." Blue nickte, dabei verzog er keine Miene. „Gerry wird sie heiraten. Im Juli. Und ich soll sein Trauzeuge sein."

Joe fluchte leise.

„Du hast gewonnen", warf Harvard ein und gab damit nach. „Deine Post ist schlimmer."

Dankbar, dass er an keine Frau gebunden war, schüttelte Joe den Kopf. Klar, er hatte während der vergangenen Jahre diverse Freundinnen gehabt. Aber er war mit keiner zusammen gewesen, die er nicht hätte verlassen können.

Nicht, dass er Probleme mit Frauen hatte, im Gegenteil: Er mochte sie. Und die Frauen, mit denen er sich für gewöhnlich traf, waren klug und witzig und scheuten sich vor einer festen Beziehung genauso wie er. Joe verabredete sich während seiner gelegentlichen Landgänge mit ihnen und manchmal am Abend, wenn er in der Stadt war und Zeit hatte.

Aber er hatte keiner dieser Frauen einen Gutenacht- und Gutenmorgenkuss gegeben, war dann zurück zum Hauptquartier gefahren und hatte sich dann Tagträumereien über sie hingegeben. Nicht so wie Bob und Wesley, die in Verzückung gerieten, wenn sie über die Collegemädchen sprachen, die sie in San Diego kennengelernt hatten. Joe hatte auch nie so geseufzt wie Harvard, nachdem sie der hawaiianischen Biologin in Guam begegnet waren. Wie hieß sie doch gleich? Rachel. Harvard bekam *immer noch* diesen traurigen Glanz in seinen braunen Augen, wenn ihr Name fiel.

Die Wahrheit war: Joe hatte Glück gehabt. Weil er sich nie ernsthaft verliebt hatte. Und er hoffte, dass dieses Glück anhielt. Er wäre durchaus zufrieden damit, weiterhin ohne diese besondere Erfahrung durchs Leben zu gehen. Nein, vielen Dank.

Joe stieß den Deckel der Kühlbox mit dem nackten Fuß hoch. Er nahm eine Bierdose heraus und hielt abrupt inne.

Er setzte sich auf. Hörte genau hin und blickte angespannt nach Osten.

Da war es wieder.

Die Geräusche eines sich nähernden Hubschraubers. Joe hielt eine Hand an die Stirn und suchte die kalifonische Küstenlinie mit Blicken ab. Von dort schienen die Propellergeräusche zu kommen.

Harvard und Blue standen schweigend auf und kamen zu Joe. Ohne ein Wort zu sagen, reichte Harvard ihm ein Fernglas.

Mit einer einzigen Bewegung stellte Joe es scharf.

Noch war der Helikopter ein kleiner schwarzer Punkt, aber mit jeder Sekunde wurde dieser Punkt größer. Er flog zweifellos genau auf sie zu.

„Habt ihr eure Pager dabei?", brach Joe das Schweigen. Sein eigener – und er selbst – waren mit einem Eimer Köder und salzigem Meerwasser übergossen worden.

Harvard nickte. „Ja, Sir." Er warf einen Blick auf den Pager, den er am Gürtel trug. „Aber ich habe keine Nachricht bekommen."

„Meiner zeigt auch nichts an, Cat", erwiderte Blue.

Wieder setzte Joe das Fernglas an und machte jetzt die Konturen des schwarzen Punkts genauer aus. Es war ein Militärhubschrauber, ein

UH-60 Black Hawk. Er flog fast dreihundert Kilometer pro Stunde. Und er steuerte direkt auf sie zu, und zwar schnell.

„Steckt einer von euch in Schwierigkeiten? Irgendwas, das ich wissen sollte?"

„Nein, Sir", antwortete Harvard.

„Negativ." Blue schaute zu Joe. „Wie steht's mit dir, Lieutenant?" Während er den Helikopter durch das Fernglas beobachtete, schüttelte Joe den Kopf.

„Das ist merkwürdig", meinte Harvard. „Warum haben sie es so eilig? Sie könnten uns doch auch einfach eine Nachricht schicken und mit voller Kraft voraus zurück zum Hafen fahren lassen?"

„Muss etwas verdammt Dringendes sein", erwiderte Joe. Gott, dieser Black Hawk näherte sich ihnen wirklich extrem schnell. Er nahm das Fernglas herunter, als der Hubschrauber so nah war, dass er ihn mit bloßem Auge erkennen konnte.

„Es ist jedenfalls nicht der Dritte Weltkrieg", erklärte Blue, der seinen Kummer über Jenny Lee zeitweilig vergessen zu haben schien. Er musste schreien, so viel Lärm machte der herannahende Helikopter bereits. „Denn dann würden sie wegen drei lausiger SEALs sicher keinen Black Hawk verschwenden."

Der Hubschrauber blieb direkt über ihnen in der Luft stehen. Die Geräusche der Rotorenblätter waren ohrenbetäubend, und das kleine Boot wurde auf den Wellen hin- und hergeworfen.

Dann wurde ein Seil aus der offenen Tür geworfen. Es wogte im Wind hin und her und traf Joe direkt an der Brust.

„Lieutenant Joseph P. Catalanotto", rief eine Stimme über Lautsprecher. „Ihr Landgang ist zu Ende."

Veronica St. John ging in ihre Hotelsuite und lehnte sich müde gegen die geschlossene Tür.

Es war erst neun Uhr abends, für Diplomaten noch früh. Wäre an diesem Tag alles gelaufen wie geplant, wäre sie jetzt immer noch bei einem Empfang für Prinz Tedric in der ustanzischen Botschaft. Aber heute war nichts gelaufen wie geplant, angefangen mit dem Attentat am Flughafen.

Der amerikanische Präsident hatte sie angerufen, um ihr im Namen des amerikanischen Volks dafür zu danken, dass sie Prinz Tedric das

Leben gerettet hatte. Damit hatte sie nicht gerechnet. Dummerweise. Denn sonst wäre sie auf den Anruf aus dem Weißen Haus vorbereitet gewesen. Sie hätte um Hilfe bitten können, damit die Personalakte des geheimnisvollen Lieutenants, der dem Kronprinzen so ähnelte, schneller gefunden wurde.

Niemand, aber auch *niemand*, mit dem sie gesprochen hatte, konnte ihr dabei helfen, die gesuchten Akten aufzutreiben. Das Verteidigungsministerium verwies sie an die Navy. Die Navy hatte ihr zu verstehen gegeben, dass sämtliche SEAL-Akten in den Abteilungen der Sondereinsatzkommandos verwahrt wurden. Aber die Sekretärin bei den Sondereinsatzkommandos war genauso hilfsbereit und verschwiegen gewesen wie James Bonds persönliche Assistentin. Die Frau hätte ihr nicht einmal bestätigt, dass Joseph Catalanotto existierte – ganz zu schweigen von der Frage, ob sich seine Personalakte in ihrem Büro befand.

Frustriert war Veronica wieder zu Senator McKinley gegangen. Sie hatte die Hoffnung, er könnte seinen Einfluss nutzen, um sich die Daten faxen zu lassen. Aber sogar dem mächtigen Senator war mitgeteilt worden, dass Personalakten von Navy SEALs aus Sicherheitsgründen niemals, aber auch *niemals*, per Fax verschickt wurden. Überhaupt das Foto zu faxen war schon eine sehr große Ausnahme gewesen. Aber wenn McKinley einen Blick in Joseph P. Catalanottos Akte werfen wollte, musste er schriftlich einen Antrag stellten. Erst danach könnte man innerhalb von wenigstens drei Tagen prüfen, ob er oder Miss St. John berechtigt waren, die Unterlagen zu sichten.

Drei *Tage.*

Veronica wollte doch nicht Lieutenant Catalanottos tiefste und dunkelste militärische Geheimnisse erfahren! Sie wollte lediglich herausfinden, wo der Mann herkam, in welchem Teil des Landes er aufgewachsen war. Seinen familiären Hintergrund, seine Schulbildung, seinen IQ und die Ergebnisse des Persönlichkeitstests sowie der psychologischen Untersuchung – das war alles, was sie interessierte.

Genau genommen wollte sie wissen, was für ein großes Hindernis dieser Navy SEAL für ihre Arbeit darstellte.

Bis jetzt kannte sie nur seinen Namen. Und sie wusste, dass er wie eine raue, ungebändigte Version von Tedric Cortere aussah. Dass er breite Schultern hatte und ein Maschinengewehr trug, als wäre es ein Baguette. Und dass er ein schönes Lächeln hatte.

Sie hatte keine Ahnung, ob sie die amerikanische Öffentlichkeit täuschen und dazu bringen konnte, ihn für einen europäischen Prinzen zu halten. Bevor sie dem Mann nicht persönlich begegnet war, konnte sie nicht einmal vermuten, wie viel Arbeit es für sie sein würde, ihn in einen Prinzen zu verwandeln. Am besten versuchte sie, nicht länger darüber nachzudenken.

Wenn sie allerdings nicht über die Aufgaben nachdachte, die auf sie zukamen, würde sie am Ende nur noch das Mädchen im Saint Mary vor Augen haben. Ein kleines Mädchen namens Cindy, das dem Prinzen vor fast vier Monaten einen Brief geschickt hatte; Veronica hatte ihn aus dem königlichen Papierkorb gezogen. Cindy, kaum zehn Jahre alt, fragte Prinz Tedric, ob er sie bei seinen Staatsbesuch in den Vereinigten Staaten nicht besuchen könnte.

Veronica hatte den Prinzen schließlich übergangen und sich direkt an König Derrick gewandt. Dann hatte sie den Besuch in der Klinik in den offiziellen Reiseplan eingetragen.

Doch was nun?

Die ganze Tour musste jetzt wohl neu geplant werden. Und Saint Mary und die kleine Cindy würden dann wahrscheinlich nicht mehr auf der Agenda stehen.

Veronica lächelte angespannt. Sie würde dafür sorgen, dass das nicht geschah.

Seufzend zog sie sich die Schuhe aus.

Mit einem Prinzen fertig zu werden kann einen ganz schön fertigmachen, dachte sie und erlaubte sich ein reumütiges Lächeln. Nach dem versuchten Anschlag war ihr Adrenalinpegel volle sechs Stunden lang kein bisschen gesunken. Danach hatte sie sich mit heißem, starkem schwarzen Kaffee wach gehalten.

Und jetzt brauchte sie eine Dusche und zwei Stunden Schlaf.

Sie zog ihr Nachthemd und den Bademantel aus dem Koffer und warf sie aufs Bett. Bisher hatte sie keine Zeit gehabt, auszupacken. Veronica taumelte fast ins Badezimmer. Nachdem sie die Tür geschlossen und das Wasser aufgedreht hatte, schälte sie sich aus ihrem Kostüm und der cremefarbenen Bluse, die sie darunter getragen hatte. Als sie sich die Strumpfhose auszog, riss sie ein Loch hinein.

Die zweite an diesem Tag. Die, die sie am Flughafen getragen hatte, war komplett hinüber.

Veronica beeilte sich. Jede Minute, die sie unter der Dusche zubrachte, fehlte ihr an Schlaf. Lieutenant Joseph P. Catalanotto konnte nach Mitternacht jeden Moment ankommen.

Trotzdem hielt es sie nicht davon ab, Mary Chapin Carpenters letzten Hit zu schmettern, während sie versuchte, die Verspannungen in den Schultern zu lösen. Seit ihrer Kindheit sang sie unter der Dusche. Bis heute waren das die Augenblicke, in denen sie richtig abschalten und alles loslassen konnte.

Immer noch singend drehte sie das Wasser ab und trocknete sich ab.

Ihr Bademantel hing an der Tür. Veronica griff danach – und erstarrte mitten in der Bewegung.

Sie hatte den Mantel doch auf dem Bett liegen lassen. Sie hatte ihn *nicht* an diesen Haken gehängt.

„Nein … Sie haben recht", ertönte eine tiefe männliche Stimme von der anderen Seite der Tür. „Sie sind *nicht* allein."

# 3. Kapitel

Veronica blieb fast das Herz stehen. Sie schlug die Tür zu und schloss ab.

„Sie haben mich offenbar nicht bemerkt", fuhr der Mann fort, während Veronica blitzartig in ihren weißen Frotteemantel schlüpfte. „Und ich nahm an, dass Sie nicht nur mit einem Handtuch oder noch weniger bekleidet aus dem Bad kommen wollen. Jedenfalls nicht vor Publikum. Darum habe ich Ihren Bademantel an die Tür gehängt."

Veronica verknotete den Gürtel fest und zog den Stoff über der Brust zusammen. Nachdem sie tief eingeatmet hatte, stieß sie die Luft langsam wieder aus. Das beruhigte sie und half ihr, mit fester Stimme zu sprechen. „Wer sind Sie?"

„Wer sind *Sie* denn?", entgegnete der Mann. Er hatte eine volle, kräftige Stimme und einen mehr als leichten New Yorker Akzent. „Man hat mich hierhergebracht und gesagt, dass ich warten soll. Das habe ich getan. Ich bin von einer Küste zur anderen geschickt worden wie eine Eilzustellung der Regierung. Nur dass mir niemand sagen konnte, warum ich hier bin. Vor der Landung auf der Andrews Air Force Base wusste ich nicht einmal, dass ich nach Columbia fliege. Und wenn ich schon mal dabei bin: Ich bin müde, habe Hunger, und meine Hose ist leider immer noch nicht getrocknet, was meine Laune nicht wirklich hebt. Ich würde tatsächlich einiges dafür tun, um unter die Dusche zu kommen, aus der Sie gerade raus sind. Und übrigens freut es mich, Sie kennenzulernen."

„Lieutenant Catalanotto?", fragte Veronica.

„Bingo", erwiderte er.

„Wie lautet Ihr Vorname?", fragte sie müde.

„Joe. Joseph."

„Zweiter Vorname?"

„Paulo."

Veronica öffnete die Badezimmertür.

Was ihr als Erstes auffiel, war seine Größe. Er war wirklich groß –

etwa fünf Zentimeter größer als Prinz Tedric und mit den deutlich sichtbaren Muskeln bestimmt über zehn Kilo schwerer. Er trug das schwarze Haar viel kürzer als Tedric. Und er hatte mindestens einen Zweitagebart.

Er ähnelte dem Prinzen doch nicht so stark, wie sie geglaubt hatte, als sie das Foto gesehen hatte. Nachdenklich musterte Veronica sein Gesicht. Bei näherer Betrachtung war seine Nase ein bisschen anders – er hatte sie sich gebrochen, wahrscheinlich mehr als einmal. Und, falls das überhaupt möglich war, wirkten die Wangenknochen des Lieutenants noch exotischer als Tedrics. Sein Kinn war etwas kantiger, störrischer als das des Prinzen. Und seine Augen … Während er ihrem neugierigen Blick standhielt, senkte er die Lider kaum merklich über seine glänzenden braunen Augen. Es schien fast, als wollte er seine intimsten Geheimnisse vor ihr verbergen.

Aber diese Unterschiede, auch der Größenunterschied, waren im Grunde bedeutungslos. Jemand, der Prinz Tedric nicht besonders gut kannte, würde nichts davon bemerken. Und den zahlreichen Botschaftern und Diplomaten, die Tedric treffen sollte, würde erst recht nichts auffallen.

„Nach dem Schild auf Ihrem Koffer müssen Sie Veronica St. John sein, richtig?“, fragte er und sprach ihren Nachnamen typisch amerikanisch in zwei Wörtern aus, *Saint* und *John*.

„Sinjin“, erwiderte sie zerstreut. „Es heißt nicht Saint John, sondern ‚Sinjin‘.“

Er betrachtete sie, musterte sie jetzt genau, wie sie es vorhin mit ihm getan hatte. Unter seinem intensiven Blick fühlte Veronica sich nackt. Was sie unter ihrem Bademantel natürlich auch war.

Mit seiner Kleidung gewann er jedenfalls keinen Blumentopf. Es sah aus, als hätte jemand die Ärmel seines T-Shirts mit roher Gewalt abgerissen. Seine Hose war abgeschnitten und in verwaschene Shorts verwandelt worden. An den Füßen trug er dreckige Segelschuhe, keine Socken. Er sah aus, als hätte er seit Tagen nicht geduscht – und genauso roch er auch.

„Lieber Gott“, sagte Veronica laut, während sie alle Details bemerkte, die ihr beim ersten Blick entgangen waren. Er trug keinen Gürtel. Stattdessen hatte er ein ziemlich dickes Stück Seil durch die Schlaufen seiner Hose gezogen und vorne zusammengeknotet.

Er hatte ein Tattoo in Form eines Ankers auf dem linken Oberarm. Seine Hände waren von Arbeiten mit Schmierfett dunkel, die Fingernägel kurz geschnitten und spröde – weit entfernt von Prinz Tedrics sorgfältig manikürten Händen. Gott! Wenn sie diesem Mann als Erstes die Grundlagen der Körperhygiene beibringen musste, konnte sie ihn nie und nimmer innerhalb von drei Tagen in einen Prinzen verwandeln.

„Was ist?", fragte er und betrachtete sie finster. Seine Worte klangen abwehrend. Seine Augen wirkten plötzlich dunkler. „Erfülle ich Ihre Erwartungen nicht?"

Sie konnte es nicht abstreiten. Sie hatte mit einem Lieutenant in einer steifen, perfekt sitzenden gestärkten Uniform gerechnet – mit jemandem, der weniger roch wie ein Seehund. Wortlos schüttelte Veronica den Kopf.

Schweigend ließ Joe den Blick über sie gleiten. Ihre Augen wirkten so groß. Im Kontrast zu ihrer porzellanhellen Haut wirkte das Blau ihrer Iris unglaublich. Ihre Haarfarbe konnte er nicht richtig bestimmen, weil ihr Haar nass war. Feucht und dunkel klebte es ihr an den Wangen und am Nacken.

Rötlich, vermutete er, vielleicht sogar rotblond, eventuell lockig. Wenn es allerdings doch einen Gott gab und er gerecht war, musste sie langweiliges glattes Haar haben, vielleicht schlammfarben. Joe erschien es nicht fair, dass diese Frau gesund war, einen einflussreichen Job hatte, kultiviertes Benehmen, wunderschöne blaue Augen und auch noch rote Locken.

Ungeschminkt sah sie beunruhigend jung aus. Ihre Gesichtszüge wirkten zart, fast zerbrechlich. Sie war nicht besonders hübsch, zumindest nicht im herkömmlichen Sinn. Aber sie hatte hohe Wangenknochen, die ihre kristallblauen Augen betonten. Und ihr Mund war sinnlich, die Nase klein und vornehm.

Nein, sie war nicht hübsch. Doch sie war auf eine Weise unglaublich attraktiv, die er sich nicht einmal im Ansatz erklären konnte.

Der Mantel war ihr zu groß. Er hob ihre schlanke Figur hervor, unterstrich ihre schmale Hüfte und die zierlichen Knöchel.

Sie wirkte wie ein Kind, das aus Spaß die Kleider der Mutter anprobierte.

Komisch. Joe war angesichts der strengen Kostüme in ihrem Koffer davon ausgegangen, dass diese Veronica St. John älter war. Oder „Sinjin", wie sie ihm in ihrem entfernt britischen, stark nach vornehmer Gesellschaft klingenden Akzent erklärt hatte. Er hatte mit jemandem Mitte vierzig gerechnet, mindestens, wenn nicht älter. Diese Frau konnte jedoch kaum älter als fünfundzwanzig sein. Verflixt, wie sie jetzt vor ihm stand, gerade aus der Dusche gekommen, und das Wasser tropfte noch aus ihren Haaren – da wirkte sie kaum älter als sechzehn.

„Sie entsprechen auch nicht meiner Vorstellung", sagte Joe, während er sich auf die Bettkante setzte. „Damit haben wir wohl einen Gleichstand."

Er wusste, dass es sie nervös machte, wie er so dasaß. Der Gedanke, dass Joe die Bettdecke dreckig machte und dort der Fischgeruch hängen blieb, beunruhigte sie. Blue hatte an diesem Morgen den stinkenden Eimer mit den Ködern umgestoßen … Verdammt noch mal, Joe machte sich doch genau die gleichen Sorgen wie sie!

Und genau das regte ihn auf. Irgendwie war diese Frau dafür verantwortlich, dass er seinen Landgang hatte abbrechen müssen. Ihr schrieb er zu, dass er quer durch das Land gehetzt worden war, ohne wenigstens duschen und andere Kleidung anziehen zu können. Zum Teufel! Sie steckte doch dahinter, dass er jetzt in diesen abgerissenen Klamotten in einem Fünfsternehotel hockte und sich absolut fehl am Platz vorkam.

Er fühlte sich unwohl. Die kaum verhohlene Verachtung im Blick dieses reichen Mädchens gefiel ihm absolut nicht. Er wurde ungern daran erinnert, dass er nicht in ihre Welt passte, in der hauptsächlich Geld, Macht und Klasse wichtig waren.

Nicht, dass er in diese Welt gehören *wollte*. Er zog sein Leben vor – die Welt der Navy SEALs, wo ein Mann nicht nach seiner Brieftasche, seiner Ausbildung oder seinem Kleidungsstil beurteilt wurde. In *seiner* Welt zählte, was ein Mann tat, sein Durchhaltevermögen, seine Loyalität und seine Ausdauer. Hier wurde jemand, der es zu den SEALs geschafft hatte, mit Ehre und Respekt behandelt – egal wie er aussah. Oder wie er roch.

Er lehnte sich auf dem großen, extravaganten Doppelbett zurück und stützte sich auf die Ellenbogen. „Vielleicht verraten Sie mir, was ich hier eigentlich mache, Honey." Er sah, wie sie bei dem Kosewort zusammenzuckte. „Ich bin ziemlich neugierig."

Die Augen des reichen Mädchens wirkten plötzlich größer. Sie vergaß tatsächlich ein paar Augenblicke lang, ihn geringschätzig zu mustern. „Wollen Sie mir etwa erzählen, dass Ihnen niemand *irgend-etwas* gesagt hat?"

Joe setzte sich auf. „*Genau das* meine ich."

Sie schüttelte den Kopf. Inzwischen wurde ihr Haar trocken, und es war definitiv lockig. „Aber das kann nicht sein."

„Isses aber, Sweetheart", erwiderte er. Sie zuckte wieder zusammen. Einmal wegen seiner Ausdrucksweise, außerdem weil er sie „Sweetheart" nannte. „Ich bin ohne mein Team in D. C. Und ich habe nicht die geringste Ahnung, warum."

Abrupt drehte Veronica sich um und ging ins Wohnzimmer, das zu dieser Suite gehörte. Gemächlich stand Joe auf und folgte ihr. An den Türrahmen gelehnt beobachtete er, wie sie ihre Aktentasche durchsuchte.

„Jemand sollte Sie abholen ..." Sie zog einen gelben Zettel aus ihrem Notizbuch und steckte ihn hinter die letzte Seite. „Admiral Forrest?" Beinah hoffnungsvoll sah sie ihn an.

Der Navy Lieutenant zuckte nur die Schultern, ohne sie aus den Augen zu lassen. Gott, er sah wirklich gut aus! Trotz der Schmutzschichten und seiner finsteren Miene war er wie Prinz Tedric fast unmöglich attraktiv. Und dieser Mann strotzte geradezu vor Kraft und Männlichkeit; davon konnte Tedric nur träumen. Er war extrem attraktiv unter all dem Schmutz ... für jemanden, der sich zu ungezähmten und ungehobelten Männern hingezogen fühlte.

Was auf Veronica natürlich nicht zutraf. Bad Boys hatten ihr Herz noch nie höher schlagen lassen. Und wenn sie jetzt kurzatmig wurde, lag es bestimmt an dem Schreck, den er ihr vorhin eingejagt hatte.

Nein, sie gehörte nicht zu den Frauen, die bei einem stahlharten Bizeps und breiten Schultern, einem aufregenden Dreitagebart, einem dunklen Teint, einem gefährlich erotischen Lächeln oder einem Schlafzimmerblick aus unglaublich braunen Augen schwach wurden. Nein. Mit Sicherheit nicht.

Und wenn sie einen zweiten Blick auf ihn warf, dann nur, um sicherzugehen, dass Lieutenant Joseph P. Catalanotto keinesfalls mit einem europäischen Prinzen auf Staatsbesuch verwechselt werden würde.

Jedenfalls nicht heute.

Und morgen auch nicht. Aber für Wila, für ihre eigene Karriere und für die kleine Cindy im Saint Mary würde Veronica sich darum bemühen, Joe in zwei Tagen in einen Prinzen zu verwandeln.

Eins nach dem anderen. Und als Erstes musste sie sich wieder anziehen. Das hatte oberste Priorität. Besonders, weil Lieutenant Catalanotto sich keine Mühe gab, das anerkennende Funkeln in seinen Augen zu verbergen, während er sie betrachtete.

„Warum nehmen Sie sich nicht einen Drink?", fragte Veronica. Joes Blick schweifte durch den Raum bis zu der kunstvollen Bar, die auf der anderen Seite des Zimmers stand. „Geben Sie mir eine Minute, um mich anzuziehen", fügte sie hinzu. „Dann versuche ich, Ihnen zu erklären, warum Sie hier sind."

Er nickte.

Veronica war sich allzu bewusst, dass er sie fortwährend beobachtete, bis sie die Schlafzimmertür hinter sich schloss.

Sein Akzent war scheußlich. Jede Betonung schrie einem förmlich entgegen: *Ich komme aus New York City.* Aber gut. Mit ein bisschen Einfallsreichtum, gutem Timing und mit einem brauchbaren Plan musste Joe kein einziges Wort sagen.

Was allerdings seine Körperhaltung betraf ... Das stand auf einem ganz anderen Blatt. Tedric hielt sich immer sehr gerade – ganz anders als Lieutenant Catalanotto. Und sein Gang! Er schlenderte lässig durch die Gegend – genau so, wie es sich für einen Prinzen absolut nicht ziemte. Wie *um alles in der Welt* sollte sie diesem Mann beibringen, gerade zu stehen und zu sitzen? Ganz davon abgesehen, dass er lernen musste, auf diese ganz eigene steife, prinzengleiche Art zu *gehen*, die Tedric perfektioniert hatte.

Veronica nahm saubere Unterwäsche und eine weitere Strumpfhose aus ihrem Koffer; das war an diesem Tag die dritte. Das dunkelblaue Kostüm lag ganz oben, deshalb zog Veronica es an. Anschließend schob sie ihre müden Füße in die dazu passenden Pumps. Ein Hauch Make-up, schnell durch die inzwischen fast trockenen Haare bürsten ...

Er könnte Handschuhe tragen, überlegte sie, und ihre Gedanken rasten. Wenn sich das Motoröl nicht löste, könnte er Handschuhe tragen, um es zu verbergen. Niemand würde daran Anstoß nehmen.

Bei Joes Haaren lagen die Dinge völlig anders. Er hatte kurz geschnittenes Haar, während Tedric die Haare bis zu den Schultern gingen.

Sie könnten eine Perücke besorgen. Oder Extensions. Ja, Extensions wären sogar besser, sie würden nicht verrutschen oder abfallen. Vorausgesetzt, dass Joe beim Friseur lange genug still sitzen konnte …

Das würde funktionieren. Und es würde *bald* funktionieren.

Veronica atmete tief ein und strich ihren Rock glatt, bevor sie die Tür öffnete und wieder ins Wohnzimmer ging.

Und abrupt stehen blieb.

Im Wohnzimmer ihrer Hotelsuite herrschte ein reges Gedränge.

Senator McKinley, drei ustanzische Botschafter, ein älterer hochdekorierter Mann in Uniform, ein halbes Dutzend FInCOM-Agenten, Prinz Tedric und sein ganzes Gefolge standen wie erstarrt da. Sie alle starrten auf Joe Catalanotto, der sich vom Sofa erhoben hatte und nun direkt davor stand. Die angespannte Atmosphäre im Raum war zum Zerschneiden.

Der Mann in der Uniform war der Einzige, der etwas sagte. „Schön, dass Sie sich dem Anlass entsprechend gekleidet haben, Joe", erklärte er schmunzelnd.

Joe verschränkte die Arme vor der Brust. „Die Typen, die mich zum Einsatz gezerrt haben, haben vergessen, meinen Kleidersack einzupacken", erwiderte er nüchtern. Dann lächelte er. Es war ein echtes, ernst gemeintes Lächeln, das sein Gesicht erhellte und in seinen Augen strahlte. „Schön, Sie zu sehen, Admiral."

Joe blickte sich im Zimmer um, bis sein Blick an Prinz Tedrics Gesicht hängen blieb. Tedric starrte ihn an, als sähe er eine Ratte, die sich einen Weg von der unter ihnen liegenden Straße bis in dieses Hotelzimmer gesucht hatte.

Joes Lächeln verblasste, stattdessen glomm sein finsterer Blick auf. „Ich fasse es nicht!", sagte er. „Wenn das nicht mein böser Zwilling ist."

Veronica lachte. Sie konnte gar nicht anders. Es platzte einfach aus ihr heraus. Sie biss sich auf die Lippe und klemmte sich praktisch die Hand vor den Mund. Doch es schien niemand mitzubekommen – niemand außer Joe, der ihr einen überraschten Blick zuwarf.

„Wissen Sie nicht, mit wem Sie sprechen, junger Mann? Vor Ihnen steht der Kronprinz von Ustanzien", sagte Senator McKinley streng zu Joe.

„Ich weiß verdammt gut, mit wem ich rede", erwiderte Joe fest. „Ich vergesse niemals ein Gesicht – besonders wenn ich es jeden Morgen im Spiegel sehe. Mein SEAL-Team hat den Arsch dieses Mistkerls aus Bagdad gezogen." Er wandte sich wieder zu Tedric. „Halten Sie sich jetzt aus Kriegsgebieten raus, Sie elender Bastard?"

Alle im Zimmer hielten schockiert den Atem an – alle außer Joe und dem immer noch lächelnden Admiral. Veronica war erstaunt, dass ihre Ohren bei dem plötzlichen Luftdruckverlust nicht rauschten.

Auf dem Gesicht des Kronprinzen zeichnete sich eine interessante Nuance von königlichem Purpurrot ab. „Wie können Sie es wagen …" Tedric schnappte nach Luft.

Joe schien jetzt mindestens einen Meter zu wachsen und einen halben Meter breiter zu werden. Er trat einen oder zwei Schritte auf Tedric zu. Daraufhin wich jeder im Raum zurück, außer dem Admiral.

„Wie können *Sie* es wagen, das Leben meiner Männer aufs Spiel zu setzen?", knurrte Joe. „Einer meiner Männer hat Ihretwegen *Monate* auf der Intensivstation verbracht. Sie haben Glück, *verdammt viel Glück*, dass er nicht gestorben ist."

Joes tödlicher Blick hätte sogar den stärksten Mann vor Angst erzittern lassen. Sie können *alle* froh sein, dass Joes Freund nicht gestorben ist, dachte Veronica und schauderte. Sonst hätten sie jetzt alle Zeugen eines Mordes sein können. Veronica bezweifelte nicht, dass Joe im Gegensatz zu dem morgendlichen Attentäter erfolgreich sein würde.

„*Mon dieu!*", sagte Tedric. Er lenkte von der Tatsache ab, dass seine Hände zitterten, indem er in seine Muttersprache fiel und sich hochmütig an sein Gefolge wandte. „Diese … diese … *Kreatur* ist weit unverschämter, als ich sie in Erinnerung hatte. Wir können offensichtlich nicht das Risiko eingehen, ihn auf die Öffentlichkeit loszulassen. Er würde mein Erbe beschmutzen, mein ganzes *Land* blamieren. Schickt ihn zurück in das Loch, aus dem er gekrochen ist, wo auch immer das sein mag. Es gibt keine andere Möglichkeit. Sagen Sie den Staatsbesuch ab!"

Auf der anderen Seite des Zimmers übersetzte einer der Dolmetscher des Senators schnell, was Tedric auf Französisch sagte, und flüsterte es McKinley ins Ohr.

Der Prinz stieß einen verächtlichen Laut aus, stolzierte zur Tür und nahm Senator McKinleys Hoffnungen auf preisgünstigeres Erdöl und Wilas Träume über den wirtschaftlichen Aufschwung ihres Landes mit.

Aber McKinley reagierte blitzschnell. Er hielt Prinz Tedric auf, bevor er die Tür erreicht hatte.

„Euer Hoheit", sagte McKinley beruhigend. „Wenn es Ihnen mit der Finanzierung der Erdölförderung ernst ist ..."

„Er ist ein Scheusal!", rief Tedric laut. McKinleys Assistent übersetzte. „Sogar Miss St. John kann aus so einem Ungeheuer keinen Prinzen machen!"

Joe beobachtete, wie Veronica zum Prinzen und dem Senator eilte und sich mit gesenkter Stimme mit ihnen unterhielt. *Ein Ungeheuer in einen Prinzen verwandeln?*

„Du wusstest schon immer, wie man Leben in die Bude bringt, mein Sohn."

Joe drehte sich um und begegnete Admiral Michael „Mac" Forrests Lächeln. Er salutierte vor dem älteren Mann.

Das faltige Gesicht des Admirals verzog sich zu einem weiteren Lächeln. „Lass den Quatsch, Catalanotto", erklärte er. „Seit wann salutierst du denn vor mir? Um Himmels willen, Sohn, schüttle mir lieber die Hand."

Das grau melierte Haar des Admirals war eine Spur heller geworden, aber davon abgesehen sah er gesund und fit aus. Joe wusste, dass der ehemalige SEAL immer noch täglich eine gute Stunde mit Sport verbrachte. Und das trotz der Tatsache, dass er eine Gehhilfe brauchte. Schon bevor Joe ihm zum ersten Mal begegnet war, war das linke Bein des Admirals kürzer als sein rechtes gewesen. Das hatte er dem Vietnamkrieg zu verdanken.

Macs Händedruck war stark und fest. Mit der anderen Hand klopfte er Joe auf die Schulter.

„Es ist fast ein Jahr her, und du hast dich kein bisschen verändert", erklärte Admiral Forrest, nachdem er Joe gemustert hatte. „Das betrifft auch deine Klamotten. Manometer, aus was für einem Loch haben sie dich denn gezogen?"

„Ich hatte frei", sagte Joe und zuckte die Schultern. „Ich habe Blue dabei geholfen, einen größeren Thunfisch an Land zu ziehen, und dabei ist der Eimer mit den Ködern umgekippt. Die Jungs im Black Hawk haben mir allerdings keine Zeit gelassen, um zu duschen und mich umzuziehen."

„Ja." Die blauen Augen des Admirals funkelten. „Wir hatten es sehr eilig damit, dich hierher zu bekommen, falls du das noch nicht mitbekommen hast."

„Das habe ich gemerkt", erwiderte Joe und verschränkte die Arme vor der Brust. „Ich nehme an, ich bin hier, um ihm eine Art Gefallen zu tun." Mit dem Kinn wies er auf Prinz Tedric, der nach wie vor in eine Diskussion mit Senator McKinley und Veronica vertieft war.

„Irgendwie habe ich das Gefühl, dass dir der Gedanke nicht besonders gefällt, Tedric Cortere einen Gefallen zu tun", entgegnete Mac.

„Verdammt richtig", erwiderte Joe und fügte hinzu: „Sir. Der Mistkerl ist dafür verantwortlich, dass Frisco um ein Haar gestorben wäre. Eine Gruppe irakischer Soldaten hat uns verfolgt, als wir auf dem Rückzug aus Bagdad waren. Frisco hat es voll erwischt. Der Kleine wäre fast verblutet. Und sein Knie wurde so zertrümmert, dass er jetzt im Rollstuhl sitzt und hart dafür kämpft, da je wieder rauszukommen."

Mac Forrest nickte still und ließ Joe die Geschichte weitererzählen.

„Prince Charming hat sich geweigert, in den Hubschrauber zu steigen. Schließlich mussten wir ihn hinein*schieben*. Dabei haben wir nur etwa dreißig Sekunden verloren, aber es reichte, um uns in die Schusslinie der irakischen Soldaten zu bringen. Frisco wurde getroffen. Sieht so aus, als hätte seine königliche Mir-tut-der-Hintern-weh-Hoheit nicht in den Hubschrauber steigen wollen, weil er ihm nicht feudal genug war. Wir wären alle fast tot gewesen, weil der Innenraum des Fliegers nicht in den Farben der ustanzischen Flagge gestrichen ist!"

Joe sah dem Admiral in die Augen. „Sie können mir ruhig einen Verweis erteilen, Mac. Aber egal was Sie sagen – mich wird absolut nichts dazu bringen, *diesem* Schwachkopf einen Gefallen zu tun."

„Da bin ich mir nicht so sicher, Sohn", erwiderte Mac bedächtig und strich sich mit der Hand über das Kinn.

Joe runzelte die Stirn. „Was ist los?"

„Hast du heute die Nachrichten gesehen?", fragte Mac.

Lange sah Joe den Admiral an. „Das ist ein Scherz, oder?"

„Ich frage bloß."

„Mac, ich habe heute Abend in einem Helikopter, einem Jet und in einem Jeep gesessen. In keinem gab es ein Bordkino, wo ich die Nachrichten hätte verfolgen können", sagte Joe. „Zum Teufel, ich habe in den letzten achtzehn Stunden nicht einmal eine Zeitung zu Gesicht bekommen."

„Heute Morgen ist ein Attentat auf Tedric verübt worden."

Aha. Jetzt ergab alles plötzlich Sinn. Joe nickte. „Und ich rieche wie ein Köder. Wie passend."

Mac lachte leise. „Du warst immer schon ein kluges Köpfchen, Catalanotto."

„Also, worum geht es?", fragte Joe. „Wo werde ich eingeschoben? Ustanzien? Oder, welche Freude, gehen wir zurück nach Bagdad?"

*Einschieben.* Das bedeutete bei Sondereinsätzen, dass ein Gebiet entweder heimlich oder mit Gewalt betreten wurde.

Der Admiral setzte sich auf die Sofalehne. „Du bist bereits eingeschoben, Sohn. Wir wollen dich hier in D. C., und zwar ab sofort. Das heißt, wenn ich dich davon überzeugen kann, dich freiwillig für diese Mission zu melden." Kurz skizzierte er den Plan, nach dem Joe für den Rest der Reise durch die USA den Platz des Kronprinzen einnehmen sollte. Wenigstens so lange, bis die Terroristen einen weiteren Attentatsversuch unternahmen und festgenommen werden konnten.

„Damit wir uns richtig verstehen", erwiderte Joe und setzte sich auf die Couch. „Ich verkleide mich mit Corteres Sachen – was in etwa das Gleiche ist, als würde ich mir eine riesige Zielscheibe auf den Rücken malen, ja? Und das mache ich, damit die USA mehr *Öl* bekommen? Da müssen Sie sich schon etwas anderes einfallen lassen, Mac. Und fangen Sie gar nicht erst damit an, dass ich Prinz Tedric beschützen soll! Es kümmert mich nicht im Geringsten, ob der Mistkerl lange genug am Leben bleibt, um morgen früh seine königliche Tasse Kaffee zu trinken und seinen königlichen Donut zu essen."

Mac sah auf die andere Seite des Raums, und Joe folgte dem Blick des älteren Manns. Veronica nickte Prinz Tedric zu. Ihre Miene wirkte ernst. Rot. Ihr Haar war getrocknet, und es war definitiv rot. Natürlich. War ja klar.

„Ich gehe nicht davon aus, dass die Zusammenarbeit mit Veronica St. John ein Anreiz sein könnte?", meinte Mac. „Ich hatte die Gelegenheit, sie vor ein paar Wochen kennenzulernen. Sie ist wirklich ein klasse Mädchen. Felsenfester Sinn für Humor, auch wenn man es ihr nicht unbedingt auf den ersten Blick anmerkt. Hübsch ist sie außerdem."

Joe schüttelte den Kopf. „Nicht mein Fall", erwiderte er rundheraus.

„Als ich Mrs. Forrest zum ersten Mal begegnet bin, war sie auch nicht mein Typ", erklärte Mac.

Joe erhob sich. „Tut mir leid, Mac. Wenn das alles ist, bin ich raus aus der Sache."

„Bitte", sagte Mac leise und legte eine Hand auf Joes Arm. „Ich bitte dich um einen persönlichen Gefallen, Lieutenant. Tu es für mich." Der Admiral blickte zu Boden, und als er Joe wieder ansah, glänzten seine blauen Augen. „Erinnerst du dich an die Autobombe, die vor drei Jahren eine Busladung voll amerikanischer Matrosen in London das Leben gekostet hat?"

Schweigend nickte Joe. Oh ja. Er erinnerte sich gut daran. Mac Forrests neunzehnjähriger Sohn war bei der Explosion gestorben. Das Attentat war von einer Terrororganisation namens Todeswolke verübt worden.

„Meine Quellen weisen darauf hin, dass es dieselben Attentäter auf Prinz Tedric abgesehen haben", fuhr der Admiral fort. Seine Stimme bebte kaum merklich. „Diosdado und seine verdammte Todeswolke sind wieder da. Ich will sie, Lieutenant. Mit deiner Hilfe kann ich sie bekommen. Ohne deine Hilfe …" Verzweifelt schüttelte er den Kopf.

Joe nickte. „Admiral, Sir. Sie haben einen Freiwilligen."

# 4. Kapitel

Es war fast halb drei Uhr morgens, als Veronica das Meeting verließ. Alle mächtigen Männer waren dabei gewesen: Senator McKinley, dessen Millionen-Dollar-Lächeln vor langer Zeit verblasst war. Henri Freder, der ustanzische Botschafter. Admiral Forrest, den Veronica bereits vor einigen Wochen in Paris kennengelernt hatte. Der strenggesichtige Kevin Laughton, Agent der Federal Intelligence Commission, sorgte für die Sicherheit. Und Prinz Tedrics vier wichtigste Berater.

Sie hatten beschlossen, den Prinzen schnellstmöglich vom Hotel an einen sicheren Ort zu bringen, wo er von FInCOM-Agenten und dem ustanzischen Geheimdienst bewacht würde. Der amerikanische Matrose Joe Catalanotto sollte in Tedrics Suite auf der neunten Etage ziehen. Und zwar ohne bei den Hotelangestellten oder den Gästen irgendeinen Verdacht zu erregen. Auch die Diener und Assistenten des Prinzen würden nichts von dem Austausch erfahren.

Nachdem er den Regenten dazu überredet hatte, Veronica St. John eine Chance zur Zusammenarbeit mit dem Navy SEAL zu geben, hatte McKinley alles Weitere ins Rollen gebracht. Zur Erleichterung aller war der Prinz darauf eingegangen.

Veronica und die meisten Mitarbeiter Tedrics arbeiteten an einem neuen Reiseplan. Die Aufgabe bestand darin, das Programm so zu gestalten, dass Joe am wenigsten Kontakt mit Diplomaten hatte, die erkennen könnten, dass er nicht der echte Prinz war. Und die FInCOM-Agenten leisteten *ihren* bescheidenen Beitrag, indem sie Zeiten und Orte festlegten, an denen Joe in der Öffentlichkeit auftrat. Man wollte den Attentätern ein offensichtliches, klares Ziel bieten – ohne Joe in mehr Gefahr zu bringen als nötig.

„Wo ist Catalanotto?", fragte Admiral Forrest immer wieder. „Er sollte hier sein und bei den Planungen dabei sein."

„Bei allem gebührenden Respekt, Admiral", erwiderte Laughton schließlich. „Es ist besser, wenn die Experten das Strategische übernehmen." Er war ein großer Mann, tadellos gekleidet. Jede Strähne seines hellbraunen Haars saß perfekt. Seine blauen Augen wirkten kühl, und er verbarg seine Emotionen sorgsam hinter einem Pokerface.

„In diesem Fall", entgegnete Forrest herausfordernd, „sollte Catalanotto erst recht zugegen sein, Mr. Laughton. Und wenn Sie gut aufpassen, Sir, lernen Sie sogar noch das eine oder andere von ihm."

„Von einem Navy *Lieutenant*?"

„Joe Cat ist ein Navy *SEAL*, Mister", erklärte Forrest.

Wieder dieses Wort. SEAL.

Aber Laughton schien das nicht zu beeindrucken. Er wirkte eher genervt. „Ich hätte ahnen müssen, dass das hier zu glattläuft", sagte er müde. Er wandte sich an Forrest. „Ich bin sicher, Sie kennen den Ausdruck, Admiral: Zu viele Köche verderben den Brei."

Der Admiral fixierte den jüngeren Mann mit einem stechenden Blick. „Dieser Mann wird Ihr Köder sein. Wollen Sie ernsthaft behaupten, dass Sie an seiner Stelle nicht auch bei der Planung dabei sein wollten?"

„Ja", antwortete Laughton. „Das will ich."

„Unfug!" Forrest erhob sich. Er schnippte mit den Fingern, woraufhin einer seiner Mitarbeiter an seine Seite trat. „Holen Sie Cat hierher", befahl er.

Der Mann salutierte sofort. „Ja, Sir." Dann drehte er sich energisch um und ging.

Laughton tobte vor Wut. „Zum Teufel mit Ihrer Autorität! Die FInCOM ..."

„Vertrauen Sie mir", unterbrach Forrest ihn, setzte sich wieder und lehnte sich in seinem Stuhl zurück. „Sehen Sie diese zwei hübschen Knöpfe an meiner Uniform? Sie bedeuten: Wenn ich ‚Stopp‘ sage, hören Sie auf. Und wenn Sie damit ein Problem haben, rufe ich sehr gern Bill an, damit er es Ihnen erklärt."

Veronica biss sich auf die Unterlippe, um ein Lächeln zu unterdrücken. Mit Bill meinte der Admiral den Präsidenten. Den Präsidenten der Vereinigten Staaten von Amerika. Laughton schien über diese Aussage nicht eben glücklich.

Der junge Mitarbeiter des Admirals kehrte zurück und wartete geduldig hinter Forrests Stuhl, bis das Gespräch beendet war. Forrest hob den Kopf, sah ihn an und gab ihm mit einem Nicken zu verstehen, dass er berichten solle.

„Lieutenant Catalanotto kann nicht an diesem Meeting teilnehmen, Sir", sagte der Mitarbeiter. „Ihm wird ein Zahn überkront, und ... dann muss er zum Friseur, Sir. Glaube ich."

„Danke, Sohn", erwiderte Forrest. Er erhob sich und zog seinen Stuhl vom Konferenztisch zurück. „In dem Fall schlage ich vor, dass wir uns vertagen und fortfahren, wenn Lieutenant Catalanotto anwesend sein kann."

„Aber ..."

Der Admiral brachte Laughton mit einem einzigen Blick zum Schweigen. „Ich habe mich vielleicht etwas zwanglos ausgedrückt, aber mein Vorschlag, die Sitzung zu verschieben, war ein Befehl." Er griff nach seinem Gehstock. „Ich gebe Ihnen einen kleinen Tipp, Laughton – etwas, was die meisten Soldaten bereits am ersten Tag ihrer Grundausbildung verstehen: Wenn ein Offizier einen Befehl erteilt, lautet die korrekte Antwort: ‚Ja, Sir. Sofort, Sir.'"

Er blickte in die Runde und zwinkerte Veronica kurz zu, bevor er auf die Tür zuging.

Sie sammelte ihre Papiere ein, nahm die Mappe und folgte ihm. Im Flur holte Veronica ihn ein.

„Entschuldigen Sie, Admiral", sagte sie. „Ich hatte noch keine Zeit, zu recherchieren. Ich hatte nicht einmal genug Zeit zum *Denken*. Und ich hatte gehofft, dass Sie mich ins Bild setzen können. Was genau ist ein *SEAL*?"

Forrests faltiges Gesicht verzog sich zu einem Lächeln. „Joe ist ein SEAL."

Veronica schüttelte den Kopf. „Sir, das meinte ich nicht."

Sein Lächeln vertiefte sich. „Ich weiß", erwiderte er. „Sie wollen, dass ich Ihnen erzähle, dass ein Navy SEAL der härteste, klügste und tödlichste Krieger im gesamten US-Militär ist. Okay. Da haben Sie es. Ein SEAL ist der Beste der Besten. Und ein SEAL ist zum Spezialisten in jedweder Form der taktischen Kriegsführung ausgebildet." Sein Lächeln verschwand und wich einem ernsten, schroffen Gesichtsausdruck. „Ich gebe Ihnen ein Beispiel. Lieutenant Catalanotto hat sechs Männer genommen und ist in der ersten Nacht von Operation Desert Storm über hundert Kilometer hinter die feindlichen Linien gedrungen, um Tedric Cortere zu retten. Der Prinz war zu dumm, Bagdad zu verlassen, als er über den bevorstehenden US-Angriff unterrichtet worden war. Joe Cat und seine Alpha Squad – sie gehören zu Team Ten – sind unentdeckt reingegangen. Während aus amerikanischen Flugzeugen Bomben auf die Stadt fielen, haben sie Cortere und drei Mitglieder seines Stabs gerettet, ohne dass es auch nur ein Todesopfer gab."

Admiral Forrest lächelte wieder, als er einen Ausdruck von Ungläubigkeit über Veronicas Gesicht huschen sah.

„Wie um alles in der Welt …?", fragte sie.

„Mit einer Menge Mut", antwortete er. „Und mit verdammt viel Training und Können. Joe Cat ist Bombenexperte, wissen Sie, an Land und unter Wasser. Und er weiß alles, was es über Schlösser und Sicherheitssysteme zu wissen gibt. Er ist ein Spitzenmechaniker. Er hat ein intuitives Verständnis von Maschinen. Außerdem ist er ein exzellenter Präzisionsschütze mit fast jedem Geschütz, das er in die Hände bekommt. Und das ist nur die Spitze des Eisbergs, kleines Fräulein. Wenn Sie noch mehr wissen wollen, sollten wir uns lieber irgendwo hinsetzen. Es könnte eine ganze Weile dauern."

Veronica versuchte das, was sie soeben gehört hatte, mit dem schmutzigen, ungepflegten und anscheinend ungebildeten Mann in Verbindung zu bringen, der in ihrer Hotelsuite aufgetaucht war. „Ich verstehe", sagte sie schließlich.

„Nein, das tun Sie nicht", widersprach Forrest, aber sein Lächeln nahm den Worten die Schärfe. „Aber das werden Sie. Am besten machen Sie sich auf die Suche nach Joe. Hören Sie ihm gut zu. Sie werden früh genug erfahren, was es bedeutet, ein SEAL zu sein."

Joe saß in einem Hotelzimmer auf dem improvisierten Frisierstuhl und blickte in den Spiegel.

Er sah … anders aus.

Ein Zahnarzt war da gewesen und hatte ihm den Zahn modelliert, den er sich vor drei Jahren bei einer Trainingsmission abgebrochen und bisher nicht hatte richten lassen.

Nach einer Weile war es Joe gar nicht mehr aufgefallen. Er hatte die rauen Kanten am Tag des Unfalls abgefeilt. Doch er hatte weder Zeit noch Lust gehabt, sich den blöden Zahn verkronen zu lassen.

Aber das war ja noch nicht alles. Joes dunkles Haar war – dank der Extensions, die der gelangweilt wirkende Hairstylist gerade anbrachte – in der letzten Stunde fast zehn Zentimeter länger geworden. Es war komisch, sich plötzlich mit so einer Mähne zu sehen. Joe hatte sich einmal die Haare wachsen lassen, als er für eine Weile hatte untertauchen müssen. Aber kurz gefiel es ihm besser. Vielleicht nicht diese Drei-Millimeter-Stoppeln aus den militärischen Dienstanweisungen, aber kurz genug, um pflegeleicht zu sein.

Lange Haare störten. Sie hingen einem in den Mund, ins Gesicht und in unpassenden Momenten in die Augen.

Und erinnerten damit fatal an den feigen Idioten Tedric Cortere. Worum genau es im Moment ja ging.

Aber der Himmel möge ihnen beistehen, wenn sie von ihm erwarteten, dass er diese seidenglänzenden Anzüge und diese riesigen Klunker an den Fingern trug. Nein – der Himmel sollte *ihm* beistehen. Hier ging es um einen Auftrag. Und wenn er sich dafür wie ein Idiot kleiden musste, dann würde er genau das tun. Ob es ihm nun gefiel oder nicht.

Joe blickte starr in den Spiegel und betrachtete die luxuriöse Einrichtung des Hotelzimmers. Dieser Ort lehrte ihn das Gruseln. Er hatte Angst, etwas kaputt zu machen, etwas umzustoßen oder etwas anzufassen, das er nicht berühren sollte. Und seine Nervosität ärgerte ihn. Wovor fürchtete er sich? Warum fühlte er sich eingeschüchtert? Es war nur ein Hotelzimmer, um Himmels willen! Der einzige Unterschied zwischen diesem Raum und den billigen Motels, in denen er auf Reisen abstieg, bestand darin, dass der Fernseher hier nicht an die Wand gekettet war. Hier gab es ein Telefon im Badezimmer. Und die Handtücher waren flauschig dick und im Überfluss vorhanden. Der Teppich war vornehm und sauber. Die Tapete war makellos, die Vorhänge ließen sich tatsächlich zuziehen, und die Möbel waren nicht kaputt oder blind zusammengewürfelt. Oh ja, und natürlich kostete die Nacht hier mehr.

Zwischen diesem Ort und denen, wo er normalerweise übernachtete, herrschte ein Unterschied wie Tag und Nacht.

Aber die Wahrheit war: Joe wünschte, er *wäre* in einem billigen Motelzimmer. Dann könnte er zumindest auf dem Bett lümmeln und die Füße hochlegen, ohne befürchten zu müssen, dass die Decke dreckig wurde. Stattdessen steckte er hier fest, im schlimmsten Fall, bis der Staatsbesuch des Prinzen in fünf Wochen beendet war. Fünf Wochen, in denen er wie in einem Glashaus sitzen würde.

„Nicht anfassen!", hörte er seine Mutter immer noch rufen. Damals war er ein Kind gewesen, und sie hatte ihn mit nach Scarsdale genommen, wo sie Häuser putzte, die zehnmal so groß gewesen waren wie ihr kleines Apartment in Jersey. „Fass nichts an, sonst bekommst du Ärger mit deinem Vater, wenn wir wieder zu Hause sind."

Nur dass Joe keinen Vater hatte. Er hatte eine ganze Reihe von Stiefvätern und „Onkeln", aber keinen Vater. Trotzdem hätte, wer auch immer gerade zu Hause die Rolle des armen alten Dads spielte, sich sehr über den kleinsten Vorwand gefreut, um Joes Hintern vor die Tür zu setzen.

Gott, was war nur mit ihm los? Seit Jahren hatte er nicht mehr an diese *glücklichen* Momente seiner Kindheit gedacht.

Die Tür des Hotelzimmers wurde mit einem kaum wahrnehmbaren Klicken geöffnet, und Joe spannte sich an. Er sah auf, drehte den Kopf und erntete damit ein melodramatisches Seufzen des Friseurs.

Joe war jedoch zu gut ausgebildet, um jemanden eintreten zu lassen, ohne ihn zu mustern. Erst recht nicht, solange er mehr und mehr jemandem ähnelte, der an diesem Morgen das Ziel eines Anschlags gewesen war.

Es war nur die Medienberaterin. Veronica St. John.

Sie stellte keine Bedrohung dar.

Joe wandte den Kopf, blickte wieder in den Spiegel und wartete darauf, dass ihn Erleichterung durchflutete.

Doch es geschah nicht. Statt sich zu entspannen, fühlte er sich, als wäre sein ganzer Körper in Alarmbereitschaft versetzt worden. Als wäre er plötzlich aufgewacht. Es war, als würde er sich gleich in den Kampf stürzen. Die Farben der Tapete erschienen ihm jetzt schärfer, klarer. Die Geräusche, die der Friseur machte, erschienen ihm lauter. Und sein Geruchssinn schien sich so weit zu steigern, dass er Veronica St. Johns dezentes Parfum aus der Ferne wahrnehmen konnte.

„Lieber Gott", sagte sie mit ihrer klaren Aussprache und dem leicht britischen Akzent. „Sie sehen ... toll aus."

„Tja, danke, Sweetheart. Sie sehen auch nicht schlecht aus."

Sie stellte sich hinter ihn, sodass er sie im Spiegel sah. Ihre Blicke begegneten sich kurz.

Blaue Augen. Oh Baby, diese Augen waren vielleicht blau! Strahlend blau. Blendend blau.

Joe sah sie wieder an und erkannte, dass in ihr etwas Ähnliches vorgegangen sein musste wie in ihm. Etwas, das sie genauso überraschte wie ihn. Zweifellos war sie überrascht darüber, dass ein Kerl wie er ihre Aufmerksamkeit fesseln konnte.

Nur dass er nicht mehr wie er selbst aussah. Er sah aus wie Prinz Tedric.

Das spielte eine Rolle.

„Wie ich sehe, hatten Sie Zeit zum Duschen", sagte sie, ohne ihm in die Augen zu blicken. „Sind Ihre Sachen schon in die Reinigung gebracht worden?"

„Ich glaube schon", erwiderte er. „Sie waren jedenfalls weg, als ich aus dem Badezimmer kam. Ich habe diesen Hotelbademantel gefunden ... Mir wäre es sehr lieb, wenn Sie Admiral Forrest darum bitten, mir eine Uniform zu schicken. Und vielleicht Socken und Shorts ...?"

Veronica spürte, wie ihr die Hitze in die Wangen stieg. Gott, was war bloß mit ihr los? Seit wann errötete sie wie ein Schulmädchen, nur weil jemand über Männerunterwäsche sprach?

Vielleicht lag es auch nicht an der Erwähnung von Unterwäsche. Womöglich war es der Gedanke daran, dass dieser große, sehr charismatische, sehr gut aussehende und *extrem* gefährliche Mann hier mit absolut nichts unter dem weißen Frotteemantel dasaß.

Dem Glanz seiner dunkelbraunen Augen nach zu schließen wusste er, was ihr durch den Kopf ging.

Sie brauchte jedes Quäntchen ihrer britischen Erziehung, damit ihre Stimme kühl und abgeklärt klang. „Das ist nicht nötig, Euer Hoheit. Wir gehen von hier direkt in Ihre Suite. Bald müsste ein Schneider eintreffen. Er wird Sie mit allen Kleidungsstücken ausstatten, die Sie für die nächsten Wochen brauchen."

„Halt", erwiderte Joe. „Halt, halt, halt! Spulen Sie eine Sekunde zurück, ja?"

„Ein Schneider", wiederholte Veronica. „Wir treffen uns gleich mit ihm. Aber wenn wir vorher nicht ..."

„Nein, nein", erklärte Joe. „Davor. Haben Sie mich gerade ‚Euer Hoheit' genannt?"

„Ich wäre dann fertig", bemerkte der Friseur. Monoton zählte er alles auf, was Joe mit den Extensions im Haar tun beziehungsweise nicht tun durfte: „Schwimmen, ja. Duschen, ja. Haare durchkämmen, nein. Sie müssen beim Kämmen besonders oberhalb und unterhalb der befestigten Haarteile sehr vorsichtig sein." An Veronica gewandt fügte er hinzu: „Sie haben ja meine Karte, falls Sie mich noch einmal brauchen."

„Bevor Sie gehen, fragen Sie bitte nach Mr. Laughton", erwiderte Veronica, als Joe aufstand und dem Friseur half, den tragbaren Sessel zusammenzuklappen. „Er kümmert sich dann um Ihre Rechnung."

Sie wartete, bis der Hairstylist die Tür des Hotelzimmers fest hinter sich zugezogen hatte. Dann drehte Veronica sich zu Joe um.

„Euer Hoheit", sagte sie wieder. „Und Euer Exzellenz. Sie müssen sich daran gewöhnen. So wird man Sie ansprechen."

„Sogar Sie?" Joe stand regungslos da, die Arme vor der Brust verschränkt. Es schien, als hätte er Angst, etwas anzufassen. Das wäre allerdings albern. Nach dem wenigen, was Veronica von Admiral Forrest über Joe Catalanotto, oder Joe Cat, wie der Admiral ihn nannte, erfahren hatte, fürchtete er sich vor rein gar nichts.

Sie durchquerte den Raum und nahm auf einem der bequemen Stühle vor dem Fenster Platz. „Ja, sogar ich." Mit einer Geste bedeutete sie ihm, sich ihr gegenüberzusetzen. „Wenn wir diese Scharade durchziehen wollen."

„Sie haben recht", erwiderte er und setzte sich. „Sie haben absolut recht. Wir müssen auf ganzer Linie überzeugen, sonst riechen die Schützen, dass etwas nicht stimmt." Er lächelte ernüchtert. „Es ist nur so … nach jahrelangem ‚Hey, Sie!' oder ‚Yo, Kumpel!' ist ‚Euer Hoheit' ein bisschen irritierend."

Veronica zog die Augenbrauen hoch, nur ganz wenig. Anscheinend überraschten seine Worte sie. Wahrscheinlich hatte sie geglaubt, dass er kein Wort mit vier Silben kannte.

Verdammt, was hatte sie nur an sich? Sie war nicht hübsch, aber … gleichzeitig war sie es. Ihr Haar war wunderschön, genau die Art weicher Locken, die er gern durch die Finger gleiten ließ. Joe merkte, wie ihr Gesicht seinen Blick unwiderstehlich anzog, ihre süße, kleine

Stupsnase, und ihre schön geschwungenen Lippen. Und diese Augen …

Sein Blick glitt tiefer, zu dem dunkelblauen Jackett, das ihre Schultern verdeckte und eng an ihrer schlanken Taille lag. Veronica trug einen dazu passenden blauen Rock, der ein paar Zentimeter oberhalb ihrer Knie endete und doch extrem korrekt war. Ihre höflich übereinandergeschlagenen Beine waren etwas vollkommen anderes. Nicht einmal die strengen Pumps konnten von der Tatsache ablenken, dass sie lange, anmutige und wahnsinnig sexy Beine hatte – Beine, von denen sicher ein jeder Mann träumte. *Dieser* Mann jedenfalls.

Joe wusste, dass sie sich seines prüfenden Blicks bewusst war. Sie hatte sich jedoch abgewandt und gab vor, etwas in ihrer Mappe zu suchen. Offenbar wollte sie die Anziehungskraft ignorieren, die klar auf Gegenseitigkeit beruhte.

Plötzlich klingelte das Telefon – ein schrilles Geräusch, das die Stille zerstörte.

„Entschuldigen Sie mich bitte einen Augenblick", sagte Veronica, erhob sich anmutig und entfernte sich ein paar Schritte, bevor sie das Gespräch entgegennahm.

„Hallo?", fragte sie und warf Joe einen Blick zu. Während sie ihn beobachtete, lehnte er den Kopf zurück und schloss die Augen.

Dem Himmel sei Dank. Solange er die Augen geschlossen hielt, konnte er sie nicht länger mit Blicken ausziehen. Solange sie ihm nicht in die Augen sah, musste sie nicht länger befürchten, dass er merkte, wie sich angesichts seines offenkundigen Interesses diese Wärme in ihrem ganzen Körper ausbreitete. Gott steh ihr bei, sollte dieser Mann auch nur ahnen, dass er ihren Herzschlag mit einem einzigen Blick beschleunigen konnte. Sie hatte schon genug um die Ohren – auch ohne sich gegen die amourösen Annäherungsversuche eines Matrosen zur Wehr setzen zu müssen.

„Der Schneider ist eingetroffen", berichtete ihr einer von Tedrics Mitarbeitern. „Darf ich fragen, wie lange Sie wohl noch brauchen?"

„Wir sind gleich da", antwortete Veronica. „Bitte sorgen Sie dafür, dass Kaffee bereitsteht. Und etwas zu essen. Donuts. Schokoladendonuts wären gut." Lieutenant Joe Catalanotto mochte bestimmt Schokolade. Und sie konnten sicher alle etwas Zucker gebrauchen, um wach zu bleiben.

Sie legte auf und ging zurück zu Joe. Er hatte den Kopf immer noch zurückgelehnt und die Augen geschlossen. Er saß so entspannt auf dem Stuhl, als hätte er keine Knochen im Körper.

Er war tief und fest eingeschlafen.

Veronica nahm ihm gegenüber Platz, lehnte sich vor und betrachtete sein Gesicht. Er hatte sich rasiert und es irgendwie beim Duschen geschafft, das ganze Motoröl und den Schmutz abzuwaschen. Sogar seine Hände waren völlig sauber. Das Haar war gewaschen und mit den Extensions ziemlich lang. Dem normalen Betrachter wären die äußeren Unterschiede zwischen ihm und Prinz Tedric kaum aufgefallen. Veronica schon.

Tedric war nie und würde auch nie so attraktiv sein.

Da gab es etwas an Joe Catalanottos gutem Aussehen. Eine Schärfe, eine Präzision, eine *Aufrichtigkeit*, die Tedric fehlte. Joe war irgendwie präsenter. Er war so lebendig, so vital, als würde er jeden Augenblick seines Lebens voll auskosten. Veronica hatte bisher niemanden wie ihn kennengelernt.

Stell dir vor, sagte sie sich, du führst eine sieben Mann starke Truppe hinter die feindlichen Linien, während Bomben auf dich geworfen werden. Stell dir vor, den Mut und das Selbstvertrauen zu haben, nicht nur dein eigenes, sondern auch das Leben von sechs anderen zu riskieren. Und dann stell dir vor, die Gefahr tatsächlich zu *genießen*.

Veronica dachte an die Männer, die sie kannte und mit denen sie zusammengearbeitet hatte. Sie neigten dazu, so extrem … vorsichtig zu sein. Nicht, dass sie vor Wagnissen zurückschreckten, häufig taten sie genau das Gegenteil. Aber sie gingen finanzielle oder psychologische Risiken ein, keine physischen. Kein Einziger von ihnen würde sich je einer Gefahr aussetzen, in der er einen körperlichen Schaden davontragen könnte. Sich an Papier zu schneiden war das Höchste, das sie hinnehmen konnten. Und allein *das* erforderte gewöhnlich viel tröstendes Händchenhalten.

Die meisten Männer wirkten im Schlaf weicher, weniger imposant. Auf Joe traf das nicht zu. Sein Körper war sicher entspannt, seine Wange blieb jedoch angespannt und sein Mund genauso. Fast sah es aus, als würde er knurren. Unter seinen Lidern bewegte er die Augen. Die REM-Phase.

Er hatte einen grimmigen Schlaf. Fast als wären diese fünf Minuten alles, was er in den nächsten Tagen bekommen würde, um sich auszuruhen.

Es war seltsam. Sehr seltsam. Und noch merkwürdiger, als Veronica seufzte.

Es war kein besonders tiefes Seufzen, nur ein kleines, ungelogen. Es war nicht einmal laut.

Trotzdem schlug Joe die Augen auf und setzte sich aufrecht. Er war sofort in Alarmbereitschaft, sein schmales Gesicht offenbarte nicht die Spur Müdigkeit.

Er trank sofort einen Schluck Limonade aus der Dose, die auf dem Glastisch stand. Währenddessen ruhte sein Blick auf Veronica, als hätte er sich keine Sekunde lang im Tiefschlaf befunden. „Zeit, zum Schneider zu gehen?", fragte er.

Sie war fasziniert. „Wie machen Sie das?", erkundigte sie sich und lehnte sich noch etwas weiter vor, um in seinen Augen zumindest ein geringes Zeichen von Erschöpfung zu entdecken. „So schnell aufzuwachen, meine ich."

Joe blinzelte und lächelte dann, zweifellos erstaunt über ihr Interesse. Sein Lächeln war aufrichtig, es spiegelte sich in seinen Augen wider und offenbarte sich in seinen Lachfältchen. Gott, jetzt war er sogar noch attraktiver! Veronica merkte, wie sie sein Lächeln erwiderte, gebannt von der Wärme, die sich in seinen Augen widerspiegelte.

„Training." Er lehnte sich wieder zurück und beobachtete sie. „SEALs werden dazu ausgebildet, ihr Schlafverhalten zu steuern. Wir lernen, ein Nickerchen zu machen, wann immer es geht."

„Wirklich?"

Joe entdeckte das amüsierte Funkeln ihrer Augen, er erkannte das kaum unterdrückte Lachen an ihren zuckenden Mundwinkeln. Ihr natürlicher Gesichtsausdruck war ein Lächeln, wurde ihm klar. Aber sie zwang sich wohl meistens dazu, diese ernste, professionell nüchterne Miene aufzusetzen.

„Unterricht, in dem man lernt, zu schlafen und aufzuwachen?", fragte sie und lachte kurz.

Lachte sie *über* ihn oder *mit* ihm? Er wusste es nicht und spürte, wie sein Lächeln verblasste. Verdammt, was hatte dieses Mädchen an sich, dass es ihn derart einschüchterte? Bei jeder anderen Frau hätte er angenommen, dass sie mit ihm lachte. Und er hätte sich darüber gefreut, sie zum Lächeln zu bringen. Aber bei *dieser* ...

Es lag ein gewisser Zauber in ihrem Blick, okay. Natürliche animalische Anziehungskraft. Das entdeckte er jedes Mal in ihren Augen, wenn sie in seine Richtung sah. Aber es lag auch Sorge in ihrem Blick. Vielleicht sogar Angst. Sie wollte sich nicht zu ihm hingezogen fühlen.

Vermutlich glaubte sie, dass er nicht gut genug für sie war.

Verdammt noch mal, er war ein Navy SEAL! Es gab niemanden, der besser war. Wenn sie das Feuer, das bereits zwischen ihnen entflammt war, ignorieren wollte – gut. Ihr Pech.

Er würde eine Vielzahl Frauen finden, die ihm während dieser banalen Mission Zerstreuung bieten würden, und ...

Ihr Rock verrutschte, als Veronica die Beine übereinanderschlug. Joe musste den Blick abwenden.

Ihr Pech. Es war *ihr* Problem. Aber warum schien dann jede Faser seines Körpers zu schreien, dass es *sein* Pech war?

Okay. Dann würde er sie eben verführen. Er würde ihr Wein geben ... nein, lieber teuren Champagner. Dann würde er warten, bis sich die Hitze, die er in ihrem Blick las, zu einem verheerenden Feuer auswuchs. Und dann ... Oh Baby! Er brauchte nicht viel, um sich seine Hände auf ihrem weichen roten Haar vorzustellen. Und wie er dann mit den Fingern unter ihre zarte Seidenbluse gleiten und ihre weichen, süßen Brüste berühren würde. Er sah bereits eines ihrer sexy Beine um seines geschlungen, wenn sie sich dicht an ihn schmiegte, mit den Händen nach seiner Gürtelschnalle suchte, während er ihren schönen Mund berühren und sie leidenschaftlich küssen würde ...

Sicher, es könnte so einfach sein.

Andererseits auch nicht.

Er hatte keinen Grund zu der Annahme, dass eine Frau wie diese hier überhaupt etwas mit ihm zu tun haben wollte. Die Art, wie sie sich kleidete und wie sie sich verhielt – Joe hätte einiges darauf gewettet, dass sie mit einem Typen wie ihm nichts Dauerhaftes eingehen würde.

Veronica St. John – „Sinjin", wie sie es mit ihrem Wahnsinnsakzent aussprach – stammte womöglich von Heinrich VIII. ab. Joe dagegen wusste nicht einmal, wer sein Vater war. Was für ein heikles Thema das bei einer Dinnerparty hergäbe! „*Catalanotto ... kommt aus dem Italienischen, nicht wahr? Wo genau ist denn Ihr Vater geboren, Lieutenant?"*

„*Tja, Mann, ich weiß es nicht, Ronnie.*" Er fragte sich, ob sie jemals jemand Ronnie genannt hatte. Wahrscheinlich nicht. „*Mom meint, er war Matrose und für ein, zwei Tage im Hafen. Catalanotto ist ihr Nachname. Und woher sie stammt, darüber rätseln die Leute schon ewig. Ist es da ein Wunder, dass Mom so viel getrunken hat, wie sie nur konnte?"*

Ja, das würde *wirklich* fantastisch laufen.

Aber er dachte hier nicht an Heirat. Es ging ihm nur darum, diesen heftigen Durst zu stillen, der ihn jedes Mal überfiel, wenn er Veronica St. John in die Augen sah. Ihm schwebte eine Nacht vor, vielleicht zwei oder drei – oder vier. Es hing davon ab, wie lange dieser Auftrag dauerte. Er dachte an ein zeitlich begrenztes, kurzes Liebesabenteuer, eine heiße Affäre. Dafür brauchte es nicht viel Konversation.

Es stimmte, er hatte nicht viel Erfahrung mit Debütantinnen. Aber, zum Teufel, ihr Geld und ihr Einfluss, das war doch nur etwas Äußerliches. Blickte man hinter die Fassade, war Veronica St. John eine Frau. Und Joe konnte mit Frauen umgehen. Er wusste, was ihnen gefiel, wie er ihre Aufmerksamkeit erregen und wie er sie zum Lachen bringen konnte.

Gewöhnlich kamen die Frauen auf ihn zu. Es war lange her, dass er hinter einer her gewesen war.

Es könnte Spaß machen.

„Wir trainieren, wie man schnell in den REM-Schlaf fällt", erklärte Joe und blickte ausgeglichen in Veronicas kristallklare blaue Augen. „In einer Kampfsituation oder bei einer verdeckten Operation hat man oft nur einen kurzen Moment in Sicherheit, um sich auszuruhen. Das hat schon mehr als einem SEAL das Leben gerettet."

„Was lernen SEALs noch so alles?", fragte Veronica.

Oh Baby, du hast ja keine Ahnung …

„Nennen Sie irgendwas, Honey", erwiderte Joe. „Wir können es."

„Mein Name", erklärte sie in ihrem kühlen Akzent, lehnte sich zurück und hielt seinen Blick gefangen, „ist Veronica St. John. Nicht Honey. Nicht Baby. Veronica. St. John. Bitte hören Sie auf, Kosenamen zu benutzen, egal welcher Art. Ich mag das nicht."

Sie versuchte, ihn genauso frostig anzusehen, wie ihre Worte klangen. Doch Joe erkannte die Hitze, als er ihr in die Augen sah. Sie versuchte, es zu unterdrücken. Aber es war wieder da. Plötzlich wusste er mit einer absoluten Gewissheit, wie es wäre, wenn sie miteinander schliefen: eine fast religiöse Erfahrung. Und dieses *wenn* war rein zeitlich gemeint. Denn *dass* sie es tun würden, war klar.

„Das ist eine Gewohnheit, die man schwer ablegen kann."

Veronica griff nach ihrer Mappe und stand auf. „Ich bin sicher, dass es eine Menge Gewohnheiten gibt, die Sie ablegen müssen. Und es wird für Sie eine Herausforderung sein", entgegnete sie. „Also schlage ich vor, dass wir den Schneider nicht länger warten lassen. Auf uns wartet viel Arbeit, bevor wir heute schlafen können."

Joe rührte sich nicht vom Fleck. „Wie soll ich Sie denn nennen?", fragte er. „Ronnie?"

Veronica sah ihn an und suchte nach einem übermütigen Funkeln in seinen Augen. Natürlich wusste er, wie unangemessen es wäre, wenn er sie Ronnie nannte. Er lächelte, und sie war fasziniert von seinen weißen Zähnen. Er hatte sich zwar einen überkronen lassen, aber die anderen waren gerade und gut gepflegt.

„Ich denke, Miss St. John wird genügen, danke", antwortete sie.

„So nennt mich der Prinz."

„Verstehe", murmelte Joe und klang deutlich amüsiert.

„Können wir?", erwiderte sie auffordernd.

„Oh ja, bitte", eiferte sich Joe übertrieben enthusiastisch. Gleich darauf bemühte er sich, enttäuscht auszusehen. „Oh … Sie meinen, ob wir aufbrechen wollen? Ich dachte, Sie meinten …" Er gab nur vor, sie missverstanden zu haben. Denn ihm gelang es nicht, ein Lächeln zu verbergen.

Verzweifelt schüttelte Veronica den Kopf. „Zwei Tage, Lieutenant. Wir haben genau zwei Tage, um ein Wunder zu vollbringen. Sie verschwenden nur unsere Zeit mit ihren Scherzen."

Joe erhob sich und streckte sich. Unter diesem Mantel steckten seine nackten Beine und Füße. Darunter trug er absolut nichts. Veronica war allerdings entschlossen, nicht daran zu denken.

„Ich dachte, Sie nennen mich ‚Euer Hoheit'."

„Zwei Tage, *Euer Hoheit*", wiederholte Veronica.

„Zwei Tage sind ein Kinderspiel, Ronnie", erwiderte er. „Und ich habe beschlossen, dass ich Sie als Prinz so nennen kann, wie ich will. Und ich will Sie Ronnie nennen."

„Nein, das werden Sie ganz bestimmt nicht!"

„Zum Teufel, warum denn nicht? Ich bin der Prinz", entgegnete er. „Sie haben die Wahl: Ronnie oder Honey. Mir ist es gleich."

„Mein Gott, Sie sind fast genauso unverbesserlich wie Tedric", platzte Veronica heraus.

„Mein Gott", wiederholte Joe nachdenklich. „Ja, so können Sie mich gern nennen. Obwohl ich ‚Euer erlauchte Allmacht' vorziehen würde. Hey, während ich königliche Dekrete erlasse, können Sie ja weitermachen und meinen Leibeigenen einen Tag freigeben."

Er machte sich über sie lustig. Er reizte sie absichtlich und genoss es, zu sehen, wie sie sich wand.

„Wissen Sie, das hier werden meine Ferien sein, Ronnie", fügte er hinzu. „Zwei Tage Vorbereitung sind ein Spaziergang."

Ungläubig lachte Veronica. Wie konnte er es *wagen* ...? „Zwei Tage. Sie müssen lernen, zu gehen, zu reden, zu sitzen, zu stehen und zu essen. Ganz zu schweigen davon, dass Sie sich alle Namen und Gesichter der Mitarbeiter, Botschafter und Regierungsbeamten einprägen müssen, mit denen der Prinz bekannt ist. Sie müssen das Protokoll beherrschen, die ustanzischen Traditionen kennen ..."

Joe spreizte die Hand und zuckte die Schultern. „Wie schwer kann das sein? Besorgen Sie mir ein Video von Tedric und geben Sie mir eine halbe Stunde. Danach werden Sie mich für ihn halten", entgegnete Joe. „Ich habe weitaus schwierigere Jobs mit weitaus weniger Vorbereitungszeit erledigt. Zwei Tage, achtundvierzig Stunden, das ist Luxus, Sweetheart."

Wie konnte er davon ausgehen? Veronica stand angesichts der sich rasend schnell nähernden Deadline so unter Stress, dass sie kaum zu Atem kam.

„Weniger als achtundvierzig Stunden", sagte sie hart. „Sie müssen auch irgendwann schlafen."

„Schlafen?" Joe lächelte. „Das habe ich gerade getan."

# 5. Kapitel

„Und öffnen Sie nie, *niemals* die Tür selbst!", sagte Veronica. „Warten Sie immer darauf, dass jemand vom Personal das für Sie tut."

Über den Rand seiner Tasse blickte Joe sie an. Er saß auf der anderen Seite des Konferenztischs in Tedrics königlicher Suite. „Niemals?", fragte er. Er trank einen Schluck Kaffee und beobachtete sie unentwegt aus seinen dunklen, geheimnisvollen Augen mit dem undurchschaubaren Blick. „Der alte Ted hält niemandem die Tür auf?"

„Befände er sich in der Gesellschaft der Königin oder des Königs, würde er die Tür aufhalten", erwiderte Veronica und sah auf ihre Notizen. Nur nicht in seine Augen schauen. „Aber ich bezweifle, dass Sie ihnen bei *diesem* Staatsbesuch zufällig begegnen."

„Was macht Ted, wenn er allein ist?" Joe senkte die Tasse, hielt jedoch inne, bevor er sie auf die glänzende Tischplatte aus Eichenholz stellen konnte. Es schien, als hätte er Angst, das Holz zu beschädigen. Er zog eine von Veronicas Akten zu sich und stellte die Tasse auf den festen Einband. „Einfach dastehen und warten, bis ein Diener vorbeikommt und die Tür aufmacht? Das könnte echt schwierig werden, wenn er es plötzlich eilig hat und zur Latrine muss." Er stützte das Kinn auf die Handfläche, während er Veronica weiterhin anblickte.

„Euer Hoheit, ein ustanzischer Prinz stützt sich niemals mit dem Ellenbogen auf dem Tisch ab", sagte sie gezwungen geduldig.

Joe lächelte, rührte sich jedoch nicht. Er sah sie nur mit seinem Schlafzimmerblick an, in dem eine eindeutige Botschaft lag. Sie hatten die ganze Nacht zusammen gearbeitet. Und er hatte sie nicht auch nur eine einzige Sekunde davon vergessen lassen, dass sie eine Frau war und er ein Mann.

„Ich bin nicht der ustanzische Prinz", sagte er. „Noch nicht."

Veronica faltete die Hände und legte sie auf ihre Notizen. „Und ein ustanzischer Prinz würde niemals ‚Latrine' sagen, auch nicht Abort, Lokus oder Klo, nicht mal Klosett. Das sind wir schon einmal durchgegangen, erinnern Sie sich, Euer Hoheit?"

„Wie wäre es, wenn ich es ‚das Zimmer des kleinen Prinzen‘ nenne?", fragte Joe.

Obwohl sie inzwischen spürte, dass sich ein drohendes Unheil abzeichnete, lachte Veronica. Vielleicht auch gerade deshalb. Was sollte sie nur mit Joe Catalanottos starkem New-Jersey-Akzent tun? Und wie sollte sie am besten auf die Tatsache reagieren, dass dieser Mann aber auch keine einzige Sekunde lang ernst zu nehmen schien, was sie hier taten?

Zusätzlich frustrierte sie, dass sie bald vor Erschöpfung umfallen könnte – während er für ein paar Runden Joggen bereit zu sein schien.

„Meine Mutter heißt Maria, und sie war eine italienische Gräfin, bevor sie meinen Vater geheiratet hat. König Derrick IV. ist mein Vater, seiner war Derrick III.", zählte Joe das Auswendiggelernte auf. „Wissen Sie, für uns beide wäre es viel einfacher, wenn Sie mir die Akte von dem Kerl geben und mir eine Videoaufzeichnung von ihm besorgen, sodass ich mir selbst anschauen kann, wie er geht und steht und …"

„Entschuldigung, Lieutenant." Ein FInCOM-Agent namens West trat höflich neben ihn.

Joe sah auf. Für einen Augenblick wurde er wieder zum Marineoffizier. Er setzte sich gerade hin und wirkte sogar, als würde er zuhören. Warum gelang es Veronica bloß nicht, dass er sie genauso ernst nahm?

„Admiral Forrest bittet Mr. Laughton und Sie zu sich, Sir. Es geht um das Programm der Reise und die Maßnahmen zu Ihrem Schutz", fuhr West fort. „Falls Sie Informationen darüber haben möchten …"

„Allerdings." Joe erhob sich. „Das möchte ich auf jeden Fall. Ihre Sicherheitsvorkehrungen stinken zum Himmel. Zum Glück haben sich die Terroristen heute freigenommen, sonst wäre ich wohl schon tot."

West versteifte sich. „Die Vorkehrungen, die wir getroffen haben, entsprachen der höchsten Sicherheitsstufe …"

„Ihre sogenannten höchsten Sicherheitsvorkehrungen reichen nicht aus, Kumpel", entgegnete Joe. Er warf einen Blick auf Veronica. „Was halten Sie davon, wenn Sie sich ein bisschen ausruhen, Ronnie? Und wir treffen uns dann um …" Er sah auf die Uhr. „Wie wäre es um elf? In rund zwei Stunden."

Doch Veronica stand auf und schüttelte den Kopf. Sie hätte zwar gern geschlafen, aber wenn sie die Besprechung versäumte, wurde der Besuch im Saint Mary gestrichen. Sie wandte sich direkt an den FInCOM-Agenten. „Ich würde bei diesem Meeting auch gern in Kenntnis gesetzt werden, Mr. West", erklärte sie kühl. „Ich bin sicher, dass Mr. Laughton oder Admiral Forrest nichts dagegen haben, wenn ich dabei bin."

Joe zuckte die Schultern. „Wie Sie wollen."

„Prinzen zucken nicht mit den Schultern, Euer Hoheit", wies sie ihn zurecht, als sie West auf den Flur folgten und zum Konferenzzimmer gingen.

Joe verdrehte die Augen.

„Und Prinzen verdrehen nicht die Augen", sagte sie.

„Himmelherrgott", murmelte er.

„Sie fluchen auch nicht, Euer Hoheit", erklärte Veronica. „Nicht einmal mit den vergleichsweise harmlosen Wörtern, die ihr Amerikaner statt der richtig derben benutzt."

„Also sind Sie *keine* Amerikanerin", erwiderte Joe. Er drehte sich um und sah sie an. „Mac Forrest muss sich getäuscht haben. Er hat mir erzählt, dass Sie Amerikanerin sind, trotz des Akzents."

Joe hatte mit Admiral Forrest über sie gesprochen! Veronica spürte, wie eine warme Freude sie erfüllte, und beeilte sich, dieses Gefühl zu unterdrücken. Was war schon dabei, dass Joe sich mit dem Admiral über sie unterhalten hatte? *Sie* hatte schließlich auch mit dem Admiral über ihn geredet. Einfach, um sich ein Bild davon zu machen, mit wem sie es zu tun hatte. Mit wem sie in den nächsten Wochen eng zusammenarbeiten sollte.

„Oh, ich bin Amerikanerin. Bei Gelegenheit spreche ich sogar eine Vielzahl dieser besagten schlimmen Wörter aus."

Joe lachte. Sein Lachen klang nett, tief und voll. Es könnte sie zum Lächeln bringen. „Das glaube ich nicht, bevor ich es nicht gehört habe."

„Tja, das werden Sie aber nicht, Euer Hoheit. Es wäre weder höflich noch angebracht."

Plötzlich blieb sie mit ihrem Absatz im weichen Teppich hängen und schwankte leicht. Joe griff nach ihrem Arm und hielt sie, damit sie das Gleichgewicht halten konnte.

Veronica sah wirklich erschöpft aus. Sie wirkte, als müsste sie sich jeden Moment aufs Ohr legen – was sie gewissermaßen gerade fast getan hätte. Joe spürte ihre Wärme sogar durch den Stoff ihres Jacketts und der Bluse. Er wollte sie nicht loslassen, darum tat er es nicht. Sie standen einfach so im Flur des Hotels. FInCOM-Agent West wartete ungeduldig in der Nähe.

Joe spielte mit dem Feuer, und das war ihm bewusst. Aber ... zum Teufel! Er war Sprengstoffexperte. Er war daran gewöhnt, mit Materialien umzugehen, die jederzeit in die Luft gehen konnten.

Veronica blickte auf seine Hand, die immer noch auf ihrem Arm lag. Dann sah sie ihn aus diesen faszinierend blauen Augen an.

„Mir geht es sehr gut, Euer Hoheit", erklärte sie mit ihrem Julie-Andrews-Akzent.

„Sie sind hundemüde", entgegnete er rundheraus. „Gehen Sie und schlafen Sie etwas."

„Ob Sie es glauben oder nicht, aber ich habe einige wichtige Informationen in diesem Meeting beizusteuern", sagte sie hitzig. Ihre kristallklaren Augen schienen plötzlich zu flackern wie eine blaue Flamme. „Ich würde wirklich sehr begrüßen, wenn Sie die Hand wegnehmen, sodass wir weitergehen können, Euer Hoheit."

„Warten Sie", erwiderte Joe. „Sagen Sie es nicht! Ein Prinz streckt niemals eine Hand aus, um jemandem zu helfen, richtig? Ein Prinz lässt eine Lady auf die Schnauze fallen, stimmt's?"

„Ein Prinz nutzt das Missgeschick einer Lady nicht zu seinem Vorteil", erklärte Veronica fest. „Sie haben mir geholfen, danke. Und jetzt lassen Sie mich gehen. Bitte, Euer Exzellenz."

Joe lachte. Dieses Mal klang es leiser und gefährlich. Er verstärkte den Griff um ihren Arm und zog Veronica so dicht an sich, dass sich ihre Gesichter beinahe berührten. Veronica spürte seine Wärme durch das dünne Baumwollhemd und die schwarze Hose, die der Schneider ihm nach der Anprobe am Morgen dagelassen hatte.

„Babe, wenn Sie das unter ausnutzen verstehen, dann hat Sie noch nie jemand ausgenutzt." Er senkte die Stimme und neigte den Kopf, sodass er ihr ins Ohr flüstern konnte. „Wenn Sie wollen, zeige ich Ihnen den Unterschied. Mit Vergnügen."

Sie fühlte seinen warmen Atem an ihrem Hals, während er ruhig und gelassen auf eine Reaktion wartete. Sicher rechnete er damit, dass sie schreiend davonlief. Er machte sich auf Empörung, Bestürzung und Ärger gefasst. Darauf, dass sie beleidigt reagierte.

Doch sie konnte nur daran denken, wie wahnsinnig gut er duftete.

Was würde er tun, wenn sie den Kopf ein wenig zu ihm neigte und die Wange an sein raues Kinn legte? Wie würde er reagieren, wenn sie sich auf die Zehenspitzen stellte und in *sein* Ohr flüsterte: „Oh, tatsächlich?"

Es wäre nicht die Reaktion, die er erwartete. So viel stand fest.

Und in Wahrheit ging es hier nicht um Sex, sondern um Macht. Veronica hatte lange genug mit harten Kerlen zu tun gehabt, um das zu wissen.

Nicht, dass er nicht an ihr interessiert war – das hatte er deutlich gemacht, indem er ihr die ganze Nacht lang diese Blicke zugeworfen hatte. Trotzdem hätte Veronica wetten können, dass er in diesem Moment bluffte. Und genau deswegen würde sie ihm klarmachen, dass er nicht automatisch gewann, nur weil er größer und stärker war als sie.

Darum hob sie den Kopf und sagte mit kühler, fast frostiger Stimme: „Man sollte meinen, dass sich ein Navy SEAL der Gefahr bewusst ist, die ein öffentlich zugänglicher Hotelflur bedeutet. Vor allem, wenn man bedenkt, dass irgendjemand da draußen es auf Tedric abgesehen hat, dem Sie übrigens gerade ziemlich ähnlich sehen."

Joe lachte.

Das war nicht unbedingt die Reaktion, mit der *sie* nach ihrem verbalen Angriff gerechnet hatte. Andere Männer wären jetzt verärgert, hätten geschmollt oder finster dreingeschaut. Joe lachte.

„Ich weiß nicht, Ron", erwiderte er und ließ sie los. In seinen dunklen Augen schimmerte ein amüsierter Glanz. Und noch etwas anderes lag in seinem Blick. Konnte es vielleicht Respekt sein? „Sie klingen so … anständig, aber ich glaube nicht, dass Sie das wirklich sind. Ich schätze es eher wie ein Schauspiel ein. Vermutlich gehen Sie nach der Arbeit nach Hause, ziehen das Margaret-Thatcher-Kostüm aus, lösen die Frisur und ziehen sich ein Paar mit schwarzen Pailletten besetzte High Heels an. Und dann gehen Sie aus und tanzen bis zum Morgengrauen in einem Nachtclub Mambo."

Veronica verschränkte die Arme. „Sie vergessen meinen Gigolo", sagte sie kurz angebunden. „Ich hole erst meinen aktuellen Gigolo ab, und dann tanzen wir bis zum Morgengrauen Mambo."

„Sagen Sie mir Bescheid, wenn der Platz frei wird, Honey. Ich würde mich gern um den Job bewerben."

Jeder Schimmer von Humor war aus seinem Blick gewichen. Er meinte es todernst. Veronica drehte sich um. Sie fürchtete, dass er ihr ansah, wie reizvoll ihr der Gedanke erschien, mit ihm bis zum Morgengrauen zu tanzen. Eng aneinandergeschmiegt, zum pulsierenden Takt von lateinamerikanischer Musik.

„Wir lassen Mr. Laughton besser nicht warten", sagte sie, „Euer Exzellenz."

„Verdammt", erwiderte Joe. „Margaret Thatcher ist wieder da."

„Tut mir leid, Sie zu enttäuschen", murmelte Veronica auf dem Weg zur Suite des Geheimdienstes. „Aber sie war nie weg."

„Saint Mary liegt genau hier in Washington", erklärte Veronica. Sie saß direkt neben Joe an dem großen Konferenztisch. „Irgendjemand streicht die Klinik immer wieder vom Programm."

„Es ist unnötig", erwiderte Kevin Laughton in seinem monotonen, fast gelangweilt klingenden Akzent.

„Dem stimme ich nicht zu." Veronica sprach sanft, aber bestimmt.

„Sieh mal, Ronnie", meldete sich Senator McKinley zu Wort. Veronica schloss kurz die Augen. Gott, Joe hatte inzwischen dafür gesorgt, dass alle sie Ronnie nannten. „Vielleicht verstehen Sie das nicht, meine Liebe, aber Saint Mary nützt uns nichts. Das Gebäude ist zu klein, zu gut bewacht. Für die Attentäter ist es zu schwierig, dort einzudringen. Davon abgesehen ist es keine öffentliche Veranstaltung. Die Attentäter suchen jedoch die Aufmerksamkeit der Presse; sie wollen, dass Millionen am Bildschirm zusehen, wenn sie den Prinzen töten. Wir würden nur Zeit verschwenden."

„Dieser Besuch ist vor Monaten zugesagt worden", entgegnete Veronica leise. „Er ist geplant, seit der ustanzische Pressesprecher den Staatsbesuch angekündigt hat. Ich finde, wir könnten durchaus eine Stunde des Tages opfern, um ein Versprechen zu erfüllen, das der Prinz gegeben hat."

Der ustanzische Botschafter Henri Freder bewegte sich auf seinem Stuhl. „Sicher kann Prinz Tedric einen Besuch in Saint Mary machen. Am Ende der Reise, nach der Alaska-Kreuzfahrt, auf dem Rückweg."

„Dann ist es zu spät", sagte Veronica.

„Kreuzfahrt?", wiederholte Joe. „Wenn die Attentäter nicht vor der Fahrt nach Alaska festgenommen werden, ist es verdammt unmöglich, dass wir auf dieses Loveboat kommen." Er blickte in die Runde. „Ein Kreuzfahrtschiff ist zu abgeschnitten. Für die Tangos ist das wie ein Präsentierteller."

Er lächelte angesichts der ratlosen Mienen. „*Tangos*", wiederholte Joe. „Terroristen. Die bösen Jungs mit den Gewehren."

Ah! Verständnisvolles Raunen erfüllte die Runde.

„Es sei denn, wir warten schon auf sie, natürlich", fuhr Joe fort. „Und vielleicht ist das gar keine so schlechte Idee. Wenn das Schiffspersonal und die Passagiere durch SEALs ausgetauscht werden und …"

„Kommt nicht infrage", sagte Laughton. „FInCOM kümmert sich darum. Es ist keine militärische Operation. SEALs haben dort nichts zu suchen."

„Wir reden hier über Terroristen", entgegnete Joe. „SEAL Team Ten ist auf Terrorismusbekämpfung spezialisiert. Meine Männer sind vorbereitet …"

„… auf Krieg", vollendete Laughton den Satz. „Ihre Männer sind *auf Krieg* vorbereitet worden. Wir sind aber nicht im Krieg, Lieutenant."

Joe wies auf das Handy, das vor Laughton auf dem Tisch lag. „Dann rufen Sie die Terroristen doch an. Rufen Sie die Todeswolke an, sprechen Sie mit Diosdado. Sagen Sie ihm, dass es kein Krieg ist. *Er* denkt nämlich garantiert, dass es einer ist."

„Bitte", unterbrach Veronica die Diskussion. „Bevor wir fortfahren – sind alle einverstanden, dass Saint Mary im Programm bleibt?"

McKinley blickte finster auf die Unterlagen vor sich. „Ich habe hier die alte Liste. Hier war kein Pressetermin im Saint Mary vorgesehen."

„Nicht alle Veranstaltungen waren für die Kameras anberaumt, Senator", erwiderte Veronica ruhig. „Gentlemen. Diese neue Planung bedeutet für uns alle viele Stunden zusätzliche Arbeit. Ich arbeite so gut ich kann mit allen zusammen, und ich bin sicher, dass Sie dasselbe tun. Aber zufällig weiß ich, dass dieser Besuch für Prinz Tedric sehr wichtig war." Unschuldig musterte sie die Gesichter. „Wenn nötig, rufe ich den Prinzen an und bitte ihn …"

„Das ist nicht nötig", erklärte der Senator hastig.

Auf keinen Fall will jemand den egozentrischen Prinzen in diese Überlegungen einbeziehen, begriff Veronica. Er würde die

Besprechung bremsen, sodass es nur noch im Schneckentempo weiterging. Veronica war allerdings bereit, alles Nötige zu tun, um den Besuch im Saint Mary im Programm zu halten.

McKinley blickte in die Runde. „Ich denke, wir können den Termin auf dem Plan stehen lassen." Die anderen murmelten zustimmend.

Joe beobachtete Veronica. Die roten Haare hatte sie hochgesteckt, was sehr feminin aussah. Mit ihren feinen Gesichtszügen und den unschuldigen blauen Augen entsprach sie mit jeder Faser einer sittsamen, kühlen englischen Lady; wieder wurde Joe das Gefühl nicht los, dass dieses ganze Benehmen nur aufgesetzt war. Sie war weder sittsam noch kühl. Und wenn ihn sein Instinkt nicht im Stich ließ, konnte sie wahrscheinlich alle hier am Tisch gegeneinander ausspielen. Zum Teufel – genau das hatte sie gerade getan! Und sie hatte es so subtil angestellt, dass sich dessen niemand bewusst war.

„Zu der Alaska-Kreuzfahrt", sagte Senator McKinley.

„Die steht erst am Ende des Staatsbesuchs." Joe lehnte sich zurück. „Wir sollten sie vorerst nicht auf den offiziellen Ablauf setzen. Schließlich wollen wir, dass die Tangos früh zuschlagen. Die SEAL-Teams sollten sich trotzdem auf einen möglichen Einsatz auf dem Schiff vorbereiten."

„Keine SEALs", sagte Kevin Laughton kurz und bündig.

Joe warf dem FInCOM-Agenten einen ungläubigen Blick zu. „Sie *wollen* hohe Verluste? Zielen Sie darauf ab?"

„Natürlich nicht …"

„Wir sitzen alle im gleichen Boot, Kumpel", erwiderte Joe. „Wir arbeiten alle für die amerikanische Regierung. Und nur weil ich zur Navy gehöre und Sie zu den Spitzeln …"

„Keine SEALs." Laughton wandte sich an einen Mitarbeiter. „Leiten Sie diesen Reiseplan so schnell wie möglich an die Presse weiter. Und zwar ohne die Kreuzfahrt." Er stand auf. „Meine Männer werden jedes dieser Gelände auskundschaften."

Joe erhob sich ebenfalls. „Sie sollten gleich hier in diesem Hotel anfangen. Wenn Sie die königliche Suite tatsächlich sichern wollen, sind Sie unterbesetzt. Die Balkontür im Schlafzimmer lässt sich nicht abschließen. Was für eine Art von Sicherheit ist das?"

Laughton starrte ihn an. „Sie befinden sich in der *zehnten* Etage."

„Manchmal können Terroristen klettern", erwiderte Joe.

„Ich versichere Ihnen: Sie werden gut bewacht."

„Und ich versichere Ihnen, dass dem nicht so ist. Wenn die Sicherheitsvorkehrungen so bleiben und Diosdado beschließt, mit seiner Gang hierherzukommen und in Prinz Tedrics Welt aufzuräumen, dann bin ich so gut wie tot."

„Ich verstehe Ihre Besorgnis", sagte Laughton. „Aber …"

„Dann haben Sie ja sicher nichts dagegen, dass ich mein Team hierher hole", unterbrach Joe ihn. „Sie sind offensichtlich unterbesetzt, und ich würde mich wesentlich besser fühlen, wenn …"

„Nein", entgegnete Laughton. „Auf gar keinen Fall. Eine Truppe Navy SEALs hier? Nein. Meine Männer würden das nicht hinnehmen. Und ich auch nicht."

„Ich werde hier herumstehen, mit einer verdammten Zielscheibe auf der Brust", beharrte Joe. „Ich will *meine* Leute in der Nähe haben. Sie werden mir Rückendeckung geben und die Löcher im Sicherheitsnetz von FInCOM stopfen. Und ich kann Ihnen jetzt schon sagen, dass sie Ihren Jungs nicht im Weg sein werden."

„Nein", sagte Laughton wieder. „*Ich* bin für die Sicherheit verantwortlich, und ich sage *Nein*. Dieses Meeting wird verschoben."

Joe beobachtete, wie der FInCOM-Agent den Raum verließ. Dann sah er auf und begegnete Veronicas Blick.

„Ich schätze, wir müssen es auf die harte Tour machen", sagte er.

Der nur als Diosdado bekannte Mann sah von seinem Schreibtisch auf, als Salustiano Vargas in den Raum geführt wurde.

„Alter Freund!", begrüßte Vargas ihn erleichtert. „Warum haben deine Männer nicht gleich gesagt, dass sie mich zu dir bringen?"

Diosdado schwieg. Er betrachtete den anderen Mann und strich sich nachdenklich über seinen Bart.

Vargas setzte sich auf einen Stuhl, der auf der anderen Seite des Schreibtischs stand, und streckte lässig die Beine aus. „Es ist schon zu lange her, nicht? Was hast du vor, Mann?"

„Anscheinend nicht so viel wie du." Diosdado lächelte. Es war jedoch nur ein Schatten von seinem normalerweise breiten Grinsen.

Vargas' Lächeln wirkte schief. „Du hast davon gehört, was?" Sein Lächeln wich einem finsteren Blick. „Ich hätte dem Bastard das

Herz durchbohrt, wenn diese verdammte Frau ihn nicht zur Seite geschubst hätte."

Diosdado stand auf. „Du hast Glück, verdammt noch mal, *verfluchtes* Glück, dass deine Kugel Tedric Cortere verfehlt hat", sagte er herb.

Überrascht starrte Vargas ihn an. „Aber ..."

„Hättest du dich mal gemeldet, wüsstest du, was ich seit *Monaten* plane." Diosdado hob nicht die Stimme, wenn er wütend war. Er senkte sie. Jetzt gerade war es sehr, *sehr* still.

Vargas öffnete den Mund und wollte etwas sagen, protestieren. Doch er handelte klug und schloss ihn wieder fest.

„Die Todeswolke wollte Cortere als Geisel nehmen", sagte Diosdado. „Will", verbesserte er sich. „Wir wollen ihn immer noch entführen." Er begann, auf- und abzugehen – stockend und schleppend, weil er ein Bein nachzog. „Nachdem du dich jetzt eingemischt hast, hat der Prinz natürlich seine Sicherheitsvorkehrungen verstärkt. FInCOM kümmert sich um den Schutz des Prinzen, und meine Kontakte haben mich wissen lassen, dass jetzt sogar die US Navy irgendwie einbezogen wurde."

Vargas starrte ihn an.

„Also", fuhr Diosdado fort, drehte sich um und sah Salustiano Vargas ins Gesicht, „was schlägst du vor, um die Sicherheitsvorkehrungen zurückzuschrauben? Sodass sie wieder sind, wo sie waren, bevor du alles vermasselt hast?"

Vargas schluckte. Er wusste, was der ältere Mann ihm gleich sagen würde. Und ihm war klar, dass es ihm nicht gefallen würde.

„Sie alle warten nur auf einen weiteren Attentatsversuch", sagte Diosdado. „Bis sie den nicht bekommen, sind die Sicherheitsmaßnahmen zu straff. Weißt du, was du nun tun wirst, mein lieber alter Freund?"

Vargas wusste es. Und es behagte ihm ganz und gar nicht. „Diosdado", erwiderte er. „Bitte. Wir sind doch Freunde. Ich habe dir das *Leben* gerettet ..."

„Du gehst zurück", beantwortete Diosdado in sehr sanftem Tonfall seine rhetorische Frage. „Und verübst einen weiteren Anschlag auf das Leben des Prinzen. Du wirst scheitern und festgenommen. Tot oder lebendig, das liegt bei dir."

Vargas saß schweigend da, während Diosdado aus dem Raum hinkte.

„Verraten Sie mir, was Kevin Laughton so an den Navy SEALs aufregt, Euer Hoheit", bat Veronica, nachdem sie und Joe sicher zurück in Prinz Tedrics Suite begleitet worden waren. „Warum will er die Alpha Squad nicht hier haben?"

„Er weiß, dass seine Leute ihm Schwierigkeiten machen werden, wenn meine dazukommen und sich einmischen", antwortete Joe. „Es ist wie ein Schlag ins Gesicht. Es sieht so aus, als würde ich FInCOM nichts zutrauen."

„Aber das tun Sie ja offensichtlich auch."

Joe schüttelte den Kopf und ließ sich auf einen der weichen Sessel im königlichen Wohnzimmer fallen. „Ich glaube, sie sind perfekt geeignet für die mittlere Sicherheitsstufe. Aber hier steht mein Leben auf dem Spiel, und die bösen Jungs sind keine Punks von der Straße oder Verrückte mit Pistolen in der Hand. Das sind Profis. Diosdado leitet eine erstklassige militärische Organisation. Er ist ein gefürchteter Gegner. Und er kann durch dieses Sicherheitsnetz schlüpfen, ohne sich allzu sehr anzustrengen. Aber an der Alpha Squad käme er nicht vorbei. Ich *weiß*, dass meine SEALs die Besten der Besten sind. Team Ten ist eine Eliteeinheit, und meine Jungs sind die Allerbesten. Ich will sie hier haben, auch wenn ich damit jemandem auf die Füße trete oder einen FInCOM-Agenten kränke. Am wichtigsten ist, dass ich am Leben bleibe. Können Sie mir folgen?"

Veronica nickte. Sie setzte sich auf das Sofa und legte ihre Mappe auf den breiten Holztisch.

Das Sofa war so gemütlich, so weich. Es wäre so leicht, den Kopf zurückzulehnen und die Augen zu schließen …

„Vielleicht sollten wir eine Pause machen", sagte Joe. „Sie können die Augen ja kaum noch offen halten."

„Nein. Sie müssen noch so viel lernen!", widersprach Veronica. Sie zwang sich, gerade zu sitzen. Wenn *er* wach bleiben konnte, würde sie das auch. „Die Geschichte Ustanziens. Die Namen der Würdenträger." Sie zog eine Akte aus der Mappe und schlug sie auf. „Ich habe siebenundfünfzig Fotos von Leuten, mit denen Sie zu tun haben werden, Euer Hoheit, und Sie müssen sich dann an diese Gesichter erinnern. An die Namen und … Gott, wenn es nur einen anderen Weg gäbe!"

„Kopfhörer", meinte Joe, während er in der Akte blätterte.

„Wie bitte?"

Er sah auf. „Ich trage einen versteckten Kopfhörer. Und Sie haben ein Mikrofon. Wir stellen eine Kamera auf, damit Sie alles sehen und hören können. Sie halten dann einen sicheren Abstand, vielleicht sitzen Sie auch in einem Überwachungswagen. Sobald jemand kommt und mir die Hand schütteln will, versorgen Sie mich mit dem richtigen Namen, dem Titel und allen anderen relevanten Informationen, die ich brauche." Er sah sich flüchtig die Fotos an und reichte sie Veronica. „Suchen Sie die wichtigsten zehn heraus, und ich schaue sie mir an. Die anderen brauche ich jetzt nicht."

Veronica fixierte ihn mit einem Blick. Plötzlich war sie hellwach. Was meinte er damit, die anderen müsse er nicht kennen? „Jeder dieser siebenundfünfzig Leute ist ein Diplomat, den Tedric gut kennt. Während dieses Staatsbesuchs können Sie jederzeit einem von ihnen über den Weg laufen", erklärte sie. „Ursprünglich hatte ich eine Akte mit über dreihundert Gesichtern und Namen."

Joe schüttelte den Kopf. „Ich habe zu wenig Zeit, mir alle Gesichter und Namen zu merken. Mit der technischen Ausrüstung, über die wir verfügen ..."

„*Sie* haben zu wenig Zeit?", wiederholte Veronica und zog die Augenbrauen hoch. „Uns läuft *allen* die Zeit davon, Lieutenant. Meine Aufgabe besteht darin, Sie vorzubereiten. Lassen Sie also mich entscheiden, für was wir Zeit haben und für was nicht."

Joe lehnte sich vor. „Nichts für ungut, Ronnie, aber ich bin gewohnt, einen Einsatz in meinem Tempo vorzubereiten. Ich schätze, was Sie tun. Allerdings mache ich mir ehrlich gesagt am wenigsten Gedanken darüber, wie Ted geht oder redet. Ich muss diese Sicherheitsfragen geradebiegen und ..."

„Das ist die Aufgabe von Kevin Laughton", unterbrach sie ihn. „Nicht Ihre."

„Aber es geht um meinen Arsch", erwiderte er rundheraus. „FIn-COM muss die Sicherheitsmaßnahmen ändern, sonst wird dieser Einsatz nicht stattfinden."

Veronica tippte mit den Fingernägeln auf den Notizblock, den sie in der Hand hielt. „Und wenn Sie nicht annähernd so aussehen und sich so benehmen wie Prinz Tedric", sagte sie herausfordernd, „wird dieser Einsatz ebenso wenig stattfinden."

„Besorgen Sie mir eine Aufzeichnung. Ich brauche eine Videoaufnahme und eine Tonaufnahme von diesem Kerl. Und ich verspreche Ihnen, ich *schwöre* Ihnen sogar, dass ich ganz genau wie Ted aussehen und mich verhalten werde."

Ärgerlich biss Veronica die Zähne zusammen. „Details", erklärte sie fest. „Wie wollen Sie die Einzelheiten lernen? Natürlich vorausgesetzt, dass Sie sich wundersamerweise in einen europäischen Prinzen verwandeln können, nur indem Sie sich einen Film ansehen?"

„Schreiben Sie sie auf", antwortete Joe, ohne zu zögern. „Ich kann mir Schriftliches sowieso besser merken." Das Telefon klingelte, deshalb hielt Joe kurz inne, als West abhob.

„Lieutenant, es ist für Sie", sagte der FInCOM-Agent.

Joe benutzte den Nebenanschluss. „Yo. Catalanotto hier."

Yo. Der Mann meldete sich am Telefon mit „Yo". Und Veronica sollte glauben, dass er sich als Prinz ausgeben konnte – mit wenigen oder gar keinen Anweisungen von ihr?

„Mac", sagte Joe. Am anderen Ende war also Admiral Forrest. „Großartig. Danke für den Rückruf. Gibt es irgendeinen Weg, die Alpha Squad hierher zu bekommen?"

Wie kam ein Lieutenant eigentlich dazu, einen Admiral mit dem Vornamen anzusprechen? Veronica hatte gehört, dass Forrest während seiner langen Karriere bei der Navy selbst ein SEAL gewesen war. Und nach dem wenigen, das sie bis jetzt über SEALs wusste, vermutete sie, dass sie nicht nur bei Kampftaktiken unkonventionell waren.

Joe wirkte angespannt, während er Forrest zuhörte. Er fluchte heftig, ohne sich darum zu kümmern, dass er in alte Sprachgewohnheiten zurückfiel. Veronica beobachtete ihn. Er rieb sich die Stirn – das erste Anzeichen von Müdigkeit an diesem Tag.

„FInCOM hat früher auch schon Alarm geschlagen", sagte er. „Das hat uns in der Vergangenheit auch nicht aufgehalten." Nach einer Pause fügte er hitzig hinzu: „Ihre Sicherheitsmaßnahmen sind lasch, Sir. Verdammt, das wissen Sie genauso gut wie ich." Wieder schwieg er kurz. „Ich hatte gehofft, das nicht tun zu müssen."

Joe sah auf und blickte direkt in Veronicas Augen. Sie wich seinem Blick aus, weil sie sich mit einem Mal bewusst war, dass sie lauschte. Während sie die Akte mit den Fotos durchging, spürte sie, dass sein Blick immer noch auf ihr ruhte.

„Sir, bevor Sie gehen", sagte er, „muss ich Sie noch um einen anderen Gefallen bitten. Ich brauche Audio- und Videoaufnahmen von Tedric. Können Sie mir möglichst bald welche auf mein Zimmer schicken lassen?"

Jetzt hob Veronica den Kopf und begegnete Joes Blick.

„Danke, Admiral", sagte er und legte den Hörer auf. „Er schickt sie sofort rüber", meinte er, an Veronica gewandt, und stand auf. Er wirkte, als wollte er aufbrechen, als wollte er irgendwo hingehen. Und sie erhielt nicht einmal die Gelegenheit, ihn danach zu fragen.

„FInCOM veranstaltet gleich ein Briefing für D. C. Ich muss dabei sein."

„Aber ..."

„Warum ruhen Sie sich nicht ein bisschen aus?", fragte Joe. Er sah auf seine Armbanduhr, woraufhin Veronica sofort auf ihre sah. Es war fast siebzehn Uhr. „Wir treffen uns wieder hier, um einundzwanzig Uhr."

Veronica rechnete schnell. „Nein", widersprach sie und erhob sich. „Das ist zu spät. Sie können eine Stunde Pause machen, aber ..."

„Dieses Briefing ist wichtig. Ich bin um acht wieder hier. Aber ich brauche dann noch eine Stunde."

Verzweifelt schüttelte Veronica den Kopf. „Kevin Laughton will Sie nicht einmal dahaben. Sie verbringen die ganze Zeit damit, darüber zu streiten ..."

„Verdammt richtig, ich werde streiten", erwiderte Joe. „Wenn FInCOM weiter davon ausgeht, dass die Tangos an der Vordertür klingeln, bevor sie zuschlagen, dann muss ich da sein. Ich muss dafür sorgen, dass die Hintertür bewacht wird."

Joe war bereits auf dem Weg zur Tür. West und Freeman sprangen von ihren Stühlen auf und folgten ihm.

„Schreiben Sie die Details auf, von denen Sie gesprochen haben", schlug Joe vor. „Wir sehen uns dann in ein paar Stunden."

Veronica hätte beinahe mit dem Fuß aufgestampft. „Sie sollten mit mir arbeiten. Sie können nicht einfach ... gehen ..."

Doch er war bereits fort.

Frustriert warf Veronica Stift und Notizblock auf den Tisch. Ihnen lief die Zeit davon.

# 6. Kapitel

Um halb acht erwachte Veronica aus ihrem Nickerchen, immer noch erschöpft, aber zu besorgt, um weiterzuschlafen. Wie wollte Joe lernen, sich wie der Prinz zu verhalten, wenn er ihr keine Zeit gab, um es ihm richtig beizubringen?

Sie hatte Listen über Listen mit Einzelheiten und Angaben aufgestellt – Dinge wie die Tatsache, dass der Prinz Rechtshänder war. Gewöhnlich würde das kein Problem darstellen, aber sie hatte gemerkt, dass Joe Linkshänder war. Sie hatte banale Informationen aufgeschrieben. Zum Beispiel spielte Tedric immer mit dem Siegelring an der rechten Hand, wenn er nachdachte.

Veronica stand vom Tisch auf und begann, unruhig auf- und abzugehen. Sie war besorgt, frustriert und ärgerte sich über Joe. Wen zum Teufel kümmerte es tatsächlich, was Tedric mit seinem Schmuck anstellte? Wem würde so etwas denn wirklich auffallen? Und warum erstellte sie eine detaillierte Liste, solange Grundsätzliches wie Tedrics Art zu gehen und seine stocksteife Haltung ignoriert wurden?

Ruhelos wühlte Veronica auf der Suche nach ihrer Radlerhose und dem Sport-BH in ihrem Koffer. Es wurde Zeit, ihre Nervosität abzubauen. Sie entdeckte ihre Lieblings-CD, lächelte finster und ging entschlossen zu der teuren, in die Wand eingelassenen Stereoanlage. Musik erklang. Veronica drehte die Lautstärke auf.

Auf der CD waren verschiedene ihrer Lieblingslieder – laut, schnell und mit rasenden Beats. Es war gute Musik, vertraute Musik, und sie war *laut*.

Ihre Turnschuhe lagen ganz unten im Schrank. Während Veronica sie auf dem Boden anzog und fest zuschnürte, ließ sie sich von der Musik einhüllen, und schon fühlte sie sich etwas besser.

Sie stand auf und schob die Möbel im Wohnzimmer zur Seite. Sie brauchte Platz, um sich zu bewegen. Nachdem die Möbel nicht länger im Weg waren, begann Veronica, ihre müden Muskeln langsam zu dehnen. Als sie sich aufgewärmt hatte, ließ sie sich von der Musik durchfluten.

Und sie begann zu tanzen.

Die CD war bis zur Hälfte abgespielt, als Veronica ein Licht aufging. Das war die Antwort auf ihre Frustration und den ohnmächtigen Ärger! Sie war damit beauftragt worden, Joe beizubringen, wie sich der Prinz benahm. Wenn er mitarbeitete, war die Aufgabe schwierig. Wenn er es *nicht* tat, war es unmöglich. Wenn er weiterhin nicht kooperierte, musste sie damit drohen, alles hinzuschmeißen.

Ja, genau das würde sie tun. Um neun Uhr, wenn sie durch die Halle zur königlichen Suite ging, würde sie direkt auf Joe zumarschieren, ihm in die Augen sehen und …

Ein ganz in Schwarz gekleideter Mann stand am Balkon. Er lehnte an der Wand und beobachtete sie beim Tanzen.

Veronica machte einen Satz zurück, reagierte instinktiv auf die unangekündigte Gegenwart des großen Eindringlings, bevor ihr Gehirn arbeitete und sie erkannte, dass es Joe Catalanotto war.

Ihr Herz pochte, ihre Brust hob und senkte sich. Sie versuchte, zu Atem zu kommen, während sie ihn anstarrte. Wie in Gottes Namen war Joe in ihre Suite gekommen?

Joe blickte sie ebenfalls starr an, wie hypnotisiert von den meerblauen Augen. Die Musik trommelte um sie herum. Sie wirkte ängstlich, wie ein wildes Tier, unsicher, ob es starr abwarten oder fliehen sollte.

In einer plötzlichen Bewegung drehte Veronica sich um und machte die Musik aus. Die Stille kam abrupt und misstönend.

Die roten Locken wehten durch die Luft und landeten auf ihren Schultern, nachdem Veronica sich ruckartig umgedreht hatte und ihn wieder ansah. „Was tun Sie hier?", fragte sie.

„Etwas beweisen", antwortete er. Seine Stimme klang sogar in seinen Ohren angespannt und heiser. Warum, das war kein Geheimnis. Sie so zu sehen erhöhte seinen Blutdruck, genau wie andere Dinge.

„Ich verstehe nicht", sagte sie und kniff die Augen zusammen, während sie ihn musterte, auf der Suche nach einer Antwort. „Wie sind Sie hereingekommen? Meine Tür war abgeschlossen."

Joe wies auf die Schiebetür zum Balkon. „Nein, war sie nicht.

Eigentlich war sie offen. Es ist eine warme Nacht. Man kann fast die Kirschblüten riechen."

Veronica sah ihn fest an und rang mit sich. Wie sollte sie seine Worte mit den Tatsachen in Einklang bringen? Dieses Zimmer lag in der zehnten Etage. Zehn Stockwerke über dem Boden. Besucher schlenderten nicht einfach zur Balkontür herein.

Joe konnte seine Augen nicht von ihr abwenden. Verdammt, war sie eine scharfe Braut! Die hauteng violett-türkisfarben gemusterte Hose und der eng anliegende schwarze BH betonten ihre cremefarbene Haut, und ihre wunderschönen roten Locken fielen ihr auf die hellen Schultern. Sie sah absolut heiß aus. Sie war nicht so mager, wie er vermutet hatte. Ihre Taille war schlank, ihr Bauch flach, ihre Hüfte sanft gerundet und ihr Po fest und rund. Ihre wohlgeformten Beine waren unglaublich – das hatte er allerdings schon gewusst; sie schienen in der engen Hose noch länger zu sein. Ihre Brüste waren voll, jede Rundung, jedes Detail wurde von dem anschmiegsamen BH hervorgehoben.

Und, Gott, wie sie getanzt hatte, als er auf den Balkon geklettert war! Aus ihren Bewegungen sprach eine rohe Erotik, eine kaum verhüllte Leidenschaft. Er hatte richtiggelegen. Sie verbarg etwas unter diesen gerade geschnittenen konservativen Kostümen und ihrer kühlen, distanzierten Haltung. Wer hätte vermutet, dass sie ihre Freizeit damit verbrachte, wie in einem MTV-Clip zu tanzen?

Sie war vom Tanzen immer noch kurzatmig. Vielleicht, und das war wahrscheinlicher, lag es auch an dem unerwarteten Schreck, den er ihr eingejagt hatte. Schließlich hatte er etwa zehn Minuten an der Balkontür gestanden, bevor Veronica ihn entdeckt hatte. Er hatte es nicht eilig gehabt, sie zu unterbrechen. Er hätte die ganze Nacht dort stehen bleiben und ihr zusehen können.

Tja, vielleicht nicht die *ganze* Nacht …

Veronica trat einen Schritt zurück und entfernte sich von ihm, als würde sie ihm die Gedanken an den Augen ablesen. Ihre Augen wiederum waren groß und unglaublich, brillantblau. „Sie sind … über den *Balkon* hereingekommen?"

Joe nickte und hielt ihr etwas entgegen. Veronica erkannte, dass es eine Blume war. Er hielt ein eher schlappes und mitgenommenes rotgelbes Stiefmütterchen in der Hand. Die Blüten waren halb geschlossen. Sie hatte gesehen, dass solche Blumen in den Beeten vor dem Hotel wuchsen.

„Erst bin ich heruntergeklettert und habe das hier gepflückt", erwiderte Joe. Seine raue Stimme klang weich und verführerisch, warm und vertraulich. „Das ist der Beweis dafür, dass ich wirklich da war."

Er streckte immer noch die Hand aus, aber Veronica konnte sich nicht bewegen. Sie konnte kaum seine Worte aufnehmen. Er strich sich das Haar aus dem Gesicht. Er trug eine schwarze Hose und einen langärmligen schwarzen Rollkragenpullover, darüber eine Art Arbeitsweste, obwohl es in dieser Frühlingsnacht wirklich warm war. Seltsam genug, dass er mit nackten Füßen herumlief. Er lächelte nicht, und seine Miene wirkte schroff, unerbittlich und gefährlich. Sehr gefährlich.

Veronica betrachtete ihn, ihr schlug das Herz bis zum Hals. Als er näher trat und ihr die Blume in die Hand drückte, glaubte sie, in der Tiefe seiner Augen versinken zu müssen. Das Feuer, das sie dort aufglimmen sah, wurde zu einer flüssigen Glut. Die Züge um seinen Mund wirkten hart und sehnsüchtig, während er den Blick über ihren Körper gleiten ließ.

Und da verstand sie die Bedeutung seiner Worte.

Er war *bis nach ganz unten* geklettert? *Und* dann wieder zurück? *Zehn Stockwerke* hoch?

„Sie sind an der Fassade heruntergeklettert, und niemand hat Sie aufgehalten?" Veronica blickte auf die Blume und hoffte, dass er das Beben ihrer Stimme nicht bemerkte.

Er trat zur Schiebetür und zog die Vorhänge zu. Geht es ihm um Sicherheit oder um Privatsphäre? fragte sich Veronica und wandte sich ab. Sie fürchtete, er könne sein unverhohlenes Verlangen in ihren Augen widergespiegelt sehen.

Verlangen? Was war bloß mit ihr los? Es stimmte, Joe Catalanotto sah sündhaft gut aus. Trotz seiner offensichtlichen körperlichen Attribute war er allerdings unhöflich, taktlos und respektlos, grob in seinem Verhalten und seinem Erscheinen. Eigentlich war er so weit davon entfernt, ein Prinz zu sein, wie kein anderer Mann, den sie kannte. Sie hatten bisher kaum ein normales Gespräch geführt. Stattdessen kämpften sie nur. Warum um alles in der Welt konnte sie dann nur daran denken, wie sich seine Hände auf ihrer Haut anfühlen würden, seine Lippen auf ihren, sein Körper ...?

„Niemand hat mich gesehen – weder wie ich herunter- noch wie ich hochgeklettert bin", erwiderte Joe. Seine Stimme hüllte sie ein wie kühle, kostbare Seide. „Auf dieser Seite des Gebäudes gibt es keine Wachen. Die FInCOM-Agenten betrachten den Balkon nicht als das, was es ist: eine Hintertür. Eine ebenso zugängliche wie offensichtliche Hintertür."

„Eine ziemlich hoch gelegene Hintertür", entgegnete sie ungläubig.

„Es war nicht schwer. Ich habe weniger als eine Stunde gebraucht."

Weniger als eine Stunde. So nutzt er seine Zeit, dachte Veronica. Er hätte *mit ihr* arbeiten sollen. Er sollte lernen, sich wie Tedric zu benehmen. Und stattdessen kletterte an der Fassade des Hotels herunter und wieder hoch, wie ein irregeleiteter Superheld. Ärger durchflutete sie.

Joe trat einen Schritt vor und überwand die Distanz zwischen ihnen. Der Drang, ihr Haar zu berühren und ihr mit der Hand über die weiche Wange zu streichen, wurde übermächtig.

Das entsprach *nicht* dem Szenario, das er sich vorgestellt hatte, als er am Gebäude hoch und auf ihren Balkon geklettert war. Er hatte damit gerechnet, Veronica beim Arbeiten zu überraschen, wie sie wild auf ihrem Notizblock herumschrieb oder fanatisch etwas in den Laptop tippte. Er hatte erwartet, dass sie etwas anhatte, das ihre Kurven verhüllte und ihre Weiblichkeit verbarg. Dass sie ihr Haar im Nacken zu einem Knoten geschlungen hätte. Sie hätte ihn angesehen, wäre aufgeschreckt und hätte überrascht nach Luft geschnappt, wenn er den Raum betrat.

Und, oh ja, er hatte erwartet, sie zu beeindrucken, wenn er ihr erzählte, dass er die Rückwand des Hotels hochgeklettert war, um zu beweisen, wie lasch die Sicherheitsvorkehrungen von FInCOM waren.

Stattdessen überwand Veronica den ersten Schreck über sein plötzliches Erscheinen, verschränkte schließlich die Arme über ihren köstlich aussehenden Brüsten und sah ihn an. „Ich *fasse* es nicht! Ich soll Ihnen beibringen, wie Sie die verdammte Welt dazu bringen, Sie für Prinz Tedric zu halten. Und Sie spielen draußen Superheld und klettern zehn Stockwerke an der Hotelfassade hoch?"

„Ich bin kein Superheld, ich bin ein SEAL", erwiderte Joe und spürte, wie sein Temperament mit ihm durchzugehen drohte. „Das ist ein Unterschied. Und ich spiele nicht. Die Sicherheitsmaßnahmen von FInCOM stinken zum Himmel."

„Der Präsident der Vereinigten Staaten hatte keinerlei Bedenken, als er sich von FInCOM beschützen ließ", entgegnete Veronica kurz angebunden.

„Der Präsident der Vereinigten Staaten ist von fünfzehn Undercover-Agenten umgeben, die bereit sind, sich sofort in die Schusslinie zu werfen und statt seiner getroffen zu werden, falls nötig", widersprach Joe. Er zog sich zurück, nahm das Band vom Kopf und strich sich mit den Fingern durch das verschwitzte Haar. „Hören Sie, Ronnie. Ich bin nicht hierhergekommen, um mit Ihnen zu streiten."

„Soll das vielleicht eine Art Entschuldigung sein?"

Das war es nicht. Und sie wusste es genauso gut wie er. „Nein."

Angesichts seiner ungehobelten Offenheit brach Veronica in ungläubiges Gelächter aus. „Natürlich nicht. Wie dumm von mir. Wie konnte ich nur auf die Idee kommen!"

„Ich entschuldige mich nicht", sagte Joe fest. „Weil ich nichts falsch gemacht habe."

„Sie haben Zeit verschwendet", erklärte sie. „*Meine* Zeit. Womöglich verstehen Sie das nicht, aber wir haben jetzt nicht einmal mehr vierundzwanzig Stunden, um zu erreichen, dass diese Scharade funktioniert."

„Ich weiß, wie viel Zeit uns noch bleibt. Ich habe mir die Bänder angesehen, die Mac Forrest geschickt hat. *Das* wird nicht schwer. Eigentlich ist es sogar ein Kinderspiel. Ich kann mich als der Prinz ausgeben, kein Problem. Sie können sich entspannen und mir vertrauen." Er drehte sich um und holte das Telefon von einem der Beistelltische, die Veronica beiseitegeschoben hatte. „Ich möchte Sie bitten, jemanden anzurufen. Okay?"

Veronica nahm ihm das schnurlose Telefon aus der Hand und legte es wieder auf den Tisch. „Nein", antwortete sie eisig. „Ich möchte Sie bitten, nicht länger so entsetzlich herablassend zu sein. Hören Sie damit auf, mir die Hand zu tätscheln, und sagen Sie mir nicht, dass ich mich entspannen soll. Nehmen Sie mich mal eine verdammte Minute lang ernst!"

Joe lachte. Er konnte nicht anders. Sie stand da und sah selbst jetzt, wo sie vor Wut kochte und ihr Blick eiskalt war, aus wie ein heißer Traum.

„Ach, Sie finden das lustig, was?" Ihre Augen blitzten. „Ich versichere Ihnen, Lieutenant, Sie können das nicht ohne mich schaffen. Und bin wirklich sehr kurz davor, durch die verfluchte Tür da zu gehen und nicht zurückzukommen."

Joe wusste, dass das Einzige, was er jetzt auf keinen Fall tun sollte, war, weiterzulachen. Aber verflixt – er konnte nichts dagegen tun. „Ronnie", sagte er und tat, als würde er husten statt zu lachen. Dennoch gelang es ihm nicht, sein Lächeln zu verbergen. „Ronnie, Ronnie, ich *nehme* Sie ernst, Honey. Ehrlich."

Jetzt stützte sie die Hände auf die Hüfte, vor Fassungslosigkeit stand ihr der Mund offen. „Sie sind *so ein* ... so ein Arsch!", rief sie. „Sagen Sie mal – besteht Ihre wahre Absicht darin, das Ganze hier derart zu verderben, dass Sie sich gar nicht erst tarnen und als Prinz in Gefahr begeben müssen?"

Das Lächeln verschwand augenblicklich aus Joes Gesicht. Und Veronica wusste mit absoluter Bestimmtheit, dass sie zu weit gegangen war.

Er trat einen Schritt auf sie zu, sie wich zurück, floh vor ihm. Er war sehr groß, sehr stark und extrem wütend.

„Ich habe mich *freiwillig* zu diesem Job gemeldet, Babe", erklärte er ihr und betonte jedes Wort. „Ich tue das nicht wegen eines Schecks, wegen des Ruhms oder warum auch immer *Sie* hier sind. Und ich werde garantiert keinen verdammten Märtyrer spielen. Wenn ich mir für Prinz Tedric eine Kugel einfange, dann *trotz* der Tatsache, dass ich alles Menschenmögliche getan habe, um das zu verhindern. Und nicht, weil diese bleistiftspitzenden Sesselpupser vor Jahren bei längst überholten Sicherheitsstandards stehen geblieben sind."

Veronica schwieg. Was sollte sie dazu sagen? Er hatte recht. Wenn die Sicherheitsvorkehrungen nicht lückenlos genug waren, war es wahrscheinlich, dass er dafür mit dem Leben bezahlte. Sie konnte ihm ja nicht vorwerfen, dass er sich um die eigene Sicherheit bemühte. Und sie wollte auch nicht diesen seltsamen Anflug von Angst und Sorge verspüren, wenn sie darüber nachdachte, wie Joes Kopf zur Zielscheibe der Terroristen werden könnte. Es war tapfer von ihm, dass er sich freiwillig für diesen Einsatz gemeldet hatte. Besonders, da sie wusste, wie wenig er von Tedric Cortere hielt. Sie hätte ihm nichts anderes unterstellen sollen.

„Es tut mir leid", murmelte Veronica. Unfähig, seinem Blick zu begegnen, sah sie auf den Teppich.

„Und wegen der Frage, ob ich Sie ernst nehme …" Joe streckte die Hand aus und hob ihren Kopf sanft an, indem er einen Finger unter ihr Kinn legte. Sie war gezwungen, ihn anzusehen. „Sie irren sich. Ich nehme Sie sehr ernst."

Zwischen ihnen gab es eine Verbindung – seit dem ersten Augenblick. Der Ausdruck seiner Augen war fesselnd. Sein Blick löste all die in Wut ausgesprochenen Worte, das Misstrauen, den ganzen Frust und all die Missverständnisse auf. Übrig blieb allein diese elementare, fast urwüchsige Anziehungskraft, die einfachste aller Gleichungen. Mann plus Frau.

Es wäre so leicht, einfach nachzugeben. Veronica spürte, wie sich ihr Körper zu ihm neigte, als würde er von den Gezeiten getrieben, einer archaischen Urkraft, unbestechlich und bedingungslos. Sie musste es nur zulassen, sich diesem verzehrenden und übermächtigen Verlangen ergeben. Es würde sie mit sich reißen, von ihnen Besitz ergreifen. Es würde sie auf eine Reise ins Paradies schicken.

Doch für diese Reise gab es einen Hin- und einen Rückflug. Sobald sie zurück waren, sobald sie verausgabt und erschöpft dalagen, wären sie wieder genau dort – genau dort, wo sie angefangen hatten.

Und dann käme die Wirklichkeit zurück. Veronica wäre verlegen, weil sie mit einem Mann zusammen gewesen wäre, den sie kaum kannte. Joe würde sich selbstgefällig auf die Schulter klopfen.

Und sie hätten ein oder zwei weitere Stunden von ihrer kostbaren Vorbereitungszeit verschwendet.

Joe verfolgte offenbar denselben Gedankengang. Zart strich er ihr mit dem Daumen über die Lippen. „Was meinst du, Ronnie?", fragte er mit heiserer Stimme. „Glaubst du, dass wir nach nur einem Kuss aufhören können?"

Veronica wich zurück, und ihr Herz schlug noch heftiger. Wenn er sie jetzt küsste, war sie verloren. „Seien Sie nicht albern", erwiderte sie und bemühte sich um eine klare Stimme.

„Wenn ich mit dir schlafe", sagte er, seine Stimme klang tief und gefährlich und *sehr* bestimmt, „will ich die süßen Stunden genießen."

Sie wandte sich um und blickte ihm mit einer Tapferkeit ins Gesicht, die sie gar nicht empfand. „*Wenn?*", wiederholte sie. „Bei aller macho-männlichen Verwegenheit! Nicht *falls*, sondern *wenn* ich mit dir schlafe ... Das, Lieutenant, wird nicht passieren."

Er lächelte. Er deutete ein Lächeln an, das sehr wütend machen konnte, und ließ den Blick über ihren Körper gleiten. „Doch, das wird es."

„Jemals den Ausdruck ‚wenn die Hölle gefriert' gehört?", fragte Veronica in zuckersüßem Tonfall. Sie ging an ihm vorbei und zu ihrem Koffer, entdeckte ein Sweatshirt und zog es sich an. Sie schwitzte immer noch, und es war immer noch zu warm. Aber sie hätte fast alles getan, um sich vor seinen heißen Blicken zu schützen.

Wieder griff er zum Telefon. „Hören Sie mal, Ronnie. Bitte rufen Sie auf meinem Zimmer an und fragen Sie nach mir."

„Sie sind doch gar nicht da."

„Genau darum geht es. Die Jungs von FInCOM denken, dass ich schlafe, gemütlich in die Bettdecke gekuschelt. Es wird Zeit, sie wachzurütteln."

Sorgsam darauf bedacht, ihm nicht zu nahe zu kommen, und bemüht, dass sich ihre Hände nicht berührten, nahm Veronica das Telefon entgegen und wählte die Nummer der königlichen Suite. West meldete sich.

„Hier ist Miss St. John", sagte sie. „Ich möchte mit Lieutenant Catalanotto sprechen."

„Tut mir leid, Ma'am", antwortete West, „aber er schläft."

„Es ist dringend, Mr. West." Sie sah Joe an, der ihr ermunternd zu nickte. „Bitte wecken Sie ihn."

„Warten Sie einen Augenblick."

Am anderen Ende der Leitung herrschte Stille, dann hörte Veronica, wie weiter entfernt gerufen wurde. Wieder sah sie Joe an. „Ich glaube, sie sind jetzt wach geworden."

„Legen Sie auf", sagte er, woraufhin sie das Gespräch beendete.

Als Nächstes griff Joe zum Telefon und wählte. „Haben Sie eine Jogginghose oder eine Jeans, die Sie anziehen können?", fragte er Veronica.

„Ja. Warum?"

„Weil hier in dreißig Sekunden etwa fünfzig FInCOM-Agenten an die Tür klopfen werden ... Hallo? Ja. Kevin Laughton, bitte." Joe legte die Hand über die Sprechmuschel und sah Veronica an. Sie stand immer noch da und beobachtete ihn gebannt. „Beeilen Sie sich lieber." Er zog die Hand zurück. „Ja, ich bin noch da."

Veronica jagte zu ihrem Koffer und zog mit einem Ruck die einzige Jeans heraus, die sie für diese Reise eingepackt hatte.

„Ach so?", hörte sie Joe sagen. „Tja, dann sollten Sie ihn stören."

Sie schleuderte die Turnschuhe zur Seite und zog die Jeans an, indem sie auf einem Bein hüpfte.

„Warum sagen Sie ihm nicht, dass Joe Catalanotto am Telefon ist. Catalanotto." Er seufzte genervt. „Sagen Sie einfach Joe Cat, okay? Er weiß schon, wer ich bin."

Veronica zerrte die Hose hoch und war sich dabei bewusst, dass Joe sie beobachtete. Sie knöpfte die Jeans zu und wagte nicht, in seine Richtung zu sehen. *Wenn ich mit dir schlafe ...* Nicht falls, sondern *wenn*. Als wäre ihr intimes Zusammensein bereits beschlossene Sache – unbestritten und vorherbestimmt.

„Hi, Laughton", sagte Joe ins Telefon. „Wie geht es Ihnen, Kumpel?" Er lachte. „Ich dachte, ich demonstriere Ihnen die Sicherheitslücken von FInCOM mal aus erster Hand. Wie gefällt es Ihnen denn bis jetzt?" Er hielt das Telefon weit weg von seinem Ohr. „So gut sogar? Ja, ich habe einen kleinen Spaziergang in der Gartenanlage gemacht." Er begegnete Veronicas Blick und grinste vergnügt. „Ja, ich war so von der Schönheit der Blumen gefesselt, dass ich Miss St. John eine mit in ihr Zimmer gebracht habe, damit sie sie auch bewundern kann ..."

Er schaute auf das Telefon, das Gespräch war unterbrochen worden. Dann sah er Veronica an.

„Ich vermute, sie sind auf dem Weg."

# 7. Kapitel

„Ich brauche mehr Kaffee", sagte Veronica. Wie konnte Joe nur so *wach* sein? Sie hatte ihn kein einziges Mal gähnen sehen, während sie die Nacht durchgearbeitet hatten. „Ich glaube, meine Idee mit der Kehlkopfentzündung könnte funktionieren. Immerhin haben wir den Medien mitgeteilt, dass Prinz Tedric krank ist. Sie müssten nichts sagen und …"

„Wissen Sie, ich bin gar kein so schlechter Schauspieler", beharrte Joe. „Wenn ich weiter daran arbeite, bekomme ich eine ganz respektable Imitation von Prinz Tedric hin."

Veronica schloss die Augen. „Nichts für ungut, Joe. Aber ich bezweifle ernsthaft, dass Sie Tedrics Akzent nachahmen können, nur weil Sie ihn auf Band gehört haben. Wir können die Zeit für wichtigere Dinge nutzen."

Joe erhob sich. Veronica öffnete die Augen und sah zu ihm hoch.

„Ich hole Ihnen den Kaffee", sagte er. „Sie machen Fehler. Sie haben mich gerade Joe genannt."

„Vergeben Sie mir, Euer Hoheit", murmelte Veronica.

Er lächelte jedoch nicht. Er sah sie nur an, etwas Undeutbares lag in seinem Blick. „Mir gefällt Joe besser", erklärte er schließlich.

„Es wird nicht klappen, oder?", fragte sie leise. Ruhig erwiderte sie seinen Blick, bereit, die Niederlage einzusehen.

Nur dass er nicht besiegt war. Auf keinen Fall. Er hatte sich in jedem freien Moment Videoaufzeichnungen angeschaut und Aufnahmen von Prinz Tedric angehört. Es stimmte, es hatte nicht viel freie Zeit gegeben. Aber er kam gut voran und verstand allmählich, wie Tedric sich bewegte und wie er sprach.

„Ich schaffe das", erwiderte er. „Zum Teufel, ich sehe genauso aus wie der Typ. Jedes Mal, wenn ich mich mit diesen Haaren im Spiegel sehe, starrt Ted mir entgegen und erschreckt mich zu Tode. Wenn *ich* schon darauf hereinfalle, tut das auch jeder andere. Morgen bringt der Schneider die Sachen, die er geändert hat. Mir wird es leichterfallen, mich als Tedric auszugeben, wenn ich der Rolle entsprechend angezogen bin."

Veronica schenkte ihm ein mattes Lächeln. Immerhin, es *war* ein Lächeln. Sie war so müde, dass sie kaum noch die Augen offen halten konnte. Vor Stunden hatte sie die Jeans wieder gegen ihre Berufskleidung getauscht. Wieder einmal hatte sie sich das Haar hochgesteckt. „Wir müssen daran arbeiten, wie Tedric geht. Er hat diesen ziemlich ulkigen, schlingernden Gang, der ...“

„Er geht, als hätte er einen Schürhaken in der Hose", unterbrach Joe sie.

Veronicas melodisches Lachen hallte durch das stille Zimmer. Einer der FInCOM-Agenten sah vom Balkon zu ihnen rüber.

„Ja", stimmte sie Joe zu. „Sie haben recht. Genauso geht er. Obwohl ich nicht glaube, dass es bisher jemand mit diesen Worten beschrieben hat."

„Ich kann auch so gehen", erwiderte Joe. Er stand auf und marschierte in Veronicas Beisein steif durch das Zimmer. „Sehen Sie?" Er wandte sich um und sah sie an.

Sie hatte die Hände vor das Gesicht geschlagen, ihre Schultern bebten. Einen schrecklichen Moment lang dachte Joe, dass sie weinte. Er lief zu ihr, kniete sich vor sie und ... sie lachte. Sie lachte so ausgelassen, dass ihr die Tränen über die Wangen liefen.

„Hey", sagte Joe leicht gekränkt. „So schlecht war es auch wieder nicht."

Sie versuchte zu antworten, bekam jedoch kein Wort heraus. Stattdessen winkte sie ihm vergeblich mit der Hand zu und lachte weiter.

Ihr Lachen war ansteckend, und seit Langem mal wieder brach Joe ebenfalls in Gelächter aus.

„Machen Sie das noch einmal", bat sie ihn prustend, woraufhin er sich erhob und wie Prinz Tedric zur Tür schritt und wieder zurück.

Veronica lachte jetzt noch lauter, sie krümmte sich auf der Couch.

Der FInCOM-Agent sah sie an, als wären sie verrückt oder hysterisch – was wahrscheinlich nicht allzu weit entfernt von der Wahrheit war.

Veronica wischte sich über das Gesicht und versuchte, zu Atem zu kommen. „Oh Gott", sagte sie. „Oh Gott, seit Jahren habe ich nicht mehr so gelacht." In ihren Wimpern hingen Lachtränen, und ihre Augen funkelten, als sie immer noch kichernd Joe ansah. „Ich schätze, ich kann Sie nicht dazu überreden, es noch einmal zu tun?"

„Keine Chance", sagte er und erwiderte ihr Lächeln. „Mehr als zweimal am Tag direkt nacheinander gedemütigt zu werden, das geht über meine Kräfte."

„Ich habe nicht über Sie gelacht", erklärte sie, kicherte jedoch wieder stärker. „Doch, habe ich", gab sie schließlich zu. „Ich habe über Sie gelacht. Es tut mir so leid. Sie halten mich jetzt bestimmt für schrecklich taktlos." Sie schlug die Hand vor den Mund, konnte das Lachen jedoch nicht unterdrücken, zumindest nicht ganz.

„Ich glaube, es sieht nur witzig aus, weil ich anders angezogen bin als der Prinz", wandte Joe ein. „Wenn ich einen paillettenbesetzten Anzug trage und dann so gehe, können Sie uns nicht auseinanderhalten."

„Und *ich* glaube", erwiderte Veronica. „*Ich* glaube ... Ich glaube, es ist hoffnungslos. Es wird Zeit, aufzugeben." In ihren Augen schimmerten plötzlich echte Tränen, und jede Spur von ihrer ausgelassenen Fröhlichkeit verblasste. „Oh, *verdammt* ..." Sie wandte sich ab, konnte die mit einem Mal fließenden Tränen jedoch weder aufhalten noch verbergen.

Sie hörte, wie Joes Stimme den FInCOM-Agenten leise einen Befehl erteilte. Im nächsten Moment spürte sie, dass er sich neben sie auf das Sofa setzte.

„Hey", sagte er sanft. „Hey, komm schon, Veronica. So schlimm ist es nicht."

Sie fühlte, wie er die Arme um sie schlang, und zögerte nur kurz, bevor sie sich an ihn schmiegte. Sie ließ sich von ihm an seine Brust ziehen, ließ zu, dass er ihren Kopf auf seine Schulter bettete. Er war so warm, so fest. Und er duftete so wundervoll ...

Er hielt sie nur, wiegte sie sanft und ließ sie weinen. Er versuchte nicht, sie davon abzuhalten. Er hielt sie einfach fest.

Veronicas Tränen durchnässten sein Hemd, aber sie schien immer noch nicht aufhören zu können. Und ihm schien es nichts auszumachen. Sie fühlte seine Hand in ihrem Haar; er streichelte sie behutsam, beruhigend, tröstend.

Als er sprach, war seine Stimme leise. Veronica hörte, wie sein Herz schlug.

„Weißt du, der Typ, hinter dem wir her sind", flüsterte er, „der Terrorist ... Er heißt Diosdado. Klingt irgendwie wie Cher oder Madonna, nur nicht so fröhlich, aber ich wette, dass er in seiner Heimat Peru genauso berühmt ist. Er ist der Anführer einer Organisation, die Todeswolke heißt. Er und einer seiner Freunde, ein Mann namens Salustiano Vargas, haben sich zu über tausendzweihundert Morden bekannt. Diosdados Handschrift prangte auf der Bombe, die vor drei Jahren die Passagiermaschine von London nach New York in die Luft gesprengt hat. Zweihundertvierundfünfzig Menschen sind gestorben. Erinnerst du dich daran?"

Veronica nickte. Allerdings erinnerte sie sich daran. Das Flugzeug war auf dem halben Weg über dem Atlantik abgestürzt. Es gab keine Überlebenden. Ihre Tränen versiegten, während sie Joe zuhörte.

„In demselben Jahr haben Diosdado und sein Kumpel Vargas einen ganzen Bus voller US-Matrosen in die Luft gejagt. Zweiunddreißig Jungs, der Älteste war einundzwanzig." Er schwieg einen Augenblick. „Mac Forrests Sohn ist in dem Bus gewesen."

Veronica schloss die Augen. „Oh Gott ..."

„Johnny Forrest. Er war ein guter Junge. Und klug. Er sah Mac sehr ähnlich. Das gleiche Lächeln, die gleiche entspannte Haltung, die gleiche Hartnäckigkeit. Ich habe ihn kennengelernt, als er acht war. Er war der kleine Bruder, den ich nie gehabt hatte." Joes Stimme klang schwer vor Emotionen. Er räusperte sich. „Er war neunzehn Jahre alt, als Diosdado ihn in Stücke gerissen hat."

Joe verfiel in Schweigen und strich Veronica über den Kopf. Wieder räusperte er sich. Und als er jetzt sprach, tat er es mit fester Stimme. „Mit diesen beiden Bombenanschlägen sind Diosdado und die Todeswolke auf die Liste der meistgesuchten Verbrecher gekommen. Der Geheimdienst hat tief gegraben und eine Reihe von interessanten Fakten zutage gefördert. Diosdado ist der jüngere Sohn einer wohlhabenden Familie namens Perez. Übersetzt bedeutet sein Name ‚Gabe Gottes'."

Er lachte kurz verächtlich auf. „Für Mac Forrest war er keine Gabe Gottes. Für keine der anderen Familien dieser toten Männer. Die CIA hat herausgefunden, dass der Hurensohn sich mit einem Ableger seiner Gruppe genau hier in D. C. niedergelassen hat. Aber dann ist etwas schiefgegangen. Ein Feuergefecht brach aus; drei Agenten und zehn

Mitglieder der Todeswolke starben. Sieben weitere Terroristen wurden gefangen genommen, aber Diosdado und Salustiano waren weg. Die beiden Männer, die wir am meisten wollten, sind entkommen. Sie haben sich im Untergrund versteckt. Gerüchten zufolge ist Diosdado angeschossen und schwer verletzt worden. Seit Jahren gab es kein Lebenszeichen von ihm. Bis vor ein paar Tagen, als Vargas offenbar auf Prinz Tedric geschossen hat."

Joe schwieg wieder einige Augenblicke. „Das ist er", sagte er. „Das ist der Grund, weshalb wir nicht aufgeben können. Der Grund, weshalb diese Operation erfolgreich sein *wird*. Wir werden diese Mistkerle ein für alle Mal aufhalten, so oder so."

Veronica wischte sich mit dem Handrücken über das Gesicht. Sie wusste nicht, wann sie das letzte Mal so geweint hatte. Es musste am Stress liegen. Der Stress und die Erschöpfung. Trotzdem, derart die Fassung zu verlieren und …

Sie setzte sich auf, entzog sich Joes Umarmung und errötete verlegen. Sie hatte sich völlig gehen lassen – direkt vor Joe und all den FInCOM-Agenten. Beunruhigt sah sie sich im Zimmer um. Sie waren allein.

„Sie sind draußen vor der Tür", erklärte Joe, der offenbar ihre Gedanken gelesen hatte. „Ich dachte, Sie brauchen ein wenig Privatsphäre."

„Danke", murmelte Veronica.

Sie wurde noch röter, und ihre Nasespitze war vom Weinen ohnehin gerötet. Sie sah erschöpft und zerbrechlich aus. Joe wollte sie am liebsten wieder in die Arme ziehen und festhalten. Er wollte sie so lange halten, bis ihr die Augen zufielen und sie einschlief. Er wollte sie wärmen, sie beschützen und sie davon überzeugen, dass alles gut werden würde.

Sie blickte ihn an, ein betretener Ausdruck schimmerte in ihren kristallblauen Augen. „Es tut mir leid", sagte sie. „Ich wollte nicht …"

„Sie sind müde." Er bot ihr eine einfache Entschuldigung und schenkte ihr ein sanftmütiges Lächeln.

Sie waren allein. Niemand außer ihnen hielt sich in diesem Zimmer auf. Während Joe sie betrachtete, erkannte er, dass sie sich dessen genauso bewusst war wie er.

Ihr Haar hatte sich aus der Frisur gelöst, sodass ihr nun einzelne Locken ins Gesicht fielen.

Er konnte nicht anders. Er streckte die Hand aus und wischte ihr zärtlich die letzten Tränen von der Wange. Ihre Haut fühlte sich so weich und warm an. Sie zuckte nicht zusammen, zog sich nicht zurück; sie bewegte sich überhaupt nicht. Sie sah ihn einfach an. Ihre blauen Augen waren riesengroß und so verflixt unschuldig.

Joe erinnerte sich nicht daran, sich jemals so danach gesehnt zu haben, eine Frau zu küssen. Langsam, ganz langsam lehnte er sich vor und suchte in ihrem Blick nach einem Anzeichen von Protest, einem Anzeichen dafür, dass er zu viel in diesem Moment der Waffenruhe sah.

Ihr Blick flackerte, und er erkannte ihr Verlangen. Sie sehnte sich auch nach einem Kuss. Er entdeckte jedoch auch Zweifel und einen Anflug von Furcht in ihrem Blick. Sie hatte Angst.

Vor was? Vor ihm? Oder vor sich? Vielleicht fürchtete sie sich auch davor, dass sich diese überwältigende Anziehungskraft, die sie beide spürten, zu einem Vulkan aufbauen würde, der sie früher oder später verschlang.

Joe wäre beinahe zurückgewichen.

Aber als sie den Mund kaum merklich öffnete, konnte er nicht widerstehen. Er verzehrte sich danach, ihre Süße zu kosten – nur ein einziges Mal.

Dann küsste er sie. Langsam, zärtlich berührte er ihre Lippen.

Eine Welle reinen Verlangens wogte tief in ihm. Und er brauchte alle Selbstbeherrschung, um dieser Sehnsucht nicht nachzugeben, um sie nicht sofort fest an sich zu pressen, sie wild zu küssen und mit den Händen über ihre sinnlichen Kurven zu gleiten. Stattdessen bemühte er sich, seine Leidenschaft zu zügeln.

Behutsam, ganz sacht strich er mit der Zunge über ihre Lippen und erkundete zaghaft ihren weichen Mund. Er schloss die Augen und zwang sich dazu, sich noch langsamer zu bewegen. Sie schmeckte nach Erdbeeren und Kaffee, eine verführerische Kombination. Zart liebkoste er ihre Zunge, und als sie seine Zärtlichkeiten erwiderte, den Mund öffnete, ihm Einlass gewährte und den Kuss vertiefte, fühlte er sich wie benommen.

Es war der absolut süßeste Kuss, den er je erlebt hatte.

Zögernd, immer noch sehr langsam, erkundete er ihren warmen Mund und ihre weichen Lippen. Sein Mund berührte ihre Lippen, mit den Fingerspitzen berührte er ihre Wange. Sie war nicht in seiner Umarmung gefangen, ihre Körper waren nicht fest aneinandergepresst. Dennoch verfügte sie über die Macht, mit diesem zarten, mit diesem reinen Kuss so viel in ihm auszulösen. Ihm rauschte das Blut durch die Adern, und sein Herz pochte in einem wilden, rasenden Rhythmus.

Er begehrte sie verzweifelt. Mit jeder Faser seines Körpers wollte er mit ihr schlafen. Und doch …

Dieser Kuss genügte. Er machte ihn beschwingt und unglaublich leicht. Er empfand ein nie gekanntes Glück. So etwas hatte er bei keiner anderen Frau erlebt – bei keiner, zu der er sich hingezogen gefühlt, bei keiner, mit der er Sex gehabt hatte. Sie hatten ihm nicht besonders viel bedeutet.

Er nahm eine Enge in seiner Brust wahr, als Veronica unter seinen Händen erzitterte. Ein so starkes Gefühl hatte er noch nie empfunden.

Jetzt zog er sich zurück. Und sie wich seinem Blick aus, konnte ihm nicht in die Augen sehen.

„Das war … unerwartet", flüsterte sie.

Er konnte nicht voll und ganz zustimmen. Er hatte damit gerechnet, dass sie sich küssen würden, seit sie sich zum ersten Mal gesehen und ein ungezähmtes Verlangen zwischen ihnen geknistert hatte. Aber er hatte nicht mit dieser seltsamen Fürsorglichkeit gerechnet, die sich in seiner Brust breitmachte, mit diesem Gefühlsrausch. Es war ein bisschen unangenehm, und es hörte nicht auf. Auch nicht, nachdem der Kuss vorbei war.

Sie sah ihn an. „Vielleicht sollten wir wieder an die Arbeit gehen."

Joe schüttelte den Kopf. „Nein. Ich brauche eine Pause, und du auch." Er erhob sich und streckte ihr die Hand entgegen. „Komm, ich begleite dich zu deinem Zimmer. Du solltest dich ein bisschen ausruhen. Wir treffen uns dann in ein paar Stunden hier wieder."

Veronica ergriff seine Hand nicht. Sie blickte einfach zu ihm hoch.

„Komm", sagte er wieder. „Nimm dir etwas Zeit für dich."

Doch sie schüttelte jetzt den Kopf. „Wir haben keine Zeit."

Sanft berührte er ihr Haar. „Doch, haben wir. Auf jeden Fall ist genug Zeit da, um für eine Stunde die Augen zu schließen. Vertrau mir, Ronnie. Du brauchst das, damit du dich konzentrieren kannst."

Er sah ihr an, dass sie unentschlossen war. „Wie wäre es mit vierzig Minuten?", fügte er hinzu. „Du kannst gleich hier auf der Couch schlafen. Ich bestelle Kaffee und wecke dich um ..." Er schaute auf die Uhr. „... etwa um zwanzig nach sechs."

Langsam nickte sie. „In Ordnung."

Er beugte sich herunter und strich mit den Lippen kurz über ihren Mund. „Schlaf gut."

Sie hielt ihn zurück, indem sie sein Gesicht berührte. „Du bist so süß", sagte sie, und ihr war die Überraschung anzuhören.

Er musste lachen. In seinem Leben hatte man ihn schon so einiges genannt, „süß" war bisher nicht vorgekommen. „Oh nein, das bin ich nicht."

Veronica verzog den Mund zu einem Lächeln. „Das sollte keine Beleidigung sein." Ihr Lächeln verblasste, und mit einem Mal unangenehm berührt sah sie zur Seite. „Joe, ich will ehrlich zu dir sein", sagte sie leise. „Ich glaube, dieser Kuss ... war ein Fehler. Ich bin so müde, und ich konnte nicht klar denken. Und, tja, ich hoffe, du denkst nicht, dass ich ... Na ja, gerade ist es nicht ... Wir können nicht ... Es war ein *Fehler*. Meinst du nicht auch?"

Er spannte sich an. Die Schlinge um seine Brust zog sich zu, sodass er kaum atmen konnte. Ein Fehler. Veronica fand, dass es falsch war, ihn zu küssen. Zögernd schüttelte er den Kopf und überspielte die Enttäuschung mit einem angespannten Lächeln. „Nein, und es tut mir leid, dass *du* das denkst", antwortete er. „Ich dachte, vielleicht ist da etwas zwischen uns."

„Etwas?", wiederholte Veronica und sah ihn an.

Dieses Mal wich Joe ihrem Blick aus. Er setzte sich neben sie auf die Couch und fühlte sich plötzlich erschöpft. Wie sollte er erklären, was er meinte, wenn er sich nicht einmal selbst wiedererkannte? Verdammt, er hatte schon zu viel gesagt. Was war, wenn sie jetzt glaubte, er sei in sie verliebt?

Mit einer Hand strich er sich das Haar zurück und blickte zu Veronica.

Ja, sie wünschte sich, dass er sich in sie verliebte, in etwa genauso sehr, wie sie ein Loch im Kopf haben wollte. Im Bruchteil einer Sekunde stellte er sich ihr Entsetzen vor und wie sie eine einstweilige Verfügung erwirken würde, um ihn von sich fernzuhalten. Er war ungehobelt und unkultiviert, durch und durch ein Arbeiterkind. *Sie* hing mit Mitgliedern des Königshauses herum. Für sie wäre es peinlich und lästig, wenn ihr ein verrückter, ungehobelter und liebeskranker Matrose hinterherlief.

Während er ihr in die Augen blickte, sah er schon ihre Beklemmung. Deshalb lächelte er ihr übermütig zu und betete, dass sie die Enge in seiner Brust nicht irgendwie spürte. „Ich dachte, zwischen uns ist etwas Großes", sagte er, lehnte sich vor und legte eine Hand auf ihre Hüfte.

Veronica wich auf der Couch zurück, schreckte vor ihm zurück. Seine Hand rutschte herunter.

„Ach so", erwiderte sie. „Sex. Ich dachte mir schon, dass du das meinst."

Joe richtete sich auf. „Zu schade."

Sie sah ihn an, hielt seinem Blick jedoch nicht länger als den Bruchteil einer Sekunde stand. „Ja, genau."

Er drehte sich um, steuerte auf das Schlafzimmer zu. Er wollte ins Bett. Vielleicht verringerte sich dieser Druck auf seiner Brust, nachdem er ein wenig geschlafen hatte. Oder – bitte, Gott! – vielleicht verschwand er dann.

„Bitte vergiss nicht, mich zu wecken", rief Veronica ihm nach.

„Richtig", antwortete er kurz und schloss die Tür hinter sich.

Keine fünf Minuten nachdem Joe beim Zimmerservice Kaffee bestellt hatte, klopfte es schon an der Tür. Mann, dachte er, wie die Leute springen, wenn sie glauben, es mit jemand Blaublütigem zu tun zu haben!

West und der andere FInCOM-Agent namens Freeman zogen ihre Waffen und bedeuteten Joe, sich von der Tür fernzuhalten. Es fühlte sich seltsam an. Normalerweise war Joe derjenige, der andere beschützte.

Die Tür ging auf, und der Kellner trat ein. West und Freeman reichten Joe zwei dampfende Tassen voll duftendem Kaffee. Joe stellte sie auf dem Tisch ab.

Veronica schlief immer noch. Sie war so weit heruntergerutscht, dass ihr Kopf jetzt auf der Sitzfläche lag. Sie hielt einen Notizblock an die Brust gepresst.

Sie sah unglaublich schön aus. Ihre Haut wirkte so glatt und zart, dass er sich zusammenreißen musste, um nicht die Hand auszustrecken und ihre Wange zu berühren.

Veronica St. John.

Wer hätte gedacht, dass er etwas für ein anständiges Society-Mädchen namens Veronica St. John übrig hatte? ‚Sinjin‘, um Gottes willen. Aber sie war an ihm nicht interessiert. Dieser wahnsinnige, perfekte Kuss war *ein Fehler* gewesen.

Von wegen.

Joe hatte sich zwingen müssen, um einzuschlafen. Nur sein umfassendes Training hatte ihn davon abgehalten, auf dem Bett zu liegen, an die Decke zu starren und seine Energie damit zu verschwenden, den Kuss immer wieder und wieder Revue passieren zu lassen. Damit hatte er genug Zeit verbracht, als er nach dem Aufstehen geduscht hatte. Jedes Mal, wenn er sich an diesen Kuss erinnerte, versuchte er, herauszufinden, was er falsch gemacht hatte. Und jedes Mal blieb er ratlos. Schließlich hatte er es sich eingestehen müssen: Er hatte nichts falsch gemacht. Dieser Kuss war fantastisch gewesen. Kein Fehler.

Jetzt musste er nur noch Veronica davon überzeugen.

Ja, genau. Sie war verflixt dickköpfig. Vermutlich war es leichter, den Mississippi dazu zu bringen, nach Norden zu fließen.

Das Schlimmste an der ganzen Geschichte war: Joe ertappte sich dabei, dass er diese Frau tatsächlich gernhatte, dass er sie zum Lächeln bringen wollte. Er wollte noch einmal einen Blick hinter ihre so piekfeine britische Fassade werfen. Nur dass er nicht genau einschätzen konnte, wo die Fassade aufhörte und die echte Frau anfing. Bis jetzt hatte er zwei extrem gegensätzliche Eindrücke: Veronica in ihren perfekten, feinen Kostümen, und Veronica in ihrem Tanzoutfit. Er neigte zu der Ansicht, dass die echte Veronica irgendwo in der Mitte steckte. Und er hätte gewettet, dass sie ihr wahres Ich niemals freiwillig zeigen würde. Erst recht nicht ihm.

Joe war der Sohn eines Dienstboten, sie gehörte der Führungsschicht an. Sollte sie sich mit ihm einlassen, wäre das nur ein Spaß, reiner Nervenkitzel. Einmal in die Unterschicht abtauchen.

*Unter ihrem Niveau.*

Gott, was für ein hässlicher Ausdruck. Andererseits … Sollte sie doch. Aber was würde er tun, wenn sie auf ihn zukam? Würde er ihr eine Abfuhr erteilen? Den Teufel würde er tun!

Im Geiste sah er die Szene bereits vor sich, wie Veronica mitten in der Nacht an seine Tür klopfte und er sagte: „Tut mir leid, Babe. Ich bin nicht scharf darauf, von neugierigen Debütantinnen benutzt zu werden, die wissen wollen, wie die andere Hälfte der Gesellschaft lebt und liebt."

Na klar!

Sollte sie an seine Tür klopfen, würde er sie natürlich weit aufreißen. Er würde sie ihren Ausflug machen lassen. Solange er derjenige war, der sie dabei begleitete.

Veronica bewegte sich, ihr Notizblock fiel ihr aus der Hand. Joe fing ihn auf, bevor er auf den Boden fallen konnte.

Ihre Haare wirkten fast zerzaust, und die weichen roten Strähnen wellten sich um ihr Gesicht. Ihr Mund war leicht geöffnet, Ihre Lippen waren so weich und zart und köstlich. Das wusste er inzwischen aus eigener Erfahrung.

Es brauchte nicht viel, um sich auszumalen, wie sie diese vorzüglichen Lippen auf seine presste, um ihn wieder zu küssen – tief, fordernd und gefühlvoll. Es wäre ein Kuss, aus dem rasant mehr würde. *Viel* mehr.

Und was dann?

Dann wären sie so lange ein Paar, bis sie seiner überdrüssig wurde oder er keine Lust mehr auf sie hatte. Es wäre genau wie bei den anderen Beziehungen, die er eingegangen war.

Bis jetzt *war* mit Veronica St. John allerdings alles anders. Sie war keine Frau, die er in einer Bar getroffen hatte. Sie war nicht auf ihn zugegangen, hatte ihm nicht ihre Wagenschlüssel oder den Schlüssel von ihrem Motelzimmer gegeben und nicht gefragt, ob er in den nächsten zwanzig Stunden etwas vorhatte. Sie hatte ihn überhaupt nicht angesprochen.

Sie gehörte nicht zu diesem Typ Frau. Sie war zu nervös, zu schüchtern.

Aber etwas, das er in ihren Augen gesehen hatte, versprach ihm das Paradies, wie er es nie erfahren hatte. Verdammt, es war ein Paradies, das er wahrscheinlich besser gar nicht erst kennenlernen sollte.

*Was wäre, wenn er ihrer niemals überdrüssig wurde?*

Da war sie. Da stand sie im Raum. Die große, hässliche Frage, die er sich zu stellen vermieden hatte. Was, wenn diese Schlinge, die sich um seine Brust gelegt hatte, nie verschwinden würde?

Aber das würde nicht passieren. Nicht wahr?

Er durfte nicht zulassen, dass Veronicas vornehme und niveauvolle Manieren ihn aus der Bahn warfen. Sie war einfach eine Frau. Alle Unterschiede, an die er gedacht hatte, waren genau das: eingebildet. Warum stand er dann jetzt wie ein Trottel da und starrte sie an? Warum war er zu feige, sie zu berühren, sie zu wecken und ihrem verschlafenen Blick aus den blauen Augen zu begegnen?

Die Antwort lag auf der Hand: Weil sie sich niemals in ihn verlieben würde. Selbst wenn das Unmögliche geschah und Joe tatsächlich so etwas Dämliches tat, wie sich in sie zu verlieben – nicht in einer Million Jahre würde sie sich *in ihn* verlieben! Natürlich, vielleicht fand sie es für ein paar Wochen oder sogar Monate ganz amüsant mit ihm. Irgendwann aber würde sie zur Besinnung kommen.

Und irgendwie schmerzte ihn der Gedanke daran. Sogar jetzt. Sogar, obwohl absolut nichts sie verband. Nichts – außer einem perfekten Kuss und seinem Versprechen auf das Paradies.

„Yo, Ronnie", sagte Joe. Er hoffte, dass sie aufwachte, ohne dass er sie berühren musste. Doch sie rührte sich nicht.

Er beugte sich vor und sprach direkt in ihr Ohr: „Kaffee ist fertig. Es wird Zeit, aufzustehen."

Nichts.

Er berührte ihre Schulter und rüttelte sie sanft.

Nichts.

Er schüttelte sie leicht, und jetzt reagierte sie, hielt die Augen jedoch geschlossen.

„Geh weg", murmelte sie.

Joe zog sie hoch, sodass sie saß. Sie ließ den Kopf auf die Lehne der Couch fallen. „Komm schon, Baby", sagte er. „Wenn ich dich nicht wecke, wirst du mir die Hölle heißmachen." Sanft berührte er ihre Wange. „Komm schon, Ronnie. Sieh mich an. Mach die Augen auf."

Sie tat es. Ihre Augen waren auch jetzt noch erstaunlich blau und wirkten sehr verschlafen. „Sei ein Schatz, Jules, und ruf im Büro an. Sag Bescheid, dass ich ein paar Stunden später komme. Ich bin total fertig. Ist spät geworden gestern Nacht." Sie lächelte und warf ihm einen Luftkuss zu. „Danke, mein Schatz." Dann zog sie sich den Rock sittsam über ihre wundervollen Knie, ließ den Kopf wieder auf die Sofakissen fallen und schloss fest die Augen.

Jules?

Wer zum Teufel war Jules?

„Komm schon, Veronica", sagte Joe fast verzweifelt. Er hatte kein Recht, sich zu wünschen, dass er diesen Jules irgendwo anketten könnte. Wer auch immer Jules war – Joe hatte absolut kein Recht dazu. „Ich sollte dich doch wecken! Außerdem kannst du nicht auf der Couch schlafen. Wenn du aufstehst, wirst du schreckliche Rückenschmerzen haben."

Sie öffnete weder die Augen noch seufzte sie oder bewegte sich.

Sie schlief tief und fest. Wahrscheinlich würde sie nicht aufwachen, bevor sie sich ausgeschlafen hatte.

Die Zähne zusammengebissen hob Joe sie hoch und trug Veronica ins Schlafzimmer. Vorsichtig legte er sie auf das Bett und versuchte, nicht daran zu denken, wie perfekt sie in seine Arme passte. Eine Sekunde lang überlegte er tatsächlich, ob er unter die Decke schlüpfen und sich neben sie legen sollte. Doch ihm blieb keine Zeit. Er musste auch arbeiten. Außerdem würde er nur mit Veronica St. John ins Bett gehen, wenn sie ihn dazu einlud.

Joe zog ihr die Schuhe aus und stellte sie auf den Fußboden. Dann deckte er Veronica zu.

Sie rührte sich nicht und wachte nicht mehr auf. Er gab dem Verlangen, ihr das Haar aus dem Gesicht zu streichen, nicht nach. Er betrachtete sie nur einen kurzen Moment lang und wusste, dass es am klügsten war, sich von dieser Frau fernzuhalten. Er wusste, dass sie Ärger bedeutete, und zwar eine Art von Ärger, den er bisher noch nie erlebt hatte.

Er drehte sich um. Jetzt war der richtige Moment für einen starken Drink. Doch Joe begnügte sich mit schwarzem Kaffee und begann zu arbeiten.

# 8. Kapitel

Veronica setzte sich kerzengerade im Bett auf.

Lieber Gott im Himmel! Sie sollte nicht schlafen! Sie sollte arbeiten und ...

Wie spät war es eigentlich?

Ihre Armbanduhr zeigte zwanzig vor eins an. Oh nein! Sie hatte den ganzen Morgen verloren. Sie musste wirklich am Ende gewesen sein. Sie konnte sich nicht einmal daran erinnern, wie sie wieder in ihr Zimmer gegangen war ...

*Oh Gott!* Es war gar nicht ihr Zimmer! Sie befand sich im Schlafzimmer des Prinzen, in seinem Bett. Nein, nicht im Bett des Prinzen. *Joes.* Es war *Joes* Bett.

In einem schwindelerregenden Gedankenblitz erinnerte sich Veronica daran, wie Joe sie in die Arme genommen und sie so zärtlich, so sinnlich geküsst hatte, dass sie regelrecht dahingeschmolzen war. Mit erfahrenen Händen hatte er sie von ihrer Kleidung befreit und ...

Aber sie war immer noch angezogen. Bis zu der Strumpfhose, die verrutscht und unbequem war. Sie hatte nur von Joe Catalanotto, seinem verführerischen Blick und überraschend sanften Berührungen geträumt.

Dennoch ... Der Kuss war real gewesen und fast schmerzhaft, schockierend zärtlich. Es passte. Joe wusste genau, wie er sie küssen musste, damit sie am verwundbarsten war. Er wusste genau, wie er sie am besten traf.

Sie hatte angenommen, er würde sie fast grob küssen – ein Nachhall des sexuellen Appetits, den sie in seinem Blick gelesen hatte. Damit hätte sie umgehen können. Sie hätte gewusst, was sie sagen und tun musste.

Stattdessen hatte Joe ihr einen Kuss gegeben, der sanft war, behutsam und zart, statt leidenschaftlich, und doch hatte die Leidenschaft darunter gelodert. Doch Veronica war immer noch erstaunt über die Zurückhaltung, die er gezeigt hatte, über seinen weichen Mund an ihrem, über der langsamen, nachklingenden Sinnlichkeit seiner Lippen. Sie hätte ihn bis ans Ende aller Tage so weiterküssen können.

Ende. Gott! Sie hatte so viel *Zeit* vertrödelt.

Veronica schwang die Beine aus dem Bett.

Sie hatte Joe *gesagt*, dass er sie wecken sollte. Offensichtlich hatte er das nicht getan. Statt sie zu wecken, hatte er sie hierher getragen und auf sein Bett gelegt.

Sie entdeckte einen ihrer Schuhe auf dem Fußboden und suchte vergeblich nach dem anderen. Super. Mit nur einem Schuh und nachdem sie den halben Tag verschlafen hatte, war ihre Würde dahin. Sie musste wohl oder übel so ins Wohnzimmer gehen und das wissende Grinsen der FInCOM-Agenten ertragen.

Sie war eine Niete. Sie war eingeschlafen – und hatte *stundenlang* weitergeschlafen. Während der Arbeit.

Und Joe … Joe hatte sein Versprechen nicht gehalten und sie nicht geweckt.

Sie hatte schon angefangen … ihn zu mögen. Sie hatte sich von Anfang an zu ihm hingezogen gefühlt, aber es war etwas anderes. Tatsächlich *mochte* sie ihn, und das kam von Herzen. Trotz der Tatsache, dass er aus einer ganz anderen Welt kam, trotz der Tatsache, dass sie sich die meiste Zeit über zu streiten schienen. Sie mochte ihn sogar trotz der Tatsache, dass er ihre Beziehung ganz klar vertiefen wollte – zu einer Affäre. Trotz alledem hatte sie gedacht, er begann auch, sie zu mögen.

Ihre Enttäuschung verwandelte sich schnell in Ärger. Wie konnte er es wagen, sie den ganzen Tag lang schlafen zu lassen? Dieser *Mistkerl*!

Veronica kochte vor Wut, als sie die Bluse wieder in den Rock schob und den Blazer glatt strich. Zum Glück war das Kostüm einigermaßen knitterfrei.

Mit ihren Haaren war es nicht so einfach. Aber Veronica war fest entschlossen, nicht mit offenen, bis auf die Schultern fallenden Haaren aus dem Schlafzimmer zu gehen. Schlimm genug, dass sie in Joes Bett geschlafen hatte. Sie wollte nicht, dass es auch noch so aussah, als hätte sie dort *mit* Joe geschlafen.

Schließlich atmete sie tief ein und betrat, erhobenen Hauptes und den Schuh in einer Hand, das Wohnzimmer.

Falls der FInCOM-Agent herablassend grinste, ignorierte Veronica es. Entscheidend war, dass Joe sich nicht in dem Raum aufhielt. Was gut war, denn sonst hätte sie ihre Würde vollends verloren, indem sie ihm den Schuh an den Kopf geworfen hätte. „Guten Tag, Gentlemen", sagte sie kurz angebunden zu West und Freeman, während sie ihre Mappe aufhob. Ah, gut. Hier lag der fehlende Schuh – auf dem Boden vor dem Sofa. Veronica schlüpfte hinein. „Können Sie mir sagen, wo der Lieutenant hingegangen ist?" „Er ist oben im Fitnessraum", antwortete einer der beiden. „Danke sehr", erwiderte Veronica und stürmte zur Tür hinaus.

Joe hatte schon über zehn Kilometer auf dem Laufband zurückgelegt, als Veronica in den reich ausgestatteten Fitnessraum des Hotels kam. Sie sah viel besser aus. Sie hatte geduscht und die Kleidung gewechselt. Und, oh Wunder, statt ein weiteres ihrer Margaret-Thatcher-Kostüme anzuziehen, hatte sie sich für ein schlichtes blaues Kleid entschieden. Es war nicht besonders ausgefallen, zweifellos sollte es von ihren weiblichen Attributen eher ablenken. Trotzdem umschmeichelte es Veronicas schlanken Körper irgendwie so, dass sie zum Anbeißen darin aussah. Und, oh Baby, diese Beine ...

Joe wischte sich einen Schweißtropfen ab, der ihm über die Stirn lief. Warum war es plötzlich so heiß hier drinnen?

Ihre Begrüßung war allerdings alles andere als warmherzig.

„Ich möchte Sie kurz sprechen", erklärte sie in eisigem Tonfall, ohne zumindest ein Hallo voranzuschicken. „Wenn Sie Zeit haben, natürlich."

„Haben Sie gut geschlafen?", fragte Joe.

„Brauchen Sie hier noch lange?", entgegnete Veronica und starrte irgendetwas zu seiner Linken an.

Okay, sie hatte offenbar hervorragend geschlafen. Irgendetwas ging ihr auf die Nerven, und Joe hätte wetten können, dass er es war. Er hatte sie weiterschlafen lassen. Korrektur: Er hatte sie nicht wach bekommen. Das war nicht seine Schuld, trotzdem würde er jetzt dafür bezahlen.

„Können Sie mir noch fünf Minuten geben?", erwiderte er. „Ich möchte gern fünfzehn Kilometer ohne Unterbrechung laufen."

Joe war nicht einmal außer Atem. Veronica sah die leuchtenden

Ziffern auf der Armatur. Er hatte bereits zwölf Kilometer zurückgelegt. Trotzdem klang er nicht angestrengt.

Dennoch schwitzte er. Seine Hose war schweißnass. Er trug kein
Oberteil, und seine glatte, gebräunte Haut glänzte, während seine
Muskeln arbeiteten. Und, lieber Gott, er hatte so viele Muskeln! Wohl
definierte, perfekte Muskeln. Er sah umwerfend aus.

Er beobachtete sie über eine der Spiegelwände, die den Fitnessraum ausfüllten. Veronica lehnte sich an die Wand bei der Tür
und versuchte, Joe nicht anzusehen. Aber wohin sie auch blickte,
sah sie sein Spiegelbild. Sie ertappte sich dabei, wie sie seine beeindruckende Rücken- und Armmuskulatur fasziniert betrachtete.
Unwillkürlich dachte sie an den Kuss. An den fantastischen, span-
nenden, romantischen Kuss, voll so viel Zärtlichkeit und so viel
Gefühl. Es ließ sich mit keinem anderen Kuss vergleichen, den
Veronica je erlebt hatte.

Veronica war nicht entgangen, dass Joe sich zurückgenommen
hatte, als er sie so geküsst hatte. Sie hatte seine Zurückhaltung und
seine starke Selbstbeherrschung gespürt. Sie hatte das Ausmaß seines
Verlangens in seinem Blick gelesen und gewusst, dass er mehr als
einen einfachen sanften Kuss gewollt hatte.

Veronica konnte nicht vergessen, wie er ihren Blick gesucht und
sich zu ihr gebeugt hatte …

Na wunderbar. Hier stand sie, erlebte Joes Kuss in Gedanken noch
einmal und blickte wie gebannt auf seinen perfekten Po. Veronica sah
auf und in seine amüsiert funkelnden dunklen Augen. Er wusste, was
sie gerade betrachtet hatte. Und offensichtlich erriet er ihre Gedanken.

Sie könnte es genauso gut zugeben, gestand Veronica sich ein. Sie
könnte genauso gut mit diesem Mann schlafen und so darüber hin-
wegkommen. *Er* war ja sowieso felsenfest davon überzeugt, dass es
geschehen würde. Und nach diesem Kuss und trotz all ihrer guten
Vorsätze beschäftigte Veronica nur eine Frage: Wann würde er sie
wieder küssen? Nur dass er sie nicht geweckt hatte, was bedeutete,
dass er sie wahrscheinlich nicht einmal *mochte*. Und jetzt war sie
verdammt wütend auf ihn. Ja, ihn zu küssen *war* ein Fehler gewesen.
Obwohl sie in dem Moment, als sie das gesagt hatte, eine ganz andere Art Fehler gemeint hatte. Sie hatte gemeint, dass der Zeitpunkt
schlecht war. Sie hatte sagen wollen, dass es ein Fehler war, sich

neben all den anderen Dingen, die sie bereits fast um den Verstand brachten, von einem romantischen Abenteuer ablenken zu lassen. Dann hatte er natürlich gesagt, was *er* gesagt hatte, und ...

Die Tatsache, dass Joe in ihrer wachsenden Freundschaft nur eine rein körperliche Grundlage sah, bereitete Veronica noch mehr Schwierigkeiten. Sie wusste, dass ein Mann wie Joe Catalanotto, der an ein Leben voller Abenteuer und Risiko gewöhnt war, kein Interesse an einer festen Beziehung mit einer Frau wie ihr haben konnte. Einer Frau, die hart daran arbeitete, zuverlässig, verantwortungsbewusst, und tja, ganz ehrlich, *langweilig* zu sein. Und selbst wenn das nicht der Fall war – selbst wenn Joe sich auf wundersame Weise bis über beide Ohren in sie verliebte ... Wie um alles in der Welt sollte sie damit zurechtkommen, dass er sie für gefährliche, streng geheime Einsätze verließ? Wie sollte sie ihm zum Abschied zuwinken, wenn sie wusste, dass sie ihn vielleicht nie wiedersah?

Nein, vielen Dank.

Vielleicht war diese reine Sex-Sache also doch nicht so problematisch. Womöglich machte es ihr das leichter. Eventuell brachte es alles auf eine schlichte, einfache Ebene.

Denn sie fühlte sich *weiß Gott* stark zu ihm hingezogen. Was war also dabei, wenn sie ihn beobachtete?

Veronica erwiderte seinen Blick fast trotzig und hob das Kinn. Man konnte nicht so einen Körper haben und davon ausgehen, dass die Leute einen nicht anstarrten. Joe beim Laufen zu beobachten war so ähnlich, als würde man jemandem beim Tanzen zusehen. Er bewegte sich anmutig und sicher, fließend und anscheinend ohne Anstrengung. Sie fragte sich, ob er tanzen konnte. Und nicht zum ersten Mal überlegte sie, wie es sich anfühlen würde, wenn er sie beim Tanzen in den Armen hielt.

Während Veronica ihn beobachtete, konzentrierte Joe sich auf das Laufen. Er steigerte seine Geschwindigkeit, bewegte Arme und Beine heftiger, strengte sich an. Das Laufband begann zu schnarren. Und gerade als Veronica sicher war, dass Joe jetzt langsamer wurde, als sie überzeugt war, er könnte das Tempo keine Sekunde länger halten, lief er sogar noch schneller.

Er biss die Zähne zusammen, auf seinem Gesicht spiegelten sich seine Konzentration und der Wille, durchzuhalten. Er wirkte irgendwie wild und ungezügelt. Ein grimmiger, barbarischer Kämpfer aus archaischer Vorzeit, der die Grundfesten von Veronicas mit Sorgfalt und Höflichkeit bedachten Welt des einundzwanzigsten Jahrhunderts erschütterte.

„Oha", rief jemand, und ein breites Lächeln formte sich auf Joes Gesicht, als er die drei Männer ansah, die bei den Gewichten in einer Ecke des Raums standen. Genauso schnell, wie sein Lächeln erschienen war, verschwand der Barbar.

Merkwürdig, dass Veronica die anderen Männer erst jetzt wahrnahm. Sie hatte zwar die FInCOM-Agenten bemerkt, die sich in ihrer Nähe aufhielten, aber diese drei Männer in Trainingskleidung nicht. Sie schienen Joe zu kennen. SEALs, vermutete Veronica. Das mussten die Männer sein, um deren Anwesenheit Joe Admiral Forrest gebeten hatte.

Joe verlangsamte schließlich das Tempo und stellte das Laufband auf Gehgeschwindigkeit, während er zu Atem kam. Er stieg herunter, griff nach einem Handtuch und trocknete sich das Gesicht ab, während er auf Veronica zuging.

„Was gibt's?"

Joe dampfte. Sichtbar stieg Hitze von seinen glatten, starken Schultern auf. Drei Schritte vor Veronica blieb er stehen. Zweifellos wollte er sie nicht vor den Kopf stoßen, indem er ihr zu nahe kam.

Seine Freunde traten zu ihnen, und Veronica fühlte sich augenblicklich zum Schweigen gebracht. Drei zusätzliche Augenpaare musterten sie mit unverhohlener männlicher Wertschätzung. Allein Joes Blick war schon schwer genug zu ertragen.

Joe nahm die Männer ins Visier. „Verschwindet! Das ist ein Privatgespräch."

„Jetzt nicht mehr", erwiderte einer von ihnen in näselndem Tonfall. Er war fast genauso groß wie Joe, wog jedoch bestimmt zehn Kilo weniger. Er streckte Veronica die Hand entgegen. „Ich bin Cowboy, Ma'am."

Sie schüttelte Cowboy die Hand, und er hielt ihre länger als nötig, bis Joe ihm einen warnenden Blick zuwarf.

„Okay, kurze Unterbrechung", sagte Joe. „Lieutenant McCoy, mein leitender Offizier, und die Lieutenants Becker und Jones, auch bekannt als Blue, Harvard und Cowboy. Miss Veronica St. John –

schreibt man in zwei Wörtern, spricht es aber *Sinjin* aus. Sie ist Prinz Tedrics Medienberaterin und gehört zum Planungsteam dieses Einsatzes."

Lieutenant Blue McCoy schien in Joes Alter zu sein, also Anfang dreißig. Er war kleiner und schlanker als die anderen Männer, von der Statur eines Langstreckenläufers. Er hatte die türkisblauen Augen, dichtes, gewelltes blondes Haar und das attraktive Gesicht eines Hollywood-Stars.

Harvard war ein großer Mann mit intelligent schimmernden braunen Augen und glatt rasiertem Schädel. Cowboys Haare waren länger als die von Blue, er trug sie zu einem Pferdeschwanz zusammengebunden. Seine Augen waren grün und funkelten, sein Lächeln jugendlich und gewinnend. Er sah wie Kevin Costners jüngerer Bruder aus, und das wusste er auch. Selbstbewusst zwinkerte er Veronica zu.

„Schön, Sie kennenzulernen", sagte sie und schüttelte Blue und Harvard zur Begrüßung die Hand. Sie fürchtete, wenn sie Cowboy noch einmal die Hand reichte, würde sie sie nicht mehr wiederbekommen.

„Das Vergnügen ist ganz auf unserer Seite, Ma'am", erwiderte Cowboy. „Mir gefällt, was Sie mit den Haaren vom Captain angestellt haben."

„Captain?" Veronica sah Joe an. „Ich dachte, Sie sind Lieutenant."

„Das ist eine Art Kosename, Ma'am", erklärte Blue. Auch er hatte einen starken Akzent, aber seiner gehörte tief in die Südstaaten. „Cat führt das Kommando, darum wird er manchmal Captain genannt."

„Das ist besser als ein paar der anderen Bezeichnungen, die sie für mich haben", sagte Joe.

Cat.

Admiral Forrest hatte ihn auch mit diesem Spitznamen angesprochen. Cat. Ja. Auf dem Laufband hatte Joe einer riesigen Katze geähnelt, so anmutig und geschmeidig. Der Spitzname passte – zudem er die Abkürzung von Catalanotto war.

„Okay, prima", bemerkte Joe. „Das hätten wir. Jetzt verschwindet, Jungs. Macht mit eurem Training weiter und lasst die Erwachsenen in Ruhe reden."

Lieutenant McCoy zog die anderen beiden Männer weg.

Harvard machte sich daran, Gewichte zu stemmen; Cowboy assistierte ihm. Aus den Augenwinkeln achtete Cowboy auch auf Joe und Veronica.

„Jetzt können wir es noch einmal versuchen", meinte Joe lächelnd.

„Was gibt es? Sie sehen aus, als wollten Sie mich vors Kriegsgericht zerren."

„Nur wenn Meuterei noch mit dem Tod bestraft wird", erwiderte Veronica und lächelte angespannt.

Joe schlang sich das Handtuch um den Nacken. „Meuterei. Das ist eine schwere Anschuldigung, besonders wenn ich bedenke, dass ich alles versucht habe, um Sie zu wecken."

Veronica verschränkte die Arme. „Oh, und ich vermute, *alles* schließt ein, mich auf ein schönes weiches Bett zu legen, wo ich garantiert den halben Tag verschlafe?" Sie sah sich um, erblickte die beiden FInCOM-Agenten und die anderen SEALs und senkte die Stimme. „Ich möchte Sie *auch* darauf hinweisen, dass es kaum angemessen ist, wenn ich in *Ihrem* Bett schlafe. Es hat sicher keinen guten Eindruck hinterlassen und gewirkt, als …"

„Langsam, Ronnie." Joe schüttelte den Kopf. „Das war nicht meine Absicht. Ich dachte, es wäre bequemer für Sie, das ist alles. Ich habe nicht versucht …"

„Ich bin eine unverheiratete Frau, Lieutenant", unterbrach Veronica ihn. „Egal was in Ihrer Absicht lag, es ist ganz sicher nicht in meinem Interesse, wenn ich in irgendeines Mannes Bett ein Nickerchen mache."

Joe lachte. „Ich denke, Sie überreagieren vielleicht ein *klitzekleines* bisschen. Wir leben doch nicht im neunzehnten Jahrhundert. Ich glaube nicht, dass Ihr guter Ruf beschädigt ist, nur weil sie in meinem Bett geschlafen haben. Wäre ich bei Ihnen gewesen, lägen die Dinge zugegeben anders. Aber wenn Sie die Wahrheit wissen wollen: Ich wette, dass nicht einmal jemand mitbekommen hat, wo Sie heute Morgen geschlafen haben, geschweige denn, dass Sie überhaupt geschlafen haben. Und falls doch, ist das deren Problem."

„Nein, es ist *mein* Problem", widersprach Veronica scharf und vor Wut beinahe bebend. „Sagen Sie mal, Lieutenant, gibt es viele Frauen bei den SEALs?"

„Nein. Keine. Wir lassen keine Frauen in unsere Einheiten."

„Aha", konterte Veronica. „Mit anderen Worten: Sie kennen sich mit sexueller Diskriminierung nicht aus, weil ihre Organisation auf sexueller Diskriminierung basiert. Das ist ja wunderbar."

„Hören Sie, wenn Sie hier Feminismus predigen wollen, prima", entgegnete Joe, nun ebenfalls etwas ungehalten. „Aber tun Sie mir einen Gefallen, geben Sie mir ein Merkblatt zu dem Thema und fertig. Ich gehe jetzt unter die Dusche."

Inzwischen genossen sie die ungeteilte Aufmerksamkeit der drei anderen SEALs und der FInCOM-Agenten, aber Veronica scherte sich längst nicht mehr darum. Sie war wütend, weil er sie hatte schlafen lassen, weil er ein solcher Macho war und darüber, dass er sie geküsst hatte. Und besonders regte sie sich darüber auf, dass ihr der Kuss so sehr gefallen hatte.

Sie versperrte Joe den Weg und tippte mit dem Zeigefinger auf seine breite Brust. „*Wagen* Sie es nicht, jetzt wegzulaufen, Lieutenant", sagte sie und sprach mit jedem Wort lauter. „Sie sind hier in *meiner* Welt, und ich lasse nicht zu, dass Ihre *dumme* Ignoranz meine Karriere gefährdet."

Er wich zurück, als hätte sie ihn ins Gesicht geschlagen, und wandte sich ab. Jedoch nicht, bevor sie den Schmerz in seinen Augen hatte aufflackern sehen. Schmerz, der sich rasant in Wut verwandelte.

„Jesus, Maria und Josef!", stieß Joe zwischen zusammengebissenen Zähnen hervor. „Ich wollte lediglich nett sein. Ich dachte, dass Sie Rückenschmerzen bekommen, wenn Sie auf der Couch schlafen. Aber vergessen Sie's. Ab sofort kümmere ich mich nicht mehr darum, okay? Ab sofort halten wir uns ans Protokoll."

Er drängte sich an ihr vorbei und ging in den Umkleideraum. Sowohl die FInCOM-Agenten als auch die SEALs schlossen sich ihm an, sodass Veronica allein zurückblieb. Von allen Seiten blickte ihr ihr Spiegelbild entgegen.

Super. Das hatte sie ja fantastisch hinbekommen.

Veronica war hierhergekommen, um herauszufinden, warum er sie hatte verschlafen lassen. Und sie hatte sich in ein hitziges Streitgespräch über sexuelle Diskriminierung und ihren guten Ruf verwickelt. Dabei ging es doch überhaupt nicht darum. Es hatte ihr einfach einen Grund gegeben, ihm etwas ins Gesicht zu schleudern. Und der Himmel wusste, sie konnte schlecht zu ihm gehen und ihm ins Gesicht sagen, dass sein Kuss ihre ganze Welt auf den Kopf gestellt hatte und sie jetzt total, völlig und absolut aus der Bahn geworfen war.

Stattdessen hatte sie ihn beschimpft. *Dumm. Ignorant.* Es waren Worte, die ihn sichtlich getroffen hatten – trotz der Tatsache, dass er alles andere als dumm und weit davon entfernt war, ignorant zu sein.

Veronica hatte schlicht ihre Wut und ihren Frust an diesem Mann ausgelassen.

Wenn sie allerdings irgendwem etwas vorwerfen konnte, dann sich selbst. Schließlich war sie diejenige, die blöd genug gewesen war, einfach einzuschlafen.

„Hey, Cat!", rief Cowboy laut, als er neben dem Umkleideraum duschte. „Erzähl mir mehr über Veronica ‚Sinjin'."

„Da gibt es nichts zu erzählen", antwortete Joe knapp. Er sah auf und begegnete Blues Blick.

Verdammt. Blue konnte seine Gedanken lesen. Joe stand Blue so nah, dass kaum etwas in Joe vorging, ohne dass Blue es sofort mitbekam. Aber würde Blue verstehen, worum Joes Gedanken in diesem Moment kreisten? Wie würde er das kranke, üble Gefühl interpretieren, das Joe im Magen hatte?

*Dumm. Unkultiviert.*

Tja, das beschrieb es voll und ganz, oder? Joe wusste jetzt mit Sicherheit, was Veronica von ihm hielt, oder nicht? Er verstand genau, warum sie den Kuss einen Fehler nannte.

Cowboy drehte den Wasserhahn zu. Tropfnass trat er aus der Kabine. „Bist du sicher, dass du uns nichts über Veronica erzählen kannst, Cat? Ach, komm schon, Kumpel! Mir fallen da schon ein, zwei Dinge ein", sagte er, nahm ein sauberes Handtuch vom Stapel und trocknete sich flüchtig ab. „Zum Beispiel, ob du mit ihr nachts nackt Boogie-Woogie tanzt."

„Nein", antwortete Joe kategorisch und zog seine Hose an.

„Und hast du es vor?", fragte Cowboy. Er schlüpfte in einen der hoteleigenen Frotteebademäntel, die an der Wand hingen.

„Halt dich zurück, Jones", sagte Blue warnend.

„Nein", beantwortete Joe Cowboys Frage kurz und bündig, während er sich das T-Shirt über den Kopf zog.

„Cool", meinte Cowboy. „Dann stört es dich nicht, wenn ich es bei ihr versuche …"

Joe drehte sich, packte den jüngeren Mann am Kragen des Bademantels und drückte ihn hart gegen einen Metallschrank. „Du hältst dich von ihr fern, zum Teufel!", befahl er ihm. Dann ließ er Cowboy los, bevor er Blue und Harvard warnend ansah. „Das gilt für euch alle drei, ist das klar?"

Er wartete auf keine Antwort. Joe wandte sich ab, marschierte aus dem Umkleideraum und warf die Tür hinter sich ins Schloss.

Der Krach hallte wider, während Cowboy überrascht Harvard und Blue ansah.

„Raus mit der Sprache", sagte er schließlich. „Kann mir irgendjemand sagen, was hier los ist?"

# 9. Kapitel

Der Zimmerservice war vor Joe in der königlichen Suite.

„Stellen Sie es bitte auf den Tisch", bat Veronica den Kellner.

Sie hatte ein Drei-Gänge-Menü bestellt, mit Vorspeise und Dessert, und dazu drei verschiedene Weine.

Heute Nachmittag stand *essen* auf dem Lehrplan, oder genauer gesagt: *speisen*. Joe musste sich auf ein Charity-Dinner in Boston, Massachusetts, vorbereiten, bei dem jeder Gang etwa hundert Dollar kostete. Sowohl der Ort als auch die Medienpräsenz bei der Veranstaltung waren perfekt für einen Anschlag. Doch es war mehr als ein Auftritt, um zu sehen und gesehen zu werden. Es beanspruchte mehr als Joes Fähigkeit, wie Prinz Tedric zu stehen und zu gehen.

Die Tür der Suite ging auf, und Joe trat ein, gefolgt von den drei FIn-COM-Agenten. Sein Hemd war nicht zugeknöpft, sodass das T-Shirt darunter sichtbar war. Joe begegnete Veronicas Blick nur kurz, bevor er sich an den gedeckten Tisch setzte. Es war nicht zu übersehen, dass er immer noch auf sie wütend war.

„Was ist das?", fragte er.

„Das ist eine Übung für das Wohltätigkeitsessen in Boston", erwiderte Veronica. „Ich hoffe, Sie haben Hunger."

Joe starrte auf den Tisch. Darauf standen zahlreiche Platten mit Tellerwärmern. Es war für zwei gedeckt worden, mit Besteck und Gläsern für verschiedene Gänge. Dachte Miss Arroganz etwa, dass er nicht mit Messer und Gabel essen konnte? Wusste sie nicht, dass er mit Admirälen und hochdekorierten Generälen im Offiziersclub gespeist hatte?

*Dumm. Ignorant.*

Joe nickte langsam. Er wünschte, er wäre immer noch stinksauer und würde die schwelende Wut nähren, die er oben im Fitnessraum empfunden hatte. Aber er ärgerte sich nicht mehr. Dazu war er gerade viel zu müde. Er war zu erschöpft, irgendetwas anderes als Enttäuschung und Schmerz zu empfinden. Verdammt, er fühlte sich so verletzlich.

Der Kellner stand neben dem Tisch, und dieser Rotzlöffel starrte auf Joes offenes Hemd. Na so was. Vielleicht hatten Veronica und er ja herzhaft über Joe gelacht, bevor er hereingekommen war.

„Das ist nicht nötig", sagte Joe, drehte sich um und sah Veronica an. Mann, in dem blauen Kleid sah sie hübsch aus. Sie hatte sich das Haar mit einer Art Schleife zurückgebunden und ... Denk nicht über sie nach, befahl er sich barsch. Sie war nur ein reiches Mädchen, das mehr als deutlich gemacht hatte, dass sie in verschiedenen Welten lebten. Und die waren weit voneinander entfernt. Er war *dumm* und *ignorant*, ihn zu küssen war *ein Fehler* gewesen.

„Ob Sie es glauben oder nicht – ich weiß bereits, was die Salatgabel und was das Dessertmesser ist. Es überrascht Sie vielleicht, aber ich weiß sogar, wie man eine Serviette benutzt und wie man aus einem Glas trinkt."

Veronica wirkte tatsächlich erstaunt, ihre blauen Augen erschienen ihm jetzt sogar größer. „Oh. Nein. Nein, das wusste ich. So war es nicht gemeint." Nervös lachte sie auf. „Sie haben wirklich gedacht, *ich* glaube, Ihnen beibringen zu müssen, wie man isst?"

Joe wirkte nicht besonders amüsiert. „Allerdings."

Mein Gott, er meinte es ernst! Er stand da, die starken Arme über der breiten Brust verschränkt, und fixierte sie mit einem rätselhaften Blick aus seinen dunklen Augen. Veronica erinnerte sich an den aufflackernden Schmerz in Joes Blick, als sie sich im Fitnessraum gestritten hatten. Was hatte sie gesagt? Sie hatte ihn dumm und ignorant genannt. Oh Gott! Sie konnte *immer noch* nicht fassen, dass ihr diese Worte über die Lippen gekommen waren.

„Es tut mir sehr leid", erklärte sie.

Kaum merklich kniff er die Augen zusammen, als könnte er nicht glauben, was er da gerade hörte.

„Ich schulde Ihnen eine Entschuldigung", fügte Veronica hinzu. „Ich war heute Mittag sehr aufgebracht und habe Dinge gesagt, die ich nicht so meinte. Ehrlich gesagt war ich frustriert und habe mich über mich selbst geärgert. *Ich* bin diejenige, die eingeschlafen ist. Es war meine Schuld, und ich habe versucht, es an Ihnen auszulassen. Das hätte ich nicht tun sollen. Es tut mir *wirklich* leid."

Joe blickte zu dem Kellner und zu den FInCOM-Agenten, die auf dem Sofa saßen und jedes Wort mit anhörten. Dann ging er zur Tür und öffnete sie auffordernd. „Würden Sie uns bitte für eine Minute entschuldigen?"

Die FInCOM-Agenten sahen einander an und zuckten die Schultern. Wortlos standen sie auf, traten zur Tür und auf den Gang hinaus. Joe wandte sich an den Kellner. „Sie auch, Kumpel." Er wies auf die offene Tür. „Machen Sie einen Spaziergang."

Er wartete, bis der Kellner draußen war, dann schloss Joe die Tür fest und kehrte zu Veronica zurück. „Wissen Sie, diese Typen gewähren Ihnen Ihre Privatsphäre, wenn Sie sie darum bitten."

Sie nickte. „Ich weiß", erwiderte sie. Sie hob das Kinn und hielt seinem Blick stand. „Es ist nur … Ich war Ihnen gegenüber öffentlich unhöflich und fand, ich sollte mich auch in aller Öffentlichkeit bei Ihnen entschuldigen."

Joe nickte ebenfalls. „Okay", sagte er. „Ja. Das klingt fair." Er betrachtete sie, und in seinem Blick lag fast so etwas wie Bewunderung. „Das klingt wirklich fair."

Veronica spürte, wie ihr die Tränen kamen. Oh, verflixt, jetzt weinte sie auch noch! Wenn sie anfing zu weinen, würde sie noch einmal erleben, wie sanft Joes stahlharte Arme sich anfühlen konnten. Und Gott, daran wollte sie nicht erinnert werden. „Es tut mir wirklich leid", wiederholte sie und blinzelte die Tränen fort.

Oh, *verdammt*, sie weint gleich, dachte Joe und trat schon einen Schritt auf sie zu, bevor er sich zusammenriss. Nein. Sie gab sich viel Mühe, es zu verbergen. Es war besser, wenn er mitspielte und vorgab, nichts mitbekommen zu haben. Aber, Mann, der Anblick dieser blauen Augen voller Tränen versetzte ihm einen Stich in die Brust. Es erinnerte ihn daran, wie er sie an diesem Morgen in den Armen gehalten hatte. Es erinnerte ihn an diesen unvergesslichen Kuss …

Veronica zwang sich zu lächeln und streckte eine Hand aus. „Immer noch Freunde?", fragte sie.

Freunde, ja? Joe hatte noch nie einen Freund gehabt, den er in seine Arme ziehen und bis zum Ende aller Tage küssen wollte. Als er ihr in die Augen sah, knisterte und rauschte die Atmosphäre zwischen ihnen, als wäre diese Anziehungskraft zwischen ihnen zu stärkerem Leben erwacht.

Veronica war in Ordnung. Sie war eine anständige Frau. Die Tatsache, dass sie sich entschuldigt hatte, bewies das. Aber sie lebte auf der anderen Seite, in einer anderen Welt. Wenn sie ihre Beziehung vertieften, würde sie sich immer noch ins Elendsviertel begeben. Und *er* würde ...

Er würde für den Rest seines Lebens jede Nacht von ihr träumen. Joe ließ Veronicas Hand los, als hätte er sich verbrannt. Herr im Himmel, wo war *dieser* Gedanke denn hergekommen ...?

„Alles in Ordnung?" Die Besorgnis in ihrem Blick war echt.

Joe schob die Hände in die Hosentaschen. „Ja. Entschuldigung. Ich schätze, ich ... nach dieser Dinnergeschichte lege ich mich ein bisschen hin."

„Dieses Mal für drei Minuten?", fragte Veronica. „Vielleicht sind Sie auch mal großzügiger und schlafen sogar ganze fünf?"

Joe lächelte, und sie erwiderte dieses Lächeln. Sie sahen sich an, und ihre Blicke hielten einander fest. Fest und fester.

Bei einer anderen Frau hätte Joe die Schlucht zwischen ihnen überwunden. Bei einer anderen Frau wäre Joe einen Schritt vorgetreten. Er hätte ihr diese verirrten flammend roten Locken aus dem schönen Gesicht gestrichen, ihr Kinn angehoben und den Mund gesenkt, um ihn auf ihre Lippen zu drücken.

Er hatte ihren Mund schon einmal gekostet. Er wusste, wie erstaunlich es war, Veronica zu küssen.

Aber sie war keine beliebige Frau. Sie war Veronica St. John. Und sie hatte bereits klargestellt, dass Sex nicht auf ihrem Stundenplan stand. Zum Teufel, wenn ein Kuss ein Fehler war, dann wäre miteinander zu schlafen ein Kapitalverbrechen. Und die Wahrheit war: Joe wollte sich dieser Art Zurückweisung nicht aussetzen.

Darum rührte er sich nicht. Er blickte sie nur an.

„Nun", sagte sie beinahe atemlos, „vielleicht sollten wir mit der Arbeit anfangen?"

Doch sie ging nicht zum Esstisch, sondern sah Joe an, als wäre sie ebenfalls in einer Art Kraftfeld gefangen und könnte sich nicht bewegen.

Veronica war schön. Und reich. Und klug. Und sie hatte nicht nur aus Büchern gelernt. Sie hatte auch Menschenkenntnis. Joe war dabei gewesen, als sie einen Tisch voll hochrangiger Offiziere regelrecht manipuliert hatte. Nur mit einem Sportdiplom in der Tasche wäre ihr das nicht gelungen.

Ich weiß nicht das Geringste über sie, erkannte Joe. Er hatte keine Ahnung, woher sie stammte – noch wie sie hierher nach Washington D. C. gekommen war, geschweige denn, was sie an die Seite des Kronprinzen von Ustanzien verschlagen hatte. Warum war sie sogar nach dem Attentat geblieben? Die meisten Zivilisten hätte das Weite gesucht und sich in Sicherheit gebracht.

„Was ist Ihr wunder Punkt?", fragte er.

Veronica blinzelte. „Wie bitte?"

Er formulierte die Frage neu. „Warum sind Sie hier? Ich meine, ich will Diosdado dingfest machen, aber wie profitieren Sie von dieser Sache?"

Sie blickte aus dem Fenster und auf die im Abendlicht daliegende Stadt. Als Veronica wieder zu Joe sah, wirkte ihr Lächeln traurig. „Ich gebe mich geschlagen", erwiderte sie. „Ich werde nicht einmal halb so gut bezahlt, wie man glauben könnte. Obwohl man annehmen sollte, dass es einen soliden Karrierebeginn bedeutet, für eine königliche Familie zu arbeiten. Natürlich hängt alles davon ab, ob wir Sie überzeugend als Prinz Tedric verkaufen können."

Sie ließ sich auf die Couch sinken, stützte den Ellenbogen auf ein Knie, das Kinn auf die Hand und sah Joe an. „Uns bleiben weniger als sechs Stunden, bis das Komitee eine Entscheidung trifft." Sie schüttelte den Kopf und lachte bitter. „Statt Tedric ähnlicher zu werden, scheinen Sie sich von ihm noch mehr zu unterscheiden als am Anfang. Sie sehen dem Prinzen nicht einmal mehr *ähnlich*, Joe."

Joe lächelte, während er sich neben sie auf das Sofa setzte. „Wie gut für uns, dass die meisten Leute nicht so genau hinschauen. Sie werden erwarten, Ted zu sehen, also … werden sie ihn sehen."

„Für mich ist *sehr* wichtig, dass es funktioniert", sagte Veronica und strich sich den Rock über den Knien glatt. „Wenn es nicht klappt …"

„Warum?", fragte Joe. „Müssen Sie die Hypothek für das Schloss abzahlen?"

Veronica wandte sich ihm zu. „Sehr witzig."

„Entschuldigung."

„Eigentlich wollen Sie es nicht wissen."

Joe betrachtete ihr Gesicht. Seine dunklen Augen wirkten geheimnisvoll und so unergründlich wie der Ozean. „Doch, das möchte ich."

„Seit dem Internat ist Tedrics Schwester meine beste Freundin", erklärte Veronica. „Auch wenn Tedric sich über die finanzielle Situation seines Landes keine Gedanken macht – Wila hat hart dafür gearbeitet, dass Ustanzien zahlungsfähig bleibt. Es bedeutet ihr viel, und mir deshalb auch." Sie lächelte. „Als das Öl entdeckt worden ist, hat Wila ein Rad geschlagen, im Stadtpark. Ich dachte schon, dem armen Jules bleibt das Herz stehen. Aber dann hat sie herausgefunden, wie viel die Förderung kostet. Sie zählt auf die finanzielle Unterstützung aus den USA."

Jules.

*Sei ein Schatz, Jules, und ruf im Büro an.* Diese Worte hatte Veronica im Schlaf gemurmelt. Und seitdem fragte Joe sich, nicht ohne leise Eifersuchtsgefühle, wer genau dieser Jules war.

„Wer ist Jules?", fragte er.

„Jules", wiederholte Veronica. „Mein Bruder. Praktischerweise hat er meine beste Freundin geheiratet. Ist das nicht nett? Sie erwarten jederzeit die Geburt ihres Babys."

*Ihr Bruder!* Jules war ihr Bruder. Warum fühlte Joe sich plötzlich so viel besser? Er und Veronica waren Freunde, mehr nicht. Warum sollte es ihn also kümmern, ob Jules ihr Bruder, ihr Lover oder ihr Stofftier war?

Aber es kümmerte ihn *durchaus*, verdammt noch mal.

Joe lehnte sich vor. „Deshalb hat Wila diesen Staatsbesuch nicht anstelle von Ted Brett-vorm-Kopf unternommen? Weil sie schwanger ist?"

Veronica bemühte sich, ein Lächeln zu unterdrücken. Vergeblich. „Nennen Sie Prinz Tedric nicht so."

Er lächelte sie an, fasziniert davon, dass ihr Kleid in demselben Blau schimmerte wie ihre Augen. „Wissen Sie was? Blau steht Ihnen wirklich ausgezeichnet."

Ihr Lächeln verschwand, und sie erhob sich. „Wir sollten jetzt unbedingt anfangen", sagte sie und ging zum Tisch. „Das Essen wird kalt."

Joe rührte sich nicht von der Stelle. „Wo sind Sie und Jules denn aufgewachsen? London?"

Veronica drehte sich um und sah ihn an. „Nein", erwiderte sie. „Wir sind mit unseren Eltern gereist, bis wir alt genug waren, um zur Schule zu gehen. Was für uns einem Zuhause am nächsten kam, war Huntsgate Manor. Dort hat unsere Großtante Rosamunde gelebt."

„Huntsgate Manor", wiederholte Joe nachdenklich. „Klingt wie aus einem Märchen."

Veronicas Blick wirkte verträumt, als wäre sie in Gedanken weit weg. Sie sah aus dem Fenster. „Es war wunderschön. Dieses große, alte, modrige historische Gebäude. Es war umgeben von Gärten und einem Wäldchen, das schier unendlich schien." Sie warf Joe einen Blick zu, ihre Augen funkelten amüsiert. „Na ja. In Wirklichkeit war das Grundstück wohl nur zwei oder drei Hektar groß. Aber als wir klein waren, schien es bis zum Ende der Welt zu reichen und wieder zurück."

Tag und Nacht, dachte Joe. Ihre Erziehung und Herkunft war so unterschiedlich wie Tag und Nacht. Er fragte sich, wie Veronica reagieren würde, wenn sie erfuhr, aus welchem Loch er gekrochen war.

Verlegen lachte Veronica auf. „Ich weiß gar nicht, warum ich Ihnen das alles erzähle. Besonders interessant ist es ja nicht."

Doch, das *war* es. Es war faszinierend. Genauso spannend wie jene riesigen Häuser, in die er mit seiner Mutter gegangen war. Wie die Häuser, in denen sie sauber gemacht hatte, als er ein Kind gewesen war. Veronicas Beschreibungen boten ihm einen weiteren Blick in eine Welt, in der er alles „anschauen, aber nichts anfassen" durfte. Es war faszinierend. Und extrem deprimierend. Veronica war wie eine kleine Prinzessin aufgewachsen. Zweifellos musste sie ihr Leben mit einem Prinzen verbringen, mit einem „Und wenn sie nicht gestorben sind, dann leben sie noch heute"-Prinzen.

Und so sicher wie nur irgendetwas passte er nicht in dieses Bild.

Nur was machte er da überhaupt? Dachte er etwa über „glücklich bis ans Lebensende" nach?

„Was ist mit Ihnen, Joe?", fragte Veronica und riss ihn aus den Gedanken. „Wo sind Sie aufgewachsen?"

„In der Nähe von New York City. Wir sollten jetzt aber wirklich anfangen", erklärte er und hoffte beinahe, sie würde das Thema jetzt fallen lassen. Nur beinahe.

Sie tat es nicht. „New York City", wiederholte sie. „Ich habe nie dort gelebt, war aber ein paarmal da. An den ersten Besuch kann ich mich noch gut erinnern. Ich war noch ein Kind. Überall waren Lichter, Musik und Broadwaymusicals, fabelhaftes Essen und *Leute*, überall Leute."

„Ich habe am Broadway keine Stücke gesehen", erwiderte Joe nüchtern. „Obwohl ich mich, als ich zehn war, nachts aus dem Haus geschlichen habe und in der Theatergegend herumlungerte, um jemand Berühmtes zu sehen. Ich habe mir Autogramme geben lassen und sie dann für schnelles Geld verkauft."

„Ihre Eltern waren wahrscheinlich *begeistert*. Ein Zehnjähriger, allein in New York City …?"

„Meine Mutter war gewöhnlich zu betrunken, um zu merken, dass ich weg war", sagte Joe. „Und wenn sie es mitbekam, war es ihr egal."

Veronica wich seinem Blick aus und sah zu Boden. „Oh."

„Genau", erwiderte Joe. „Oh."

Sie spielte einen Moment lang mit ihrem Haar, und dann überraschte sie ihn. Sie hob den Blick, sah ihm offen in die Augen und lächelte. Es war ein Lächeln, in dem auch Mitgefühl für den Jungen lag, der er gewesen war. „Ich vermute, da haben Sie dieses Selbstvertrauen her. Und Ihr Selbstbewusstsein."

„Selbstvertrauen, vielleicht. Aber ich bin damit groß geworden, dass mir jeder sagte, ich sei nicht gut genug", antwortete Joe. „Nein, das stimmt nicht. Nicht jeder. Frank O'Riley nicht." Er schüttelte den Kopf und lachte. „Er war dieser gemeine alte Typ, der in einer schäbigen Erdgeschosswohnung in einem dieser Mietshäuser beim Fluss wohnte. Er hatte ein Holzbein und ein Glasauge, und alle Kinder hatten eine Sch…schreckliche Angst vor ihm, außer mir. Ich war der härteste, coolste Junge in der Nachbarschaft, zumindest für die unter Zwölfjährigen."

Joe erzählte weiter: „O'Riley hatte einen Garten, es war wirklich nur ein Beet. Kann nicht größer als drei mal ein Meter gewesen sein. Er pflanzte immer irgendetwas an, Blumen, Gemüse, da wuchs immer irgendetwas. Und ich bin über den verrosteten Zaun geklettert, nur um zu beweisen, dass ich keine Angst vor dem alten Mann hatte."

Er lächelte. „Ich wollte auf seinen Blumen herumtrampeln. Aber als ich erst mal im Garten war, konnte ich es nicht tun. Sie waren einfach so verdammt hübsch. All die Farben. Farben, die ich mir nicht einmal hatte vorstellen können. Stattdessen habe ich mich nur hingesetzt und sie angesehen.

Der alte Frank kam heraus und hat mir gesagt, dass seine Pistole geladen sei und er mir Feuer unter dem Hintern machen würde", fuhr Joe fort. „Aber da ich offenbar auch ein Naturliebhaber war, hat er mir stattdessen ein Glas Limonade gebracht."

Warum erzählte er ihr das alles? Blue war der einzige Mensch, dem gegenüber er Frank O'Riley je erwähnt hatte, und nicht einmal Blue hatte er in so viele Einzelheiten eingeweiht. Die Freundschaft mit dem alten O'Riley war die einzige schöne Kindheitserinnerung, die Joe hatte. Chief Frank O'Riley, US Navy, im Ruhestand. Und seine kaum bewohnbare Erdgeschosswohnung war zu Joes Versteck geworden. Der Ort, wo er unterschlüpfte, wenn das Leben zu Hause unerträglich wurde.

Und plötzlich erkannte er, warum er Veronica von Frank erzählte, dem einzigen Freund aus seiner Kinderzeit, seinem einzigen Vorbild. Diese Frau sollte wissen, wo er herkam, wer er wirklich war. Und er wollte erfahren, wie sie darauf reagierte. Ob sie erkannte, welche wichtige Rolle der alte Frank in seinem Leben gespielt hatte, oder ob sie nur gleichgültig und desinteressiert die Schultern zuckte.

„Frank war ein Matrose", erklärte er ihr. „Stahlhart. Er konnte fluchen wie kein anderer. Im Zweiten Weltkrieg war er als Kampfschwimmer im Pazifik eingesetzt worden. Er war eines der ersten Mitglieder des Underwater Demolition Teams, aus dem später die SEALs hervorgegangen sind. Er war rau und ungehobelt, aber er hat mir immer die Tür aufgemacht. Im Gegenzug für die Geschichten, die er mir erzählt hat, habe ich ihm beim Unkrautjäten geholfen."

Veronica hörte ihm aufmerksam zu, deshalb fuhr er fort. „Während mir jeder andere sagte, ich würde im Gefängnis enden oder schlimmer, hat mir Frank O'Riley vorausgesagt, dass ich für ein Leben als Navy SEAL bestimmt bin – weil sowohl sie als auch ich zu den Besten der Besten gehörten."

„Er hatte recht", murmelte Veronica. „Er muss wirklich sehr stolz auf Sie gewesen sein."

„Er ist tot", erwiderte Joe. Er sah, wie ihr Tränen in die Augen stiegen, und die Schlinge um seine Brust zog sich enger. Er steckte hier in großen Schwierigkeiten. „Er starb, als ich fünfzehn war."

„Oh nein", flüsterte sie.

„Frank hatte einen verdammt starken Geist", erzählte Joe weiter. Er widerstand dem Drang, Veronica zu umarmen und sie zu trösten, weil *sein* Freund vor über fünfzehn Jahren gestorben war. „Egal was ich in den drei Jahren nach seinem Tod getan oder wohin ich gegangen bin, er war bei mir. Er hat mir ins Ohr geflüstert, mich auf dem rechten Weg gehalten und mich an die Navy SEALs erinnert, die er so bewundert hat. An meinem achtzehnten Geburtstag bin ich in das Rekrutierungsbüro der Navy gegangen, und ich konnte fast sein erleichtertes Seufzen hören."

Er schenkte ihr ein Lächeln, das Veronica erwiderte, als sie ihm in die Augen sah. Wieder schien die Zeit mit einem Mal stillzustehen. Wieder war die perfekte Gelegenheit gekommen, sie zu küssen. Und wieder zwang Joe sich dazu, sich nicht von der Stelle zu rühren.

„Ich bin froh, dass Sie mir verziehen haben, Joe", sagte sie leise.

„Hey, was ist aus ,Euer Hoheit' geworden?", fragte Joe und versuchte verzweifelt, zu einem leichten, scherzhaften Gespräch zurückzukehren. Sie blieb weiterhin ernst. Und ernst bedeutete, aufrichtig zu sein; und wenn er ganz ehrlich war, wollte er mit dieser Frau nicht *befreundet* sein. Er wollte, dass sie ein Liebespaar waren. Er hätte *alles* dafür getan, ihr Geliebter zu sein. Er sehnte sich danach, sie so zu berühren, wie sie noch nie berührt worden war. Er wollte hören, wie sie seinen Namen rief und …

Veronica wirkte überrascht. „Ich habe vergessen, Sie so zu nennen, nicht wahr?"

„Vor Kurzem haben Sie mich Joe genannt. Was in Ordnung ist, es gefällt mir viel besser. Ich war bloß neugierig."

„Sie sind überhaupt nicht wie der echte Prinz", erklärte sie offen.

„Ich bin nicht sicher, ob das ein Kompliment oder eine Beleidigung ist."

Sie lächelte. „Glauben Sie mir, es ist ein Kompliment."

„Ja, das dachte ich mir", erwiderte Joe. „Aber mir war nicht ganz klar, wie *Sie* es sehen."

„Prinz Tedric … ist nicht besonders nett", umschrieb Veronica diplomatisch, was sie dachte.

„Er ist ein Feigling und ein verflixter Idiot", erklärte Joe rundheraus.

„Ich schätze, Sie mögen ihn nicht besonders."

„Das ist die Untertreibung des Jahres, Ronnie. Wenn ich am Ende eine Kugel für ihn abfange, bin ich richtig sauer." Er lächelte hart. „Das heißt, wenn man gleichzeitig tot und wütend sein kann."

Veronica starrte ihn an. Wenn er am Ende eine Kugel abfing ...

Zum ersten Mal wurde ihr richtig bewusst, was Joe tat, und dieses Bewusstsein versetzte ihr einen Schlag in den Magen. Er riskierte sein Leben, um einen Terroristen zu fassen. Während Tedric die nächsten Wochen in luxuriöser Sicherheit verbrachte, war Joe draußen in der Öffentlichkeit. Joe war die Zielscheibe für die Terroristen.

Was, wenn etwas schiefging? Was, wenn es den Attentätern gelang, Joe zu töten? Immerhin hatten sie bereits Hunderte von Menschen umgebracht.

Joe wirkte mit einem Mal müde. Hing er denselben Gedanken nach? Hatte er auch Angst, dass er erschossen wurde? Aber er sah Veronica an und versuchte zu lächeln.

„Was dagegen, wenn wir den Lunch ausfallen lassen?", fragte er. „Oder wenn wir ihn einfach um eine halbe Stunde verschieben?"

Veronica nickte. „Wir können es verschieben."

Joe stand auf und ging zum Schlafzimmer. „Gut. Ich muss schlafen. Wir sehen uns in dreißig Minuten, okay?"

„Soll ich Sie wecken?", fragte sie.

Joe schüttelte ablehnend den Kopf. „Danke, aber ..."

Oh Baby, er konnte sich allzu gut vorstellen, wie sie in das verdunkelte Schlafzimmer kam, um ihn zu wecken. Er sah schon vor sich, wie er erwachte und in ihr Gesicht, in ihre Augen blickte. Er würde den Arm ausstrecken, sie auf sich ziehen, den Mund auf ihre Lippen pressen ...

„Nein, danke", sagte er noch einmal und versuchte, die angespannte Nacken- und Schultermuskulatur mit einer Hand zu lockern. „Ich stelle mir den Wecker."

Veronica beobachtete, wie er die Schlafzimmertür hinter sich schloss.

Ihnen lief die Zeit davon. Trotz seiner Beteuerungen glaubte Veronica nicht daran, dass Joe es durchziehen würde.

Und das waren nicht die einzigen Zweifel, die sie beschäftigten.

Sich als Prinz Tedric auszugeben konnte Joe leicht das Leben kosten.

War es richtig, was sie taten? Den Tod eines Mannes in Kauf zu nehmen, um diese Terroristen zu kriegen – war es das wert? War es fair, Joe zu bitten, das auf sich zu nehmen, während Tedric es nie und nimmer täte?

Neben all diesen Fragen gab es etwas, das Veronica mit Sicherheit wusste: Sie wollte nicht, dass Joe Catalanotto starb.

# 10. Kapitel

Veronica war etwa dreißig Minuten, bevor das Meeting stattfinden sollte, fertig.

Bestimmt zum siebentausendsten Mal prüfte sie ihr Aussehen im Spiegel. Ihr Jackett und der Rock waren olivgrün. Ihre Seidenbluse hatte denselben Farbton, nur eine Spur heller. Die Farbe bildete einen perfekten Kontrast zu ihren flammend roten Haaren, aber das Kostüm wirkte kantig, und das Jackett war so geschnitten, dass es die weiblichen Vorzüge verbarg.

Joe würde es Margaret-Thatcher-Kostüm nennen, und er hatte recht. Sie sah darin sachlich und solide aus, zuverlässig und geschäftsmäßig.

Es war nicht der letzte Schrei, okay. Aber sie übermittelte damit der Welt eine klare Botschaft: *Veronica St. John hat es geschafft, den Job zu erledigen.*

Nur dass Veronica in wenigen Minuten aus der Tür des Hotelzimmers und den Flur entlang zum privaten Konferenzraum gehen musste, der an Senator McKinleys Suite angeschlossen war. Sie würde in das Meeting gehen und sich an den Tisch setzen – ohne einen blassen Schimmer zu haben, ob sie diesen speziellen Job tatsächlich erledigt hatte oder nicht.

Sie musste es sich eingestehen: Sie wusste nicht, ob sie der Aufgabe gewachsen war, Joe Catalanotto in den vollkommenen Doppelgänger von Prinz Tedric zu verwandeln.

In einen Doppelgänger, der ihm aufs Haar glich. Der als *Zielscheibe* diente. Entsetzlich! Und wenn das Sicherheitsteam aus FInCOM-Agenten Joe nicht beschützte, wäre er ein toter Doppelgänger. Tot. Joe, mit seinen glänzenden Augen und dem breiten, ansteckenden Lächeln ... Es brauchte nur eine Kugel, und er würde der Vergangenheit angehören, eine Erinnerung werden.

Veronica wandte sich vom Spiegel ab und machte sich auf den Weg.

Sie hatte den ganzen Abend mit Joe gearbeitet. Sie waren all die

Regeln, das Protokoll und die Geschichte Ustanziens immer wieder durchgegangen. Sie hatte ihm gezeigt, wie seltsam Prinz Tedric eine Gabel hielt und seine merkwürdige Angewohnheit, immer den letzten Bissen auf dem Teller liegen zu lassen.

Wieder hatte sie versucht, Joe beizubringen, wie Tedric ging, wie er stand, in welchem Winkel er den königlichen Kopf hielt. Und immer, wenn sie gerade dachte, dass er es vielleicht, *eventuell* verstanden hatte, nahm er eine lässige Haltung ein, zuckte die Schultern oder lehnte sich an eine Wand. Oder er machte einen Witz und schenkte ihr sein Fünftausend-Watt-Lächeln, das in Tedrics Repertoire an Gesichtsausdrücken niemals vorkommen würde.

„Machen Sie sich keine Sorgen, Ronnie. Alles kein Problem", hatte er mit seinem scheußlichen New-Jersey-Akzent gemeint. „Ich kriege das hin. Wenn es so weit ist, mache ich es richtig."

Doch Veronica war nicht sicher, worüber sie sich Sorgen machen sollte. Hatte sie Angst davor, dass Joe nicht als Prinz Tedric überzeugte – oder davor, dass er es *eben doch* tat?

Wenn Joe dem Prinzen in Aussehen und Benehmen ähnelte, schwebte er in Gefahr. Und verdammt noch mal, warum sollte Joe sein Leben aufs Spiel setzen? Warum sollte nicht der echte Prinz seins riskieren? Schließlich wollten die Terroristen Prinz Tedric umbringen, niemand anderen.

Tatsächlich hatte Veronica mit Joe über ihre Sorgen gesprochen, bevor sie sich getrennt hatten, um sich auf das Meeting vorzubereiten. Er hatte gelacht, als sie ihm erklärt hatte, dass sie es für das Beste hielt, wenn er nicht als Tedric durchging – es war zu gefährlich.

„Ich habe mich schon oft in gefährliche Situationen begeben", hatte Joe erwidert. „Und das hier kommt dem nicht im Geringsten nahe." Er hatte ihr erzählt, welche Pläne und Vorbereitungen er sowohl mit Kevin Laughtons Agenten und den SEALs aus der Alpha Squad besprochen hatte. Joe würde die ganze Zeit eine kugelsichere Weste tragen. Wo immer er sich bewegte, würde es abgeschirmte Bereiche geben, in denen er in Deckung gehen konnte. Er hatte ihr versichert, dass dieser Einsatz im Vergleich zu den anderen verschwindend geringe Risiken barg.

Trotzdem wusste Veronica nur eins: Je besser sie Joe kennenlernte, desto mehr Sorgen machte sie sich um seine Sicherheit. Genau genommen jagte ihr diese Situation eine Heidenangst ein. Und wenn das hier *nicht* gefährlich war, wollte sie gar nicht wissen, was gefährlich bedeutete.

Aber die Gefahr gehörte zu Joes Leben. Mit Gefahren kannte er sich am besten aus. Kein Wunder, dass er nicht verheiratet war. Welche Frau würde es mit einem Mann aushalten, der sein Leben selbstverständlich aufs Spiel setzte?

Veronica jedenfalls nicht.

Nicht dass Joe Catalanotto vor ihr auf die Knie gesunken und sie um ihre Hand gebeten hätte. Und das würde er voraussichtlich auch nicht tun. Trotz des unglaublichen Kusses war es höchst unwahrscheinlich, dass ein Mann wie er, ein Mann, der an ein Leben auf Messers Schneide gewöhnt war, an irgendetwas Langfristigem oder Dauerhaftem interessiert war. *Dauerhaft*, das kam in seinem Wortschatz wahrscheinlich gar nicht vor.

Erstaunt über ihre Gedanken schüttelte Veronica den Kopf. *Dauerhaft* gab es in *ihrem* Wortschatz auch nicht. Zumindest nicht im Augenblick. Und sicherlich nicht im Zusammenhang mit den Wörtern *Beziehung* und *Joe Catalanotto*. Dieser Mann brachte sie mindestens die Hälfte der Zeit *zur Weißglut*. Natürlich brachte er sie während der restlichen Zeit zum Lachen. Oder er berührte sie mit seiner süßen Behutsamkeit. Oder er verbrannte sie regelrecht mit diesem Blick, der viel Erfahrung und Dinge versprach, von denen sie nicht einmal eine Ahnung hatte.

Entweder stritt sich Veronica mit Joe – oder sie kämpfte gegen den Drang an, sich ihm in die Arme zu werfen.

Ein oder zweimal, oder dreimal, bestimmt nicht häufiger als sechs- oder achtmal, hatte Veronica sich an diesem Abend dabei ertappt, wie sie ihn dümmlich angelächelt hatte. Sie hatte in seine dunkelbraunen Augen geschaut, seine langen Wimpern bewundert ... Und dann war ihr Blick tiefer geglitten, zu seinen geraden weißen Zähnen und zu seinen schön geschwungenen Lippen.

Wenn sie ehrlich war, hatte sie tatsächlich ein- oder zweimal daran gedacht, Joe wieder zu küssen. Gut, vielleicht öfter als ein- oder zweimal.

Also gut, gestand sie sich ein. Er war eigentlich unerträglich attraktiv. Und er hatte Humor. Ja, den hatte er unbestreitbar. Er wusste genau, was er sagen musste, dass sie sich vor Lachen beinahe an ihrem Tee verschluckte. Er war offen und treffsicher. Häufig auch phasenweise taktlos – meistens. Aber er war immer ehrlich. Das war erfrischend. Und trotz seiner derben Sprache und ungeschliffenen Ausdrucksweise war Joe offensichtlich intelligent. Sicher, er hatte nicht die allerbeste Erziehung genossen. Allerdings schien er belesen zu sein und durchaus in der Lage, selbst zu denken – was sie von Tedric nicht gerade behaupten konnte.

Okay. Nachdem sie und Joe jetzt die Gelegenheit zu einem richtigen Gespräch gehabt hatten, regte er sie vielleicht nicht mehr die halbe Zeit lang auf. Vielleicht machte er sie nur noch, hm, zwanzig Prozent der Zeit wütend. Zwanzig Prozent des Tages damit zu verbringen, seinetwegen wütend oder verärgert oder besorgt zu sein, war immer noch zu viel. Sogar für die gelegentlichen sinnlichen Zwischenspiele, die sich Joe wünschte.

Offenbar musste Veronica weiter Abstand zu ihm halten. Während sie die Schultern kreiste, kam sie zu dem Schluss, dass sie genau das tun musste. Sie würde sich weit, weit von Joe Catalanotto fernhalten. Keine Küsse mehr! Keine sehnsüchtigen Blicke mehr! Keine persönlichen Gespräche über ihr Leben! Ab sofort war ihre Beziehung zu Joe streng geschäftlich.

Immer noch ein paar Minuten zu früh nahm Veronica ihre Handtasche und die Mappe und schloss die Hotelzimmertür hinter sich. Am Ende des Flurs sah sie FInCOM-Agenten vor der königlichen Suite stehen, in der Joe sich gerade umzog. Weiter hinten im Gang vor dem Konferenzraum standen weitere Agenten.

Die Tür zum Konferenzraum war nur angelehnt, Veronica trat ein.

Das war's. An diesem Abend würden sie entscheiden, ob sie einen Navy SEAL als Prinz Tedric von Ustanzien in die Öffentlichkeit schicken konnten oder nicht.

Wenn die Antwort Ja lautete, wäre Veronicas Freundin Wila der amerikanischen Finanzierung einen Schritt näher. Und Joe war dichter dran, den Terroristen Diosdado zu fassen.

Veronica setzte sich an den ovalen Konferenztisch und schlug ein Bein über das andere.

Wenn die Antwort Nein lautete, würde Joe dahin zurückkehren, wo immer sich Navy SEALs zwischen zwei Einsätzen aufhielten. Und

Veronica könnte diese Nacht besser schlafen, weil keine Attentäter versuchten, sein Leben zu beenden.

Nur, wenn Joe nicht bei *diesem* Einsatz war, wäre er bei einem anderen, den er als richtig gefährlich einstufte. Also würde sich Veronica am Ende in jedem Fall Sorgen machen, egal was geschah, oder?

Veronica runzelte die Stirn. Sie verwendete ganz schön viel Energie darauf, über einen Mann nachzudenken, von dem sie sich fernzuhalten beschlossen hatte.

Außerdem würde sie Joe Catalanotto nach diesem Meeting wahrscheinlich nie wiedersehen. Und dieses plötzliche Reuegefühl kam *sicher* nur daher, dass sie ihren Auftrag nicht erfüllt hatte. Es würde nicht lange dauern und Veronica könnte sich kaum noch an seinen Namen erinnern. Und er dachte garantiert sowieso nicht mehr an sie.

Gefolgt von seinen Mitarbeitern, dem ustanzischen Botschafter und dessen Mitarbeitern, betrat Senator McKinley den Raum. Beide Männer nickten ihr zur Begrüßung zu, doch Veronica war von einer jungen Frau abgelenkt, die Tee- und Kaffeebestellungen aufnahm.

„Earl Grey", murmelte Veronica und lächelte dankend.

Als sie aufsah, kamen Kevin Laughton und sein FInCOM-Sicherheitsteam in den Konferenzraum, begleitet von Admiral Forrest.

Der ältere Mann begegnete Veronicas Blick und winkte ihr zu. Er ging um den ovalen Tisch herum und zog sich den Stuhl neben Veronicas zurück. „Wo ist Joe?", fragte der Admiral.

Kopfschüttelnd blickte sie sich noch einmal im Raum um. Sogar in Gruppen wie diesen wäre Joe aufgefallen. Er war größer als die meisten Männer, hatte eine breitere Statur und war imposanter. Sofern er nicht auf Knien herumkrabbelte, war er noch nicht da.

„Ich vermute, er zieht sich noch um", erwiderte Veronica.

„Wie geht es mit der Transformation voran?", erkundigte sich Forrest. „Haben Sie ihn schon dazu gebracht, den kleinen Finger abzuspreizen, wenn er Löffelbiskuit isst?"

Veronica stieß einen amüsierten Laut aus und sah ihn ungläubig an.

„Doch *so* gute Forschritte, ja?" Der Admiral wirkte nicht enttäuscht. Eigentlich schenkte er ihr ein regelrecht aufgekratztes Lächeln. „Er lernt es schon. Hat er Ihnen erzählt, dass er ein echt verflucht guter Schauspieler ist? Er hat ein wirklich gutes Ohr für Sprachen, unser Joe Cat."

Ohr für Sprachen? Bei diesem starken Akzent?

„Joe ist ein guter Mann", erklärte Forrest. „Manchmal ein bisschen zu gut, aber genau deshalb ist er ein so guter Commander. Sie gewinnen seine Loyalität, und er steht bis zum Ende dahinter. Im Gegenzug fordert er ihre Loyalität – und bekommt sie. Seine Männer würden ihm bis in die Hölle folgen und zurück." Er lachte in sich hinein. „Und das haben sie schon bei mehr als einer Gelegenheit getan."

Veronica drehte sich zu ihm. „Joe findet diesen Einsatz nicht gefährlich", sagte sie. „Wenn das stimmt – was genau *ist* denn dann gefährlich?"

„Für einen SEAL?", fragte er nachdenklich. „Mal überlegen ... In eine feindliche militärische Hochsicherheitsanlage einzubrechen, um einen gestohlenen Atomsprengkopf aufzuspüren, das könnte man als gefährlich einstufen."

„*Könnte* man?"

„Es hängt davon ab, wo sich die militärische Anlage befindet und wie gut die feindliche Organisation tatsächlich ausgebildet ist. Ein anderer gefährlicher Einsatz wäre vielleicht, aus großer Höhe aus einem Flugzeug zu springen ..."

„Aus großer Höhe?"

Forrest nickte. „Wenn man in neuntausend Metern Höhe grünes Licht zum Sprung bekommt, steigt das Flugzeug so hoch, dass die bösen Jungs es nicht hören können. Man zieht die Reißleine, der Schirm öffnet sich, und man schwebt mit seinem Team stumm zum Landebereich. Und wenn man es dahin geschafft hat, rettet man vielleicht fünfzehn Geiseln, alles Kinder, aus den Händen der Tangos, die keine Skrupel haben, das Blut von Unschuldigen zu vergießen. Und vielleicht entsteht ein Feuergefecht, bevor man die Kinder da rausholen kann. Dann schwingt man seine MP, in dem Wissen, dass man ein neun Jahre altes Kind nur mit dem eigenen Körper vor den Kugeln des Feinds schützen kann."

Veronica runzelte die Stirn. „Bevor man die Kinder da rausholen kann ...?"

Forrest lächelte amüsiert, seine Augen funkelten. „Die Terroristen merken, dass man da ist, und eröffnen das Feuer. Man steht plötzlich mitten im Feuergefecht. Man schießt mit der MP zurück und hat eine Heidenangst, weil direkt hinter einem ein kleines Mädchen steht."

Veronica nickte. „Ich verstehe." Sie betrachtete Admiral Forrests wettergegerbtes Gesicht. „Beschreiben Sie tatsächliche Einsätze oder eher hypothetische Szenarien?"

„Das sind Geheiminformationen", erwiderte der alte Mann. „Sie sind natürlich klug. Bestimmt kommen Sie darauf, dass es nicht geheim wäre, wenn es hypothetisch wäre, oder?"

Veronica schwieg und verarbeitete, was sie soeben gehört hatte.

„Achtung, kleines Fräulein", flüsterte Forrest. „Scheint, als würde dieses Meeting beginnen."

„Dann lassen Sie uns loslegen", sagte Senator McKinley und übertönte die anderen Gespräche von seinem Platz am Kopf des Tisches aus. „Wo zum Teufel steckt Catalanotto?"

Wie die meisten im Raum sah McKinley Veronica an. Glaubten sie ernsthaft, sie könnte diese Frage beantworten?

„Er hat gesagt, er wird da sein", erwiderte sie leise. „Und das wird er." Sie blickte auf ihre Armbanduhr. „Nur ein paar Minuten später."

In diesem Moment trat FInCOM-Agent West zur Tür herein und kündigte an: „Der Kronprinz von Ustanzien."

Aha. *Deshalb* kam Joe zu spät. Er wollte in der Kleidung des Prinzen erscheinen. Am späten Nachmittag hatte der Schneider mehrere Gewänder vorbeigebracht. Bestimmt wollte Joe einen der prächtigen Anzüge tragen, um mehr wie Tedric auszusehen.

Jetzt müsste er jede Minute in den Raum kommen, in einem auffallenden, mit Pailletten besetzten Jackett und mit einem verlegenen Lächeln.

West trat zurück, und jemand erschien im Türrahmen.

Er trug eine strahlend weiße Hose und ein kurzes weißes Jackett, das an den breiten Schultern spannte und auf Hüfthöhe endete. Keine Pailletten, aber Medaillen zierten sein Jackett, genau wie eine Reihe goldener Knöpfe, auf denen das Wappen von Ustanzien prangte. Sie funkelten, genau wie der edelsteinbesetzte Ring, den er an der rechten Hand trug. Das glänzende schwarze Haar hatte er sich aus dem Gesicht gekämmt.

Das war Joe. Er musste Joe sein, oder?

Veronica suchte seinen Blick und die inzwischen wohlvertrauten Unterschiede zwischen Joe und Prinz Tedric. Aber die Schultern zurückgezogen, den Kopf in dieser eigenen Haltung und ohne den Hauch eines Lächelns – Veronica war nicht sicher, *wer* da den Raum betreten hatte.

Und dann begann er zu sprechen. „Ich grüße Sie mit der zeitlosen Ehre und Tradition der ustanzischen Flagge", erklärte er im unverkennbaren Akzent des Prinzen, leicht britisch, leicht französisch. „Sie ist in mein Herz eingewoben."

# 11. Kapitel

Niemand bewegte sich.

Alle sahen Prinz Tedric wie gebannt an. Es *war* Prinz Tedric, nicht Joe. Diese Stimme, dieser Akzent … Nur, was machte der echte Prinz hier? Er sollte doch auf der anderen Seite der Stadt in dem sicheren Haus sein. Es ergab keinen Sinn. Und seine Schultern wirkten so breit …

Während Veronica ihn beobachtete, trat der Prinz in seiner seltsam steifen königlichen Gangart ein paar Schritte in den Raum. Er bewegte sich, als hätte er einen Schürhaken in der Hose, wie Joe es so wenig gewählt ausgedrückt hatte. Veronica kämpfte gegen ein Kichern an. Dieser Mann musste tatsächlich der Prinz sein. Mehr als ein halbes Dutzend schwarz gekleidete FInCOM-Agenten folgten ihm ins Zimmer, einer von ihnen schloss die Tür fest hinter ihnen.

Da immer noch alle am Tisch saßen, hob sich eine königliche Augenbraue kaum merklich. Der ustanzische Botschafter sprang auf.

„Euer Hoheit!", sagte er. „Ich wusste nicht, dass Sie …"

McKinley erhob sich ebenfalls. Die übrigen Anwesenden folgten seinem Beispiel.

Doch als Veronica aufstand, hielt sie inne. Dieser Mann war nicht Joe. Oder doch? Tedric hatte nie so groß und imposant gewirkt. Aber das konnte nicht Joe sein. Es war Tedrics Stimme gewesen. Und dieser Gang. *Und* dieser überhebliche Blick.

Der Prinz ließ den Blick über die Gesichter schweifen. Ohne das geringste Anzeichen von Vertraulichkeit sah er Veronica an. Ohne den kleinsten Hinweis darauf, dass er sie erkannte oder mochte. Er sah durch sie hindurch. Nein, das war nicht Joe. Joe hätte ihr zugezwinkert oder gelächelt. Und trotzdem …

Er streckte eine Hand aus, an der er einen großen goldenen und edelsteinbesetzten Ring trug, über den sich der ustanzische Botschafter beugte.

Senator McKinley räusperte sich. „Euer Exzellenz", sagte er. „Es war gefährlich für Sie, hierherzukommen. Ich hätte vorher informiert werden sollen." Er warf seinem wichtigsten Berater einen Blick zu und fragte: „Warum bin ich nicht informiert worden?"

Der Prinz fixierte den Senator mit einem sehr ungehaltenen Blick. „Ich bin nicht daran gewöhnt, um Erlaubnis zu bitten, wenn ich aus dem Zimmer gehe."

Er war der Prinz. Veronica versuchte, sich einzureden, dass sie jetzt überzeugt war. Dennoch schwelten Zweifel in ihr.

„Aber, Euer Hoheit", warf Kevin Laughton ein. „Es ist einfach nicht sicher." Er sah zu den FInCOM-Agenten, die den Prinzen begleitet hatten. „Ich *muss* über jeden Schritt in Kenntnis gesetzt werden." Er betrachtete die Männer genauer, und ein amüsierter Ausdruck glitt über seine Miene. Veronica versuchte, seinem Blick zu folgen, um zu sehen, was er sah. Aber er wandte sich schnell wieder dem Prinzen zu, und sein Gesicht war wieder ausdruckslos.

„Falls Sie irgendetwas brauchen", mischte sich Henri Freder, der Botschafter von Ustanzien, wieder in das Gespräch, „müssen Sie nur ein Wort sagen, Euer Hoheit. Wir werden Ihnen jeden Wunsch erfüllen, das versichere ich Ihnen."

„Setzen Sie sich, bitte. Setzen Sie sich hin", erwiderte der Prinz ungeduldig.

Alle folgten der Aufforderung. Außer dem Prinzen saßen alle. Er blieb demonstrativ neben dem Platz von Senator McKinley am Kopfende des Tisches stehen.

Verspätet bemerkte McKinley seinen Fehler. Hastig stand er auf und bot dem Prinzen seinen Stuhl an und ging zu einem der unbesetzten Plätze.

Auf der anderen Seite des Zimmers hustete einer der FInCOM-Agenten. Als Veronica ihn ansah, zwinkerte er ihr kurz zu. Das war Cowboy, einer der SEALs aus Joes Alpha Squad. Zumindest glaubte sie das. Denn als sie sich vergewissern wollte und wieder hinsah, war er verschwunden.

Sie wandte sich um und musterte den Mann, der auf dem frei gewordenen Platz am Kopfende Platz nahm. „Ich brauche etwas zu schreiben und einen Stift", sagte er an niemand Bestimmten gewandt. „Und ein Glas Wasser."

Hatte sie sich eingebildet, dass Cowboy da gewesen war? War dieser Mann tatsächlich Joe oder Prinz Tedric? Veronica wusste es wirklich nicht.

Um sie herum drängelten sich alle Berater und Assistenten. Einer versorgte den Prinzen mit einem edlen Notizblock, ein anderer brachte ihm einen Plastikkugelschreiber, den der Prinz nur geringschätzig betrachtete. Ja, das musste der echte Prinz sein. Niemand könnte diesen angewiderten Blick imitieren, oder doch? Ein weiterer Mitarbeiter förderte einen goldverzierten Füllfederhalter zutage, den der Prinz mit einem Nicken entgegennahm. Wiederum ein anderer Mann stellte ihm ein großes Glas Wasser mit Eiswürfeln auf den Tisch.

„Danke", sagte er, und Veronica setzte sich auf.

*Danke?* Dieses Wort existierte nicht in Tedrics Vokabular. Jedenfalls hatte Veronica es ihn noch nie sagen hören.

Senator McKinley berichtete dem Prinzen in allen Einzelheiten, was sie während der vergangenen Tage erarbeitet hatten und inwiefern sich der Ablauf des Staatsbesuchs änderte.

Veronica sah starr zu dem Mann am Kopf des Konferenztischs. Prinz Tedric hätte nie Danke gesagt. Es war Joe. Es *musste* Joe sein. Aber … er sah nicht so aus, er verhielt sich und klang überhaupt nicht wie der Joe, den sie kennengelernt hatte.

Nachdem der Prinz einen Schluck Wasser getrunken hatte, nahm er die Kappe von dem Füllfederhalter.

Jetzt käme der Beweis. Joe war Linkshänder; der Prinz benutzte immer die rechte Hand.

Oh mein Gott, es war nicht Joe. Es war der Prinz. Es sei denn …

Sobald der Senator weitersprach, riss der Prinz ein Blatt vom Block und faltete es genau in der Mitte. Er sah über die Schulter, woraufhin sofort einer seiner Mitarbeiter hinter ihn trat. Er reichte ihm das Blatt Papier und flüsterte dem jungen Mann etwas ins Ohr. Dann wandte sich der Prinz wieder Senator McKinley zu.

Veronica sah, wie der junge Mann um den Tisch ging, direkt auf sie zu. Er übergab ihr das gefaltete Blatt Papier.

„Von Prinz Tedric", flüsterte er ihr kaum hörbar ins Ohr.

Sie blickte zum Prinzen, der ihr jedoch keinerlei Aufmerksamkeit schenkte. Abwesend spielte er mit seinem Ring, während er McKinley zuhörte.

Warum schrieb Prinz Tedric ihr?

Sie wagte kaum zu atmen, als sie das Blatt auffaltete. „Hey, Ronnie", stand da in kindlich wirkenden Großbuchstaben geschrieben. „Wie stelle ich mich an? Gruß, Prinz Joe."

Veronica lachte. Laut. McKinley unterbrach sich mitten im Satz. Die am Tisch Versammelten drehten sich um und sahen sie an. Auch Joe, der ihr einen vernichtenden Blick zuwarf, genau wie Prinz Tedric es oft getan hatte. „Joe", sagte sie.

Niemand verstand, was sie meinte. Die Leute starrten sie lediglich an, als wäre sie verrückt geworden – alle außer Kevin Laughton, der leicht lächelte und nickte. Admiral Forrest lehnte sich zurück und lachte in sich hinein.

Veronica wies zum Kopfende des Tischs, auf Joe. „Er ist nicht Prinz Tedric", erklärte sie. „Er ist Lieutenant Catalanotto. Gentlemen, er hat uns alle reingelegt."

Plötzlich begannen alle gleichzeitig zu reden.

Der hochmütige Gesichtsausdruck des Prinzen wich allmählich einem freundlichen Lächeln, als er Veronica über den Tisch hinweg ansah. Seine kalten Augen blickten sie warm an. Oh ja, es war definitiv Joe.

„Sie sind erstaunlich", formte sie mit den Lippen. Ihr war klar, dass er sie in dem Lärm nicht hören konnte. Sie bezweifelte allerdings nicht, dass er von den Lippen ablesen konnte. Sie wäre nicht überrascht, wenn es einfach nichts gab, das Joe nicht konnte.

Er zuckte die Schultern. „Ich bin ein SEAL", erwiderte er, ohne die Stimme zu erheben – als würde das alles erklären.

„Ich wusste, dass es der Lieutenant ist", hörte Veronica Kevin Laughton sagen. „Aber nur weil ich wusste, dass drei der Männer, die mit ihm hereingekommen sind, nicht zu meinen Leuten gehören."

„Ich habe es auch gewusst", donnerte Senator McKinley. „Ich habe nur darauf gewartet, dass Sie alle es auch merken."

Veronica blickte Joe immer noch in die dunklen Augen. „Warum haben Sie mir nichts gesagt?", fragte sie leise.

„Habe ich doch", erwiderte er.

Und er hatte recht; er *hatte* es ihr gesagt. *Keine Sorge, ich bekomme das hin. Ich bin ein ganz guter Schauspieler.*

Ganz gut?

Veronica lachte. Er war *umwerfend.*

Joe erwiderte ihr Lächeln, während sich weiterhin alle um sie herum unterhielten. Gemessen an der Aufmerksamkeit, die sie den anderen schenkte, hätten sie auch allein im Raum sein können.

Er las Bewunderung in ihren blauen Augen. Bewunderung und Respekt. Sie versuchte gar nicht, es zu verbergen. Mit ihren Augen übermittelte sie ihm eine Botschaft, die so deutlich war, als hätte sie sie ausgesprochen.

Joe erkannte auch den Widerhall des Verlangens, das sie nie ganz verbergen konnte. Unterschwellig war es immer da. Es lauerte und wartete auf einen Augenblick, in dem sie für einen Moment vergaß, dass er kein Mitglied im Countryclub war.

Und, Gott, er wartete auch.

Nur dass sie es nicht vergessen würde. Nur manchmal, in Momenten wie diesem, wenn sie sich in sicherem Abstand voneinander befanden, blickte Veronica ihm in die Augen. Nur wenn sie sich außerhalb seiner Reichweite befand, ließ sie ihn in ihre meerblauen Augen eintauchen.

Er brauchte nicht viel Fantasie, um sich vorzustellen, wie es wäre, Veronica St. Johns Geliebter zu sein. Wie es aussah, wenn ihr die roten Locken über den Rücken fielen, wie sie in einem Hauch aus Satin und Seide aussah, wie die Sehnsucht ihre meerblauen Augen verdunkelte. Während Joe ihr in die Augen sah, fühlte er sich zum dritten und letzten Mal untergehen.

Er begehrte sie so verzweifelt, dass ihm vor Verlangen fast schwindlig war. Irgendwie, auf irgendeine Weise würde er sie dazu bringen, ihre Meinung zu ändern. Er würde diese zarte Wand durchbrechen, die sie zwischen ihnen errichtet hatte.

Admiral Forrest hob die Stimme, um sich im allgemeinen Gerede Gehör zu verschaffen. „Ich denke, wir können dieses Meeting verschieben", erklärte er. „Wir können der Presse mitteilen, dass Prinz Tedrics Rundreise morgen um achtzehn Uhr beginnt. Stimmen alle zu?"

Widerstrebend löste Veronica den Blick von Joes gefährlich dunkel schimmernden Augen. Ihr Herz pochte. Lieber Gott, wie dieser Mann sie ansah! Als wären sie allein, als hätte er sie wieder geküsst. Und wenn er es nicht getan hätte, dann hätte *sie* …

Der Himmel mochte sie vor sich selbst beschützen!

Sie schob die Papiere vor sich zusammen und versuchte, ihr inneres Gleichgewicht wiederzufinden, während sich der Raum langsam leerte.

Senator McKinley schüttelte ihr kurz die Hand und lobte Veronica für die gute Arbeit. Dann eilte er zu einem anderen Termin.

Veronica spürte Joes Blick immer noch auf sich, als er aufstand und sich mit Admiral Forrest unterhielt. Die FInCOM-Agenten versuchten, sie aus dem Raum zu geleiten, aber Joe machte keinerlei Anstalten zu gehen. Offensichtlich wartete er auf sie.

Veronica atmete tief ein, griff nach ihrer Mappe und trat zu ihnen.

Joe sah auf seinen Ring. „Wussten Sie, dass dieser Ring mehr wert ist als ein neues Auto?", fragte er nachdenklich. „Und wussten Sie, dass der alte Ted fast zwanzig davon besitzt?"

Mac Forrest schmunzelte Veronica zu und klopfte Joe nochmals auf die Schulter, als sie den Flur entlanggingen. „Sie konnten nicht beschwören, dass es Joe ist, oder?", fragte er sie.

Veronica sah Joe an. Die Wärme und Energie, die sie durchflutete, als sie seinem Blick begegnete, trafen sie unvorbereitet. Er lächelte ihr zu, und sie ertappte sich dabei, wie sie töricht zurücklächelte. Erst danach erkannte sie, dass der Admiral sie etwas gefragt hatte. Veronica riss den Blick von Joe los.

„Nein, Sir. Ich war nicht sicher", erwiderte sie und hoffte, sie klang nicht halb so atemlos, wie sie sich fühlte. „Nur …"

„Was?", fragte Joe.

Sie sah ihn an, nachdem sie sich innerlich gegen seinen hypnotisierenden Blick gestählt hatte. „Sie haben sich bedankt", antwortete sie. „Tedric würde einem Bediensteten nicht einmal im Traum danken."

„Tja, vielleicht hat sich der alte Ted in den amerikanischen Knigge eingelesen", sagte Joe. „Weil er in den nächsten Wochen nämlich zu all den reizenden Dienern ‚Danke' sagen wird. Und vielleicht auch hier und da mal ‚Bitte'."

„Von mir aus gern. Meiner Meinung nach sollte jeder ‚Danke' sagen. Ich finde es unhöflich, darauf zu verzichten", erwiderte Veronica.

„Die Ausrüstung, die Sie bestellt haben, sollte heute Abend hier sein", erzählte Admiral Forrest. „Für morgen ist dann alles bereit."

„Wir verlassen das Hotel um achtzehn Uhr?", fragte Joe.

Veronica griff in ihre Mappe und sah auf dem Terminplan nach. „Ja, das stimmt. Eine Reihe öffentlicher Auftritte sind geplant, aber nur fürs Auge, damit die Reporter Aufnahmen davon bekommen, wie Sie in eine Limousine ein- und aussteigen und winken. Morgen Abend wäre eine Veranstaltung in der Botschaft, wenn Sie sich danach fühlen. Dort werden allerdings Leute sein, die Tedric gut kennen. Sie müssten sie erkennen können."

„Sind *Sie* in der Lage, sie zu erkennen?", fragte Joe.

„Nun, ja. Natürlich. Aber …"

„Dann kann ich es auch", erwiderte er und lächelte.

„Wir haben einen Überwachungswagen bestellt", erzählte Admiral Forrest ihr. „Sie bekommen den Ehrenplatz. Joe wird Kopfhörer tragen und ein Mikrofon, sodass er Sie hören kann und umgekehrt. Außerdem haben wir eine kleine Kamera, damit sie alles sehen, was Joe sieht, und ihn natürlich."

Vor der königlichen Suite blieben sie stehen und warteten, während West hineinging und die Räume kurz überprüfte. „Alles sauber", sagte er, als er zurückkam. Die ganze Gruppe bewegte sich in die Suite.

Wieder drückte Admiral Forrest Joes Hand. „Gut gemacht, Sohn." Er nickte Veronica zu. „Sie auch, kleines Fräulein." Dann sah er auf die Uhr. „Ich muss ein paar Lageberichte abliefern." Noch als Mac sich zum Gehen wandte, hob er vor Joe mahnend den Finger. „Keine Ausflüge an der Hotelfassade mehr. Keine Spielchen mehr."

Er wandte sich zu den anderen SEALs. Blue, Cowboy und Harvard standen mit den FInCOM-Agenten an der Tür. „Sie spielen jetzt alle im selben Team", erklärte er ihnen. „Sorgen Sie dafür, dass Lieutenant Catalanotto in Sicherheit ist. Habe ich mich klar ausgedrückt?"

„Ich habe ihnen für heute Abend freigegeben, Admiral", warf Joe ein. „Ich dachte …"

„Da haben Sie falsch gedacht. Vor etwa dreißig Minuten hat der Einsatz begonnen."

Cowboy freute sich offensichtlich nicht besonders darüber.

Der Admiral öffnete die Tür. „Um genau zu sein, will ich dieses Sicherheitsteam im Flur sehen. Pronto."

„Aber, Sir …", setzte Cowboy an.

„Das war ein Befehl, Lieutenant", herrschte der Admiral ihn an.

Die drei SEALs rührten sich nicht von der Stelle, bis Joe ihnen kaum wahrnehmbar zunickte.

Die Tür schloss sich hinter ihnen, und im Raum war es plötzlich still.

„Was war *das* denn?", fragte Veronica. Ihr war mit einem Mal bewusst, wie nah sie beieinanderstanden, wie wunderbar er duftete, wie gut er sogar in dem lächerlichen weißen Jackett aussah.

Er schenkte ihr sein vertrautes und ein wenig verlegenes Lächeln und setzte sich auf die Sofalehne. „Ich glaube, Mac ist klar geworden, dass Diosdado Glück haben und mich beseitigen könnte. Er will den befehlshabenden Alpha-Squad-Offizier nicht verlieren."

„Er will keinen Freund verlieren", verbesserte Veronica ihn nachsichtig.

„Das wird er nicht. Ich habe nicht vor, zu sterben." Das war eine Tatsache. Seine nüchterne Feststellung und die Gewissheit in seinem Blick überzeugten Veronica davon, dass es tatsächlich feststand. Joe wirkte hart und unverwundbar, und womöglich sogar unsterblich.

Aber er war nicht unsterblich. Er war ein Mensch. Er war aus Fleisch und Blut, ab dem nächsten Morgen war er auch eine Zielscheibe. Wenn er wie Prinz Tedric gekleidet durch den Hotelausgang ging, konnte die Pistole eines Attentäters auf ihn gerichtet sein.

Am nächsten Tag um diese Zeit konnte Joe bereits angeschossen worden sein. Er könnte schwer verletzt sein. Oder schlimmer: Er könnte tot sein.

*Für immer* tot.

*Joe* war vielleicht in der Lage, die Gefahr zu ignorieren, Veronica nicht. Er würde sich in der Öffentlichkeit bewegen – mit einem Sicherheitsteam, das den Anforderungen nicht genügte. Sicher, die Chancen standen jetzt besser, weil drei SEALs aus dem Alpha-Squad-Team bei den FInCOM-Agenten waren. Trotzdem gab es keine Garantie.

Veronica würde in einem sicheren Überwachungswagen festsitzen. *Falls* die Terroristen durch das Sicherheitsnetz gelangten, hatte sie einen Platz in der ersten Reihe. Und müsste mit ansehen, wie Joe starb.

Er saß da und beobachtete sie. Veronica bewunderte ergriffen seine lässige Tapferkeit und seine unaufdringliche Heldenhaftigkeit. Er tat es für Admiral Forrest, für den verstorbenen Sohn des

Admirals und für all die anderen Matrosen, die Diosdado getötet hatte. Und für alle Menschen, Soldaten und Zivilisten, die von Terroristen verletzt oder getötet würden, wenn sie nicht hier und jetzt aufgehalten wurden.

Ja, die Möglichkeit, dass er starb, bestand. Aber in Joes Augen war es offensichtlich ein Risiko, das es wert war, wenn sie dafür die Killer festnahmen. Doch was für ein furchtbares Risiko, was für ein unglaubliches Opfer! Er riskierte sein Leben, sein wertvolles, unersetzbares Leben. Es war das Größte, das er einsetzen konnte. Und für Joe war es das Mindeste, was er tun konnte.

„Hat Ihnen eigentlich irgendjemand dafür gedankt, dass Sie das hier tun?", fragte Veronica. Ihr Hals fühlte sich unnatürlich rau an, als sie Joe in die Augen sah.

Er zuckte die Schultern, es war eine gelöste, lässige Geste, genau wie sein unbekümmertes Lächeln. „Wenn alles glattläuft, bekomme ich wahrscheinlich die ustanzische Tapferkeitsmedaille." Er betrachtete die Reihen von Abzeichen, die an Prinz Tedrics Jackett befestigt waren, und verzog die Miene. „Wenn man bedenkt, dass Ted vier hat, bin ich nicht sicher, ob ich eine haben möchte", fügte er hinzu. „Selbst wenn ich sie dazu überreden kann, mir eine zu verleihen, gäbe es eine Zeremonie. Und ich müsste in die Kameras lächeln und Teds schweißige Hand schütteln."

„Und wenn es nicht glattläuft …?" Ihre Stimme zitterte.

Wieder zuckte er die Schultern, sein Lächeln wurde breiter. „Dann werde ich Ted nicht die Hand schütteln, oder?"

„Joe."

Er stand auf. „Ronnie", sagte er und ahmte ihren ernsten Tonfall nach. „Entspannen Sie sich, okay?"

Das konnte sie nicht. Wie sollte sie sich entspannen, wenn er am nächsten Tag womöglich tot war? Veronica sah sich im Raum um und wurde sich wieder deutlich bewusst, dass sie hier allein waren. Sie waren allein, und sie bekam vielleicht nie wieder die Gelegenheit, ihn zu umarmen.

Trotz ihres Vorsatzes, sich von ihm fernzuhalten, trat Veronica auf ihn zu und überwand die Distanz zwischen ihnen. Sie sah die Überraschung in seinen Augen. Doch dann schlang sie die Arme um ihn und ließ den Kopf auf seine Schulter sinken.

Er war überrumpelt. Sie fühlte die Anspannung, die seinen Körper gefangen hielt. Nicht in einer Million Jahren hätte er damit gerechnet, dass sie ihn umarmen würde.

Als sie sich zurückzog, hob sie den Kopf und erkannte tief in seinem Blick eine Verletzbarkeit, das Aufblitzen fast kindlichen Staunens. Aber es verschwand so schnell, dass Veronica sich fragte, ob sie es sich eingebildet hatte.

Er reagierte fast gar nicht. *Fast.* Doch bevor sie sich ganz zurückziehen konnte, umarmte er sie und hielt sie sanft, aber bestimmt in ihrer Position. Er seufzte leise, als er sich entspannte.

Joe schaffte es nicht, sie loszulassen. Er wäre verrückt, wenn er sie losgelassen hätte. Sie passte so perfekt hierher, sie hätten füreinander geschaffen sein können. Sie war an den entscheidenden Stellen weich, und an den anderen fest. Sie in den Armen zu halten war das Paradies.

Aus großen meerblauen Augen sah sie ihn an.

Es gab weniges, nach dem er sich in diesem Augenblick so sehr sehnte, wie danach, sie zu küssen. Er wollte ihren weichen, süßen Mund mit der Zunge erkunden. Er würde sie tief und wild küssen, bis ihr vor Verlangen schwindlig war und sie sich an ihn klammerte. Er wünschte sich, sie in den Armen zu wiegen und sie in das Schlafzimmer zu tragen. Dort würde er sie ausziehen und jeden Zentimeter ihres glatten, geschmeidigen Körpers küssen, bevor er in ihre seidige Wärme tauchen würde.

Er fühlte sich fast wie berauscht, nur weil er daran dachte – die reinste Glückseligkeit. Und es würde mit einem kleinen Kuss beginnen …

Er senkte den Kopf.

Veronica blickte ihm wie gebannt in die Augen, den Mund leicht geöffnet.

Er war kaum noch vom Paradies entfernt, und … sie wandte den Kopf ab.

Joes Mund landete auf ihrer Wange, als sie sich hastig aus seiner Umarmung befreite.

Vor Enttäuschung spannte er jeden Muskel an. *Verdammt!* Was war gerade passiert? Zum Teufel, *sie* hatte den ersten Schritt getan. Sie war diejenige, die die Arme um ihn geschlungen hatte. Und dann …

„Veronica", sagte er und streckte die Hand nach ihr aus.

Doch sie war bereits außer Reichweite, als die Tür aufging und sowohl die FInCOM-Agenten als auch die SEALs hereinkamen.

„Ich muss mich beeilen, Cat", rief Admiral Forrest und winkte kurz zur offen stehenden Tür herein. „Wir reden morgen. Sei brav!"

„Tja", sagte Veronica bewusst unbeschwert, als sie nach ihrer Mappe griff. „Ich sehe Sie dann morgen, Lieutenant."

Das war alles? Sie hatte ihn fast geküsst und ging dann einfach weg? Sie wich seinem Blick aus, während sie schnurstracks zur Tür marschierte. Außer ihr hinterherzulaufen und sie festzuhalten, konnte Joe nicht viel tun, um sie zurückzuhalten.

„Noch mal danke", fügte Veronica hinzu, als sie im Flur angekommen war.

„Begleite sie zu ihrem Zimmer", befahl Joe West. Er machte sich plötzlich Sorgen um sie, auch wenn sie nur wenige Meter zu ihrer Suite zurücklegen musste. Aber wenn sie allein auf dem Hotelflur …

Der Mann nickte und folgte Veronica, dann schloss er die Tür hinter sich.

„Noch mal danke?", wiederholte Cowboy. Bedeutungsvoll verzog er die Augenbrauen und sah Joe an. „Ist hier drinnen irgendetwas passiert, das wir wissen sollten?"

Joe brachte ihn mit einem kalten Blick zum Schweigen. „Hör auf Cowboy."

Cowboy wollte schon noch etwas sagen, schloss den Mund jedoch wohlweislich.

*Noch mal danke.*

Veronicas Worte hallten in Joe wider. *Noch mal danke.*

Sie hatte sich bei ihm bedankt. Natürlich. Als sie ihn umarmt hatte, war sie nicht der Anziehungskraft erlegen, die zwischen ihnen schwelte. Keinesfalls. Sie hatte sich bedankt. Sie war die großzügige Adlige, die einem niederen Diener dankte. Verdammt, er war *so ein* Narr.

Joe musste sich hinsetzen.

„Alles in Ordnung, Cat?", fragte Blue vorsichtig.

Joe stand wieder auf und eilte zum Schlafzimmer. „Ja", antwortete er kurz angebunden und drehte sich weg, damit sein Freund nicht mitbekam, wie verletzt er war.

# 12. Kapitel

Als das Fest in der Botschaft um neun Uhr begann, fühlte Veronica sich fast schon wie ein alter Hase im Umgang mit der Ausrüstung im Überwachungswagen.

Sie trug ein leichtes schnurloses Headset, an dem ein Mikrofon befestigt war, das sie direkt vor dem Mund hatte. Joe konnte jedes Wort von ihr durch einen Miniaturempfänger verstehen, den er im Ohr trug. Und Veronica verstand ihn auch sehr gut. Sein schnurloses Mikrofon war als ein Anstecker getarnt, den er am Revers seines Jacketts trug. Sie konnte Joe auch sehen, über einen Bildschirm, der in die Armatur des Vans eingebaut war. Ein weiterer Monitor zeigte die Aufnahmen von einem anderen Winkel, Joes Blickfeld. Beide Bilder verdankten sie Minikameras, die einige der FInCOM-Agenten diskret ausrichteten. Bis jetzt hatte Veronica Joes Perspektive kaum gebraucht. Trotzdem würden sie sich an diesem Abend als nützlich erweisen.

Die drei Alpha-Squad-SEALs trugen ebenfalls Mikrofone und Kopfhörer, die auf dieselbe Frequenz eingestellt waren wie die von Veronica und Joe. Es war einfach, Blues, Cowboys und Harvards Stimmen auseinanderzuhalten, und natürlich hätte sie Joes überall erkannt.

Meistens benutzten die SEALs eine ganz eigene Sprache, die aus Abkürzungen und fremden Worten zu bestehen schien. Wenn sie über Tangos redeten, wusste Veronica zwar, dass die Terroristen damit gemeint waren. Aber für jedes Wort, das sie verstand, gab es vier weitere, deren Bedeutung ihr rätselhaft blieben.

Den ganzen Tag lang hatte Veronica Joe daran erinnert, wann er sich verneigen, wann er winken, wann er die Fernsehkameras ignorieren und wann er direkt hineinlächeln sollte. Sie hatte ihn ermahnt, wenn sein Lächeln etwas zu breit war, zu Joe-typisch, und er hatte sich sofort angepasst, um dem echten Prinzen noch mehr zu ähneln.

„Okay", sagte Kevin Laughton, der ebenfalls im Überwachungswagen war. „Die Limousine ist gleich bei der Botschaft."

„Verstanden", antwortete West im Van. „Ich sehe sie in der Einfahrt." FInCOM benutzte eine andere Frequenz für ihre Gespräche, die Joe jedoch auch empfing. Wenn irgendjemand auch nur warnend atmete, wollte er es mitbekommen.

„Check, check", hörte Veronica Joe in sein Mikrofon sprechen. „Hören Sie mich?"

„Wir studieren Sie", erwiderte Laughton. „Imitieren Sie jemanden?"

„Erwischt", sagte Joe. „Ronnie, sind Sie da?"

„Ich bin hier", sagte Veronica, sie sprach bewusst langsam und ruhig. Ihr Herz schlug tausendmal in der Minute beim Gedanken daran, dass Joe gleich in die Botschaft gehen würde und sie verließ. Sie musste ihm alle Informationen liefern, damit er seine Tarnung als Prinz Tedric aufrechterhalten konnte. Und wenn *sie* sich schon wie kurz vorm Durchdrehen fühlte, musste er unglaublich nervös sein. Er musste sich nicht nur darauf konzentrieren, Tedric erfolgreich nachzuahmen, sondern auch darauf, am Leben zu bleiben.

„Kameras laufen", berichtete ein FInCOM-Agent. „Überwachungswagen, haben Sie ein Bild?"

„Roger, FInCOM", sagte Veronica, und Joe lachte, genau wie sie es vorausgesehen hatte.

„Macht Ihnen das hier womöglich Spaß?", fragte er sie.

„Absolut", erwiderte sie sanft. „Ich weiß gar nicht, wann ich mich zum letzten Mal so auf eine Feier in der Botschaft gefreut habe. Ich sitze hier gemütlich herum, statt auf Zehenspitzen um all die Würdenträger und Berühmtheiten herumzutanzen, lasche Horsd'oeuvres zu essen oder zu lächeln, bis mir das Gesicht wehtut."

„Lasche Horsd'œuvres?", fragte er, lehnte sich in der Limousine dichter an die Kamera und verzog das Gesicht. „*Darauf* soll ich mich hier freuen?"

„Die Tür der Limousine kann geöffnet werden", kündigte West an. „Alle auf Position?"

„Joe, seien Sie vorsichtig", murmelte Veronica schnell.

Er berührte kurz sein Ohr und gab ihr das Zeichen dafür, dass er sie gehört hatte. Sie sah etwas in seinen Augen aufblitzen, bevor er den Blick von der Kamera abwandte.

Woran dachte er? Dachte er an den vergangenen Abend, als er sie fast geküsst hatte? Er *hätte* sie wieder geküsst, und sie hätte den Kuss wahrscheinlich erwidert, hätte sie nicht die Zimmertür gehört.

Wahrscheinlich? *Garantiert* – und wider besseres Wissen. Sie sollte dankbar dafür sein, dass sie gestört worden waren. Sie *wusste*, sie war dankbar, dass sie das Knacken des Türknaufs gehört hatte. Wie schrecklich wäre es gewesen, wenn drei FInCOM-Agenten, drei SEALs und ein Navy Admiral sie in Joes Umarmung erwischt hätten!

Joe war am Morgen seltsam distanziert gewesen – zweifellos die direkte Folge ihrer abrupten Flucht aus der königlichen Suite. Veronica fühlte sich schuldig, weil sie davongelaufen war. Doch wäre sie geblieben, wäre sie wieder in seinen Armen gelandet. Und höchstwahrscheinlich auch in seinem Bett.

Sie hatte geglaubt, ein bisschen Zeit und Abstand sorgten vielleicht dafür, dass sie sich weniger unwiderstehlich zu diesem Mann hingezogen fühlte. Aber als sie an diesem Morgen aus ihrem Zimmer gekommen war, hatte Joe in einem von Tedrics neuen glitzernden dunklen Anzügen auf dem Flur gestanden und mit den FInCOM-Agenten bereits gewartet. Sie hatte ihn angesehen, und ihre Blicke waren sich begegnet. Sofort hatte es wieder heftig zwischen ihnen geknistert.

Nein, Zeit und Abstand hatten nichts bewirkt. Sie hatte sich an diesem Morgen genauso stark danach gesehnt, Joe zu küssen, wie am vergangenen Abend. Vielleicht sogar stärker.

Das Sicherheitsteam hatte ihn über den Flur zu den Aufzügen geführt, sie war zwei Schritte hinter ihnen geblieben. Unten angekommen hatten sie sofort mit der Arbeit begonnen.

Admiral Forrest hatte die verschiedenen Geräte im Van erklärt. Und Joe hatte ohne zu lächeln in die Kameras gestarrt, während die Bildschirme und Verbindungen geprüft und wieder geprüft worden waren. Über das Headset hatte sie mit ihm gesprochen. Und obwohl er anfangs kurz und knapp geantwortet hatte, war er im Laufe des Tages zu seiner normalen Form zurückgekehrt und machte inzwischen wieder seine typischen süffisanten Späße.

„Tür geht auf", sagte West gerade, und die Bilder auf den Fernsehmonitoren wackelten, als die Agenten mit den Kameras aus der Limousine stiegen.

Die Blitzlichter der Paparazzi flammten wie verrückt auf, als Joe aus dem langen weißen Wagen stieg. Veronica hielt den Atem an. Wenn jemand auf ihn schießen wollte, passierte es jetzt, solange er von dem Wagen zum Botschaftsgebäude ging. Drinnen herrschten strenge Sicherheitsbedingungen. Er würde sich zwar immer noch im Gefahrenbereich bewegen, aber es wäre nicht halb so risikobehaftet wie unter freiem Himmel.

Die FInCOM-Agenten umringten ihn und drängten ihn hinein. Einer von ihnen drückte Joe fest den Kopf herunter, damit er aus der Schusslinie kam.

„Oh, *das* hat Spaß gebracht", hörte Veronica Joe sagen, sobald sich die Türen der Botschaft hinter ihm geschlossen hatten. „Warnt mich nächstes Mal, wenn ihr mich in den Schwitzkasten nehmen wollt, ja, Jungs?"

„Wir sind drinnen", sagte West.

Auf dem Bildschirm sah Veronica, wie der ustanzische Botschafter auf Joe zuging, gefolgt von einer Menge aus Gästen und Berühmtheiten. Joe schlüpfte sofort in seine Rolle, zog die Schultern zurück und machte einen arroganten Gesichtsausdruck.

„Henri Freder, der Botschafter von Ustanzien in den Vereinigten Staaten", sagte Veronica zu Joe. „Er weiß, wer Sie sind. Er war gestern Abend bei dem Meeting und hilft Ihnen bei Bedarf."

„Euer Hoheit." Freder verneigte sich tief vor Joe. „Mit großem Vergnügen begrüße ich Sie in der ustanzischen Botschaft."

Joe nickte als Antwort und senkte nur leicht den Kopf. Veronica lächelte. Joe beherrschte Tedrics königliche Haltung perfekt.

„Der Mann links neben Freder ist Marshall Owen", sagte sie und rief die Hintergrundinformationen über Owen auf dem Computer auf. „Owen ist ein Unternehmer aus ... Atlanta, Georgia. Er besitzt ziemlich viele Grundstücke in Europa, auch in Ustanzien. Er ist mit Ihrem Vater befreundet. Sie haben ihn erst drei- oder viermal getroffen, einmal in Paris. Sie haben Racquetball gespielt. Sie haben gewonnen, aber er hat das Spiel wahrscheinlich geschmissen. Schütteln Sie ihm die Hand, und sprechen Sie ihn mit ‚Mr. Owen' an – Daddy verdankt ihm ziemlich viel Geld."

Auf dem Monitor sah sie, wie Joe Marshall Owens Hand nahm. „Mr. Owen", sagte er mit Tedrics unfehlbarem Akzent. „Schön, Sie wiederzusehen, Sir. Sind Sie länger in der Stadt? Vielleicht besuchen Sie mich einmal im Hotel? Neben dem Fitnessraum kann man Racquetball spielen, glaube ich."

„Ausgezeichnet", murmelte Veronica.

Mit der Ausrüstung und Joes schauspielerischen Fähigkeiten war es, wie hatte Joe es noch ausgedrückt? – ein Kinderspiel.

Joe setzte sich in der königlichen Suite auf das Sofa, trank Bier aus der Flasche und versuchte abzuschalten.

Zaghaft klopfte es an der Tür, woraufhin West hinging und die Tür einen Spaltbreit aufzog. Der FInCOM-Agent öffnete die Tür ganz, und Veronica schlüpfte in den Raum.

Sie lächelte, als sie Joe sah. „Sie waren heute großartig."

Während er ihr Lächeln erwiderte, spürte er, wie sich seine Gesichtsmuskeln entspannten. „Sie waren auch nicht schlecht." Er wollte aufstehen, doch sie bedeutete ihm, sitzen zu bleiben. „Wollen Sie ein Bier? Oder etwas zu essen? Wir könnten etwas bestellen ...?"

Himmel noch mal! Konnte er noch aufdringlicher klingen?

Sie schüttelte den Kopf, hörte jedoch nicht auf zu lächeln. „Nein, danke. Ich wollte wirklich nur kurz hereinschauen und Ihnen sagen, wie gut Sie heute waren."

Den ganzen Tag lang hatte Joe versucht, Abstand zu halten. Er hatte sich cool und desinteressiert geben wollen. *Wollen.* Dabei sollte es ihm doch eigentlich nicht schwerfallen, sich von ihr fernzuhalten – nicht, nachdem er vergangene Nacht festgestellt hatte, dass Veronica sich mit der Umarmung lediglich bei ihm hatte bedanken wollen. Er sollte es besser wissen. Schon nachdem sie sich für ihren Wutausbruch, als sie ihn dumm und ignorant genannt hatte, entschuldigt hatte. Schon da hätte es ihm klar sein sollen: Nur weil sie sich dafür entschuldigte, musste sie nicht auch glauben, dass sie etwas Unwahres ausgesprochen hatte.

Veronica hatte ihm die Freundschaft angeboten. Wahrscheinlich würde sie ebenso nett zu einem streunenden Hund sein.

Aber den ganzen Tag lang hatte er sich dabei ertappt, wie er sich etwas vormachte. Er hatte für die versteckten Kameras geschauspielert, und zwar in dem Wissen, dass sie ihn beobachtete. Und er hatte es genossen, ihre vertrauliche Stimme zu hören.

Es spielte keine Rolle, dass sie manchmal sogar Kilometer voneinander entfernt waren. Veronica war seine Hauptverbindung zum Überwachungswagen gewesen. Ihre Stimme hatte Joe am häufigsten über das Headset gehört. Er musste sich nach ihr richten und ihr vertrauen, wenn sie ihm Informationen und Anweisungen gab. Ob es ihr bewusst war oder nicht, ihre Beziehung *war* enger geworden.

Und Joe vermutete, dass sie es wusste.

Ihm fiel auf, dass er sie schon wieder anstarrte. Ihre Augen waren so groß und blau, als sie seinen Blick erwiderte.

Zuerst sah er zur Seite. Wem machte er etwas vor? Was versuchte er zu tun? Waren denn zwei Körbe nicht genug? Was dachte er sich, aller guten Dinge sind drei?

„Es ist schon spät", sagte er schroff. Er wollte sie entweder in seinen Armen spüren oder dass sie ging.

„Tja", erwiderte sie deutlich verwirrt. „Es tut mir leid. Ich …" Sie schüttelte den Kopf und suchte einen Moment lang etwas in ihrer Mappe. „Hier ist der Ablauf für morgen", fügte sie hinzu und reichte ihm ein Blatt Papier. „Dann gute Nacht." Sie ging voller Anmut zur Tür.

„Saint Mary", las Joe laut vor, als sein Blick in der Mitte der Liste hängen blieb.

Veronica hielt inne und drehte sich zu ihm um. „Ja, das ist richtig. Ich wollte Sie darum bitten, etwas … Besonderes anzuziehen."

„Was denn? Mein riesiges Hühnerkostüm?"

Sie lachte. „Daran habe ich nicht unbedingt gedacht."

„Dann können Sie vielleicht etwas genauer werden."

„Blaues Jackett, rote Schärpe, schwarze Hose", erklärte Veronica. „Tedrics Prinz-Charming-Outfit. Sind Sie damit ausgestattet?"

„Ich werde es tragen." Joe verbeugte sich. „Ihr Wunsch ist mir Befehl."

# 13. Kapitel

Veronica fuhr mit Joe in der Limousine zum Saint Mary.
Er trug das Prinz-Charming-Outfit, um das sie ihn gebeten hatte, und sah darin fast lächerlich attraktiv aus.

„Heute wird es etwas schwieriger", sagte sie und erledigte die letzten Vorbereitungen am Laptop.

„Soll das ein Scherz sein?", fragte Joe. „Keine Presse, keine Fanfaren – wie schwierig sollte das wohl werden?"

„Ich werde dieses Mal dabei sein", erwiderte sie, als hätte sie ihm nicht zugehört.

„Oh nein, das werden Sie nicht", entgegnete Joe. „Ich will Sie im Radius von zehn Metern nicht in meiner Nähe sehen."

Sie sah vom Bildschirm ihres Computers auf. „Es ist nicht gefährlich. Denn die Klinik stand nicht auf dem Terminplan, den wir der Presse geschickt hatten."

„Es ist immer gefährlich", beharrte Joe. „Es besteht immer die Möglichkeit, dass wir verfolgt werden."

Veronica blickte aus dem Rückfenster. Drei weitere Limousinen und der Überwachungswagen fuhren hinter ihnen her. „Du lieber Himmel", sagte sie gespielt überrascht. „Sie haben recht! Drei sehr verdächtig aussehende Limousinen folgen uns und ..."

„Lassen Sie das Comedyprogramm", murmelte Joe. „Sie gehen nicht dort hinein. Ende der Diskussion."

„Sie wollen nicht, dass ich verletzt werde." Veronica schloss den Laptop. „Das ist ... sehr fürsorglich von Ihnen."

„So bin ich. Prinz Zuckerguss."

„Aber ich *muss* hineingehen."

„Ronnie ..."

„Saint Mary ist ein Hospiz, Joe", sagte Veronica leise. „Für krebskranke Kinder."

Joe wurde still.

„Es gibt da ein kleines Mädchen namens Cindy Kaye", fuhr sie langsam und mit flacher Stimme fort. „Sie hat Tedric einen Brief geschrieben und ihn gebeten, sie während seines Staatsbesuchs zu besuchen. Sie möchte einem echten Prinzen begegnen, bevor … bevor sie stirbt." Sie räusperte sich. „Cindy hat einen inoperablen Hirntumor. Sie hat Tedric monatelang geschrieben – nicht, dass er die Briefe überhaupt gelesen hätte. Aber ich habe sie gelesen. Jeden einzelnen. Sie ist unglaublich aufgeweckt und lieb. Und sie hat nur noch ein paar Wochen."

Joe stieß einen langen, schmerzerfüllten Laut aus. Er rieb sich die Stirn und hielt dabei die Hand über die Augen.

„Ich habe heute Morgen mit ihrer Mutter telefoniert", sagte Veronica. „Offenbar geht es Cindy schlechter. Sie übt ihren Hofknicks seit Monaten, aber letzte Nacht …" Wieder räusperte sie sich. „Der Tumor schränkt die motorischen Funktionen immer mehr ein, und sie kann nicht mehr aufstehen."

Joe fluchte lange und laut, während die Limousine auf dem Parkplatz vor dem Hospiz stehen blieb.

Es war ein sauberes weißes Gebäude mit vielen Fenstern. Wunderschöne Blumen wuchsen in der achtsam gepflegten Gartenanlage. Inmitten des Beetes stand eine Marienstatue, die ebenfalls weiß schimmerte. Es war schön anzusehen, so friedlich und heiter. Aber drinnen … Im Gebäude waren Kinder, die alle an Krebs sterben würden.

„Was soll ich einem Kind sagen, das sterben muss?", fragte Joe mit heiserer Stimme.

„Ich weiß es nicht", gab Veronica zu. „Ich gehe mit Ihnen …"

„Auf keinen Fall." Joe schüttelte den Kopf.

„Joe …"

„Ich habe Nein gesagt. Ich bringe Ihr Leben nicht in Gefahr, verdammt noch mal!"

Veronica legte eine Hand auf seinen Arm und wartete, bis er sie ansah. „Manche Dinge sind das Risiko wert."

Cindy Kaye war klein, und sie war so dünn und schwach. Sie sah wie eine unterernährte Sechsjährige aus, nicht wie eine Zehnjährige. Ihr langes braunes Haar war frisch gewaschen, und sie trug eine pinkfarbene Schleife darin. Sie lag auf dem Bettüberwurf und trug ein pinkfarbenes Rüschenkleid mit vielen Verzierungen und Spitze. Ihre Beine, die in einer weißen Strumpfhose steckten, wirkten wie zwei dünne Äste. Sie trug weiße Ballerinaschuhe an den schmalen Füßen. Dem kleinen Mädchen stiegen Tränen in die Augen, als Joe das Zimmer betrat und sich tief verbeugte.

„Mylady", sagte er in Tedrics unverwechselbarem Akzent. Ohne das geringste Zögern ging er zu Cindy, die von einer Menge Schläuche, Infusionen und medizinischer Technik umgeben war. Er setzte sich auf die Bettkante und hob Cindys Hand an seine Lippen. „Es ist mir eine große Ehre, dich endlich kennenzulernen. Deine Briefe haben viel Freude und Sonnenschein in mein Leben gebracht."

„Ich wollte für dich einen Knicks machen", sagte Cindy. Ihre Stimme zitterte, sie war kaum zu verstehen.

„Als meine Schwester, Prinzessin Wila, zwölf war", sagte Joe und lehnte sich vor, als würde er ihr ein großes Geheimnis anvertrauen, „hat sie sich Rücken und Nacken bei einem Skiunfall verletzt. Genau wie du musste sie das Bett hüten. Unsere Großtante, die Gräfin von Mailand, hat ihr beigebracht, wie man in so einer Situation die Etikette wahrt. Die Gräfin hat ihr gezeigt, wie man mit dem Augenlid knickst."

Schweigend wartete Cindy darauf, dass er weiterredete.

„Schließ die Augen", befahl Joe dem kleinen Mädchen. „Jetzt zähl bis drei, und dann mach sie wieder auf."

Cindy tat wie ihr geheißen.

„Ausgezeichnet", erklärte Joe. „Du musst königliches Blut in den Adern haben, wenn du so vornehm mit den Augen knicksen kannst, obwohl du es zum ersten Mal tust."

Cindy schüttelte den Kopf, um ihre Mundwinkel zeichnete sich ein Lächeln ab.

„Kein königliches Blut? Ich glaube es nicht", sagte Joe und erwiderte ihr Lächeln. „Dein Kleid ist wunderschön, Cindy."

„Ich habe es extra für dich ausgesucht", erzählte sie.

Joe musste sich vorbeugen, um sie zu verstehen. Er hob den Blick und sah die Frau an, die neben dem Bett saß: Cindys Mutter. Sie lächelte ihn freundlich, traurig und dankbar zugleich an, und er musste den Blick abwenden. Ihre Tochter, ihre kostbare schöne Tochter starb. Joe hatte sich immer für einen harten Kerl gehalten. Aber er war nicht sicher, ob er stark genug wäre, Tag für Tag am

Bett seines Kindes zu sitzen, wenn es im Sterben lag. Man musste die Frustration, die Hilflosigkeit und den tief schwelenden Zorn verbergen und stattdessen tröstend lächeln und seine friedvolle, stille und ermutigende Liebe geben.

Er verspürte einen Anflug dieser Frustration und dieses Zorns wie einen Wirbelsturm tosend in sich, sodass er beinahe Magenschmerzen bekam. Irgendwie gelang es ihm, weiterzulächeln. „Ich fühlte mich geehrt", sagte er zu Cindy.

„Sprichst du Ustanzisch?", fragte Cindy.

Joe schüttelte den Kopf. „In Ustanzien sprechen wir Französisch."

„Je parle un peu français", brachte Cindy undeutlich hervor.

Oh Gott, dachte Veronica. Was nun?

„Très bien", erwiderte Joe ruhig. „Sehr gut."

Veronica war erleichtert. Joe konnte auch ein bisschen Französisch. Gott sei Dank. Es hätte eine echte Katastrophe sein können. Wenn sie sich die Enttäuschung des Mädchens vorstellte, sollte sie herausfinden, dass der Prinz ein Hochstapler war …

„Ich würde liebend gern dein Land sehen", sagte Cindy in förmlichem Schulfranzösisch.

Oje. Veronica stand auf. „Cindy, ich bin sicher, dass Prinz Tedric dich auch sehr gern in seinem Land begrüßen würde. Aber er sollte wirklich Englisch üben, jetzt da er in Amerika ist."

Joe sah sie an. „Schon gut", murmelte er, bevor er sich wieder Cindy zuwandte. „Ich weiß eine Möglichkeit, wie du mein Land kennenlernen kannst", sagte er in fließendem Französisch. Sein Akzent war tadellos – er hörte sich an, als wäre er in Paris geboren worden. „Schließ die Augen, und ich erzähle dir alles über mein schönes Ustanzien. Dann siehst du es, als wärst du dort."

Veronica stand der Mund offen. Joe sprach *Französisch*? *Joe* sprach *Französisch*? Sie schloss den Mund und hörte still zu, wie er die Berge in Ustanzien, die Täler und Ebenen fast poetisch beschrieb – sowohl auf Französisch als auch auf Englisch, zu schwierige Wörter übersetzte er für das kleine Mädchen.

„Das hört sich wundervoll an", sagte Cindy seufzend.

„Das ist es", erwiderte Joe. Er lächelte wieder. „Wusstest du, dass ein paar Leute in meinem Land auch Russisch sprechen?" Als Nächstes wiederholte er seine Frage in perfektem Russisch.

Veronica musste sich setzen. Russisch? Welche Sprachen beherrschte er denn *noch*? Oder sollte sie vielleicht lieber überlegen, welche Sprachen er *nicht* konnte ...

„Sprichst du Russisch?", fragte er das kleine Mädchen.

Sie schüttelte den Kopf.

„Sag ‚da'."

„Da", wiederholte sie.

„Das ist russisch und bedeutet ‚Ja'", erklärte er ihr und lächelte. Es war ein offenes und warmes Lächeln, typisch für Joe – nicht Tedrics verkniffenes Lächeln. „Jetzt sprichst du Russisch."

„Da", sagte sie wieder und lächelte strahlend.

Ein FInCOM-Agent trat an die Tür. Als Joe aufsah, zeigte der Mann auf seine Uhr.

„Ich muss jetzt gehen", sagte Joe. „Es tut mir leid, dass ich nicht länger bleiben kann."

„Schon okay", erwiderte Cindy, doch ihr stiegen wieder Tränen in die Augen.

Joe verspürte einen Stich im Herzen. Er war nur dreißig Minuten hier gewesen, um Cindy zu besuchen. Als sie das Programm festgelegt hatten, wollte McKinley nur fünf Minuten für Saint Mary einräumen. Doch Veronica war unnachgiebig geblieben, sodass sie die volle halbe Stunde hatten. Aber jetzt erschien ihm nicht einmal eine halbe Stunde lang genug.

„Ich bin so froh, dass ich dich kennengelernt habe", sagte Joe und lehnte sich vor, um sie auf die Stirn zu küssen, bevor er aufstand.

„Euer Hoheit ...?"

„Ja, Mylady?"

„Ich habe in den Nachrichten gehört, dass es gerade viele hungrige Kinder in Ustanzien gibt", sagte Cindy und mühte sich mit den Worten ab.

Joe nickte ernst. „Diese Nachrichten stimmen. Meine Familie versucht, das in Ordnung zu bringen."

„Ich mag es nicht, wenn Kinder Hunger haben", sagte sie.

„Ich auch nicht", erwiderte Joe mit heiserer Stimme. Der Sturm in ihm wurde stärker. Wie konnte dieses Kind an den Kummer und Schmerz anderer denken, wenn es selbst so starke Schmerzen erlitt?

„Warum teilen Sie nicht einfach Ihr Essen mit ihnen?", fragte Cindy mühsam.

„Es ist nicht immer so einfach." Aber das weiß sie schon, dachte Joe. Unter allen Menschen auf der Welt weiß sie es am besten.

„Das sollte es aber", erwiderte sie.

Er nickte. „Du hast recht. Das sollte es."

Einen Moment lang schloss sie die Augen. Der Augenlidknicks.

Joe verbeugte sich. Was sollte er jetzt sagen? Bleib gesund? Das wäre ein mehr als schlechter Scherz. Wir sehen uns bald wieder? Eine Lüge. Sowohl er als auch das Mädchen wussten, dass sie sich nie mehr begegnen würden. Der Zorn und der Frust stiegen ihm in den Hals und erschwerten ihm das Sprechen. „Auf Wiedersehen, Cindy", brachte er hervor. Dann ging er zur Tür.

„Ich hab dich lieb, Prinz", sagte Cindy.

Joe blieb stehen, drehte sich noch einmal um und zwang sich zu lächeln. „Danke", erwiderte er. „Ich bewahre mir diesen Tag wie einen Schatz, Cindy, für immer. Und ich trage dich für immer in meinem Herzen."

Das kleine Mädchen lachte glücklich.

Irgendwie gelang es Joe, so lange zu lächeln, bis er das Zimmer verlassen hatte. Irgendwie schaffte er es, den Gang hinunterzugehen, ohne mit der Faust gegen eine Wand zu schlagen. Irgendwie brachte er es fertig, weiterzugehen – bis der schwelende Zorn in seinem Bauch und in seinem Hals und hinter seinen Augen zu stark wurde und er keinen weiteren Schritt mehr tun konnte.

Er drehte sich zur Wand, dieselbe, auf die er mit der Faust geschlagen hätte, und stützte die Arme dagegen. Er barg das Gesicht in der Ellenbeuge und hoffte, betete, dass der Schmerz, der ihn verzehrte, bald aufhörte.

Aber warum sollte das passieren? Cindys Schmerz würde nicht vergehen. Sie würde sterben, wahrscheinlich bald. Die Ungerechtigkeit an all dem traf ihn wie ein Schlag. Warum ließ Gott das hier geschehen? Fast hätte er die Faust gen Himmel gereckt und geflucht.

„Joe."

Ronnie war da. Nachdem sie ihn den Flur hinuntergeführt hatte, zog sie ihn in das Halbdunkel einer kleinen Kapelle. Warm und sanft schlang sie die Arme um ihn und hielt ihn fest.

„Oh Gott", raunte er, während ihm Tränen in die Augen schossen. „Oh *Gott!*"

„Ich weiß", erwiderte sie. „Ich weiß. Aber du warst so gut. Du hast sie zum Lächeln gebracht. Du hast sie *glücklich* gemacht."

Joe lehnte sich zurück, um Veronica anzusehen. Sonnenstrahlen fielen durch die Buntglasfenster und malten glühend rote, blaue und goldene Muster auf den Fliesenboden. „Ich bin nicht einmal ein echter Prinz", sagte er barsch. „Es war alles eine Lüge."

Veronica schüttelte den Kopf. „Tedric hätte sie entsetzlich enttäuscht. Du hast ihr etwas Schönes gegeben, von dem sie träumen kann."

Joe lachte, aber es klang nicht verzweifelt. Er sah auf das Kruzifix an der Wand hinter dem Altar. „Ja, aber für wie lange?"

„Solange sie schöne Träume braucht", erwiderte Veronica leise.

Joe kämpfte mit den Tränen, aber eine oder zwei liefen ihm über die Wangen. Er weinte. Gott, er hatte nicht mehr geweint, seit er fünfzehn Jahre alt war! Peinlich berührt wischte er sich mit dem Handrücken übers Gesicht. „Darum hast du darauf bestanden, dass das Saint Mary auf dem Terminplan bleibt", sagte er verdrießlich. „*Du* bist diejenige, die das kleine Mädchen wirklich glücklich gemacht hat."

„Ich denke, das war Teamwork", erklärte Veronica und lächelte ihn durch die eigenen Tränen hindurch an.

Er hatte sie noch nie so schön gesehen. Fast alles, was sie bis zu diesem Zeitpunkt getan hatte, erkannte er, hatte sie für ein kleines Mädchen getan, das im Sterben lag. Natürlich wollte sie, dass die Terroristen gefasst wurden. Und sie wollte ihrer Freundin, Prinzessin Wila, helfen. Aber was sie tatsächlich dazu motiviert hatte, dafür zu sorgen, dass Joe als Prinz Tedric überzeugte, war das kleine kranke Kind.

Er war sich dessen so sicher, wie er wusste, das sein Herz schlug.

Die Schlinge um Joes Brust zog sich fest zu, einen herzzerreißenden Moment lang glaubte er, dass er nicht mehr atmen könnte. Doch dann geschah etwas. Das Gefühl verschwand nicht, aber es veränderte sich etwas. Und seine innere Stimme flüsterte ihm zu: „Du bist in diese Frau verliebt, du verdammter Idiot." Und Joe wusste, dass es wahr war.

Sie war wundervoll. Und er war *bis über beide Ohren* in sie verliebt.

Ihr Lächeln verblasste, ihre Augen schimmerten warmherzig, und

in ihnen spiegelte sich das ewig gegenwärtige Feuer des Verlangens.
Sie schmiegte sich wieder in seine Arme, hob den Kopf und …

Gott, er küsste sie. Er küsste sie tatsächlich.

Hungrig berührte er ihre Lippen und zog ihren geschmeidigen
Körper eng an sich. Er sehnte sich danach, ihr näher zu sein, eins mit
ihr zu sein. Wieder und wieder küsste er sie, und weit von einem höf-
lichen Kuss entfernt eroberte er stürmisch ihren Mund.

Er spürte, wie sie die Arme um seinen Nacken schlang und sich
noch fester an ihn presste. Ihre Hingabe stand seiner in nichts nach.
Es war so richtig. Es war so absolut und vollkommen richtig. Diese
Frau, seine Arme um sie, ihre Herzen, die im selben Takt schlugen.
Zwei ineinandergeschlungene Seelen. Zwei so unterschiedliche Men-
schen, und doch waren sie sich ähnlich.

Joe erkannte mit plötzlicher, erschreckender Klarheit, wogegen er
ankämpfte und was er sich seit Tagen versagte.

Er begehrte.

Ronnie St. John.

Für immer.

*Bis dass der Tod uns scheidet.*

Er wollte mit ihr schlafen, sie besitzen, ihr Herz ausfüllen, so wie
sie seins eingenommen hatte. Er sehnte sich danach zu sehen, wie sie
die Augen vor Glück aufriss, zu hören, wie sie seinen Namen rief. Er
wollte sie ganz.

Zum ersten Mal verstand Joe, was „glücklich bis ans Lebensende"
bedeutete. Es war ein Versprechen, das er sich bisher nie zugestan-
den hatte, etwas Unmögliches, das zu erreichen er nie geglaubt hatte.

Aber es war genau hier und starrte ihn jedes Mal an, wenn Veronica
den Raum betrat. Es lag in der Art, wie sie sich bewegte, wie sie den
Kopf neigte, wenn sie ihm zuhörte, wie sie ihre ungezähmten Locken
vergeblich in den Haarknoten zu stecken versuchte, in der Art, wie
ihre blauen Augen glänzten, wenn sie lachte. Und es war da, wenn sie
ihn küsste, als wollte sie die traumhaft langen Beine um seine Hüfte
schlingen und ihn *für immer und ewig* in sich spüren.

Doch so plötzlich, wie sie sich geküsst hatten, hörten sie wieder auf.

Veronica wich zurück, als wäre ihr mit einem Mal bewusst geworden, dass sie mitten in der Kapelle eines Hospizes standen. Sie waren
umgeben von bunten Fenstern, warmem dunklem Holz und Kerzen.

Ein FInCOM-Agent beobachtete sie vom Eingang aus, eine Nonne kniete still vor dem Altar. Sie hatten dagestanden und sich vor einer Nonne geküsst, verdammt noch mal ...

Veronicas Wangen röteten sich, als Joe ihr in die Augen sah. Er versuchte zu erraten, was sie dachte. War das hier nur ein weiterer Fehler? Oder war es einfach ein gefühlvolleres Dankeschön? Oder war es mehr als das? Bitte, Gott, er sehnte sich danach. Er flehte, dass sie genauso viel empfand wie er. Aber sie waren nicht allein, deshalb konnte er sie nicht danach fragen. Er konnte nicht einmal sprechen. Alles, zu dem er jetzt in der Lage war, war hoffen.

Sie sah weg, der Ausdruck ihrer Augen war unergründlich, als sie eine Entschuldigung murmelte.

Eine Entschuldigung. Fehler und Unfälle erforderten Entschuldigungen.

Joe verließ fast der Mut, während der FInCOM-Agent sie schnell zu den bereitstehenden Limousinen begleitete. Kevin Laughton drängte Veronica in eine andere Limousine, sie blickte nicht einmal in Joes Richtung, bevor sie einstieg. Das brach ihm das Herz.

Er hatte die Antwort. Dieser Kuss war ein weiterer Fehler gewesen.

Joe schwieg während des Charterflugs nach Boston. Sogar seine Freunde aus der Alpha Squad kannten ihn gut genug, um sich jetzt von ihm fernzuhalten.

Veronica ließ sich auf den Sitz neben ihm fallen. Da sah er mit wachsamem Blick auf.

„Geht es dir gut?", fragte sie leise.

Er lächelte angespannt. „Warum sollte es mir nicht gut gehen?"

Veronica wusste nicht, was sie dazu sagen sollte. Weil du gerade bei einem Kind warst, das im Sterben liegt. Weil du dich mit ihr unterhalten hast, ohne so zu tun, als hätte sie eine Zukunft vor sich, als würde sie nicht sterben. Weil es höllisch wehtut, zu wissen, dass weder du noch sonst jemand etwas tun kann, außer sie noch ein paarmal zum Lächeln zu bringen ...

Und weil du mich geküsst hast, als würde die Welt um dich herum untergehen. Und weil du mich, als ich mich zurückgezogen habe, angesehen hast, als würde ich dir das Herz aus der Brust reißen ...

Joe schüttelte den Kopf. „Weißt du, das ist das Problem, wenn große gemeine Kerle wie ich zeigen, dass wir doch ein Herz haben", erklärte er. „Alle machen sich Sorgen, nach dem Motto: Er hat einmal verloren, jetzt wird er jedes Mal anfangen zu heulen, wenn jemand ‚Buh' sagt. Also, denk nicht darüber nach. Mir geht es gut."

Veronica nickte. Sie wagte nicht, etwas dazu zu sagen, und erst recht nicht, den Kuss zur Sprache zu bringen. Noch nicht. Schweigend saßen sie einen Augenblick lang da, dann drehte sie sich wieder zu ihm um. „Ich hatte keine Ahnung, dass du Französisch sprichst", meinte sie und kam damit zu einem Thema, das ihr sicherer erschien. Sie hoffte, dass *er* den Kuss ansprach. „*Und* Russisch?"

Joe zuckte die Schultern. „Ich bin ein Sprachenexperte", erwiderte er kurz angebunden. „Ist nichts Aufregendes."

„Wie viele Sprachen kannst du?"

„Acht", erwiderte er.

„Acht?", wiederholte sie. Er sagte das, als wäre es unbedeutend. Sie sprach Englisch, Französisch und ein bisschen Spanisch, und es hatte sie viel Mühe gekostet, die Sprachen zu lernen.

„Einer aus dem Team muss sich mit den Einheimischen verständigen können", fügte Joe hinzu, als würde das alles erklären. Sein SEAL-Team war darauf angewiesen, dass er acht Sprachen beherrschte, also lernte er acht verschiedene Sprachen.

„Worin bist du noch Experte?", fragte sie.

Wieder zuckte er die Schultern. „SEAL-Hokuspokus."

„Bälle auf der Nase balancieren und wie ein Hund bellen, solche Sachen?"

Er lächelte endlich. „Nicht ganz."

„Ich vermute, schwimmen gehört irgendwie dazu", sagte Veronica. „Sonst würde man euch wohl nicht Robben nennen." Sie lächelte. Seal war nicht nur die Abkürzung für *sea, air* und *land* – Meer, Luft und Boden –, sondern auch das englische Wort für die Tiere.

„Ja, schwimmen. Und tauchen. Fallschirmspringen. Parasailing." Er begann, es an den Fingern abzuzählen. „Sprengstoffe, unter Wasser und an Land. Waffen und anderes Hightech-Kriegsspielzeug. Kampfsport und einige weniger bekannte Nahkampftechniken. Computer. Schlösser. Alarmsysteme. Und so weiter."

„Admiral Forrest hat gesagt, du bist Scharfschütze", meinte Veronica. „Ein spezialisierter Präzisionsschütze."

„Das ist jeder in Team Ten", erwiderte er.

„Außer in Sprachen, worin bist du da noch Experte?"

Einen Moment lang sah er sie an. „Ich kenne mich mit Hightech-Kriegsspielzeug etwas besser aus als die anderen", erklärte er schließlich. „Außerdem bin ich Überlebensexperte im Dschungel, in der Wüste und in der Arktis. Das mit den Sprachen und der Schauspielerei weißt du schon, das ist manchmal ganz nützlich. Ich kann jedes Flugzeug fliegen, vom Hubschrauber bis zum Tarnkappenbomber." Er lächelte, aber er strahlte nicht. „Ich käme wahrscheinlich mit dem Spaceshuttle klar, wenn ich es müsste. Und ich bin Mechanik-Spezialist. Ich kann fast alles reparieren. Außerdem ein paar andere Dinge, die du nicht wissen willst und die ich dir nicht erzählen kann."

Veronica nickte langsam. Admiral Forrest hatte ihr einiges davon erzählt, aber sie hatte es nicht geglaubt. Vermutlich würde sie es immer noch nicht glauben, hätte sie nicht gehört, wie Joe perfektes Französisch gesprochen hatte. Er beherrschte all diese unglaublichen Dinge, Übermenschliches, und dennoch war es seine Menschlichkeit, sein Mitgefühl und seine Liebenswürdigkeit einem sterbenden Kind gegenüber, die sie am stärksten berührten. Die sie tief ergriffen hatten.

Sie blickte auf ihre Hände, die sie nervös auf dem Schoß gefaltet hatte. „Joe, wegen heute Morgen", setzte sie an.

„Es ist okay, Ronnie. Du musst dir keine Gedanken machen", fiel er ihr ins Wort und wusste, dass sie den Kuss meinte. Sein Blick wirkte beherrscht, als er sie ansah. Dann blickte er aus dem Fenster des Jets. „Es war ... etwas, das wir in dem Moment gebraucht haben. Aber ... es ... hat nichts bedeutet. Und ich weiß, du wirst es nicht noch einmal geschehen lassen. Keine Fehler mehr, nicht wahr? Darum müssen wir nicht darüber reden. Eigentlich ist es mir sogar lieber, wenn wir es *nicht* tun."

„Aber ..."

„Bitte", sagte er und sah sie wieder an.

*Es hat nichts bedeutet.* Seine Worte drangen mit einem Mal zu ihr durch. Veronica starrte ihn an. Sie schloss den Mund und senkte den Blick auf ihre Hände.

Still saß sie da und hatte Angst davor, sich zu bewegen, zu atmen oder zu *denken*. Denn sie fürchtete sich vor dem Gefühl, das sie dann überwältigen würde.

*Es hat nichts bedeutet.*

Der Kuss war mehr als nur ein Kuss gewesen. Es war der Austausch von Gefühlen gewesen, ein Zusammenspiel der Seelen. In dem Kuss hatten Empfindungen gelegen, die sie nicht wahrnehmen wollte. Es waren starke Gefühle für einen Mann gewesen, der ihr mehr Angst einjagte, als sie zugeben wollte. Ein Mann, der Kriegsspezialist war. Ein Mann, der wie selbstverständlich sein Leben riskierte. Ein Mann, zu dem sie versucht hatte, Abstand zu halten. Sie hatte es versucht und war gescheitert.

Sie hatte ihn geküsst. *In aller Öffentlichkeit.* Und er dachte, das bedeutete nichts?

Das Anschnallsignal leuchtete auf, und die Stimme des Piloten drang durch die Lautsprecher.

„Wir befinden uns im Landeanflug auf Boston. Bitte kehren Sie zu Ihren Plätzen zurück."

Joe starrte aus dem Fenster, als hätte er die Stadt noch nie gesehen. Als wäre die Aussicht unendlich spannender als alles, was es in dem Flugzeug zu sehen gab.

Veronica zwang sich dazu, ruhig und beherrscht zu sprechen. „Wir landen in ein paar Minuten in Boston", sagte sie. Joe hob bestätigend den Kopf, wandte ihr jedoch nicht den Blick zu. „Vom Flughafen aus haben wir nur eine Viertelstunde Fahrzeit zum Hotel, wo das Wohltätigkeitsessen stattfindet. Deine Rede wird auf dem Teleprompter laufen. Sie ist kurz, und du musst sie nur vorlesen. Am Abend wird ein privates Fest in Beacon Hill veranstaltet", fuhr sie fort und wünschte, sie würde sich genauso kühl und gelassen fühlen, wie sie klang. Sie wünschte, ihr wäre nicht zum Weinen zumute. *Es hat nichts bedeutet.* „Die Gastgeber sind Freunde von Wila. Und von mir. Darum sitze ich heute Abend nicht im Überwachungswagen."

Er wandte sich ihr zu und warf ihr einen finsteren Blick zu. „Was? Warum nicht?"

„Botschafter Freder wird im Van sein", erwiderte Veronica und mied seinen Blick. „Ich bin auf der Party meiner Freunde zu Gast. Für dich besteht quasi keinerlei Gefahr. Betrachte es als eine weitere von Tedrics Verpflichtungen, die wahrgenommen werden muss."

Sie spürte, wie er sie lange und intensiv musterte. „Keinerlei Gefahr, das gibt es nie", erwiderte er. „Ich würde mich weitaus besser fühlen, wenn du im Van wärst."

„Wir bleiben nicht lange." Sie hob den Blick und sah ihn an.

„Vielleicht nur lange genug, um angeschossen zu werden, was?" Er erzwang ein Lächeln. „Entspann dich, Ronnie. Es war nur ein Witz."

„Ich finde es nicht besonders witzig, angeschossen zu werden", entgegnete Veronica fest.

„Tut mir leid." Gott, sie war genauso stark angespannt wie er. Wahrscheinlich der Druck davon, dass sie sich Sorgen machte, bis zu seiner Reaktion auf den Kuss. Zweifellos hatte die Erleichterung noch nicht eingesetzt.

So neben ihr zu sitzen war die reinste Folter. Joe wies mit dem Daumen zum Fenster. „Es ist eine Weile her, dass ich in Neuengland gewesen bin. Etwas dagegen, wenn ich ...?"

Veronica schüttelte den Kopf. „Nein, natürlich ... Mach ruhig und ..."

Er hatte sich bereits abgewandt, um aus dem Fenster zu schauen. Sie war entlassen.

Satt auf Joes Hinterkopf zu starren und sich über seine unpersönlichen Worte zu ärgern, ignorierte Veronica das Leuchtzeichen, stand auf und ging in den vorderen Teil des Flugzeugs, wo es einige leere Sitzplätze gab.

*Es hat nichts bedeutet.*

Joe vielleicht nicht. Aber für Veronica bedeutete dieser Kuss etwas. Er bedeutete, dass *sie* ein echter Narr gewesen war.

# 14. Kapitel

Salustiano Vargas, die ehemals rechte Hand des Mannes, den die Welt nur unter dem Namen Diosdado kannte, starrte auf das Telefon in seinem billigen Motelzimmer. Es klingelte. Hier war es stickiger als in der Hölle, und der Ventilator tuckerte nutzlos vor sich hin.

Er hatte niemandem, *absolut niemandem* gesagt, wo er absteigen würde. Trotzdem wusste er haargenau, wer am anderen Ende der Leitung war. Er konnte sich nirgendwo verstecken, wo Diosdado ihn nicht finden würde.

Nach dem siebten Klingeln nahm er den Hörer ab, weil er es nicht länger aushielt. „Ja?"

Diosdado sagte nur ein Wort: „Wann?"

„Bald", erwiderte Vargas und schloss die Augen. „Du hast mein Wort."

„Gut." Ohne jegliche Verabschiedungsworte wurde aufgelegt.

Vargas blieb minutenlang bewegungslos in der Hitze sitzen.

In diesem billigen Zimmer war es *wirklich* heißer als in der Hölle.

Nachdem er aufgestanden war, brauchte er nur ein paar Minuten, um seine Sachen zu packen. Er trug seinen Koffer zu dem Mietwagen und machte sich auf den Weg in die Stadt – in ein nobles, teures Hotel. Er konnte sich nicht leisten, dort einzuchecken, aber er würde mit seiner Kreditkarte bezahlen. Er wollte Luxus. Er wollte saubere Laken und ein stabiles Bett. Er wollte Zimmerservice und einen Blick auf einen funkelnden Swimmingpool, an dessen Rand sich junge Frauen sonnten. Er wollte die kühle, süße frische Luft eines teuren Hotelzimmers.

Er wollte diese Hölle nicht. Denn dort würde er noch früh genug landen.

Als der Applaus verebbte, lächelte Joe in Richtung der Fernsehkameras. „Guten Abend", sagte er. „Es ist mir eine Ehre und ein Vergnügen, heute hier zu sein."

Veronica konnte sich nicht auf seine Worte konzentrieren. Ihre Aufmerksamkeit galt Blues, Cowboys und Harvards Stimmen. Die SEALs hielten ununterbrochen Ausschau nach potenziellen Gefahren.

Das hier war die perfekte Kulisse für ein Attentat. Hier waren von jedem Sender Kameras, inklusive des Kabelfernsehens, *und* es war eine politische Veranstaltung – für eine Wahlkampagne eines bekannten Politikers, wo jeder Gang hundert Dollar kostete, um Spenden zu sammeln.

Aber sollten die Terroristen hier auf den Prinzen schießen, auf Joe, hatten sie sich auf keinem der offensichtlich günstigen Angriffspunkte postiert. Wenn sie hier waren, waren sie in der Menge und saßen an einem der B025Banketttische.

Die FInCOM-Agenten waren überall. Veronica sah sie auf den Bildschirmen, wie sie die Menge überblickten, auf jede ungewöhnliche Regung achteten und nach Gefahren Ausschau hielten.

Bitte, lieber Gott, beschütze Joe und bring ihn in Sicherheit ...

An einem der hinteren Tische gab es einen plötzlichen Aufruhr. Veronica schlug das Herz bis zum Hals.

Sie hörte die SEALs rufen und sah die FInCOM-Agenten rennen. Sie liefen alle auf einen bestimmten Tisch zu, auf einen Mann.

„Ich kenne meine Rechte!", rief der Mann, als er zu Boden gedrückt wurde. „Ich habe nichts getan! Ich bin ein Vietnamveteran und möchte wissen ..."

Lärm entstand, während die Leute aus dem Tumult zu fliehen versuchten und die FInCOM-Agenten den Mann aus dem Raum führen wollten. Und Joe ... Joe stand immer noch auf dem Podium und beobachtete die Szene. Warum ging er nicht herunter und brachte sich aus der Gefahrenzone?

„Joe", sagte Veronica in ihr Mikrofon. „Geh in Deckung!"

Doch er rührte sich nicht.

„Joe!", wiederholte sie. „Verdammt noch mal, runter!"

Er hörte ihr nicht zu. Er beobachtete, wie der Mann zur Tür gezerrt wurde.

„Warten Sie", sagte er scharf, sein Befehlston hallte über die Lautsprecher, übertönte den Lärm und das Gewirr von achthundert Stimmen, die durcheinanderredeten. „Ich sagte, *warten Sie!*"

Blue hielt inne. Alle erstarrten, die FInCOM-Agenten und ihr Gefangener, und sie sahen Joe an. Stille senkte sich über die Menge.

„Ist er bewaffnet?", fragte Joe jetzt leiser.

Blue schüttelte den Kopf. „Nein, Sir."

„Ich wollte nur eine Frage stellen, Euer Hoheit", rief der Mann, seine Stimme hallte durch den Raum.

Veronica saß auf der Kante ihres Stuhls und sah zu. Sie sah, wie die Fernsehkameras jede Einzelheit des Dramas einfingen.

„Er wollte nur eine Frage stellen", wiederholte Joe mild. Er drehte sich zu Kevin Laughton um, der neben ihm auf der Bühne stand. „Ist es in diesem Land ein Verbrechen, eine Frage zu stellen?"

„Nein, Sir", erwiderte Laughton. „Aber …"

Joe wandte sich demonstrativ von Laughton ab. „Er möchte gern eine Frage stellen", sagte er zu der Menge an Zuschauern. „Und ich möchte seine Frage gern *hören*, wenn Sie nichts dagegen haben …?"

Jemand begann zu klatschen, und nach einem kurzen Applaus beugte sich Joe zu dem Mann herunter.

„Die Frage, die ich Ihnen stellen wollte, Prinz Tedric", sagte der Mann mit klarer Stimme, „und die Frage, die ich *Ihnen allen* stelle", fügte er hinzu und wandte sich an die ganze Menge, „lautet: Wie können Sie hier mit reinem Gewissen sitzen und so viel Geld für ein Essen ausgeben, wenn gleich nebenan eine Obdachlosenunterkunft und eine Suppenküche für Kriegsveteranen geschlossen werden, weil die finanzielle Unterstützung fehlt?"

Es war mit einem Mal so still, dass man eine Nadel zu Boden fallen hätte hören können.

Joe antwortete zunächst nicht. Er ließ die Frage sacken, bis sie den ganzen Raum erfüllte und die Gäste darüber nachdachten.

„Wie heißen Sie?", fragte Joe den Mann.

„Tony Pope, Sir", antwortete der Mann. „Sergeant Tony Pope, US Marines, im Ruhestand."

„Sie haben in Vietnam gedient, Sergeant?"

Pope nickte. „Ja, Sir."

Joe sah zu Blue und den FInCOM-Agenten, die den Mann immer noch am Arm festhielten. „Ich glaube, Sie können ihn loslassen. Ich denke, wir können sicher sein, dass er es nicht auf Blut abgesehen hat."

„Danke, Sir." Pope strich sein Jackett und seine Krawatte glatt.

Er war ein gut aussehender Mann, dachte Veronica. Sein Bart war sehr gepflegt und sein Anzug gut geschnitten, wenn auch ein wenig abgetragen. Seine Haltung war stolz, er stand kerzengerade, zog die Schultern zurück und hob den Kopf.

„Leiten Sie das Obdachlosenheim, Sergeant Pope?", fragte Joe.

„Ja, Sir", antwortete Pope. „Das Boylston Street Shelter. Seit zehn Jahren, Sir." Er presste die Lippen aufeinander. „Wie haben harte Zeiten hinter uns, aber nie so harte wie jetzt. Die wenigen Spender, die uns geblieben waren, sind weg. Und wir haben erst in einem halben Jahr eine Chance, eine zusätzliche Förderung zu bekommen. Und jetzt will die Stadt, dass wir bis Monatsende Instandhaltungsarbeiten durchführen, bis Freitag. Wenn nicht, wird das Gebäude abgerissen. Wir haben kaum genug Geld für Lebensmittel für unsere Bewohner, ganz zu schweigen von den Reparaturarbeiten, die sie von uns fordern. Um ganz ehrlich zu sein, Sir: Die Vietnamveteranen, die im Boylston Street Shelter leben, werden aufs Kreuz gelegt – schon wieder."

„Wie viele Männer nutzen Ihre Einrichtung?", fragte Joe leise.

„Im Durchschnitt etwa zweihundertfünfzig täglich", erwiderte der Mann. „Das sind Männer, die nirgendwo anders hingehen können. Sie haben nichts zu essen und kein Zuhause – nur die Straße, wo sie schlafen müssten."

Joe schwieg.

„Unsere Fixkosten betragen im Jahr zwanzigtausend Dollar", sagte Tony Pope. Er sah sich im Raum um. „Das ist so viel, wie zweihundert von Ihnen gerade für ein einziges Essen ausgeben."

„Bietet das Boylston Street Shelter heute Essen an?", erkundigte sich Joe.

„Heute wie jeden Tag. Bis sie unsere Tür zunageln."

„Hätten Sie etwas dagegen, wenn ich vorbeischaue?"

Wenn Pope überrascht war, verbarg er es sehr gut. „Es wäre mir eine Ehre."

„Auf keinen Fall", hörte Veronica Kevin Laughton vehement sagen. „Auf gar keinen Fall."

„Joe, was hast du vor?", fragte Veronica. „Du kannst nicht aus dem Gebäude gehen! Es ist nicht sicher."

Doch Joe war bereits von der Bühne gesprungen und bahnte sich zwischen den Tischen einen Weg zu Sergeant Tony Pope.

Veronica konnte nur noch zusehen, wie Joe Pope, von FInCOM-Agenten und SEALs umringt, aus dem Raum begleitete. Die Fernsehkameras und Journalisten drängten sich hinter ihnen.

Das Obdachlosenheim befand sich tatsächlich direkt neben dem Hotel. Nachdem sie eingetreten waren, führte Pope Joe – und die Kamerateams – durch seine bescheidene Einrichtung, von der Cafeteria in die Küche. Er zeigte ihnen die Löcher im Dach und die anderen Teile des Gebäudes, die repariert werden mussten. Dann stellte er Joe mehrere der Bewohner und Arbeiter vor, die schon länger dort lebten.

Joe sprach sie alle mit ihrem Rang an, selbst die schmutzigsten, in Lumpen gehüllten Saufkumpane. Er begegnete jedem von ihnen respektvoll und höflich.

Als sich Joe verabschiedete, zog er sich den edelsteinbesetzten Ring vom Finger und reichte ihn Tony Pope. „Reparieren Sie das Dach", sagte er.

Tränen schimmerten in den Augen des älteren Manns. „Euer Hoheit", sagte er. „Sie haben uns schon so viel gegeben." Er wies auf die Fernsehkameras. „Allein die Publicity ist unbezahlbar."

„Sie brauchen schnell Geld, und ich habe einen Ring zu viel", erwiderte Joe. „Die Lösung liegt auf der Hand. Es ist so einfach." Er lächelte direkt in die Fernsehkameras. „Genau wie meine Freundin Cindy immer sagt."

„Oh, Joe, du kannst diesen Ring nicht verschenken! Er gehört dir doch nicht einmal", stieß Veronica hervor. Und sie wusste gleichzeitig, dass sie den Ring selbst ersetzen würde, wenn das nötig war.

Die Schlussszene der Abendnachrichten zeigte, wie alle Männer im Boylston Street Shelter vor Prinz Tedric salutierten, als er aus dem Gebäude ging.

„Sergeant Tony Pope bittet darum, dass Spenden direkt an das Boylston Street Shelter gehen", sagte der Nachrichtensprecher. „Die Kontonummer lautet 944…"

Das Telefon klingelte. Veronica stellte den Ton des Fernsehers aus und hob ab.

„Haben Sie es gesehen?" Es war Henri Freder, der ustanzische Botschafter. „Haben Sie die Nachrichten gesehen? Es kommt nicht nur im Regionalfernsehen, sondern auf allen Sendern, sogar im Kabelfernsehen.‟

„Ja, habe ich“, erwiderte Veronica.

„Gold“, sagte Freder. „Reines, massives Gold.‟

„Ich weiß, dass der Ring wertvoll ist, Sir“, setzte Veronica zu einer Rechtfertigung an. „Aber …“

„Nicht der Ring“, entgegnete Freder begeistert. „Prinz Tedrics Image! Absolut Gold wert! Er ist der neue Held in Amerika. Alle lieben ihn! Wir hätten es nicht besser anstellen können. Ich muss auflegen, mein anderes Telefon klingelt …“

Veronica starrte auf den stummen Hörer und legte langsam auf. Alle liebten Prinz Tedric – der in Wahrheit ein Matrose namens Joe war und überhaupt kein echter Prinz.

Oder doch?

Er war mehr Prinz, als Tedric es je gewesen war.

Dank Joe liebten jetzt alle Prinz Tedric. Außer Veronica. Sie war in einen Prinz namens Joe verliebt.

Veronica hatte zwei Stunden, um sich vor der Party auszuruhen. Sie legte sich aufs Bett, blickte zur Decke und versuchte, nicht über das nachzudenken, was Joe im Flugzeug zu ihr gesagt hatte.

Der Kuss. *Er hat nichts bedeutet.*

Sie war in einen Mann verliebt, der ihr zu mehr als einer Gelegenheit erklärt hatte, dass sie bei ihm höchstens auf ein erotisches Abenteuer hoffen konnte. Er hatte zu ihr gesagt, dass ihm ihre Küsse nichts bedeuteten.

*Trotzdem* begehrte er sie.

Veronica wusste es, weil sie ihm in die Augen geschaut hatte. Sie hatte es auch an der Art erkannt, wie er sie in der Kapelle geküsst hatte. Wären sie allein gewesen, hätte nicht viel gefehlt, und aus diesem einen Kuss wäre weitaus mehr geworden.

Aber er liebte sie nicht.

Was nun? Würde sie herumsitzen und Joe aus der Ferne anschmachten, bis die Terroristen gefasst waren und er zur provisorischen Basis von Team Ten in Kalifornien zurückkehrte? Oder würde sie etwas Dummes anstellen, wie mit diesem Mann zu schlafen und naiv hoffen, er verliebte sich urplötzlich nach einer Nacht mit ihr auch in sie?

Das würde nie geschehen. Er bekäme alles, woran er bei ihr interessiert war: Sex. Und sie hätte ein gebrochenes Herz.

Eine einzelne Träne lief ihr über die Wange und rann ihr ins Ohr, was sich unangenehm anfühlte. Super. Viel tiefer konnte man nicht sinken.

Als das Telefon klingelte, drehte Veronica sich auf die Seite und sah es an. Sie überlegte, ob sie darauf warten sollte, dass beim Empfang eine Nachricht für sie hinterlassen wurde. Doch nach dem dritten Klingeln hob sie schließlich ab. Sie würde jetzt sowieso nicht mehr schlafen.

„Veronica St. John", meldete sie sich seufzend.

„Hey."

Es war Joe.

Veronica setzte sich auf und wischte sich hastig die Tränen vom Gesicht, als könnte er sehen, dass sie geweint hatte. Sie hatte nicht mit seinem Anruf gerechnet. Nicht in einer Million Jahre. Nicht nach ihrem grässlichen Gespräch im Flugzeug.

„Bist du wach?", fragte er.

„Jetzt schon", erwiderte sie.

„Oh, verflixt." Er klang besorgt. „Habe ich dich wirklich geweckt?"

„Nein, nein. Ich war nur … Nein."

„Gut. Ich werde deine Zeit nicht allzu sehr in Anspruch nehmen", erklärte er. Seine heisere Stimme hörte sich steif und unnatürlich an. „Ich wollte dir nur kurz sagen – für den Fall, dass du unter Beschuss gerätst, weil ich Tedrics Ring verschenkt habe …"

„Das ist schon in Ordnung", unterbrach Veronica ihn. „Der Botschafter hat gerade angerufen und …"

„Ich wollte nur, dass du weißt, ich werde den Ring bezahlen", erwiderte er. „Ich weiß nicht, was ich mir dabei gedacht habe, etwas zu verschenken, das mir gar nicht gehört. Aber …"

„Das hat sich schon erledigt."

„Ach ja?"

„Deine Beliebtheitskurve schießt offenbar in den Himmel", erzählte sie ihm. „Ich glaube, der ustanzische Botschafter zieht in Erwägung, dich zum Ritter zu schlagen oder vielleicht sogar zum Heiligen zu erklären."

Joe lachte. „Ah, ich sehe es schon vor mir: Joe, der Schutzpatron aller Promi-Doppelgänger."

„Wohl eher der Schutzpatron von todkranken Kindern und hoffnungslosen Fällen?", fragte Veronica sanft. „Weißt du, Joe, du überraschst mich immer wieder."

„Da sind wir schon zu zweit", murmelte er.

„Wie bitte?"

„Nichts. Ich sollte los ..."

„Du hast wirklich ein weiches Herz, oder?", fragte Veronica.

„Honey, ich bin nirgendwo weich." Sie konnte fast sehen, wie er sich sträubte.

„Das sollte keine Beleidigung sein."

„Ich habe einfach ein Problem damit, wie dieses Land seine Kriegsveteranen behandelt, okay?", erwiderte er. „Ich bin es leid, zuzusehen, wenn gute Männer zu einem Leben in der Gosse gezwungen werden – Soldaten und Matrosen, die ihr Leben riskiert und für dieses Land gekämpft haben."

Veronica strich sich das Haar aus dem Gesicht und verstand es plötzlich. Es war etwas Persönliches. Es hatte etwas mit dem alten Matrosen zu tun, den Joe als Kind gekannt hatte. Wie hieß er doch gleich ...? „Frank O'Riley", sagte sie und merkte kaum, dass sie den Namen ausgesprochen hatte.

Joe schwieg sekundenlang. „Ja", antwortete er schließlich. „Der alte O'Riley ist zu einem Saufgelage gegangen und hat seinen Job verloren. Es hat ihn fast umgebracht, sich auch nur vorzustellen, dass er seinen Garten verlieren könnte. Er hat sich wieder aufgerappelt, aber es war zu spät. Niemand hat ihm geholfen. Er war ein Kriegsheld, und er stand mitten im verfluchten Winter auf der Straße."

„Und deshalb ist er gestorben", vermutete Veronica.

„Er hat eine Lungenentzündung bekommen." Joes Stimme klang seltsam leer. Und Veronica erkannte an seinem emotionslosen Tonfall, dass Frank O'Rileys Tod Joe *noch immer* sehr wehtat.

„Es tut mir leid", murmelte sie.

Wieder blieb Joe einen Moment stumm. Dann seufzte er. „Was ich einfach nicht verstehe, ist, warum zum Teufel unsere Streitkräfte Typen in den Krieg schicken, ohne sie richtig vorzubereiten. Und wenn wir diese ... *Kinder* losschicken, sollten wir uns nicht darüber wundern, wenn sie zurückkommen und abstürzen. Und dann, und das ist erst der *wahre* Geniestreich, versuchen wir, alles unter den Teppich zu kehren, damit niemand etwas merkt. Feine Geste, was?"

„Das sind ganz schön harte Worte für jemanden, der auf Krieg spezialisiert ist", erwiderte Veronica.

„Ich schlage nicht vor, dass wir das Militär auflösen", erklärte Joe. „Ich glaube, das wäre falsch. Nein, ich finde, dass die Regierung die Verantwortung für die Veteranen übernehmen sollte."

„Aber gäbe es keine Kriege, gäbe es auch keine Veteranen. Wenn wir mehr in diplomatische Beziehungen investieren würden, statt in Waffen und …"

„Genau", sagte Joe. „Allerdings gibt es genug böse Jungs auf der Welt, die ohne Zögern vortreten und ein Gewehr schwingen würden, wenn sich unser Land nicht verteidigen kann. Ich meine, natürlich können wir Blumen und Liebeskugeln verteilen, aber wir bekämen eine Runde Feuer aus Maschinenpistolen zurück. Es gibt da draußen einige richtig fiese Kerle, Ronnie, und die wollen nicht nett sein. Wir müssen genauso hart und gemein sein wie sie."

„Und da kommst *du* ins Spiel", erwiderte Veronica. „Mr. Knallhart und Gemein. Bereit, alles zu bekämpfen, was der Krieg ihm hinwirft."

„Ich bin ein Kämpfer", erklärte Joe leise. „Ich bin mein ganzes Leben lang auf den Krieg vorbereitet worden." Er lachte weich, seine Stimme klang mit einem Mal so vertraulich und nah an ihrem Ohr. „Andere Überraschungen, die das Leben bereithält, hauen mich um."

„Du kannst gar nicht umgehauen werden." Veronica wünschte, dasselbe von sich behaupten zu können.

„Da täuschst du dich", widersprach Joe. „Seit ein paar Tagen kann ich mich gar nicht daran erinnern, wie sich fester Boden unter den Füßen anfühlt."

Veronica schwieg. Sie hörte, wie Joe am anderen Ende der Leitung atmete. Er war nur drei Türen im Flur entfernt. „Cindy?", fragte sie vorsichtig. Er sagte kein Wort. „Es tut mir leid", fügte sie hinzu. „Ich hätte dich besser vorbereiten sollen …"

„Nicht Cindy", erwiderte er. „Sie zu besuchen war hart. Aber … ich habe dich gemeint."

Veronica spürte, wie die Luft aus ihren Lungen entwich. „Mich?" Sie konnte nur noch flüstern.

„Gott, schau mal auf die Uhr. Ich muss los."

„Joe, was …"

„Nein, Ronnie. Ich weiß nicht, warum ich das gesagt habe. Ich suche nur Streit und …" Er brach ab und fluchte leise.

„Aber …"

„Tu dir heute Abend selbst einen Gefallen, Babe", erklärte Joe brüsk. „Halt dich einfach von mir fern, okay?"

Mit einem Klicken war die Verbindung unterbrochen.

Veronica saß noch lange auf dem Bett und hielt den Telefonhörer an ihre Brust gedrückt. War es möglich …? Könnte er …? Glaubte Joe, sie war diejenige, die keine Beziehung eingehen wollte?

Was hatte er noch im Flugzeug gesagt? Über den Kuss … *Es hat nichts bedeutet, und ich weiß, du wirst es nicht noch einmal geschehen lassen.*

*Du wirst es nicht noch einmal geschehen lassen.*

Nicht *wir*. *Du*. Veronica. Das bedeutete … Was? Dass sie dafür sorgte, dass ihre Beziehung nicht tiefer ging?

Aus dem Telefon drang eine Reihe schriller Töne. Schnell legte Veronica den Hörer auf.

Wenn Joe wirklich dachte, sie wollte keine Beziehung mit ihm, dann musste sie ihn berichtigen.

Veronica stand auf und ging zum Schrank. An Schlaf war jetzt nicht mehr zu denken. Eilig sah sie ihre Sachen durch und schenkte dem eher biederen Kleid, das sie an diesem Abend hatte tragen wollen, nur einen kurzen Blick. Das Kleid ging nicht. Es ging überhaupt nicht …

# 15. Kapitel

Joe stand auf den Marmorfliesen in der vorderen Halle von Armand und Talandra Perraults weitläufigem Stadthaus in Beacon Hill. Gelassen unterhielt er sich auf Französisch mit den Gastgebern.

Armand Perrault war ein reizender und eleganter Mann mit silbergrauem Haar, der sich als Millionär aus seinem Import-Export-Geschäft zurückgezogen hatte. Seine Gattin Talandra war eine große, schöne junge Frau mit einem herzlichen und ansteckenden Lachen.

Talandra kannte Veronica noch vom College. Offenbar hatten sie sich ein Zimmer geteilt und waren gute Freundinnen. Sie waren sogar zusammen in Urlaub gefahren – dort hatte Talandra Wila Cortere, also Joes angebliche Schwester, kennengelernt.

Gott, in Momenten wie diesem fühlte sich Joe wie ein elender Lügner.

„Wo ist Véronique, Euer Hoheit?", fragte Talandra ihn.

Er widerstand der Versuchung, mit den Schultern zu zucken. „Sie war noch nicht fertig, als ich vom Hotel losfuhr", sagte er stattdessen in Tedrics königlichem Akzent. „Ich bin sicher, sie wird bald hier sein."

Botschafter Freder befand sich im Überwachungswagen. Er saß auf Veronicas Platz und wartete darauf, Joe mit Namen und Informationen zu versorgen, sobald er sie brauchte.

Verdammt, er wünschte so sehr, Veronica würde ihm etwas ins Ohr flüstern. Obwohl diese Party nicht in der Öffentlichkeit stattfand und deshalb technisch gesehen weniger Risiken barg, war Joe extrem angespannt. Er mochte das Gefühl, dass Veronica sicher im Van saß und sich außerhalb jeglicher Gefahr befand. An diesem Abend würde er die ganze Zeit überlegen, wo sie war, und beten, dass es ihr gut ging.

Verdammt, er hasste es, nicht zu wissen, wo sie steckte. Wo blieb bloß die andere Limousine?

„Kann ich Ihnen noch ein Glas Champagner bringen?", fragte Talandra.

Joe schüttelte den Kopf. „Nein, danke."

Er spürte, wie Talandra ihn mit ihren dunkelbraunen Augen musterte. „Sie sind gar nicht so, wie Wila und Véronique Sie beschrieben haben."

„Nein?" Joes Blick schweifte zurück zur Eingangstür, die gerade von FInCOM-Agenten geöffnet wurde.

*Bitte, lieber Gott, lass sie es sein …*

Die Frau, die zur Tür hereinkam, war rothaarig. Aber sie konnte nie und nimmer Veronica sein, in diesem Kleid, das so viel Haut zeigte …

*Verdammte Axt!*

Sie *war* es. Es *war* Veronica.

Über das Headset hörte Joe, wie Cowboy sagte: „Wow! Heiße Braut auf elf Uhr, Boss!"

Lieber Gott! Veronica sah … aus, als würde sie nicht in seine Welt gehören. Sie trug ein langes schwarzes Kleid, das aus einem weichen seidenen Stoff bestand und sich an jede Kurve anschmiegte. Seitlich war es fast bis zur Hüfte geschlitzt und gewährte dem Betrachter bei jedem ihrer Schritte einen Blick auf ihre unglaublichen Beine. Ihre Schuhe waren schwarz und hatten schmale hohe Absätze.

Das Haar hatte sie vermeintlich nachlässig hochgesteckt, sodass einige verirrte Locken ihr Gesicht umrahmten.

„Sagen Sie, Euer Hoheit, weiß Véronique, was Sie für sie empfinden?", flüsterte Talandra ihm ins Ohr.

Verdutzt sah er sie an. „Wie bitte?"

Sie lächelte nur wissend und ging auf Veronica zu.

„Ja, Euer Mächtigkeit", sagte Harvard, während Joe beobachtete, wie Veronica ihre Freundin mit einer festen Umarmung und einem Kuss auf die Wange begrüßte. „Du solltest deine königliche Zunge *im* Mund behalten. Bekommst du das hin?"

Joe konnte weder Cowboy noch Harvard sehen, aber er wusste genau, dass sie ihn sahen, wo immer sie auch waren. Doch was genau hatten sie gesehen? Und was hatte Talandra auf seinem Gesicht entdeckt, dass sie ihm eine so vertrauliche Bemerkung zuflüsterte?

War er *so leicht* zu durchschauen? Oder war das nun einmal so, wenn man verliebt war? War es unmöglich, es zu verbergen? Und falls dem so war – konnte Veronica es genauso mühelos erraten? Wenn ja, steckte er in großen Schwierigkeiten.

Veronica drehte den Kopf in seine Richtung, und Joe wandte sich abrupt ab. Er musste sich von ihr fernhalten, so weit wie möglich. Er hatte an diesem Abend bereits zu viel preisgegeben, als sie telefoniert hatten. Verdammt noch mal – er bemühte sich nach Kräften, sich *nicht* in sie zu verlieben! Das konnte doch nicht so schwer sein! Schließlich war er sein Leben lang *nicht* in Veronica verliebt gewesen! Es musste doch möglich sein, in diesen Zustand zurückzukehren.

Überhaupt – war Liebe denn nicht nur eine andere Form von sinnlicher Begierde? Früher hatte er doch auch einfach so Frauen verlassen, die er zuvor begehrt hatte. Warum fühlten sich dann jetzt bei Veronica seine Beine an, als würde er in Sirup feststecken?

Weil Liebe eben *nicht* das Gleiche war wie Begierde. Und weil man die Liebe nicht einfach auf- und zudrehen konnte wie einen Wasserhahn. Und er war wahnsinnig verliebt in diese Frau – egal wie sehr er versuchte, sich von etwas anderem zu überzeugen.

Und Gott, wenn sie es herausfand, würde ihr sanftes Mitleid ihn umbringen.

„Mann, Boss", sagte Cowboy, „Sie geht direkt auf dich zu, und du läufst *weg*?"

„Du machst es genau falsch rum, Cat", mischte sich Harvard ein. „Wenn sich eine Frau *wie sie* in deine Richtung bewegt, bleibst du ganz, *ganz* still stehen."

Sein Südstaatenakzent ließ Blues Stimme freundlich klingen, aber was er sagte, war alles andere als das. „Ihr Jungs könnt euch schon mal überlegen, wie ihr Admiral Forrest erklärt, dass Joe umgebracht worden ist, weil ihr auf Frauen geachtet habt statt auf Tangos."

Als Joe um die Ecke bog und einen großen Raum mit Parkettboden betrat, blieben Cowboy und Harvard auffallend still.

Es war der Tanzsaal. Nicht, dass Joe schon einmal in einem Privathaus in einem Tanzsaal gewesen wäre. Aber es war ziemlich unverkennbar. In einer Ecke spielte ein Jazz-Trio, die Möbel standen in den Winkeln des Raums, und in der Mitte tanzten Leute. Es musste der Tanzsaal sein. Jedenfalls war es garantiert nicht das Badezimmer oder die Küche.

Joe steuerte auf eine kleine Bar zu, die sich gegenüber der Band befand. Der Barkeeper begrüßte ihn mit einer Verneigung.

„Euer Hoheit", sagte der junge Mann. „Was darf ich Ihnen anbieten?"

Whiskey pur. „Geben Sie mir ein Gingerale", sagte Joe stattdessen. „Mit viel Eis, bitte."

„Für mich bitte auch", sagte eine vertraute Stimme hinter ihm. Veronica.

Joe wollte sich nicht umdrehen. Sie aus der Distanz zu betrachten war schon schwer genug gewesen. Aus der Nähe würde es ihn umbringen.

Er schloss kurz die Augen und stellte sich vor, wie er vor ihr auf die Knie fallen und sie bitten würde ... Um was? Ihn zu heiraten? Ja, genau. *Träum weiter, Catalanotto.*

Er zwang sich zu lächeln und wandte sich um. „Miss St. John", sagte er und begrüßte sie formell.

Sie lächelte ihn an. Das Licht schimmerte in ihrem rotgoldenen Haar, und ihre Augen schienen zu funkeln und zu tanzen. Sie war unfassbar schön. Joe konnte sich nicht vorstellen, dass er sie einmal weniger als hinreißend gefunden hatte.

Sie hob die Hand, und er nahm sie unwillkürlich, führte sie beinahe an seine Lippen, bis ihm auffiel, was er tat. Großer Gott, wie oft hatte er in den letzten Tagen so getan, als würde er eine Hand küssen ... Aber dieses Mal musste er nicht so tun, als ob. Er führte Veronicas Hand an seinen Mund und strich leicht mit den Lippen über ihre zarten Fingerknöchel.

Er hörte, wie sie einatmete. Und als er aufsah, erkannte er, dass ihr Lächeln verschwunden war. Ihre blauen Augen wirkten noch größer als sonst, doch sie zog die Hand nicht zurück.

Joe stand da wie ein Idiot. Gebannt starrte er in diese Augen, die in der Farbe des Karibischen Meers leuchteten. Ihr Blick glitt zu seinen Lippen und zu der Ansteckadel, die er am Revers trug – die Nadel, die das Mikrofon versteckte. Es übertrug alles, was sie sagten, zum Überwachungswagen. Zu den FInCOM-Agenten und zu den SEALs.

Joe hörte nur Stille über den Kopfhörer, und er wusste, dass alle zuhörten. Alle. Sie lauschten gespannt.

„Wie geht es Ihnen, Euer Hoheit?", fragte Veronica, ihre Stimme klang kühl und beherrscht.

Joe fand seine wieder. „Gut, danke", erwiderte er. Verdammt, er klang heiser und kein bisschen wie Prinz Tedric. Er räusperte sich, befeuchtete sich die trockenen Lippen und merkte, dass Veronicas Blick den Bewegungen seiner Zunge folgte. Gott, war es möglich, dass sie ihn küssen wollte ...?

Ihre Blicke begegneten sich, und etwas flammte zwischen ihnen auf, etwas Heißes, Schmelzendes, das seine Seele versengte und seinen trockenen Mund in das Death Valley verwandelte.

Veronica entzog ihm sanft die Hand, griff nach ihrem Glas und trank einen Schluck Gingerale. „Haben Sie meine Freundin Talandra schon kennengelernt?", fragte sie.

„Klar", erwiderte Joe, fing sich und verbesserte sich sofort: „Ja. Ja, das habe ich." Er konzentrierte sich darauf, den ustanzischen Akzent nachzuahmen. Doch in diesem Moment trank sie noch einen Schluck, und er konnte nur noch an ihre Lippen denken. Und an die sanften Rundungen ihres Körpers, an ihre Brüste, die von diesem sagenhaft geschnittenen Kleid betont wurden. „Sie scheint ... nett zu sein."

Ihre Blicke begegneten sich. Und wieder wurde er von einer so machtvollen Hitzewelle überwältigt, dass es ihn beinahe umwarf.

Veronica nickte höflich. „Ja, das ist sie."

Was für ein Spiel war das?

Sie drehte sich um und beobachtete die tanzenden Paare. Bei der Bewegung streifte sie Joe am Arm. Sie lächelte entschuldigend und trat einen Schritt zur Seite. Doch als es wieder geschah, wurde Joe klar, dass es kein Versehen war. Zumindest hoffte er das. Sein Puls raste, als er seine Schlüsse daraus zog.

„Ich tanze sehr gern", sagte sie und sah ihn an.

Oh ja, das wusste er. Er hatte ihr dabei zugesehen. Es war nicht wie hier gewesen, überhaupt nicht steif, höflich und formell. Als sie getanzt hatte, hatte sie sich so sinnlich und ungehemmt bewegt, dass es die Hälfte der Leute hier sehr schockiert hätte.

Veronica schob ihre Hand unter seinen Arm, und Joes Herz begann schneller zu schlagen.

Sie ging auf ihn zu.

Und zwar so, dass die Videokameras und Mikrofone es nicht aufzeichneten. Aber sie *machte* einen Schritt auf ihn zu. Es passte alles zusammen. Das Kleid, die Schuhe, das Feuer, das er in ihren Augen brennen sah ...

Er kam nicht dahinter, woher dieser plötzliche Sinneswandel rührte.

Joe öffnete schon den Mund, um etwas zu sagen, schloss ihn jedoch schnell wieder. Was sollte er sie fragen? Was konnte er sagen? Bestimmt nichts, dass er über das ganze Sicherheitsteam verbreiten wollte.

Stattdessen legte er eine Hand auf ihre und berührte ihre kühlen Finger. Sanft streichelte er ihre zarte Haut mit dem Daumen.

Veronica wandte sich ihm zu und blickte ihn an. Joe erkannte das Verlangen in ihrem Blick. Kein Zweifel, sie ließ zu, dass er es sah. Sie wollte ihn, und sie wollte, dass er es wusste.

Dann lächelte sie, es war ein schönes, zaghaftes Lächeln, das ihm das Herz bis zum Hals schlagen ließ. Er sehnte sich so sehr danach, sie zu küssen, dass er die Zähne zusammenbeißen musste, um sich davon abzuhalten, sich vorzubeugen und ihren Mund mit den Lippen zu liebkosen.

„Euer Hoheit", sagte sie leise, als bekäme sie zu wenig Luft und könnte nur flüstern, „darf ich um diesen Tanz bitten?"

Er konnte sie in den Armen halten, jetzt und hier. Verdammt, war das nicht das Paradies auf Erden?

Doch plötzlich ertönte von der anderen Seite des Raums ein ohrenbetäubender Krach.

Joe reagierte sofort, zog Veronica an sich und schirmte sie mit seinem Körper ab. Was zur Hölle dachte er sich dabei? Warum stand er hier so vor ihr, als wäre er kein Ziel für Attentäter? Sie stand so nah bei ihm, dass eine Kugel, die für ihn bestimmt war, ihr Leben mit der Geschwindigkeit eines Herzschlags beenden konnte.

„Alles in Ordnung, Cat." Er hörte Blues Stimme über das Headset. „Alles okay. Jemand hat ein Glas fallen lassen. Wir haben kein Problem. Ich wiederhole: Es gibt *kein* Problem."

Sekundenlang presste Joe Veronica noch dichter an sich, schloss die Augen und genoss das Gefühl, bevor er sie losließ. Adrenalin rauschte ihm durch die Adern, und sein ganzer Körper schien zu vibrieren. Verdammt noch mal! Er hatte noch nie solche Angst ausgestanden …

Veronica berührte ihn am Arm. „Ich schätze, wir stehen alle unter Strom", sagte sie und lächelte beruhigend. „Geht es dir gut?"

Joe wirkte extrem angespannt. In seinen Augen schimmerte eine solche Unbeherrschtheit, wie sie es noch nie gesehen hatte. Und seine Hand bebte tatsächlich, als er sich das Haar aus dem Gesicht strich.

„Nein", erwiderte er knapp, ohne sich die Mühe zu machen, Tedrics Akzent nachzuahmen. „Nein, mir geht es nicht gut. Ronnie, ich möchte, dass du dich von mir fernhältst."

Veronica spürte, wie ihr Lächeln schwand. „Ich dachte, wir wollten ... tanzen."

Joe atmete geräuschvoll aus. „Keine Chance", erklärte er. „Auf gar keinen Fall. Kein Tanz."

Sie blickte zu Boden. „Verstehe."

Joe beobachtete sie, als sie sich umdrehte und, unfähig, den aufglimmenden Schmerz in ihren Augen zu verbergen, davonschritt. Mein Gott! Sie dachte, er wies sie zurück. Er versuchte, ihren Arm zu ergreifen und sie aufzuhalten. Doch da war sie schon außer Reichweite.

„Nein, du verstehst *nicht*", rief er ihr leise hinterher.

Doch sie blieb nicht stehen. Joe eilte ihr nach.

Verflucht! Er war kurz davor zu rennen, aber er konnte sie nicht einholen. Und obwohl Joe Catalanotto auch auf einer Party der feinen Gesellschaft nicht gezögert hätte, „Hey, Ronnie!" zu rufen, neigte Prinz Tedric nicht dazu, die Stimme in der Öffentlichkeit zu erheben.

Als Joe um die Ecke zur Vorderhalle bog, war Veronica nirgends zu entdecken. Verflucht! Verflucht, verflucht! Wie sollte er ihr folgen, wenn er nicht wusste, wo sie hinwollte?

Er steuerte auf das Wohnzimmer und die geräumige Küche dahinter zu, aus der er Talandras unverwechselbares Lachen hörte.

Doch Talandra stand neben einem großen steinernen Kamin, nippte am Champagner und unterhielt sich mit einer Gruppe elegant gekleideter Frauen – keine von ihnen war Veronica. „Ah, da ist ja der Prinz", sagte Talandra und lächelte Joe zu.

Ihm blieb nichts anderes übrig, als zu ihnen zu gehen und die Frauen zu begrüßen, während Talandra sie einander vorstellte.

„Code Red", ertönte Cowboys Stimme laut und deutlich über das Headset. „Wir haben ein offenes Fenster im Obergeschoss. Vielleicht ein Einbruch. Joe, raus mit dir, *zum Teufel*! In doppeltem Tempo! Das ist keine Übung. Wiederhole: Das ist *keine* Übung!"

Plötzlich schien alles in Zeitlupe abzulaufen.

Joe musste hier raus. Er musste weg von den Ladies – Gott stehe ihnen bei, wenn ein Terrorist mit einer Maschinenpistole ins Zimmer platzte.

„Runter!", rief Joe den Frauen zu. „Gehen Sie in Deckung!" Talandra reagierte als Erste. Natürlich war sie vielleicht davor gewarnt worden, dass ein Attentatsversuch unternommen werden könnte. Sie führte die Gruppe Ladies einen Gang entlang zum hinteren Teil des Hauses.

Gott, ein Mann und eine Waffe genügten und ... Herr im Himmel! Ronnie war hier irgendwo im Haus.

„Blue, wo ist Ronnie?" Joe sprach direkt in sein Mikrofon und hastete zur Küchentür, während er die Pistole unter seinem Jackett hervorzog. FInCOM hatte angeordnet, dass er unbewaffnet bleiben sollte, und er hatte gelächelt und geschwiegen. Jetzt war er mächtig froh, den Befehl ignoriert zu haben. Wenn jemand auf ihn schoss, dann würde er verdammt noch mal zurückschießen. „Blue, ich muss Ronnie finden!"

„Ich sehe sie nicht, Cat." Blues gedehnte Sprechweise war einem fast akzentfreien Stakkato gewichen. „Aber ich sehe nach. Bring deinen eigenen Arsch in Sicherheit!"

„Nicht bevor ich weiß, dass es ihr gut geht", widersprach Joe, als er die Küchentür aufstieß. Ein Mann mit einer Kochmütze sah ihn schockiert an; entsetzt starrte er auf die Waffe. „Runter", befahl Joe. „Oder raus. Wir haben Probleme."

Der Chefkoch hastete zur Hintertür.

Eine andere Stimme erklang über das Headset. Es war Kevin Laughton. „Veronica St. John ist schon in der Limousine und auf dem Weg zum Hotel. Gehen Sie zum Fluchtfahrzeug, Lieutenant", befahl er.

„Bestätigt diese Information, Alpha Squad", sagte Joe, stieß kraftvoll die Tür der Vorratskammer auf und hielt die Waffe vor sich. Der kleine Vorratsraum war leer.

„Information bestätigt", berichtete Harvards ruhige Stimme. „Ronnie hat das Gebäude verlassen. Schlage vor, du machst dasselbe, Cat."

Erleichterung durchflutete Joe. Ronnie war in Sicherheit. In die Erleichterung mischte sich das Adrenalin und betäubte ihn fast.

„Küche ist leer und sauber", sagte er in das Mikrofon.

„Geh raus, Cat", sagte Cowboy. „Wir haben die Situation unter Kontrolle."

„Soll das ein Witz sein?", erwiderte Joe und öffnete die Wohnzimmertür einen Spalt. „Und den ganzen Spaß den Jungs überlassen?"

Joe sah etwa zehn FInCOM-Agenten, die auf ihn zusteuerten. Atemlos fluchte er und trat zurück, als sie durch die Tür kamen. Sofort hatten sie ihn umstellt. West und Freeman standen links und rechts von ihm und schirmten ihn ab, während sie ihn zur Hintertür führten.

Draußen stand ein Wagen mit laufendem Motor, genau für diese Art Notfall bereitgestellt. Die Wagentür wurde aufgezogen. West stieg zuerst ein und setzte sich auf die Rückbank. Joe zerrte er mit sich hinein. Freeman folgte. Und die Tür war noch nicht zu, als der Fahrer bereits Gas gab, in eine schmale Gasse bog und auf dunklen Straßen weiterfuhr.

West und Freeman atmeten schwer, als sie ihre Waffen ins Halfter steckten. Ohne große Überraschung beobachteten sie, dass Joe seine Waffe auf dem Schoß behielt.

„Sie sollten sie nicht tragen", bemerkte West.

„Laughton würde ausrasten, wenn er es wüsste", sagte Freeman. „Natürlich muss er es nicht erfahren."

„Stellen Sie sich Kevins Schock vor", erwiderte Joe. „Wenn er wüsste, dass ich noch eine im Schuh trage und ein Messer in meinem Gürtel verstecke."

„Und vermutlich noch eine andere Waffe, die woanders versteckt ist und von der Sie uns nichts erzählen", entgegnete West regungslos.

„Vermutlich", sagte Joe zustimmend.

Der Wagen fuhr jetzt schneller und passte eine grüne Welle auf dem Weg ins Zentrum ab. Joe zog den Stöpsel aus dem Ohr, sie befanden sich außer Reichweite. Er lehnte sich vor und fragte den Fahrer: „Irgendwas über Funk gehört? Was passiert da? Irgendetwas los?" Er hasste es, sich so von seinem Team davonzumachen.

Der Fahrer schüttelte den Kopf. „Man sagt, fast alles ist sauber", erwiderte er. „Es ist angeblich falscher Alarm. Einer der Partygäste besteht darauf, das Fenster im oberen Badezimmer geöffnet zu haben, weil ihm schwindlig geworden sei."

Joe lehnte sich zurück. Falscher Alarm. Er atmete tief ein und aus, um die Anspannung loszuwerden. Seine Jungs waren in Sicherheit. Ronnie war in Sicherheit. Er war in Sicherheit. Er steckte die Waffe ins Halfter und blickte von Freeman zu West. „Wissen Sie, ich hatte keine Ahnung, dass Jungs wie Sie für mich so viel aufs Spiel setzen."

West sah aus dem einen Fenster, Freeman aus dem anderen. „Wir machen einfach unsere Arbeit, Sir", sagte West in gelangweiltem Tonfall.

Joe wusste es besser. Es war merkwürdig, zwischen zwei halbwegs Fremden zu sitzen – Fremde, die heute für ihn gestorben wären, wenn nötig. Es war seltsam zu wissen, dass sie sich um ihn kümmerten.

In einem plötzlichen Gedankenblitz erinnerte sich Joe an ein Paar kristallblauer Augen, die ihn hitzig genug angeschaut hatten, um eine Rakete zu zünden.

West und Freeman waren nicht die Einzigen, die sich um ihn Sorgen machten.

Veronica St. John tat genau dasselbe.

# 16. Kapitel

Veronica stand am Fenster und schaute hinaus auf die Bostoner Innenstadt. Es sah wunderschön aus, wenn sich die Lichter der Stadt im Charles River spiegelten. Sie sah die Esplanade, den Park entlang des Flusses, und die Hatch Shell; auf der Freilichtbühne war das Boston Pops Orchestra im Sommer kostenlos aufgetreten. Und irgendwo da unten, hinter den Bäumen versteckt, lag Beacon Hill. Das Stadtviertel, in dem Talandra wohnte. Und wo in diesem Augenblick eine Party stattfand – ohne sie.

Sie trank noch einen Schluck Rum mit Cola und fühlte, wie sich die süße Wärme vom Rum in ihrem Körper ausbreitete.

Tja, *sie* hatte sich an diesem Abend auf jeden Fall blamiert. Schon wieder. Veronica sah ihr Spiegelbild verschwommen im Fenster. Sie sah in diesem Kleid wie eine andere Frau aus. Verführerisch und sexy. Wie eine Frau, die nur mit dem Finger zu schnippen brauchte und Dutzend Männer rannten zu ihr. Wie eine Frau, der es verdammt egal war, ob ein Matrose sie in seiner Nähe haben wollte oder nicht.

Sie lachte laut auf, doch ihr Lachen klang hohl. Sie war so dumm gewesen! Sie war mit der festen Absicht, Joe Catalanotto zu verführen, zu der Party gegangen. Sie hatte alles perfekt geplant: Sie würde dieses unglaubliche Kleid tragen, und er wäre überwältigt. Sie würden tanzen, eng, immer enger. Er wäre noch mehr überwältigt. Er würde ihr zurück zum Hotel folgen. Sie würde ihn unter dem Vorwand, etwas für den nächsten Tag mit ihm besprechen zu wollen, in ihr Zimmer bitten. Er war nicht dumm und würde den FInCOM-Agenten bedeuten, draußen zu warten. Und sobald die Zimmertür geschlossen war, würde er sie an sich ziehen …

Es war perfekt. Sie hatte nur eine winzige Kleinigkeit übersehen: Der Plan konnte nur funktionieren, wenn Joe sie auch begehrte.

Sie hatte geglaubt, Verlangen in seinem Blick zu erkennen, als er sie an diesem Abend angesehen hatte. Doch offensichtlich hatte sie sich geirrt.

Veronica trank noch einen Schluck und drehte sich um. Sie konnte die Stille keine Sekunde länger ertragen.

Neben dem Fernseher stand ein Radio. Sie schaltete es ein. Es war auf einen Soft-Rock-Sender eingestellt, nicht gerade ihre Lieblingsmusik, aber das war ihr egal, solange es diese Stille vertrieb.

Sie wusste, dass sie das Kleid ausziehen sollte. Es erinnerte sie nur daran, was für ein absoluter Dummkopf sie gewesen war. Wieder betrachtete sie sich, dieses Mal im Spiegel, der an der Wand hing. Das Kleid war eigentlich unanständig. Der seidige Stoff schmiegte sich an ihre Brüste und offenbarte die Tatsache, dass sie keinen BH trug. Und es war so geschnitten, dass sie viel Dekolleté, Haut und Kurven zeigte. Du meine Güte, sie hätte genauso gut ohne Oberteil hingehen können! *Was war bloß in sie gefahren, dieses Kleid überhaupt zu kaufen?* Das war ja, als würde sie im Nachthemd in die Öffentlichkeit gehen.

Veronica starrte sich im Spiegel an. Sie wusste, warum sie das Kleid gekauft hatte. Es war wie eine unausgesprochene Botschaft an Joe. *Hier bin ich. Ich bin ganz dein. Komm und nimm mich.*

Worauf er eine klare Antwort gegeben hatte. *Halt dich verdammt noch mal von mir fern.*

Seufzend blinzelte sie die Tränen weg, die ihr in die Augen stiegen. Sie sollte etwas Zweckmäßigeres anziehen, vielleicht ihr Flanellnachthemd, statt hier zu stehen und sich zu bemitleiden. Sie war nicht in Boston, um sexy oder romantisch zu sein. Sie war wegen ihrer Arbeit hier. Sie suchte keinen Sex, kein Liebesabenteuer und nicht einmal die Freundschaft von Joe Catalanotto. Sie wollte einfach ihren Job gut machen. Punkt und Ende.

„Du bist so ein verdammter Lügner", warf sie ihrem Spiegelbild vor. Ihre Stimme klang heiser vor Abscheu.

„Ich hoffe, du redest nicht mit mir."

Veronica wirbelte herum und hätte sich beinahe ihren Drink auf das Kleid geschüttet.

Joe.

Keine zwei Schritte stand er von ihr entfernt und lehnte an der Wand neben dem Spiegel. Er trat vor und nahm ihr das Glas aus der Hand.

Veronicas Herz pochte heftig. „Was tust du hier?", stieß sie keuchend hervor. „Wie bist du hier hereingekommen?"

Dieses Mal gab es keinen Balkon. Und sie war *sicher*, dass sie die einzige Tür des Zimmers abgeschlossen hatte. Aber natürlich – er hatte ihr ja selbst erzählt, dass er Experte darin war, Schlösser zu öffnen.

Joe lächelte nur.

Er trug immer noch dieselbe Kleidung wie auf der Party. Er hatte ein marineblaues Jackett im Uniformstil an, das bis zu seiner schmalen Hüfte reichte. Seine kakifarbene, weiche Hose saß wie eine zweite Haut und schmiegte sich an seine muskulösen Oberschenkel und den perfekten Po. Sie steckte in glänzenden, schwarzen kniehohen Stiefeln. Um die Hüfte trug er eine rote Schärpe, und dieser Farbtupfer vervollständigte das Bild des Prinzen.

Er sah umwerfend, herzzerreißend attraktiv aus.

Veronica hatte Schmetterlinge im Bauch. Gott, wie er sie anlächelte ... Aber was immer er hier will, es ist nichts Persönliches, schärfte sie sich ein. Joe hatte auf der Party klargestellt, dass er sie nicht in seiner Nähe haben wollte.

Während sie ihn betrachtete, stellte er das Glas auf den Tisch neben dem Sofa und ging dann zum Fenster. Er zog die Vorhänge zu. „Ich war für heute lange genug Zielscheibe."

Veronica sah auf ihre Armbanduhr. Es war erst halb zehn. „Die Party bei den Perraults sollte doch bis Mitternacht oder ein Uhr dauern", sagte sie und war nicht in der Lage, den überraschten Tonfall zu unterdrücken. „Du hättest *mindestens* bis elf Uhr bleiben sollen."

Joe zuckte die Schultern. „Es gab einen kleinen Zwischenfall."

Unwillkürlich trat Veronica einen Schritt auf ihn zu, von Angst getrieben. Einen *Zwischenfall*? „Geht es dir gut?"

„Es war falscher Alarm", erwiderte er und schenkte ihr wieder sein lässiges Lächeln.

Er stand direkt vor ihr, gelassen und lächelnd, absolut locker – oder er wollte sie das glauben machen. Doch sie wusste es besser. Hinter seiner vorgeschützten Ruhe war er nervös, angespannt und bereit, an die Decke zu gehen. Er war wütend, oder er war wütend gewesen.

„Erzähl mir, was passiert ist", bat sie ihn leise.

Verneinend schüttelte er den Kopf. „Ich bin gekommen, um mir meinen Tanz zu holen."

Sie verstand es nicht. Was er sagte, ergab überhaupt keinen Sinn.

„Deinen ... was?" Sie blickte sich um. Er war zum ersten Mal in ihrem Hotelzimmer in Boston. – Wie konnte er dann etwas liegen gelassen haben?

„Du wolltest mit mir tanzen", erwiderte Joe.

Mit einem Mal verstand Veronica. Er war hier hergekommen, in ihr Zimmer, um mit ihr zu *tanzen*. Sie spürte, wie sie vor Verlegenheit errötete. „Du musst das nicht tun", erklärte sie fest. „Ich denke, ich war ein bisschen voreilig und ..."

„Als ich dir gesagt habe, dass du dich von mir fernhalten sollst ..."

„Es ist okay, dass du nicht ..."

„Ich wollte nicht mit dir tanzen, weil du keine kugelsichere Weste unter dem Kleid anhast", erklärte Joe.

Veronica blickte auf ihren kaum verdeckten Oberkörper und spürte, dass sie jetzt noch tiefer errötete. „Tja", erwiderte sie und versuchte, brüsk und geschäftsmäßig zu klingen, „offensichtlich nicht."

Joe lachte. Erstaunt entdeckte sie, wie warm seine Augen glänzten, als sie aufsah.

„Gott, Ronnie." Er hielt ihren Blick fest. „Ich hatte nicht einmal eine Gelegenheit, dir zu sagen, wie ... perfekt du heute Abend aussiehst." Aus der Wärme wurde ein loderndes Feuer. „Du bist *wunderschön*", flüsterte er und näherte sich ihr langsam, Schritt für Schritt.

Veronica schloss die Augen. Sie war zu schwach, um jetzt zurückzuweichen. „Tu das nicht, Joe", erwiderte sie leise.

„Du glaubst, dass ich auf der Party nicht mit dir tanzen *wollte?*", fragte Joe. Er gab ihr keine Gelegenheit zu antworten. Er berührte sie, er umfasste sanft ihre Schultern. Veronica öffnete wieder die Augen. Zärtlich ließ er die Hände an ihren Armen hinuntergleiten, bis zu den Ellenbogen. „Lady, heute Abend hätte ich für einen Kuss meine Seele verkauft. Ganz davon zu schweigen, dich in den Armen zu halten." Sanft zog er sie näher an sich und umfasste ihre Hand. „So etwa."

Langsam begann er, mit ihr zu tanzen. Sie bewegten sich zu der Ballade, die im Radio gespielt wurde.

Veronica saß in der Falle. Sowohl seine starken Arme als auch die Hitze in seinem Blick ergriffen sie. Ihr Herz pochte vor Aufregung. Sie sehnte sich danach, dass er sie berührte, sie hielt und mit ihr tanzte. Aber nicht so. Nicht weil er mit ihr Mitleid hatte ...

„Ich hätte meine Seele verkauft, aber nicht auch deine." Joe flüsterte ihr heiser ins Ohr, als er sie fester an sich zog. „Deine niemals, Baby. Ich wollte dein Leben nicht für einen Tanz aufs Spiel setzen."

Veronica spürte, wie ihr Herz einen Schlag aussetzte. Was sagte er da? Sie zog sich zurück, um ihm in die Augen zu sehen und dort Antworten zu finden.

„An meiner Seite bist du in Gefahr", erklärte Joe. „Ich hätte dir in dem Moment, als du den Raum betreten hast, befehlen sollen, zu verschwinden."

Wollte er damit sagen, dass er nur aus Angst um ihre Sicherheit nicht mit ihr getanzt hatte? Lieber Gott, wenn ja, hatte sie seine harten Worte missverstanden, als sie sie als eine Abfuhr, eine Zurückweisung aufgefasst hatte. Dabei hatte er doch …

„Ich weiß nicht, was ich mir dabei gedacht habe", sagte Joe und schüttelte den Kopf.

Dabei begehrte er sie in Wahrheit vielleicht genauso verzweifelt wie sie ihn. Veronica verspürte mit einem Mal so viel Hoffnung und Glück, dass sie beinahe in lautes Gelächter ausgebrochen wäre.

„Zum Teufel, ich habe überhaupt nicht *gedacht*", fügte er hinzu. „Ich war … Ich weiß nicht, was ich war."

„Überwältigt?", schlug Veronica vor. Sie lächelte wieder, und sie sah ihn fast schüchtern an.

Joes sanftes Lächeln vertiefte sich. „Ja. Und ob! ‚Überwältigt' trifft es. Als du auf die Party gekommen bist, war ich hin und weg. Und habe mit einem Körperteil gedacht, der nichts mit meinem Hirn zu tun hat."

Veronica musste lachen. „Oh, tatsächlich?"

„Allerdings", erwiderte Joe. Sein Lächeln wurde zärtlich, sein Blick liebevoll. „Mein Herz."

Und dann küsste er sie.

Sie sah es kommen. Sie sah, wie er sich zu ihr neigte und spürte, wie er ihr Kinn hob, damit sich ihre Lippen berührten. Sie wusste, dass er sie küssen würde. Sie wartete darauf, sie sehnte sich danach. Aber dennoch überraschte es sie, plötzlich seine weichen Lippen zu spüren. Sein süßer Kuss raubte ihr den Atem.

Es war berauschend. Der Boden unter ihren Füßen schien zu wanken, als Joe sie dichter an sich zog. Langsam, sinnlich und träge erkundete er ihren Mund. Sobald sie die Lippen bewegte, vertiefte er den Kuss.

Und sie tanzten immer noch, der dünne Stoff seiner Hose strich über die Seide ihres Kleids. Intim presste er den Beweis seines unverkennbaren Verlangens an sie. Ihre Brüste waren eng an seine kräftige Brust geschmiegt.

Es war himmlisch. Der Leidenschaft nachzugeben und nicht länger dagegen anzukämpfen war so unendlich erleichternd. Vielleicht war es ein Fehler, aber Veronica dachte nicht länger darüber nach. Zumindest nicht jetzt, nicht in dieser Nacht. Sie küsste Joe Catalanotto einfach, tanzte mit ihm und kostete jeden Augenblick aus. Jede köstliche, wundervolle und magische Sekunde.

„Yo, Ronnie?", flüsterte Joe und unterbrach den Kuss.

„Yo, Joe?", erwiderte sie, immer noch außer Atem.

Er lachte. Und küsste sie wieder.

Dieses Mal war es heißer, härter und intensiver. Es war genauso süß, aber darin schwang eine vulkanische Hitze mit. Veronica wusste ohne jeden Zweifel, dass sie diese Nacht in vollen Zügen genießen würde.

Schwer atmend zog Joe sich zurück. „Halt", sagte er und befreite eine Hand, um sich das Haar aus dem Gesicht zu streichen. Er schloss kurz die Augen, atmete tief ein und dann wieder aus. „Ronnie, wenn du willst, dass ich gehe, dann sollte ich das jetzt tun, denn sonst ..."

„Ich will nicht, dass du gehst."

Er sah ihr in die Augen. Er sah sie *wirklich*. Als ob er in ihnen die Lösungen für alle Rätsel des Universums finden würde.

Veronica erkannte seinen scharfen Verstand, seine grobe, fast brutale Strenge und seine sanfte Zärtlichkeit. Das alles spiegelte sich in seinen schönen dunkelbraunen Augen.

„Bist du sicher?", flüsterte er.

Veronica lächelte. Und küsste ihn. Gott wusste, sie fand die Antworten auf all ihre Fragen in *seinen* Augen.

Er seufzte, als sie leidenschaftlich in seinen Mund eindrang. Seine Hände glitten über ihr Haar, über ihren Hals, über ihre Brüste. Er streichelte sie überall, als wollte er alles gleichzeitig berühren und wusste nicht, wo er beginnen sollte. Doch dann strich er ihr über den Rücken bis zu ihrem Po und drückte sie fest an sich, während er den Kopf senkte und sie noch verlangender küsste.

Sie hob ein Bein an, schmiegte ihren Oberschenkel an seinen. Er legte die Hand auf ihr Bein und drängte sich dichter an sie.

Während er ihre Brust liebkoste, glitt er mit den Lippen zu ihrem Hals. Die Seide raschelte, als er ihre Brustknospe streichelte.

„Oh Mann", stieß Joe zwischen zwei Küssen keuchend hervor. Er glitt mit einer Hand unter den Stoff und berührte sie. Endlich spürte sie seine Hand auf der Haut. „Seit wie vielen Tagen *verzehre* ich mich danach, dich so zu berühren?"

Veronica zog an den Knöpfen seines Jacketts. „Wahrscheinlich genauso lange, wie *ich* mich danach verzehre, dass du mich so berührst."

Er hob den Kopf und sah ihr in die Augen. „Wirklich?" Sein Blick war so intensiv, so ernst. „Vielleicht war es Liebe auf den ersten Blick, was?"

Veronica spürte, wie ihr Lächeln schwand, während ihr Puls rasant stieg. „Liebe?", flüsterte sie und wagte kaum zu hoffen, dass dieser unglaubliche Mann sie womöglich auch liebte.

Joe wich ihrem Blick aus, betrachtete seine Hand auf ihrer Brust. „Liebe … Lust … Was auch immer." Er zuckte die Schultern und küsste sie wieder.

Veronica versuchte, ihre Enttäuschung zu verbergen. *Was auch immer.* Tja. Okay. „Was auch immer" war besser, als gar nicht begehrt zu werden. „Was auch immer" war, womit sie gerechnet hatte. Er hatte ihr von Anfang an gesagt, dass sie genau das erwarten konnte.

Doch sie wollte jetzt nicht darüber nachdenken. Sie wollte an nichts anderes denken als daran, wie es sich anfühlte, von ihm geküsst und gestreichelt zu werden.

Joe zog sich wieder zurück und sah ihr in die Augen. Langsam streifte er ihr den schmalen Träger des Kleides über die Schulter. Sobald er an ihrem Arm herunterrutschte, glitt die Seide, die ihre Brüste bedeckt hatte, auf ihren Bauch.

Und er sah ihr ununterbrochen in die Augen.

Veronica nahm einen kühlen Luftzug wahr, als er ihre Haut berührte. Und im nächsten Augenblick spürte sie Joe, wie er sanft mit einem Finger über ihre Brustspitze strich. Sie merkte, wie sich ihr Körper anspannte, wie ihre Brustspitzen hart wurden, sogar noch erregter.

Er hielt ihren Blick länger, als sie es für möglich gehalten hatte, bevor er ihn auf ihre entblößten Brüste senkte.

„Gott", keuchte er und befeuchtete sich die Lippen mit der Zungenspitze. „Du bist so schön."

Sie verharrten, als wäre plötzlich irgendwie die Zeit stehen geblieben. Doch die Zeit stand nicht still. Ihr Herz schlug immer noch, um mit jedem Herzschlag, mit jedem Atemzug begehrte sie ihn stärker.

Dennoch berührte er sie immer noch nicht; zumindest nicht mit mehr als dem federleichten Hauch einer Fingerspitze. Und sie wollte, dass er sie anfasste. Sie sehnte sich so sehr danach, dass er es tat.

„Wenn du mich nicht anfasst, werde ich *schreien*", stieß sie zwischen zusammengebissenen Zähnen hervor.

Joes Lächeln wurde sinnlich. „Ist das eine Drohung oder ein Versprechen?"

„Beides", erwiderte sie und tauchte in seinen verlangenden Blick. „Berühr mich", bat sie ihn.

„Wo?", fragte er mit heiserer Stimme. „Wie?"

„Meine Brüste, dein Mund", antwortete sie. „Jetzt. *Bitte.*"

Er zögerte nicht. Er senkte den Mund auf ihre Brust und umspielte die empfindsame Spitze mit der Zunge. Veronica schrie auf, und er nahm ihre Brustspitze in den Mund, reizte sie mit mehr Druck.

Sie tastete nach ihm und zerrte ihm das Jackett über die Schultern. Die Knöpfe seines Hemds waren so klein, so schwierig zu öffnen. Aber dieses Hemd musste weg. Sie wollte mit den Händen über all diese Wahnsinnsmuskeln seiner Brust, seiner Schultern und Arme streichen. Sie sehnte sich danach, seine samtig glatte Haut zu berühren.

Sie hörte sich lustvoll seufzen, als Joe wieder und wieder an ihren Nippeln saugte und sie küsste.

Bald hob er jedoch den Kopf, hielt nur inne, um ihr einen langen Kuss auf den Mund zu geben, und begegnete ihrem Blick. „Was möchtest du noch?", fragte er auffordernd. „Sag mir, was du dir wünschst."

„Ich will, dass du dieses verdammte Hemd nicht länger anhast", erwiderte sie und war immer noch mit den Knöpfen beschäftigt.

Er benutzte beide Hände. Die Knöpfe flogen zu Boden, aber das Hemd stand offen. Er zerrte es sich von den Armen.

Veronica berührte seine glatten, harten Muskeln mit der Handfläche. Sie schloss dabei die Augen, glitt mit den Fingern durch die weichen Haare auf seiner Brust. Oh ja. Er war so schön, so stark.

„Sag mir, was du dir wünschst", wiederholte Joe seine Bitte. „Komm schon, Ronnie. Sag mir, wo ich dich berühren soll."

Sie schlug die Augen auf. „Ich möchte, dass du jeden Zentimeter meines Körpers mit jedem Zentimeter deines Körpers berührst. Ich möchte dich und mich auf dem Bett nebenan. Ich will dich zwischen meinen Beinen spüren, Joe …"

Joe hob sie hoch. Er schwang sie einfach mühelos auf seine Arme und trug Veronica ins Schlafzimmer.

Sie spielte mit seinem Hosenknopf, bevor er den Überwurf herunterriss und Veronica auf die schneeweiße Decke legte.

Sobald sie die Schärpe gelöst hatte, ertastete er den Reißverschluss ihres Kleides. Während er ihr das Kleid bis zur Hüfte herunterzog, öffnete sie den Verschluss seiner Hose und schob sie ihm über seinen festen Po.

Ihr Kleid landete mit dem Geräusch raschelnder Seide auf dem Teppich. Und Joe wich zurück, während sein Blick beinahe auf ihrem Körper brannte, während er sie betrachtete. Auf die Ellenbogen gestützt lag sie auf dem Bett, mit nichts am Körper als einem schwarzen Spitzenhöschen und halterlosen Strümpfen. Gott, wenn er sie so ansah, mit diesem feurigen Blick, fühlte sie sich wie die begehrenswerteste Frau auf der Welt.

Sie setzte sich auf und zog sich die letzten Nadeln aus dem Haar.

Langsam zog er sich die Schuhe aus und stieg aus der Hose, ohne den Blick von Veronica zu wenden.

Sie betrachtete ihn genauso. Erst befreite sie das eine Bein von dem Seidenstrumpf, dann das andere, während sie Joe ansah. Er trug nur noch weiße Shorts. Sie hatte ihn schon einmal in einer kurzen Sporthose gesehen, die fast so aussah wie diese Unterwäsche und beinahe genauso viel von seinem umwerfenden Körper enthüllte. Aber dieses Mal gestattete sie sich einen genaueren Blick.

Seine Schultern waren breit und fest wie ein Fels. Seine Arme waren so kräftig, so groß. Sie hätte seinen Bizeps nicht einmal mit beiden Händen umfassen können, obwohl sie sich fast verzweifelt danach sehnte, es zu versuchen. Seine Brust war breit und auf betörende Weise männlich behaart. Seine Muskeln waren definiert, und sie bewegten sich schon, wenn er nur atmete. Er hatte einen Waschbrettbauch, eine schmale Hüfte und gestählte starke Beine.

Ja, als sie ihm beim Laufen zugesehen hatte, hatte sie sich die faszinierenden Details seines Körpers eingeprägt, obwohl sie sich bemüht hatte, nicht hinzuschauen. Von den Narben auf seiner Schulter und am linken Bein erinnerte sie sich an alles, bis zu dem tätowierten Anker auf seinem Arm.

Aber heute Nacht war alles anders. Sie ließ den Blick auf der von den Shorts kaum verhüllten Erregung ruhen.

Als sie aufsah, merkte sie, wie Joe sie beobachtete. Ein sanftes Lächeln umspielte seinen Mund.

„Ein Teil von mir will einfach hier stehen und dich die ganze Nacht lang betrachten."

Noch einmal ließ sie den Blick über seinen Körper gleiten, bevor sie ihm in die Augen sah und ebenfalls lächelte. „Ein anderer Teil von dir wird sich nicht darüber freuen, wenn du es tust."

„Auf jeden Fall", erwiderte er lachend.

„Muss ich dich wirklich darum bitten, zu mir zu kommen?", fragte sie.

„Nein."

Und schon lag er neben ihr auf dem Bett und umarmte sie. Er küsste sie, berührte sie, glitt mit den Händen über ihren Körper, erkundete ihren Mund mit seiner Zunge und schob sein Bein zwischen ihre.

Es war göttlich. Veronica hatte bisher nichts erlebt, das dem auch nur nahegekommen wäre. Es war die süßeste, reinste und stärkste Leidenschaft, die sie je erfahren hatte.

Das ist Liebe, dachte sie. Dieser unglaubliche Wirbelsturm von Gefühlen und erhabenen Empfindungen war Liebe. Es trug sie höher, riss sie auf eine geistige und emotionale Reise, wie sie es sich nicht einmal hatte vorstellen können. Und gleichzeitig befreite es sie von allen Hemmungen und ließ sie allein von wilder Leidenschaft beherrscht zurück, getrieben von den brennenden körperlichen Bedürfnissen.

Sie berührte ihn, tastete zwischen ihre Körper und presste die Handfläche auf seine Erregung. Und als er aufstöhnte, hörte sie sich mit einem urwüchsigen Ruf antworten, mit dem sich ein wildes Tier mit seinem genauso wilden Partner verständigte.

Seine Hände schienen fast überall zu sein, und sein Mund glitt über alle anderen Stellen. Mit den Fingern tauchte er unter ihren Spitzenslip, und wieder stöhnte er heiser auf, als er ihre Hitze spürte.

„Ja", keuchte sie. Mehr als dieses eine Wort brachte sie nicht hervor. „Ja."

Sie zerrte an den Shorts. Sie befreite seine pralle Männlichkeit aus dem Stoff, seufzte sinnlich und genussvoll, als sie ihn endlich umfasste. Er war so seidig glatt und so hart, und oh …

Er setzte sich auf, zog sich von ihr zurück und streifte ihr den Slip ab. Sofort hob sie den Oberkörper, kniete sich neben ihn auf das Bett und streckte die Hände nach ihm aus. Sie wollte ihn in ihrer Nähe halten.

Joe stöhnte. „Ronnie, Baby, ich muss ein Kondom holen."

Er drehte sich um und griff nach seiner zerknitterten Hose, die auf dem Boden lag. Aber Veronica war schneller. Sie zog die Nachttischschublade auf und nahm ein kleines Folienpäckchen heraus – eins der Kondome, die sie erst vor ein paar Stunden besorgt hatte, als sie das Kleid gekauft hatte. Sie hatte sie in die Schublade gelegt und gehofft, dass sie genau so mit genau diesem Mann zur Anwendung kamen.

„Warte", sagte Joe, als sie es ihm in die Hand drückte. Er wirkte überrascht, dass sie so gut vorbereitet war. „Heutzutage ist es wohl dumm, *nicht* auf alles vorbereitet zu sein, was?"

Er hielt die verschweißte Folie nur in der Hand und betrachtete Veronica.

Lieber Gott, dachte er wirklich, sie hatte so etwas immer griffbereit? Glaubte er, dass sie ununterbrochen männliche Besucher hier empfing? Veronica nahm ihm das Kondom aus der Hand und riss die Folie auf. „Ich habe es für dich gekauft. Für dich und mich", erklärte sie und fand zum Glück ihre Stimme wieder. „Ich hatte gehofft, dass wir heute miteinander schlafen."

Sie las in seinen Augen, wie er es nachvollzog. Sie hatte die Kondome gekauft, weil sie Sex wollte – mit *ihm*.

Veronica berührte ihn, legte die Hände auf seine Haut und blickte von seinem intimsten Körperteil zu dem Kondom in ihrer Hand. „Ich weiß nicht genau, wie es funktionieren soll", brachte sie ohne Scheu hervor. „Es sieht nicht wirklich so aus, als könnte es passen, oder?"

Sie begegnete seinem glutvollen Blick, als er ihr das Kondom abnahm. „Es passt", erwiderte er.

„Bist du sicher?", fragte sie, und ihr Lächeln fühlte sich verrucht an. „Vielleicht hätte ich welche in SEAL-Größe kaufen sollen."

Joe lachte, während er das Kondom schnell und eher routiniert überstreifte. „Mit Komplimenten kannst du bei mir *alles* erreichen."

Veronica schlang die Arme um seinen Nacken, rieb die harten Brustspitzen an seiner festen Brust und streifte ihn mit dem Bauch. „Ich will nicht alles", flüsterte sie ihm ins Ohr. „Ich glaube, ich habe dir schon genau gesagt, was ich möchte."

Er küsste sie, lange, süß, genussvoll und tief, sodass ihr die Knie weich wurden und sich ihre Muskeln weich anfühlten. Ohne den Kuss zu unterbrechen, zog er sie auf seinen Schoß. Sie saß rittlings auf ihm. Dann, als er ihre Hüfte umfasste, hob er sie langsam, sanft hoch.

Sie zog sich zurück und sah ihn aus großen Augen an. Er ließ sie allmählich auf sich sinken, und während er sanft in sie eindrang, öffnete er ebenfalls die Augen.

Langsam, unfassbar langsam, Zentimeter für Zentimeter, ließ er sie auf sich sinken und sah ihr die ganze Zeit in die Augen.

Seine Armmuskeln waren angespannt, aber die Perlen auf seiner Oberlippe hatten nichts mit körperlicher Anstrengung zu tun. Er hob sie gemächlich wieder hoch, bevor er sie wieder herunterließ, sodass er kaum in sie eindrang, und das in einem bewusst trägen, reizvollen Rhythmus.

Veronica stöhnte. Sie wollte mehr. Sie wollte ihn *ganz*. Sie versuchte, das Gewicht zu verlagern, um sich schwerer auf ihn zu senken, doch er hielt sie mit seinen starken Armen fest. Ihr Stöhnen wich einem lustvollen Schrei, als er den Mund auf ihre Brust presste. Aber er ließ sie nicht los.

„Bitte", rief sie, die Worte kamen tief aus ihr. „Joe, bitte! Ich will mehr!"

Er erstickte ihre Worte mit einem verlangenden Kuss, während er sich hob und sie auf sich drückte, sodass er sie vollständig, ganz und gar, auf wundervolle Weise ausfüllte.

Der Laut, den sie von sich hörte, klang fast wild, als er in sie eintauchte und wieder und wieder in sie eindrang. Der Rhythmus wurde wild und fiebrig. Berauscht von den süßen Empfindungen, die sie durchwogten, lehnte Veronica den Kopf zurück, als sie den Gipfel erreichte. Glück durchflutete ihren Körper und floss direkt in ihr Herz.

Joe strich ihr durchs Haar, als er ihren Namen rief und sie sich an seinen Hals und seine Schultern klammerte. Sie genoss es, als er zum Moment der Erfüllung gelangte, ließ sich von seiner Lust höher und höher tragen, liebte es, wie er sie hielt, als würde er sie niemals gehen lassen.

Und dann war es vorbei. Joe ließ sich zurück auf das Bett fallen und zog sie mit sich.

Sie fühlte, wie sein Herz pochte, hörte ihn atmen und fühlte seine Arme, mit denen er sie immer noch festhielt. Sie wartete und hoffte, er würde als Erster etwas sagen.

Doch er sagte nichts. Die Stille dehnte sich aus, immer länger, und währenddessen starb Veronica tausend Tode. Er bereute bestimmt, dass er mit ihr geschlafen hatte. Er bemühte sich, einen Weg zu finden, wie er möglichst wenig Verlegenheit schuf und am besten aus diesem Zimmer gelangte. Er dachte über die restliche Zeit des Staatsbesuchs nach und fragte sich, ob sie ihn wie eine Liebeskranke verfolgen würde und …

Er seufzte. Und streckte sich. Und streichelte zärtlich ihre Wange. Veronica drehte sich zu ihm, und er gab ihr einen sanften, langen Kuss auf den Mund.

„Wann können wir das wiederholen?", fragte er. Seine raue Stimme durchschnitt die Stille. Er strich ihr das Haar zurück, sodass er in ihr Gesicht sehen konnte.

Er hielt die Augen halb geschlossen, aber sie erkannte das Schimmern des stets präsenten Feuers, das immer noch brannte.

Er bereute nicht, was gerade geschehen war. Wie könnte er, wenn er bereits wissen wollte, wann sie wieder miteinander schlafen würden? Sie lächelte und fühlte sich urplötzlich lächerlich, albern, glücklich. Sein Lächeln wirkte schläfrig und sehr, sehr zufrieden.

„Beantwortest du meine Frage?", erkundigte er sich. Eine Sekunde lang machte er die Augen weiter auf. „Oder ist das Lächeln die Antwort?"

Veronica ließ die Finger langsam über seinen Arm gleiten und beobachtete, wie sie die Konturen seiner Muskeln nachzeichnete. „Hast du es eilig, zu gehen?", fragte sie.

Er drückte sie an sich. „Nein."

„Gut."

„Ja."

Veronica sah ihn an und ertappte ihn dabei, wie er sie betrachtete. Wieder lächelte er und lachte leise, als sie sich in die Augen sahen.

„Was ist?", fragte sie.

„Willst du das wirklich wissen?"

Sie nickte und verzog das Gesicht. „Natürlich. Du guckst mich an und lachst. Was geht gerade in deinem Kopf vor?"

Joe grinste. „Was in meinem Kopf vorgeht? Tja, ich habe mich gefragt ... Wer hätte gedacht, dass die biedere Miss Veronica St. John im Bett eine solche Granate ist?"

Veronica lachte und spürte, wie sie errötete. „Bin ich doch gar nicht", widersprach sie. „Ich meine, ich ... Ich meine, ich habe vorher nie ... war nie so laut gewesen, meine ich."

„Ich liebe es", erwiderte Joe. „Und ich liebe es noch mehr, wenn ich weiß, dass ich der Einzige bin, der dich dazu bringt." Er sagte das in neckendem Tonfall, aber sein Blick war ernst. „Es macht mich unglaublich scharf, Baby." Seine Stimme wurde tiefer, sanfter und eindringlicher. „*Du* machst mich unglaublich scharf."

„Du machst mich verlegen", erwiderte sie aufrichtig und lehnte die erhitzte Wange an seine Schulter.

„Perfekt", erwiderte er und lachte sein wundervolles heiseres Lachen. „Ich liebe es auch, wenn du rot wirst."

Veronica schloss die Augen. Er liebte, was sie machte, er liebte es, wenn sie errötete. Was hätte sie dafür gegeben, ihn sagen zu hören, dass er sie liebte?

„Weißt du, was mich absolut umhauen würde?", fragte Joe. Seine Stimme klang immer noch tief und sehr sexy.

Oh lieber Gott, sie spürte, wie sein Verlangen von Neuem erwachte. Und sie fühlte, wie sich ihr Puls beschleunigte und es ihr nicht anders erging als ihm.

„Wenn du für mich tanzen würdest", erklärte Joe und beantwortete damit die eigene Frage.

Veronica schloss die Augen und stellte sich vor, wie die Raumtemperatur unaufhörlich anstieg, wenn sie für Joe tanzte – und zwar nur für ihn. Sie malte sich aus, wie sie verschiedene Kleidungsstücke ablegte, bevor sie im Takt der Musik und nur mit einem knappen schwarzen Slip bekleidet vor ihm tanzen würde ... und wie seine Augen vor Verlangen glänzen würden.

Wieder errötete sie. Könnte sie tatsächlich so für ihn tanzen? Ohne zu lachen und ohne sich albern vorzukommen?

Joe umarmte sie fest. „Kein Druck", sagte er leise. „Ich möchte, dass du nur für mich tanzt, wenn du es willst. Es ist nur eine Fantasie von mir, mehr nicht. Ich dachte, ich erzähle sie dir. Nichts Aufregendes. Zwei von drei sind absolut nicht schlecht."

Veronica hob den Kopf. „Zwei von drei ...?"

„Träume, die Wirklichkeit werden", erwiderte er lächelnd. „Der erste war, mit dir zu schlafen. Der zweite bestand darin, in derselben Nacht noch einmal mit dir zu schlafen."

„Aber ..."

Zärtlich küsste Joe sie. Und dann ließ er seinen zweiten Traum wahr werden.

# 17. Kapitel

Die Zeit in Chicago, Dallas und Houston erlebte Veronica wie verschwommen. Tagsüber und manchmal auch am Abend saß sie in dem Überwachungswagen, versorgte Joe über Funk mit Informationen und betete, dass der Mann, den sie liebte, nicht direkt vor ihren Augen umgebracht wurde.

Joe schaute in die versteckte Miniaturkamera und lächelte – ein süßes, sexy und verschwörerisches Lächeln, das allein ihr galt.

Nachts kam er in ihr Zimmer. Wie er den wachsamen Blicken der FInCOM-Agenten entkam, wusste Veronica nicht, und wie er in ihr Zimmer gelangte, blieb ihr ebenfalls ein Rätsel. Sie hörte ihn nie kommen. Sie sah nur auf, und er war da, schenkte ihr ein Lächeln und einen glutvollen Blick.

In Dallas brachte er gegrilltes Hähnchen, Maiskolben und ein Sechserpack Bier mit. Er trug eine Jeans, T-Shirt und eine alte Baseball-Kappe. Er erzählte ihr nicht, wo er das Essen und das Bier herhatte. Aber wahrscheinlich war er an der Fassade des Gebäudes heruntergeklettert und ein paar Straßen zu einem Restaurant entlanggegangen.

Sie picknickten auf dem Wohnzimmerboden. Und noch bevor sie mit dem Essen fertig waren, schliefen sie miteinander, direkt auf dem kleinen Teppich vor dem Sofa.

Er blieb immer bis zum Morgengrauen und hielt sie fest. Manchmal unterhielten sie sich nachts, manchmal schliefen sie, wachten auf und liebten sich wieder. Doch sobald die Sonne aufging, verschwand Joe.

In Albuquerque ereignete sich dann ein weiterer „Zwischenfall", wie Joe es nannte, während Veronica im Van saß. Der Prinz wurde gerade vor laufenden Kameras interviewt, als einer der FInCOM-Agenten glaubte, in der Menge eine versteckte Waffe zu entdecken. Veronica schlug das Herz bis zum Hals.

Sowohl die SEALs als auch die FInCOM-Agenten handelten sofort, um Joe zu beschützen. Sie drängten ihn in die Limousine und brachten ihn in Sicherheit. Aber Veronica war erschüttert.

Sie saß in ihrem Hotelzimmer und rang mit den Tränen. Sie betete, dass Joe bald ankommen würde. Und dass sein sinnliches Lächeln sie vergessen ließ, welchen Gefahren er sich tagein, tagaus aussetzte, indem er sich als der echte Prinz ausgab. Sie musste sich ins Gedächtnis rufen, dass ihm Gefahrensituationen nicht neu waren. Sein ganzes Leben bestand aus Gefahren und Risiken. Selbst wenn er diese speziellen Attentäter überlebte, war es nur eine Frage der Zeit, wann er sich einer neuen Gefahr stellte, einer vielleicht noch tödlicheren Gefahr.

Wie konnte sie es ertragen, einen Mann zu lieben, der jeden Moment – gewaltsam – ums Leben kommen konnte?

„Yo, Ronnie."

Veronica drehte sich um.

Joe. Da war er, immer noch mit seinem glänzenden weißen Jackett und der dunkelblauen Hose bekleidet. Das Haar hatte er sich aus dem Gesicht gestrichen. Er wirkte müde, lächelte ihr aber trotzdem zu. Veronica brach in Tränen aus.

Er war so schnell zu ihr gestürzt, dass sie es nicht mitbekam. Nachdem er sie umarmt hatte, drückte er sie fest.

„Hey", sagte er. „Hey."

Verlegen wollte sie sich aus der Umarmung befreien, doch er ließ Veronica nicht los.

„Tut mir leid", stieß sie hervor. „Joe, entschuldige. Ich war nur ..."

Joe hob ihr Kinn und küsste sie zärtlich auf den Mund.

„Mir geht es gut", erklärte er und wusste offenbar wie so oft, was in ihr vorgegangen war. „Alles in Ordnung. Alles ist gut."

„Bis jetzt", entgegnete sie, blickte in seine geheimnisvoll schimmernden mitternachtsdunklen Augen und wischte sich die Tränen mit der Hand vom Gesicht.

„Ja." Er fing eine Träne, die ihr in den Wimpern hing, mit der Fingerspitze auf. „Bis jetzt."

„Und morgen?", fragte sie. „Was ist mit morgen?" Sie wusste, dass sie danach nicht fragen sollte, aber die Worte brannten ihr unter den Nägeln. Und Veronica konnte sie nicht zurückhalten.

Wieder und wieder strich er ihr liebevoll durchs Haar, während er ihr in die Augen sah. „Du machst dir wirklich so große Sorgen um mich?", fragte er, als könnte er nicht ganz glauben, wie besorgt sie war.

„Ich hatte heute Angst", gestand Veronica ihm. Sie spürte, wie sich ihre Augen wieder mit Tränen füllten, und wollte sie fortblinzeln.

„Hab keine Angst", erwiderte Joe. „Blue und die anderen Jungs werden nicht zulassen, dass mir etwas passiert."

Schöne Worte und ein schöner Gedanke. Aber weder Blue noch Cowboy oder Harvard waren Supermänner. Sie waren Menschen. Und es gab keine Garantie dafür, dass nicht einer von ihnen einen Fehler machte. Was sehr menschlich war.

*Morgen um diese Zeit könnte Joe tot sein.*

*Morgen, nächste Woche oder nächstes Jahr ...*

Veronica streckte die Hand aus, zog seinen Kopf zu sich und küsste Joe. Sie küsste ihn hart, fast verzweifelt. Und er reagierte sofort, drückte sie an seinen Körper und senkte die Arme, um ihre Hüfte an seine zu pressen.

Sie tastete nach seiner Gürtelschnalle und löste sie. Joe hob sie hoch und trug sie ins Schlafzimmer.

Während Veronica sich an ihn drängte, schloss sie die Augen und bemühte sich, ihre Angst zu vertreiben. Solange sie seine Hände auf sich spürte, seinen Mund und seinen Körper, gab es kein Morgen. Allein das Hier und Jetzt zählte. Ihre Leidenschaft.

Als der Morgen kam, kroch Joe vorsichtig aus dem Bett, um Veronica nicht zu wecken. Doch sie hatte gar nicht geschlafen. Sie beobachtete, wie er sich anzog, und machte schnell die Augen zu, als er ihr einen sanften Kuss gab.

Und dann war er fort.

Und es lag durchaus im Bereich des Möglichen, dass er das für immer war.


Phoenix, Arizona.

Die Aprilsonne schien heiß auf sie herunter. Sie brachte den Asphalt zum Glühen. Selbst das Atmen fiel schwer.

Im Schutz der Limousine, die auf der Straße vor dem brandneuen Theater und Kunstzentrum geparkt war, hatte Joe es kühl und angenehm.

Aber er war froh, dass er eine Sonnenbrille trug. Sogar trotz der Brille und trotz der verdunkelten Scheiben der Limousine blinzelte Joe in das helle Licht, als er den Ort begutachtete, an dem er an diesem Morgen als Prinz Tedric auftreten würde.

Mehrere breite, flache Stufen führten zu einem Vorplatz. Er war flach und groß. Marmorbänke waren am Rand im Schatten von blühenden Bäumen aufgestellt worden. Das Foyer des Theaters befand sich direkt hinter dem Vorplatz; die Büros des Kunstzentrums lagen zu beiden Seiten des Platzes.

In diesem Hof gab es eine Bühne, die vom Theatergebäude beschattet wurde. Dorthin würde Joe – Tedric – bei der Eröffnungsfeier gehen.

Die Leute liefen schon umher, versuchten, sich im Schatten abzukühlen, und fächelten sich mit dem Veranstaltungskalender des Kunstzentrums Luft zu.

Joe hörte Veronica über das Headset, als sie ihren Platz im Überwachungswagen einnahm.

„Bitte prüfen Sie Ihre Mikrofone, Alpha Squad", sagte sie.

Blue, Cowboy und Harvard meldeten sich.

„Lieutenant Catalanotto?", fragte sie in kühlem Geschäftston.

„Yo, Ronnie. Und wie geht es Ihnen heute Morgen?", erwiderte er, obwohl er die Nacht mit ihr verbracht hatte und obwohl er erst vor wenigen Stunden ihr Zimmer verlassen hatte und *ganz genau* wusste, wie es ihr ging.

„Ein einfaches ‚Roger' würde genügen", murmelte sie. „Kameras?"

Joe grinste in die Miniaturkamera, die der FInCOM-Agent trug, der ihm gegenübersaß. Gott bewahre, dass jemand herausfand, was für unglaublich heiße Nächte sie zusammen verbrachten – die vornehme Medienberaterin und der Matrose aus der übelsten Ecke von New Jersey. Veronica tat in der Öffentlichkeit immer so kühl und sprach ihn mit „Lieutenant Catalanotto" oder „Euer Hoheit" an.

Eigentlich hatten sie gar nicht darüber geredet, ob sie ihre Beziehung bekannt geben wollten oder nicht. Joe hatte geschlussfolgert, dass Veronica es nicht wollte, und Vorkehrungen getroffen, um sie zu schützen.

Natürlich wussten Blue, Cowboy und Harvard, wohin er jede Nacht ging. Sie mussten es wissen. Ohne ihre Hilfe wäre es zu schwierig gewesen, den FInCOM-Agenten zu entkommen. Aber abgesehen von den Bemerkungen, die er ertrug, wenn die vier SEALs allein waren, war Joe sicher, dass keiner seiner drei Freunde es weitererzählen würden. Sie waren SEALs. Sie wussten, wie man ein Geheimnis bewahrte.

Und soweit es Joe betraf, war Veronica St. John das bestgehütete Geheimnis, das er *je* gehabt hatte.

Sie war in der vergangenen Nacht durcheinander gewesen. Der Zwischenfall in Albuquerque hatte sie wirklich erschüttert. Sie hatte tatsächlich *geweint*, weil sie sich solche Sorgen um ihn machte. Um *ihn*! Und die Art, wie sie mit ihm geschlafen hatte ... als würde die Welt untergehen. Oh Mann. Es war gewaltig gewesen.

Für einen Moment dachte Joe, dass vielleicht, ganz vielleicht, das Unmögliche geschehen war und sich Veronica in ihn verliebt hatte. Warum sollte sie sonst so aufgebracht sein? Aber sogar als er das Thema angeschnitten und mit ihr über ihre Sorgen um seine Sicherheit hatte sprechen wollen, wollte sie nicht darüber reden.

Alles, was sie wollte, war, dass er sie festhielt. Und dann wieder mit ihr schlief.

Joe lächelte selbstironisch. Zum ersten Mal überhaupt hatte er sich verliebt, und zum ersten Mal überhaupt war *er* derjenige, der reden wollte. Ja, es stimmte. Er hatte mit einer traumhaften, unglaublich aufregenden Frau im Bett gelegen und sich nach dem Sex verzweifelt nach einem *Gespräch* gesehnt. Doch alles, was *sie* wollte, war weiterer Hochenergiesex.

Natürlich, dachte Joe, habe ich mich letzte Nacht geopfert, um Veronica glücklich zu machen. Oh ja. Das Leben sollte *immer* so hart sein.

Joe schloss kurz die Augen und erinnerte sich daran, wie glatt sich ihre Haut, wie weich sich ihre Brüste angefühlt hatten und wie süß er sich in ihrer Hitze gefühlt hatte. Das heiße Verlangen, das sich in ihren wunderschönen Augen, die blauer waren als das Meer, gespiegelt hatte. Der verführerische Schwung ihrer Lippen, als sie ihn angelächelt hatte. Der Klang ihrer Stimme, als er sie mit sich gerissen und zum Gipfel getragen hatte ...

Joe öffnete die Augen, atmete tief ein und dann wieder schnell aus. Oh *ja*. In dreißig Sekunden war er in der Öffentlichkeit. Irgendwie bezweifelte er ernsthaft, dass der alte Ted es schätzte, wenn Joe sich mit einem für alle Welt sichtbaren königlichen Ständer als Prinz ausgab. Und er musste einen Auftrag erledigen, sich konzentrieren. Zeit, loszulegen.

Joe stieg aus der Limousine und spürte einen plötzlichen Hitzeschwall. Es war, als hätte er eine Backofentür geöffnet. Herzlich willkommen in Phoenix, Arizona.

Als die FInCOM-Agenten ihn über den Vorplatz drängten, versuchte Joe, sich auf die Aufgaben zu konzentrieren, die vor ihm lagen. Tagträume über seine Geliebte waren gut und schön, aber ...

*Geliebte.*

Veronica St. John war seine Geliebte.

Während der vergangenen vier erstaunlichen Tage und der unglaublichen Nächte war Veronica St. John seine Geliebte gewesen.

Das Wort beschwor ihr geheimnisvolles Lächeln und das teuflische Funkeln ihrer Augen herauf, das ihm ein Vergnügen versprach, wie er es noch nie erlebt hatte. Ihr sanftes Seufzen, das Gefühl ihrer Finger in seinem Haar, ihre ineinanderverschlungenen Beine, geschmeidige Körper, als sie sich im Whirlpool des Hotels geküsst hatten ...

Aber ...

War er für sie auch ihr Geliebter? Spielte das Wort *Liebe* jemals eine Rolle, wenn sie an ihn dachte?

Gott, was würde er dafür geben, sie sagen zu hören, dass sie ihn liebte!

Verdammt, er war heute nicht bei der Sache. Joe zwang sich dazu, die Gebäude zu betrachten. *Pass auf*, befahl er sich. *Es nützt verdammt wenig, wenn du erkennst, dass du diese Frau liebst und dich dann umbringen lässt.*

Joe blickte sich um. Die Dächer der Bürogebäude waren niedriger als das des Theaters. Sie hatten die ideale Höhe und den idealen Abstand zur Bühne – ideal für einen Scharfschützen, der es auf ihn abgesehen hatte. Natürlich wären die Bürofenster, wenn sie geöffnet werden konnten, auch keine schlechte Wahl für einen Heckenschützen.

Joe war sofort in Alarmbereitschaft.

Verdammt, die Eröffnungsfeier des Theaters und des Kunstzentrums boten die ideale Kulisse für einen Attentatsversuch. Die Menge. Die Fernsehkameras. Die drei Gebäude, die eine U-Form bildeten, mit dem Innenhof dazwischen. Das blendende Sonnenlicht. Die Hitze, die alle müde und träge machte.

„Das ist es", murmelte Joe.

„Darauf kannst du wetten, Cat", ertönte Blues Stimme über das Headset. „Wenn ich ein Tango wäre, würde ich mir genau das hier aussuchen."

„Wie bitte?", fragte Veronica von ihrem Platz im Überwachungswagen aus. „Was haben Sie gerade gesagt?"

Die FInCOM-Agenten eilten mit Joe in die relative Sicherheit des Foyers. Aber als sie drinnen waren, konnte er Veronica nicht antworten, weil der Gouverneur von Arizona ihm die Hand schüttelte.

„Es ist mir eine große Ehre, Euer Exzellenz", sagte der Gouverneur und lächelte breit, wobei er seine weißen Zähne entblößte. „Ich kann Ihnen nicht sagen, wie viel es den Einwohnern Arizonas bedeutet, Sie hier bei der Eröffnungsfeier für dieses sehr wichtige Theater und das Kulturzentrum zu haben."

„Lieber Gott", hörte Joe Veronica sagen. Dann trat Stille ein. Als sie weitersprach, klang ihre Stimme trügerisch ruhig. Joe wusste sehr genau, dass sie die Gelassenheit nur vortäuschte. „Joe, Sie glauben, dass die Terroristen hier sind, oder? Heute. In diesem Moment."

Joe konnte nicht antworten. Ronnie musste das klar sein; sie sah ihn auf ihrem Bildschirm. Er stand bei einer Gruppe Regierungsbeamter. Sie hörte, dass der Gouverneur immer noch redete.

Joe lächelte, nachdem der Gouverneur etwas gesagt hatte. Aber in Gedanken war er bei den Stimmen seiner Männer, und bei der Frau, seiner Geliebten, die im Überwachungswagen saß.

„Verdammt, Joe", rief Veronica. Ihre Stimme brach, und ihre Gelassenheit zerstob. „Schüttle den Kopf. Ja oder Nein. Wird heute ein Anschlag verübt?"

Im Überwachungswagen hielt Veronica den Atem an, wie gebannt blickte sie auf den Bildschirm vor sich. Joe sah direkt in die Kamera, sein Blick war intensiv und voller Spannung. Er nickte einmal. Ja.

Lieber Gott! Veronica atmete tief ein und versuchte, sich zu fangen. Sie sah, wie der Gouverneur von Arizona etwas sagte, woraufhin die Gruppe von Frauen und Männern um ihn herum lachte – Joe eingeschlossen.

Lieber Gott! Sie hatte tatsächlich *Aufregung* in seinem Blick gelesen.

Er war aufgewühlt, weil endlich etwas passierte. Er war bereit. Bereit, sein *Leben* zu riskieren …

Ihr wurde der Mund trocken. Sie bemühte sich, die Lippen mit der Zunge zu befeuchten. Doch es nützte nichts.

Lieber Gott, lass ihn nicht sterben. „Joe", sagte sie, konnte jedoch nicht weitersprechen.

Er berührte sich am Ohr, das Signal dafür, dass er sie gehört hatte.

Sie nahm Blues unverkennbaren Akzent wahr, und die Stimmen von Cowboy und Harvard, als die drei Männer versuchten, den Attentäter ausfindig zu machen.

Cowboy befand sich auf dem Dach des Theaters. Er hatte ein extrastarkes Fernglas und ein Gewehr mit großer Reichweite. Er überblickte die beiden niedrigeren Dächer und berichtete ununterbrochen, was er sah. Do oben war niemand. Da oben war *immer noch* niemand.

„Bürofenster werden nicht geöffnet", sagte Kevin Laughton, der neben Veronica saß. „Wiederhole, Bürofenster nicht geöffnet."

„Ich behalte sie trotzdem im Blick", erwiderte Cowboy.

„Sie verschwenden Zeit", entgegnete Laughton. „Wir könnten Sie unten in der Menge gebrauchen."

„Von wegen ich verschwende Zeit", murmelte Cowboy. „Wenn Sie glauben, dass sich dieser Schütze unter die Leute mischt, sind Sie dümmer als der Durchschnittsspitzel."

Über den Bildschirm verfolgte Veronica, wie Joe sich immer noch mit dem Gouverneur und dessen Mitarbeitern unterhielt. „Das Theater und die Ausstellungsräume sind sehr schön", sagte er. „All diese Fenster … sehr beeindruckend. Kann man sie öffnen?"

„Die Fenster?", fragte der Gouverneur. „Oh nein. Nein, diese Gebäude sind natürlich voll klimatisiert."

„Ach", erwiderte Joe in Tedrics komischem Akzent. „Wenn also jemand darin unbedingt frische Luft braucht, müsste er einen Glaser bestellen, ja?"

Der Gouverneur wirkte zunächst leicht verblüfft, dann lachte er. „Nun, ja", erklärte er. „Ich denke schon."

„Roger, Mr. Cat", sagte Cowboy. „Genau, was ich mir dachte. Stellt mich vors Kriegsgericht, wenn ihr das für richtig haltet, FInCOM, aber ich beobachte diese Fenster."

„Okay", hörte Veronica Blue sagen. „Sie gehen jetzt zur Bühne. Gehen wir auf unsere Positionen. Du auch, Cat."

„Sollen wir zur Bühne gehen?", fragte der Gouverneur Joe.

Joe nickte. „Ich bin bereit", erwiderte er und lächelte.

Er war so ruhig. Er spazierte da draußen als Zielscheibe herum und *lächelte*! Veronica konnte kaum atmen.

Zwei der FInCOM-Agenten öffneten die Türen zum Vorplatz. Dort begann eine Band zu spielen.

„Joe", sagte Veronica wieder. Lieber Gott, wenn sie es ihm jetzt nicht sagte, kam sie vielleicht niemals dazu ...

Er kratzte sich am Ohr. Er hörte sie.

„Joe, ich muss es dir sagen ... Ich liebe dich."

Joe trat in den Sonnenschein hinaus, die Hitze und die Helligkeit hüllten ihn ein. Aber es lag nicht nur an der Sonne. Eigentlich geschah es in ihm, in seiner Brust, in seinem Herzen.

Sie liebte ihn! Ronnie *liebte* ihn.

Er lachte. Ronnie liebte *ihn*! Und sie hatte es gerade jedem, der an diesem Einsatz beteiligt war, kundgetan.

„Zum Teufel, Ronnie, erzählen Sie ihm das doch nicht ausgerechnet *jetzt*", meldete sich Blues scheltend zu Wort. „Cat muss sich konzentrieren. Komm schon, Joe, halt die Augen offen."

„Tut mir leid", erwiderte Veronica. Sie klang so leise, so verloren.

Joe berührte sein Ohr, um ihr zu vermitteln, dass er sie gehört hatte. Er wünschte, er könnte ihr irgendwie sagen, dass er sie auch liebte. Er legte sich eine Hand auf die Brust, auf sein Herz und hoffte, dass sie es sah und die stumme Botschaft verstand.

Und dann stieg er die Treppe zur Bühne hoch.

„Komm schon, Cat", sagte Blue. „Hör auf, wie ein verdammter Idiot zu grinsen, und fang mit der Arbeit an."

Arbeit.

Was er gelernt hatte, schnappte zu. Joe war sofort bei der Sache. Verdammt, mit diesem warmen Gefühl im Herzen war er mehr als konzentriert. Veronica liebte ihn! Er fühlte sich fast wie Superman.

Prüfend betrachtete er die Bühne und vergewisserte sich, dass die Schutzzonen dort waren, wo die FInCOM-Agenten sie angekündigt hatten.

Das Podium war verstärkt worden, und es würde als Schild dienen – natürlich vorausgesetzt, der Schütze hatte keine Kugeln, die durch Panzerglas dringen konnten. Unten hinter der Bühne war man auch geschützt. Es gab ein leichtes Geländer aus Metall, das die Leute davor bewahren sollte, von der Bühne zu stürzen. Aber darüber könnte man leicht springen. Die Bühne war weniger als drei Meter hoch.

Joe suchte die Menge ab. Etwa sechshundert Menschen. Fünf verschiedene Fernsehkameras, einige sendeten live für die Mittagsnachrichten. Er wusste mit einer frappierenden Sicherheit, dass der Attentäter nicht schießen würde, bevor er zum Podium gegangen war.

„Das Dach ist *immer noch* sicher", sagte Cowboy. „Keine Bewegung bei den Fenstern. Vielleicht behaltet ihr lieber das Publikum im Auge, FInCOM. Ich habe noch nichts."

Joe saß auf einem Klappstuhl, während der Gouverneur zum Podium ging.

„Wir halten diese Eröffnungsfeierlichkeiten so kurz wie möglich", erklärte der Gouverneur, „damit wir schnell in die klimatisierte Lobby gehen und etwas Kühles trinken können."

Die Menge applaudierte.

Veronica schlug das Herz bis zum Hals. Joe saß da, er saß einfach nur da, als gäbe es nichts, das sein Leben bedrohte.

„Ohne weitere Umschweife", fuhr der Gouverneur fort, „möchte ich Ihnen unseren Ehrengast, Kronprinz Tedric von Ustanzien, vorstellen."

Applaus brandete auf und übertönte die ständigen Kommentare der SEALs und FInCOM-Agenten. Veronica sah auf dem Monitor, wie Joe aufstand und um Ruhe bat, indem er beide Hände hob.

„Danke", sagte er in das Mikrofon. „Vielen Dank. Es ist mir eine Ehre, heute hier zu sein."

„Immer noch null auf beiden Dächern", berichtete Cowboy. „Auch keine Bewegung an den Fenstern. Ich glaube schon fast, dass diese Tangos keine ideale Kulisse erkennen, wenn sie sie sehen …"

Ein Schuss löste sich.

Eines der großen Fenster vor dem Theater zersprang in Millionen Teile.

Die Menge schrie und stob auseinander.

„Joe!" Veronica hielt sich am Tisch vor sich fest und lehnte sich vor den Bildschirm. Sie betete so fest, wie sie es noch nie getan hatte. Er war weg, sie entdeckte ihn nicht. War er hinter dem Podium in Deckung gegangen, oder war er von einer Kugel getroffen zu Boden gefallen?

Über die Kopfhörer hörte sie die drei SEALs, die alle gleichzeitig redeten und berichteten. Auf den Dächern tat sich immer noch nichts, kein Schütze war bei den Fenstern zu sehen.

Neben ihr war Kevin Laughton von seinem Sitz aufgesprungen. „Was soll das heißen, Sie wissen nicht, woher es gekommen ist?", übertönte er das Stimmengewirr. „Ein Schuss ist gefallen. Er kam aus dem *Nichts*!"

„Brauchen wir einen Krankenwagen?", fragte eine andere Stimme. „Wiederhole, ist medizinische Versorgung nötig?"

Ein weiterer Schuss, ein weiteres geborstenes Fenster.

„Gott verdammt", sagte Laughton. „Von wo *zum Teufel* schießt er?"

Joe hörte den zweiten Schuss, spürte den Einschlag der Kugel, als sie die Bühne traf, und wusste Bescheid. Der Attentäter war *hinter* ihm. Er war im Theater. Und mit aller Deckung, die er vor sich hatte, nicht hinter sich, war er ein verdammt leichtes Ziel. Es war erstaunlich, dass er immer noch lebte. Der zweite Schuss hätte ihn töten müssen.

Hätte er. Hatte er aber nicht. Der Hurensohn hatte ihn verfehlt.

Den Kopf voran sprang Joe von der Bühne. Er zog die Waffe, rief seinen Männern und den FInCOM-Agenten, die ihn umringten, Anweisungen zu. Cowboy war auf dem Dach des Theaters, Herrgott noch mal! Sie konnten den Schützen ausschalten und den Mistkerl dingfest machen.

Im Überwachungswagen wurden die Monitore schwarz. Der Strom war weg. Gott, was passierte da draußen? Veronica hatte Joes Stimme gehört. Er lebte, Gott sei Dank. Er war nicht erschossen worden. Noch nicht.

Der Scharfschütze befand sich im Theater. Oberer Balkon, über dem Foyer, lauteten die Berichte. Die Hintertür war umstellt, sie hatten den Attentäter eingekesselt.

Veronica stand auf, drängte sich an Kevin Laughton vorbei und riss die Tür des Vans auf. Sie sah das Theater, sah zwei zersprungene

Fenster. Sie sah FInCOM-Agenten, die in der Nähe des Eingangs kauerten. Sie sah drei Gestalten an der Fassade des Theaters, die zum Dach kletterten.

Lieber Gott im Himmel, es waren Joe und zwei seiner SEALs.

Veronica drückte das Mundstück zurück an seinen Platz. Sie hatte bis jetzt nicht sprechen wollen – aus Angst, dass sie die Verwirrung nur verstärken würde. Aber das hier …

„Joe, was tust du?", sagte sie in das Mikrofon. „Du bist das *Ziel*! Du solltest dich in Sicherheit bringen!"

„Wir brauchen Funkstille", befahl Blue. „Jetzt sofort. Abgesehen von Meldungen über den Standort des Tangos."

„Joe!", rief Veronica.

Einer der FInCOM-Agenten lehnte sich aus der Tür des Vans. „Ich kann die Verbindung nicht unterbrechen", erklärte er Veronica. „Wenn Sie also nicht still sind, muss ich Ihnen das Headset abnehmen."

Veronica schloss den Mund und beobachtete, wie eine kleine Gestalt, Cowboy, Joe und dem Rest des Teams auf das Dach des Theaters half.

Sobald er oben war, blickte Joe sich um. Es gab eine Tür, die zur Treppe führte, über die sie nach unten gelangen würden.

*Alles okay?* fragte Cowboy ihn per Handzeichen.

*Ja*, bestätigte Joe.

Der Schütze hatte garantiert ein Funkgerät und überwachte wahrscheinlich, was sie besprachen. Ab sofort würden sich die SEALs nur per Handzeichen und Zeichensprache verständigen. Ihnen nützte es nichts, den Schützen aufzuschrecken, indem sie ihm mitteilten, dass sie auf dem Weg waren.

Harvard hatte eine Maschinenpistole, und er reichte sie Joe mit einem angespannten Lächeln.

Ein weiterer Schuss löste sich.

„Agent getroffen", rief West über Funk. „Oh Mann, wir brauchen einen Arzt."

„Die Position des Tangos ist unverändert", sagte eine andere Stimme. „Hält sich sicher auf dem Balkon vom Foyer."

„Bringen Sie den verletzten Mann aus der Schusslinie", befahl Laughton.

„Er ist tot", berichtete West, seine gewöhnlich emotionslose Stimme klang erschüttert. „Freeman ist tot. Der Mistkerl hat ihm ins Auge geschossen. Dieser Hurensohn ..."

*Los*, signalisierte Joe seinen Männern. *Ich bin so weit.*

Blue zeigte auf sich. Er wollte statt Joe vorangehen. Aber Joe schüttelte den Kopf.

Geräuschlos öffnete er die Tür und ging die Stufen herunter.

Ein weiterer Schuss.

Mehr Chaos. Ein weiterer Agent war mit unfehlbarer Präzision getroffen worden.

„Bleibt unten", befahl Laughton seinen Männern. „Dieser Kerl ist Scharfschütze und wegen des großen Fischs hier. Bringen wir unsere Schützen in Position."

Still, mit tödlicher List und die Finger an den Abzügen ihrer Maschinenpistolen, bewegten sich die SEALs die Treppe hinunter.

Veronica ging auf und ab. Sie hatte Joes Stimme seit mehreren schmerzhaft langen Minuten nicht mehr gehört. Sie sah keine Bewegung mehr auf dem Dach.

„Eine der Kameras ist wieder an", sagte jemand im Überwachungswagen. Sie setzte sich wieder hinein, um etwas zu sehen.

Tatsächlich war die Kamera, die heruntergefallen und auf der Bühne zurückgelassen worden war, zu neuem Leben erwacht. Sie übertrug ein Bild vom Seitengang und ein verschneites Bild vom Foyer. Hinter den verbliebenen Fenstersplittern erkannte Veronica den schattigen Umriss des Attentäters auf dem Balkon.

Es war still. Niemand bewegte sich. Niemand sprach. Dann ...

„FInCOM-Schützen, stellen Sie das Feuer ein." Es war Joes Stimme, die klar und deutlich über Funk erklang.

Veronica spürte, dass sie schwankte, und tastete nach ihrem Stuhl. Joe und seine SEALs waren in der Nähe des Schützen – im Schussfeld der FInCOM-Agenten. Bitte, Gott, beschütze ihn, betete sie.

Eine Tür wurde aufgestoßen. Veronica hörte es mehr, als dass sie es auf dem verrieselten Bildschirm sah.

Der Schütze drehte sich um, feuerte mit einer Maschinenpistole statt mit seinem Gewehr. Aber da war niemand.

Eine weitere Tür ging auf der anderen Seite des Balkons auf, doch der Schütze hatte sich bereits bewegt. Mit einer Art von Seil schwang er sich über die Kante und in das Erdgeschoss.

Veronica sah Joe, bevor der Schütze ihn entdeckte.

Er stand im Foyer und zielte auf den Mann, der an dem Seil herunterrutschte. Sie wusste wegen des glänzenden weißen Jacketts, dass es Joe war. Die anderen drei SEALs trugen Braun.

„Bleib genau da, Freundchen", hörte sie Joe über das Headset sagen. „Wir können dieses Spiel auf zwei Weisen beenden. Entweder tragen wir dich in einem Leichensack hier raus, oder du lässt jetzt die Waffe fallen, und wir sind morgen noch alle am Leben."

Der Schütze war wie erstarrt und bewegte sich nicht. Er war noch nicht ganz heruntergeklettert und sah Joe an.

Dann bewegte er sich. Aber er ließ nicht die Waffe fallen, sondern hob sie schnell und richtete sie direkt auf Joes Kopf.

„Joe!" Veronica konnte keine Sekunde länger still bleiben und setzte sich dichter an den Monitor.

„Brauchen Sie medizinische Versorgung?", fragte eine Stimme.

„Alpha Squad, meldet euch", befahl Blue. „McCoy."

„Becker."

„Jones."

„Catalanotto", sagte Joes vertraute heisere Stimme. „Alles klar. Kein Arzt nötig, FInCOM."

Veronica schloss die Augen und ließ den Kopf auf die auf der Tischplatte gekreuzten Arme fallen.

„Dieser dämliche Hurensohn hat sich gerade zum Märtyrer gemacht", sagte Joes Stimme in ihr Ohr.

Joe lebte. Es war vorbei, und Joe lebte.

Diescs Mal.

# 18. Kapitel

Es war nach neun, als Veronicas Telefon klingelte.

Den ganzen Nachmittag über und bis in den Abend war sie mit Meetings und neuen Briefings beschäftigt gewesen. Sie hatte mit Botschafter Freder und Senator McKinley daran gearbeitet, die restliche Zeit von Prinz Tedrics Staatsbesuch zu planen. Ein Bericht war von FInCOM eingegangen, der sie alle aufatmen ließ. Der Attentäter war als Salustiano Vargas identifiziert worden, Diosdados ehemalige rechte Hand. *Ehemalige.* Offenbar waren die zwei Terroristen getrennte Wege gegangen, und Vargas hatte nichts mehr mit der Todeswolke zu tun gehabt. Er hatte im eigenen Namen gehandelt. Warum? Das schien niemand zu verstehen. Zumindest noch nicht. Jedenfalls war Vargas tot. Von *ihm* bekamen sie keine Antworten mehr.

Aber jetzt, da der Attentäter keine Bedrohung mehr darstellte, wollten der Botschafter und der Senator, dass der Staatsbesuch wie geplant ablief. Tedric befand sich in einem Flugzeug, das in Columbia gestartet war. Sie würden sich alle am Morgen in Seattle treffen, wenn sie an Bord des Kreuzfahrtschiffs nach Alaska gingen. Sie würden die Reise mit einem Tusch beenden.

Die Sicherheitsvorkehrungen wurden wieder auf die normale Stufe zurückgefahren. Zwei oder drei FInCOM-Agenten sollten bleiben. Aber alle anderen, einschließlich der SEALs – einschließlich Joe! – würden abreisen.

Zur Essenszeit hatte Veronica Joe gesucht. Ihr war jedoch gesagt worden, dass er sich in einer hochwichtigen Besprechung über die Sicherheitsmaßnahmen befand. Sie ging in ihr Zimmer, um zu packen, konnte jedoch nicht aufhören, über alles nachzudenken. *Was, wenn er nicht vor morgen früh fertig war?* Manchmal dauerten diese Meetings die ganze Nacht. Was, wenn sie ihn nicht sah, bevor sie abreisen musste …?

Doch dann, um neun Uhr, klingelte das Telefon. Veronica schloss die Augen und meldete sich. „Hallo?"

„Yo, Ronnie."

„Joe." *Wo bist du? Wann kannst du hier sein?* Sie verbot sich, diese Fragen zu stellen. Er gehörte ihr nicht. An diesem Morgen hatte sie zwar ihre Gefühle preisgegeben, als sie ihm – und der ganzen Welt – gesagt hatte, dass sie ihn liebte. Aber sie konnte weder auf seine Zeit noch auf sein Leben Anspruch erheben.

„Hast du schon gegessen?", fragte er.

„Nein, ich habe …" *Auf dich gewartet.* „Ich hatte keinen Hunger."

„Meinst du, du hast vielleicht in etwa zwanzig Minuten Appetit?", fragte er.

„Worauf Appetit?" Sie versuchte, ihrer Stimme einen unbeschwerten, scherzhaften Ton zu verleihen. Doch ihr war schwer ums Herz. Egal wie sie sich an diese Beziehung heranwagte, es liefe immer auf dasselbe hinaus: dass es nicht funktionierte. Morgen würden sie beide in unterschiedliche Richtungen aufbrechen, und das war's. Alles, was ihr blieb, war diese Nacht. Und sie hatte solche Angst davor gehabt, dass sie diese letzte Nacht überhaupt nicht mit Joe verbringen würde. Und jetzt konnte sie nichts tun, als zu überlegen, ob es leichter wäre, sich einfach am Telefon zu verabschieden.

„Autsch", sagte Joe und klang amüsiert. „Du machst mich fertig, Lady! Ich meinte eigentlich, ob du Appetit auf *etwas Essbares* hast. Ob du und ich – der echte Joe, ohne Tarnung – irgendwo essen gehen." Er hielt inne. „In der Öffentlichkeit. Zum Beispiel in einem Restaurant." Wieder schwieg er einen Moment, dann lachte er. „Gott, ich drücke mich sehr gut aus, was? Ich versuche, dich zu fragen, ob du mit mir ausgehst, Ron. Was meinst du?"

Er ließ ihr keine Zeit zum Antworten. „Ich bin immer noch in der Stadt", fuhr er fort. „Aber ich kann ein Taxi nehmen und in fünfzehn bis zwanzig Minuten am Hotel sein. Trag dein schwarzes Kleid, ja? Wir fahren auf den Camelback Mountain. Mac meint, dort gibt es ein erstklassiges Restaurant mit Live-Musik. Es wird getanzt, und man hat einen fantastischen Blick über die Stadt."

„Aber …"

„Oh *ja.* Ich muss los, Baby, das Taxi wartet schon. Zieh dich an, ich bin gleich da."

„Aber ich will nicht ausgehen. Es ist unsere letzte Nacht, vielleicht für immer, und ich will sie mit dir allein verbringen", sagte Veronica in den Hörer, nachdem Joe bereits aufgelegt hatte.

Langsam legte sie auf.

Sie hatte noch eine Nacht mit Joe. Eine weitere Nacht, die für den Rest ihres Lebens genügen musste. Eine weitere Nacht, in der sie sich Joe ins Gedächtnis brennen konnte.

*Hmm.*

Veronica nahm den Hörer ab und wählte die Nummer vom Zimmerservice. Joe wollte essen, tanzen und einen Ausblick auf die Stadt haben? Die Aussicht dieses Zimmers war gar nicht so schlecht. Und das Viersternerestaurant in diesem Hotel lieferte aufs Zimmer. Was das Tanzen betraf ...

Den Hörer in der Hand ging Veronica zur Stereoanlage. Ja, es gab ein Kassettendeck. Sie lächelte.

Es war das erste Mal, dass Joe an die Tür klopfte, statt sich selbst hereinzulassen.

Der weite Stoff des schwarzen Seidenkleids schwang um ihre Beine, als Veronica zur Zimmertür ging, sie aufzog und sich in seine Arme warf. „Gott, darauf habe ich den ganzen Tag lang gewartet", sagte sie. „Heute Morgen hast du mich zu Tode erschreckt."

Von ihm umarmt zu werden fühlte sich so gut an. Und als er sie küsste, glaubte sie dahinzuschmelzen. Sie schlang die Arme fester um seinen Nacken. Mit den Fingern strich sie ihm durchs Haar und ...

Veronica wich zurück.

Die langen Haare waren weg. Joe hatte sich die Haare schneiden lassen. Kurz. *Richtig* kurz. Sie sah ihn an, sah ihn zum ersten Mal richtig an, seit sie die Tür aufgerissen hatte. Er trug eine Marineuniform. Sie war dunkelblau, und Medaillen und Abzeichen, Reihe um Reihe, zierten seine linke Brust. Er trug einen weißen Hut, nahm ihn ab und hielt ihn jetzt beinahe verlegen in der Hand. Seine dunklen Augen schimmerten fast ängstlich, während er ihre Reaktion auf den neuen Haarschnitt beobachtete. Um die Ohren und am Nacken waren die Haare rasiert worden. Oben und vorn waren sie etwas länger – gerade lang genug, dass ihm eine Strähne auf die Stirn fiel.

Er lächelte verzagt. „Der Friseur hat es ein bisschen zu gut gemeint. Normalerweise trage ich die Haare nicht ganz so kurz und ..." Er schloss die Augen und schüttelte den Kopf. „Verdammt. Du findest es furchtbar."

Veronica berührte seinen Arm und schüttelte ebenfalls den Kopf. „Nein. Nein, ich finde es *überhaupt nicht* furchtbar …" Aber ihr gefiel es auch nicht besonders. Nicht, dass er schlecht aussah. Überhaupt nicht. Wenn überhaupt, war sein ovales Gesicht mit dem kurzen Haarschnitt attraktiver denn je. Doch er wirkte dadurch auch härter, strenger, unerbittlich – und auf eine ganz neue Weise gefährlich. Er sah genauso aus, wie das was er war – ein hoch spezialisierter, hoch qualifizierter Offizier einer Spezialeinheit. Sie konnte nicht anders, als sich daran zu erinnern, dass er ein Mann war, der sein Leben riskierte, als wäre es eine Selbstverständlichkeit. *Das* war es, was Veronica nicht gefiel. „Es steht dir", sagte sie zu ihm.

Er suchte ihren Blick, und was immer er dort fand, schien ihn zufriedenzustellen. „Gut."

„Du siehst … wundervoll aus", erklärte Veronica aufrichtig.

„Genau wie du." In seinen Augen flammte die vertraute Glut auf, als er sie von Kopf bis Fuß musterte.

„Du siehst genauso aus, wie ich mir dich vorgestellt habe – bevor wir uns begegnet sind", fügte sie hinzu.

Ein Schatten schien über sein Gesicht zu huschen. „Tja, ich sollte es dir wohl sagen: Die Male, die ich diese Uniform getragen habe, kann ich an einer Hand abzählen. Was du bei unserer ersten Begegnung gesehen hast, kommt der Wahrheit schon näher – normalerweise trage ich Kampfanzüge oder Jeans. Und ich hatte an Motoren gearbeitet, an denen gewöhnlich Öl und Dreck klebt."

Warum erzählte er ihr das? Es wirkte fast wie eine Warnung. Er war so ernst. Veronica hatte das Gefühl, das Gespräch auflockern zu müssen. „Sagst du das, weil du möchtest, dass ich deine Wäsche wasche?", fragte sie scherzhaft.

Joe schenkte ihr ein verführerisches Lächeln. Ja, ihn so lächeln zu sehen, wenn sich seine weißen Zähne von dem schlanken gebräunten Gesicht abhoben, ließ auch seinen Haarschnitt gleich ganz anders wirken. „Du *willst* meine Wäsche waschen?", entgegnete er.

In der beiläufig gestellten Frage schien plötzlich eine andere Bedeutung mitzuschwingen. Angespannt sah Joe sie an. Sein Blick war wach, fast stechend, während er auf ihre Antwort wartete.

Veronica lachte, bemüht, die plötzliche Nervosität zu verbergen. Warum unterhielten sie sich über schmutzige Wäsche? „Ich wasche nicht einmal meine Sachen selbst", erwiderte sie schulterzuckend. „Habe keine Zeit dazu."

Sie trat zur Seite und zog die Tür weiter auf, um ihn hereinzulassen. „Wir stehen ja auf dem Flur", fügte sie hinzu. „Kommst du herein?"

Joe zögerte. „Vielleicht sollten wir einfach gehen ..."

Sie lächelte. „Du denkst, wenn du hereinkommst, gehen wir nicht mehr?"

Er berührte ihre Wange. „Das denke ich nicht nur, Baby, ich weiß es."

Sie küsste ihn auf die Hand. „Wäre das so schlimm?", flüsterte sie und blickte in seine mitternachtsdunklen Augen.

„Nein." Er trat ein und schloss die Tür hinter sich.

Veronica war nervös. Joe erkannte es, als sie sich aus seinem Griff befreite, ins Zimmer ging und ...

Der Tisch war herrschaftlich gedeckt, ein exklusives Menü war darauf angerichtet worden. Und das ganze Zimmer ... Veronica hatte die Möbel an die Wände geschoben, sodass in der Mitte des Wohnzimmers nichts mehr stand.

Das hatte sie schon einmal getan. In D. C. Als er auf ihren Balkon geklettert war, die Schiebetür geöffnet hatte und ...

Joe sah auf und ertappte sie dabei, wie sie ihn beobachtete. Sie befeuchtete sich nervös die Lippen und lächelte. „Dinner und mehr", erklärte sie. „Ich habe etwas Platz geschaffen, damit wir tanzen können."

„Wir?"

Veronica errötete, hielt seinem Blick aber stand. „Damit ich für dich tanzen kann", verbesserte sie sich leise. „Obwohl du ab einem gewissen Zeitpunkt auch mit mir tanzen wirst. Aber vielleicht sollten wir erst essen."

Der Duft von feinsten Gourmetgerichten lag in der Luft. Joe wusste, dass er seit dem Mittag nichts mehr zu sich genommen hatte. Er wusste jedoch auch, dass dieses Dinner wirklich das Letzte war, wonach er sich jetzt sehnte. Veronica würde für ihn tanzen. Sie würde so für ihn tanzen, wie sie es getan hatte, als er sich auf ihren Balkon geschlichen hatte. Nur dass sie dieses Mal von Anfang an wusste, dass er ihr zusah. „Vielleicht sollten wir später essen", erwiderte er heiser.

Er beobachtete, wie sie zum Fenster ging und die Vorhänge zuzog. Gott, sein Herz pochte, als hätte er zwei Kilometer in drei Minuten zurückgelegt. Er spürte, wie ihm das Blut mit jedem Herzschlag schneller durch die Adern rauschte. Sie würde es tatsächlich tun. Sie wusste, dass er es sich von ihr wünschte – er hatte sie darum gebeten, für ihn zu tanzen. Trotzdem hatte er nicht geglaubt, dass sie es tat. Er war davon ausgegangen, dass er zu viel haben wollte.

Veronica lächelte ihm zu, während sie zurück zum Esstisch schlenderte und eine Flasche Bier aus dem kleinen Sektkühler zog. Sie öffnete sie, schenkte ein Glas ein und trug es zu ihm.

„Danke", erwiderte Joe, nachdem sie ihm sowohl die Flasche als auch das Glas in die Hand gedrückt hatte.

„Warum setzt du dich nicht?", murmelte Veronica, und mit einem Rascheln der Seide war sie in die andere Ecke des Zimmers zurückgekehrt.

Setzen. Ja, richtig. Setzen. Als Joe auf einem Stuhl Platz genommen hatte, trat Veronica zur Stereoanlage und legte eine Kassette ein.

Joe wusste, was ihr das Tanzen bedeutete. Sie hatte ihm gesagt, dass es privat und sehr persönlich war. Es war eine Art, Dampf abzulassen, sich zu entspannen und richtig abzuschalten. Und sie würde ihn gleich daran teilhaben lassen. Sie würde ihr persönliches, privates Vergnügen zu seinem machen.

Die Hitze, die durch seine Adern pulsierte, erreichte sein Herz und entflammte es. Veronica St. John hatte ihm heute gesagt, dass sie ihn liebte. Und in dieser Nacht würde sie ihm zeigen, wie sehr sie ihn liebte, indem sie sich ihm zeigte.

Die Musik setzte langsam ein, sehr langsam, und Ronnie stellte sich in die Mitte des Zimmers. Sie lehnte den Kopf zurück, schloss die Augen und ließ die Schultern sinken. Gott, sie war wunderschön! Und sie gehörte zu ihm. Nur zu ihm. Für immer, wenn er ein Wörtchen mitzureden hatte. Und das tat er. Er hatte dazu viel zu sagen. Zum Teufel, er könnte zu dem Thema ein Buch verfassen.

Die Musik wurde plötzlich lauter, und Veronica streckte die Hände hoch in die Luft.

Und dann begann sie, sich zu bewegen.

Sie war anmutig, bewegte sich geschmeidig, ihr Kleid schien zu ihrem Körper zu gehören. Die Augen hielt sie immer noch geschlossen, doch dann öffnete sie sie und sah Joe direkt an.

Sie errötete, und sein Herz schlug noch heftiger. Sie war so widersprüchlich. Die kleinste Gelegenheit konnte sie zum Erröten bringen – bis die Leidenschaft sie überwältigte. Und wenn das geschah, war sie erstaunlich ungehemmt. Joe hatte bisher keine Frau wie Veronica St. John gekannt. Im einen Moment schien sie bieder und hochanständig zu sein, im nächsten war sie ungezügelt und machte ihn auf eine Weise glücklich, von der er nicht einmal zu träumen gewagt hatte. Und dann sagte sie ihm, sehr genau und kein bisschen verschämt, was er tun konnte und tun sollte, um sie glücklich zu machen.

Joe beobachtete, wie sie die Augen wieder schloss. Wieder wechselte die Musik, der Rhythmus war jetzt stärker, schneller und eindringlicher. Und sie tanzte dazu weniger zaghaft, flüssiger. Ihre Bewegungen wurden freier, größer, kraftvoller.

Leidenschaftlicher.

Mit einer geschickten Geste zog sie sich die Haarnadeln aus der Frisur. Einzelne Strähnen fielen ihr auf die Schultern, wie ein Wasserfall rotgoldener Locken.

Joe wurde der Mund trocken. Er trank einen Schluck Bier, das sie ihm gegeben hatte.

Veronica kickte sich die High Heels von den Füßen, und unter Joes Blicken wurde sie eins mit der Musik. Sie tanzte zu dem Instrumentalstück, das irgendwo zwischen Funk und Blues angesiedelt war, fing sichtbar jede einzelne Nuance ein und übersetzte jede Melodie in eine Bewegung ihres Körpers.

Ihr Körper.

Sie schliefen noch nicht lang miteinander, aber Joe kannte jeden Zentimeter ihres schönen Körpers bereits sehr gut. Zu sehen, wie sie sich auf diese Weise bewegte, war eine völlig neue Erfahrung. Das Kleid verhüllte ihre Brüste kaum, und sie bewegten sich sowohl mit als auch gegen die Schwerkraftgesetze. Die schwarze Seide glitt über ihren Bauch und die Oberschenkel, sodass die festen Muskeln und die Haut darunter hervorblitzten, wenn der Stoff für ein oder zwei Sekunden festhing.

Veronica drehte und wand sich wie eine Gazelle. Ihr Tanz war purer Sex, absolute Hingabe.

Der weite Rock ihres Kleids bewegte sich nicht mehr mit ihr – er behinderte sie.

Als sie dieses Mal die Augen öffnete und Joe ansah, errötete sie nicht. Sie lächelte, ein süßes, heißes sexy Lächeln, und griff zum Rückenverschluss des Kleids. In weniger als einem Herzschlag lag das Kleid weich zu ihren Füßen. Und Veronica war nackt – bis auf einen schwarzen Seidenslip. Sie stieß das Kleid mit dem Fuß beiseite und tanzte immer noch, bewegte und drehte sich einfach weiter.

Ein String. Schwarze Seide auf ihrer cremig-hellen Haut.

Und sie tanzte.

Für ihn.

Ich bin gestorben, dachte Joe, und in den Himmel aufgestiegen.

Sie tanzte dichter an ihn heran und lächelte über den Gesichtsausdruck, dessen er sich nur allzu gut bewusst war. Er war wie hypnotisiert. Benommen. Absolut überwältigt. Und extrem erregt.

Ohne in der Bewegung innezuhalten, streckte sie die Hände aus. „Tanz mit mir."

Das ließ er sich nicht zweimal sagen. Er stellte das Bier auf den Tisch und stand auf. Und dann, Gott, sie lag in seinen Armen, bewegte sich mit ihm und an ihm zu diesem Blues.

Ihre Haut war so glatt, so seidig fühlte sie sich an. Er berührte sie überall. Ihren sanft gerundeten Po, die vollen Brüste, den flachen Bauch und ihre langen, schlanken Arme. Er trug immer noch seine Uniform, und sie war so gut wie nackt. Und er war in seinem ganzen Leben nie so erregt gewesen. Sie tanzten eng, ineinander verschlungen. Er spürte die Hitze zwischen ihren Beinen an seinem Oberschenkel. Zweifellos fühlte sie, wie erregt er war – sie drängte sich an ihn. Ihre langsamen, sexy Bewegungen machten ihn verrückt vor Begehren. Und sie anzusehen, fast nackt in seinen Armen, ließ die Sehnsucht durch seinen Körper pulsieren.

„Ronnie ..."

Irgendwie ahnte sie, dass er es kaum noch ertragen konnte. Sie hob den Kopf und küsste ihn. Joe hörte sich stöhnen. Er konnte nicht genug von ihr bekommen.

Er fühlte, wie sie seinen Gürtel löste und ihm geschickt die Hose aufknöpfte. Und dann lag er in ihrer Hand. Das war gut, aber es war noch nicht gut genug ...

„Ronnie, ich muss ..."

„Ich weiß."

Sie streifte ihm ein Kondom über, das sie Gott weiß woher hatte, und schlüpfte aus dem Slip, während sie ihn wieder küsste.

„Heb mich hoch", murmelte Veronica.

„Ja", erwiderte er atemlos. Sie schlang die Arme um seinen Nacken und die Beine um seine Hüfte, bevor er in ihre wundervolle weiche Hitze drang. „Oh Baby …"

Sie bewegte sich auf ihm, an ihm und mit ihm. Sie war in seinen Armen, in seinem Herzen, in seiner Seele. Diese leidenschaftliche, feurige Frau, die in einem Moment flammend heiß und im nächsten sanft und süß sein konnte, diese Frau mit dem scharfen Sinn für Humor und dem leisen Fingerspitzengefühl, das einen eisernen Willen verbarg – einen Willen, der von dem größten Herzen geleitet wurde, das er je erlebt hatte –, das war die eine Frau, auf die er sein Leben lang gewartet hatte. All die Frauen, die er vor ihr gekannt hatte, hatten ihm nichts bedeutet. Keine von ihnen hatte ihn berührt. Keine von ihnen war auch nur in die Nähe davon gekommen, ihn an sich zu binden. Er war immer in der Lage gewesen, zu gehen, ohne einen Blick zurückzuwerfen.

Doch es kam nicht infrage, dass er Veronica je verlassen würde. Nicht ohne sein Herz zurückzulassen – direkt aus der Brust gerissen.

Er klammerte sich an sie, hielt sie genauso fest wie sie ihn. Wieder und wieder tauchte er tief in sie ein.

Er liebte sie. Er wollte es ihr sagen. Aber die Worte, diese drei einfachen Wörter, kamen ihm nicht leicht über die Lippen. Die Wahrheit sah so aus: Sie auszusprechen jagte ihm eine Heidenangst ein. War das nicht komisch? Er war ein SEAL. Er war ganzen Truppen feindlicher Soldaten entgegengetreten. Er hatte dem Tod ins Gesicht geblickt und sich häufiger durch ein Nadelöhr geschlagen, als er zählen konnte. Und dennoch geriet er ins Schwitzen, wenn es darum ging, einen einfachen Satz auszusprechen.

Ronnie schob die Finger in sein Haar. Mit dem Mund verteilte sie Küsse auf seinem Gesicht und seinen Lippen.

„Joe", keuchte sie. „Joe. Ich will mehr …" Er tat einen Schritt und drängte sie gegen die Wand, um sie fester zu halten. Sie lehnte den Kopf zurück. „Ja …"

Ihre Erlösung war unglaublich. Sie schrie auf, als er in sie eindrang und ihr all das gab, worum sie ihn gebeten hatte. Ihre Arme um seinen Nacken waren angespannt, mit den Händen klammerte sie sich an ihn.

„Ich liebe dich", rief Veronica. „Oh Joe, ich liebe dich!"

Ihre Worte stießen ihn zum Gipfel empor. Sie liebte ihn. Sie liebte ihn wirklich. Er keuchte in dem blendenden Weiß des Glückstaumels auf, der ihn umfing. Es war so vorzüglich, so erlesen, dass er meinte, die Welt würde um ihn herum zerfallen.

*Baby, ich liebe dich auch.*

# 19. Kapitel

Allmählich wurde sich Joe seiner Umgebung bewusst. Ronnies Kopf lag auf seiner Schulter, ihr Atem strich über seinen Hals. Mit der Stirn lehnte er an der Wand. Und seine Knie fühlten sich verdammt zittrig an. Er fühlte Veronicas Herz schlagen, hörte sie sanft seufzen. Er wollte sich nicht bewegen. Nie zuvor hatte er eine solche Nacht mit einer Frau erlebt, und er wollte nicht, dass sie zu Ende war. Natürlich war es vorbei, aber solange sie so stehen blieben, in dieser Position, würden diese erstaunlichen Gefühle anhalten. Es war, das musste er nicht betonen, unglaublich berauschend gewesen. Seine Zukunft sah jetzt so anders aus, viel heller, wenn Ronnie darin vorkam. Zum ersten Mal trug Joe sich mit den Gedanken an eigene Kinder. Nicht bevor einige Zeit verstrichen wäre natürlich. Er wollte Ronnie noch ein paar Jahre, noch *viele* Jahre, für sich haben. Aber die Aussicht darauf, ein Baby zu zeugen, ein neues Leben zu erschaffen, das wäre auf eine Weise aufregend, wie er es sich nie zuvor vorgestellt hätte. Fünfzig Prozent von ihm, fünfzig Prozent von ihr und zweihundert Prozent ihrer Liebe ...

Das Schmuckkästen, das er in der Hosentasche trug, drückte an seinen Rippen, und Joe musste lachen. Er hatte Ronnie bis jetzt noch nicht einmal gefragt, ob sie ihn heiraten wollte. Und er war schon dabei, sich Namen für ihre Kinder auszudenken.

„Du musstest es nicht sagen, weißt du", flüsterte sie.

Sie hob den Kopf und rutschte auf den Boden. Der Zauber war gebrochen. Oder nicht? Joe verspürte immer noch eine unglaubliche Wärme in der Brust. Er hatte es als Schlinge wahrgenommen, aber jetzt erkannte er, dass es ein gutes Gefühl war, eine Wärme, die sein Herz umgab und ihm ein erstaunliches Gefühl von Frieden und Zugehörigkeit schenkte.

„Musstest was nicht sagen?", fragte er.

Veronica rückte etwas von ihm ab, damit er seine Kleidung zurechtziehen konnte. Sie war immer noch nackt, schien sich dessen jedoch nicht bewusst zu sein, als sie ihn ansah. Besorgnis spiegelte sich in ihren blauen Augen wider.

„Du musstest nicht sagen, dass du mich auch liebst", sagte sie.

Joe war wie erstarrt, die Hände noch auf der Gürtelschnalle hielt er inne. Hatte er es wirklich laut ausgesprochen?

„Mir wäre es lieber, wenn du ehrlich zu mir bist", fuhr sie fort. „Sag nichts, was du nicht auch so meinst. Bitte."

Veronica drehte sich um. Sie konnte Joe nicht länger in die Augen sehen, sie konnte nicht länger tapfer sein. Aber, verdammt noch mal, sie hatte nur davon gesprochen, ehrlich zu sein ... „Joe, die Wahrheit ist doch", sagte sie, und ihre Stimme zitterte leicht, „dass ich dich schrecklich vermissen werde, wenn du weg bist, und ..."

Joe umarmte sie und führte sie sanft zum Sofa, damit sie sich setzen konnten. Behutsam zog er Veronica auf seinen Schoß. „Wer sagt, dass ich irgendwo hingehen werde?", fragte er vorsichtig, strich ihr das Haar aus dem Gesicht und küsste sie zärtlich auf den Mund.

Veronica spürte, wie ihr Tränen in die Augen stiegen. Verflixt! Sie blinzelte sie fort. „Ich fliege morgen nach Seattle, und du ..."

Er unterbrach sie, indem er ihr noch einen sanften Kuss gab. „Und wer sagt, dass ich nicht ehrlich war, als ich gesagt habe ... was ich gesagt habe?" Mit der anderen Hand glitt er über die Rundung ihrer Hüfte und wieder hoch, bevor er ihre Brust umfasste. Es war ihm einfach unmöglich, sie nicht zu berühren.

„Du liebst mich." Sie klang eindeutig so, als könnte sie es nicht glauben.

„Ist das wirklich so schwer zu glauben?"

Veronica legte die Hand an seine Wange. „Du bist so süß", sagte sie. Als in seinem Blick spöttische Entrüstung aufflackerte, fügte Veronica schnell hinzu: „Ich weiß, dass du das nicht findest, aber du *bist* es. Du bist unglaublich *liebenswürdig*, Joe. Und ich weiß, dass du ... etwas für mich empfindest. Aber du musst nicht so tun, als wäre es mehr als ..." Schweigend fixierte sie das kleine schwarze Kästchen, das Joe aus der Hosentasche zog und ihr hinhielt. „Was ist das?"

„Mach es auf", erwiderte er. Seine Miene wirkte so ernst, so hart. Sein Blick war so eindringlich.

„Ich habe Angst davor."

Joe lächelte, und sein Gesicht sah wieder sanfter aus. „Es ist keine Granate", erklärte er. „Mach es einfach auf, Ron, ja?"

Zögernd nahm sie ihm das Kästchen aus der Hand. Es war klein, quadratisch, schwarz und mit Samt bezogen. Was wollte er ihr schenken? Sie wagte nicht einmal, die verschiedenen Möglichkeiten abzuwägen. Sie merkte, wie schnell ihr Herz schlug. Dann, während sie in Joes wunderschöne Augen sah und nach einem Hinweis auf den Inhalt des Kästchens suchte, öffnete sie es.

Sie warf einen Blick darauf, und ihr blieb beinahe das Herz stehen. Es war ein Ring. Es war ein großer, wunderschöner, funkelnder Diamantring.

„Heirate mich", bat Joe sie heiser.

„Oh Gott!", stieß Veronica keuchend hervor.

Als sie ihm wieder in die Augen sah, brachte ihn ihr schockierter Gesichtsausdruck zum Lächeln. „Ich schätze, damit hast du nicht gerechnet, was?"

Sie schüttelte den Kopf.

„Ich auch nicht", bekannte er. „Aber das ist kein Spiel, Ronnie. Genauso wenig wie meine Gefühle für dich ein Spiel sind. Ich … weißt du … ich liebe dich …" Gott, er hatte es ausgesprochen und war nicht vom Blitz getroffen worden. „Und ich möchte das, was uns verbindet, zu etwas Dauerhaftem machen. Kannst du mir folgen?"

Sie war still. Aus riesengroßen Augen sah sie ihn an. Und sie war immer noch nackt. Auch wenn sein Leben davon abhing, er konnte nicht damit aufhören, sie zu berühren und ihre weiche Haut zu streicheln. Sie war so schön, und er war bereits wieder fast schmerzhaft erregt. Gott, er hatte gerade den besten Sex seines Lebens erlebt, und er wollte sie schon wieder. Er konnte nicht genug von ihr bekommen. Das würde er nie.

Aber warum gab sie ihm keine Antwort? Warum sagte sie ihm nicht, dass sie ihn auch heiraten wollte?

„Sag was, Baby." Joe versuchte, seine Verunsicherung zu überspielen, doch er versagte dabei kläglich. Sein Blick und sein Tonfall verrieten ihn. „Diese Anspannung bringt mich um. Sag mir, was du davon hältst. Guter Vorschlag? Schlechte Idee? Bin ich total durchgedreht?"

Veronica war sprachlos. Joe Catalanotto, Lieutenant Joe Catalanotto der US Navy SEALs, wollte sie *heiraten*. Ihm war es ernst damit, dass er ihr seine Liebe gestand. Er liebte sie. Er *liebte* sie! Lieber Gott, sie sollte Freudensprünge machen. Sie sollte schon die Hochzeitsglocken läuten hören und sich in einem traumhaften weißen Brautkleid sehen, wie sie in einer Kirche den Mittelgang auf den Altar zuschritt, wo dieser Mann auf sie wartete. Der Mann, den sie aufrichtig liebte.

Aber sie konnte sich bei dieser Hochzeit nicht vorstellen. Sie sah sich nur bei einer Beerdigung. Bei *Joes* Beerdigung.

„Wann …", begann sie und räusperte sich. Sie zitterte fast, nahm mit einem Mal die kühle Luft der Klimaanlage wahr, die auf ihre nackte Haut traf. Joe rieb ihren Arm, damit ihr warm wurde. „Wann hast du vor, in den Ruhestand zu gehen?"

Verständnislos sah er sie an. „Was?"

„Die SEALs", erklärte sie. „Wann wirst du aus dem aktiven Dienst ausscheiden?"

Veronica sah, dass er nicht verstand, wie das mit seinem Heiratsantrag zusammenhing. Dennoch zuckte er die Schultern und antwortete ihr: „Bald jedenfalls nicht", sagte er. „Ich weiß nicht. Nicht vor fünfzehn Jahren. In zwanzig, wenn ich es hinbekomme."

Der Mut verließ sie. Fünfzehn oder zwanzig Jahre. Zwei Jahrzehnte, in denen sie mit ansehen musste, wie sich der geliebte Mann in zahllose hochgefährliche Einsätze begab. Zwei Jahrzehnte in der Ungewissheit, ob er zurückkehrte oder nicht. Zwei Jahrzehnte lang die reinste *Hölle*. Wenn er überhaupt so lange am Leben blieb …

„Ich bin Berufssoldat, Ronnie", sagte Joe leise. „Ich weiß, dass ich kein Prinz bin, sondern ein Offizier und …"

„Du *bist* ein Prinz." Veronica küsste ihn federleicht auf den Mund. „Ich bin bisher niemandem begegnet, der auch nur halb so viel ein Prinz ist, wie du es bist."

Er war verlegen. Deshalb versuchte er natürlich, es ins Scherzhafte zu ziehen. „Tja, verdammt", meinte er. „Das sagen alle nackten Frauen, wenn sie auf meinem Schoß sitzen."

Veronica musste lächeln. „Ich *bin* nackt, nicht wahr?"

„Das kann man so sagen", erwiderte er und streifte zärtlich ihre Brust.

„Willst du, dass ich mir etwas anziehe?"

„Meine Gedanken gingen eher in die Richtung, dass ich auch meine Sachen loswerde", murmelte Joe und presste den Mund auf die Stelle, wo seine Hand zuvor gelegen hatte. Doch er küsste sie nur sanft und hob dann den Kopf. „Probier ihn an."

Der Ring. Er meinte den Ring.

Ihr war klar, dass sie es nicht sollte. Sie hatte keine Ahnung, wie ihre Antwort ausfallen würde. Sie war so entsetzlich hin- und hergerissen.

Trotzdem nahm Veronica den Ring aus dem Kästchen und streifte ihn über den Finger ihrer linken Hand. Er war ein klein bisschen zu groß.

„Du musst es nur sagen, und wir lassen ihn anpassen", sagte Joe. „Oder du suchst dir etwas anderes aus, wenn du willst ..."

Durch einen Tränenschleicher betrachtete Veronica die einfache, elegante Einfassung. „Er ist so schön", brachte sie hervor. „Ich würde nichts anderes haben wollen."

„Als ich ihn gesehen habe", erzählte Joe leise, „wusste ich, dass er zu dir gehört." Er hob ihr Kinn, damit sie ihn ansah. „Hey! Weinst du etwa?"

Veronica nickte, und er zog sie fester an sich. Er umfasste ihr Gesicht und küsste sie liebevoll. Sie sehnte sich so sehr danach, ihm zu sagen: „Ja, ich will dich heiraten." Aber sie wollte auch jede Nacht neben ihm einschlafen. Und sie wollte morgens mit der Gewissheit aufwachen, dass er nachts wieder bei ihr war. Sie wollte keinen Navy SEAL. Sie wollte einen durchschnittlichen, normalen Mann.

Doch wenn sie ihn darum bat, würde er die SEALs vielleicht verlassen. Er konnte weiß Gott irgendetwas anderes tun und jeden Job bekommen, den er wollte. Er war in so vielen verschiedenen Bereichen Experte. Er könnte als Übersetzer arbeiten. Oder als Mechaniker, es wäre ihr gleichgültig. Und sollte er jeden Tag in Motoröl baden. Sie würde lernen, seine verdammte Wäsche zu waschen, wenn es sein musste. Sie wollte doch nur, dass er nicht dauernd in Lebensgefahr schwebte. Dass er in Sicherheit war. Und am Leben.

Aber Veronica wusste: Sie konnte nicht von ihm verlangen, die SEALs zu verlassen. Und selbst *wenn* sie ihn darum bat, war ihr klar, dass er es nicht tun würde. Nicht für sie. Nicht für irgendetwas. Sie hatte ihn bei der Arbeit erlebt. Er liebte das Risiko, er lebte für die Gefahr.

„Bitte, Joe", flüsterte sie. „Schlaf noch einmal mit mir."

Er stand auf, hielt sie auf den Armen und trug sie ins Schlafzimmer. Veronica wünschte sich verzweifelt, seine Frau zu werden. Aber Joe war bereits verheiratet – mit den Navy SEALs.

Während Veronica im Bett an ihn gekuschelt schlief, starrte Joe an die Decke.

Sie hatte nicht Ja gesagt.

Er hatte sie gefragt, ob sie ihn heiraten wollte. Und sie hatte ihm eine Reihe Gegenfragen gestellt, aber sie hatte nicht Ja gesagt.

Sie hatte auch nicht Nein gesagt. Allerdings hatte sie den Ring zurückgelegt – weil sie Angst hatte, er könnte ihr vom Finger rutschen. Sie machte sich Sorgen, dass sie ihn verlieren könnte. Ein Vorwand?

Hätte jedoch Ronnie *ihm* irgendeine Art von Ring geschenkt, der bedeutete, dass sie ihn für immer wollte, dass sie ihn liebte, „bis dass der Tod uns scheidet", dann hätte Joe ihn garantiert getragen, egal ob er passte oder nicht.

Es war absolut möglich, dass er kurz davor stand, sich mit voller Kraft voraus in ein emotionales Wrack zu verwandeln. Es war absolut denkbar, dass Veronica ihn nicht genug liebte, um ihn „für immer" zu wollen – obwohl sie gesagt hatte, dass sie ihn liebte. Verdammt, es war absolut möglich, dass sie ihn überhaupt nicht liebte, auch wenn sie es behauptete.

Aber nein. Er musste ihren Worten glauben. Er hatte es in ihren Augen gesehen und es gefühlt, in jeder ihrer Berührungen. Sie *liebte* ihn. Die Million-Dollar-Frage lautete nur: Wie sehr?

In der Ecke des Zimmers, wo er seine Sachen auf einen Stuhl geworfen hatte, summte sein Pager.

Joe befreite sich aus dem Bett und versuchte, Veronica nicht zu wecken. Doch als er leise durch das Zimmer ging, bewegte sie sich und setzte sich auf.

„Was war *das* denn?", fragte sie.

„Mein Pager", erwiderte er. „Tut mir leid. Ich muss telefonieren."

Veronica beugte sich vor, schaltete das Licht ein und sah ihn mit plötzlicher Klarheit an, während er sich auf die Bettkante setzte und sich durch das kurze Haar strich, bevor er den Telefonhörer abnahm. Er wählte schnell – eine Nummer, die er auswendig wusste.

„Ja", sagte er. „Catalanotto." Es entstand eine Pause. „Ich bin immer noch in Phoenix." Wieder Schweigen. „Ja. Ja, ich verstehe." Er blickte wieder zu Veronica, seine Miene wirkte ernst. „Geben Sie mir drei Minuten, ich rufe gleich zurück." Wieder Pause. Er lächelte. „Genau. Danke."

Er legte auf und sah Veronica an.

„Ich kann eine Woche freihaben, wenn ich will", erklärte er rundheraus. „Aber ich muss sofort wissen, ob ich das Angebot annehmen soll. Und ich will es nicht annehmen, wenn du diese Zeit nicht mit mir verbringen kannst. Verstehst du, was ich damit sagen will?"

Veronica warf einen Blick auf die Uhr. „Sie wollen um halb fünf Uhr morgens wissen, ob du freihaben willst oder nicht?", fragte sie erschrocken.

Joe schüttelte den Kopf. „Nein. Ich werde angerufen und bekomme den Befehl, im Hauptquartier anzutreten. Es gibt eine Art Notfall. Sie berufen das gesamte Team Ten nach Little Creek, einschließlich der Alpha Squad."

Veronica fühlte sich einer Ohnmacht nahe. „Was für ein Notfall?"

„Das weiß ich nicht", erwiderte er. „Aber selbst *wenn* ich es wüsste, würde ich es dir nicht sagen."

„Wenn wir verheiratet wären, würdest du es mir dann sagen?"

Joe lächelte kläglich. „Nein, Baby. Nicht einmal dann."

„Also packst du einfach und reist ab", sagte Veronica mit fester Stimme. „Und du kommst vielleicht zurück?"

Er streckte die Hand nach ihr aus. „Ich werde immer zurückkommen. Daran musst du glauben."

Sie drehte sich von ihm weg und wandte ihm den Rücken zu, sodass Joe nicht ihr Gesicht sehen konnte. Jetzt wurde ihr schlimmster Albtraum wahr. Das war genau das, was sie in den nächsten zwanzig Jahren nicht erleben wollte. Diese Angst, diese Leere – genau das wollte sie die nächsten zwei Jahrzehnte lang nicht empfinden.

„Ich muss mir entweder offiziell freinehmen oder mich mit dem Rest des Teams melden. Was meinst du?", fragte er wieder. „Kannst du auch Urlaub bekommen?"

Veronica schüttelte den Kopf. „Nein." Witzig, ihre Stimme klang so kühl und beherrscht. „Nein, es tut mir leid, aber ich muss mit Prinz Tedric auf ein Kreuzfahrtschiff, das morgen ablegt."

Sie spürte seinen Blick auf ihrem Hinterkopf. Und sie spürte, wie er zögerte, bevor er wieder zum Telefon ging.

Er hob ab und wählte. „Ja, Joe Cat noch mal. Ich bin dabei."

Veronica schloss die Augen. Er war dabei. Aber wobei? Bei etwas, das ihn das Leben kosten konnte? Sie konnte es nicht ertragen. Nicht zu wissen, wohin er ging, was er tat, das war entsetzlich. Am liebsten hätte sie *geschrien* ...

„Genau", sagte er in die Sprechmuschel. „Ich werde bereit sein."

Er legte auf, und sie fühlte, wie sich die Matratze hob, als er aufstand.

„Ich muss duschen", erklärte er. „In zehn Minuten werde ich abgeholt."

Sie wirbelte herum und blickte ihn an. „Zehn *Minuten*?"

„So läuft das, Ronnie. Ich werde angerufen, ich muss los. Jetzt sofort. Manchmal bekommen wir Zeit, um uns vorzubereiten, aber normalerweise nicht. Ich gehe jetzt schnell duschen, wir können reden, während ich mich anziehe."

Veronica fühlte sich wie taub. Das hier war nicht ihr schlimmster Albtraum. Diese Furcht, die sie tief im Magen fühlte, lag jenseits von allem, was sie sich je vorgestellt hatte. Sie würde ihren Job kündigen, wenn sie es müsste. Sie würde alles tun, *alles*, um ihn davon abzuhalten, zu diesem namenlosen, unbekannten, wahrscheinlich tödlichen Notfalleinsatz aufzubrechen.

Und was dann? fragte sie sich, als sie das Rauschen im Badezimmer hörte. Sie stand auf und schlüpfte in ihren Morgenmantel. Mit einem Mal war ihr schrecklich kalt. Für eine armselige Woche mit Joe würde sie ihren Job, ihren Ruf und ihren *Stolz* aufgeben. Doch sobald die Woche Urlaub verstrichen war, wäre er fort. Er würde gehen, wenn die Pflicht rief, ungeachtet der Gefahr oder des Risikos. Früher oder später würde es geschehen. Früher oder später, und vermutlich eher früher, würde er ihr einen Abschiedskuss geben und sie mit bis zum Hals schlagendem Herzen zurücklassen. Er würde sie allein lassen. Und sie würde auf die Uhr schauen, warten und beten, dass er zurückkehrte. Lebend. Und er würde nicht zurückkommen.

Veronica könnte es nicht aushalten. Sie wäre nicht in der Lage, es zu ertragen.

Das Rauschen versiegte, und einige Augenblicke danach kam Joe aus dem Badezimmer. Er trocknete sich ab. Schweigend sah Veronica zu, wie er sich die Shorts und dann die Hose überzog.

„So", sagte er, rieb sich ein letztes Mal mit dem Handtuch das Haar trocken und betrachtete sie. „Wann bist du mit dem ustanzischen Staatsbesuch fertig? Ich versuche dann, den Urlaub einzurichten."

„Das wird erst in zwei oder drei Wochen sein", antwortete sie. „Nach der Kreuzfahrt fahren wir wieder nach D. C. und von da aus nach Ustanzien. Bis dahin wird Wila ihr Kind zur Welt gebracht haben und ..." Sie brach ab und wandte sich von ihm ab. Warum führten sie dieses scheinbar normale Gespräch, während sie sich mit jeder Faser ihres Körpers danach verzehrte, ihn zu halten, ihn festzuhalten und nie mehr fortzulassen? Aber das konnte sie ihm nicht sagen. In fünf Minuten hielt ein Wagen vor dem Hotel, der ihn mitnehmen sollte, vielleicht für immer.

„Okay", sagte Joe. Sie hörte, wie er mit den Armen in das Jackett schlüpfte und es zuknöpfte. „Was hältst du davon, wenn ich mich in Ustanzien mit dir treffe? Sag mir einfach die genauen Daten und ..."

Veronica schüttelte den Kopf. „Ich glaube nicht, dass das eine gute Idee ist."

„Okay", sagte er wieder, dieses Mal sehr leise. „Was wäre denn eine gute Idee, Ronnie? Sag es mir."

Er rührte sich nicht von der Stelle. Auch ohne hinzusehen, wusste Veronica, dass er dastand, ohne zu lächeln. Und seine dunklen Augen fixierten sie eindringlich, während er sie betrachtete und darauf wartete, dass sie sich bewegte, etwas sagte oder *irgend*etwas unternahm.

„Ich habe keine guten Ideen."

„Du willst mich nicht heiraten." Es war keine Frage, sondern eine Feststellung.

Veronica bewegte sich nicht, sie erwiderte nichts. Was sollte sie dazu sagen?

Joe lachte. Es war ein kurzer Ausbruch, der nichts mit Humor zu tun hatte. „Zum Teufel, es hört sich geradezu so an, als wolltest du mich nicht einmal wiedersehen."

Sie drehte sich zu ihm um, hatte jedoch nicht mit diesem kalten Blick gerechnet.

„Junge, war ich schief gewickelt", sagte er.

„Du verstehst das nicht", versuchte Veronica, es ihm zu erklären. „Ich kann das Leben nicht führen, das du dir wünschst. Ich werde damit nicht fertig, Joe."

Er wandte sich ab, woraufhin sie ihm nachging und am Arm zurückhielt. „Wir leben in so unterschiedlichen Welten", fügte sie hinzu. In seiner Welt gab es vor allem Gefahr, Gewalt und das ständig gegenwärtige Risiko, zu sterben. Warum erkannte er denn nicht die Unterschiede zwischen ihnen? „Ich kann nicht einfach … so tun, als würde ich in deine Welt passen. Weil ich weiß, dass ich es nicht kann. Und ich weiß, du gehörst nicht in meine Welt. Du kannst dich genauso wenig ändern wie ich mich und …"

Joe entzog sich ihr. In seinem Kopf drehte sich alles. Verschiedene Welten. Unterschiedliche Gesellschaftsschichten traf es besser. Gott, er hätte nicht so dumm sein sollen. Was hatte er sich dabei gedacht? Wie hatte er glauben können, dass eine Frau wie Veronica St. John, eine wohlhabende feine Lady, mehr von ihm wollte als eine kurze heiße Affäre?

Er hatte recht behalten. Sie hatte sich mit jemandem amüsiert, der unter ihrem Niveau war.

Genauso sah sie es.

Sie hatte einen Ausflug in die Bauernwelt unternommen. Sie hatte sich angesehen, wie die niedere Gesellschaftsschicht lebte. Sie hatte mit einem Arbeiterkind geschlafen. Offizier oder nicht, genau das war Joe, und das würde er immer bleiben.

Veronica machte sich die Hände schmutzig, und Joe – er war hin und weg und hatte sich verliebt. Gott, er war ein königlicher Idiot, dumm wie Brot.

Er nahm das Schmuckkästchen vom Nachttisch, wo es immer noch stand, und steckte es in die Hosentasche. Er würde sie mit einem Ring davonspazieren lassen, dessen Anschaffung ein riesiges Loch in seinem Geldbeutel hinterlassen hatte.

„Versuch doch bitte, es zu verstehen", sagte Veronica mit Tränen in den Augen. Sie stand vor der Tür und versperrte ihm den Weg. „Ich liebe dich, aber … ich kann dich nicht heiraten."

Und auf einmal verstand Joe. Zunächst war es nur ein Ausflug in die niederen Schichten der Gesellschaft gewesen, ein Abenteuer, doch dann hatte sie sich auch verliebt. Trotzdem genügte diese Liebe nicht, um die Unterschiede zwischen ihren zwei „Welten" zu überbrücken, wie sie es nannte.

Er sollte gehen. Er *wusste*, dass er jetzt gehen sollte. Aber stattdessen berührte er ihr Gesicht und strich ihr mit dem Daumen über die schönen Lippen. Und dann tat er etwas, was er nie zuvor getan hatte: Er flehte sie an.

„Bitte, Ronnie", sagte er sanft. „Das mit uns beiden ... es ist ziemlich gewaltig. Bitte, Baby, können wir es nicht versuchen?"

Veronica blickte ihm in die Augen. Und für eine Sekunde glaubte sie fast daran, dass sie es schaffen könnten.

Doch dann piepte sein Pager wieder, und die Furcht kehrte zurück. Joe musste gehen. Jetzt. Die Realität traf sie so hart, dass sie Magenschmerzen bekam. Sie wandte sich ab und trat von der Tür zurück.

„Das ist also deine Antwort, ja?", fragte er leise.

Veronica wandte ihm den Rücken zu. Sie konnte nicht sprechen. Und sie konnte es nicht ertragen, zuzusehen, wie er ging.

Sie hörte, wie er die Schlafzimmertür öffnete. Sie hörte, wie er durch die Hotelsuite ging. Und sie hörte, wie er verharrte, wie er zögerte, bevor er die Tür zum Flur aufzog.

„Ich dachte, du wärst tougher, Ron", sagte er. Er klang angestrengt. Die Tür klickte leise, als er sie hinter sich schloss.

# 20. Kapitel

Joes Männer mieden seine Nähe – was angesichts seiner schlechten Stimmung kein Wunder war.

Der „Notfall", zu dem sie alle zurück nach Little Creek gerufen worden waren, stellte sich als nichts weiter als eine Bereitschaftsübung heraus. Die da oben wollten testen, wie viel Zeit in so einem Fall verstrich. Sie prüften, wie lange genau es dauerte, bis sich das nach Kalifornien und den Südwesten verwehte Team Ten wieder im Hauptquartier in Virginia eingefunden hatte.

Blue war der Einzige, der Joes miese Laune ignorierte und in seiner Nähe blieb, während sie den Papierkram zur Übung und zum Ustanzien-Einsatz erledigten. Blue sagte kein Wort. Dennoch wusste Joe, dass sein leitender Offizier ihm geduldig sein Ohr zur Verfügung stellen und sogar seine Schulter anbieten würde, wenn es nötig war.

Am späten Nachmittag, bevor sie das Verwaltungsbüro verlassen hatten, hatte jemand für Joe angerufen. Aus Seattle.

Blue war dabei gewesen und hatte Joes Blick gesehen, als er ans Telefon gerufen worden war. Es gab nur eine Person in Seattle, die Joe anrufen könnte.

Veronica St. John.

Warum rief sie an?

Vielleicht hatte sie ihre Meinung geändert.

Blue wandte sich verständnisvoll ab. Verdammt noch mal, dachte Joe. War er so leicht zu durchschauen, dass jeder ihm seine Gefühle ansah und die Tatsache erkannte, dass er auf das Unmögliche hoffte?

In dem Büro gab es keine Privatsphäre. Joe musste das Gespräch am Schreibtisch eines Mannes annehmen, der keine zwei Meter von ihm entfernt saß.

„Catalanotto", sagte er und blickte aus dem Fenster.

„Joe?" Es *war* Veronica. Und sie klang überrascht darüber, seine

Stimme zu hören. „Oh Gott, ich hatte eigentlich nicht geglaubt, dass ich tatsächlich zu dir durchkomme. Ich dachte ... Ich dachte, ich könnte dir eine Nachricht auf dem Anrufbeantworter hinterlassen ... oder so."

Fantastisch. Sie wollte eigentlich gar nicht mit ihm sprechen. Warum zur Hölle rief sie dann an? „Soll ich auflegen?", fragte er. „Du kannst wieder anrufen und eine Nachricht hinterlassen."

„Äh, nein", erwiderte sie. „Nein, natürlich nicht. Sei nicht doof. Ich habe einfach ... nicht gedacht, dass du da bist. Ich bin davon ausgegangen, dass du ... auf böse Männer schießt ... oder so."

Trotz des Stichs, den er in der Brust verspürte, lächelte Joe. „Nein. *Gestern* habe ich den bösen Typen erschossen. Heute erledige ich den Papierkram."

„Ich dachte ..."

„Ja ...?"

„Bist du auf keinem Schiff oder ... so?"

„Nein", erwiderte Joe. „Es war eine Übung. Die hohen Tiere wollten wissen, wie schnell Team Ten seine Ärsche nach Little Creek bewegen kann. Das machen sie manchmal. Angeblich hält uns das fit."

„Da bin ich froh", sagte sie.

„Ich nicht", erklärte er offen. „Ich hatte gehofft, sie schicken uns runter nach Südamerika. Wir sind *immer noch* nicht näher dran, Diosdado dingfest zu machen. Ich hatte mich darauf gefreut, ihn aufzuspüren und es ein für alle Mal mit ihm auszutragen."

„Oh", erwiderte sie sehr leise. Und dann schwieg sie.

Joe zählte stumm und langsam bis fünf, bevor er sagte: „Veronica? Bist du noch da?"

„Ja", antwortete sie. Und er konnte fast sehen, wie sie den Kopf schüttelte, um sich auf den Grund ihres Anrufs zu konzentrieren. Doch als sie wieder sprach, klang ihre Stimme nicht weniger vorsichtig. „Tut mir leid. Ich ... äh ... wollte dich nur wissen lassen, dass Mrs. Kaye aus Washington angerufen hat. Cindy ist heute Morgen gestorben."

Joe schloss die Augen und fluchte.

„Mrs. Kaye wollte sich noch einmal bedanken", fuhr Veronica fort. Ihre Stimme zitterte. Sie weinte. Gott, er sehnte sich schmerzhaft danach, sie zu umarmen. „Sie wollte sich bei uns beiden bedanken, für unseren Besuch. Es hat Cindy viel bedeutet."

Joe umfasste den Hörer fester und bemühte sich, die sechs Augenpaare und neugierigen Ohren im Raum zu ignorieren.

Veronica atmete tief ein. Und er stellte sich vor, wie sie sich über die Augen und das Gesicht wischte und die Haare zurückstrich. „Ich dachte nur, dass du es gern wissen willst", sagte sie. Wieder atmete sie hörbar ein. „Ich muss mich beeilen. Das Kreuzfahrtschiff legt in weniger als einer Stunde ab."

„Danke, dass du angerufen hast, Veronica", sagte Joe.

Wieder schwieg sie. Dann fragte sie: „Joe?"

„Ja."

„Es tut mir leid", erklärte sie zögernd. „Wegen … dir und mir. Weil ich es nicht probieren kann. Ich wollte dich nicht verletzen."

Joe konnte nicht darüber reden. Wie sollte er hier inmitten all der Leute stehen und über die Tatsache sprechen, dass ihm das Herz in Millionen kleiner Stücke gerissen worden war? Und selbst wenn er es könnte … Wie sollte er es ihr gegenüber zugeben, der Frau, die für all den Schmerz verantwortlich war?

„Wolltest du noch irgendetwas anderes?", fragte Joe fest und gewählt höflich.

„Du klingst so … Bist du … Geht es dir gut?"

„Ja", log er. „Alles prima. Das Leben geht weiter, nicht wahr? Also, wenn du mich jetzt entschuldigst – ich muss jetzt weitermachen."

Joe legte auf, ohne darauf zu warten, dass sie sich verabschiedete. Er drehte sich um und ging an Blue sowie dem Wachmann am Empfangsbereich vorbei. Er ging aus dem Gebäude und die Straße entlang auf die leeren Paradeplätze zu. Dort setzte er sich am Rand des Felds ins Gras und stützte den Kopf auf die Hände.

Und zum zweiten Mal, seit er erwachsen war, weinte Joe Catalanotto.

Veronica brach in der Telefonzelle in Tränen aus.

Sie hatte nicht erwartet, mit Joe zu sprechen. Sie war nicht darauf vorbereitet gewesen, seine vertraute Stimme zu hören. Es war so eine große Erleichterung, dass er sein Leben nicht riskierte – zumindest nicht an diesem Tag.

Aber er hatte so gestelzt, so kühl und unfreundlich geklungen. Er hatte sie Veronica genannt, nicht Ronnie. Als wäre sie eine Fremde, mit der er nichts zu tun hatte. Das Leben geht weiter, hatte er gesagt. Offensichtlich verschwendete er keine Zeit damit, sich zu überlegen, was hätte sein können.

Genau das hatte sie gewollt, oder nicht? Warum fühlte sie sich dann so schlecht?

Wollte sie eigentlich, dass Joe Catalanotto ihretwegen in Sack und Asche ging? Wollte sie, dass er verletzt war? Wollte sie, dass sein Herz gebrochen war?

Vielleicht hatte sie Angst, dass es falsch gewesen war, ihn zurückzuweisen. Dass sie die falsche Entscheidung getroffen hatte.

Veronica wusste es nicht. Sie wusste es wirklich nicht.

Sie war sich nur in einem absolut sicher: Sie vermisste ihn schrecklich.

Joe saß an der Bar und trank ein Bier. Er versuchte, den nicht enden wollenden Countrysongs keine Beachtung zu schenken. Sie alle handelten von Liebeskummer.

„Rühren, ganz ruhig. Bleibt sitzen, Jungs."

Joe sah in dem Spiegel hinter der Bar, wie Admiral Forrest sich einen Weg durch den überfüllten Raum bahnte. Der Admiral setzte sich an die Bar, neben Joe, der noch einen Schluck Bier trank und nicht einmal aufsah. Und ganz bestimmt auch nicht lächelte.

„Man erzählt sich, dass du den Einsatz überlebt hast", sagte Mac zu Joe und bestellte eine Cola light beim Barkeeper. „Aber für mich sieht es so aus, als wärst du ohne Puls und Sinn für Humor zurückgekehrt. Liege ich richtig, oder bist du irgendwo da drinnen noch lebendig, Sohn?"

„Sehr witzig, Admiral", erwiderte Joe und starrte missmutig auf sein Bier. „Wir können nicht alle immerzu Lachsalven abfeuern."

Mac nickte ernst. „Nein, nein, da hast du recht. Das können wir nicht." Er nickte dem Barkeeper zu, als er ein hohes Glas auf den Tresen stellte. „Danke." Er sah zur Seite und nickte Blue McCoy zu, der rechts neben Joe saß. „Lieutenant."

Blue erwiderte den Gruß. „Schön, Sie zu sehen, Admiral."

Forrest wandte sich wieder an Joe. „Ich höre, du und ein paar deiner Jungs hatten vor zwei Tagen eine Begegnung mit Salustiano Vargas."

Joe nickte und sah zu dem älteren Mann auf. „Ja, Sir."

„Ich habe auch erfahren, dass Vargas sich vor einiger Zeit von Diosdado und der Todeswolke getrennt hat."

Joe zuckte die Schultern. Er malte feuchte Linien mit dem Kondenswasser an seinem Glas auf den Tresen. Dann wechselte er einen Blick mit Blue. „Vargas konnte die FInCOM-Informationen nicht mehr bestätigen, nachdem wir mit ihm fertig waren. Er war zu tot, um zu reden."

Admiral Forrest nickte wieder. „Das habe ich auch gehört." Er trank einen großen Schluck Cola und stellte das Glas behutsam wieder auf den Tresen. „Was *mir* einfach nicht in den Kopf will, ist: Wenn Salustiano Vargas *nicht* mit Diosdado zusammengearbeitet hat – warum sollte die Todeswolke dann ein ungewöhnliches Interesse an Prinz Tedrics Staatsbesuch haben? Denn dass sie das hatte, steht in den FInCOM-Berichten."

„FInCOM ist nicht gerade für makellose Abläufe bekannt", erwiderte Joe. Dann zog er eine Augenbraue hoch. „Jemand hat einen Fehler gemacht?"

„Ich weiß nicht, Joe." Mac kratzte sich durch das dichte weiße Haar am Kopf. „Ich habe so ein ungutes Gefühl, dass der wahre Fehler darin bestand, den Berichten über den Bruch zwischen Vargas und Diosdado Glauben zu schenken. Ich glaube, es besteht immer noch eine Verbindung zwischen ihnen. Diese zwei waren sich für zu lange Zeit zu nah." Wieder schüttelte er den Kopf. „Was ich nicht verstehe, ist: *Warum* sollte sich Salustiano Vargas auf eine Selbstmordmission begeben? Er war Diosdados Scharfschütze Nummer eins, aber er hatte keine Chance, da lebend rauszukommen. *Und* er hat sein Ziel nicht einmal erreicht."

Joe trank einen weiteren Schluck Bier. „Er hatte die Gelegenheit", sagte er. „Ich war auf der Bühne, mit dem Rücken zu diesem Mistkerl, als er den ersten Schuss abgefeuert hat. Der zweite Schuss schlug in meiner Nähe in die Bühne ein. Er hat von hinten auf mich geschossen und …"

Joe erstarrte, das Glas ein paar Zentimeter vor dem Mund haltend. „Verdammt." Er stellte das Bier zurück auf den Tresen und blickte von Blue zum Admiral. „Warum sollte ein Scharfschütze von Vargas' Kaliber am helllichten Tag ein so leichtes Ziel verfehlen?"

„Glück", meinte Blue. „Du hast dich im richtigen Moment aus der Schusslinie bewegt."

„Habe ich nicht", entgegnete Joe. „Ich habe mich überhaupt nicht gerührt. Er hat *absichtlich* danebengeschossen." Abrupt stand er auf und stieß dabei den Barhocker um. „Ich muss telefonieren", sagte er zum Barkeeper. „Sofort."

Der Mann hinter dem Tresen reagierte schnell und stellte das Telefon vor Joe. Joe schob es vor den Admiral.

„Wen rufe ich an?", fragte Forrest lässig. „Und *warum* rufe ich an?"

„Aus welchem Grund sollte Salustiano Vargas mit Absicht das Ziel eines Anschlags verfehlen?", fragte Joe. Er beantwortete die Frage selbst: „Weil der Anschlag nur ein Ablenkungsmanöver war, damit FInCom die Sicherheitsmaßnahmen lockert. Was auch sofort passiert ist, richtig? Ich bin von der Bildfläche verschwunden. Der Rest der Alpha Squad spielt auch nicht mehr mit. Mac, wie viele FInCOM-Agenten wurden für Prinz Tedrics Staatsbesuch abgestellt, nachdem die größte Gefahr vorbei zu sein schien?"

Mac zuckte die Schultern. „Zwei. Glaube ich." Er beugte sich vor. „Joe, was wollen Sie mir sagen?"

„Dass der *wahre* Terrorist noch gar nicht zugeschlagen hat. Verdammt, jedenfalls hoffe ich das."

Mac Forrest öffnete den Mund. „Heiliger Strohsack", sagte er. „Das Kreuzfahrtschiff?"

Joe nickte. „Mit nur zwei FInCOM-Agenten an Bord ist das Schiff der Traum jedes Terroristen. Ein wahr gewordener Traum." Er hob den Telefonhörer ab und reichte ihn dem Admiral. „Kontaktieren Sie sie, Sir. Warnen Sie sie."

Forrest wählte eine Nummer und wartete. Seine blauen Augen glänzten stählern im wettergegerbten Gesicht.

Joe wartete ebenfalls. Er wartete und betete. Veronica befand sich auf diesem Schiff.

Blue stand auf. „Ich piepse die Truppe an", sagte er leise an Joe gewandt.

Joe nickte. „Lieber gleich das gesamte Team Ten", wies er Blue mit gesenkter Stimme an. „Wenn das losgeht, werden wir alle Männer brauchen, die wir kriegen können. Wenn du dabei bist, alarmiere den Commander von Team Six. Vielleicht können sie sich auf Abruf bereithalten."

Blue nickte und verschwand in Richtung Tür.

*Bitte, Gott, beschütze Veronica,* betete Joe. *Bitte, Gott, lass mich mich irren, sorg dafür, dass ich mit meiner Einschätzung der Lage falschliege. Bitte, Gott …*

Forrest legte die Hand auf die Sprechmuschel. „Ich bin mit dem Marinestützpunkt in Washington verbunden", erzählte er Joe. „Sie funken das Schiff gerade an." Er zog die Hand zurück. „Ja?", sagte er in den Hörer. „Sind sie nicht?" Er sah Joe an, seine dunklen Augen wirkten besorgt. „Das Schiff antwortet nicht. Offenbar ist ihr Funkverkehr ausgesetzt. Die Basis hat sie auf dem Radar, und sie haben sich weit vom Kurs entfernt." Er schüttelte den Kopf und presste die Lippen angespannt aufeinander. „Ich glaube, wir haben uns in eine Krisensituation gebracht."

Veronica beobachtete, wie ein zweiter Helikopter auf dem Sonnendeck landete.

Das konnte nicht wahr sein. Vor fünf Stunden hatte sie mit Botschafter Freder und seinen Mitarbeitern zu Mittag gegessen. Vor fünf Stunden war auf dem Kreuzfahrtschiff Majestic noch alles völlig normal gewesen. Tedric hatte sich schlafen gelegt, wie es seiner Gewohnheit entsprach. Sie selbst hatte sich gezwungen, einen Salat zu essen, obwohl sie absolut keinen Hunger verspürt hatte. Obwohl sie Bauchschmerzen hatte, weil sie Joe vermisste. Gott, sie hatte nicht einmal geahnt, dass man einen Menschen derart vermissen konnte. Sie fühlte sich hohl, leer und hoffnungslos.

Und dann war ein Dutzend schwarz gekleideter Männer mit automatischen Waffen und Maschinenpistolen aus einem Helikopter gesprungen. Sie hatten sich auf dem Deck des Schiffs aufgebaut und erklärt, dass sich die Majestic jetzt in ihrer Gewalt befand und alle Passagiere ihre Geiseln seien.

Es schien nicht wirklich zu sein. Als würde sie in einem verrückten Kinofilm mitspielen.

Weniger als sechzig Leute waren auf dem kleinen Kreuzfahrtschiff, die Crew eingeschlossen. Sie alle standen an Deck, warteten und sahen zu, wie sich die Rotorblätter des zweiten Helikopters langsamer drehten und dann stillstanden.

Niemand gab einen Laut von sich, als die Türen aufgingen und mehrere Männer ausstiegen.

Einer von ihnen, ein auffallend hinkender Mann mit grau meliertem Bart, Baseballkappe und Sonnenbrille, lächelte der schweigenden Menge zur Begrüßung zu. Sein Lächeln war breit und freundlich; es entblößte seine weißen Zähne. Ohne etwas zu sagen, zeigte er auf einen der anderen Terroristen, der die beiden FInCOM-Agenten aus der Gruppe zog und vor sie stellte.

Die Terroristen hatten ihnen Handschellen angelegt. Und jetzt, da sie vor dem bärtigen Mann auf die Knie gestoßen wurden, mussten sie sich anstrengen, um das Gleichgewicht nicht zu verlieren.

„Wer sind Sie?", fragte einer der Agenten, eine Frau namens Maggie Forte. „Was soll dieses …"

„Ruhe", sagte der bärtige Mann. Und dann zog er einen Revolver aus seinem Gürtel und schoss den beiden Agenten in den Kopf.

Senator McKinleys Frau schrie und begann zu weinen.

„Nur damit Sie wissen, dass unsere Waffen ziemlich echt sind", bemerkte der bärtige Mann an den Rest der Gruppe gewandt. In seinem weichen Akzent fuhr er fort: „Und dass es ums Geschäft geht. Ich bin Diosdado." Er wies auf die anderen Terroristen, die ihn umringten. „Diese Männer und Frauen arbeiten für mich. Tun Sie, was sie Ihnen sagen, und Ihnen wird nichts passieren." Wieder lächelte er. „Natürlich kann ich für nichts garantieren."

Veronica starrte auf die helle Blutlache, die sich zwischen den FInCOM-Agenten bildete. Sie waren tot. Einfach so. Ein Mann und eine Frau waren tot. Der Mann, er hieß Charlie Griswold, war gerade Vater geworden. Er hatte Veronica Fotos gezeigt. Er war so stolz gewesen, so verliebt in seine hübsche junge Ehefrau. Und jetzt …

Gott mochte ihr vergeben, doch alles, woran sie denken konnte, war: *Gott sei Dank, dass es nicht Joe ist.* Gott sei Dank war Joe nicht hier. Sie dankte Gott dafür, dass nicht Joes Blut sich über das Deck verteilte.

Diosdado humpelte zu Prinz Tedric, der etwas entfernt von den anderen stand.

„So sehen wir uns schließlich wieder", sagte der Terrorist. Er benutzte die Maschinenpistole, um Tedric den Stetson vom Kopf zu stoßen.

Tedric sah nicht gut aus, gar nicht gut.

„Haben Sie wirklich gedacht, ich vergesse die Vereinbarung, die wir getroffen haben?", fragte Diosdado.

Tedric warf einen Blick zu den beiden toten Agenten, die auf dem Deck lagen. „Nein", flüsterte er.

„Wo sind dann meine Langstreckenraketen?", fragte Diosdado. „Ich habe lange geduldig darauf gewartet, dass Sie Ihren Teil der Abmachung erfüllen."

Veronica konnte nicht fassen, was sie da hörte. Prinz Tedric war in illegalen Waffenhandel verstrickt? Sie hätte nie gedacht, dass er dazu überhaupt die Nerven hatte.

„Ich sagte, ich *versuche* es", zischte Tedric. „Ich habe nichts versprochen."

Diosdado gab ein tadelndes „Tsss" von sich. „Dann war es sehr böse von Ihnen, das Geld zu behalten."

Schockiert straffte Tedric die Schultern. „Ich habe das Geld zurückgeschickt", widersprach er. „Ich habe es nicht behalten. *Mon Dieu*, das hätte ich nicht … gewagt."

Diosdado starrte ihn an. Dann lachte er. „Wissen Sie, das glaube ich Ihnen tatsächlich. Scheint, dass mein guter alter Freund Salustiano sich mehr als einmal eingemischt hat. Kein Wunder, dass er Sie tot sehen wollte. Er hat zwei Millionen Dollar unterschlagen, die Sie mir zurückgeben wollten." Wieder lachte er. „Ist das nicht eine interessante Wendung?" Er wandte sich an seine Männer. „Bringt die anderen Geiseln runter, und Seine Hoheit auf die Brücke. Wollen wir mal sehen, wie viel ein Kronprinz heutzutage wert ist. Ich werde meine Langstreckenraketen schon noch bekommen."

Team Ten war in weniger als dreißig Minuten in der Luft, nachdem Admiral Forrest den Marinestützpunkt in Washington kontaktiert hatte. Joe und seine Männer saßen in einem Jet der Luftwaffe. Fast ununterbrochen erhielten sie Berichte von einer Lockheed SR-71,

einem Aufklärungsflugzeug, das in der US Air Force nur „Blackbird"
genannt wurde. Sie kreiste in etwa sechsundzwanzigtausend Metern
Höhe über dem entführten Kreuzfahrtschiff über dem Nordpazifik.
Die Blackbird flog so hoch, dass weder die Terroristen noch die Geiseln an Bord der Majestic sie sehen konnten; das würden sie nicht
einmal mit einem extrastarken Fernglas.

Aber dank der Hightech-Ausrüstung der Blackbird konnte Joe das
Schiff sehen. Die Bilder, die sie bekamen, waren sehr scharf und klar.

Es lagen zwei Leichen an Deck.

Zwei Leichen. Zwei Blutlachen.

Eine der Leichen war mit einem Rock bekleidet.

Ein Mann, eine Frau. Beide tot.

Joe betrachtete die Aufnahme. Wegen des Bluts konnte er die Gesichtszüge der Frau nicht erkennen. Bitte, Gott, lass es nicht Veronica sein! Er sah auf und merkte, dass Blue ihm über die Schulter sah.

Blue schüttelte den Kopf. „Ich glaube nicht, dass sie es ist", sagte
er. „Ich glaube nicht, dass es Veronica ist."

Zunächst erwiderte Joe nichts darauf. „Sie könnte es sein", erwiderte er schließlich mit tiefer Stimme.

„Ja." Blue nickte. „Könnte. Und wenn nicht, ist es jemand, den jemand anderes liebt. In dieser Situation kann niemand gewinnen, Cat.
Lass dich davon nicht beeinflussen, wenn wir unseren Job erledigen."

„Werde ich nicht", versprach Joe. Er lächelte, aber sein Blick war
freudlos. „Dieser Mistkerl Diosdado wird nicht wissen, wie ihm geschieht."

Veronica saß mit den anderen Geiseln im Speisesaal. Sie fragte sich,
was als Nächstes geschehen würde.

Tedric saß abseits der anderen und starrte an die Wand. Er hielt
die Arme vor der Brust verschränkt und biss die Zähne aufeinander.

Es war komisch. So viele Leute hatten Joe gesehen und ihn für Tedric gehalten. Aber für Veronica waren die körperlichen Unterschiede
inzwischen unverwechselbar. Joe hatte größere und dunklere Augen
und längere Wimpern. Joes Kinn war entschlossener, kantiger. Tedrics
Nase war schmaler und die Spitze etwas schief.

Sicher, sie hatten beide dunkles Haar und dunkle Augen. Aber
Tedrics Blick flirrte hin und her, wenn er redete, und ruhte niemals.

Veronica hatte Stunde um Stunde damit verbracht, Tedric beizubringen, ruhig in die Fernsehkameras zu schauen. Joe hingegen sah jedem immer gerade in die Augen. Tedric befand sich stets in Bewegung – er tippte mit den Fingern auf etwas, er wackelte mit einem Fuß und schlug ein Bein über das andere. Joe war beherrscht, er setzte seine Energie sorgfältig ein. Er konnte absolut still sitzen, aber man spürte seine verborgene Kraft. Er pulsierte fast vor Energie, aber sie entwich nicht – zumindest nicht für lange.

Veronica schloss die Augen.

Würde sie Joe jemals wiedersehen? Was gäbe sie jetzt dafür, ihn zu umarmen und zu spüren, wie er sie in den Armen hielt.

Aber er war in Virginia. Es war sehr wahrscheinlich, dass er nicht einmal von der Entführung des Schiffs gehört hatte. Und was würde er denken, wenn er es erfuhr? Würde es ihn überhaupt kümmern? Bei ihrem letzten Gespräch war er so kühl, so formell und distanziert gewesen.

Diosdado hatte sowohl mit der US- als auch mit der ustanzischen Regierung die Verhandlungen aufgenommen. Ustanzien war bereit, die Raketen zu verschiffen, die die Terroristen wollten. Die US-Regierung war dagegen. Jetzt stritten sich beide. Die Vereinigten Staaten drohten, in Zukunft jede Unterstützung zu versagen, wenn Ustanzien auf die Forderungen der Terroristen einging. Aber Senator McKinley war auch an Bord der Majestic. Darum hatte Diosdado mit dem Senator und dem Kronprinzen den Jackpot geknackt.

Aber Jackpot hin oder her – Diosdado verlor allmählich die Geduld.

Er kam in den Raum gehumpelt, und die Geiseln spannten sich an.

„Die Männer auf eine Seite, die Frauen auf die andere", befahl der Anführer der Todeswolke und beschrieb mit den Armen eine unsichtbare Linie durch die Mitte des Saals.

Alle rissen die Augen auf. Niemand rührte sich.

„Jetzt!", sagte er eher leise und hob die Waffe, um seinen Worten Nachdruck zu verleihen.

Es kam Bewegung in die Gruppe. Veronica stellte sich mit den anderen Frauen auf die rechte Seite der unsichtbaren Linie. Es gab nur vierzehn Frauen an Bord, wenig im Vergleich zu den vierzig Männern, die sich auf die andere Seite des Speisesaals begaben.

Mrs. McKinley zitterte, und Veronica kniete sich hin, um die eiskalten Hände der älteren Frau in ihre zu nehmen.

„Es wird folgendermaßen ablaufen", sagte Diosdado gut gelaunt. „Wir fangen mit den Frauen an. Sie werden auf die Brücke gehen, in den Funkraum, und mit Ihrer Regierung reden. Sie werden sie davon überzeugen, uns zu geben, was wir wollen. *Und* davon, dass sie sich von uns fernhalten. Außerdem werden Sie ihnen erzählen, dass wir in einer Stunde damit anfangen, unsere Geiseln zu erschießen. Jede Stunde einen, zur vollen Stunde."

In der Menge erhob sich Gemurmel, und Mrs. McKinley umfasste Veronicas Hand fester.

„Und", sagte Diosdado, „Sie möchten ihnen auch sagen, dass wir wieder mit den Frauen anfangen werden."

„Nein!", rief einer der Männer.

Diosdado drehte sich und feuerte seine Waffe ab. Er tötete den Mann mit einem Kopfschuss. Mehrere Menschen schrien, viele hockten sich auf den Boden und suchten Schutz.

Veronica wandte sich ab. Ihr wurde übel. Einfach so war ein weiterer Mann tot.

„Hat noch jemand Einwände?", fragte Diosdado freundlich.

Außer dem leisen Schluchzen waren die Geiseln still.

„Sie und Sie", sagte der Terrorist. Es dauerte einige Momente, bis Veronica begriff, dass er mit ihr und Mrs. McKinley sprach. „Zum Funkraum."

Veronica blickte in Diosdados eisige dunkle Augen und erkannte: Sie würde die Erste sein. Sie hatte nur noch eine Stunde zu leben.

Eine sehr kurze Stunde.

Selbst wenn Joe es wusste, selbst wenn er sich Sorgen machte, er konnte nichts unternehmen, um sie zu retten. Er befand sich auf der anderen Seite des Landes. Auf keinen Fall konnte er in einer Stunde hier sein.

Sie würde sterben.

# 21. Kapitel

Joe stand in dem Besprechungsraum der USS Watkins. Er versuchte, zu planen, wie er Team Ten *auf* die Majestic bekam und die Geiseln *runter*.

„Die Infrarotüberwachung ergibt, dass die Mehrzahl der Geiseln im Speisesaal des Schiffs ist", berichtete Blue. Er zeigte auf den Grundriss des Kreuzfahrtschiffs, der neben anderen Karten, Schaubildern und Fotos auf dem Tisch ausgebreitet lag. „Wir können uns ihnen in der Dämmerung nähern, mit Faltbooten unter ihr Radar gehen, auf die Majestic klettern und die Geiseln befreien, ohne dass die Terroristen etwas mitbekommen."

„Sobald alle das Kreuzfahrtschiff verlassen haben", sagte Harvard und lächelte hart, „schicken wir ihre Ärsche in die Hölle."

„Wir werden Luftunterstützung brauchen", sagte Joe. „Beim ersten Anzeichen von Problemen wird Diosdado in einen dieser Hubschrauber, die er auf dem Deck hat, springen. Ich will sichergehen, dass wir ein paar Flieger in der Luft haben, die ihn, falls nötig, abschießen können."

„Was Sie *brauchen*", erklärte Admiral Forrest, noch während er den Raum betrat, „ist das Go vom Präsidenten. Und bis jetzt will er still dasitzen und abwarten, was die Terroristen als Nächstes tun."

Über das Funkgerät knisterte es. „Wir haben eine Meldung von der Majestic", sagte jemand über den Lautsprecher. „Eine weitere Geisel ist tot. Die Terroristen sagen, dass sie jede Stunde eine Geisel töten werden, bis sie entweder zwanzig Millionen Dollar oder eine Lieferung mit Langstreckenraketen haben."

Eine weitere Geisel war tot. Joe konnte nicht atmen. Gott sei Diosdado gnädig, wenn er Veronica auch nur ein *Haar* gekrümmt hatte. Er blickte sich um und betrachtete die grimmig entschlossenen Mienen seiner Männer. Gott sollte dem Mistkerl sowieso beistehen. Jetzt war Team Ten hinter ihm her.

Das Telefon klingelte, und Cowboy nahm den Hörer ab. „Jones", meldete er sich. Er hielt dem Admiral den Hörer hin. „Sir, es ist für Sie." Er schluckte. „Der Präsident ist dran."

Forrest hielt sich den Hörer ans Ohr. „Ja, Sir?" Er nickte, hörte angespannt zu, dann sah er Joe an. Er sagte nur ein Wort, aber es war das eine Wort, auf das Joe gewartet hatte.

„Go."

Als die Sonne unterging, wurde Mrs. McKinley zurück in den Speisesaal geführt und Veronica mit Diosdado sowie einem seiner Anhänger allein gelassen.

„Ziemlich genau jetzt fragen Sie sich, wie Sie je in dieses Chaos geraten konnten", sagte Diosdado zu Veronica und bot ihr eine Zigarette aus seiner Schachtel an.

Sie schüttelte den Kopf.

„Es ist in Ordnung", beharrte er. „Sie können rauchen, wenn Sie möchten." Er lachte. „Schließlich müssen Sie sich keine Sorgen machen, an Lungenkrebs zu sterben, was?"

„Ziemlich genau jetzt", sagte Veronica und zwang sich, ruhig zu sprechen, „frage ich mich, wie sich Ihr Kopf machen würde – auf einem Spieß."

Diosdado lachte und tätschelte ihr die Wange. „Ihr Briten seid so blutrünstig."

Angewidert zog sie den Kopf zurück. Er lachte nur wieder.

„Sie werden alle sterben", sagte er. „Alle Geiseln. Sie sollten dafür dankbar sein, dass *Ihr* Tod schmerzlos sein wird."

Joe begegnete Blues Blick im Halbdunkel des Flurs vor dem Speisesaal. Beide trugen Headsets und Mikros, aber den Terroristen so nah, schwiegen sie. Joe nickte einmal, und Blue nickte ebenfalls.

Sie gingen hinein.

Die Tür stand einen Spalt offen. Sie hatten hineingesehen und wussten, dass die Wachen mit dem Rücken zu ihnen standen. Beide Wachen hielten Maschinenpistolen in Händen, aber ihre Körperhaltung war entspannt. Sie erwarteten keine Schwierigkeiten.

Joe lächelte fest entschlossen. Tja, hier kamen Schwierigkeiten, und zwar mit einem großen S. Er zeigte auf Blue und dann auf die Wache, die links stand. Blue nickte. Joe hob drei Finger, zwei Finger, einen …

Er stieß die Tür auf. Und er und Blue drangen in den Raum ein, als wären sie ein Körper mit einem einzigen Gehirn. Die Wache zur

Linken wirbelte herum. Joe schoss ein Mal. Er griff nach der Maschinenpistole des Mannes, als der zu Boden ging. Dann wandte Joe sich um und sah Blue, der gerade den anderen Mann hinuntersinken ließ. Der Kopf hatte eine unnatürliche Position.

Die Geiseln gaben keinen Laut von sich. Sie starrten sie an. In dem ganzen Raum roch man die Angst.

„Speiseraum sicher", sagte Blue in sein Mikrofon. „Lasst die Verstärkung runterkommen, Jungs." Er wandte sich an die Geiseln. „Wir sind United States Navy SEALs", erklärte er ihnen mit seinem weichen Südstaatenakzent, während Joe in der Menge Ausschau nach Veronica hielt. „Mit Ihrer Hilfe werden wir Sie alle nach Hause bringen."

Stimmengewirr, Fragen und Forderungen erhoben sich. Blue hob beide Hände. „Noch sind wir nicht außer Gefahr, Leute", sagte er. „Ich möchte Sie alle bitten, ruhig zu bleiben und sich schnell und lautlos zu bewegen, wenn wir es Ihnen sagen."

Veronica war nicht hier in diesem Raum. Wenn sie nicht da war, bedeutete es …

„Veronica St. John", sagte Joe, ihm war anzuhören, dass er sich bemühte, ruhig zu bleiben. Nur weil sie nicht hier war, hieß das nicht notwendig, dass sie tot war, richtig? „Weiß irgendjemand, wo Veronica St. John ist?"

Eine ältere Frau mit grauem Haar hob die Hand. „Auf der Brücke", sagte sie mit zitternder Stimme. „Der Mann, der Mörder, wird sie um sechs Uhr umbringen. Sie haben den Prinzen auch irgendwo hingebracht."

Die Uhr an der Wand zeigte fünf vor sechs an.

Joes Armbanduhr auch.

Er drehte sich um und sah Blue an, der bereits in das Mikrofon sprach. „Harvard und Cowboy, bewegt sofort eure Hintern hier runter. Wir müssen diese Leute vom Schiff bringen! Ihr kümmert euch darum! Pronto!"

Blue hielt sich wenige Schritte hinter ihm, als Joe sich den Gurt der Maschinenpistole über die Schulter warf. Die eigene Waffe erhoben hastete er den Gang hinunter und begann zu rennen.

„Tut mir leid", sagte Diosdado in das Funkgerät und klang kein bisschen bekümmert. „Ihr Versprechen, zwanzig Millionen auf mein

Schweizer Konto zu überweisen, genügt nicht. Ich habe Ihnen viel Zeit eingeräumt, um die Sache zu erledigen. Vielleicht machen Sie es, bevor die nächste Geisel getötet worden ist, hm? Denken Sie darüber nach. Dieses Gespräch ist beendet."

Mit dem Handgelenk schaltete er das Funkgerät aus. Er trank einen Schluck Kaffee, bevor er Veronica ansah.

„Es tut mir sehr leid", sagte er. „Ihre Regierung hat Sie im Stich gelassen. Sie finden nicht, dass Sie zwanzig Millionen Dollar wert sind."

„Ich dachte, Sie wollen Raketen", erwiderte Veronica. „Und kein Geld."

Es war eine Minute nach sechs. Vielleicht konnte sie ihn dazu bringen, weiterzureden, vielleicht konnte sie ihn hinhalten, irgendetwas tun, vielleicht geschah ein Wunder. Wenigstens hätte sie dann ein paar Minuten länger gelebt. Sie war bereits eine Minute länger am Leben, als sie geglaubt hatte.

„Eins von beidem wäre gut", antwortete Diosdado schulterzuckend. Er wandte sich an seine Wache. „Wo ist unser kleiner Prinz? Ich brauche ihn hier."

Der Mann nickte und verließ den Raum.

Veronica fühlte sich unglaublich ruhig und bemerkenswert gefasst – wenn man bedachte, dass es nur eine Frage von Minuten war, bis sie eine Kugel im Kopf hatte.

Sie würde keinen weiteren Sonnenaufgang erleben. Sie würde Joes wunderschönes Lächeln nie wiedersehen und sein ansteckendes Lachen nie mehr hören. Sie würde keine Gelegenheit mehr bekommen, ihm zu sagen, dass sie sich geirrt hatte. Dass sie ihn wollte, solange er ihr Zeit mit ihm schenkte.

Den eigenen Tod vor Augen, ließ sie das alles so klar sehen. Sie liebte Joe Catalanotto. Was machte es schon, dass er ein Navy SEAL war? Entscheidend war, wer er war und was er tat. Höchstwahrscheinlich hatte sie sich genau deshalb in ihn verliebt. Er war in so vieler Hinsicht der Beste der Besten. Wenn er als SEAL im Risiko leben und den Tod überlisten musste, dann sei es so. Sie würde lernen, damit zurechtzukommen.

Doch sie würde keine Chance dazu haben. Die eigene Angst und Schwäche hatten sie dazu getrieben, Joe zurückzuweisen. Sie hatte die wenigen Momente Glück aufgegeben, die sie mit ihm hätte erleben können. Sie hatte auf einen langen Abschiedskuss verzichtet. Sie hatte sich ein Telefonat versagt, das aus immer wieder geflüstertem „Ich liebe dich" bestanden hätte, statt aus steifen Entschuldigungen und kühlem Bedauern.

Wie ironisch, dass jetzt ausgerechnet *sie* diejenige war, die kurz davor stand, einen gewaltsamen und schrecklichen Tod zu sterben.

Vier Minuten nach sechs.

„Warum brauchen die denn so lange?", murmelte Diosdado misstrauisch. Er lächelte Veronica zu. „Es tut mir leid, Schätzchen. Ich weiß, dass Sie es hinter sich bringen wollen. Das will ich auch. Aber sobald Prinz Tedric hereinkommt, werden wir ein kleines Spiel spielen. Wollen Sie die Regeln wissen?"

Veronica blickte in die Augen des Mannes, der sie umbringen würde. „Warum tun Sie das?", fragte sie.

„Weil ich es kann." Er kniff die Augen zusammen. „Sie haben keine Angst, oder?", fragte er.

Sie hatte entsetzliche Angst. Aber auf keinen Fall würde sie *ihm* das zeigen. Sie antwortete: „Ich bin traurig. Der Mann, den ich liebe, wird niemals erfahren, wie sehr ich ihn wirklich liebe."

Diosdado lachte. „Wie tragisch", erwiderte er. „Sie sind genauso rührselig wie der Rest von denen. Schade. Für einen Moment habe ich tatsächlich überlegt, ob ich Sie verschone."

Fünf Minuten nach sechs.

Er hatte niemals die Absicht gehabt, sie zu verschonen. Es war lediglich ein weiteres seiner Gedankenspiele. Veronica erlaubte sich nicht, irgendeinen Ausdruck auf ihrem Gesicht zu zeigen.

„Sie haben mich gar nichts über das Spiel erzählen lassen, das wir spielen werden", fuhr der Terrorist fort. „Es heißt ‚Wer ist der Mörder?'. Wenn Prinz Tedric hereinkommt, lege ich eine Waffe auf den Tisch hier." Er klopfte mit der flachen Hand auf die Tischplatte. „Und dann, während ich *meine* Waffe auf ihn richte, befehle ich ihm, die Waffe aufzuheben und Ihnen in den Kopf zu schießen." Er lachte. „Glauben Sie, er wird es tun?"

„Machen Sie sich keine Sorgen, dass er sich umdreht und die Waffe auf Sie richtet?"

„Prinz Tedric?" Diosdado stieß geringschätzig den Atem aus. „Nein. Der Mann hat kein … Rückgrat." Er schüttelte den Kopf.

„Nein, *Ihr* Gehirn wird an diesen hübschen Fenstern kleben, nicht meins."

Zögernd wurde die Tür geöffnet, und Prinz Tedric kam auf die Brücke. Er trug immer noch den Cowboyhut, den er sich tief ins Gesicht gezogen hatte. Aber sein Jackett war nicht zugeknöpft. Das war seltsam – sicher ein Anzeichen seiner Verzweiflung. Veronica hatte ihn nie anders als penibel erlebt.

„Euer Hoheit", sagte Diosdado. Er machte eine tiefe spöttische Verbeugung. „Ich glaube, Sie sind bekannt mit Miss Veronica St. John, ja?"

Tedric nickte. „Ja", erwiderte er. „Ich kenne Ronnie."

Ronnie?

Überrascht sah Veronica ihn an – und begegnete Joes warmem Blick.

Joe! Hier?

Die auf sie einstürmenden Emotionen waren unbeschreiblich. Veronica war nie so froh gewesen, jemanden zu sehen. In ihrem ganzen Leben nicht. Oder so erschreckt. *Gott, bitte, lass nicht zu, dass Joe auch umgebracht wird ...*

*Runter*, bedeutete Joe ihr mit bloßen Lippenbewegungen.

„Wir spielen ein kleines Spiel", sagte Diosdado gerade.

„Ich weiß auch ein Spiel für Sie", sagte Joe in Tedrics Akzent. Er zog das größte Maschinengewehr, das Veronica je gesehen hatte, unter dem offen stehenden Jackett hervor und zielte auf Diosdado.

„Ich zeige Ihnen meine Waffe", fuhr Joe in seiner Sprechweise fort, „und Sie erstarren. Dann befehlen Sie Ihrer Armee, sich zu ergeben."

Aber Diosdado erstarrte nicht. Er hob seine Waffe.

Veronica warf sich auf den Boden, als sie das Feuer eröffneten. Der Lärm war unglaublich, und der Geruch von Schießpulver erfüllte die Luft. Aber so schnell, wie alles begonnen hatte, war es auch zu Ende. Und dann war Joe bei ihr und zog sie in seine Arme.

„Ronnie! Gott, sag mir, dass dir nichts passiert ist!"

Sie klammerte sich an ihn. „Oh Joe!" Dann lehnte sie sich zurück. „Geht es *dir* gut?" Er schien unversehrt zu sein, obwohl noch vor wenigen Augenblicken ein Kugelhagel im Raum niedergegangen war.

„Er hat dir nichts getan, oder?"

Veronica schüttelte den Kopf.

Er küsste sie fest auf den Mund. Sogleich schloss sie die Augen, zog ihn fest an sich und erwiderte den Kuss mit der gleichen Intensität und Leidenschaft. Sie genoss den vertrauten Geschmack, ihr war schwindlig vor Erleichterung und dem Gefühl, nach Hause zu kommen, das sie nie zuvor so überwältigend erlebt hatte. Er war gekommen und hatte sie gerettet. Irgendwie hatte er es gewusst und war gekommen.

„Tja", sagte er mit heiserer Stimme, während er sich zurückzog. „Ich schätze, das ist wohl die einzigartige Situation, in der du unbestreitbar froh bist, mich zu sehen, was?" Er lächelte. Doch in seinem Blick flackerte ein Ausdruck von Bedauern auf, als er Tedrics Jackett auszog. Darunter trug er eine Art dunkle Uniform und eine Weste.

Er meinte es ernst. Er dachte wirklich, dass sie sich nur deshalb so freute, ihn zu sehen, weil er ihr das Leben gerettet hatte. „Nein, Joe …", sagte sie, aber er hielt sie vom Weiterreden ab, indem er aufstand und sie auf die Füße zog.

„Komm schon, Baby, wir müssen hier raus", erklärte Joe. „In etwa dreißig Sekunden wird es hier nur so von Tangos wimmeln. Wir müssen hier raus."

„Joe …"

„Sag es mir im Gehen", bat er sie nicht unfreundlich, während er sie zur Tür drängte. Sie zögerte nur eine Sekunde lang, warf einen Blick über die Schulter und sah dorthin, wo Diosdado noch Augenblicke zuvor gestanden hatte.

„Ist er …?"

Joe nickte. „Ja." Er hielt ihre Hand und führte Veronica sanft den Gang entlang. Sie zitterte kaum wahrnehmbar, aber ansonsten schien es ihr gut zu gehen. Natürlich war es gut möglich, dass der Schock nach allem, was sie durchgemacht hatte, noch nicht eingesetzt hatte. Trotzdem mussten sie so schnell verschwinden, wie sie konnten. „Kannst du laufen?", fragte er.

„Ja", erwiderte sie.

Sie durchquerten den Flur in leichtem Laufschritt.

Sie hielt immer noch seine Hand und drückte sie sanft. „Ich liebe dich", sagte sie.

Joe blickte sie an. In ihren Augen schimmerten unvergossene Tränen. Doch es gelang ihr zu lächeln, als sie seinen Blick erwiderte. „Ich habe nicht geglaubt, dass ich je wieder die Gelegenheit habe, es dir zu sagen", erklärte sie. „Und ich weiß, wir sind noch nicht außer Gefahr, darum wollte ich sichergehen, dass du es weißt, für den Fall, dass ..."

Veronica hatte recht, sie *waren nicht* außer Gefahr. Der Fluchtpunkt lag am entgegengesetzten Ende des Schiffs. Die Tangos hatten mit Sicherheit inzwischen festgestellt, dass sich Eindringlinge an Bord befanden, dass ihre Geiseln fort waren und dass ihr Anführer tot war. Team Ten hatte in ein verfluchtes Wespennest gestochen, und Joe und Veronica steckten immer noch mittendrin.

Aber das würde Joe ihr nicht erzählen. Sie *konnten* es schaffen. Verdammt, sie *würden* es schaffen. Er war ein SEAL und bis an die Zähne bewaffnet. Mehrere Dutzend Terroristen hatten keine Chance gegen ihn. Zur Hölle, wenn der Einsatz so hoch war – wenn das Leben der Frau auf dem Spiel stand, die er liebte –, würde er es auch mit Hunderten von ihnen aufnehmen.

Joe verlangsamte seine Schritte, spähte um eine Ecke und vergewisserte sich, dass sie nicht direkt in einen Haufen Terroristen liefen. Veronica liebte ihn. Und auch wenn sie ihn nicht genug liebte, um ihn zu heiraten, zählte das für ihn nicht mehr. Es war ihm herzlich gleichgültig. Wäre er fünf Minuten später eingetroffen, hätte dieser teuflische Mistkerl Diosdado keine Spielchen mit seinen Opfern spielen wollen, dann hätte er Veronica für immer verloren. Der Gedanke machte ihn verrückt. Sie hätte tot sein können, und er wäre für immer und ewig allein, ohne sie.

Doch sie war nicht getötet worden. Sie beide hatten eine zweite Chance bekommen, und Joe würde sie nicht verspielen. Er wollte, dass sie seine Gefühle kannte – jetzt – bevor sie ihn wieder verließ.

„Wenn das hier alles vorbei ist", sagte er fast im Plauderton, „du vom Schiff und wieder sicher an Land bist, wirst du dich daran gewöhnen müssen, dass ich dich besuchen komme. Du musst mich nicht heiraten, Ronnie. Es muss nichts Dauerhaftes sein. Aber ich muss es dir jetzt unbedingt sagen – ich habe nicht vor, das mit uns aufzugeben. Kannst du mir folgen?"

Schweigend nickte sie.

„Gut", erwiderte Joe. „Du musst dich mit mir nicht in der Öffentlichkeit zeigen. Du musst nicht vor Gott und der Welt zu unserer Beziehung stehen – nicht vor deinen Freunden und nicht vor deiner

Familie. Ich schleiche mich weiterhin zur Hintertür in dein Haus, Baby, wenn es das ist, was du willst. Mir ist das völlig egal, weil ich dich liebe." Zum Teufel mit seinem Stolz. Zum Teufel mit dem allen. Er würde sie so nehmen, wie er sie bekommen konnte.

„Wovon sprichst du?", fragte Veronica erstaunt. „Was ..."

„Verzeih, Romeo", ertönte Blues Stimme über Joes Headset. Joe hob die Hand und unterbrach Veronica. „Aber ich dachte, du möchtest vielleicht wissen, dass ich mich mit meinem königlichen Gepäck aus dem Staub gemacht habe. Ronnie ist die letzte Zivilperson an Bord. Die Tangos wissen, dass etwas passiert ist, also setz dich in Bewegung, Cat – schnell. Die USS Watkins bringt sich in Position und holt die Geiseln an Bord. Ich komme zurück zur Majestic, um dir zu helfen ..."

„Nein", widersprach Joe. Veronica beobachtete ihn mit diesem Gesichtsausdruck, der bedeutete, dass sie ihm unbedingt etwas sagen wollte. Er schüttelte den Kopf und führte das Headset näher an seinen Mund. „Nein, Blue, ich will dich beim Prinzen haben", befahl er. „Aber geh sicher, dass am Bug ein Boot auf mich und Ronnie wartet."

„Bekommst du", sagte Blue. „Wir sehen uns auf der Watkins."

„Verstanden", erwiderte Joe.

Veronica betrachtete Joe. Was hatte er gemeint? Da erinnerte sie sich an seine Worte. *Verschiedene Welten.* Sie hatte über ihre unterschiedlichen Welten geredet, als sie seinen Heiratsantrag abgelehnt hatte. Sie hatte sich auf die Unterschiede zwischen seinem selbstverständlichen Umgang mit Gefahren, seiner Abenteuerlust und ihrer Furcht davor bezogen, ihn gehen zu lassen. Hatte er sie irgendwie missverstanden? Offenbar hatte er gedacht, dass sie über ihre unterschiedlichen Hintergründe sprach – vorausgesetzt, so etwas Absurdes wie Klassenunterschiede existierte. Konnte er tatsächlich geglaubt haben, etwas so Lächerliches wie die Frage seiner Herkunft hätte sie abgeschreckt?

Veronica öffnete den Mund, um zu sprechen, als mit einem Mal von irgendwoher auf dem Schiff tosender Lärm aufbrandete. Es klang, als wäre eine Rakete eingeschlagen.

„Was war *das*?", fragte Veronica atemlos.

Aber Joe war wieder auf die Stimmen konzentriert, die er über sein Headset hörte.

„Check", sagte er ins Mikrofon. Er wandte sich Veronica zu. „Die Tangos feuern auf die Geiseln. Feuer erwidern", befahl er. Er hörte wieder zu. „Du musst", sagte er angespannt. „Wir sind weiter drunter, in der Nähe vom Spielcasino, aber das wird sich bald ändern. Ich halte dich über meine Position auf dem Laufenden. Benutz die Hightech-Ausrüstung und sorg dafür, dass du ordentlich zielst. Jetzt! Habt ihr das mitgeschnitten? Feuer frei. *Jetzt!*"

„Mein Gott!", flüsterte Veronica. Joe hatte den Männern auf der USS Watkins befohlen, das Feuer zu erwidern. Sie schossen auf das Kreuzfahrtschiff, während sie und Joe immer noch an Bord waren!

Eine ohrenbetäubende Explosion donnerte um sie herum. Veronica hatte so etwas noch nie gehört. Die Rakete von der USS Watkins brachte das ganze Schiff zum Beben. Es schien aus dem Wasser gehoben und wieder fallen gelassen zu werden.

Joe griff nach Veronicas Hand und zog sie mit sich den Gang entlang.

„Okay, Watkins", sagte er. „Wir bewegen uns vom Casino weg und gehen zum Bug des Schiffs." Eine Treppe führte zum Deck. Joe gab Veronica ein Zeichen, dass sie warten sollte, während er hochkletterte und um die Ecke spähte. Mit einer Hand bedeutete er Veronica, ihm zu folgen. „Wir nähern uns dem Freizeitdeck", sagte er in das Mikrofon und erklomm die Stufen, erreichte seine Position, drückte sich in den Schatten und sah sich um. Veronica war nicht sicher, was er sah, aber es schien ihm nicht zu gefallen. „Wir werden es nicht zum Fluchtpunkt schaffen", sagte er. „Wir müssen einen anderen Weg hinaus finden ..."

Dann entdeckte Joe es: das perfekte Fluchtfahrzeug. Er lächelte. Diosdados Helikopter waren immer noch da und warteten nur darauf, entführt zu werden. Nur dieses Mal von den Guten.

Sie waren keine zwanzig Meter von den Helikoptern entfernt. Zwanzig Meter bis zur Freiheit.

„Steuern auf die Hubschrauber an Deck zu", sagte er in das Mikrofon. „Macht mit den Raketen weiter, aber haltet sie von uns fern."

Fünfzehn Meter. Zehn. Gott, sie würden es schaffen. Sie waren ...

Und dann brach die Hölle los.

Es war nur eine kleine Gruppe Tangos, nur etwa fünf von ihnen. Aber sie tauchten aus dem Nichts auf.

Joe hatte die Waffe erhoben und drückte ab, während er sich vor Veronica stellte. Er spürte den Einschlag einer Kugel unterhalb des Bauchs. Sie hatte ihn unter dem Rand seiner Splitterschutzweste getroffen. Aber er empfand keinen Schmerz, nur Wut.

Verdammt noch mal, er würde Ronnie nicht sterben lassen. Auf keinen Fall, *niemals* würde er sie sterben lassen. Nicht jetzt. Nicht wenn er so kurz davor war, sie in Sicherheit zu bringen …

Seine Kugeln durchsiebten die Terroristen, streckten sie nieder oder bewegten sie dazu, vor ihm in Deckung zu gehen.

Er bemerkte den ersten Schmerz. *Schmerz?* Das beschrieb nicht annähernd die gluthelle, versengte Höllenqual, die er mit jedem Schritt, bei jeder Bewegung ausstand. Er war angeschossen, und mit jedem Schlag seines Herzens wurde ihm das Blut aus dem Körper gepumpt. Es würde nicht lange dauern, bis er verblutete. Immer wieder schoss er, während er versuchte, die Blutung aufzuhalten. Er war als Sanitäter ausgebildet worden – wie alle SEALs. Er war dazu ausgebildet worden, seinen Männern Erste Hilfe zu leisten, und auch sich. Er musste Druck ausüben, aber das war bei einer so großen Wunde schwierig. Die Kugel hatte ihn durchdrungen, er hatte eine Austrittswunde am Rücken, die auch blutete.

Gott, der Schmerz.

Trotz allem ging er weiter. Wenn sie den Hubschrauber erreichten, konnte er Ronnie immer noch hier rausbringen. Wenn sie den Hubschrauber erreichten, konnte er sie auf die Watkins bringen, egal ob er blutete oder starb.

Die Tür des Vogels stand offen. Gott war auf seiner Seite. Doch Joe schien die Kraft zu fehlen, Veronica hineinzustoßen. „Lieber Gott, du blutest", hörte er sie sagen. Er spürte, wie sie ihn hochdrückte und in das Cockpit drängte. Und dann nahm sie die Maschinenpistole, drehte sich um und schoss aus der offenen Tür, um die Tangos auf Abstand zu halten … Wie durch einen Nebel ließ Joe den Motor an. Er konnte alles fliegen, sagte er sich wieder und wieder und hoffte, dass es irgendwie zu seinem Gehirn durchdrang. Sie bauten keinen Hubschrauber, den er nicht fliegen könnte. Aber seine Arme waren schwer, und die Beine gehorchten ihm nicht richtig. Trotzdem musste er es tun. Er musste, oder Veronica würde neben ihm sterben.

Und dann, Wunder über Wunder, waren sie oben. Sie waren in der Luft und entfernten sich vom Schiff.

„Wir sind von der Majestic runter", sagte Joe mit rauer Stimme in das Mikrofon. „Startet einen Frontalangriff."

Die Worte schwammen eine Sekunde durch den Äther, bevor sie klar hervortraten.

Das war Rauch, was er aus dem Motor qualmen sah. Der Hubschrauber musste direkt getroffen worden sein. Irgendwie hatte Joe das verdammte Ding in die Luft bekommen, doch da würde es nicht lange bleiben.

„Sag ihnen, dass du einen Arzt brauchst, der sich bereithält", sagte Veronica.

„Wir haben größere Probleme", entgegnete Joe.

Sie sah den Rauch, und ihre Augen wirkten größer, ihr stockte jedoch nicht die Stimme, als sie ihm wieder erklärte: „Du bist angeschossen worden. Sorg dafür, dass das jemand auf der Watkins weiß, Joe."

„Wir werden es nicht bis auf die Watkins schaffen", erwiderte er. In sein Mikrofon sagte er: „Blue, ich brauche dich, Mann."

„Ich bin hier, und ich sehe dich", erklang Blues vertraute gedehnte Sprechweise in Joes Ohr. „Du ziehst eine Rauchwolke hinter dir her wie eine billige Zigarre, Cat. Ich komme raus und treffe dich."

„Gut", sagte Joe. „Weil ich diesen Vogel nämlich runterbringen werde, und Ronnie wird ins Wasser springen, verstanden?"

„Ich gehe nirgends ohne dich hin", erklärte Veronica und fügte laut genug, dass Blue es hörte, hinzu: „Joe ist getroffen worden, und er blutet stark."

„Ich habe einen Arzt, der wartet", sagte Blue zu Joe. „Ist es schlimm, Cat?"

Joe ignorierte die Frage. „Ich bin gleich hinter dir, Ronnie", sagte er zu Veronica und wusste verdammt gut, dass er ihr eine Lüge auftischte. „Aber ich werde diesen Vogel nicht ins Wasser setzen, bevor du in Sicherheit bist."

Er erkannte ihre Unentschlossenheit in ihrem Blick. Sie wollte ihn nicht verlassen.

Gott, er wurde immer benommener, und dieser Hubschrauber wurde schwieriger und schwieriger zu fliegen, wenn er sich der Wasseroberfläche bis auf zehn Meter näherte. Diese Kombination war nicht gut.

„Geh", sagte er.

„Joe ..."

„Baby, *bitte* ..." Er konnte nicht länger warten.

„Versprichst du, dass du gleich nachkommst?"

Er nickte und flehte Gott um Vergebung für diese Lüge an. „Ich verspreche es."

Sie zog die Tür auf. „Ich will, dass wir sofort heiraten", sagte sie, und dann war sie fort.

Das Wasser war eisig kalt.

Es hüllte Veronica ein und drückte ihren Oberkörper zusammen, als sie auftauchte und versuchte einzuatmen.

Doch dann war ein Boot da, Hände griffen nach ihr und zogen sie hoch.

Veronica spürte die Kälte nicht, als sie sich umdrehte und den Hubschrauber sah, der über den Wellen schwebte. Die sich drehenden Rotorblätter verwandelten das Meer in abgehackte Schaumkronen. Jemand legte ihr eine Decke um. Blue. Es war Blue McCoy, Joes leitender Offizier.

Die Rauchfahne vom Helikopter wurde dunkler, dichter. Und der Hubschrauber schien zu schlingern, statt stillzustehen.

„Warum springt er nicht?", fragte sie sich laut.

Bevor sie die Frage ausgesprochen hatte, fiel der Helikopter ruckartig nach vorn und herunter – in das Wasser.

Sie hörte Rufe, es war Blues Stimme, und sie konnte nicht glauben, dass das Geräusch, ein Geräusch, irgendein Geräusch aus ihrem Hals kam.

Der Helikopter sank unter die Wellen, nahm Joe mit sich, riss all ihre Hoffnungen und Träume von einer Zukunft mit sich fort.

„Nein!", rief sie, das Wort wurde einfach aus ihr herausgerissen.

„Ich gehe ihn suchen." Das war Blue. „Bringen Sie dieses Boot dichter heran."

„Sir, ich kann nicht zulassen, dass Sie das tun", sagte ein junger Mann in einer Matrosenuniform. Sein Gesicht war bleich. „Wenn der Hubschrauber Sie nicht unter Wasser zieht, sterben Sie, weil das

Wasser so kalt ist. Sie können nicht länger als fünf Minuten drin sein, bevor die Unterkühlung einsetzt."

„Bringen Sie das verdammte Boot dichter ran", sagte Blue. Seine Stimme klang kälter als das Meer in Alaska. „Ich bin ein SEAL, und da unten ist mein Commander. Ich gehe ihn suchen."

Das Wasser war eisig kalt.

Es riss Joe aus der Benommenheit, als es ihm ins Gesicht schlug. Verdammt, er war runtergegangen. Er erinnerte sich nicht daran, runtergegangen zu sein. Alles, woran er sich erinnerte, war Ronnie …

Ronnie, die ihm sagte, dass sie ihn … heiraten wollte?

Die letzte Luftblase stieg aus dem Cockpit des Helikopters.

Auf keinen Fall würde er sterben. Ronnie wollte ihn *heiraten*. Auf keinen Fall würde er *ertrinken*. Oder *verbluten*, verflucht.

Das Wasser war eiskalt. Es würde seine Blutung verlangsamen.

Er musste nur seine Arme und Beine dazu bringen, ihm zu gehorchen.

Aber es tat weh.

Jede Faser seines Körpers schmerzte, und es kostete ihn so viel verflixte Anstrengung, auch nur einen Finger zu bewegen.

Das hier war schlimmer als alles, was er je erlebt hatte. Es war sogar schlimmer als die Höllenwoche, diese quälende Woche in der SEAL-Ausbildung, die er vor so vielen Jahren durchgestanden hatte.

Er hatte nie etwas so sehr gewollt, wie SEAL zu sein. Das hatte ihn die endlosen Strapazen, den Schmerz und die quälenden körperlichen Anforderungen ertragen lassen – und bestehen. „*Du musst es verzweifelt wollen*", hatte einer der Ausbilder ihnen Tag für Tag und Stunde um Stunde zugebrüllt. Und das hatte Joe. Er wollte ein SEAL sein. Er wollte es verzweifelt.

Er wollte fast so sehr ein SEAL sein, wie er Veronica St. John wollte.

Und sie war da, da oben, jenseits der Oberfläche dieses eisigen Wassers. Sie wartete auf ihn. Alles, was er zu tun hatte, war, sich mit den Beinen abzustoßen, sich zu befreien, und er würde bei ihr sein. Für immer. Er musste es nur genug wollen …

Veronica starrte auf das Meer, zu der Stelle, wo zuerst der Helikopter und dann Blue verschwunden waren.

*Bitte, lieber Gott, wenn du mir diesen Wunsch erfüllst, werde ich niemals mehr um irgendetwas bitten …*

Sekunden wurden zu einer Minute. Zu zwei. Drei …

War es möglich, dass ein Mann so lange den Atem anhielt und dabei auch noch nach einem verwundeten, ertrinkenden Mann suchte?

*Bitte, lieber Gott.*

Und dann, ganz plötzlich, tauchte ein Körper auf. Veronica spähte auf den Bereich, der von den Suchlichtern beleuchtet wurde. War das ein Kopf oder …

Zwei! Zwei Köpfe! Blue hatte Joe gefunden!

Beifall brandete unter den Matrosen auf. Sie fuhren schnell dichter an die Männer heran und zogen sie aus dem Meer.

Lieber Gott, es *war* Joe, und er atmete. Veronica stand dabei, als die Sanitäter ihm die nassen Kleidungsstücke zerschnitten. Oh Gott, ihm war in den Unterleib geschossen worden, gleich über der Hüfte. Sie beobachtete die Szene und zog die Decke fester um sich, als ihm eine Infusion gelegt wurde.

„Cat war beim Auftauchen, als ich runtergegangen bin", erzählte Blue. In seiner Stimme schwang große Anerkennung mit. „Ich glaube, er hätte es auch ohne mich geschafft. Er wollte nicht sterben. Nicht heute."

Joe verlor immer wieder das Bewusstsein. Doch er drehte den Kopf und suchte offenbar etwas, suchte nach …

„Ronnie." Seine Stimme kam einem Flüstern gleich, aber er streckte die Hand nach Veronica aus. Und sie umfasste sie.

„Ich bin hier", sagte sie und hob seine Finger an ihre Lippen.

„Hast du es ernst gemeint?" Er strengte sich sehr an, um bei Bewusstsein zu bleiben. Er kämpfte, und er gewann. „Als du gesagt hast, du willst mich heiraten?"

„Ja", erwiderte sie und focht ihren eigenen Kampf aus. Gegen die Tränen, die ihr zu entkommen drohten.

Joe nickte. „Weißt du, ich werde mich nicht ändern", sagte er. „Ich kann nicht so tun, als wäre ich jemand anders. Ich bin kein Prinz oder ein Graf oder …"

Veronica hinderte ihn mit einem Kuss am Weitersprechen. „Du bist mein Prinz", flüsterte sie.

„Deine Eltern werden mich hassen."

„Meine Eltern werden dich lieben", widersprach sie. „Fast genauso sehr wie ich."

Er lächelte, ignorierte den Schmerz und hob die Hand, um ihre Wange zu berühren. „Du glaubst wirklich, dass es funktioniert?"

„Liebst du mich?", fragte sie.

„Absolut."

„Dann wird es funktionieren." Sie wurden auf die USS Watkins gezogen, wo bereits ein Arzt wartete. Nach dem, was Veronica von den Sanitätern aufgeschnappt hatte, meinten sie, die Kugel sei durch Joes Körper gedrungen und habe die lebenswichtigen Organe nur knapp verfehlt. Er hatte viel Blut verloren, musste genäht und gegen eine mögliche Infektion behandelt werden. Aber es hätte schlimmer kommen können. Es hätte *weitaus* schlimmer kommen können.

Joe bekam mit, wie er auf eine Trage gehoben wurde. Er musste Ronnies Hand loslassen.

„Ich liebe dich", rief sie.

Er lächelte, als der Arzt zu ihm kam. Er lächelte, als die Krankenschwester ihm ein Schmerzmittel über die Infusion verabreichte. Und er lächelte, als er sich der Wirkung ergab und sich um ihn herum schwere Dunkelheit legte.

Joe starrte ziemlich lange an die weiße Decke des Krankenzimmers, bevor er herausgefunden hatte, wo er war und warum er sich nicht bewegen konnte. Er war immer noch an ein Bett gefesselt. Er hatte höllische Schmerzen. Er war angeschossen worden. Er war operiert worden.

Ihm war ein Leben voll Glück und mit Veronica St. Johns Lächeln versprochen worden.

Veronica Catalanotto. Er lächelte bei dem Gedanken daran, dass sie seinen Namen annehmen könnte.

Und dann beugte sich Blue über ihn. „Verdammt, Cat", sagte er in seinem vertrauten Akzent. „Der Doc meint, du hast wie ein Idiot gegrinst, als er dich hier reingebracht hat. Und du lächelst schon wieder wie ein Fuchs im Hühnerhaus."

„Wo ist Ronnie?", flüsterte Joe. Sein Hals war so trocken, und sein Mund fühlte sich an wie Gummi. Er versuchte, sich die Lippen mit der Zunge zu befeuchten.

Blue drehte sich um und redete leise mit der Krankenschwester, bevor er sich wieder Joe zuwandte und einen Becher Wasser vor seinen Mund hielt. „Sie wird untersucht", beantwortete er Joes Frage.

Joes Lächeln schwand. Im Nu hatte er vergessen, dass er etwas trinken musste. „Geht es ihr gut?"

Blue nickte. „Sie machen nur eine Blutuntersuchung", erwiderte er. „Offenbar ist das nötig."

„Warum?"

„Weil ich hoffe, dass ich bald heirate", erklärte Veronica und beugte sich vor, um ihn zärtlich auf den Mund zu küssen. „Das heißt, wenn du den Ring immer noch hast. Und wenn du mich immer noch willst."

Joe sah sie an. Sie trug das Haar offen, und die weichen Locken fielen ihr auf die Schultern. Sie trug einen Matrosenanzug, der ihr mehrere Nummern zu groß war. Die weiße Hose hatte sie umgeschlagen und die Ärmel des weißen Hemds mehrmals umgekrempelt. Sie war ungeschminkt, und ihr frisch gewaschenes Gesicht wirkte unglaublich jung – und ängstlich, während sie auf seine Antwort wartete. „Verdammt, ja", gelang es ihm irgendwie zu sagen.

Sie lächelte, und Joe fühlte, wie sich sein Mund ebenfalls zu einem Lächeln verzog, während er sich in dem Anblick ihrer meerblauen Augen verlor. „Willst du mich immer noch?"

Blue bewegte sich leise zur Tür. „Ich schätze, ich lasse euch zwei mal …"

Veronica wandte sich um, um Joes Offizier und besten Freund anzusehen. „Warten Sie", sagte sie. „Bitte?" Sie sah Joe wieder an. „Ich werde dich heiraten, aber nur unter einer Bedingung."

Blue trat unangenehm berührt von einem Fuß auf den anderen.

„Alles", erwiderte Joe. „Ich verspreche dir alles. Sag einfach, was."

„Es ist nichts, was *du* mir versprechen kannst." Sie sah wieder Blue an, blickte direkt in seine türkisblauen Augen. „Ich brauche Blues Versprechen, für Joes Sicherheit zu sorgen und auf sein Leben achtzugeben."

Langsam nickte Blue mit ernster Miene. „Ich würde für ihn sterben", erwiderte er sachlich.

Veronica hatte sie in Aktion erlebt. Sie hatte gesehen, wie Blue in das eiskalte Wasser Alaskas getaucht war, um Joe zu retten, und sie wusste, dass er die Wahrheit sagte. Es würde ihr die Sorge um Joe nicht vollständig nehmen, aber es würde es *ihr* leichter machen.

„Ich wollte dich nicht heiraten, weil ich Angst hatte – und habe –, dass du getötet wirst", sagte sie an Joe gewandt. „Ich wusste, dass ich nicht von dir verlangen kann, die SEALs zu verlassen und ..."

Sie sah, wie er die Augen leicht zusammenkniff, als er verstand. „Dann ..."

Veronica spürte mehr, als dass sie es sah, wie Blue aus dem Zimmer ging. Sie beugte sich weiter vor und küsste Joe auf den Mund. „Ich habe mich *nicht* mit gesellschaftlichen Unterschieden beschäftigt!" Sie schüttelte sich gespielt angewidert. „Hässlicher Gedanke, wirklich."

Er strich mit den Fingern durch ihr Haar, Skepsis und Sorge spiegelten sich in seinem Blick. „Ich kann die SEALs nicht verlassen, Baby ..."

Mit einem weiteren Kuss brachte sie ihn zum Schweigen. „Ich weiß. Ich verlange das auch nicht von dir. Ich werde auch nicht meinen Job kündigen und von Beruf Ehefrau sein", erklärte sie ihm. „Ich werde reisen und arbeiten, genau wie du. Aber wann immer du freihaben kannst, werde ich da sein."

Als sie in Joes mitternachtsdunkle Augen sah, verschwanden die letzten Vorbehalte aus seinem Blick. Nur Liebe war da, eine reine und mächtige Liebe. Doch er runzelte kurz die Stirn. „Dein Ring ist noch in Little Creek", meinte er.

„Ich brauche keinen Ring, um zu wissen, wie sehr du mich liebst", flüsterte Veronica.

Joe legte die Hand auf seine Brust und stellte fest, dass er ein Krankenhausnachthemd trug. Er drückte den Knopf, um die Schwester zu rufen.

Fast auf die Sekunde erschien ein junger Mann. „Probleme, Sir?"

„Was ist mit meiner Uniform passiert?", fragte Joe.

„Davon ist nicht viel übrig geblieben, nachdem die Sanitäter Sie rausgeschnitten haben, Sir." Er wies auf einen kleinen Tisch, an den Joe vom Bett aus nicht gelangen konnte. „Ihre persönlichen Gegenstände sind in der Schublade."

„Danke, Kumpel", erwiderte Joe.

„Kann ich Ihnen etwas bringen, Sir?"

„Nur ein bisschen Privatsphäre", antwortete Joe, woraufhin der junge Mann genauso schnell ging, wie er gekommen war.

Joe wandte sich an Veronica. „Sieh für mich in die Schublade. Machst du das, Baby?"

Veronica stand auf und ging zu dem Tisch. Sie zog die Schublade auf. Darin lagen drei Waffen, mehrere Pakete Munition, etwas, das entschieden aussah wie eine Handgranate, ein tödlich wirkendes Messer, mehrere große Geldscheine, eine Handvoll Wechselgeld ...

„Da müsste eine goldene Anstecknadel sein", sagte Joe. „Sie wird ‚Budweiser' genannt."

Eine goldene Anstecknadel: ein Adler, der eine Waffe in seinen Krallen hält, während er sich auf einem mit einem Anker gekreuzten Dreizack niederlässt. Es war Joes SEAL-Nadel, eines seiner wertvollsten Besitztümer. Er hatte sie an dem Tag seiner Berufung bekommen, an dem Tag, als er ein Navy SEAL geworden war. Veronica nahm sie aus der Schublade. Sie fühlte sich fest und schwer an in ihrer Hand, als sie sie Joe brachte.

Doch er nahm sie nicht. Er schloss ihre Finger darum. „Ich möchte, dass du sie hast."

Veronica sah ihn entgeistert an.

„Es gibt zwei Dinge, die ich noch niemandem geschenkt habe", sagte er leise. „Das eine ist diese Nadel. Das andere ist mein Herz." Er lächelte sie an. „Jetzt gehört dir beides. Für immer."

Er zog sie zu sich heran und küsste sie so sanft, so süß. Es war ein perfekter Kuss.

Und Veronica erkannte einmal mehr, was sie schon seit einiger Zeit wusste: Sie hatte ihren Prinzen gefunden.

– ENDE –

Suzanne Brockmann

# Operation Heartbreaker 2:
# Für immer – Blue

Roman

Aus dem Amerikanischen von
Daniela Peter

*Für Jodie Kuhlmann und Patricia McMahon,*
*für ihre erstaunliche Brainstorming-Power*
*und ihre Fähigkeit, die Dinge beim Namen*
*zu nennen,*
*und für Sarah,*
*die Lucy ihr Kleines Schwarzes geliehen hat.*

# Prolog

Lieutenant Blue McCoy führte sechs Männer über morastigen Boden. Zentimeter für Zentimeter bewegte er sich durch die Dunkelheit. Stück für Stück suchte er die weiche Erde nach Sprengfallen und Landminen ab, bevor er das Gewicht von einem Fuß auf den anderen verlagerte.

Vor ihnen befand sich ein Dickicht, und er registrierte jeden Schatten, jedes Blatt, jeden Zweig. Blue McCoy achtete auf jede noch so kleine Bewegung.

Die Geräusche der Nacht umgaben ihn. Insekten summten und zirpten, irgendwo in der Ferne bellte ein Hund. Plötzlich rief eine Eule durch die Dunkelheit. Mit ihrem gespenstischen Schrei behauptete sie sich als Herrin dieser nächtlichen Szenerie, als Königin dieser zwielichtigen Welt.

Blue McCoy gehörte in diese Welt. Eine Welt, in der er seine Männer so lautlos durch die Finsternis führte, dass nicht einmal die Ameisen zu ihren Füßen sie bemerkten.

Die Alpha Squad hatte über eine Stunde gebraucht, um das freie Feld zu überqueren. Noch fünf Meter, und die Männer würden im Schutz des Dickichts untertauchen. Dann konnten sie sich schneller fortbewegen. Schneller, aber nicht weniger vorsichtig.

Blue lauschte. Er verschmolz mit dem Land um sich herum, wurde eins mit der Nacht. Sein Herz schlug langsam im stillen, uralten Rhythmus der Erde. Er dachte nichts – an nichts als daran, zu überleben. All der Lärm der Air-Force-Basis, wo das SEAL-Team noch vor zehn Stunden gewesen war, war längst der Nacht gewichen. Hinter ihm waren sechs Männer, aber Blue vernahm nicht den geringsten Laut. Dass sie da waren, wusste er nur, weil er darauf vertraute und nicht im Geringsten daran zweifelte. Die anderen SEALs gaben ihm Rückendeckung, während er sie führte. Er wusste, dass sie sterben würden, um ihn zu beschützen. Das wusste er mit derselben Gewissheit, mit der er sein Leben für sie opfern würde.

Blue roch etwas und verharrte. Er nahm einen schwachen, moschusartigen Geruch wahr, atmete noch einmal tief ein. Es musste sich um ein Tier handeln, das sich genauso lautlos durch die Nacht bewegte wie er. Es war kein menschlicher Geruch, und daher nicht von Interesse. Denn heute Nacht war Blue auf menschliche Beute aus.

Geradewegs durch den Wald, direkt da vorn, nur vierzig Meter von ihnen entfernt, lag eine Hütte. Laut der Spione der Federal Intelligence Commission, kurz FInCOM, befand sich dort Karen, die fünfzehn Jahre alte Tochter von US-Senator Mike Branford. Die letzten Infrarotaufnahmen der Satelliten hatten gezeigt, dass außerdem mindestens vier ihrer Entführer in der Hütte waren. Weitere zehn Personen schliefen in einem zweiten Gebäude, das etwa zwanzig Meter nordöstlich lag. Und zwei fünf Mann starke Terroristen-Patrouillen überwachten den Wald in der näheren Umgebung. Vor wenigen Minuten hatte sich eine der Gruppen Blue und der Alpha Squad auf fast zwei Meter genähert. Der Kommandant hatte sich eine Zigarette angezündet und das rauchende Streichholz weggeworfen. Nur Zentimeter von Blues Hand entfernt war es zu Boden gefallen, bevor der Terrorist seinen Männern befohlen hatte weiterzugehen.

Mit ihren grün-schwarz bemalten Gesichtern, ihrer intensiven SEAL-Ausbildung, ihrer Erfahrung und Disziplin waren die Männer der Alpha Squad unsichtbar, umarmt von der Dunkelheit und eingehüllt vom Mantel der Nacht.

Nachdem sich die SEALs im Dickicht positioniert hatten, das um die Hütte herum wuchs, drehte sich Blue um und sah seinen Commander und Freund Joe Catalanotto an. Blue konnte Joe Cats Gesicht in der Dunkelheit zwar kaum erkennen, aber er sah ihn nicken.

Es war an der Zeit, loszulegen.

Aus dem Augenwinkel nahm Blue die schleichenden Bewegungen von Cowboy, Lucky, Bobby und Wes war. Sie verblassten, während die Männer in nordöstliche Richtung auf das zweite Bauwerk zusteuerten. Sie würden das Gebäude sichern und die Terroristen darin ausschalten.

Joe Cat und Harvard blieben vor der Hütte; Blue würde hineinklettern, sich das Mädchen schnappen und es da rausholen.

Harvard stand Wache, während Joe und Blue die Hütte auskundschafteten, insbesondere das Fenster, das Blue als Einstieg benutzen sollte. Nichts. Es gab keine Sprengfallen, keinen Alarm, keine zusätzlichen Sicherheitsvorkehrungen – was sicher daran lag, dass die Hütte im Radius von einem halben Kilometer ja mit Sprengfallen, Alarmsystemen und bewaffneten Sicherheitspatrouillen gesichert war.

Vielleicht lag es auch daran, dass Aldo Fricker, der Anführer der Terroristen, Regel Nummer Eins vergessen hatte: Verlass dich nie auf Vermutungen. Die Terroristen ließen ihre verwundbare Seite ungeschützt, weil sie angenommen hatten, dass niemand den streng bewachten Umkreis des Geländes durchdringen konnte.

Sie hatten sich getäuscht.

*Al Fricker, darf ich vorstellen: Alpha Squad, SEAL-Team Ten.*

Joe Cat schnitt schnell und leise die Fensterscheibe der Hütte heraus. Harvard stützte Blues Fuß ab, und schon war er drinnen.

Mit dem Nachtsichtgerät sah Blue sich in Windeseile um; er entdeckte die junge Senatorentochter sofort. Sie lag zusammengekauert auf einem alten Messingbett, das in der südöstlichen Ecke des Raums stand. Soweit er es beurteilen konnte, lebte sie noch. Die vier Wachen schliefen in Schlafsäcken oder hatten sich auf dem blanken Boden bei der Tür ausgestreckt. Blue nahm das Nachtsichtgerät ab und wartete einige Sekunden, bis sich seine Augen wieder an die Dunkelheit gewöhnt hatten. Er lauschte auf den leisen Atem der schlafenden Wachen. Es wäre schlecht, das Mädchen zu wecken, wenn er das Gerät noch trug und damit wie ein Alien aussah. Sie wäre so schon verängstigt genug.

Er nahm vier Spritzen aus seiner Kampfweste und schlich durch das Zimmer. Jedem der Wachen verabreichte er eine sorgsam gewählte Dosis Schlafmittel. Er schob die Schutzkappen auf die Nadeln und stopfte die nun leeren Spritzen in einen Beutel. Schnell durchsuchte er die Hütte, um sicherzugehen, dass keine weiteren Terroristen auf der Lauer lagen. Dann ging er zu der Tochter des Senators.

Er schaltete die Taschenlampe an, schirmte das Licht mit einer Hand ab und blickte auf das schlafende Mädchen herunter. Sie hatte sich zusammengerollt, die Knie an die Brust gezogen. Ein Arm lag oben, das Handgelenk war an das Messinggestell des Betts gefesselt. Ihr Haar war wirr und verknotet, Schmutz und Blut aus Schürfwunden bedeckten ihr Gesicht, die bloßen Arme und Beine. Sie trug blaue Shorts und ein ärmelloses Top. Beide waren zerrissen.

Die Bastarde hatten ihr wehgetan. Karen. Sie hieß Karen Branford. Sie hatten sie geschlagen, vermutlich vergewaltigt. Verdammt, sie war *fünfzehn* Jahre alt!

Zorn erfüllte ihn. Heiß, zähflüssig und tödlich. Blue spürte, wie er durch seinen Körper sickerte, unter die Haut und ihn bis zu den Fingern und Zehen ausfüllte. Dieses Gefühl war ihm bei der Arbeit vertraut. Für gewöhnlich war er froh darüber. Aber in dieser Nacht bestand seine Aufgabe nicht darin, zurückzuschlagen. Heute Nacht sollte er dieses übel zugerichtete kleine Mädchen hier rausholen und sie in Sicherheit bringen.

Blue zog das Mikrofon seines Headsets dichter an seinen Mund. „Cat", sagte er fast lautlos zu seinem Commander. „Sie haben sie verletzt."

Joe Catalanotto fluchte. „Schlimm?"

„Ja."

„Kann sie laufen?"

„Ich weiß es nicht", erwiderte Blue.

Er drehte sich wieder dem Mädchen zu und erkannte am veränderten Klang ihres Atems, dass sie wach war. Wach und angsterfüllt.

Schnell kniete er sich neben sie und hielt die Taschenlampe so, dass sie sein mit Tarnfarben bemaltes Gesicht beleuchtete.

„Ich bin Lieutenant Blue McCoy, Miss", sagte er mit gesenkter Stimme. „Ich bin ein US Navy SEAL, und ich bin hier, um Sie nach Hause zu bringen."

Aus großen Augen starrte sie ihn an, sah auf seine Uniform und seine Waffe. Blue wusste, dass sie ihn nicht verstanden hatte.

„Ich bin ein amerikanischer Soldat, Karen", erklärte er. „Ich bin ein Freund von Ihrem Daddy, und ich werde Sie hier rausholen."

Bei der Erwähnung ihres Vaters flackerten gleichzeitig Einsicht und Hoffnung in ihren braunen Augen auf. In einem vergeblichen Versuch, den Anstand zu wahren, hatte sie sich das zerrissene Shirt zugehalten, doch jetzt ließ sie es los, um die Hand vor seine Taschenlampe zu halten.

„Pst", flüsterte sie. „Sie wecken die Wachen auf."

„Nein, tue ich nicht", antwortete Blue. „Sie werden für eine ganze Weile nicht aufwachen. Und wenn sie es tun, werden sie bereits im Gefängnis sitzen." Er zog einen Dietrich aus seiner Weste und begann, die Handschellen zu bearbeiten. Nach drei Sekunden schnappte das Schloss auf.

Während sie sich das Handgelenk rieb, setzte er den Rucksack ab, schlüpfte aus seiner Kampfweste und knöpfte eilig das Tarnhemd auf, das er darunter trug. Es war feucht vom Schweiß und roch wahrscheinlich nicht besonders gut. Aber es war das Beste, was er ihr unter diesen Umständen anbieten konnte.

Sie nahm es schweigend entgegen, streifte es über und knöpfte es bis oben zu.

Blue zollte ihr große Anerkennung. Nach dem ersten Schrecken und der anfänglichen Angst hielt sie seinem Blick nun unnachgiebig stand, klar und tapfer. Er hatte braune Augen wie diese schon einmal irgendwo gesehen, vor einer halben Ewigkeit. Sie war auch fünfzehn Jahre alt gewesen …

Lucy. Die kleine Lucy Tait. Verdammt, er hatte seit Jahren nicht an sie gedacht.

Blue sah auf seine Armbanduhr und überprüfte die Zeit zwei Mal. Die Ablenkungsmanöver mussten gleich beginnen. Blue atmete tief ein, sah Karen an und fragte sie leise: „Können Sie laufen?"

Das junge Mädchen stand auf. Der Stoff von Blues Hemd reichte ihr bis über die Knie. „Mehr als das", antwortete sie beherzt. „Ich kann rennen."

Zum ersten Mal seit Stunden lächelte Blue. „Also gut. Los geht's."

Sie hatten das Dickicht halb durchquert, als Blue die ersten Schüsse hörte. Joe Cat und Harvard waren dicht hinter ihm. Blue spürte, wie sie sich zu den Gefechtsgeräuschen umwandten und sich fragten, welche ihrer Männer darin verwickelt waren. Sie wünschten, sie könnten umkehren und ihnen helfen, ihnen Rückendeckung geben.

„Das ist der falsche Weg", hörte Blue Karen nach Luft ringend sagen. Sie befreite sich aus seinem Griff und sah sich gehetzt um.

Er umfasste wieder ihren Arm. „Nein, es ist nicht …"

„Doch, ich weiß es genau", beharrte sie. „Ich habe schon einmal versucht, über diesen Weg zu flüchten. Da sind nichts als Klippen. Es gibt keinen Pfad zum Meer herunter. Wir werden in der Falle sitzen!"

Das Mädchen hatte zu fliehen versucht! Blue staunte über ihren Mut. Sie *war* tough. Wieder musste er an Lucy Tait denken. Er war in der Oberstufe gewesen, Lucy ein Frischling. Als sie sich das erste Mal begegneten, wurde sie gerade von ein paar Kids verprügelt. Sie blutete, und die Chancen standen nicht besonders gut für sie. Und trotzdem hob sie trotzig das Kinn und funkelte die anderen aus braunen Augen an, als wollte sie sagen: „Ihr könnt mir gar nichts anhaben!"

Blue hörte Cowboys Stimme über das Headset. „Cat! Etwa vier Tangos sind ausgebrochen. Sie laufen in deine Richtung!"

„Verstanden", erwiderte Cat. Er wandte sich an Blue. „Geh."

„Wir machen einen Fallschirmsprung ins Meer", erklärte Blue Karen. „Dort wartet ein Schiff auf uns."

Sie verstand nicht, was er meinte. „Fallschirm? *Wie?*"

„Vertrauen Sie mir", sagte er.

Karen zögerte nur für den Bruchteil einer Sekunde, dann nickte sie.

Dann rannten sie wieder, ohne Cat und Harvard.

Der Wald führte auf ein Feld, und Blue fühlte sich verletzbar und ungeschützt. Wenn einer der Terroristen durch Cats und Harvards Hinterhalt käme … Aber das würden sie nicht.

„Schaltet für mich so viele wie möglich von ihnen aus", sagte er in sein Mikrofon und hörte, wie Joe Catalanotto in sich hineinlachte.

„Aber sicher, Kumpel."

Blue blieb am Rand der Klippe stehen. Er stellte die Riemen seines Rucksacks neu ein, sodass Karen an ihn gegurtet war und sie zusammen zum Wasser segeln konnten.

Das Mädchen beklagte sich nicht und sagte kein Wort. Dennoch war er sicher, dass die körperliche Nähe sie an die Brutalitäten erinnern musste, die sie während der vergangenen vier Tage hatte erdulden müssen.

Doch darüber konnte er nicht nachdenken; er konnte sich keine Gedanken über ihren Schmerz machen, nicht jetzt. Er musste sich auf das Schiff konzentrieren, das auf den Wellen tänzelte und in der Nacht unsichtbar war.

Er schaltete das Radargerät in seiner Weste ein und sah das Blinken und hörte das Piepsen, aus dem er schloss, dass das Schiff tatsächlich hier draußen war.

„Festhalten", sagte er freundlich zu dem Mädchen, und dann sprang er.

Blue stand auf dem Deck der USS Franklin, als der Hubschrauber mit dem Rest der Alpha Squad aufsetzte.

Er versuchte, sie schnell durchzuzählen. Es war ein Reflex aus der Zeit vor so vielen Jahren, als es Frisco getroffen hatte. Er war zwar nicht im Dienst gestorben, aber was geschehen war, war fast noch schlimmer: Er hätte um ein Haar sein Bein verloren. Frisco hatte sich davon immer noch nicht erholt. Er saß immer noch im Rollstuhl, und er war immer noch irre wütend deswegen.

Frisco war der inoffizielle Botschafter der guten Laune in der Alpha Squad gewesen. Sympathisch und unbeschwert, war er mit jedem schnell ins Gespräch gekommen und hatte genauso schnell Freundschaften geschlossen. Er hatte viel Sinn für Humor und einen wachen Verstand. Wo auch immer er auftauchte, lächelten selbst Fremde bald. Und Friscos Wärme war echt. Er war eine wandelnde Party. Er hatte immer Spaß, in welcher Situation auch immer.

Und Alan „Frisco" Francisco war der einzige SEAL, den Blue kannte, der die Höllenwoche – den Hell Week genannten Ausdauertest in der Grundausbildung – tatsächlich genossen hatte.

Aber als man Frisco gesagt hatte, dass er nie mehr würde laufen können, hatte er aufgehört zu lächeln – für immer. Sein Bein nicht benutzen zu können, war für ihn das Schlimmste, was ihm je hätte passieren können. Vielleicht sogar schlimmer, als zu sterben.

Blue beobachtete, wie die Männer aus den breiten Türen des Helikopters sprangen: Zuerst Joe Cat, das lange dunkle Haar zu einem Pferdeschwanz zurückgebunden. Ein Lächeln erhellte seine ernste Miene, was fast immer der Fall war, seit er geheiratet hatte. Neben ihm sprang Harvard aus dem Hubschrauber. Sein kahl rasierter Kopf glänzte wie eine polierte Bowlingkugel. Er sah sehr groß, sehr gemein und sehr Furcht einflößend aus. Dann kamen Bobby und Wes, die zweieiigen Zwillinge: der eine breit und groß, der andere drahtig und klein. Trotzdem bewegten sie sich wie eine Einheit, beendeten sogar die Sätze des anderen. Dann kam Lucky O'Donlon, Friscos Schwimmkumpel, und der Neue, Cowboy. Harlan „Cowboy" Jones hatte in dem Einsatz, in dem Frisco verletzt worden war, Lucky ersetzt, danach war er für Frisco eingesprungen. Inzwischen waren daraus Jahre geworden.

Sie waren alle da. Alle atmeten, alle liefen.

Joe Cat entdeckte Blue und ging auf ihn zu.

„Alles okay?", fragte er.

Blue nickte und steuerte mit Joe auf die Treppe zu, die unter Deck führte. „Der Arzt hat das Mädchen untersucht", erzählte er. „Sie ist gerade beim Psychiater." Er schüttelte den Kopf. „Vier *Tage*, Cat. Warum zum Teufel haben sie so lange gebraucht, um uns hinzuschicken?"

„Weil Durchschnittspolitiker und Bürohengste keine Ahnung haben, was ein SEAL-Team erreichen kann." Joe Cat löste seine Kampfweste und ging direkt in den Speisesaal.

„Also wird ein fünfzehn Jahre altes Mädchen vier Tage lang *brutal misshandelt*, während wir rumsitzen und Däumchen ..."

Cat blieb plötzlich stehen und drehte sich zu Blue um. „Ja, das regt mich auch auf", erwiderte er. „Aber jetzt ist es vorbei. Lass es gut sein."

„Glaubst du, Karen Branford wird es gut sein lassen?"

Blue las in Cats dunklen Augen, dass ihm die Antwort auf diese Frage nicht gefallen würde. „Sie lebt", sagte er leise. „Das ist weit besser als die Alternative."

Blue atmete tief ein. Er hatte recht. Cat hatte recht. Hörbar atmete er aus. „Tut mir leid." Sie gingen weiter. „Es ist nur ... Das Mädchen hat mich an jemanden erinnert, den ich in Hatboro Creek kannte. Ein Mädchen namens Lucy, Lucy Tait."

Joe Cat betrachtete ihn gespielt überrascht, während sie um die Ecke zum Speisesaal schlenderten. „Jo", sagte er. „Habe ich dich richtig verstanden? Du hast tatsächlich andere Mädchen in Hatboro Creek gekannt außer Jenny Lee Beaumont? Ich dachte, die Sonne geht mit Jenny Lee auf und unter. Und alle anderen Mädchen werden unsichtbar in ihrem glanzvollen Schein."

Blue überhörte Cats scherzhaften Tonfall standhaft. „Lucy war kein Mädchen", erklärte er und goss schwarzen dampfenden Kaffee in einen Pappbecher. „Sie war ... ein Kind."

„Vielleicht solltest du mal bei ihr vorbeischauen, wenn du in South Carolina bist."

Blue schüttelte den Kopf. „Das glaube ich kaum."

Cat nahm einen Becher vom Regal und betrachtete Blue spekulierend. „Willst du *wirklich* zu dieser Hochzeit gehen?", fragte er. „Weißt du, ich könnte ein wichtiges Training einrichten, wenn du eine Entschuldigung brauchst."

„Es ist die Hochzeit meines Bruders."

„Gerry ist dein *Stief*bruder", bemerkte Cat. „Und zufällig heiratet er Jenny Lee, deine Highschool-Liebe und die einzige Frau, über die ich dich je habe sprechen hören – mit Ausnahme von Lucy Tait jetzt."

Blue trank einen Schluck Kaffee. Er war stark und heiß, es brannte in seinem Hals. „Ich habe ihm versprochen, sein Trauzeuge zu sein."

Joe Cat biss die Zähne zusammen, während er Blue musterte. Ein Muskel seiner Wange zuckte. „Er hätte dich nicht darum bitten sollen", sagte er. „Er will dich da haben, damit du ihm Brief und Siegel auf deine Zustimmung gibst. Dann kann er aufhören sich dafür schuldig zu fühlen, dass er dir Jenny Lee weggenommen hat."

Blue zerknüllte den leeren Pappbecher in der Hand und warf ihn in den Müll. „Er hat sie mir nicht weggenommen. Sie war von Anfang an in ihn verliebt."

# 1. Kapitel

Es würde die Hochzeit des Jahres werden – nein, die Hochzeit des Jahrzehnts! Und Lucy Tait würde dabei sein.

Oh, nicht dass sie eingeladen war. Nein, Lucy würde keine der edlen Einladungskarten erhalten, keine goldenen Buchstaben auf schwerem cremefarbenen Papier, auf keinen Fall. Sie würde als Hilfskraft bei der Hochzeitsfeier dabei sein. Zuerst, um den Verkehr vor Hatboro Creeks schickem Countryclub zu regeln. Und dann, um die teuren Hochzeitsgeschenke im Ballsaal zu bewachen.

Lucy richtete sich den Kragen ihrer Polizeiuniform, während sie in ihrem Streifenwagen die Main Street entlangfuhr und nach einem Parkplatz in der Nähe von Bobby Joe's Grill suchte.

Nicht, dass sie damit gerechnet hätte, zu Jenny Lee Beaumonts Hochzeit eingeladen zu werden. Sie hatte sich nie in deren Kreisen bewegt, nicht einmal zu Highschool-Zeiten. Aber, Mann ... damals, als Lucy noch die schlanke Neuntklässlerin gewesen war und Jenny Lee die blonde schöne Homecoming Queen aus der Oberstufe, damals, da wollte Lucy unbedingt zu Jenny Lees exklusivem Klub dazugehören.

Sie hätte das natürlich niemals zugegeben. Genau, wie sie niemals den wahren Grund zugegeben hätte, warum sie so verzweifelt in Jenny Lees Nähe hatte sein wollen. Nämlich wegen Blue McCoy.

Blue McCoy.

Gerüchten zufolge kehrte er zur Hochzeit seines Stiefbruders zurück in die Stadt.

Blue McCoy.

Mit dem dunkelblonden Haar und seinen tiefblauen Augen, bei deren Anblick ihr jedes Mal fast das Herz stehen blieb, hatte Blue McCoy Lucy damals bis in ihre Träume verfolgt. Er war der Held ihrer Teenagerjahre – ein Einzelgänger, still, düster und gefährlich, der so gut wie alles konnte.

Inklusive, das Herz von Jenny Lee Beaumont für sich zu gewinnen.

Jenny Lee würde am Samstagnachmittag allerdings nicht Blue Mc-

Coy heiraten. Sie gab seinem Stiefbruder Gerry das Jawort. Er war zwei Jahre älter als Blue, hatte ein verschmitztes Lächeln, sah so gut aus wie ein Filmstar und hatte ein unbekümmertes Wesen. Manche würden Gerry für den Attraktiveren der McCoy-Brüder halten.

Jenny Lee offensichtlich.

Einen Block vom Restaurant entfernt fand Lucy eine Parklücke und stellte den leistungsstarken Motor ihres Streifenwagens aus. Nachdem sie kurz überlegt hatte, drehte sie den Zündschlüssel wieder und drückte auf den Schalter für den elektronischen Fensterheber. Der sommerliche Himmel wirkte bedrohlich. Lucy hätte wetten können, dass es anfing zu schütten, bevor sie aufessen konnte.

Während sie über den Bürgersteig eilte, vergewisserte sie sich, dass die Waffe sicher in ihrem Schulterholster steckte. Sie war bereits zehn Minuten zu spät dran, und im Terminplan ihrer Freundin Sarah war nur genau eine Stunde für die Mittagspause reserviert.

Im Restaurant war es wie gewöhnlich voll, aber Sarah hatte einen Tisch ergattert. Lucy rutschte auf die Bank und setzte sich ihrer Freundin gegenüber.

„Tut mir leid, dass ich zu spät bin."

Sarah lächelte lediglich. „Ich hätte schon bestellt", sagte sie. „Aber Iris hat sich noch nicht bis in diese Ecke durchgekämpft."

Lucy drückte sich gegen die gepolsterte Rückenlehne. Seufzend stieß sie den Atem aus und blies sich dabei den Pony aus der Stirn. „Seit heute Morgen um sieben hetze ich durch die Gegend." Sie musterte ihre Freundin. Sarah wirkte erschöpft und erhitzt. Das dunkle Haar hatte sie sich zu einem Pferdeschwanz gebunden, sodass es ihr nicht ins Gesicht fiel. Dunkle Ringe umschatteten ihr braunen Augen. „Wie geht es *dir* denn?"

„Ich bin im neunten Monat schwanger mit einem Kind, das offenbar beschlossen hat, erst zur Welt zu kommen, wenn es zur Wahl gehen darf", erwiderte Sarah mit trockenem Humor. „Wir haben sechsunddreißig Grad im Schatten, ich habe Rückenschmerzen, wenn ich mich hinlege, mein Ischiasnerv klemmt ein, wenn ich sitze. Ich kann meinen Abgabetermin unmöglich einhalten, weil ich die letzten drei Tage damit verbracht habe, zu kochen statt zu schreiben. Mein Mann ist in den letzten achtundvierzig Stunden außerhalb seiner Schicht im Krankenhaus gerade mal für vier Stunden zu Hause gewesen. Meine

Schwiegermutter ruft alle fünf Minuten an, um zu erfahren, ob die Fruchtblase schon geplatzt ist. Ich vermisse das Leben in Boston, und das hier ist seit etwa einer Woche meine erste Gelegenheit, jemandem das alles zu erzählen."

Lucy lächelte amüsiert. „Dann hör jetzt nicht damit auf."

„Nein, nein, ich bin fertig." Sarah fächelte sich mit der Serviette Luft zu.

„Tag, Ladies." Iris nahm sich den Stift vom Ohr und setzte ihn auf ihren Bestellblock. „Was kann ich euch heute bringen?"

„Ich hätte gern etwas mit Marzipan", sagte Sarah.

Iris seufzte gutmütig und schob sich eine Strähne ihrer roten Locken zurück auf den Haarknoten. „Honey, ich habe es dir einmal schon gesagt. Wenn es nicht auf der Karte steht …"

„Ich *brauche* Marzipan", stieß Sarah fast verzweifelt hervor. „Mandelcreme. Oder vielleicht ein Stück vom Obstkuchen, den meine Mutter gemacht hat. Seit Tagen kann ich an nichts anderes denken …"

„Wir nehmen beide ein Truthahn-Sandwich", erklärte Lucy gelassen. „Vollkorn, Senf, keine Mayonnaise, mit Extra-Gurken."

„Sorry, Süße", murmelte Iris und sah Sarah an, bevor sie zum nächsten Tisch ging.

„Mein Leben", verkündete Sarah dramatisch, „besteht aus einer einzigen Abfolge von Enttäuschungen."

Lucy musste lachen. „Du bist mit dem nettesten Typen der Stadt verheiratet, bekommst ein Baby, hast gerade einen Preis für deine Musik gewonnen – und du bist *enttäuscht*?"

Sarah lehnte sich vor. „Ich bin entsetzlich neidisch auf dich", entgegnete sie. „Du hast immer noch eine schlanke Taille. Du kannst deine Füße sehen, ohne dass du dir den Hals verdrehen musst. Du …" Sie hörte mitten im Satz auf zu sprechen und blickte starr zur Tür. „Sieh jetzt nicht hin, aber ich glaube, wir werden überfallen."

Lucy drehte sich um, als die Glastür des Restaurants aufschwang und ein Mann in grüner Armeehose eintrat. Lässig trug er einen schwer wirkenden grünen Seesack über der Schulter.

Er war eindeutig ein Soldat, nur dass die Uniform auf den zweiten Blick nicht vorzeigbar aussah. Als Erstes fielen Lucy seine Arme auf. Auf Schulterhöhe waren die Ärmel des grünen Hemds abgerissen worden; seine Arme waren muskulös und stark. Er sah aus, als könnte er locker das Dreifache seines Körpergewichts stemmen. Er trug das Hemd am Kragen offen und hatte es nur bis zur Brust zugeknöpft. Die Hose saß zweifellos bequem; und anstelle von klobigen schwarzen Armeestiefeln trug er nur Sandalen.

Er hatte eine Sonnenbrille auf, aber sein Blick schweifte schnell durch den Raum. Lucy konnte sich vorstellen, dass ihm wenig entging.

Sein Haar war dicht und dunkel-, nein, sandblond.

Und sie kannte sein Gesicht.

Lucy hätte Blue McCoy überall erkannt. Dieses starke Kinn, diesen festen Mund, der so gut wie nie lächelte, diese ausgeprägten Wangenknochen und diese gerade Nase … Die zwölf Jahre an mehr Lebenserfahrung seit ihrer letzten Begegnung ließen sein ohnehin ausdrucksstarkes Gesicht noch kraftvoller und stärker erscheinen. In den Fältchen um seine Augen und seinen Mund und in seinen unerbittlich strengen Zügen lagen jetzt auch Mitgefühl und Weisheit.

Als Teenager hatte er schon gut ausgesehen, aber als Mann war er atemberaubend attraktiv.

Lucy starrte ihn an. Sie konnte nicht anders. Blue McCoy war zurück in der Stadt. In Überlebensgröße.

Er beendete die kurze Überprüfung des Raums, und sein Blick kehrte zu ihr zurück. Während Lucy ihn betrachtete, nahm er die Sonnenbrille ab. Er hatte immer noch die blausten Augen, die sie je gesehen hatte. Und als er ihrem Blick begegnete, fühlte sie sich, als würde die Zeit stehen bleiben, gebannt.

Er nickte ihr zu, nur ganz kurz, und lächelte immer noch nicht. Dann huschte Iris an ihm vorbei.

„Setz dich irgendwo hin, Süßer!", rief sie ihm zu.

Der Zauber war gebrochen. Blue wandte den Blick von Lucy ab, und sie drehte sich wieder zu Sarah um.

„Kennst du den?", fragte Sarah. Ihrem scharfen Blick entging nichts – besonders nicht die Hitze, die Lucys Wangen erröten ließ. „Du kennst ihn doch?"

„Nicht richtig, nein", erwiderte Lucy und gab dann zu: „Ich meine, ich weiß, wer er ist, aber …" Sie schüttelte den Kopf.

„Wer ist er?"

Lucy sah wieder auf, aber Blue war damit beschäftigt, seinen Seesack unter einem Tisch auf der anderen Seite des Raums zu verstauen.

„Blue McCoy." Lucy sprach den Namen leise aus, als könnte er sie von seinem Platz in dem lauten Restaurant hören.

„*Das* ist Gerry McCoys Bruder? Er sieht ihm überhaupt nicht ähnlich."

„Sie sind Stiefbrüder", erklärte Lucy. „Blues Mutter hat Gerrys Vater geheiratet, ist aber fünf Monate nach der Hochzeit gestorben. Kurz danach hat Mr. McCoy Blue adoptiert. So weit ich gehört habe, waren weder Mr. McCoy noch Blue glücklich darüber. Anscheinend haben sie sich nicht so gut verstanden, aber Blue konnte nirgendwo anders hin."

„Ich schätze, du hast recht. Immerhin ist er nicht zurückgekommen, als Mr. McCoy vor fünf Jahren gestorben ist", bemerkte Sarah.

„Gerry hat mir erzählt, dass Blue an der Operation Desert Storm beteiligt war. Er konnte nicht frei bekommen, in der besagten Woche jedenfalls nicht. Und Gerry wollte die Beerdigung nicht auf unbestimmte Zeit verschieben."

„Gerrys Bruder ist in der Armee?"

„In der Navy", korrigierte Lucy sie. „Er gehört zu einer Spezialeinheit der US Navy. Er ist ein Navy SEAL."

„Ein *was*?"

„Ein SEAL", sagte Lucy. „Das ist die Abkürzung für *sea, air* und *land* – die Einsatzorte der Einheit, im Meer, in der Luft und am Boden. SEALs sind eine Art Superkommando. Sie sind auf alles Mögliche spezialisiert, angefangen bei … ich weiß nicht … Unterwasserzerstörung über Fallschirmangriffe bis zu … zum Fliegen von hochmodernen Jets. Sie haben diese verrückten Ausbildungen, in denen sie lernen, unter unglaublichem Stress im Team zu arbeiten. Es gibt da diese eine Woche, die sie ‚Hell Week' nennen. Sie dürfen nur vier Stunden schlafen – und zwar auf die Woche gerechnet. Sie müssen in Fünfzehn-Minuten-Phasen schlafen, während der Luftalarm heult. Wenn sie das Training abbrechen, fliegen sie aus dem Programm. Es sind ziemlich schaurige Sachen, und nur die härtesten und entschlossensten Männer schaffen es. Ein SEAL zu sein ist ein echtes Statussymbol – aus offensichtlichen Gründen."

Sarah blickte sich im Raum um, ihre Augen glänzten interessiert. „Du hast dir ja verdammt viele Informationen über diesen Mann besorgt – dafür, dass du ihn angeblich gar nicht kennst."

„Ich habe mal was über SEALs und diese Ausbildung gelesen, das ist alles."

„Hmm." Sarah zog eine ihrer makellosen Augenbrauen hoch. „Bevor oder nachdem Gerrys Bruder zur Navy gegangen ist?"

Lucy zuckte die Schultern und bemühte sich um einen ungerührten Gesichtsausdruck. „Also war ich auf der Highschool in den Typ verliebt. Aufregend."

Sarah stützte das Kinn auf eine Hand. „Von allen Leuten hier drinnen nickt er ausgerechnet *dir* zu", bemerkte sie. „Hattest du mal ein Date mit ihm?"

Lucy konnte nicht anders, als bei der Frage zu lachen. „Keine Chance. Ich war drei Jahre jünger, und er ist …"

„Was?"

Iris trat an ihren Tisch, sie trug zwei große Sandwiches und einen Korb Pommes frites auf einem Tablett. Dankend lächelte Lucy der Kellnerin zu, wartete jedoch, bis sie gegangen war, bevor sie Sarahs Frage beantwortete.

„Er ist mit Jenny Lee ausgegangen."

„Beaumont …?" Sarahs Augen leuchteten auf. „Du meinst dieselbe Jenny Lee, die am Samstag seinen Bruder heiratet?" Als Lucy nickte, lachte Sarah leise. „Das ist ja herrlich."

„Hast du das nicht gewusst?", fragte Lucy. „Ich dachte, jeder in der Stadt weiß es. Scheint, als würden alle darüber reden – ob Blue McCoy bei der Hochzeit von seinem Stiefbruder und seiner Highschool-Liebe auftaucht."

„Offensichtlich lautet die Antwort auf *diese* Frage: Ja", erwiderte Sarah und warf einen Blick auf den uniformierten Mann auf der anderen Seite des Raums.

Lucy aß einen Bissen von ihrem Truthahn-Sandwich. Sie war sehr darauf bedacht, sich *nicht* zu dem Mann umzudrehen, den sie so faszinierend fand. Sarah hatte recht. Die Frage, ob Blue auf Gerrys Hochzeit erscheinen würde, war geklärt. Jetzt würde die ganze Stadt darüber spekulieren, ob Blue bei der Feier stören würde oder auf die Füße sprang, wenn der Pfarrer sagte: „… der möge jetzt sprechen oder für immer schweigen."

Die Versuchung wurde zu groß, Lucy warf einen Blick über die Schulter. Blue aß und las dabei die *Hatboro Creek Gazette*, die Ausgabe der vergangenen Woche. Das blonde Haar fiel ihm in die Stirn, und er strich es mit einer weichen Bewegung zurück, bei der sich die Muskeln seines rechten Arms anspannten. Als spürte er Lucys Blick, sah Blue auf und direkt in ihre Augen.

In Lucys Magen schien irgendwer Polka zu tanzen. Blitzschnell, weil sie sich schuldig fühlte, schaute sie weg. Gott, man könnte meinen, sie wäre wieder fünfzehn und würde am Hafen herumschleichen, weil Blue dort arbeitete – in der Hoffnung, einen kurzen Blick auf ihn zu erhaschen. Doch er hatte damals keine Notiz von ihr genommen, und das würde er jetzt bestimmt auch nicht. Sie entsprach immer noch entschieden nicht dem Jenny-Lee-Beaumont-Typ.

„Was hat seine Mutter wohl dazu gebracht, ihn Blue zu nennen?", überlegte Sarah laut.

„Sein richtiger Name ist Carter", erklärte Lucy. „Blue ist ein Spitzname, die Kurzform von ‚Blue Streak'."

„Nicht verraten", sagte Sarah. „Er redet wie ein Wasserfall."

Lucy musste lachen. Genau dafür war Blue McCoy nicht gerade bekannt. „Ich weiß nicht, seit wann er diesen Spitznamen schon hat. Aber er ist ein Läufer. Er hat auf der Junior-High und auf der Highschool alle Geschwindigkeitsrekorde im Sprint und bei Langstreckenläufen gebrochen."

Sarah nickte und sah an Lucy vorbei, um einen weiteren Blick auf Blue zu werfen.

Fast im selben Moment, als sich die Himmelspforten mit einem lauten Donner öffneten, ging Lucys Polizeifunkgerät an.

„Bericht über einen 415 in Gang, Ecke Main und Willow", ertönte Annabellas Stimme krächzend und blechern über den Lautsprecher. „Vielleicht 10-91 A. Lucy, wie lautet deine Position?"

Main und Willow war weniger als eineinhalb Blöcke vom Restaurant entfernt, es lag in entgegengesetzter Richtung zu ihrem Streifenwagen. Sie brauchte weniger Zeit, wenn sie hinjoggte, statt sich in den Wagen zu setzen und hinzufahren. Hastig schluckte Lucy einen halbzerkauten Bissen von ihrem Sandwich herunter und drückte auf den Sprechknopf des Funkgeräts. „Joe's Grill", sagte sie und war schon halb aufgestanden. „Ich übernehme das. Aber wenn du nicht willst, dass ich bei meinem Auto Pause mache und im Handbuch nachschlage, sag mir lieber, was ein 10-91 A ist."

Annabella Sawyer, die Fahrdienstleiterin der Polizei, hatte sich etwas übereifrig in die Zahlencodes der California Police vertieft – ungeachtet der Tatsache, dass sie sich in South Carolina befanden. Und dass Hatboro Creek so klein war, dass sie nicht einmal die Hälfte der Codes brauchten. Ganz zu schweigen davon, dass kein Cop hier irgendwelche Codes auswendig lernen musste. Annabella benutzte sie trotzdem gern. Offensichtlich sah sie zu viele Reality-Serien im Fernsehen.

Lucy wusste trotzdem, was ein 415 war – diese Zahl hatte sie oft genug gehört. Ein 415 war eine Ruhestörung. Sogar in einer so winzigen Stadt wie Hatboro Creek kamen die häufig vor.

„Ein 10-91 A meldet ein wildes Tier", antwortete Annabellas blechern klingende Stimme.

Lucy fluchte leise. Ohne Zweifel hatte sich Leroy Hurleys Hund, dieses Riesenvieh, mal wieder losgerissen.

„Sei vorsichtig", sagte Sarah.

„Ich pack dir das Sandwich ein", rief Iris, als Lucy die Tür aufstieß und auf den Bürgersteig hinaustrat.

Der Regen durchnässte ihre Kleidung so schnell, als würde jemand einen Feuerwehrschlauch auf sie richten. Sie hatte ihren Polizeihut im Wagen gelassen, und gerade jetzt, während sie schnellen Schritts zur Willow Street eilte, sehnte Lucy sich nach beidem – nach Hut und Wagen.

Mit etwas Glück hatte dieser plötzliche Regenbruch den 10-91 A vertrieben und er suchte irgendwo Schutz. Mit ein wenig Glück gab es den 415 nicht mehr. Mit etwas Glück …

Kein Glück. Leroy Hurleys knurrender Dobermann hatte Merle Groggin in die Enge getrieben. Andy Hayes brüllte Merle an, dass er von seinem Fächerahorn herunterkommen solle; die Szene spielte sich in Andys Vorgarten ab. Merle dagegen fuchtelte mit seinem Jagdmesser herum und rief Leroy zu, er solle seinen verdammten Hund einsperren oder notschlachten. Und Leroy machte sich fast in die Hose vor Lachen.

Das hier war definitiv ein ausgewachsener 415.

Als Lucy auf Leroy Hurley zuging, erblickte sein Hund sie und wandte sich zu ihr um. Ihr wurde mulmig zumute, als das Tier sie drohend anknurrte. Sie mochte Hunde. Die meisten jedenfalls. Aber dieser hier hatte eine böse Seite. Genau wie sein Herr.

„Leroy", sagte Lucy und nickte dem runden Mann grüßend zu, als stünden sie nicht in einem sturzflutartigen Regenguss. „Habe ich Ihnen nicht letzte Woche gesagt, dass Sie Ihren Hund im Hof anbinden sollen?"

Der Dobermann verlagerte das Gewicht. Er blickte von Lucy zu Merle Groggin, als überlegte er, wer das köstlichere Mahl hergab.

Leroy zuckte die Schultern und lächelte. „Ich kann nichts dafür, wenn er sich losreißt."

Sie nahm den unverkennbaren Geruch von Whiskey in seinem Atem wahr. Verflixt, er wurde noch gemeiner, wenn er getrunken hatte.

„Doch, das können Sie", entgegnete Lucy und zog den Strafzettelblock aus ihrer Tasche. Er war sofort durchweicht. „Er ist Ihr Hund. Sie sind für ihn verantwortlich. Und damit Sie sich daran erinnern, brumme ich Ihnen jetzt ein Bußgeld in Höhe von fünfzig Dollar auf."

Das Lächeln des dicken Manns verblasste. „Ich bin der Einzige, der in der Hand hat, ob Sie hier in einem Stück davonspazieren oder gefressen werden", sagte er. „Und Sie wollen mir *eine Geldstrafe* aufbrummen?"

Lucy fixierte Leroy mit Blicken. „Drohen Sie mir etwa, Hurley?", fragte sie mit gesenkter und fester Stimme und übertönte dennoch das Prasseln des Regens. „Denn wenn Sie mir drohen, werde ich Sie *und* Ihren Hund so schnell ins Gefängnis bringen, dass Ihnen schwindlig wird."

Etwas in Leroys Blick veränderte sich, und Lucy spürte einen Anflug von Triumph. Er glaubte ihr. Sie hatte es darauf ankommen lassen, er glaubte ihr und würde gleich einlenken – trotz des Whiskeys, der das Wenige an Urteilskraft trübte, das ihm geblieben war.

„Rufen Sie Ihren Hund zurück", sagte Lucy ruhig.

Noch bevor Leroy ihrer Aufforderung nachkommen konnte, brach die Hölle los.

Andy Hayes gab einen dröhnenden Schuss aus seinem doppelläufigen Gewehr ab, woraufhin Merle vom Baum fiel. Der Dobermann sprang auf den am Boden liegenden Mann, der den Hund mit seinem großen Messer angriff, woraufhin dieser anfing zu bluten. Winselnd raste das Tier davon und die Straße hinunter.

„Halt dich *zur Hölle* fern von meinem Baum!", rief Andy.

„Du hast meinen Hund angestochen", brüllte Leroy Hurley Merle an.

„Du hättest mich umbringen können", rief Merle Andy nach, während er sich beeilte, vom Grundstück herunterzukommen. „Warum zum Teufel hast du nicht einfach den Scheißhund erschossen?"

Drohend marschierte Leroy auf Merle zu. „Wenn der Hund stirbt, hänge ich dich an deinem …"

„Alle sofort aufhören!" Lucy stellte sich entschlossen zwischen Merle und Leroy. Sie hob die Stimme, sodass sie sicher auch im Haus gehört wurde. „Andy, dir ist klar, dass ich dich einbuchten muss – vorsätzliche Gefährdung und illegales Benutzen einer Schusswaffe. Und was Sie beide betrifft …"

„Ich hoffe, das dämliche Vieh kippt um." Merle redete mit Leroy Hurley, als wäre Lucy gar nicht da. „Denn wenn nicht, werde ich ihn eines Nachts erwischen und ihm den Garaus machen."

„Ich geh nirgendwohin", verkündete Andy. „Ich habe meine Rechte! Ich habe meinen Besitz verteidigt!"

„Vielleicht erledige ich *dich* zuerst!" Leroys fleischiges Gesicht war vor Zorn gerötet, als er Merle anbrüllte.

Lucy tastete nach der Sprechtaste ihres Funkgeräts. „Zentrale, hier Officer Tait. Ich brauche Verstärkung, Ecke Willow und …"

Mit seinem massigen Arm stieß Leroy Hurley sie zur Seite, und Lucy plumpste mit dem Po hart auf die Straße. Sie tastete in der Pfütze nach dem Funkgerät und dem Strafzettelblock. Leroy bewegte sich mit einer für einen so dicken Mann überraschenden Geschwindigkeit über den Gehweg und auf Andys Haus zu. Während Lucy aufstand, schnappte er sich Andys Gewehr und richtete es auf Merle.

Schutzsuchend duckte sich Merle hinter ihr. Leroy schwang die Waffe in ihre Richtung.

„Leroy, nehmen Sie das runter", befahl Lucy und strich sich mit der linken Hand das regennasse Haar aus dem Gesicht. Gleichzeitig öffnete sie den Druckverschluss ihres Holsters, in dem ihre Pistole steckte, mit der rechten Hand.

„Stillgestanden! Lassen Sie die Hände, wo ich sie sehen kann", entgegnete Leroy.

Lucy hob die Hände. *Mist!* Wie hatte die Situation derart außer Kontrolle geraten können? Und wo zum Teufel blieb die Verstärkung?

Leroy schritt auf sie zu; Merle kauerte hinter ihr und benutzte sie als Schutzschild; und ausnahmsweise schwieg Andy Hayes jetzt.

„Gehen Sie von Merle weg“, befahl Leroy ihr leise.

„Leroy, nehmen Sie die Waffe runter, bevor es zu spät ist“, sagte Lucy. Sie versuchte, ruhig zu sprechen, damit die Verzweiflung nicht durchklang, die sie empfand.

„Wenn Sie nicht von ihm weggehen“, schwor Leroy mit wildem Blick, „puste ich ein Loch durch Ihren Körper.“

Lieber Gott, er meinte es ernst. Er hob das Gewehr, kniff ein Auge zu und zielte direkt auf Lucys Brust. Ihr Leben glitt so kurz und, oh, so bedeutungslos an ihr vorbei, als sie in den Gewehrlauf starrte. Gut möglich, dass sie durch seine Waffe starb. Gleich hier im Regen. Und was hätte sie dann im Leben vorzuweisen? Eine sechs Monate alte Polizeimarke. Ein geisteswissenschaftliches Studium. Eine Computerfirma, für die sie sich nicht mehr interessierte. Ein leeres Haus am Stadtrand. Keine Familie, nur ein paar Freunde …

„Tun Sie das nicht, Leroy“, sagte sie und schob die Hand vorsichtig zurück auf ihre Waffe. Lucy wollte nicht sterben. Sie hatte noch nicht einmal angefangen zu leben. Verflucht, wenn Leroy Hurley sie erschoss, starb sie im Versuch, an ihre Pistole zu gelangen.

„Bleiben Sie stehen!“, rief Leroy. „Ich habe gesagt: nicht bewegen!“

„Leroy, ich halte eine Neun-Millimeter-Uzi in der Hand“, sagte eine sanfte Stimme hinter Lucy. „Sie sieht klein und bescheiden aus, aber wenn ich den Finger am Abzug ein kleines bisschen bewege, feuert sie in der Sekunde sechzehn Kugeln ab. Damit kann ich sogar einen so dicken Mann wie Sie in zwei Hälften teilen.“

Es war Blue McCoy. Lucy hätte seinen samtweichen Südstaatenakzent überall erkannt.

„Sie haben genau zwei Sekunden, um das Gewehr fallen zu lassen“, fuhr Blue fort. „Oder ich schieße.“

Leroy ließ die Waffe fallen.

Lucy sprang vor und hob das Gewehr auf. Dann drehte sie sich um und sah Blue an.

Sein blondes Haar war nass und klebte ihm am Kopf. Seine Kleidung war genauso durchweicht wie ihre, und sie haftete ihm am

Körper. Sie enthüllte und betonte seine muskulöse Statur. Er blinzelte leicht wegen des strömenden Regens. Andererseits stand er da und hielt eine sehr tödlich aussehende kleine Maschinenpistole in der Hand, als wäre der Himmel blau und als würde die Sonne scheinen.

Ununterbrochen ruhte sein Blick auf Leroy, aber seine glänzenden blauen Augen richteten sich jetzt kurz auf sie. „Alles okay?"

Sie nickte, unfähig, ein Wort zu sagen.

Am Ende der Straße hatte sich eine Menschenmenge gebildet. Mit einem Mal bemerkte Lucy die Leute. Zweifellos waren sie alle von Andys erstem Schuss nach draußen und in den Regen gelockt worden. Super. Sie stand da wie ein Idiot – ein Cop, der nicht in der Lage war, mit ein paar Störenfrieden zurechtzukommen. Der einen Navy SEAL brauchte, um gerettet zu werden. Wunderbar.

„Leroy, Andy, Merle", sagte Lucy. „Sie *alle* bekommen eine Gratisfahrt zum Revier."

„Oh, ich habe überhaupt nichts angestellt", beschwerte sich Merle, als die lang ersehnte Verstärkung mit einem Polizeiwagen eintraf, in dem mehr als drei Männer Platz fanden. „Gegen mich liegt nichts vor."

„Das Tragen einer Waffe sollte reichen", erwiderte Lucy, nahm ihm geschickt das Jagdmesser ab und reichte es mit dem Gewehr an Frank Redfield weiter. Er war einer der Polizisten, die schließlich doch noch aufgetaucht waren.

„Wenn es um das Tragen von Waffen geht", schimpfte Merle und wies mit einer Kopfbewegung auf Blue McCoy, während er von Frank zum Wagen geführt wurde, „was werden Sie *ihm* denn dann anlasten?"

Wieder strich Lucy sich das nasse Haar aus dem Gesicht. Sie blieb stehen, um den durchweichten Strafzettelblock und das heruntergefallene Funkgerät aus dem Dreck aufzuheben. Forsch trat sie vor Blue.

„Merle hat recht und das wissen Sie, Lieutenant McCoy", erklärte sie. Sie hoffte inständig, er möge das leichte Zittern ihrer Stimme als Reaktion auf die vorangegangenen Ereignisse zurückführen statt auf seine Nähe. „Ich bin nicht sicher, ob ich Sie damit durch die Stadt spazieren lassen kann."

Den Griff voran, händigte er ihr die Waffe aus. „Sie lassen Tommy Parker damit durch die Stadt spazieren."

Tommy Parker? Tommy Parker war neun Jahre alt. Lucy blickte auf die Waffe, die sie in der Hand hielt. Sie war leicht und … „Mein

Gott", sagte sie. „Plastik. Es ist eine *Spielzeug*pistole." Sie blickte Blue wieder in die Augen. „Sie haben geblufft."

„Natürlich habe ich geblufft", erwiderte er. „Ich würde mich nie im Leben mit einer Uzi erwischen lassen. Höchstens mit einer HK MP5K."

Lucy sah ihn starr an, und er erwiderte ihren Blick. Dann lächelte er. Seine Zähne waren weiß, gerade und bildeten einen hübschen Kontrast zu seinem gebräunten Gesicht.

„War nur ein Scherz", erklärte er sanft. „Wenn es drauf ankommt, würde ich auch eine Uzi nehmen. Trotzdem ist sie nicht meine erste Wahl."

Na wunderbar. Er würde sie für eine Schwachsinnige halten, wenn sie ihn noch länger so anstarrte. Lucy schloss kurz die Augen. Doch als sie sie wieder öffnete, sah er sie immer noch an.

„Tut mir leid", sagte sie. „Ich schulde Ihnen wirklich was. Sie haben mir da gerade den Hals gerettet, und ... tja, danke."

Er nickte und nahm ihren unbeholfenen Dank anstandslos an. „Gern geschehen", sagte er. „Aber haben wir dieses Gespräch nicht bereits geführt? Es kommt mir vor wie ein Déjà-vu." Wieder lächelte er – reiner Sonnenschein im strömenden Regen. „Scheint, dass ich der kleinen Lucy Tait jedes Mal, wenn ich in Hatboro Creek bin, den Hals rette."

Lucy war schockiert. „Sie erinnern sich an mich?" Sobald sie die Frage ausgesprochen hatte, wurde Lucy verlegen. Natürlich erinnerte er sich an sie. Wie sie hier triefend vor Nässe dastand. Sie musste aussehen wie eine ertränkte Ratte. Zweifellos unterschied sie sich gerade nicht besonders von dem dünnen fünfzehnjährigen Mädchen, das Blue vor all den Jahren vor einer handfesten Prügelei hinter dem städtischen Baseball-Feld bewahrt hatte.

„Mich überrascht es etwas, dich zu sehen", erklärte Blue gedehnt. „Ich hatte geglaubt, du hättest deine Sachen gepackt und South Carolina vor Jahren verlassen, Yankee."

Yankee. Das war während der gesamten Highschool-Zeit ihr Spitzname gewesen. Lucy Tait, das Yankee-Mädchen. Sie war mit ihrer verwitweten Mutter von irgendwo aus dem hohen Norden hergezogen. Und sie war für die Leute nach all der Zeit, die vergangen war, immer noch das Yankee-Mädchen. Zwölf Jahre waren verstrichen. Zwölf

*Jahre.* Ihre Mutter lebte nicht mehr. Und Lucy war kein Mädchen mehr. Doch einige Dinge änderten sich nie.

„Nein", entgegnete Lucy fest. „Ich bin immer noch hier in Hatboro Creek."

„Das sehe ich."

Blue betrachtete Lucy, nahm den Anblick ihres langen braunen, nassen Haars in sich auf, das sie sich zu einem praktischen Pferdeschwanz zusammengebunden hatte. Die schönen, fast grazilen Konturen ihres Gesichts. Und ihren großen, schlanken Körper. Die kleine Lucy Tait war nicht mehr klein. Der Regen hatte den steifen Stoff ihrer Polizeiuniform durchweicht, schmiegte ihn an ihre weiblichen Rundungen. Ja, Lucy Tait war definitiv erwachsen geworden. Blue verspürte eine Welle unverkennbaren Interesses an ihr und musste lächeln. Im Alter von achtzehn hätte er *niemals* geglaubt, dass ihn der Anblick von Lucy Tait im Regen erregen könnte.

Aber wenn es eines gab, das er während seiner Arbeit als Navy SEAL gelernt hatte, dann das: Die Zeit und die Menschen änderten sich. Nichts blieb je, wie es war.

„Wie lange bist du schon Gesetzeshüterin?", fragte er. Die Menschenmenge hatte sich zerstreut, und der Polizeiwagen fuhr davon. Der Regen wurde nicht weniger, aber er war warm. Blue mochte es, wenn ihm die Tropfen über das Gesicht rannen. Und Lucy schien es ebenfalls nicht eilig damit zu haben, sich irgendwo unterzustellen.

Sie verschränkte die Arme vor der Brust. „Seit sechs Monaten."

Blue nickte.

Sie hob das Kinn. „Ich bin die erste Frau bei der Polizei in Hatboro Creek."

Sosehr er sich auch bemühte, ein Lächeln zu unterdrücken – es gelang ihm nicht. „Mit Sicherheit auch der erste *Yankee* in der Truppe."

Lucy musste sich bewusst geworden sein, wie defensiv sie sich verhielt. Jetzt lächelte sie langsam, zuerst fast schüchtern, dann offener. „Ja", erwiderte sie. „Ich nehme an, ich habe vor Kurzem sämtliche neue Rekorde in Hatboro Creek aufgestellt."

Ihr Gesicht hätte man kaum als hübsch bezeichnen. Zumindest nicht auf den ersten Blick. Ihr Mund war zu breit, zu edelmütig, zu groß für ihr Gesicht – außer wenn sie lächelte. Ihr Lächeln verwandelte sie vollständig. Es ließ ihre Augen glänzen und funkeln, bezaubernde Grübchen erschienen auf den perfekten, weichen und leicht gebräunten Wangen. Ihre Nase war gerade und groß, aber nicht zu groß für ihr Gesicht. Ihre Augen schimmerten warm und waren dunkelbraun, umrahmt von dichten dunklen Wimpern. Blue ertappte sich dabei, wie er sie fasziniert betrachtete, als ihr ein Regentropfen von dem unversehrten Ohrläppchen auf die Schulter fiel.

„Mich wundert, dass Chief Bradley dich allein Patrouille fahren lässt."

Lucys Lächeln verblasste. „Warum? Weil ich eine Frau oder weil ich ein Yankee bin?"

„Weil du eine Anfängerin bist."

„Ich hatte Leroy Hurley im Griff", bemerkte Lucy, ihre dunklen Augen blitzten auf. „Bis Andy seine Waffe geholt hatte."

Blue nickte und zwang sich, den Blick in die Ferne schweifen zu lassen, zur Main Street, in Richtung Hafen. Wie lange war es her, dass er mit einer Frau zusammen gewesen war? Zwei Monate? Drei? Länger? Er konnte sich tatsächlich nicht erinnern. Für gewöhnlich machte er sich nicht viele Gedanken über sein Sexualleben, bis sein Verlangen aufkam und oberste Priorität forderte.

Wie jetzt.

Plötzlich sah er Lucy vor sich, im warmen Regen stehend, ohne Uniform. Wie das Wasser über ihren schlanken, wohlgeformten Körper rann, über die vollen, weichen Brüste, den flachen Bauch, die schlanke Hüfte und die gefährlich langen, perfekt geformten Beine … Bei der Vorstellung rauschte eine Welle starker Hitze durch seinen Körper. Er wusste, dass Lucy sie in seinen Augen sah.

Es war seltsam. In der Vergangenheit hatte sich Blue immer zum sehr femininen Typ Frau hingezogen gefühlt – zu hilflosen Frauen, die viel Rüsche und Spitze trugen und gerettet werden wollten. Doch Lucy hatte beide Male, die er zu ihrer Rettung geeilt war, ihr Bestes gegeben, um sich selbst zu retten. Sie war unabhängig und stark. Auch wenn sie bis auf die Haut durchnässt war und nur eine Anfängerin, trug sie die Polizeiuniform und die Waffe mit Autorität und Kompetenz. Das hätte ihn ein oder zwei Schritte zurückhalten sollen. Stattdessen ertappte er sich jetzt dabei, wie er sich Zentimeter für Zentimeter auf sie zubewegte, um ihr näher zu kommen.

„Ich bin davon ausgegangen, dass Andy harmlos ist", sagte Lucy und runzelte die Stirn. „Ich habe mich auf Leroy konzentriert und gar nicht auf Andy geachtet. Das war ein Riesenfehler."

„Verlass dich nie auf Vermutungen", erwiderte Blue. An der Art, wie sie seinem Blick begegnete und dann plötzlich wegsah, erkannte er, dass sie das Feuer in seinen Augen erhascht hatte. Sie errötete. Ein Schatten von Rot legte sich auf ihre Wangen, als sie das dreckverkrustete Funkgerät und den Strafzettelblock betrachtete, die sie in den Händen hielt. Sie steckte den Block an ihren Gürtel und versuchte, das Funkgerät sauber zu wischen. Sie gab vor, sich konzentriert ihrer Ausrüstung zu widmen. Doch sie konnte sich nicht davon abhalten, ihn aus den Augenwinkeln zu beobachten.

Mit einem Mal erinnerte Blue sich an die Gerüchte, die er im letzten Jahr an der Highschool gehört hatte: Ein kleines Yankee-Mädchen sollte sich in ihn verknallt haben. Er hatte sich geschmeichelt gefühlt, es hatte ihn amüsiert. Und er war so nett zu dem Mädchen gewesen, wie er konnte, ohne ihr falsche Hoffnungen zu machen.

War es möglich, dass Lucys Highschool-Verliebtheit bis heute andauerte?

Blue war sofort, als er sie in dem Restaurant entdeckt hatte, aufgefallen, dass sie keinen Ehering trug. War es möglich, dass Lucy immer noch Single, immer noch ungebunden war?

Er war an diesem Tag aus reinem Pflichtgefühl nach Hatboro Creek gefahren. Er war mit der festen Absicht gekommen, den Aufenthalt durchzustehen – er hatte nicht vor, irgendetwas daran zu genießen. Aber er hatte frei, und Freizeit hatte er selten und unregelmäßig. Warum sollte er nicht die Gelegenheit nutzen und sich ein kleines Vergnügen gönnen – besonders wenn es sich ihm auf dem Silbertablett zu servieren schien? Wieso nicht? Besonders da die Anziehungskraft, die er gerade verspürte, stärker war als alles, was er seit langer, *langer* Zeit empfunden hatte.

„Ich, äh, ich gehe lieber", murmelte Lucy. „Ich muss einen Bericht schreiben und …" Sie wandte sich ihm zu und strich sich mit dem Handrücken das nasse Haar aus dem Gesicht. Eine Spur Schlamm blieb auf ihrer Wange zurück. „Kann ich dich irgendwohin mitnehmen? Wohnst du bei deinem Bruder?"

Lucy sah, wie er zum bewölkten Himmel aufblickte, als würde er den Regen jetzt erst bemerken. Er strich sich das Haar aus dem Gesicht, begegnete Lucys Blick jedoch nicht wieder. „Nein", antwortete er. „Jenny Lee ist schon bei Gerry eingezogen. Ich dachte, es ist besser, wenn ich in einem Motel wohne. Und es liegt nicht weit entfernt. Zu Fuß bin ich wahrscheinlich schneller da, als du mich hinfahren könntest."

Lucy nickte. Sie verspürte den fast albernen Wunsch, Blue würde sie noch einmal anlächeln. Oder dass er sie ansah und ihr einen zweiten Blick auf die glimmende Hitze schenkte, die sie in seinen Augen entdeckt zu haben meinte. Aber das hatte sie sich wohl eingebildet. Blue McCoy wäre niemals an ihr interessiert.

Niemals?

„Ich wünschte, mir würde etwas einfallen, um dir gebührend für das zu danken, was du getan hast", sagte sie und ging zurück.

Er schritt auf sie zu und folgte ihr. „Mir fällt da schon etwas ein", erwiderte er mit gedehntem Südstaatenakzent. „Heute Abend findet im Countryclub eine Party statt, eine Art Polterabend vor der Hochzeit am Samstag. Komm doch als meine Begleitung dorthin."

Abrupt blieb Lucy stehen. Im ersten Moment verspürte sie den Drang zu lachen. Das musste ein Witz sein. In Hatboro Creeks exklusiven Countryclub gehen, als *Begleitung* von Blue McCoy, dem Helden ihrer Kindheit? Doch Blue lachte nicht. Er meinte es … ernst?

Warum? Lucy suchte seinen Blick und forschte nach dem Grund dafür, dass Blue sie darum bat, mit ihm auszugehen. Warum? Es musste doch einen Grund geben?

Sie fand die Antwort in der Hitze, die in seinen Augen flackerte. Es war glasklar.

Sex.

Er war ein Mann, sie war eine Frau. Und obwohl er sie zu einer noblen High-Society-Party einlud, erforderte das, was er *tatsächlich* mit ihr vorhatte, überhaupt keine festliche Kleidung. Sie las all das in seinem Blick – und mehr.

Lucy war sprachlos.

Blue McCoy begehrte sie. Er wollte *sie*. Er fühlte sich tatsächlich körperlich zu dem großen, mageren, unbeholfenen, tollpatschigen Yankee-Wildfang Lucy Tait hingezogen. Er war an ihr interessiert.

Oh, was das Ausmaß seines Verlangens betraf, machte sie sich keine Illusionen. Es war rein sexuell. Gefühle spielten keine Rolle. Jedenfalls nicht von seiner Seite aus. Aber seinem Blick nach zu urteilen, war klar, dass er sein Möglichstes tun würde, damit sie in dieser Nacht nicht vor Morgengrauen nach Hause kam.

Lucy schoss ein sehr deutliches, sehr erotisches Bild davon durch den Kopf, wie Blue sie zu sich auf das Bett im Lighthouse Motel zog. Ineinander verschränkte Arme und Beine, suchende Münder, erhitzte Körper, von Schweiß und Verlangen feuchte Haut … Schillernde Vorstellungen stürmten auf Lucy ein, zusammen mit tausend anderen Gedanken.

Sie war in ihrem Leben sicher schon das eine oder andere Mal leichtsinnig und ungestüm gewesen. Aber nie im Privatleben. So verrückt es auch in ihrem Beruf zugegangen sein mochte – wenn es um Beziehungen ging, hatte Lucy sich immer sehr vorsichtig verhalten. Doch seit sie Blue McCoy damals im Alter von fünfzehn Jahren zum ersten Mal genauer angesehen hatte, verzehrte sie sich danach, mit den Fingern durch sein dichtes dunkelblondes Haar zu streichen.

Lucy wusste, dass sie Blue nichts bedeutete und das zweifellos auch so bleiben würde, wenn sie mit ihm geschlafen hatte. Sie hatte sich noch nie mit einem Mann eingelassen, ohne zu wissen, dass ihre Beziehung stärker wurde, ohne auf irgendetwas Dauerhaftes zu *hoffen*. Doch Blue würde nur ein paar Tage in der Stadt bleiben, maximal eine Woche lang. Vermutlich kam er danach nicht zurück. Vielleicht dauerte es weitere zwölf Jahre.

Während sie Blue ansah, streckte er die Hand aus und berührte ihre Wange. Mit dem Daumen wischte er etwas ab, was wohl Dreck sein musste. Seine Hand fühlte sich warm an, wärmer als der Regen. Und seine Berührung sandte ein hoch schießendes Lauffeuer durch ihren Körper, das sich bis in die Tiefen ihrer Seele fraß.

Sie konnte nicht anders. Sie hob die Hand und fasste in sein Haar. Es war nass, aber immer noch weich und dicht. Es war erstaunlich. Eine kleine Bewegung und sie erlebte einen ihrer wildesten Träume.

Bei ihrer Berührung wurden Blue die Lider schwer, schwer vor Vergnügen und Genugtuung. Er hatte gewonnen, und er wusste es.

„Ich hole dich um sieben ab", sagte Blue, und es kam fast einem Flüstern gleich. „Oder willst du dich lieber dort mit mir treffen?"

Lucy spürte, wie sie nickte. Ja. „Wir treffen uns dort", erwiderte sie atemlos. Lieber Gott, ja, sie würde es tun. Sie würde mit Blue

McCoy zu dieser Feier gehen, und danach ... Danach würde sie eine ihrer mächtigsten, verruchtesten Fantasien ausleben.

Allerdings nicht, bevor er sie zu ihrem Streifenwagen begleitet hatte, bevor er zurück in das Restaurant zu seinem Essen und dem Seesack gegangen war und sich dann mit einem Nicken auf den Weg zum Motel gemacht hatte. Erst nachdem Sarah in ihrem kleinen schwarzen Honda an Lucy vorbeigefahren war, ihr zugehupt und die Daumen hochgehalten hatte, erst danach holte die Wirklichkeit Lucy ein.

Was zur Hölle glaubte sie denn, was sie da tat? War ein One-Night-Stand mit Blue McCoy das wert? Ungeachtet der Tatsache, dass er der Mann ihrer heißesten Träume war. War es das Gerede, den Klatsch und die Blicke wert, die Lucy Wochen und sogar Monate ertragen müsste, nachdem er längst fort wäre? War eine Nacht, oder sogar zwei oder drei Nächte, die Stille wert, die mit Sicherheit danach folgte? Lucy gab sich keinen falschen Vorstellungen hin. Blue würde ihr nicht schreiben. Er würde nicht anrufen. Er könnte während eines Einsatzes getötet werden, und sie würde es als Letzte erfahren.

Konnte sie wirklich einen Mann lieben, von dem sie wusste, dass er jemand anderes lieben würde, andere Frauen, um diese Zeit im nächsten Monat – oder, verdammt, vielleicht sogar schon nächste *Woche*?

Sie wünschte, sie könnte Edgar anrufen und mit ihm über Blues Einladung reden. Sie sehnte sich danach, alles bis ins Kleinste mit Edgar zu besprechen. Aber auch wenn Edgar nicht da war, wusste Lucy genau, was er gesagt hätte: *Nichts wie ran.*

Edgar war der einzige Mensch, dem Lucy jemals von ihrer Highschool-Schwärmerei für Blue erzählt hatte. Er war der Einzige, der wusste, dass sie immer noch eine Schwäche für einen Typen hatte, den sie nie richtig kennengelernt hatte.

Ja, nichts wie ran, das hätte Edgar ihr geraten.

Und dann hätte er sie ermahnt, dass sie Safer Sex haben sollte.

Safer Sex. Das war der absoluteste Widerspruch in sich, von dem Lucy je gehört hatte. Ein Kondom würde gesundheitliche Risiken verhüten. Aber was war mit ihrer emotionalen Gesundheit? Was für eine Art Schutz konnte sie anwenden, um sich die zu erhalten?

Zurück auf der Polizeistation ging Lucy die anzustrebenden Verfahren durch und duschte. Sie zog sich eine saubere und trockene

Uniform an. Sie füllte Fragebogen aus und schrieb Berichte. Aber den ganzen Nachmittag über stellte sie sich immer wieder dieselbe Frage. Konnte sie wirklich an diesem Abend mit Blue ausgehen – in dem zweifelsfreien Wissen, wohin das alles führte?

Die Antwort auf diese Frage ging zwischen Edgars „Nichts wie ran" und „Nein" hin und her. Nein, das war es nicht wert. Nein, sie konnte das nicht tun. Konnte sie es? Wie konnte sie sich die Verwirklichung ihrer wildesten, heißesten Träume entgehen lassen?

Doch jedes Mal, wenn sie sich für das Nein entschied und den Telefonhörer hob, um die Nummer vom Lighthouse Motel zu wählen, erinnerte sich Lucy an das glutvolle Verlangen in Blues Blick und daran, wie sich seine Hand auf ihrer Wange angefühlt hatte.

Sie rief sich ins Gedächtnis, wie sie daraufhin sein Haar berührt hatte, erinnerte sich an ihre Sehnsucht und Bedürfnisse, an die Verheißung einer wilden, verwegenen Leidenschaft, wie sie sie bisher nicht gekannt hatte.

Und sie wusste genau, warum sie Ja gesagt hatte.

# 2. Kapitel

Lucy bog in ihrem Truck auf die elegante Auffahrt zum Hatboro Countryclub und fühlte sich fehl am Platz. Sie parkte den Wagen auf dem Hinterhof; sie wollte die Schlüssel zu ihrem zuverlässigen, aber zerbeulten alten Ford nicht den Angestellten überlassen. Sie konnte den Gedanken nicht ertragen, dass sie ihren Truck kichernd zwischen den Limousinen und Cadillacs parkten. Sie war sich genauso wenig sicher, ob sie in diesem knappen schwarzen Kleid, das sie sich von Sarah geliehen hatte, zum Vordereingang des vornehmen Countryclubs gehen konnte. *Knapp* war das Schlüsselwort. Es war ärmellos, hatte einen herzförmigen Ausschnitt und verdeckte ihren Rücken bis auf einen kreisförmigen Ausschnitt. Es schmiegte sich an Lucys Körper und endete viele, *viele* Zentimeter oberhalb ihrer Knie. Bei Sarah wirkte das enge Kleid bereits kurz, aber Lucy war mindestens vier Zentimeter größer als ihre Freundin. Auch wegen der High Heels wirkten Lucys Beine in diesem Kleid, als wären sie endlos lang – ein Effekt, der Blue McCoy nicht entgehen würde, wie Sarah betont hatte.

Lucy warf einen Blick in die Spiegel, die den Flur auskleideten, nachdem sie zur Hintertür in den Countryclub gegangen war.

Sarah hatte sich auch um ihr Haar gekümmert und es zu einer Hochsteckfrisur auf ihrem Kopf aufgetürmt. Es wirkte, als hätte Lucy es einfach vom Nacken aus hochgesteckt. Aber tatsächlich hatte es eine gute halbe Stunde gedauert, diesen sorglosen Eindruck herzustellen.

Sie trug auch mehr als den gewöhnlichen Klecks Lipgloss. Mascara, Kajalstrich und Lidschatten zierten ihre braunen Augen, und Rouge betonte ihre hohen Wangenknochen.

Lucy sah aus wie … jemand anders. Anstelle von mager wirkte sie schlank, ihre Beine wirkten lang und anmutig. Statt wie das durchschnittliche Mädchen von nebenan sah sie exotisch, glamourös und auf geheimnisvolle Weise sexy aus.

Blue würde sie wahrscheinlich gar nicht erkennen. Sie erkannte sich ja selbst kaum wieder.

Was ihr logisch erschien. Denn sie erkannte dieses seltsame Gefühl garantiert nicht wieder, das sie verspürte, weil sie wusste, dass sie hier mit einem Mann verabredet war, der ihr praktisch fremd war. Ein Fremder, der noch vor Mitternacht sehr gut ihr Liebhaber sein konnte.

Blue McCoy.

Aber er *war* kein Fremder. Nicht richtig. Schließlich war er jahrelang ihr Held gewesen. Er war die reinste Perfektion eines Mannes, wenn man den großen, nachdenklichen und hintergründigen Typ Mann mochte. Was auf Lucy definitiv zutraf.

Im geräumigen Tanzsaal des Countryclubs spielte Musik, die Lucy entgegenklang. Mit klopfendem Herzen stieg sie die Treppe hoch. Sie wusste, dass Blue irgendwo dort oben bei der pulsierenden Musik war.

Seit sie das letzte Mal hier gewesen war, hatte der Countryclub die Innenausstattung verändert. Lucy erinnerte sich nicht mehr an die Farbe, die der Teppich gehabt hatte. Allerdings war sie sicher, dass es nicht dieser tiefe, fast rauchige Rosaton gewesen war. Die Tapete war auch anders, eine unaufdringliche Sammlung von Blumen und Schnörkeln, in geschmackvollem gebrochenen Weiß, Beige und verschiedenen Nuancen desselben dunklen Rosas.

Auf dem weichen Teppich machten ihre High Heels überhaupt kein Geräusch, während sie den Gang entlang zum Tanzsaal ging.

Hunderte von Kerzen sorgten für gedämpftes Licht. Sie waren überall aufgestellt worden – auf den Tischen, auf dem Buffet, es hingen sogar Kerzenhalter an den Wänden. Die Wirkung war bezaubernd. Das warme Flackern verlieh dem ganzen Raum einen goldenen, märchenhaften Glanz.

Die Tische nahmen die Hälfte des Saals ein, sodass die andere Hälfte des Parketts zum Tanzen genutzt werden konnte. Eine kleine Band, Schlagzeug, Keyboard und Gitarre, hatte die Instrumente gegenüber der Bar aufgebaut.

Lucy erkannte viele der Leute, die sich im Saal verteilt hatten. Es war das Who's who der reichsten und mächtigsten Bürger der Stadt. Der Polizeichef und seine Frau waren gekommen, genau wie der Bankvorstand. Der Bürgermeister und seine Frau unterhielten sich mit dem Besitzer von Carolina Island, dem Küstenresort, das mehrere Kilometer nördlich von Hatboro Creek lag.

Die Frauen trugen funkelnden Schmuck, und die Männer hatten schwarze Smokings an – alle außer einem. Ein Mann, Blue McCoy, trug eine prächtige, fast leuchtend weiße Soldatenuniform. Als er sich umdrehte, warf das Kerzenlicht schimmernde Reflexe auf die zahlreichen Reihen Abzeichen und Medaillen, die er trug.

Seine Schultern wirkten unglaublich breit in der maßgeschneiderten Uniformjacke. Er trug die Offiziersinsignien, und Lucy erinnerte sich daran, dass er Lieutenant war – wenn er nicht sogar noch befördert worden war, seit sie Gerry zum letzten Mal nach der Karriere seines Stiefbruders gefragt hatte.

In den Händen hielt er einen weißen Hut. Sein Haar, das dunkle Blond, schimmerte im Kerzenschein. Er unterhielt sich mit Mitch Casey, dem Vorstandschef der Handelskammer von Hatboro Creek. Blues gebräuntes Gesicht wirkte so ernst, so streng, während er nickte, als Casey etwas sagte. Er hörte konzentriert zu, doch sein Blick schweifte immer wieder zum Eingangsbereich, als würde er auf jemanden warten. Auf sie? Lucy verspürte einen Anflug tiefer Freude. Tatsächlich. Blue McCoy wartete auf *sie*.

Seine Haltung wirkte fast ein bisschen steif, als würde er sich in dieser Umgebung unwohl fühlen. Doch warum sollte er das? Gerry und sein Vater waren diejenigen, die die Mitgliedschaft im Countryclub angestrebt hatten. Während seiner Zeit auf der Highschool hatte Blue sich lieber bei den Docks aufgehalten und dort gearbeitet, wo sein kleines Motorboot festgemacht war.

Sogar als er mit Jenny Lee Beaumont ausgegangen war, hatte er sich von der Countryclub-Szene ferngehalten. Zu Highschool-Zeiten war er ein Einzelgänger gewesen, der nur ein oder zwei Freunde hatte – ebenfalls Ausgestoßene oder Außenseiter. Er hatte eine Lederjacke getragen und war ein Motorrad gefahren, das er aus Einzelteilen zusammengebaut hatte. Und trotzdem waren seine Noten im Gegensatz zu den anderen harten Jugendlichen außergewöhnlich überdurchschnittlich gewesen. Dennoch war er den Ruf des Unruhestifters bis heute nicht losgeworden. Er sah eben einfach danach aus.

Sogar auf der Highschool hatte Blue sparsam gelächelt. Er war ernst gewesen, ein stiller Beobachter. Ihm war nichts entgangen, aber er hatte sich selten eingeschaltet. Natürlich nur, solange die grausamen Teenagerscherze und Grobheiten die Grenzen nicht überschritten – wie damals, als fünf Jungs aus der Baseballmannschaft klar machen wollten, wie wenig erfreut sie darüber waren, dass es ein Mädchen, ein *Yankee*-Mädchen, ins Team geschafft hatte.

Lucy hätte sich in einem fairen Kampf sicher behaupten können. Wenn fünf gegen einen antraten, standen die Gewinnaussichten allerdings schlecht.

Bis Blue furchtlos eingeschritten war und das Ganze mit seiner bloßen Gegenwart beendet hatte. Die anderen Kids hatten gelernt, Abstand zu ihm zu halten. Sie waren auf der Hut vor seinem brodelnden Temperament und seiner Fähigkeit und Bereitschaft zu kämpfen. Wenn es sein musste, auch mit miesen Tricks.

Offenbar hatte er das mehr als ein paar Mal getan.

Blue war fünf Jahre alt, als Gerrys Vater den kleinen Jungen aus reinem Pflichtgefühl adoptiert hatte. Anscheinend waren weder Blue noch Mr. McCoy überglücklich darüber gewesen, aber Blue hatte nirgendwo anders hingehen können. Im Schatten des älteren Stiefbruders, und offensichtlich eine Last für seinen Stiefvater, war Blue aufgewachsen. War es da ein Wunder, dass der kleine Junge schnell unabhängig und selbstständig geworden war? Und so still und verbissen?

War es ein Wunder, dass sowohl der Junge als auch der Mann, der er geworden war, wachsam war und bitterernst und selten lächelte?

Lucy rief sich ins Gedächtnis, wie Blue sie an diesem Nachmittag angelächelt hatte. Hatte er Jenny Lee damals während der Highschool-Zeit genauso angelächelt? Ihr fiel es schwer, sich das vorzustellen. Wenn er es getan hätte, dann würde Jenny Lee am kommenden Samstag garantiert Blue anstelle seines älteren Stiefbruders heiraten.

Lucy beobachtete, wie Blue sowohl dem Haupteingang als auch Mitch Casey seine Aufmerksamkeit entzog, als Gerry McCoy mit Jenny Lee Beaumont auf die Tanzfläche ging.

Jenny Lee trug ein langes rosafarbenes Kleid, das ihre blonden Locken und ihren pfirsichweichen Teint betonte. Es waren fünfzehn Jahre vergangen, seit sie die Highschool besucht hatte, aber ihre Haut war immer noch glatt und rein. Mit ihrem süßen Lächeln und den perfekten schönen Gesichtszügen sah sie immer noch aus wie der Mannschaftskapitän der Cheerleader – eine Tatsache, die dazu beigetragen hatte, dass sie den Job als Boulevardreporterin beim örtlichen Fernsehsender bekommen hatte.

Gerry wirkte jedenfalls angespannt und sein Lächeln gezwungen, als er seine zukünftige Frau zur langsamen Musik führte. Fühlte er sich vielleicht durch die überlebensgroße Präsenz seines Stiefbruders bedroht?

Körperlich hätten die beiden Männer sich nicht weniger ähneln können. Gerry war größer als Blue, aber schwächer, fast gertenschlank, wenn man das über einen Mann sagen konnte. Obwohl beide blond waren, hatte Gerry helleres, blassblondes Haar. Es war dünn und schien auf dem Kopf schütter zu werden, nicht dicht und gewellt wie Blues. Blue lächelte wenig, Gerry fast immer. Eigentlich bildete Gerrys sorglose, vergnügte und unbekümmerte Art einen scharfen Gegensatz zu Blues ernster und eindringlicher Haltung. Lucy fand es schwer vorstellbar, dass die beiden Männer als Jungen unter demselben Dach gelebt hatten. Es schien fast unmöglich, dass sie sich ein Zuhause geteilt hatten, ohne sich mit den gegensätzlichen Lebenseinstellungen gegenseitig verrückt zu machen.

Doch in der Stadt erzählte man sich, Gerry und Blue seien sich trotz ihrer Unterschiede näher gewesen als viele blutsverwandte Brüder. Die Stärken des einen hätten die Schwächen des anderen ausgeglichen. Lucy war nicht hundertprozentig überzeugt, dass das stimmte. Zu der Zeit, als sie und ihre Mutter nach Hatboro Creek gezogen waren, war Gerry auf dem College gewesen. Und als Gerry danach zurückgekehrt war, war Blue bereits zur Navy gegangen.

Lucy blickte auf die andere Seite des Tanzsaals und musterte Blues Miene. Sie beobachtete, wie er Gerry beim Tanzen mit Jenny Lee zusah.

Sein Blick schweifte durch den Raum, glitt über Lucy hinweg – ohne ein Anzeichen, dass er sie erkannte; als wäre sie nicht einmal da. Oder als hätte er vergessen, dass sie existierte, als würde sie im Vergleich mit Jenny Lee absolut verblassen.

Lucy spürte die Enttäuschung körperlich. Aber jetzt mal ehrlich, schalt sie sich, was hast du denn erwartet? Hatte sie ernsthaft geglaubt, dass sie für Blue mehr als ein armseliger Ersatz für die Frau war, die er wirklich wollte? Was diese Frage betraf, musste Lucy ihre Fantasie zügeln. Wenn sie nicht aufpasste, begann sie noch zu glauben, Blue hätte unbewusst die Hand nach ihr ausgestreckt, weil er sich tief in seinem Herzen verzweifelt nach einer Frau sehnte, die er lieben konnte. Oder sie fing an zu glauben, dass er sich in sie verlieben würde, dass eine wunderbare Liebesnacht mit ihr die Wunden in seinem Herzen heilte.

Nein, die traurige Wahrheit sah so aus: Lucy war an diesem Abend sehenden Auges hergekommen. Sie wusste genau, was Blue von ihr wollte: Er wollte Sex. Keine Bedingungen, keine verzweifelte Suche, kein Verlieben, keine geheilten Herzen.

Das wusste sie, und sie war trotzdem gekommen.

Nur dass die Art, wie Blue durch sie hindurchzusehen schien, einen entschiedenen Mangel an Interesse seinerseits bedeutete.

Lucy war ein Narr, wenn sie dachte, dass sie es jemals mit Jenny Lee aufnehmen könnte. Auch wenn Jenny Lee mit einem anderen Mann verlobt war, war sie so hübsch und süß. Es wäre verrückt, zu glauben, Blue wäre nicht für sie entflammt. Zweifellos hatte er Lucy an diesem Abend hergebeten, um sich abzulenken – weil er auf eine Zerstreuung hoffte, die sie ihm nicht bieten konnte.

Lucy war klar, dass sie sich umdrehen, aus dem Raum stolzieren und den langen Flur zu der Treppe heruntergehen sollte, die zu dem hinteren Parkplatz führte. Sie konnte sich jedoch nicht rühren. Sie konnte nur Blue ansehen und sich wünschen, die Dinge lägen anders.

Seine Miene wirkte teilnahmslos, sein Blick verriet nichts – keine Gefühlsregung, nichts. Und gerade das überzeugte Lucy davon, *dass* es etwas gab, das Blue unbedingt verbergen wollte.

Andererseits musste sie zugeben, dass es eine schwierige Situation für Blue war. Sie wusste, dass sie nicht die Einzige im Raum war, die seine Reaktion darauf verfolgte, dass sein Stiefbruder mit seiner Exfreundin tanzte. Wenn Blue lächelte, würde jeder eine bittersüße Sehnsucht hineininterpretieren. Wenn er die Stirn runzelte, hieße es „kaum verhohlene Eifersucht".

Nein, im Augenblick wollte sicher niemand in Blues Schuhen stecken. Und Lucy musste ihm zugute halten, dass er überhaupt erschienen war.

Schuhe. Blue hat keine Schuhe an, bemerkte Lucy plötzlich. Er trug Sandalen. Er hatte sich seine strahlend weiße Ausgehuniform mit all den Reihen von Abzeichen und Medaillen an der Brust angezogen, und dazu trug er Ledersandalen.

Während immer mehr Menschen auf die Tanzfläche gingen, wandte Blue sich ab und steuerte auf die Flügeltüren zu, die zum Innenhof führten. Die Türen waren an diesem Abend verschlossen. Draußen war es zu warm, als dass man sie offen gelassen hätte. Die Klimaanlage würde nichts nützen, und die schwüle Nachtluft käme herein.

Die Hand auf der Türklinke, drehte Blue sich um und sah durch den Raum – direkt zu Lucy. Dieses Mal blickte er nicht durch sie hindurch. Dieses Mal begegnete er ihrem Blick. Er bewegte den Kopf kaum wahrnehmbar, aber die Botschaft war eindeutig. Sie sollte ihm folgen.

Lucy klopfte das Herz, als sie sich einen Weg durch den Tanzsaal und zu den Türen zum Hof bahnte. Vielleicht hatte sie sich getäuscht. Blue hatte sie erkannt. Er wusste, dass sie hier war. Sie brauchte mehrere Minuten, um den Raum zu durchqueren. Doch schließlich erreichte sie die Flügeltüren und schlüpfte hinaus auf den Innenhof.

Der Klang der Musik und das Gelächter auf der Party waren gedämpft und weit weg, nachdem Lucy die Tür hinter sich geschlossen hatte. Die Hitze wehte ihr wie etwas Festes ins Gesicht und auf die Arme. Der Mond war fast voll und glühte durch den Nebel einer Wolkendecke.

Der Innenhof war weitläufig und mit sorgsam geebneten Gehwegplatten ausgelegt. Ein zierendes gusseisernes Geländer fasste den Hof ein. In den Ecken waren mehrere Stühle und Tische mit flackernden Zitronenduftkerzen aufgestellt worden. Japanische Laternen hingen von oben herab, aber das schwache Licht, das sie warfen, ließ sich nicht mit dem Mondschein vergleichen.

Als Lucy stehen blieb und wartete, dass sich ihre Augen an das Halbdunkel gewöhnten, entdeckte sie Blue. Er lehnte im Schatten am Geländer und betrachtete sie einfach.

Blue glaubte, seinen Augen nicht zu trauen. Das war verrückt. Denn er war an vielen Orten gewesen und hatte sowohl das Beste als auch das Schlechteste gesehen, was die Menschheit hervorbrachte. Und er hatte angefangen zu glauben, dass ihn nichts mehr überraschen konnte.

Aber Lucy Tait, todschick in einem sexy schwarzen Kleid, mit ihren unglaublich langen Beinen, mit ihrem Haar, das kunstvoll hochgesteckt war, und den geschminkten Augen und dem lodernden Blick – Lucy Tait hatte ihm das Gegenteil bewiesen.

Er war davon ausgegangen, dass sie in einem spröden und praktischen Outfit erscheinen würde. Er hatte damit gerechnet, seine Vorstellungskraft einsetzen zu müssen, um die Frau zu sehen, die er unter ihrer Kleidung vermutete.

Sie ging auf ihn zu, und er spürte, wie sich sein Puls um das Doppelte erhöhte, was er prompt zu unterdrücken versuchte. Er hatte nicht klar gedacht, als er sie darum gebeten hatte, ihn zu dieser Party zu begleiten. Erst als er angekommen war, hatte er erkannt, dass er im Zentrum der versteckten – und auch weniger versteckten – Aufmerksamkeit stand. Und da war ihm eingefallen, dass Lucy als seine Begleitung denselben neugierigen Blicken und Spekulationen ausgesetzt war.

Das hatte sie nicht verdient. Er musste sie nach Hause schicken, bevor sie zusammen gesehen wurden.

Deshalb hatte er sich keinerlei Reaktion gestattet, als er sie zum ersten Mal auf der anderen Seite des Saals hatte stehen sehen. Er hatte sich nicht einmal den zweiten Blick erlaubt, nach dem er sich verzehrte.

Doch hier in der Dunkelheit, weit weg von den neugierigen Blicken, konnte Blue so oft hinsehen, wie er wollte.

Gnade!

Sie war die personifizierte Versuchung. Aber erst als er ihr in die Augen sah, wurde ihm klar, dass Lucy wahrscheinlich gar nicht wusste, wie unglaublich sexy sie aussah. Er las das Zögern in ihrem Blick, und eine Art Verletzbarkeit, was ihr in Verbindung mit ihrem Wahnsinns-Outfit eine eigentümliche Mischung aus Erfahrung und Unschuld verlieh.

Blue konnte sich nicht daran erinnern, wann er zum letzten Mal eine Frau gesehen und sie so stark begehrt hatte wie jetzt Lucy.

Er stieß sich vom Geländer ab, sobald sie näherkam. Auf den sexy schwarzen Absätzen ihrer Schuhe war sie fast so groß wie er.

„Scheint, dass ich länger nicht in der Stadt war, als ich dachte", sagte Blue weich. Er spürte, wie er sich anspannte, während er den Blick auf ihren Mund gleiten ließ und beobachtete, wie sie sich nervös die Lippen mit der Zungenspitze befeuchtete.

„Zwölf Jahre", murmelte sie.

Er nickte. „Also … Warum bist du nicht verheiratet … und lebst irgendwo mit ein paar Kindern und all dem?"

Sie verschränkte die Arme vor der Brust und zog eine dunkle Augenbraue hoch. „Warum bist *du* es nicht?"

„Ich bin niemandem begegnet, ohne den ich nicht leben könnte", erklärte er rundheraus. „Ich schätze, ich bin in dieser Hinsicht wählerisch."

Herausfordernd hob Lucy das Kinn. „Und was veranlasst dich zu der Annahme, dass ich es nicht bin?"

Blue musste lächeln. „Touché." Mit diesem kämpferischen Glanz in den Augen ähnelte sie so sehr dem Mädchen, das er vor all den Jahren getroffen hatte. Und gleichzeitig ähnelte sie ihr überhaupt nicht.

Er erinnerte sich immer noch daran, wie sich die fünfzehnjährige Lucy bemüht hatte, den Schmerz zu verbergen – sogar als die Jungen, die sie geschlagen hatten, davongerannt waren. Sie hatte leichtes Nasenbluten, und sie hielt sich die Seite. Obwohl Blue genau gesehen hatte, wie ihr einer der Jungen in die Rippen getreten hatte, als sie am Boden lag, hatte sie nie geweint. Sie hatte versucht, sich nicht anmerken zu lassen, wie schlimm sie verletzt gewesen war. Doch an den Schweißperlen in ihrem Gesicht hatte Blue die Wahrheit erkannt.

Sie hatte auf dem Rasen gesessen, die Knie dicht an die Brust gezogen. Und er hatte sich neben sie gesetzt. „Geht's dir gut, Yankee?"

„Ja", sagte sie und wischte sich mit dem Handrücken das Blut von der Nase. „Ja, mir … geht's gut."

„Du siehst nicht so aus."

„Ich muss nur … ein bisschen hier sitzen bleiben."

„Okay", hatte Blue leise gesagt. „Was dagegen, wenn ich hier auch ein bisschen sitzen bleibe?"

Sie schüttelte den Kopf. Nein, sie hatte nichts dagegen.

„Haben diese Jungs dir einen Grund genannt, warum sie dich so erschrecken wollten?"

„Sie meinen, ins Baseballteam gehört kein Mädchen", hatte Lucy erwidert.

„Es *heißt* nun mal *Jungs*mannschaft", kommentierte Blue.

Lucys Augen glänzten. „Wo ist dann die Mädchenmannschaft?"

Blue zuckte die Schultern. „Die Mädchen sind hier irgendwo beim Cheerleadertraining."

„Der Trainer hat gesagt, ich bin der beste Shortstop, den dieses Provinznest je gesehen hat", erklärte Lucy kategorisch. „Und nach allem, was ich bisher gesehen habe, scheint er recht zu haben. Er hat mich in der Startposition aufgestellt, und ich habe die Bälle am besten geschlagen. Und du willst, dass ich zu den *Cheerleadern* gehe?"

Blue verbarg ein Lächeln. „Du bist dir deiner ziemlich sicher, was?"

„Es gibt ein paar Sachen, die Jungs besser können als Mädchen – im Stehen pinkeln zum Beispiel", erwiderte Lucy und kniff die Augen zusammen. „Aber Baseballspielen gehört *nicht* dazu. Ich werde es diesen fiesen Typen vor Augen führen, indem ich dieses Jahr der beste Spieler werde – und die Auszeichnung in einem *Kleid* annehme."

Blue hätte darüber am liebsten laut gelacht, aber Lucy zuckte vor Schmerz zusammen. Sie schloss die Augen und presste die Zähne aufeinander. Sie war ganz blass.

„Soll ich deine Mom anrufen?", fragte Blue.

Lucy schüttelte den Kopf. „Sie arbeitet."

„Du bist verletzt …"

„Mir geht es gut."

Blue stand auf. „Sie arbeitet im Büro der Fabrik, stimmt's?"

„Ich habe gesagt, mir geht es gut!" Lucy rappelte sich auf, um aufzustehen, und bei dem Versuch geriet sie ins Schwanken.

Blue griff nach ihr und hielt sie aufrecht. „Du hast eine gebrochene Rippe, Yankee. Ich bringe dich rüber zu Dr. Gray."

„Nein, bitte!" Lucys dunkelbraune Augen wirkten größer, und ihre Stimme klang flehentlich, als sie zu ihm hochblickte. „Es ist nur ein Knacks. Der Arzt wird mich verbinden und mir sagen, dass ich drei Wochen lang nicht spielen darf, und dann verliere ich meinen Platz. Ich werde für den Rest der Saison auf der Bank hocken."

„Manchmal muss man aussetzen."

„Dieses Mal nicht", entgegnete Lucy verzweifelt. „Wenn ich aussetze, haben diese fiesen Penner gewonnen. Das kann ich nicht zulassen."

Blue schwieg.

„Ich lege mir selbst einen Verband an", erklärte Lucy und hob das Kinn. „Es wird wehtun, aber ich würde mich verfluchen, wenn ich nicht spiele."

Sie *hatte* gespielt und auch tatsächlich in dem Jahr die begehrte Auszeichnung als bester Spieler der Juniormannschaften gewonnen. Sie hatte damals diese verdammte Sturheit besessen. Und der Art nach zu urteilen, wie sie jetzt den Kopf in derselben herausfordernden Weise hielt, hatte sie anscheinend immer noch denselben Mut und dasselbe Stehvermögen. Im Innersten hatte sie sich nicht so stark verändert. Aber die äußere Hülle hatte sich etwas geändert. Und zwar nicht nur etwas.

Blue ließ den Blick über Lucys eng anliegendes Kleid und tiefer zu den Beinen gleiten. „Ich schätze, was ich wirklich meinte", sagte er und sah ihr wieder in die Augen, „war, dass ich nicht fassen kann, dass du ungebunden bist. Ich kann nicht glauben, dass du allein hierherkommst, so wie du aussiehst."

„Aber ich bin nicht allein", erwiderte sie leise. „Ich bin mit dir hier."

Verlangen schoss heftig durch seinen Körper. Und entgegen all der guten Vorsätze erkannte er, dass er Lucy auf keinen Fall nach Hause schicken konnte. Nicht, wenn er nicht auch ging.

Doch vielleicht konnte er gehen. In einer halben Stunde oder so konnte er sich bei Gerry und Jenny Lee entschuldigen und sich verabschieden, bevor das Essen serviert wurde. Bis dahin konnten er und Lucy sich hier im Innenhof aufhalten. Niemand würde sie sehen. Niemand musste es erfahren.

Lucy hielt Blues Blick stand und fragte sich fast verzweifelt, was er wohl dachte. Und er *dachte* über etwas nach. Er plante und entschied etwas. In seinen Augen schimmerte mehr als Verlangen durch – obwohl davon auch viel erkennbar war. Ich muss Sarah sagen, überlegte Lucy ein wenig albern, dass ihr kleines Schwarzes ein durchschlagender Erfolg war.

„Darf ich um diesen Tanz bitten?", fragte Blue schließlich. Sein sanfter Südstaatenakzent kam ihr in der Dunkelheit wie schwarzer Samt vor.

Oh ja. Aber … „Hier?", entgegnete Lucy und löste sich aus der magischen Anziehungskraft seines Blicks, um sich im verlassenen Hof umzusehen.

Blue deutete ein Lächeln an, es war nur ein leichtes Zucken um seine Mundwinkel. „Ja", sagte er. Er hängte seinen Hut an einen Pfosten des gusseisernen Geländers. Und als Nächstes streckte er eine Hand nach ihr aus.

Im Inneren des Countryclubs spielte die Band ein altes, langsames bekanntes Lied. Die Musik schien in die Stille der Nacht zu fließen, entfernt und unvergesslich und rein.

Lucy schob die rechte Hand in Blues und legte die andere auf seine feste Schulter. Sie spürte, wie er den Arm um ihre Taille schmiegte, nahm die Wärme seiner Hand an ihrem Rücken wahr.

Lieber Gott, sie tanzte mit Blue McCoy!

Er bewegte sich anmutig und sicher. Als sein Oberschenkel ihren streifte, wusste Lucy, dass es kein Zufall war. Langsam und so bestimmt zog er sie an sich, bis ihre Brüste seinen breiten Oberkörper berührten, bis sich ihre Beine permanent berührten. Er schob die Hand höher, erkundete den Rückenausschnitt ihres Kleids.

Lucy nahm wahr, wie sie seufzte und den Griff um seine Hand verstärkte, während er mit seinen leicht rauen Fingern ihren Rücken streichelte. Sanft entwand sie ihm ihre Hand und strich ihm den Arm hoch und über die Schulter, bis zum Nacken, wo ihre andere Hand lag.

Sie sah einen Ausdruck von Zufriedenheit in den ozeanfarbenen Tiefen seiner Augen schimmern. Er wusste genauso gut wie sie, dass sie an diesem Abend wahrscheinlich zusammen im Bett landeten. Es war offensichtlich, wie sehr ihm die Vorstellung gefiel. Es war ebenfalls offensichtlich, dass er sie auch begehrte – sie konnte es nicht ignorieren und war sich dessen bewusst, weil sie die Körper so dicht aneinanderschmiegten.

Er würde sie jeden Moment küssen. Jeden Moment würde er sich vorbeugen und ihre Lippen mit seinen berühren, und sie würden beide vor Leidenschaft beben. Sie sah schon vor sich, wie sie beide schnurstracks zu seinem Motel fuhren, sich gegenseitig fast schon in ihrem Truck auszogen und es nur knapp in sein Zimmer schafften, bevor …

Lucy fühlte sich benommen. Das ging alles viel zu schnell. Ja, sie wollte mit diesem Mann schlafen. Sie war an diesem Abend wohl wissend hergekommen, dass ihr Outfit eine Botschaft aussandte. Wohl wissend, dass ihre bloße *Gegenwart* eine klare und deutliche Antwort auf Blues unausgesprochene Frage bildete. Doch sie hatte angenommen, dass sie zuerst zusammen aßen – zumindest etwas tranken und sich eine Weile unterhielten –, bevor sie der animalischen Anziehungskraft nachgaben, die zwischen ihnen loderte.

Aber für höfliche Konversation und Small Talk gab es keinen Platz in dieser Beziehung. Ihr Körper hatte das verstanden. Hitze durchströmte sie und bereitete sie auf das vor, wonach sie sich tatsächlich sehnte.

Lucy wartete nicht darauf, dass Blue sie küsste. Sie zog seinen Kopf dichter an sich heran, und dann küsste *sie ihn.*

Sie spürte sein überraschtes Lachen mehr, als dass sie es hörte. Es dauerte nur den Bruchteil einer Sekunde, bevor er den Kopf neigte und ihren Kuss so eindringlich erwiderte, dass es ihr den Atem raubte.

Er zog sie tiefer in den schützenden Schatten. Seine Hände erkundeten ihren Körper, berührten ihre Brüste, glitten tiefer, umfassten ihren Po, griffen nach dem Saum ihres Kleids. Er schob sie darunter und zog den kurzen Rock an ihren Oberschenkeln hoch. Als er den Spitzenrand ihrer langen Nylonstrümpfe entdeckte, stöhnte er leise auf. Er küsste sie härter und tiefer, während er mit den Fingern über ihre weiche glatte Haut glitt und ihr seidenes Höschen ertastete.

Sie würden es nicht bis in sein Motelzimmer schaffen. Die Erkenntnis blitzte in Lucys Gedanken auf. Aber sie mussten dorthin. Es gab Gesetze, die Sex in der Öffentlichkeit verboten. Um Himmels willen, sie war Polizistin! Sie konnte das nicht tun. Nicht hier.

Lucy zog sich sanft zurück. „Blue …"

„Komm mit mir in mein Motel." Seine samtweiche Stimme klang rau, heiser und atemlos.

Sie nickte. „Ja."

Blue küsste sie noch einmal. Sie hielt sich an ihm fest und verschloss die Augen fest vor der Reue, die sie sicher am Morgen und an allen anderen Morgen erwarten würde. Aber zum allerersten Mal weigerte sich Lucy, über das Hier und Jetzt hinaus zu denken. Sie verlor sich wieder in seinem Kuss.

Er schmeckte genau, wie sie es sich immer ausgemalt hatte – süß und frisch und wundervoll.

Er riss sich los, nahm ihre Hand und zog Lucy zum Tor. „Komm mit."

„Wir gehen einfach so?"

Im gedämpften Schein der japanischen Laternen glänzten seine Augen heiß. „Und ob."

„Aber …"

„Komm schon, Yankee. Lass all meine Träume wahr werden." Er

hatte die Stimme gesenkt. Und sie zitterte vor Verlangen, als er an ihrer Hand zog.

„Dein Bruder wird nach dir suchen." Sein Bruder und etwa Hundert neugierige Partygäste. „Er wird sich fragen, wo du hingegangen bist."

„Wenn Gerry dich gesehen hat, als du in den Countryclub gekommen bist, weiß er *ganz genau*, wohin ich gegangen bin."

Lucy errötete. „Ich meine es ernst", sagte sie und befreite ihre Hand aus seinem Griff. „Du weißt doch, wie Kleinstadttratsch sein kann. Jeder wird denken, dass du gegangen bist, weil du den Anblick von Gerry mit Jenny Lee nicht ertragen konntest."

„Ich und Jenny Lee", erwiderte Blue und schüttelte den Kopf. „Das ist eine alte Geschichte."

Lucy glaubte ihm beinah. Beinah. „So wird es aber nicht aussehen", sagte sie leise. „Niemand wird ahnen, dass du mit mir gegangen bist. Uns hat nicht einmal jemand zusammen gesehen."

„Und ich will nicht, dass das passiert", erklärte Blue. „Ich will nicht, dass sie auch über dich tratschen."

Lucy lächelte kläglich. „Was immer sie sich erzählen, es wird wohl stimmen, nicht?"

Er lächelte ein angespanntes, sexy, gefährliches Lächeln. „Tja, schon. Wenn sie sagen, dass ich dich nur angesehen und die Selbstbeherrschung verloren habe."

Seine sanften Worte ließen Lucy das Herz bis zum Hals schlagen. Es sind aber nur Worte, rief sie sich ins Gedächtnis. „Ich wette, dass du niemals die Selbstbeherrschung verlierst."

Sein Blick war undurchdringlich, rätselhaft. „Es gibt immer ein erstes Mal." Er sprach jetzt so leise, dass sie ihn kaum verstand. „Ich weiß nur, dass ich fast alles tun würde, um jetzt sofort mit dir zu schlafen, Lucy."

„Tja", sagte Lucy, verschränkte die Arme und lächelte, um zu überspielen, wie sein Geständnis ihren Puls zum Rasen brachte. „Wenn ich meine Trümpfe richtig ausspiele, können wir aus der Hochzeit am Samstag vielleicht eine Doppelhochzeit machen."

Sie lockte ihn und wartete darauf, ob ihre Worte ihn zurückschreckten. „Ich habe *fast* alles gesagt", entgegnete er und lächelte über ihren Gesichtsausdruck. Sie dachte, sie hätte ihn so weit, dass er nachgab.

Darum hatte er es darauf ankommen lassen. „Ich schätze, heiraten gehört in diese Kategorie. Aber warum bis Samstag warten? Lass uns nach Las Vegas fliegen und es uns gleich heute Nacht tun. Sofort."

Lucy gab sich geschlagen. „Wir beide wissen, dass du mich nicht heiraten musst, um zu bekommen, was du willst. Und was *ich* will."

Er trat einen Schritt auf sie zu. „Worauf warten wir dann?"

Sie hob das Kinn. „*Wir* warten darauf, dass *du* reingehst und dich bei Gerry und Jenny Lee entschuldigst."

Wieder lächelte Blue. Verdammt, er wusste nicht mehr, wann er zuletzt so oft gelächelt und gelacht hatte. Aber es machte ihm Spaß. Lucy Tait konnte sich ihm gegenüber behaupten. Sie war ihm ebenbürtig, und das gefiel ihm. Es gefiel ihm sogar sehr.

Er war nah genug an sie herangetreten, um die Arme um ihre Taille zu schlingen, nah genug, um sich für einen weiteren langen und sinnlichen Kuss vorzubeugen. Doch Lucy griff zuerst nach ihm, strich mit den Händen über das Revers seiner Jacke und folgte mit einem Finger den Abzeichen und Medaillen, die er trug.

„Sieh dir die hier alle an", sagte sie nachdenklich. „Was bist du, eine Art Held?"

„Nur ein SEAL", murmelte er, gebannt von dem vornehmen Schwung ihrer Lippen, von den verstreuten Sommersprossen, die auf ihren Wangenknochen und dem Nasenrücken waren, von der feinen Muschelform ihres Ohrs.

Sie neigte sich vor, sodass ihre Lippen nur einen Hauch von seinem Mund entfernt waren. „Geh und finde deinen Bruder", flüsterte sie.

Er küsste sie wieder, er konnte ihr nicht widerstehen, tauchte in ihre Weiche und staunte darüber, wie eine Frau einem derartigen Zusammenspiel von Süße und Würze gleichkommen konnte. Als er sich schließlich zurückzog, erkannte er seine Stimme nicht wieder. „Geh nicht weg."

Lucy lächelte. „Werde ich nicht."

# 3. Kapitel

Blue suchte den Saal nach Gerry ab. Die Band spielte immer noch in der Ecke, und auf der Tanzfläche bewegten sich immer noch Paare. Aber die meisten Leute begannen, sich zu ihren Plätzen an den runden Banketttischen zu begeben, die die Hälfte des Raums einnahmen.

Seine scharfen Augen erspähten Gerry endlich in der Menge. Er stand in einer Ecke und führte eine, wie es aussah, ernste Diskussion mit R. W. Fisher, dem Tabakkönig.

Fisher hatte seine Tabakfarmen und Zigarettenfabriken in Virginia verkauft und etwa zur gleichen Zeit sein gewaltiges Vermögen nach Hatboro Creek gebracht, als Blue mit seiner Mutter in die Stadt gezogen war. Mehr als fünfundzwanzig Jahre waren vergangen, seit Fisher sein Geld damit verdient hatte, Tabak anzubauen und zu verkaufen. Doch er würde zweifellos bis zu seinem Tod als Tabakkönig bekannt sein.

Gerry versuchte schon ewig, sich in R. W. Fishers ausgesuchten Freundes- und Geschäftspartnerkreis vorzuarbeiten. Blue störte seinen Stiefbruder jetzt wohlweislich nicht.

Andererseits wartete Lucy im Innenhof auf ihn …

Er konnte sich genauso gut bei Jenny Lee entschuldigen und verabschieden. Er könnte ihr sagen, dass er Gerry am nächsten Tag anrufen würde. Blue wandte sich wieder zu dem Tisch, an dem er die Zukünftige seines Stiefbruders zuletzt im Gespräch mit mehreren ihrer Freundinnen gesehen hatte.

Er bahnte sich einen Weg durch den Raum, und Jenny Lee sah auf. Sie stand auf und lächelte zur Begrüßung. Dabei hatte sie hübsche Grübchen auf den Wangen. Ihre Freundinnen wurden auffallend still, während sie beide beobachteten.

„Carter", sagte Jenny Lee in ihrer weichen Sprechweise. „Wir haben noch gar nicht Hallo gesagt, was?"

Sie streckte ihm eine Hand entgegen, und er ergriff sie instinktiv. Jenny Lee Beaumont. Es hatte einmal eine Zeit gegeben, da er dieses

Mädchen mehr gewollt hatte als das Leben selbst. Ihr blondes Haar und die blauen Augen, ihre zierliche, aber wohlgerundete Gestalt, ihre Kleidung aus Spitze und Rüschen – sie schien der Inbegriff von Weiblichkeit zu sein. Es war komisch, aber jetzt wirkte sie übertrieben – eine Karikatur der Südstaatenschönheit, ganz Pfirsich und Zucker und mädchenhafter Charme.

Witzig, aber irgendwie hatte er während der vergangenen zwölf Jahre eine feste Vorliebe für Würze entwickelt. Und für erwachsene Frauen.

Jenny Lees wohlriechendes Parfum hüllte ihn ein, übermäßig süß und beißend stark. Zum Teufel, früher hatte er ihren Duft geliebt. Jetzt musste er gegen den fast überwältigenden Drang ankämpfen, zurückzutreten, von ihr fort und zu frischer Luft zu kommen.

Als sie ihn anlächelte, empfand Blue nichts.

Und ich habe Angst davor gehabt, sie wiederzusehen, erkannte er mit einem Mal. Er hatte sich davor gefürchtet, dass das alte Begehren, die alten Bedürfnisse und Verletzungen zurückkehrten.

Aber er fühlte nichts dergleichen.

Nur den Drang, zurück in den Innenhof zu gehen, wo Lucy Tait auf ihn wartete.

„Jenny Lee, es tut mir leid", sagte er und entwand seine Hand sanft ihrem Griff, „aber ich kann nicht zum Dinner bleiben. Ich muss los."

Während ihr Lächeln verblasste, entdeckte Blue die Sorgenfalten in ihrem sonst so glatten Gesicht. Und als sie wieder lächelte, merkte er, dass es gezwungen und unnatürlich war.

Blue blickte in die Runde. Die Frauen lauschten so gebannt, als würde eine Folge ihrer Lieblingsseifenoper laufen. Was immer Jenny Lee sagen wollte, sie konnte es nicht vor Publikum tun.

„Natürlich kann ich wirklich nicht gehen, ohne wenigstens ein Mal getanzt zu haben", sagte Blue. Er wusste, dass sie ihm auf der Tanzfläche erzählen würde, worüber sie sich Sorgen machte.

Erleichtert sah Jenny Lee ihn an. „Natürlich", erwiderte sie und ließ sich von ihm in die Mitte des Saals führen. Die am Tisch sitzenden Frauen beobachteten sie immer noch, aber wenigstens konnten sie ihnen nicht zuhören.

„Ist alles in Ordnung?", fragte Blue. Mit Jenny Lee zu tanzen war seltsam, nachdem er Lucy im Arm gehalten hatte. Lucy war fast genauso groß wie er, es passte perfekt; Jenny Lee war viel kleiner. Er kam sich ungelenk vor, als müsste er sich verbiegen, um mit ihr zu reden.

„Ich weiß nicht, was los ist", erklärte Jenny Lee. „Gerry benimmt sich seit einigen Tagen so merkwürdig ... Er ist beunruhigt und ärgerlich. Ich habe keine Ahnung warum. Das Geschäft läuft besser denn je. Er hat sich gerade ein neues Auto gekauft, und seine Pläne für die Hochzeitsreise sind *extravagant* ... Finanzielle Sorgen belasten ihn nicht, so viel ist sicher."

In ihren Augen schimmerten Tränen, trotzdem empfand Blue nichts. Nichts als brüderliche Anteilnahme für Gerrys zukünftige Ehefrau. Sie sah so aus, als würde sie noch mehr erzählen, deshalb wartete Blue.

„Ich frage mich nur ..."

Lucy hätte sofort ausgespuckt, was ihr auf dem Herzen lag, sobald sie zu tanzen begonnen hätten. Lucy war geradeheraus und kam in Gesprächen schnell zur Sache. Sie sprach aus, was sie dachte. Das war erfrischend, überlegte Blue. Und er mochte ihre Art viel lieber als Jenny Lees Haltung, denn ihr musste er quasi jede noch so kleine Information aus der Nase ziehen.

„Was ist es, Jenny Lee?", fragte er. „Erzähl es mir einfach."

Sie konnte ihm nicht in die Augen sehen, vor Verlegenheit errötete sie. „Ich kann nicht anders. Ich frage mich, ob ich nicht einen Riesenfehler gemacht habe, als ich dich eingeladen habe", flüsterte sie.

Aus zehn Minuten wurden fünfzehn, und Lucys Zweifel und Vorbehalte wurden größer und größer.

*Was machte sie hier?* Jetzt, da sie sich die Zeit nahm, darüber nachzudenken, erschreckte die unglaublich starke Leidenschaft sie zu Tode, die sie nach Blues Küssen empfand.

Was, wenn sie etwas richtig Dummes anstellte? Was, wenn sie sich in den Typen verliebte?

*Verlieben?* Gott steh ihr bei, sie hatte dieses Stadium schon fast hinter sich gelassen. Konnte sie wirklich mit Blue schlafen und dabei Körperliches streng von Emotionalem trennen? Oder würde die körperliche Nähe sie derart ins Schleudern bringen, dass sie sich nie mehr daraus befreien konnte?

Wo *steckte* er? Warum dauerte das so lange?

Lucy hatte weder Fragen noch Zweifel, wenn sie Blue in die Augen sah. Sie konnte sich in keine andere Richtung bewegen als vorwärts. Nur wenn er nicht da war, begann sie, Schritte zurück zu tun.

Sie öffnete die Flügeltür und ging zurück in den Countryclub. Blue war vermutlich tief in ein Gespräch mit Gerry verwickelt worden und konnte sich nicht verabschieden. Und sie – sie brauchte etwas zu trinken. Etwas, durch das sie genug Mut bekäme, um nicht davonzulaufen.

Auf dem Weg zur Bar entdeckte sie ihn.

Blue bewegte sich auf der Tanzfläche und hielt Jenny Lee in den Armen.

Wie gut das passte.

Lucy drehte sich um. Sie war von sich zu angewidert, als dass sie auf Blue hätte wütend sein können. *Ich und Jenny Lee, das ist eine alte Geschichte?* Lucy hatte ihm fast geglaubt. Was sie selbst zu einem genauso großen Idioten machte wie ihn.

Sie musste hier weg und zwar schnell. Deshalb steuerte sie auf die Tür zum Flur zu. Sie hatte sie beinah erreicht, als das Geschrei losging.

Lucy wandte sich um. Sie war Police Officer; sie lief nicht davon, wenn es Ärger gab. Doch jetzt sank ihr das Herz in die Hose.

Mit wütender Miene stand Gerry mitten auf der Tanzfläche, zwischen Blue und Jenny Lee. Und obwohl er die Stimme gesenkt hatte, stieß er Blue wiederholt zurück und war deutlich aufgeregt und zornig.

Lucy erkannte an Blues Haltung, dass er die Auseinandersetzung nicht ausarten lassen wollte. Er hob beide Hände, die Handflächen nach vorn, und stand seinem Stiefbruder gegenüber. Aber Jenny Lee war in Tränen ausgebrochen. Und Gerry stieß Blue mit jedem Satz, den er aussprach, fester gegen die Brust. Lucy trat näher heran und überlegte, ob sie eingreifen sollte, auch wenn sie nicht im Dienst war. Nicht dass sie viel Glück dabei gehabt hatte, die Ruhestörung am Nachmittag beizulegen …

Im Saal war es still. Sogar die Band hatte zu spielen aufgehört. Sheldon Bradley, der Polizeichef, trat schnell an Gerrys Seite. Darüber war Lucy froh. Er hatte weit mehr Erfahrung als sie und war außerdem mit Gerry befreundet.

„Ich will, dass er von hier *verschwindet*." Gerry wurde wieder lauter. „Wer zum Teufel hat ihm überhaupt erlaubt, mit Jenny Lee zu tanzen?"

Lallte er etwa? Er klang merkwürdig, als wäre er …

„Gerry, du bist betrunken", sagte Jenny Lee.

„Es war *deine* Idee, ihn einzuladen", entgegnete Gerry barsch und drehte sich zu seiner Verlobten um. „Stiefbruder hin oder her – ich wollte nicht, dass du deinen Exlover zu meiner Hochzeit einlädst! Aber vielleicht gibt es ja einen ganz anderen Grund dafür, dass du ihn hier haben willst …"

„Wenn du nüchtern bist, Bruder", warf Blue sanft ein, „wirst du dich wie ein Vollidiot fühlen."

„Halt dich *verdammt noch mal* aus meinem Leben raus", herrschte Gerry ihn mit wildem Blick an. „Du bist nicht mein Bruder! Ich will nicht, dass du hier herumlungerst! Das wollte ich nicht, als wir Kinder waren, und das will ich *jetzt* auch nicht!"

Der Schmerz, der in Blues Augen aufflammte, verschwand so schnell, dass Lucy sicher war, sie hatte es als Einzige gesehen. Aber sie *hatte* es gesehen. Gerrys bittere Worte hatten Blue tief verletzt.

„Kommt schon, Jungs." Chief Bradley versuchte, sich zwischen die zwei Männer zu stellen.

„Außerdem gehört Jenny Lee jetzt mir." Gerry sah an Bradley vorbei und fixierte Blue. „Du hattest deine Chance. *Du* kannst sie nicht bekommen."

„Sie wird nicht besonders lange bei dir bleiben, wenn du so weitermachst", entgegnete Blue unbetont und leise.

„Soll das eine Drohung sein? Denn falls es das war, werde ich …" Gerry schlug nach Blue.

Blue packte seine Hand mühelos und fing den Schlag seines Stiefbruders auf halber Strecke auf.

„Genug jetzt!", sagte der Polizeichef. „Gehen Brüder so miteinander um?"

„Er ist nicht mein Bruder." Gerry zog seine Hand aus Blues Griff. „Hätte mein Alter sich nicht schuldig gefühlt, weil er es mit Blues Mutter getrieben hatte, diesem weißen Abschaum …"

Blue reagierte so schnell, dass Lucy seine Bewegung gar nicht verfolgen konnte. Im einen Moment stand er mehrere Schritte von Gerry entfernt, im nächsten hatte er seinen Stiefbruder gegen eine Säule gedrängt und hielt den hochgewachsenen Mann am Kragen seines teuren Smokings fest.

Chief Bradley sah aus, als überlegte er es sich zweimal, ob er sich gegen Blue stellen sollte. Trotzdem trat er vor. „So, Jungs. Ihr wollt doch nicht ..."

Blue achtete nicht auf Bradley, sondern sah Gerry in die Augen. „Jetzt bist du zu weit gegangen", sagte er leise. „Mir ist völlig egal, was du über mich sagst. Aber lass gefälligst meine Mutter aus dem Spiel."

„Blue", erklärte der Polizeichef, „Junge, ich werde Sie wohl bitten müssen zu gehen."

„Solltest du ihren Namen noch mal auch nur flüstern", fuhr Blue fort, „dann wirst du dafür bezahlen, hast du mich verstanden?"

Gerry nickte und schwieg schließlich.

Chief Bradley war es nicht gewohnt, ignoriert zu werden. „Blue McCoy, ich muss Sie auffordern, Ihren Bruder loszulassen."

Doch Blue rührte sich nicht. „Du entschuldigst dich bei Jenny Lee, und dann gehst du nach Hause und wirst nüchtern", sagte er zu Gerry in demselben leisen, gefährlichen Tonfall wie zuvor.

Gerry schien schlaff zu werden und zu sinken, in einer seltsamen Art von Umarmung hingen seine Arme um Blue. Er sagte etwas, flüsterte Blue etwas ins Ohr. Doch er sprach zu leise, als dass Lucy es hören konnte.

„So wie *ich* das sehe, Junge, sind *Sie* derjenige, der sich entschuldigen und das Fest verlassen sollte." Chief Bradley blickte sich im Saal um und wartete darauf, dass ihm jemand beipflichtete. Er entdeckte Lucy. „Sind Sie heute im Dienst, Tait?"

„Nein, Sir. Ich bin mit ..."

„Dann betrachten Sie sich als im Dienst", erwiderte Bradley finster entschlossen. „Bringen Sie Lieutenant McCoy zu seinem Motel. Sorgen Sie dafür, dass er ohne weiteren Ärger hinkommt."

„Aber ..." Lucy sah Blue an, der Gerry losgelassen hatte.

Blue wandte sich Jenny Lee zu. „Es tut mir leid", sagte er.

„Mir auch", erwiderte sie. Trotz der Tränen in ihren Augen hielt sie den Kopf aufrecht. Sie warf Gerry einen vernichtenden Blick zu und eilte aus dem Saal.

Blue drehte sich um und steuerte auf die andere Tür zu. Chief Bradley hatte Gerry an die Seite gezogen und redete leise auf ihn ein. Kurz dachte Lucy darüber nach, zu warten und ihre Einwände gegen den Einsatz an ihrem freien Abend vorzubringen. Doch sie wusste, dass es nichts nützen würde. Sheldon Bradley leitete die Polizei in Hatboro Creek nach seinen eigenen Regeln. Seufzend wandte Lucy sich ab und ging Blue nach. Sie musste laufen, um ihn einzuholen.

„McCoy … Warten Sie!"

Er blieb stehen und wartete. Seine Miene war undurchdringlich, sein Blick ausdruckslos. Zusammen gingen sie schweigend zu Lucys Truck.

Blue sprach erst, nachdem Lucy auf die Ausfahrt des Countryclubs gebogen war.

„Das vorhin tut mir leid", murmelte er.

Sie warf ihm einen Blick zu. Er beobachtete sie im schwachen Licht des Armaturenbretts. „Du kannst nichts für deine Gefühle", sagte sie leise.

Er rutschte auf seinem Sitz, sodass er ihr ins Gesicht sehen konnte. „Du denkst doch nicht, dass ich …" Er brach ab und fing von vorn an. „Glaubst du wirklich, ich würde mich auf dem Polterabend vor der Hochzeit meines Bruders an Jenny Lee heranmachen?"

Lucy ließ den Wagen vorsichtig zum Stoppschild an der Ecke Main Street und Seaside Road rollen. „Jeder auf der Party hat nur darauf gewartet, dass etwas zwischen Jenny Lee und dir passiert", erklärte sie und bog links auf die Main Street ab. „Jeder auf der Party hat gesehen, wie du mit ihr getanzt hast, und hat denselben Schluss gezogen. Dass du hier bist, um Ärger zu machen, und dass du Jenny Lee zurückgewinnen willst."

Blues Gesicht lag im Schatten. Trotzdem wusste sie, dass er sie betrachtete.

„Jeder auf der Party. Dich eingeschlossen?"

Sie musste ehrlich sein. „Ja."

„Und wenn ich dir sage, dass sich alle auf der Feier geirrt haben? Dass ich nichts für Jenny Lee empfinde …?"

„Würde ich vermuten, dass du das nur sagst, um doch noch die Nacht mit mir zu verbringen", erwiderte Lucy rundweg, lenkte den Truck auf den Parkplatz des Motels und hielt an.

„Das stimmt nicht", widersprach er leise. „Ja, ich will dich in meinem Bett haben. Aber ich würde nicht lügen, um dich dahin zu bekommen. Komm schon, Yankee, lassen wir einfach die Vergangenheit Vergangenheit sein." Er streckte die Hand aus und berührte ihr Haar.

Lucy wich vor ihm zurück. „Lass das."

„Lucy ..."

Sie schloss die Augen und versuchte, ihn auszuschließen. „Ich kann das nicht. Ich dachte, ich kann es, aber ich kann nicht." Sie schlug die Augen auf und sah ihn an. „Ich kann nicht als Ersatz für Jenny Lee herhalten."

Blue lachte, seine Augen glänzten vor Ungeduld. „Du bist *kein* ..."

„Sieh mal, McCoy, ich muss ..."

„Warum gehen wir nicht ein Bier trinken und reden darüber?", schlug er vor. „Diese Bar ... wie hieß sie noch? Rebel Yell. Gibt es die noch? Warum gehen wir nicht dahin?"

„Nein. Ob du es glaubst oder nicht, ich bin jetzt im Dienst. Ich muss aufs Revier und einen Bericht schreiben."

„Du weißt sehr gut, dass du das auch morgen tun kannst."

„Ja", erwiderte sie. „Aber ich *will* es jetzt erledigen."

Schweigen. Lucy starrte durch die Frontscheibe, hoffte und wünschte sich, dass Blue einfach die Tür aufmachte und aus dem Wagen stieg. Sie hörte, wie er seufzte.

„Zum Teufel mit Gerry", sagte er müde. „Ich hätte ihm den Hals umdrehen sollen, als ich die Gelegenheit dazu hatte."

Er stieß die Tür auf und kletterte aus dem Truck. „Es war mir ein echtes Vergnügen, dich wiederzusehen, Lucy Tait", meinte er mit seinem sanften gedehnten Akzent. „Ich muss es dir sagen ... Ich wünschte, es wäre ein noch größeres Vergnügen gewesen. Wenn du mal in Kalifornien bist, ruf mich an."

Sie wandte sich um, um ihn anzusehen. Sie konnte nicht anders. „Willst du die Stadt verlassen?"

Sein blondes Haar glänzte im Licht der Innenbeleuchtung des Wagens, als Blue nickte. „Ich verschwinde mit dem nächsten Bus. Mir ist egal, wo er hinfährt. Hauptsache, die Stadt ist so groß, dass es dort einen Flughafen gibt."

Er reiste ab, so schnell er konnte. Lucy wandte den Blick ab. Sie hatte Angst, er könnte ihr die Enttäuschung ansehen, die sich mit Sicherheit auf ihrer Miene abzeichnete.

„Mach's gut, Lucy", flüsterte Blue. Er schloss die Wagentür und war fort.

Lucys Telefon klingelte noch vor Sonnenaufgang und riss sie aus einem unruhigen Schlaf.

Es war Annabella Sawyer, die Polizeizentrale. „Du kommst lieber ins Revier", sagte ihre Reibeisenstimme ohne jegliche Begrüßung. „Hier ist die Hölle los. Der Chief fordert alle verfügbaren Einsatzkräfte an."

Lucy drehte sich auf die Seite und sah auf den Wecker. Es war kurz nach vier Uhr morgens. „Was ist los?"

„Es fing als 10-65 an", erklärte Annabella. „Jenny Lee Beaumont hat um zwei Uhr elf angerufen und Gerry McCoy vermisst gemeldet. Er war nicht nach Hause gekommen. Eine Viertelstunde später hat Tom Harper Gerrys Motorrad am Straßenrand bei der Gate's Hill Road entdeckt. Kurz darauf wurde der 10-65 zu einem 10-54. Um drei Uhr sechsundfünfzig hat Doc Harrington es bestätigt. Wir haben einen 187."

Erschöpft schloss Lucy die Augen. „Kannst du das für mich übersetzen, Annabella?"

„Die vermisste Person ist zu einem Leichenfund geworden", antwortete Annabella. „Wir haben es mit einem Mordfall zu tun."

Lucy setzte sich auf. „*Was?*"

„Gerry McCoy ist tot", betonte Annabella. „Er wurde ermordet."

# 4. Kapitel

Lucy eilte auf das Polizeirevier, band sich das Haar zu einem Zopf zusammen und versuchte, ihrer aufkommenden Furcht Herr zu werden. Gerry McCoy war tot, und Lucy war sich fast hundertprozentig sicher, dass die Tragödie damit noch nicht zu Ende war.

Frank Redfield saß hinter dem Empfangstresen und telefonierte. Er nickte ihr zu und hob einen Finger, damit sie wartete.

„In Ordnung", sagte er ins Telefon. Das dünner werdende braune Haar stand ihm zu Berge, als wäre er direkt aus dem Bett gekommen. „Ich verstehe, Chief. Ich kümmere mich sofort darum." Er legte den Hörer auf und wandte sich an Lucy. „Beschissene Lage", sagte er und trank einen großen Schluck Kaffee. „Bist du mit den Einzelheiten vertraut gemacht worden?"

„Ich habe gehört, dass man Gerry McCoys Leiche an der Gate's Hill Road gefunden hat", erwiderte Lucy und schenkte sich einen Becher Kaffee aus der Kanne vom Empfang ein. „Ich kenne keine Details. Wie ist er gestorben? Erschossen?" In fast allen Todesfällen im Umkreis spielte eine Schusswaffe eine Rolle.

„Komm mit", sagte Frank und bedeutete ihr, ihm zu folgen. „Ich muss einen umfassenden Bericht vorlegen. Aber ich versuche, dich auf den aktuellen Stand zu bringen, während ich die Daten in den Computer eingebe."

Lucy eilte hinter ihm den Gang entlang. Frank war etwa vier Zentimeter kleiner als sie und dünn wie eine Bohnenstange. Aber was ihm an Gewicht fehlte, machte er mit Geschwindigkeit und Gutmütigkeit wett. Es war bestimmt nicht seine Schuld, dass Lucy sich neben ihm wie eine Art Amazone vorkam. Er war immer freundlich und respektvoll. Eigentlich waren Frank und sein bester Freund Tom Harper – groß, dunkel und wie ein Verteidiger im Baseball gebaut – die einzigen Männer bei der Polizei in Hatboro Creek, die nicht gemurrt und sich beklagt hatten, als Lucy ins Team gekommen war.

„Zu allererst", sagte Frank mit seinem starken Südstaatenakzent,

„Gerry McCoy ist nicht erschossen worden. Er starb an einem Genickbruch."

„Haben wir die Gewissheit, dass es kein Unfall war?", fragte Lucy. „Vielleicht ist er gestürzt?"

„Gerrys Leiche wurde mitten auf einer Lichtung gefunden. Wenn er nicht vom Himmel gefallen ist, können seine Verletzungen von keinem Unfall herrühren." Frank setzte sich an den Computertisch, sah zu Lucy auf und verzog das Gesicht. „Doc Harrington berichtet, dass sein Genick einen geraden Bruch hat. Wie ein dünner Zweig durchgebrochen." Er schauderte. „Der Arzt schätzt den Todeszeitpunkt auf kurz nach elf. Wir bekommen eine genauere Angabe, sobald der Typ von der Forensik heute Morgen hier ist."

„Nach wem fahnden wir?"

„Nach dem Stiefbruder", antwortete Frank und gab Daten in den Computer ein. Seine Finger bewegten sich in der normalen atemberaubenden Geschwindigkeit über die Tastatur.

Lucys Furcht stieg. „Blue McCoy." Natürlich wollten sie mit Gerrys Stiefbruder reden – besonders nachdem er sich nur Stunden vor dem vermuteten Todeszeitpunkt in der Öffentlichkeit mit dem Verstorbenen gestritten hatte. Zu Beginn einer Mordermittlung standen Familienangehörige immer ganz oben auf der Verdächtigenliste. Statistisch kamen Mörder meist aus dem nahen Umfeld des Opfers. Aber Blue war kein kaltblütiger Killer. Er war ein Soldat, ein Kämpfer, aber kein Mörder.

Trotzdem hatte Blue vor wenigen Stunden „Zum Teufel mit Gerry" gesagt. „Ich hätte ihm den Hals umdrehen sollen, als ich die Gelegenheit dazu hatte."

*Den Hals umdrehen*, das hatte er gesagt. Und jetzt war Gerry tot und genau dieser Hals gebrochen.

Mein Gott, war es möglich …?

Nein, Lucy konnte das nicht glauben. Sie würde es *niemals* glauben.

„Wir wollen ihn zur Befragung herholen", sagte Frank.

„Dafür musst du keinen Fahndungsaufruf rausgeben", erklärte Lucy. Befragung. Zur Befragung herbestellt zu werden, war geringfügig besser, als mit bereits eingereichten Anklagepunkten hergebracht zu werden. „Blue McCoy wohnt drüben im Lighthouse Motel."

„Nicht mehr", entgegnete Frank. „Der Chief hat gerade angerufen und erzählt, dass Gerrys Bruder im Lighthouse etwa gegen ein Uhr nachts ausgecheckt hat. Jedd Southeby vom Lighthouse hat gesagt, dass Blue seine Rechnung beglichen und einfach mit einer Art Seesack über der Schulter rausgegangen ist." Er blickte Lucy an. „Jetzt, da du genauso viel weißt wie wir, solltest du eigentlich loslegen und dich an der Suche beteiligen. Ein Mann, der zu Fuß mit schwerem Gepäck unterwegs ist, kann noch nicht weit gekommen sein."

Was hatte Blue noch gesagt, als sie sich voneinander verabschiedet hatten? *Ich nehme den nächsten Bus. Mir ist egal, wo er hinfährt ...*

Lucy griff nach dem Telefonhörer und rief die Auskunft an. „Ja, ich brauche die Nummer der Busgesellschaft in Georgetown." Sie kritzelte sie auf ein Blatt Papier, während Frank sie mit kaum verhohlener Ungläubigkeit ansah.

„Es gibt keine verdammte Möglichkeit, dass der Bruder nach Georgetown gekommen ist", meinte er. „Das liegt fast fünfundzwanzig Kilometer entfernt. Benutz deinen Verstand, Lucy. Zu der Zeit in der Nacht ist es still auf den Straßen. Er konnte nicht einmal per Anhalter dahin fahren. Niemand war da, der ihn hätte mitnehmen können."

„In Georgetown ist der nächstgelegene Busbahnhof, an dem die ganze Nacht Busse fahren", erwiderte Lucy und wählte die Nummer, die ihr genannt worden war. „Und fünfundzwanzig Kilometer sind ein Nachmittagsspaziergang für einen Navy SEAL."

„Du verschwendest deine Zeit", entgegnete Frank in seiner Singsangstimme.

Nach dem siebzehnten Klingeln ging in Georgetown jemand ans Telefon. Lucy wurde zum Geschäftsführer durchgestellt. „Ich brauche die Fahrpläne aller Busse, die seit drei Uhr heute Nacht bei Ihnen angehalten oder losgefahren sind." Es war unwahrscheinlich, dass Blue so früh in Georgetown angekommen war, aber Lucy wollte sichergehen.

„Zwischen zwei und fünf vor vier sind keine Busse hier gewesen", erklärte ihr der Mann am anderen Ende der Leitung. „Um fünf vor vier ist einer nach Columbia und Greenville gefahren. Um zwanzig nach vier, nur ein paar Minuten später, ist ein Bus nach Charleston gefahren, und der nächste Bus ... Warten Sie mal ..."

„Gibt es einen Militärflughafen in Charleston?", fragte Lucy Frank. Er nickte. „Ja."

„Das ist der Bus", erklärte Lucy. Das musste der Bus sein, in den Blue gestiegen war. Er war mit dem Bus nach Charleston gefahren, und auf dem Flughafen war er in das nächste Flugzeug gestiegen, das den Staat verließ. Vermutlich war er auf dem Weg nach Kalifornien. „Gibt es eine Möglichkeit, dass ich mit dem Busfahrer sprechen kann?"

„Nicht, wenn Sie ihn nicht verfolgen und anhalten. Die Regionalbusse sind nicht mit Funkgeräten ausgestattet", sagte der Geschäftsführer. „Wir können mit dem Betriebshof in Charleston Verbindung aufnehmen, aber das ist auch schon alles."

„Wann wird der Bus dort ankommen?"

„Es ist kein Schnellbus, deshalb hält er in fast jeder Stadt an der Route 17 von hier bis Charleston. Er wird nicht vor sechs Uhr fünfundvierzig an der Endhaltestelle ankommen. Jedenfalls wenn er pünktlich ist."

„Vielen Dank", sagte Lucy und legte auf. „Ich fahre nach Charleston", erklärte sie Frank.

„Du begibst dich auf eine aussichtslose Verfolgung."

„Habe ich nicht die Anweisung bekommen, mich an der Suche nach Blue McCoy zu beteiligen?", entgegnete sie.

„Ja schon, aber …"

„Ich beteilige mich", beharrte Lucy und ging zur Tür.

„Der Chief wird verärgert sein …"

„Sag dem Chief", rief Lucy ihm zu, „dass ich vor acht Uhr zurück bin, und zwar mit Blue McCoy."

Blue trieb zwischen Wachen und Schlafen hin und her. Es erschien unglaublich, dass er die Nacht größtenteils damit verbracht hatte, zur Bushaltestelle in Georgetown zu marschieren. Erstaunlich, dass er sich so angestrengt hatte, um in diesen schäbigen alten Bus zu gelangen.

Besonders seltsam fand er, dass er sich so viel Mühe gegeben hatte, um Hatboro Creek zu verlassen. Denn zum ersten Mal in seinem Leben war Hatboro Creek genau der Ort, an dem er sein wollte.

Weil dort eine Frau namens Lucy Tait lebte. Und er konnte sich noch so sehr bemühen, sie aus seinen Gedanken zu vertreiben.

Sie wohnte immer noch in demselben großen alten Haus, in dem sie mit ihrer Mutter gelebt hatte, als Blue noch zur Highschool gegangen war. Nachdem er nicht hatte schlafen können, war er in der vergangenen Nacht spazieren gegangen und hatte sich vor dem Haus wiedergefunden. Er hatte zu den verdunkelten Fenstern gestarrt und zur Tür gehen wollen. Gleichzeitig war ihm klar gewesen, dass er das nicht tun sollte.

Er hätte klingen und sich die Aufforderung, einzutreten, erschleichen können. Hätte er erst in Lucys Wohnzimmer gestanden, wäre es nicht schwierig gewesen, sie zu verführen. Er wusste bereits, dass sie der Anziehungskraft, die sie unweigerlich zueinander trieb, kaum widerstehen konnte.

Aber er hatte sich dazu gezwungen, sich umzudrehen und dem Paradies, in das eine Nacht mit Lucy ihn führen würde, den Rücken zu kehren. Warum? Er war sich nicht sicher, doch er vermutete, er hatte es aus Vorsicht getan. Tief in ihm warnte ihn etwas davor, dass Lucy Tait vielleicht, nur vielleicht, jemand Besonderes war. Und Blue wusste ohne jeden Zweifel, wie wenig Platz es in seinem Leben für jemanden gab. Erst recht nicht für jemanden, der besonders war.

Er hatte Joe Catalanotto beobachtet, den Commander der Alpha Squad, seinen besten Freund. Es war nicht alles eitel Sonnenschein, wenn man jemand Besonderes gefunden hatte. Ja, Joe schien die meiste Zeit glücklich zu sein. Und ja, im Allgemeinen lächelte er häufiger und war nur selten genervt oder frustriert. Aber wenn die Alpha Squad auf einer Mission war und Joe Veronica, seine Frau, schon wochenlang nicht gesehen hatte und noch Wochen oder sogar Monate vergehen würden, bis er sie wiedersah – dann wurde Joe immer stiller. Er beklagte sich nie, er sprach nie darüber. Trotzdem: Blue kannte seinen Freund. Er wusste, wie sehr Joe die Frau, die er liebte, vermisste. Und er machte sich Sorgen um sie.

Das wollte und brauchte Blue nicht. Nein, Sir, vielen Dank.

Wieso saß er dann jetzt in diesem Bus, döste und träumte von Lucy Tait, als könnte er ihre Gegenwart heraufbeschwören? Sobald er in Charleston ankam, würde er eine der Frauen besuchen, die er von früher kannte, als er auf der Marinebasis stationiert gewesen war, und …

„Verdammt noch mal, was …?", hörte er jemanden sagen. „Warum fahren wir hier ran?"

„Das ist aber keine Haltestelle", sagte ein anderer.

Blue öffnete die Augen. Der Bus hielt am Straßenrand. Die zwei

Männer in Arbeitskleidung, die weiter von ihm entfernt auf den vorderen Plätzen saßen, waren die Einzigen in dem spärlich besetzten Bus, die sich unterhielten.

„Oh, verdammt", sagte der eine Mann. „Der Busfahrer ist wohl zu schnell gefahren. Wir werden von einem Cop angehalten."

„Wenn ich nicht bis sieben Uhr in Charleston bin, bin ich meinen Job los", beklagte sich der andere. „Ich bin schon zu oft zu spät gekommen."

Blue versuchte, aus dem Fenster zu sehen. Aber er sah kein Polizeiauto, er sah gar nichts. Deshalb schloss er die Augen wieder. Für ihn spielte es keine Rolle, ob das hier fünf Minuten oder eine Stunde dauerte. Er würde in Charleston ankommen, wenn er da war.

Er hörte das Zischen, als der Busfahrer die Tür öffnete, und das Gemurmel der Stimmen aus dem vorderen Teil des Busses.

„Oh, Süße", sagte der eine. „Komm und nimm mich fest."

„Wo muss ich unterschreiben, um gefilzt zu werden?", fragte der andere Mann und lachte leise.

„Den kenne ich schon", erwiderte eine dritte Stimme. „Wenn Ihnen also nichts Besseres einfällt, halten Sie doch einfach den Mund."

Lucy?

Blue schlug die Augen auf. Und da war sie, tatsächlich. Sie stand im Gang und blickte zu ihm.

„McCoy, packen Sie Ihre Sachen zusammen. Sie steigen hier aus", sagte sie.

Sie sah müde aus, und das Make-up vom vergangenen Abend hatte sie sich aus dem Gesicht gewaschen. Ihr Haar war zu einem praktischen Pferdeschwanz zusammengebunden, und die Uniform verbarg die sanften Kurven ihres Körpers. Trotzdem sah sie *verdammt* gut aus, und Blue spürte, wie er den Mund zu einem vergnügten Lächeln verzog.

„Hey", erwiderte er. Seine Stimme klang noch verschlafen. Er räusperte sich. „Yankee. Hätte nicht gedacht, *dich* wiederzusehen."

„Komm schon, wir halten die Leute hier auf", entgegnete Lucy.

Sie sah ihm nicht in die Augen, als hätte sie Angst vor dem heißen Verlangen, das sie dort sonst garantiert entdeckt hätte. Er wusste, was sein Blick verraten musste.

„Werde ich verhaftet?", fragte er scherzhaft und neigte den Kopf, sodass sie seinem Blick begegnen musste.

Sie lächelte jedoch keineswegs. „Nein", antwortete sie. „Noch nicht."

Blue spürte, wie ihm das Lächeln verging, als er in ihre Augen blickte. Sie machte keinen Spaß, als sie „Noch nicht" gesagt hatte. Was immer Lucy hier wollte, es war nichts Gutes. „Was ist passiert?", fragte er besorgt. Offensichtlich war sie ihm nicht halb nach Charleston gefolgt, weil sie der ungenutzten knisternden Anziehungskraft zwischen ihnen nachgeben wollte. „Irgendetwas ist passiert, oder nicht?"

Mit dem Kopf wies sie zum Busausstieg. „Steig aus dem Bus, und ich erzähle dir alles."

Blue stand auf und zog den Seesack von der oberen Gepäckablage. Er ging hinter Lucy den Gang entlang und stieg die steilen Stufen zur staubigen Straße herunter. Irgendetwas war hier im Gange. Etwas *Schlechtes.*

Als der Bus wieder auf die Route 17 bog, ließ Blue seinen Seesack auf den Alphalt fallen. „Spuck's schon aus."

„Warum steigst du nicht in den Wagen?", schlug sie vor.

Blue rührte sich nicht von der Stelle. „Spiel keine Spielchen mit mir, Lucy, das ist nicht dein Stil. Sag mir einfach, was los ist."

„Ich habe schlechte Neuigkeiten", erklärte sie streng. „Mir wäre es lieb, wenn du dich hinsetzt."

Schlechte Neuigkeiten.

Schlechte Neuigkeiten bedeuteten Tod oder etwas Ähnliches.

Als Blue das letzte Mal *schlechte Neuigkeiten* mitgeteilt worden waren, hatte er mit den anderen im Krankenhaus gewartet, um zu erfahren, wie es Frisco ging. Stundenlang waren sie im Ungewissen geblieben. Sie wussten nicht, ob er leben oder sterben würde. Und als der Arzt aus dem OP gekommen war, hatte er gesagt: „Ich habe schlechte Neuigkeiten". Frisco lebte, aber er würde nie wieder laufen können.

Jener Arzt kannte Navy SEALs. Er wusste, was der Mobilitätsverlust bedeutete – was es bedeutete, nicht mehr laufen, springen und sogar gehen zu können: Es waren schlechte Neuigkeiten. Todesähnliche Neuigkeiten.

Ein Teil von Frisco *war* in Bagdad gestorben. Der Mann im Krankenbett, in dessen Augen so viel Schmerz lag und dessen Mund sich nicht einmal an ein Lächeln erinnerte, hatte nichts mehr zu tun mit dem fröhlichen SEAL, den Blue einst gekannt hatte.

Schlechte Neuigkeiten.

Jemand war gestorben. Er las es in Lucys Augen. Aber wer? Blue wollte keine Vermutungen anstellen. Er wollte, dass sie es ihm einfach sagte.

Lucy verspürte einen Anflug von Erleichterung, als sie Blue ansah. Er blickte ihr in die Augen, als versuchte er, ihre Gedanken zu lesen. Er wusste tatsächlich nicht, was sie ihm sagen musste. Er hatte keine Ahnung – er hatte keinen blassen Schimmer davon, dass Gerry tot war. Er konnte nicht der Killer sein. Niemand konnte so gut lügen.

„Ich muss mich nicht hinsetzen, wenn ich schlechte Neuigkeiten erfahre", erklärte Blue.

Lucy war nur verpflichtet, ihm zu sagen, dass sein Bruder tot war. Dann konnte sie seine Reaktion bewerten und sich bestätigen lassen, dass er nichts über die Todesumstände wusste. Doch das erschien ihr so grausam, so herzlos. Obwohl sich Blue und Gerry vor Kurzem nicht gerade fantastisch verstanden hatten, *waren* sie während ihrer Jugend Freunde gewesen.

„Komm schon, Yankee", beharrte Blue sanft. „Wenn es mir wehtut, dann mach schnell, bring es hinter dich."

Lucy nickte und befeuchtete sich die Lippen. „Gerry ist tot."

Blue blinzelte, als würde ihn der Sonnenschein plötzlich blenden. „Gerry", sagte er und schaute über den Acker, der sich weit vor ihnen erstreckte. Wieder und wieder zuckte der Muskel seiner Wange. „Lieber Gott. Wie?"

„Er ist irgendwann letzte Nacht getötet worden", antwortete Lucy.

Er wandte sich um und sah sie scharf an. Seine blauen Augen wirkten grell und intensiv im Morgenlicht. „Getötet", wiederholte er. „Wie ... umgebracht?"

Lucy nickte. „Sein Genick war gebrochen."

Leise fluchte Blue. „Wer hat ihm das angetan – drei Tage vor seiner Hochzeit?"

„Wir wissen es noch nicht. Die Ermittlungen haben gerade erst begonnen."

In seinem Blick veränderte sich etwas, und sein ganzer Körper wurde steifer, angespannter. „Stehe ich unter Verdacht?"

„Im Moment verdächtigen wir jeden in der Stadt", erklärte Lucy ihm. „Als Familienangehöriger stehst du nur zufällig etwas höher auf der Liste."

„Ich kann das nicht glauben. Ich kann nicht glauben, dass er tot ist." Blue schüttelte den Kopf. „Gerry. Als Kind hielt ich ihn für unsterblich. Für einen Gott." Er lachte traurig. „Die letzten Worte habe ich im Zorn zu ihm gesagt. Und jetzt ist er tot." Der Blick aus seinen funkelnden blauen Augen fixierte Lucy. Sie hielt den Atem an, angesichts des tiefen Schmerzes, der sie traf.

„Ich habe ihn geliebt", erklärte Blue schlicht. „Er war mein Bruder. Ich würde meinen Bruder nicht umbringen."

# 5. Kapitel

„Ich glaube ihm", sagte Lucy.

Schweigend musterte Sarah sie einige Minuten lang von der Couch aus. „Richard hat mir erzählt, dass Gerrys Halswirbel sauber durchgebrochen ist. Er meint, dass man entweder ein Kampfkunstexperte sein oder extrem viel Kraft haben muss, um das zu tun." Sie schwieg einen Moment, stützte sich auf einen Ellenbogen und trank zur Erfrischung einen Schluck aus dem hohen Glas Orangensaft. „Wo wir gerade über fast übermenschliche Kraft reden – hast du mir da nicht irgendetwas über Navy SEALs erzählt? Dass sie in der Lage sind, hundertdreißig oder hundertachtzig Kilo zu stemmen oder so?"

Lucy schüttelte den Kopf. „Ich weiß, was du meinst", erwiderte sie. „Und du hast recht. Blue McCoy ist stark genug und in der Lage, einem Mann das Genick so zu brechen, wie es bei Gerry passiert ist. Aber ich glaube nicht, dass er es war."

„Haben sie ihn verhaftet?", fragte Sarah. Ihre braunen Augen schimmerten mitfühlend.

„Nein. Sie haben nicht genug in der Hand, um ihn festzuhalten. Die Tatsache, dass er – in Anführungszeichen – vom Tatort geflohen ist, ist nur ein Indiz."

Das Telefon klingelte schrill und laut, es zerriss die Stille in Sarahs Wohnzimmer. „Richard hat einen Rufverstärker für das Telefon gekauft", erklärte sie. „Er hat Angst, dass er einen medizinischen Notfall verschläft, wenn er das Klingeln mitten in der Nacht nicht hört. Ich sage dir, es ist hart, mit einem Kleinstadtarzt verheiratet zu sein." Sarah streckte die Hand aus und nahm das schnurlose Telefon vom Sofatisch vor ihr. „Hallo?"

Lucy sah sich in Sarahs Wohnzimmer um. Sarah und Richard hatten ihr neues Haus eingerichtet, kurz bevor sie erfahren hatten, dass das Baby unterwegs war. Davor war das Wohnzimmer fast ein Jahr lang so gut wie unmöbliert gewesen. Aber jetzt waren endlich alle Umzugskartons ausgepackt, und das Haus war voller kinderfreundlicher Möbel. Es gab keine scharfen Kanten oder zerbrechliche Oberflächen; alles war weich abgerundet, konnte mit einem Köpfchen zusammenstoßen und von winzigen Fingern betastet werden. Und trotz der funktionalen Einrichtung war das Wohnzimmer geschmackvoll dekoriert. Sarah hätte es nicht anders akzeptiert.

„Nein", sagte sie zu dem Anrufer. „Ich warte immer noch darauf, dass dieses Baby beschließt, auf die Welt zu kommen." Sie lachte. „Mach dir keine Sorgen, du wirst rechtzeitig angerufen." Während sie der Antwort lauschte, blickte Sarah zu Lucy. „Ja, sie ist hier. Möchtest du mit ihr sprechen?"

„Wer ist da?", fragte Lucy, indem sie nur die Lippen bewegte.

„Tom Harper", antwortete Sarah ebenfalls stumm. „Oh, okay. Ich richte es ihr aus. Sie ist schon so gut wie unterwegs." Sie lachte wieder. „Klar, Tom. Danke. Bye." Sarah drückte auf die Taste, die das Gespräch beendete, und sah zu Lucy auf. „Tom soll dir vom Chief ausrichten: Auf dem Revier wird nach dir verlangt. Sofort."

Lucy trank ihren Orangensaft aus. „Hat er zufällig gesagt, warum?"

Sarah lächelte. „Chief Bradley will dich offenbar mit den Ermittlungen betrauen. Weil du Blue McCoy erfolgreich aufgespürt hast."

Lucy fiel fast das Glas aus der Hand. „*Mich?*"

„Ich verstehe das nicht", sagte Lucy mit Nachdruck, während sie in ihren Truck stieg. „Jeder auf diesem Revier ist besser qualifiziert, um diese Ermittlung durchzuführen. Warum *ich*?"

Blue verstaute seinen Seesack zu seinen Füßen, zog leise die Beifahrertür zu und schloss mit dem Ellenbogen ab. „Weil jeder andere bei dieser Polizei denkt, dass ich Gerry umgebracht habe."

„Und seit wann lässt Chief Bradley den Hauptverdächtigen bestimmen, wer die Ermittlungen leitet?", fuhr sie aufgebracht fort.

„Fahr diesen Wagen, ja?", entgegnete Blue. Er blinzelte, als er durch die Windschutzscheibe blickte. „Ich will hier weg."

Es bestand kein Zweifel daran. Er würde keine ihrer Fragen beantworten, bevor sie nicht den Wagen gestartet und ausgeparkt hatte.

Erst als sie auf den Bluff Drive bog und in Richtung Strand fuhr, redete Blue wieder mit ihr. „Bradley weiß nicht, dass *ich* dich ausgesucht habe", sagte er mit seinem weichen Akzent. „Er glaubt, es war *seine* Idee. Er wollte mich dazu bringen, ein Geständnis zu unterschreiben, und meinte, der Fall sei glasklar und könne abgeschlossen werden. Und auch wenn sie heute nicht genug Indizien gegen mich haben, ist er sicher, dass dieser Umstand leicht geändert werden kann. Sogar der dämlichste und grünste Anfänger könnte die nötigen Beweismittel innerhalb von achtundvierzig Stunden sammeln, um mich hinter Gitter zu bringen. Ich habe die Gelegenheit genutzt und ihn dazu gebracht, seine Behauptung zu belegen."

„Und ich bin der dämlichste, grünste Anfänger", erwiderte Lucy mit trockenem Humor.

„Du bist unerfahren, Yankee", entgegnete Blue, „aber du bist nicht dämlich. Und du wirst nicht vor lauter Eifer ein Indiz übersehen, das für meine Unschuld spricht."

Einen Augenblick lang schwieg Lucy. „Was ist, wenn ich nur Indizien finde, die dich überführen können?", fragte sie schließlich.

Blue zeigte auf einen Parkplatz am Strand. „Park da vorn", sagte er. „Bitte."

Lucy tat es. Um diese Zeit war der Parkplatz am späten Nachmittag fast leer, wenn die letzten Strandgäste nach Hause fuhren. Sie lenkte den Wagen zwischen die großen Steine, die den Parkplatz markierten, und stellte den Motor ab. Als sie zur Highschool gegangen war, hatten die Jugendlichen nachts hier geparkt, um zu knutschen. Sie war nie dabei gewesen. Aber sie hätte gewettet, dass Blue hier oft mit Jenny Lee hergefahren war.

Auf dem Beifahrersitz drehte Blue sich um und sah Lucy an. „Ich habe das ungute Gefühl", erklärte er langsam, „dass du nur Indizien finden wirst, die auf mich hinweisen." Er hob die Hand und hinderte Lucy daran, etwas zu sagen. „Irgendwie stinkt die ganze Sache, als wäre es inszeniert worden. Wer auch immer Gerry getötet hat, will, dass es so aussieht, als wäre ich der Mörder. Ich weiß weder, wer darin verwickelt ist, noch, wie weit sie es treiben werden. Und solange ich es nicht weiß, werde ich nur einem Menschen in dieser Stadt trauen, und das bist du."

Ungläubig sah Lucy ihn an. Er meinte es ernst. Von allen Leuten in der Stadt, an die er sich wenden konnte, bat er *sie* um Hilfe.

Aber als verantwortliche Leiterin der Ermittlungen durfte sie sich nicht auf die Seite des Verdächtigen schlagen. Ihr Job bestand darin, den Mörder zu finden – egal wer sich als der Mörder entpuppte.

Sie ließ den Kopf auf die auf dem Lenkrad verschränkten Arme sinken. „Was ist, wenn ich zu dem Schluss komme, dass du schuldig bist?"

„Ich glaube, du hast schon entschieden, dass ich es nicht bin."

Lucy hob den Kopf. „Ich muss dich befragen", sagte sie. „Du musst mir sagen, wo du zu der Zeit warst, als Gerry gestorben ist."

„Ich habe kein Alibi. Ich war allein."

Sie zog ihr Notizbuch aus der Tasche und stieß die Wagentür auf. „Gehen wir ein bisschen am Strand spazieren", schlug sie vor.

Blue nickte. „Gute Idee", erwiderte er und stieg ebenfalls aus.

Der Sand knirschte unter Lucys Schuhen. Blue hatte sich die Sandalen ausgezogen, wie ihr auffiel. Er ging barfuß. Und er hatte schöne Füße. Sie wirkten stark mit dem hohen Spann und den langen geraden Zehen.

Bis sie das Wasser erreicht hatten, führte sie ihre Befragung durch. Danach gingen sie schweigend an der Küste spazieren und betrachteten das Schauspiel der bald untergehenden Sonne am Meer.

„Wir befinden uns in einer interessanten Lage", sagte Lucy irgendwann. Ihr fiel es nicht leicht, trotzdem musste sie ehrlich zu ihm sein, weil sie darauf *angewiesen* war, dass er ihr gegenüber aufrichtig war. „Letzte Nacht waren wir dabei, eine … bestimmte Art von Beziehung einzugehen. Und heute ist alles anders."

Er schwieg und hörte ihr einfach zu, deshalb fuhr sie fort. „Ich werde dir einen ganzen Haufen Fragen stellen, und du musst sie mir ehrlich beantworten. Verstehst du?"

Sie trat zur Seite, damit die Welle, die auf dem Sand auslief, nicht ihre Schuhe erreichte. Blue ließ das Wasser über seine Füße fließen. Der Saum seiner Hose war nass, aber er schien es nicht zu merken, oder es machte ihm nichts aus. Er sah auf, als spürte er Lucys Blick auf sich, und nickte. Ja, er verstand sie.

„Okay." Sie atmete erleichtert aus. Ohne dass es ihr bewusst gewesen war, hatte sie den Atem angehalten. „Ich habe dich um halb neun an deinem Motel abgesetzt. Erzähl mir, was du getan hast, bevor du ausgecheckt hast."

Nachdenklich kniff er die Augen zusammen. „Ich bin ins Zimmer gegangen, habe geduscht und mich umgezogen. Ich habe mir bei Joe's Grill gebackenen Fisch und Salat geholt, bin zurück in mein Zimmer gegangen und habe mir beim Essen einen Teil eines Fernsehfilms angeschaut", berichtete er. „Es war nicht besonders gut, weder der Film noch das Essen. Darum habe ich vor dem Ende abgeschaltet. Das war wahrscheinlich so gegen zehn Uhr. Die Klimaanlage funktionierte nicht so richtig, und ich war … ruhelos. Darum bin ich zum Spazieren nach draußen gegangen."

*Ruhelos.* Lucy hatte sich während der vergangenen Nacht genauso gefühlt. Sie wusste, dass er sie jetzt beobachtete. Deshalb hielt sie den Blick sorgsam auf ihr Notizbuch gerichtet. „Wo bist du hingegangen? Ist es möglich, dass dich draußen jemand gesehen hat?"

„Ich bin die Main runter, zum Hafen", sagte Blue. „Ich habe mich da eine Weile hingesetzt, ich weiß nicht einmal, wie lange." Er schwieg einen Augenblick, bevor er fortfuhr: „Und dann bin ich hoch zur Fox Run Road gegangen."

Lucy konnte sich nicht davon abhalten, den Kopf zu heben und Blue anzusehen. Sie wohnte in der Fox Run Road.

„Ja", erklärte er. „Ich wollte sehen, ob du vielleicht noch wach bist."

Das war sie gewesen. Sie hatte bis in die frühen Morgenstunden so gut wie kein Auge zugetan. Sie hatte auf die Schatten an der Zimmerdecke gestarrt und sich gewünscht, verwegen und kühn gewesen zu sein. Sie hatte sich nach Blues Nähe gesehnt. Doch sogar als sie sich ihn zu sich gewünscht hatte, war ihr klar gewesen, wonach sie sich *eigentlich* verzehrte: nach einer Art märchenhaftem Ende, dass er sie küsste und ihr gestand, nicht ohne sie leben zu können, dass sie seine einzige Hoffnung auf wahres Glück war.

Die ganze Zeit hatte sie sich gesagt, dass sie sich in ein kurzes heißes Liebesabenteuer stürzte, auf einen One-Night-Stand einließ. Sie hatte sich davon überzeugen wollen, eine Nacht könnte genügen. Doch die ganze Zeit lang hatte sie – insgeheim, sogar ihr selbst war es verborgen gewesen – gehofft, etwas Magisches würde geschehen und Blue möge in der Stadt bleiben.

Lucy blickte starr auf die eng beschriebenen Zeilen ihres Blocks, sah aber nichts deutlich. Die Wörter sahen eher wie Spuren von Möwen im Sand aus. Blue blieb in der Stadt, doch was geschehen war, konnte sie nicht annähernd als magisch bezeichnen. Es war böse und tödlich.

Wenn Blue Gerry nicht getötet hatte – und er hatte recht, sie glaubte nicht, dass er es war –, dann war der wahre Täter schon längst verschwunden. Oder noch schlimmer: Er war irgendwo da draußen, beobachtete und wartete, bis seine Zeit gekommen war.

Lucy sah auf und ertappte Blue dabei, wie er sie betrachtete. „Bei dir war kein Licht mehr", sagte er. „Aber selbst wenn, hätte ich nicht an die Tür geklopft. Als du mich beim Motel rausgelassen hast, hast du klargestellt, dass du mich nicht in deiner Nähe haben willst."

Das stimmte nicht. Sie hatte ihn bei sich haben *wollen*. Doch es war einfach viel zu kompliziert geworden, als sie ihn mit Jenny Lee auf der Tanzfläche im Countryclub gesehen hatte.

„Ich weiß nicht, warum ich überhaupt zu dir gegangen bin", berichtete Blue weiter, wandte den Blick ab und schaute aufs Meer hinaus. „Schätzungsweise habe ich gehofft, dich nackt auf dem Rasen tanzen zu sehen oder so."

Lucy musste lachen. „In letzter Zeit habe ich nicht besonders oft nackt im Garten auf dem Rasen getanzt."

„Wie schade", erwiderte er, sah sie wieder an und lächelte gelassen.

Wie schade. Es *war* zu schade, dass Blue in der vergangenen Nacht nicht an ihre Tür geklopft hatte. Und es war zu schade, dass Lucy davor die Einladung abgelehnt hatte, mit in sein Motelzimmer zu kommen. „Hätte ich die Nacht mit dir verbracht, hättest du jetzt ein Alibi", bemerkte sie.

Er begegnete ihrem Blick, und in seinen Augen spiegelte sich mit einem Mal ein gefährlich loderndes Feuer wider. „Stimmt", erwiderte er sanft.

Sie wich seinem Blick aus und betrachtete wieder ihre Notizen. Ihr war vollkommen klar, dass es jetzt Zeit wurde, zu den schwierigen Fragen zu kommen. Die Fragen, die sie bisher zu stellen vermieden hatte. Sie musste erfahren, worüber Blue sich mit Jenny Lee unterhalten hatte, und den Streit mit Gerry rekapitulieren. Das würde sie von diesen gefährlichen Themen fernhalten.

„Gehen wir ein Stück zurück", sagte Lucy. „Letzte Nacht im Countryclub …"

„Ich bin kurz vor halb sieben im Klub angekommen", erzählte er. „Ich habe am Nachmittag in Gerrys Büro angerufen, gleich nachdem ich im Motel eingecheckt hatte. Seine Sekretärin meinte, er säße den ganzen Tag in Meetings und hätte gesagt, er würde mich auf der Party treffen. Und dass ich dort früh auftauchen sollte, um mit ihm zu reden."

Lucy blieb stehen. „Worüber habt ihr euch unterhalten?"

„Er ist nicht aufgekreuzt." Blue zog mit dem Zeh einen Strich in den nassen Sand und beobachtete, wie eine sanfte Welle ihn fast ganz tilgte. „Ich habe bis nach sieben nach ihm Ausschau gehalten. Aber ich habe ihn erst entdeckt, als er und Jenny Lee ihren großen Auftritt hatten."

Blue hat letzte Nacht im Countryclub nach seinem Stiefbruder gesucht, überlegte Lucy. Er hatte sich nicht wartend nach ihr umgesehen, wie sie geglaubt hatte. Enttäuschung überkam sie, und sie zwang sich, es zu ignorieren. In ihrer gegenwärtigen Beziehung war kein Raum für derartige Gefühle. Sie war die Ermittlerin und er der Verdächtige.

„Irgendeine Ahnung, worüber er mit dir reden wollte?"

Blue fuhr sich mit den Fingern durchs Haar und strich es sich aus dem Gesicht. In der seichten Seeluft fiel ihm aber sofort wieder eine Strähne in die Stirn. „Ich dachte, wir würden uns ganz zwanglos treffen", erwiderte er. „Um wieder anzuknüpfen. Du weißt schon: ‚Hey, wie geht's dir?', ‚Wie läuft's so?', ‚Was hast du in den letzten zwei Jahren gemacht?' und solche Sachen."

„Aber …?"

Wieder sah Lucy einen Ausdruck von Schmerz über seine ansonsten ausdruckslose Miene huschen. Hätte sie diesen Ausdruck nicht schon einmal bei ihm wahrgenommen, hätte sie es jetzt nicht bemerkt. Er ging weiter am Strand entlang spazieren, und Lucy beeilte sich, zu ihm aufzuschließen, um sein Gesicht zu beobachten, während er redete.

„Nach der kleinen Showeinlage auf der Tanzfläche glaube ich allerdings, Gerry hatte seine kleine ‚Verschwinde'-Ansprache eigentlich unter vier Augen abhalten wollen, bevor die Party begann."

„Du kannst ihm nicht vorwerfen, dass er eifersüchtig war", meinte Lucy. „Du *hast* mit seiner Verlobten getanzt." Sie riss sich zusammen, wandte sich ab und blickte geradeaus, als wollte sie gleich wieder ihre Notizen lesen. Sie war nicht hier, um ihre Meinung zu der Situation abzugeben. Sie sollte Fakten sammeln. „Okay, ich weiß, wo du zwischen Viertel nach sieben bis kurz vor acht gewesen bist."

„An den Teil erinnere ich mich auch ziemlich deutlich", entgegnete Blue.

Lucy wusste es. Wenn sie jetzt aufsah, würde sie seinem Blick begegnen. Darum betrachtete sie weiterhin ausgiebig ihr aufgeschlagenes Notizbuch. „Du bist nach drinnen gegangen, um mit Gerry zu sprechen", sagte sie. „Offensichtlich hast du ihn nicht gefunden."

„Er war mitten in einem geschäftlichen Gespräch mit Mr. Fisher", erzählte Blue ihr. „Deshalb habe ich mich bei Jenny Lee entschuldigt."

„Indem du sie zum Tanz aufgefordert hast?" Lucy konnte den ungläubigen Unterton nicht aus der Stimme verbannen. Gott, sie hörte sich wie eine eifersüchtige Freundin an. Augenblicklich ruderte sie zurück. „Tut mir leid. Bitte sprich weiter. Was ist dann passiert?"

Blue fuhr allerdings nicht mit seinem Bericht fort. Stattdessen blieb er stehen und sah sie an. Er betrachtete ihr Gesicht und sah ihr forschend in die Augen, als suchte er nach etwas. Das Gefühl war nicht weit von dem Eindruck entfernt, den man haben musste, wenn über einem ein riesiges Mikroskop war.

„Du hast mir nicht geglaubt, als ich dir gesagt habe, dass zwischen mir und Jenny Lee nichts ist als die alte Geschichte", sagte Blue schließlich. „Als du mich mit ihr tanzen gesehen hast … das hat dich dazu gebracht, deine Meinung zu ändern. Deshalb wolltest du nicht mehr mit mir die Nacht verbringen, nicht wahr?"

„Das hat nichts mit dieser Ermittlung zu tun …"

„Komm schon, Yankee", unterbrach Blue sie sanft. „Ich beantworte alle *deine* Fragen vollkommen aufrichtig. Dann kannst du mir zumindest auch eine von meinen beantworten."

Lucy hob den Kopf und sah ihm direkt in die Augen. „Ja", erwiderte sie. Doch es war nur die halbe Wahrheit. Die richtige Antwort lautete Ja *und* Nein. Blue mit Jenny Lee zu sehen, hatte irgendwie den Zauber gebrochen, den er über sie gelegt hatte. Ihn mit Jenny Lee zu sehen, hatte Lucy daran erinnert, dass sie normalerweise nicht mit Matrosen ins Bett ging, die nur für ein paar Tage in der Stadt waren.

Blue beobachtete sie. Er bewegte sich einen Schritt auf sie zu, dann noch einen. Lucy konnte sich nicht rühren, sie war unfähig zurückzuweichen. Er hob die Hand und strich ihr sanft eine Strähne hinter das Ohr.

„Kommen wir auf Jenny Lee zurück", sagte Lucy verzweifelt. Den Namen von Blues Exfreundin auszusprechen, sorgte, wie sonst auch, erfolgreich dafür, dass diese seltsame Macht geschwächt wurde, die Blue über sie hatte.

„Als ich mich verabschiedet habe", erwiderte Blue, „sagte sie, dass sie mit mir reden will." Er bückte sich und hob einen glatten Stein vom Strand auf, wischte den Sand ab und hielt ihn in der flachen Hand. „Sie schien wirklich besorgt zu sein, richtig aufgebracht. Es war klar, dass sie sich unter vier Augen unterhalten wollte. Und weil ich es unangebracht fand, sie in eine einsame Ecke zu ziehen, habe ich sie zum Tanzen aufgefordert."

Er streckte den Arm aus und warf den Stein hinter die schäumenden Wellen auf das Wasser. Er stieß mehrmals auf der Oberfläche auf, bevor er unterging. „Bestimmt glaubst du mir nicht", sagte Blue, nach wie vor in sachlichem Tonfall. „Aber was ich dir erzähle, ist bei Gott die Wahrheit, Lucy."

Den Stift in der Hand, um etwas aufzuschreiben, nickte Lucy.

Blue rieb sich die letzten Sandkörner von der Hand und blickte auf das Notizbuch. „Das brauchst du nicht", meinte er. „Das hier hat nichts mit dem Fall zu tun." Sein Blick war fest. „Ich wollte nur, dass du weißt, was ich mir die ganze Zeit gewünscht habe, während ich mit Jenny Lee getanzt habe: Dass ich dich in den Armen halte."

Lucy schloss die Augen. Mein Gott! Glaubte Blue womöglich immer noch, dass er bei ihr Chancen hatte? War ihm etwa nicht klar, dass in der aktuellen Situation, in der sie steckten, keinerlei romantische Annäherungsversuche möglich waren? Und außerdem – glaubte er ernsthaft, sie würde ihm abkaufen, dass er sie Jenny Lee Beaumont vorzog?

„Bleiben wir beim Fall", beharrte Lucy. „Ich möchte lieber hören, was Jenny Lee dir beim Tanzen erzählt hat."

Sie glaubte ihm nicht. Blue hatte das eigentlich auch nicht erwartet. Aber jetzt war vielleicht nicht der beste Zeitpunkt, um sie vom Gegenteil zu überzeugen.

„Jenny Lee hat mir erzählt, dass sie sich um Gerry Sorgen macht. Er hat sich ihr zufolge merkwürdig benommen, als stünde er unter starkem Stress. Sie hat gesagt, dass sie es für einen Fehler hält, mich zur Hochzeit eingeladen zu haben. Offenbar war es ihre Idee, mich zu fragen, ob ich als Trauzeuge dabei bin. Sie hatte geglaubt, dass Gerry sich darüber freut. Wenn es anders war, hat er es ihr nicht gesagt. Aber seit einigen Tagen überlegt Jenny Lee, ob Gerrys Ärger mit mir zu tun hat, wegen unserer alten Geschichte." Er atmete tief ein. „Kurz gesagt, Jenny Lee hat mich gebeten zu gehen."

Lucy nickte, machte sich schnell Notizen und biss sich vor Konzentration auf die Lippe.

Blue konnte sich nicht dagegen wehren. Er erinnerte sich daran, wie weich sich diese Lippen angefühlt hatten, wie wunderbar Lucys Mund geschmeckt hatte, wie sie ihm entgegengekommen war, als er den Kuss vertieft hatte. Bevor er wieder die Stadt verlassen würde, wollte Blue einen Weg zurück zu jenem gemeinsamen Augenblick finden. Und sobald ihm das gelungen war, würde sich das zwischen ihnen brodelnde Verlangen zu einem raketenantriebstarken Feuer entflammen und sie zu dem Punkt führen, an dem es kein Zurück mehr gab. Es würde gut sein. Es würde sogar sehr, *sehr* gut sein.

Und es würde ebenso gut sein, den Hurensohn aufzuspüren, der Gerry umgebracht hatte, und zu sehen, wie ihm Gerechtigkeit widerfuhr. Obwohl Blue und Gerry nicht immer einer Meinung gewesen waren und trotz Gerrys harter Worte in der vergangenen Nacht, konnte Blue ihre Freundschaft nicht vergessen, die ihn während der Kindheit und der Jugend mit seinem Stiefbruder verbunden hatte. Und er konnte immer noch nicht glauben, dass Gerry tot war. Der Gedanke, sein unbeschwertes Lächeln nie wiederzusehen, löste ein Gefühl der Leere in Blue aus.

„Ich möchte die Leiche sehen", sagte er. „Sichergehen, dass die Polizei nichts übersehen hat."

Lucy schüttelte den Kopf. „Das Büro der Gerichtsmedizin hat eine Autopsie angeordnet. Das ist bei allen ungewöhnlichen Todesfällen so. Wenn alles glatt geht, wird die Leiche am Freitag oder Samstag zur Bestattung freigegeben und zurück in die Stadt gebracht."

„Wer kümmert sich um die Beerdigung?", fragte Blue.

Lucy sah in ihrem Notizbuch nach. „Jenny Lee."

Jenny Lee. Verflucht, welch tiefen Schmerz Blue auch angesichts Gerrys Tod empfand, Jenny Lees war um das Hundertfache schwerer. Statt Gerry kommenden Sonnabend zu heiraten, würde sie ihn beerdigen.

„Wie hält Jenny Lee sich?"

„Den Umständen entsprechend, vermute ich", erwiderte Lucy. Wie immer, wenn Jenny Lees Name ausgesprochen wurde, schimmerten ihre braunen Augen wachsam. Die Schatten wurden allmählich länger, Lucy drehte sich um und blickte in die Richtung, aus der sie gekommen waren. „Wir kehren lieber um."

„Die ganze Sache stinkt zum Himmel", sagte Blue mit tiefer Stimme.

Lucy sah ihn wieder an, Mitgefühl lag in ihrem Blick. „Es muss hart für dich sein. Alle waren so damit beschäftigt, Anschuldigungen zu erheben. Niemand hat dir zum Tod deines Stiefbruders sein Beileid ausgesprochen."

„Das macht nichts."

„Doch, das tut es", beharrte Lucy. „In Zeiten wie diesen muss man wissen, dass es jemanden gibt, der für einen da ist."

Blue lächelte. „Ich weiß, dass *du* da bist, Yankee. Und das ist alles, was ich brauche."

# 6. Kapitel

Lucy ließ Blue vor dem Lighthouse Motel aussteigen. Anschließend wendete sie den Wagen und fuhr zur Main Street, zu Joe's Grill. Es war schon nach Mittag, und sie war zu erschöpft, um sich etwas zu kochen. Sie manövrierte den Truck in eine Parklücke an der Straße vor dem kleinen Restaurant. Eigentlich hatte sie Appetit auf einen Cheeseburger und Pommes frites, wusste jedoch, dass sie am Ende eine vegetarische Suppe und Salat bestellen würde.

Keine fünf Minuten nachdem sie das Restaurant betreten und sich auf eine Bank am Fenster gesetzt hatte, ging die Tür auf. Und Blue McCoy kam herein.

Alle Gespräche verstummten.

Blue strebte auf den einzigen freien Tisch zu – den neben Lucys. Er nickte ihr zu, ließ den Seesack auf den Boden fallen und setzte sich. Blue sah sich in dem mucksmäuschenstillen Raum um, als würde ihm erst jetzt auffallen, dass er im Mittelpunkt der allgemeinen Aufmerksamkeit stand. Einige Leute starrten ihn ausgesprochen unhöflich an, ihre Blicke waren feindselig.

Iris schlenderte zu Blues Tisch. Die sonst stets freundliche Kellnerin lächelte nicht. Sie wirkte tatsächlich beunruhigt. „Es tut mir leid", sagte sie zu Blue, und sie schien wirklich bekümmert zu sein. „Aber dieser Platz ist für jemand anderen reserviert."

Lucy wusste sehr genau, dass das nicht stimmte. In Joe's Grill gab es keine Reservierungen. Wer zuerst kam, wurde zuerst bedient. So war es immer, und so würde es auch immer bleiben.

Das wusste Blue ebenfalls. Doch er griff unter den Tisch und nahm seinen Seesack.

„Warum setzt du dich nicht zu mir, McCoy?", rief Lucy. „Ich habe diese riesige Ecke ganz für mich allein." Herausfordernd sah sie Iris an. „Solange sie nicht auch plötzlich für jemand anders reserviert ist."

Iris wurde rot, blickte Lucy jedoch direkt an und dann Blue. „Ich fühle mich ehrlich schlecht dabei. Aber ich muss Sie bitten zu gehen", sagte sie an Blue gewandt. „Ich kann das Risiko nicht eingehen, dass es Ärger in meinem Laden gibt. Und Sie, Sir, bedeuten Ärger."

Die anderen Gäste murmelten zustimmende Worte. „Schaff ihn hier raus", sagte eine Stimme, nachdem sich Iris zurückgezogen hatte.

„Genau." Travis Southeby stand auf, seine Polizeimarke funkelte im Licht. „Mit Gerry McCoys Mörder im selben Raum zu essen, macht mich krank."

Lucy hob die Stimme, um sich in dem aufkommenden Lärm Gehör zu verschaffen. „Was ist damit, dass man so lange unschuldig ist, bis das Gegenteil bewiesen ist?", fragte sie und sah dabei Travis an. „Blue McCoy ist keines Verbrechens für schuldig befunden worden. Er ist nicht einmal *angeklagt* worden."

Auf der anderen Seite des Raums kratzte ein Stuhl über den Boden, als würde er von einem Tisch zurückgezogen. Leroy Hurley erhob sich, und Lucy verließ der Mut fast.

„Was ist aus den guten alten Zeiten geworden", fragte Leroy die Menge, „als die Stadt keine Millionen von Dollar zahlen musste, um einen kaltblütigen Mörder zu überführen? Erinnert sich jemand? Mein Großvater hat mir oft davon erzählt. Damals brauchte man keinen Richter oder Geschworene. Nein, Sir. Sie brauchten lediglich die Bürger, den schuldigen Mann und ein kräftiges Stück Seil."

Travis Southeby grinste. „Das hat den Steuerzahlern bestimmt einen Haufen Geld gespart."

Unter Blues Blick stieß Lucy sich vom Tisch ab und sprang auf. Sie kochte innerlich vor Wut. Ihre Wangen waren gerötet, und in ihren braunen Augen schien eine heillose Flamme aufzuflackern. Sie biss die Zähne aufeinander und hatte eine Hand auf ihre Waffe gelegt. Blue war verdammt froh, dass Lucy auf *seiner* Seite stand.

„Sprecht ihr hier über *Lynchjustiz*?" Ihre Stimme klang leise und gefährlich. Sie wandte sich um und fixierte den untersetzten Polizisten mit Blicken. „Schäm dich, Travis, so etwas derart zu verharmlosen. Du solltest es wirklich besser wissen." Als Nächstes richtete sie sich an Leroy. „Was meinst du, Hurley? Soll ich dich einsperren, weil du Unruhe stiftest oder wegen versuchten Mordes? Die Zeiten haben sich geändert, seit dein lieber alter Großvater in dieser Stadt Amok laufen durfte. Heutzutage haben wir einen neuen Namen fürs Lynchen, Freundchen. Es heißt schwerer Mord." Sie blickte sich im Restaurant um. „Habt ihr alle das kapiert? Hat irgendjemand Fragen? Ich möchte in dieser Sache niemanden im Unklaren lassen."

Leroy Hurley stapfte aus dem Lokal, und die anderen Gäste wandten sich wieder ihren Tellern zu. Nur Travis Southeby blieb stehen, sein aufgedunsenes Gesicht war rot vor Zorn.

Er zeigte auf Blue. „Wenn ich diese Ermittlung leiten würde, säße *er* längst hinter Gittern."

„Tja, aber du leitest sie nicht", entgegnete Lucy scharf. „Also setz dich einfach wieder hin und iss weiter, Travis. Wenn du dich beschweren willst, wende dich an Chief Bradley."

Travis warf einige Dollarscheine auf den Tisch und verließ das Restaurant. Er hatte sein Essen kaum angerührt.

Bevor Lucy sich setzen konnte, kam Iris aus der Küche und trug eine große Plastikschachtel vor sich her. „Da ist genug für euch beide drin", sagte sie, sah von Lucy zu Blue und wieder zurück. „Und es geht aufs Haus." Sie drehte sich um, ging zur Eingangstür und zog sie weit auf. „Solange ihr es mit nach draußen nehmt."

Lucy schüttelte den Kopf. „Du enttäuschst mich", erklärte sie Iris.

Schweigend schwang Blue sich den Seesack über die Schulter, während Iris entgegnete: „Als es hier drinnen zuletzt eine Streiterei gab, ist das große Spiegelglasfenster kaputtgegangen. Die Versicherung hat nicht gezahlt, und wir mussten die Schulden drei Monate lang abtragen. Bobby Joe und ich haben jetzt ein Kind, das aufs College geht, Lucy. Wir können uns das nicht noch einmal leisten. Das weißt du."

Blue ging zur Tür hinaus, und Lucy folgte ihm. „Es tut mir leid", erklärte Iris wieder, bevor sie die Tür fest hinter ihnen zuzog.

„Mir tut auch leid, was passiert ist", sagte Lucy zu Blue.

„Die Gemüter kochen hoch", meinte er leise. „Die Leute hören ja sonst nicht einfach auf zu denken."

Sie betrachtete den schweren Sack, den er immer noch über der Schulter trug. „Warum hast du deine Sachen nicht im Motel gelassen?"

Er schüttelte den Kopf. „Ich wohne nicht dort."

„Aber es gibt doch sonst nichts in der Stadt. Was willst du denn jetzt machen? Draußen schlafen?"

Er zuckte die Schultern. „Ja, ich denke schon."

Mit zusammengekniffenen Augen musterte sie ihn. „Was ist los?"

Sekundenlang sah er sie nur an, bevor er ihr antwortete. „Jedd

Southeby hat mich darüber in Kenntnis gesetzt, dass es im Augenblick kein freies Zimmer im Motel gibt.“

Lucy presste die Lippen aufeinander und zog die Fahrertür ihres Trucks mit mehr Kraft auf als nötig. „Steig ein“, sagte sie.

Blue nahm auf dem Beifahrersitz Platz und beobachtete interessiert, wie sie den Schlüssel geräuschvoll ins Zündschloss schob, mehr Gas gab als nötig und wütend den Rückwärtsgang einlegte.

„Das Lighthouse Motel ist nie, an keinem einzigen Tag ausgebucht“, stieß sie ärgerlich hervor. „Das ist totaler Quatsch. Ich weiß genau, dass in diesem Moment mindestens fünfzehn Zimmer frei sind.“

In weniger als einer Minute waren sie beim Motel angekommen. Mit quietschenden Reifen bremste Lucy.

„Jedd Southeby, was ist in dich gefahren?“, rief sie, während sie in den Empfangsbereich des Motels marschierte. „Kein Zimmer frei, von wegen!“

Jedd erhob sich nicht einmal von seinem Stuhl. „Er ist hier nicht willkommen“, erklärte er kühl und wies mit dem Kinn auf Blue. Im Gegensatz zu seinem kleinen und bulligen Bruder Travis war er klein und hager.

„Das ist nicht legal“, entgegnete Lucy und verschränkte die Arme vor der Brust. „Du kannst niemanden benachteiligen, der …“

„Ganz bestimmt kann ich das“, unterbrach Jedd sie selbstgefällig. „Ich behalte mir das Recht vor, einen zahlenden Gast zurückzuweisen, wenn ich die begründete Annahme habe, dass er meinem Eigentum, sich selbst oder anderen zahlenden Gästen Schaden zufügt. Und wenn man bedenkt, dass Blue unter Verdacht steht, seinen Stiefbruder umgebracht zu haben, dann würde ich sagen, habe ich eine verdammt gut begründete Annahme.“

Lucy war fassungslos. „Wo soll Blue dann unterkommen?“ Sie schüttelte den Kopf. „Chief Bradley hat ihm gesagt, dass er die Stadt nicht verlassen darf. Wenn du ihm kein Zimmer vermietest …“

„Im Stadtgefängnis ist doch noch Platz“, erwiderte Jedd. Er sah Blue an und lächelte gehässig. „Sie können sich schon mal daran gewöhnen, in einem Zimmer mit Gittern vor dem Fenster zu schlafen, McCoy.“

Lucy atmete tief ein und zwang sich zu lächeln. „Jedd.“ Sie redete bewusst klar und vernünftig. „Dein eigener Bruder ist bei der Polizei. Ich bin sicher, er hat dir erzählt, dass nachts auf dem Revier niemand ein Auge zutut. Die Lampen sind immer an, es ist laut, der Fernseher läuft und …"

„Darüber hätte Blue sich Gedanken machen sollen, bevor er Gerry umgebracht hat, was?"

„Was ist, wenn es heute Nacht regnet?", fragte Lucy und schlug mit der Hand auf den Tresen, da sie allmählich die Selbstbeherrschung verlor. „Wirst du dann immer noch hier sitzen und mir erklären, dass dieser Mann, dem, wie ich betonen möchte, keinerlei Verbrechen angelastet wird, draußen im Regen schläft?"

„Mir ist scheißegal, wo er schläft." Jedd konzentrierte sich wieder auf den Fernseher.

„*Verdammt noch mal!*" Lucy wandte sich ab, stieß die Glastür auf und trat in die schwüle Hitze der Nacht hinaus. Sie hatte Lust, Jedd Southeby das blasierte Lächeln aus dem Gesicht zu schlagen. Aber das würde weder Blue noch ihrer Karriere nützen. „Verflucht!"

„Ich bin ein SEAL. Ich habe schon öfter im Regen geschlafen", sagte Blue ruhig. Er sah zum Himmel auf. „Außerdem wird es nicht regnen."

„Steig in den Wagen", zischte Lucy wütend und schob sich wieder auf den Fahrersitz ihres Fords.

Blue betrachtete sie durch das heruntergekurbelte Beifahrerfenster. „Wo fahren wir hin?", fragte er. „Ich würde nämlich ehrlich gesagt lieber draußen im Regen schlafen, statt die Nacht im Gefängnis von Hatboro Creek zu verbringen."

„Keine Sorge, ich bringe dich nicht zum Gefängnis", erwiderte sie. Sie atmete tief ein, dann stieß sie die Luft langsam wieder aus und versuchte, sich zu beruhigen. Es war nicht die beste Lösung, doch im Augenblick fiel ihr nichts anderes ein. „Du kannst bei mir übernachten."

Blue öffnete die Tür und stieg in den Wagen. „Das klingt nach der besten Idee, die heute jemand gehabt hat."

Sie warf ihm einen warnenden Blick zu. „Du schläfst im Gästezimmer."

Er schenkte ihr ein Lächeln. „Was immer du sagst."

Lucys Haus war sehr groß, alt und thronte auf dem Hügel bei der Fox Run Road. Es war irgendwann zur Jahrhundertwende errichtet worden, jedenfalls vermutete Blue das. Er wusste, dass es einige Jahre leer gestanden hatte, bevor die Taits in die Stadt gezogen waren. Niemand hatte es kaufen wollen, weil es viel zu teuer war, es instand zu halten. Und Lucys Mutter hatte es zu einem Spottpreis erstanden. Natürlich hatten die Taits jedes Wochenende und die meisten Abende in der Woche damit verbracht, Farbe abzukratzen, zu schmirgeln, zu streichen und das alte Ungetüm zu reparieren. Als sie mit den Räumen fertig waren, hatten sie mit dem Grundstück weitergemacht.

Sogar im gespenstischen Licht der Dämmerung erkannte Blue, dass sich die Arbeit ausgezahlt hatte. Das große alte Haus sah traumhaft aus. Sie hatten es weiß gestrichen, die Fensterläden waren grün und gepflegt. Es wirkte sauber und neu. Man hätte sogar meinen können, dass es in der Dunkelheit glühte.

„Es sieht super aus", meinte Blue.

„Danke."

„Sogar größer als je zuvor."

„Ja. Zu groß, nachdem meine Mom gestorben ist." Sie seufzte. „Und davor war es auch zu groß."

„Vielleicht solltest du es verkaufen", erwiderte Blue.

Lucy blickte nachdenklich zum Haus auf, nachdem sie aus dem Wagen gestiegen war. „Könnte ich. Betty Stedman von dem Maklerbüro macht mir alle paar Monate ein Angebot. Aber ich … Es ist der Grund, warum ich immer noch in der Stadt bin", gestand sie. „Wenn ich es verkaufe, müsste ich irgendwo anders hin."

„Es gibt eine Million Möglichkeiten da draußen", sagte Blue sachlich und stieß sich ab, um auf der Motorhaube des Wagens zu sitzen. „Und meiner Meinung nach ist jede einzelne davon besser als Hatboro Creek."

„Du hattest es damals *ziemlich* eilig, aus der Stadt rauszukommen, nicht wahr?", fragte Lucy und sah ihn an.

„Ich hatte versprochen, den Highschool-Abschluss zu machen. Ich wusste, dass ich ihn brauche, um in die Navy zu kommen. Sonst hätte ich die Stadt schon an meinem sechzehnten Geburtstag verlassen."

„Hättest du das getan, wären wir uns nie begegnet", erwiderte sie gedankenverloren. „Mir wäre die Seele aus dem Leib geprügelt worden oder noch schlimmer … Erinnerst du dich an den Tag, als die Jungs aus dem Baseballteam versucht haben, mich zu verprügeln?"

Blue nickte. „Ja, Ma'am." Er lehnte sich leicht vor, um ihr Gesicht in dem schwächer werdenden Licht zu erkennen. „Was meinst du mit ‚oder noch schlimmer'?"

„Eigentlich nichts." Sie hob die Plastikschachtel hoch, die Iris ihr gegeben hatte. „Was hältst du davon, wenn wir uns auf die Veranda setzen und was hiervon essen?"

Blue rutschte von der Motorhaube und ging hinter ihr den Weg zum Haus hoch. „Du hast nicht ‚oder schlimmer' gesagt, weil du damit nichts gemeint hast." Er ergriff ihren Arm, bevor sie die Treppe betreten hatte. „Lucy, was haben diese Jungs dir angetan? Sind sie dir je wieder zu nah gekommen?"

Mit großen Augen blickte sie auf seine Hand, aber er ließ ihren Arm nicht los.

„Sie waren nur …" Sie seufzte. „Sie waren Idioten. Sie haben gesagt, dass sie mich in den Wald bringen und mir die einzige Sache zeigen würden, wozu ein Mädchen gut sei, wenn ich im Baseballteam bleiben würde. Und ich glaube nicht, dass sie damit kochen und putzen gemeint haben. Mir war es zu peinlich, dir oder jemand anders von ihren Drohungen zu erzählen."

Sanft befreite sie sich aus seinem Griff und stieg die Treppe zur Veranda hoch.

„Haben sie …?" Er konnte die Frage kaum aussprechen, als Lucy sich bereits auf die Verandaschaukel gesetzt hatte.

„Sie haben mich nie mehr angefasst", erwiderte sie. „Nicht, nachdem du deinen Heldenauftritt hattest. Sie glaubten, ich stünde auf der Liste deiner Freunde ganz oben." Ein Lächeln umspielte ihren Mund, als sie zu Blue aufsah. „Natürlich habe ich diesen Mythos genährt, indem ich ihnen erzählt habe, dass Blue McCoy mit mir angeln gegangen war oder dass ich Blue McCoy dabei geholfen habe, sein Boot zu reparieren … Ich habe eine kleine Traumwelt zurechtgebastelt, und sie haben mir jedes Wort abgekauft."

Als Lucy ihn so anlächelte, vergaß Blue alles: Gerrys frühzeitigen und tragischen Tod, den Mordverdacht, unter dem er stand, und die Tatsache, dass die Leute sich wieder von ihm abwandten. Er dachte nur noch an Lucy, wie sie ihn damals zu Highschool-Zeiten genauso strahlend angelächelt hatte wie jetzt. Damals, als sie in ihn verknallt gewesen war.

Hätte er damals gewusst, was er heute wusste, wäre es vollkommen anders gelaufen. Wahrscheinlich hätte er die Stadt nicht mit einem in tausend Teile zersprungenen Herzen verlassen. Nein, stattdessen hätte er *Lucy* mit gebrochenem Herzen zurückgelassen. Aber das war nicht besser als das, was sich *wirklich* abgespielt hatte. Sicher … Vielleicht … Wäre er damals mit Lucy zusammen gewesen, hätte er die Stadt wohl gar nicht verlassen.

Moment, wo war denn *dieser* Gedanke jetzt hergekommen? Seit Blue im zarten Alter von fünf Jahren in die Stadt gekommen war, hatte er aus Hatboro Creek fliehen wollen. Auch wenn es zwischen Blue und Jenny Lee anders gewesen wäre, wenn sie ihn wahrhaftig geliebt hätte, statt ihn zu benutzen, um an Gerry zu kommen, *selbst dann* wäre er nicht in der Stadt geblieben. Und hätte Jenny Lee ihn mit ihrem beträchtlichen Charme nicht in der Stadt halten können, wie kam er darauf, dass es Lucy gelungen wäre?

„Sieht so aus, als hätte Iris ein paar Burger, eine vegetarische Suppe, ein bisschen Fischsuppe, zwei Vollkornsandwiches mit Thunfisch, eine Portion Pommes frites und frittierte Zwiebelringe eingepackt", sagte Lucy und baute den Inhalt der Schachtel auf dem Geländer der Veranda auf. „Hier ist sogar Plastikbesteck. Ich habe die vegetarische Suppe bestellt, aber alles andere steht dir zur freien Auswahl."

Blue griff nach dem beschichteten Pappbehälter, in dem die Fischsuppe war, und nahm den Deckel ab. Mit dem Plastiklöffel rührte er in der duftenden Suppe und setzte sich dann neben Lucy auf die Verandaschaukel. Er spürte, wie sie sich anspannte, und wusste, was sie sagen würde, bevor sie es aussprach.

„Mir wäre es lieber, wenn du nicht so dicht neben mir sitzt."

„Komm schon, Yankee. Du weißt, dass man zu zweit hier sitzen muss, damit es nicht schaukelt."

Lucy sah ihn nicht an. Sie wich seinem Blick aus und betrachtete die vegetarische Suppe, als enthielte sie alle Antworten auf die größten Fragen der Menschheit.

Als sie schließlich doch noch etwas sagte, überraschte sie Blue wieder einmal mit ihrer Offenheit. „Ich weiß, dass du dir meiner wahrscheinlich sicher bist", meinte sie. Sobald er zu einem Widerspruch ansetzte, hob sie eine Hand und betrachtete ihn aus dunklen ernst blickenden Augen. „Ich meine, wir sind hier in meinem Haus, und ich habe dich über Nacht hierher eingeladen, richtig? Klar, ich habe gesagt, dass du im Gästezimmer übernachten sollst. Aber du denkst, dass ich es vermutlich nicht ernst gemeint habe. Wie sollte ich auch – nach letzter Nacht? Wir haben auf dem Innenhof vom Countryclub fast das volle Programm durchgezogen. Und wenn wir von da aus direkt in dein Motelzimmer gegangen wären, sähe die Lage jetzt ganz anders aus."

Sie stellte die Suppenschüssel aus Pappe auf das Geländer und sah ihm ins Gesicht. „Ja", fuhr sie fort. „In vielerlei Hinsicht hast du recht. Ja, wir sind uns gestern Abend sehr nah gekommen und hätten fast miteinander geschlafen. Du wolltest es. Und ich wollte es auch. Hätten wir uns nicht in der Öffentlichkeit befunden, wären wir heute Morgen höchstwahrscheinlich im selben Bett aufgewacht. Auch wenn ich es nur ungern zugebe und noch nie etwas so Leichtfertiges getan habe, kann ich es nicht bestreiten."

In ruhigem Tonfall sprach sie weiter: „Das Ganze lässt unser Verhältnis zueinander heute in einem seltsamen Licht erscheinen. Denn wenn es eines gibt, was ich heute auf gar keinen Fall, absolut *nicht* tun *kann*, dann, mit dir ins Bett zu gehen. Ich bin die Ermittlerin. Du bist der Verdächtige. Sollte ich zulassen, dass wir Sex miteinander haben, verstoße ich gegen jede Regel im Handbuch und noch einiges mehr." Sie atmete tief ein. „So, jetzt habe ich es gesagt."

Blue nickte und versuchte, ein Lächeln zu unterdrücken. Verflucht, er mochte diese Frau. Sie spielte keine Spielchen. Sie zählte einfach die Fakten auf, legte alle Karten auf den Tisch. „Keine Chance, dass du es dir anders überlegst?", fragte er.

Ihr entging sein scherzhafter Ton. Lucy schüttelte ernst den Kopf. „Auf keinen Fall. Ich würde meinen Job verlieren. *Und* meine Selbstachtung."

„Hm, okay", erwiderte er. „Ich schätze, dann können wir nur eines tun."

Lucy betrachtete ihn, ihre Augen leuchteten fast in dem Licht der Verandalampe.

Er *sehnte* sich danach, sie zu küssen. Doch stattdessen stand er auf. „Wir fangen damit an, dass ich ein bisschen locker lasse. Wir wollen ja keine spontanen Verbrennungen riskieren", fügte er hinzu. „Und wenn wir morgen früh frisch und munter aufwachen, werden wir uns den Arsch aufreißen, um mich irgendwie von der Liste der Verdächtigen streichen zu können. Und morgen Abend ... sehen wir von der Verandaschaukel aus weiter."

Lucy seufzte und schloss kurz die Augen. „Ich wünschte, es wäre so einfach."

Er warf den leeren Pappbehälter in die braune Papiertüte. „Es *ist* einfach."

Sie wirkte jedoch wenig überzeugt. Sie sah müde und wehmütig aus. Die Verantwortung lastete schwer auf ihren Schultern.

Blue wollte sie am liebsten umarmen und ihr den Ballast abnehmen. Aber er wusste genau, dass er es ihr damit nur schwerer gemacht hätte.

# 7. Kapitel

Lucys Wecker klingelte um Viertel vor sechs. Das Schrillen riss sie aus dem tiefen, traumlosen Schlaf, und sie setzte sich auf. Irgendwann nach Mitternacht war sie endlich eingeschlafen. Davor hatte sie in ihrem Schlafzimmer wach gelegen, den vertrauten leisen Geräuschen ihres Hauses gelauscht und angestrengt darauf geachtet, ob Blue sich in dem Gästezimmer oben bewegte.

Sie hatte das Rauschen in den Rohren gehört, als er geduscht hatte, das Brummen der Pumpe und das Zischen des Wassers, das aus dem tiefen Brunnen gezogen wurde. Einige Minuten danach hatte sie ein Geräusch wahrgenommen, als er den Wasserhahn zugedreht hatte, und danach ... nichts. Keine Schritte. Kein Laut.

Nicht dass sie mit etwas anderem gerechnet hätte. Blue war schließlich der Pionier, der Frontmann der Alpha Squad, eine Art Wegbereiter. Sie hatte danach gefragt, nachdem sie ihm das Gästezimmer gezeigt und für ihn saubere Handtücher aus dem Wäscheschrank geholt hatte.

„Ich führe die Truppe in den Kampf", erklärte er ihr daraufhin, „oder gehe bei Geheimeinsätzen voran."

Blue hatte ja keine Ahnung, dass Lucy bereits wusste, was seine Aufgabe war: Er führte sein SEAL-Team schweigend zu einem feindlichen Lager, ohne entdeckt zu werden. Ein Pionier konnte seine Truppe im Gänsemarsch durch ein Minenfeld führen, ohne dass jemand verletzt wurde. Er bewegte sich geräuschlos, unsichtbar. Er war immer vorsichtig und immer wachsam, weil er für die Sicherheit seiner Männer verantwortlich war.

Lucy wusste das alles bereits, da sie jedes Buch über SEALs gelesen hatte, das sie in die Hände bekommen hatte – das erste schon während der Highschool. Ihr war zu Ohren gekommen, dass Blue zur SEAL-Ausbildung zugelassen worden war.

Die anderen Bücher hatte sie nicht wegen Blue gelesen, sondern weil das erste sie derart begeistert hatte. Das Konzept von Spezialeinheiten wie den SEALs faszinierte sie. Sie waren in jeder Hinsicht unkonventionell. Sie wurden dazu ausgebildet, so zu denken, so auszusehen, sich so zu benehmen und sogar wie der Feind zu *riechen*. Dank der besonderen Fähigkeiten der einzelnen Teammitglieder, beispielsweise in Sprachen, konnten sie sich in jedem Land einfügen und jede Organisation unterlaufen.

SEALs waren tough, klug, hart und engagiert. Sie waren die härteste Elitetruppe der Welt. Sie waren eine ganz besondere Art von amerikanischem Held.

Und Blue McCoy war einer von ihnen.

Jeder Mann in einer SEAL-Einheit war Experte in einem Dutzend verschiedener Bereiche – Computer, unkonventionelle Kriegsführung, Maschinentechnik und das Steuern von hochmodernen Helikoptern sowie andere Flugzeuge eingeschlossen. Jeder SEAL in Team Ten war ein hoch spezialisierter Scharfschütze und mit Schusswaffen jeder Art vertraut. Jeder von ihnen war Kampftaucher und intensiv in Sprengtechnik ausgebildet – sowohl an Land als auch unter Wasser. Jeder von ihnen konnte mit dem Fallschirm aus beinah jedem Flugzeugtyp in nahezu jeder Höhe springen.

Sie schienen übermenschliche Fähigkeiten zu besitzen, waren stark, robust und sehr, sehr gefährlich.

Und Blue McCoy, ohnehin ihr persönlicher Held, gehörte dazu.

Lucy fühlte sich zu ihm hingezogen. Es hatte keinen Sinn, das abzustreiten. Und Blue hatte klargestellt, dass das auf Gegenseitigkeit beruhte. Er hatte ihr erzählt, dass er beim Tanzen mit Jenny Lee im Countryclub an sie gedacht hatte.

*Das* war schwer zu verdauen. Blue McCoy dachte an Lucy Tait, während er mit Jenny Lee Beaumont tanzte.

Trotzdem hatte er die Wahrheit über sein Gespräch mit Jenny Lee gesagt. Lucy hatte Jenny Lees Aussage über die Ereignisse vor Gerrys Tod gelesen. Sie hatte ebenfalls beschrieben, wie ihr Gespräch mit Blue im Countryclub verlaufen war. Und ihre Version deckte sich mit der von Blue.

Aber es gab keine Möglichkeit, mit Sicherheit zu überprüfen, was er empfunden hatte, während er Jenny Lee in den Armen gehalten hatte.

Lucy wusste, dass er mit ihr schlafen wollte. Sie las diese Wahrheit jedes Mal in seinem Blick, wenn er in ihre Richtung sah. Die Stärke seines Verlangens war verwirrend. Aber die Erinnerung daran, dass

Blue sie nur wollte, weil er Jenny Lee nicht bekommen konnte, brachte Lucy auf den Boden der Tatsachen zurück.

Leise ging sie in ihr Badezimmer und duschte schnell, bevor sie sich eine saubere Uniform anzog. Sie bürstete sich das Haar und ließ es offen, damit es an der Luft trocknete. Nachdem Lucy sich einen Apfel aus der Küche geholt hatte, verließ sie das Haus. Sie würde zurück sein, bevor Blue aufgewacht war.

Blue sah Lucy von der Auffahrt fahren, als er von seiner morgendlichen Joggingrunde zurückkehrte. Er hatte nur zwei Stunden geschlafen. Lange vor Sonnenaufgang war er aufgestanden, hellwach und munter, mit einer Art ruheloser Energie und einer Vorahnung, die er in der Vergangenheit immer vor Kampfsituationen verspürt hatte. Dieses Mal schwang jedoch eine unterschwellige erotische Spannung darin mit, die seine Erwartung schürte, sie messerscharf machte.

Vor dem Morgengrauen war er acht Kilometer gelaufen, weitere acht hatte er vor Sonnenaufgang zurückgelegt. Und trotzdem war die Nervosität nicht fort.

Er sah den Staub aufwirbeln, als Lucy auf die Straße bog. Es sah aus, als hätte sie ihre Uniform an. Und er hätte gewettet, dass sie zum Polizeirevier fuhr. Wahrscheinlich berichtete sie ihrem Chef, was Blue ihr am vergangenen Abend erzählt hatte. Außerdem würde sie herausfinden, ob die Obduktion irgendwelche neuen Erkenntnisse ergeben hatte.

Blue stieg die Treppe zur Veranda hoch und überprüfte die Küchentür. Sie war verschlossen. Er hatte das Fenster vom Gästezimmer im oberen Geschoss offen gelassen. Er hätte darüber ins Haus gelangen können; es gab aber bestimmt ein weiteres offenes Fenster weiter unten.

Das Fenster über der Spüle in der Küche stand offen. Auf der Fensterbank standen allerdings mehrere Pflanzen in Blumentöpfen. Er entdeckte ein offenes Fenster im Obergeschoss und erkannte sofort an der Lage, dass es in Lucys Schlafzimmer führen musste.

Mühelos kletterte er über die Veranda hoch und war innerhalb von wenigen Augenblicken vor dem Fenster. Drinnen gab es nichts, das er umstoßen würde, nur ein dünner weißer Vorhang wehte in der Morgenluft.

Er löste den Rahmen und schlüpfte ins Haus.

Lucys Zimmer war groß – zweifellos war es einmal ein Wohnzimmer oder ein Salon gewesen. Sie hatte das Bett versetzt aufgestellt, sodass es fast von drei Seiten von den Panoramafenstern eingefasst war. Das Bett war nicht gemacht, die Bezüge in dunkelblau, rot und grün gemustert. Eine weiße Überdecke war vom Bett geworfen worden und lag jetzt auf dem glänzenden Parkett. Ein weißer Bettvorleger lag daneben. In der Sommerhitze brauchte Lucy ihn nicht, aber im Winter, wenn der Holzfußboden kalt war, war er bestimmt nützlich.

Die Wände waren weiß gestrichen, ein paar gerahmte Aquarelle setzten die Akzente. Die Bilder zeigten hauptsächlich Küsten mit hell gestrichenen Segelbooten auf dem Meer oder Strandszenen. Es gab nur zwei Fotografien; sie standen auf der Kommode. Blue erkannte Lucys Mutter auf dem einen Foto, wie sie durch ein Loch in der halbfertigen Küchenwand lächelte. Das andere war ein Foto von Lucy. Sie umarmte darauf einen hochgewachsenen dünnen Mann, den er nicht erkannte. Der Mann hatte Lucy den Arm um die Schultern gelegt, und beide lachten in die Kamera.

Wer zum Teufel war das? Wie viel bedeutete er Lucy, wenn sie das Foto in ihrem Schlafzimmer aufstellte? Eine verflossene Liebe? Ein *aktueller* Liebhaber? Wenn ja, wo steckte er dann? Lebte er auf der anderen Seite der Straße oder in einem anderen Winkel des Landes?

Lucy hatte von keinem Freund gesprochen. Sie hatte sich auch nicht so benommen, als wäre sie vergeben. Andererseits hatte Blue jedoch kein Recht darauf, diesen Anflug von Eifersucht zu verspüren. Er wollte keine feste Bindung, nur eine oder zwei heiße Nächte. Wenn Lucy nebenbei noch irgendetwas Festes laufen hatte, war das ihr Problem, nicht seins.

Warum hinterließ dann der Gedanke daran, dass Lucy lachte, wenn sie sich vorneigte und diesen anderen Mann küsste, bei ihm einen so bitteren Nachgeschmack? Wieso verspürte er diesen unwiderstehlichen Drang dazu, das Foto in der Mitte durchzureißen?

Blue hastete zur Tür. Mit einem Mal war er sich allzu bewusst, dass er in Lucys Privatsphäre eindrang. Doch er drehte sich noch einmal um und warf einen Blick über die Schulter zurück, bevor er zur Treppe zum Gästezimmer und zu der Dusche oben ging.

Es war ein schönes Zimmer, freundlich, geräumig und genauso ordentlich wie das restliche Haus. Lucy gehörte offensichtlich nicht zu den Menschen, die jede verfügbare Ecke mit Schnickschnack und Souvenirs vollstopfen mussten. Sie hatte keine Angst vor einer sauberen Oberfläche oder einer leeren Wand. Ja, ihm gefiel dieses Zimmer, sehr sogar. Er hoffte, dass er noch die Gelegenheit bekam, es wiederzusehen – von Lucys Bett aus.

„Lucy!"

Lucy drehte sich um und sah, wie Chief Bradley über den Flur auf sie zueilte.

„Schön, dass ich Sie erwische, Schätzchen", stieß er außer Atem hervor. „Ich sehe, Sie haben sich eine Kopie vom Autopsiebericht besorgt. Gut. Gut. Haben Sie auch die Nachricht von Travis Southeby bekommen? Er hat sich gestern Abend zufällig mit Andy Hayes im Rebel Yell unterhalten und herausgefunden, dass Andy gesehen hat, wie Blue McCoy in der besagten Nacht gegen zehn Uhr das Motelzimmer verlassen hat."

Sie nickte. „Ja, Sir. Das passt zu dem, was Blue mir erzählt hat."

Sheldon Bradley nickte und strich sich durch das dünne graue Haar. „Hat er auch erwähnt, dass Matt Parker beobachtet hat, wie sich Gerry um elf Uhr im Wald – in der Nähe des Fundorts – mit jemandem gestritten hat, der genauso aussah wie Blue McCoy? Er hat sie dort zwanzig Minuten vor dem geschätzten Todeszeitpunkt gesehen."

„Matt *glaubt*, jemanden beobachtet zu haben, der Blue ähnelt?" Lucy verbarg ihre Skepsis nicht. „Nein, ich habe diese Nachricht nicht erhalten. Und ich lege großen Wert darauf, heute Nachmittag sowohl mit Andy als auch mit Matt zu sprechen."

„Und was haben Sie sonst noch vor?", erwiderte der Chief.

„Sie haben den Bericht vor heute Abend auf Ihrem Schreibtisch, Sir", erklärte Lucy. Sie öffnete die Tür, aber Bradley hielt sie wieder zurück.

„Eine Sache wäre da noch", sagte er. „Leroy Hurley hat erwähnt, dass er Blue McCoy hier in der Stadt mit einer Maschinenpistole gesehen hat."

„Chief, das war keine echte …"

Er hob die Hand. „Bisher hat niemand irgendwelche Waffen von

McCoy beschlagnahmt. Und ich habe gehört, dass diese Spezialeinheiten mit einem ganzen Arsenal an Waffen herumlaufen.“

„Das sind Sondereinsatzkommandos. Und ohne einen Haftbefehl bin ich nicht sicher, ob wir berechtigt sind …“

„Tun Sie es“, erklärte Bradley. „Es gibt ein altes Stadtgesetz aus der Zeit des Wiederaufbaus, als die Leute ein bisschen durchgedreht waren: Die Beamten von Hatboro Creek haben das Recht, zur Friedenswahrung die private Waffe eines jeden in ihren Besitz zu bringen, der die Stadtgrenze überschreitet. Wir sind nie dazu gekommen, das Gesetz anzupassen. Vor ein paar Jahren ist es mal zur Sprache gekommen, aber als Hurrikan Rosa zuschlug, ist es wieder von der Agenda gerutscht.“

„Ich frage ihn, ob er irgendwelche Waffen hat …“

„Sie durchsuchen diesen Hurensohn“, befahl der Chief ihr. „Oder Sie bringen ihn hierher, damit wir ihn durchsuchen, wenn Sie dem nicht gewachsen sind.“

Lucy hob das Kinn. „Ich bin dazu in der Lage. Aber Sie sollten wissen, dass die Waffe, mit der Hurley ihn gesehen hat, nur eine Spielzeugpistole gewesen ist.“

„Ich will ihn so oder so nicht mit einer Uzi oder so was durch die Stadt laufen sehen“, entgegnete er. „Was auch immer er mit sich rumträgt, ich will, dass es bis heute Mittag in meinem Safe eingeschlossen ist. Ist das klar?“

Lucy nickte. „Ja, Sir.“

„Und treiben Sie diese Ermittlung voran“, fügte Bradley hinzu, während er weiterging. „Ich will auch, dass Blue McCoy vor dem übernächsten Sonnenuntergang eingebuchtet wird.“

Lucy fuhr mit ihrem Wagen auf ihre Einfahrt. Sie konnte das mulmige Gefühl im Magen nicht abschütteln. Die Neuigkeiten, die ihr der Chief mitgeteilt hatte, jagten ihr furchtbare Angst ein. Angeblich hatte jemand Blue und Gerry in der Nähe des Tatorts gesehen. Matt Parker. Er war ein aufrechter Bürger. Vor Kurzem hatte er allerdings trotzdem Pech gehabt. Er hatte eine von Annabellas 415-Durchsagen ausgelöst, als er sich in diesem Sommer etwas zu laut mit seiner Frau über seine Arbeitslosigkeit gestritten hatte. Doch davon abgesehen gehörte er weder zu den Störenfrieden der Stadt noch war er einer von

Leroy Hurleys wilden Freunden. Parker blieb meistens zu Hause, kümmerte sich um Haus und Hof und erschien ohne Ausnahme jeden Sonntag in der Kirche.

Warum sollte Parker darüber lügen, was er in der Nacht beobachtet hatte, als Gerry ermordet worden war?

Und wenn er nicht log – hieß das etwa, dass Blue es gewesen war? Nein. Blue hatte ihr in die Augen gesehen und ihr gesagt, dass er nicht derjenige war, der seinen Stiefbruder umgebracht hatte. Lucy glaubte ihm. Er log nicht. Seine ruhige Art, sein entschiedener Tonfall und der ununterbrochene Blickkontakt stützten ihre Überzeugung.

Lucy stieg aus dem Wagen und ging den Weg zum Haus hoch. Es war erst halb zehn am Morgen, und sie konnte das Ende des Tages jetzt schon nicht abwarten.

Sie musste Blue McCoy nach versteckten Waffen durchsuchen. Das würde ja solchen Spaß machen! Lucy rollte mit den Augen. Sie konnte sich diesem Mann nicht auf drei Schritte nähern, ohne Gefahr zu laufen, Verbrennungen dritten Grades davonzutragen. Wie um alles in der Welt sollte sie ihn durchsuchen? Sie müsste ihn dazu bewegen, die klassische Durchsuchungshaltung einzunehmen: die Arme vor sich ausgestreckt, die Beine gespreizt, Hände an der Wand. Gott möge ihr beistehen, wenn er nur die Arme ausstreckte, sie ihn abtastete, zufällig aufsah und seinem Blick begegnete ... Was hatte Blue noch am vergangenen Abend zu ihr gesagt? Wir wollen ja keine spontanen Verbrennungen riskieren. Das beschrieb ziemlich genau, wie sie sich im Countryclub gefühlt hatte, als er sie in seine Arme gezogen und geküsst hatte. Und was für ein Kuss das gewesen war!

Gott, vielleicht *sollte* sie Blue wirklich lieber aufs Revier bringen, damit Frank Redfield oder Tom Harper ihn durchsuchten. Aber damit würde sie zugeben, dass sie dem „nicht gewachsen" war, wie Chief Bradley es bezeichnet hatte.

Lucy schloss die Tür zur Küche auf. Sie hatte beim Bäcker eine Schachtel Donuts und zwei Becher Kaffee besorgt und stellte jetzt beides auf den Tisch. Im Haus war es still. Schlief Blue womöglich noch?

Dann sah sie es. Auf dem Küchentisch lag etwas. Blue hatte auf eine Papierserviette eine Nachricht an sie geschrieben. Er hatte sich bemüht, leserlich zu schreiben, und in Großbuchstaben darauf gemalt: „Sieben Uhr. Erkunde den Wald bei der Gate's Hill Road. C. M."

C. M.?

Lucy brauchte einen Moment, um zu erkennen, dass C. M. Blues Initialen waren. Sein richtiger Name, auf den er getauft worden war: Carter McCoy. Warum hatte er nicht mit Blue unterschrieben? Nannte er sich eigentlich immer Carter? Oder war er einfach so an die Verfahrensweise der Navy gewöhnt, dass er, ohne nachzudenken, C. M. geschrieben hatte?

Es spielte keine Rolle. Blue war bereits unterwegs und damit beschäftigt, *ihre* Arbeit zu erledigen. Lucy schnappte sich die Donuts und die Kaffeebecher, schloss die Tür hinter sich ab und lief zurück zu ihrem Wagen.

# 8. Kapitel

Lucy fand Blue nicht im Wald bei der Gate's Hill Road. Blue entdeckte sie.

Wie aus dem Nichts tauchte er plötzlich neben ihr auf. Im einen Moment stand sie noch allein auf der Lichtung, wo Gerrys Leiche gefunden worden war. Im nächsten stand Blue direkt neben ihr.

Sie hatte damit gerechnet, dass er so etwas tun würde. Deshalb sprang sie nicht zur Seite. Jedenfalls sprang sie nicht sehr hoch. Stattdessen reichte sie ihm einen Becher Kaffee.

„Ich hoffe, du magst ihn schwarz", sagte sie.

Er nickte. Das Sonnenlicht zauberte goldene Reflexe auf sein blondes Haar. „Danke."

Das Wetter versprach einen weiteren heißen und schwülen Tag. Blue trug immer noch sein ärmelloses Armeehemd. Aber er hatte es fast ganz aufgeknöpft, sodass Lucy den quälenden Anblick seiner steinharten gebräunten Brust ertragen musste.

Sie hielt ihm die Tüte hin. „Ich hoffe, du magst Marmeladendonuts." Während sie das sagte, wünschte sie, es wäre Winter und bitterkalt. Dann hätte er einen bis zum Kinn zugezogenen Parker tragen müssen. „Ich habe alle mit Glasur aufgegessen. Das hast du jetzt davon, dass du ohne mich hergekommen bist."

Blue lächelte. „Das habe ich wohl verdient. Was gibt's Neues vom Revier?"

„Der Obduktionsbericht ist da." Lucy trank einen Schluck Kaffee und lehnte sich gegen einen Baum, während sie Blue musterte. Seine blauen Augen wirkten klar, auf seiner Miene zeichnete sich keine Spur von Müdigkeit ab. Er hatte bestimmt acht Stunden lang tief und fest geschlafen, wunderbar. Er sah nicht so aus, als hätte er sich nachts im Bett von einer Seite auf die andere gewälzt. Das Wissen, dass sie nur wenige Zimmer entfernt geschlafen hatte, hatte ihn überhaupt nicht beschäftigt.

Sie hatte sich allerdings für sie beide genug im Bett umgedreht.

„Gerry ist definitiv an einem Genickbruch gestorben", fuhr sie fort. „Aber das wussten wir ja schon. Es *war* ein glatter Bruch; außerdem hat der Gerichtsmediziner leichte Blutergüsse an Kopf und Hals festgestellt, die auf Strangulieren hinweisen. Es gab offenbar keinen Kampf. Wer auch immer ihn umgebracht hat, wusste genau, was er tat. Das war kein Zufall. Der Mörder wusste genau, was er vorhatte, bevor er Gerry überhaupt angefasst hat."

Leise fluchend wandte Blue den Blick ab.

„Die gute Nachricht ist, dass Gerry nichts gespürt hat", sagte Lucy sanft. „Er hat es vermutlich nicht einmal gemerkt."

„Ja, das weiß ich." Er presste die Lippen aufeinander, als er Lucy wieder ansah. „Was steht sonst noch im Bericht?"

Sie schüttelte den Kopf. „Ich habe nur die ersten Abschnitte überflogen, ich werde ihn mir später genauer durchlesen. Du kannst ihn dir auch anschauen, wenn du willst." Sie seufzte. Denn ihr war klar, dass sie ihm auch von Matt Parkers angeblichen Beobachtungen erzählen musste.

„Du hast noch mehr schlechte Neuigkeiten", erklärte Blue und studierte ihre Miene. „Was ist es?"

„Ein paar Zeugen sind aufgetaucht", antwortete sie. „Einer von ihnen hat dich angeblich genau hier mit Gerry streiten sehen – etwa zwanzig Minuten vor dem geschätzten Todeszeitpunkt."

Blue sagte kein Wort; er presste lediglich die Lippen zusammen.

„Entweder lügt einer der Zeugen", sprach Lucy weiter, „oder er hat jemanden oder etwas hier oben gesehen, das uns zu dem führen kann, was wirklich passiert ist."

„Hier oben war jemand, okay", sagte Blue. Er stellte seinen Kaffeebecher und die Tüte auf einen großen Stein und ging zu einer Ecke der Lichtung. Lucy gab er per Handzeichen zu verstehen, dass sie ihm folgen sollte.

„Gerrys Leiche ist genau hier gefunden worden." Er zeigte auf einen Bereich, wo das Gras zertreten war. „Ich habe nicht damit gerechnet, irgendetwas Neues zu entdecken. Hier sind schon zu viele Leute herumgelaufen, als dass man den Boden genauer untersuchen könnte, sowohl Polizisten als auch Sanitäter." Er richtete sich auf. „Ich habe heute Morgen die Lichtung und den Wald abgesucht und mich in einem immer weiteren Radius von dieser Stelle entfernt."

Er ging in den Wald, und Lucy marschierte hinter ihm durch das dichte Unterholz.

„Ich glaube nicht, dass die Polizei so weit vom Tatort entfernt die Gegend untersucht hat", sagte Blue über die Schulter, während sie ungefähr einen Kilometer zurücklegten. „Und ich hatte heute Morgen nichts anderes zu tun, darum bin ich einfach weitergegangen."

An einem Pfad, der in den dichten Bewuchs geschlagen worden war, blieb er stehen. Er bestand aus kaum mehr als zwei Reifenspuren, Wagenspuren eines Trucks oder eines Jeeps, die zum Hügel hinaufführten.

Blue hockte sich auf den Boden und zeigte auf die feuchte Erde. „Reifenspuren", sagte er. „Von *großen* Reifen. Gut vier Zentimeter breiter als gewöhnliche Abdrücke eines Geländewagens. Und zu was auch immer diese extrabreiten Reifen gehören, es ist ebenfalls groß und schwer."

Tatsächlich waren die Reifenabdrücke in dem dunklen Boden ziemlich tief. Der Schlamm begann trocken zu werden. Was auch immer diese Spuren hinterlassen hatte, war gleich nach dem letzten Regen hier gewesen – wahrscheinlich um die Zeit von Gerrys Tod.

„War das eine Art Monstertruck?", fragte Lucy nachdenklich und kniete sich neben ihn.

„Das oder ein Geländefahrzeug."

„Die Spuren sehen frisch aus", bemerkte sie. „Das Profil ist noch gut zu erkennen. Gott, wir können einen Abdruck nehmen! Und herausfinden, wer in der Nacht noch hier gewesen ist – wenn derjenige noch in der Stadt ist."

„Und sieh mal hier drüben", sagte Blue, stand auf und wies auf eine Stelle weiter entfernt. „Wer auch immer das Ding gefahren hat, er hatte es ziemlich eilig, hier wegzukommen."

Lucy richtete sich ebenfalls auf und wischte sich die Hände an der Hose ab. „Das ist ja großartig! Lass uns zu meinem Wagen zurückgehen, dann fordere ich Verstärkung an. Ich lasse die Spurensicherung ein paar Fotos schießen und die Reifenspuren ausgießen." Sie schmunzelte. „McCoy, ich glaube, du hast gerade den eigenen Hals aus der Schlinge gezogen."

Blue lächelte über ihre Begeisterung, während sie zurück zur

Hauptstraße gingen, wo Lucy geparkt hatte. „Vorsicht! Sonst behaupten die Leute noch, du wärst befangen."

„Tja … das bin ich ja auch", gestand sie.

Als sie über die Schulter zu ihm sah, erkannte er jene schwelende Hitze in ihrem Blick, die sein Blut innerhalb von Sekunden zum Brodeln bringen konnte. Doch er las auch Bewunderung darin, Bewunderung, Respekt und etwas, das Heldenverehrung nahe kam.

Und in diesem Augenblick wurde ihm klar, dass Lucy immer noch in ihn verliebt war wie auf der Highschool – nein, nicht in ihn, sondern in ein überlebensgroßes Bild eines Helden. In einen Superhelden, der sie gerettet hatte, als er vor zwölf Jahren ihre Angreifer verjagt hatte. Jetzt gehörte er zu einer Eliteeinheit; er war ein Navy SEAL. Und nachdem er die Reihe Bücher über die Navy und über SEALs in Lucys Wohnzimmer gesehen hatte, wusste er, dass sie alles über das legendäre Heldentum, den Patriotismus und die Loyalität von SEALs gelesen hatte. Für Lucy war er eine lebende Legende.

Das machte ihn für sie attraktiv – wahrscheinlich attraktiver als jeder normalsterbliche Mann sein konnte, den sie kannte.

In Wahrheit aber kannte Lucy ihn überhaupt nicht. Denn er *war* sterblich. Und dass sie sich so stark zu ihm hingezogen fühlte, ihn respektierte und bewunderte – all das basierte auf einer *Vorstellung* von ihm. Auf einem Bild, das sie von ihm zusammenfantasiert hatte.

Aber was hatte er eigentlich erwartet? Seit er in Hatboro Creek angekommen war, hatte er nichts dafür getan, ihren Eindruck zu korrigieren. Er hatte ihr keines seiner Geheimnisse anvertraut, keines seiner Gefühle ausgesprochen. Eigentlich konnte Blue die Menschen, bei denen er seine Gefühle zeigte und seine Geheimnisse offenbarte, an einer Hand abzählen.

Frisco gehörte dazu. Doch es lag Jahre zurück, dass die beiden Männer sich richtig unterhalten hatten. Blue hatte ihn ein paar Mal im Veteranenkrankenhaus und in der Rehaklinik besucht, nachdem Frisco verletzt worden war. Aber Frisco wollte nicht reden. Und schließlich hatte Blue aufgehört, ihn zu besuchen.

Es war hart, mit den Schuldgefühlen umzugehen. Denn Blue wusste, dass er im Gegensatz zu Frisco einfach aufstehen und aus dem Krankenhaus gehen konnte. Es war hart, zu lächeln und ihm Hoffnungen zu machen, während sich auf Friscos Gesicht nichts als

Schmerz abgezeichnet hatte. Inzwischen war es so lange her, dass Blue ihn besucht hatte – er wüsste gar nicht, was er sagen sollte.

Blue konnte allerdings immer mit Joe Catalanotto reden, der die Alpha Squad kommandierte, und mit Daryl „Harvard" Becker. Aber das waren auch schon alle. Von wegen an einer Hand abzählen – Blue brauchte nur seine Daumen, um die Menschen zu benennen, die Anteil an seinem Leben hatten.

Er beobachtete, wie der Sonnenschein in Lucys langem braunen Haar spielte, als sie die Wagentür aufzog und das an einem Kabel mit dem Funkgerät verbundene Sprechteil herausnahm. Sie lächelte ihm zu – das Aufblitzen weißer Zähne und funkelnder brauner Augen.

Aber warum kümmerte es ihn überhaupt, dass sie mit ihm schlafen wollte, weil sie seit Jahren das aufgebauschte Bild eines Helden mit sich herumtrug? Entscheidend war schließlich, dass sie mit ihm schlafen wollte! Jeder hatte seine Gründe. In der Highschool hatte Jenny Lees Motiv darin bestanden, sich in der Nähe von Gerrys Haus aufzuhalten und so die Aufmerksamkeit von Blues älterem Bruder auf sich zu ziehen. Auch die Frauen, mit denen er später zusammen gewesen war, hatten ihre Gründe gehabt. Sie wollten der Langeweile ihres Alltags entfliehen, eine Weile Nervenkitzel erleben, mit einem gut aussehenden Fremden eine kurze Strecke zurücklegen, der ein oder zwei Tage später aus ihrem Leben verschwunden wäre. Was war also dabei, wenn Lucy mit Superman schlafen wollte?

Sicher, sie war nicht vollständig davon überzeugt, dass sie überhaupt mit irgendwem Sex haben sollte. In ihr steckte viel von einem guten Mädchen, das sich in jener Nacht im Countryclub von ihren Gefühlen und Lust und vom Vollmond hatte mitreißen lassen.

Blue betrachtete Lucy, wie sie die Zentrale über Funk über die entdeckten Reifenspuren informierte. Sie war so lebendig, so voller Leben. Obwohl es nur ein Gespräch über das Funkgerät war, unterstrich Lucy ihre Worte mit ausladenden Handbewegungen, Schulterzucken und Lächeln. Wieder traf es ihn wie der Blitz, wie wunderschön sie war.

Es war nicht die Art Schönheit, die die Leute zum Starren und Raunen brachte, wenn Lucy über die Straße ging. In der Polizeiuniform hätten ihr die meisten Männer eigentlich keinen zweiten Blick geschenkt.

Blue wusste es besser. Er kannte die einnehmende Wärme ihres Lächelns, den starken Sog ihrer erfrischenden, humorvollen und fröhlichen Persönlichkeit, den schwindelerregenden Schimmer ihrer Augen. Und er kannte den verführerischen Geschmack ihrer Küsse und das unvergessliche Gefühl ihres unglaublichen Körpers an seinem.

Während er sie beobachtete, veränderte sich ihre Körpersprache kaum merklich. Er konzentrierte sich auf das, was sie sagte.

Sie blickte auf die Armbanduhr. „Mir ist bewusst, wie spät es ist", erklärte sie. „Ich weiß, dass es fast elf ist, aber das hier ist wichtiger als …"

„Der Chief sagt, er schickt sofort jemanden los", erklärte eine rauchige Frauenstimme über Funk. „Und du solltest dich besser schleunigst zum Revier bewegen – mit den Waffen, die McCoy versteckt. Und zwar noch vor Mittag, sonst wird es ungemütlich."

*Mit den Waffen, die McCoy versteckt?*

Eigentlich überraschte es ihn wenig. Blue war darauf gefasst, dass früher oder später so etwas kam. Sie wollten ihn durchsuchen und hofften, bei ihm irgendetwas zu finden, das sie ihm wegnehmen konnten. Sie hofften, dass er dann weniger gefährlich war.

Lucy gab ihr Bestes, um das Unvermeidbare hinauszuzögern. „Annabella …"

„Der Chief ruft nach mir, Lucy. Ich kann jetzt nicht mit dir weiterdiskutieren", sagte die Frau aus der Zentrale. „Mach deine Arbeit. Dieses Gespräch ist beendet."

„Nein, Annabella …" Lucy fluchte und beugte sich in den Wagen, um das Sprechteil wieder einzurasten. „Sie hat die Verbindung unterbrochen." Sie sah Blue an. „Sie hat tatsächlich das Funkgerät *ausgeschaltet*."

„Weißt du, Yankee, wenn du etwas auf dem Revier zu erledigen hast, kann ich hier bleiben und auf die Spurensicherung warten", bot er ihr an.

Sie schüttelte den Kopf. „Das geht nicht. Weil *du* mit dem zu tun hast, was ich erledigen muss."

Er lächelte. „Obwohl mir wirklich gefällt, wonach es sich anhört", erklärte er gedehnt, „habe ich das Gefühl, dass du etwas anderes meinst."

Lucy spürte, wie sie errötete. Dennoch zwang sie sich dazu, ihm in die Augen zu sehen. „Ich muss deine Waffen sicherstellen, McCoy", sagte sie fest. „Ich muss dich durchsuchen. Und dann müssen wir zum Revier, damit du ein Formular ausfüllst, um deine Sachen später zurückzubekommen."

Langsam nickte er. „Das ist einfach. Du wirst bei mir keine Waffen finden. Wir müssen nirgendwohin. Du kannst diese Info einfach per Funk durchgeben."

Er hatte nicht gesagt, dass er keine Waffen hatte. Er sagte, sie würde sie nicht bei ihm *finden*. Lucy hielt seinem Blick stand. „Sieh mir in die Augen und sag mir, dass du keine Waffe trägst", forderte sie ihn sanft auf.

„Ich trage keine Waffe", wiederholte er, ohne mit der Wimper zu zucken.

Die plötzliche Enttäuschung überwältigte Lucy beinah. „So ein Mist!", sagte sie. „Jetzt haben wir wohl bewiesen, dass du mich anlügen *wirst*."

Er erwiderte nichts. Er sah sie nur an.

Als sie ihn wieder betrachtete, war ihr Blick feurig. „Willst du es noch einmal versuchen?"

Ungerührt erklärte er noch einmal: „Ich trage keine Waffe."

Einen Moment lang dachte Blue, Lucy würde ausholen und ihn in den Magen boxen. Stattdessen verschränkte sie die Arme. „Hände auf den Wagen, Mister!"

„Lucy, das bringt doch nichts …"

„Weil ich nichts finden werde?", entgegnete sie. „Wollen wir wetten?" Sie deutete auf den Wagen. „Los, beweg dich, McCoy. Stell dich da hin."

„Das ist nicht nötig."

Lucy explodierte. „Du bist ein SEAL, verdammt noch mal!", stieß sie hervor und schlug mit der flachen Hand auf den Wagen. Das klatschende Geräusch hallte in der Stille wider. „*Ich* weiß, dass du nicht unbewaffnet in die Stadt gekommen bist, und Chief Bradley weiß das auch. Er ist nicht dumm, ich übrigens auch nicht, und …"

„*Ich* bin auch nicht dumm." Blue umfasste ihr Kinn mit einer Hand und zog ihren Kopf zu sich, sodass sie ihm in die Augen sehen musste. Mit einer geschickten Bewegung stand er direkt vor ihr und presste sie gegen die Wagentür. Die Oberschenkel fest an ihren, überkam ihn ein Gefühl, bei dem er fast alles vergaß außer der heftigen Sehnsucht danach, ihre Lippen wieder auf seinen zu spüren. Fast. Irgendwie gelang es ihm, sich wieder auf das zu konzentrieren, was er eigentlich vorhatte.

„Du hast recht", flüsterte er. „Ich bin ein SEAL. Und ich kann nicht ignorieren, dass jemand Gerry hier draußen ermordet hat. Ich bin nicht unbewaffnet, quasi *nackt,* während sich hier ein Mörder in der Gegend rumtreibt. Und wenn das bedeutet, dass ich dich anlügen muss, Yankee, dann tue ich es. Es ist nichts Persönliches. Denk das bitte nicht. Aber es gibt keinen SEAL, der in einer potenziellen Gefahrensituation wie dieser nicht sogar Mutter Teresa anlügen würde."

Lucy versuchte, sich loszureißen, aber er hielt sie fest.

„Sieh mir in die Augen", fuhr er fort. „Und sag mir, dass du die Waffen nicht konfiszierst, wenn ich zugebe, dass ich bewaffnet bin." Mit Augen wie aus blauem Stahl blickte er sie hart und unnachgiebig an. „Sag mir, dass du nur sagen würdest: ‚Gut, vielen Dank, Blue. Danke, dass du mir die Wahrheit gesagt hast. Ich weiß, wie wichtig es für dich ist, Pistole und Messer am Körper zu tragen, darum werde ich das nicht in meinem Bericht erwähnen'."

Sie schwieg.

„Das kannst du nicht, nicht wahr?" Blue nickte. „In diesem Fall werde ich es noch einmal sagen: Ich trage keine Waffe."

Lucy hob das Kinn noch höher. „Und *ich* sage, Hände auf den Wagen und Beine auseinander, Mister."

Er musste lachen. Sie war klar unterlegen, trotzdem gab sie nicht auf. Sie weigerte sich einfach. Egal, wie ärgerlich das war, er musste sie deswegen mögen. Und das tat er. Gott, er mochte sie sogar sehr.

„Lässt du mich jetzt los und tust, was ich gesagt habe, oder muss ich dich erst ins Gefängnis stecken?" Ihre braunen Augen blitzten wieder auf, ihr Mund bebte kaum erkennbar vor Wut. Das war alles, was Blue bei ihr erreichen konnte, um sie nicht zu küssen. Lieber, lieber Gott, er sehnte sich verzweifelt danach, sie zu küssen. Er wollte es, und verdammt noch mal, er würde es auch tun.

„Komm schon, Yankee", sagte er sanft. „Lass uns nicht kämpfen. Wir stehen doch auf derselben Seite."

Sie warf ihm einen zornigen Blick zu. „Da bin ich mir nicht mehr so sicher."

„Doch", erklärte er, ohne eine Widerrede zuzulassen. „Wir *stehen* auf derselben Seite. Küss mich einfach, und dann Schwamm drüber."

Lucys Augen wirkten größer, als er sich vorbeugte und den Mund auf ihren senkte. Seine Lippen streiften ihren süßen Mund, und er war nur einen Hauch vom wahren, absoluten Paradies entfernt, als sie etwas sagte.

„Nicht!" Sie holte tief Luft. „Bitte, Blue ... nicht."

Er tat es nicht. Er küsste sie nicht. Er zog sich zurück. Von allen schwierigen Dingen, die er im Leben getan hatte, war das höchstwahrscheinlich das Schwierigste.

„Ich kann das nicht", flüsterte Lucy. „Erinnerst du dich? Solange ich nicht weiß, wer Gerrys Mörder ist, bist du ein Verdächtiger. Ich kann das nicht tun."

„Es ist nur ein Kuss." Seine Stimme hörte sich sogar für ihn rau und heiser an.

Sie schüttelte den Kopf. „Nein", beharrte sie. „Es ist ganz bestimmt nicht nur ein Kuss." Irgendwie hatte er nicht mehr die Kraft, sie festzuhalten. Lucy befreite sich aus seinem Griff, stieß sich vom Wagen ab und blieb in sicherem Abstand zu Blue stehen. Sie drehte sich zu ihm um. „Es ist nicht *nur* ein Kuss, und das weißt du genauso gut wie ich."

Als sie sich das Haar hinters Ohr strich, zitterte ihr die Hand leicht. Lucy verschränkte die Arme eng vor der Brust, als müsse sie sich festhalten. Ihre Augen sahen groß und beinah blutunterlaufen aus, und sie biss sich auf die Unterlippe. Aber sie sah ihn trotzdem direkt an, das Kinn erhoben.

„Es ist sowieso total unangebracht", fügte sie hinzu. Sie atmete tief ein und dann geräuschvoll aus. „Also lass uns dann weitermachen, ja?"

Redete sie darüber ...?

Verdammter Mist, sie wollte ihn immer noch filzen. Blue stieß zischend einen Fluch aus.

Lucy bemühte sich, ruhig zu atmen und ihr rasendes Herz zu beruhigen, während sie Blue abwartend betrachtete. Er drehte sich langsam zum Wagen um. Sie beobachtete das Spiel seiner Muskeln, als er sich mit seinen starken Armen auf die Wagentür stützte. Er stand fest da, die langen Beinen gespreizt.

Er drehte den Kopf und warf einen Blick über die Schulter. Der feurige Glanz seiner Augen war unmissverständlich.

Noch vor weniger als einer Minute war er im Begriff gewesen, sie zu küssen. Und jetzt sollte sie ihn durchsuchen, seinen Körper von oben bis unten abtasten und feststellen, ob er unter der Kleidung versteckte Waffen trug. Oder *in* der Kleidung versteckte Waffen, überlegte Lucy, während sie die große metallene Gürtelschnalle betrachtete. Trotzdem war es schräg. Zu schräg.

„Los, komm schon", sagte er. „Lass mich nicht warten."

Sie trat einen Schritt vorwärts, unsicher, wo sie anfangen sollte. Blue beobachtete sie mit einem seiner langsamen, lässigen, halben Lächeln auf dem attraktiven Gesicht. Schließlich entschied sie sich dazu, mit seinem Rücken zu beginnen. Es erschien ihr weitaus unverfänglicher als die langen kräftigen Beine oder, Gott steh ihr bei, sein perfekter fester Po.

Oder war der ungefährlicher? Sie glitt mit den Händen über den weichen Baumwollstoff seines Hemds und fühlte die Konturen seiner Muskeln. Es war nur sein Rücken. Wie konnte er so viele Muskeln am *Rücken* haben? Aber sie sollte nicht nach Muskeln suchen. Sie suchte nach jeder Art verborgener Waffe. Eine Pistole. Ein Messer. Wer weiß, vielleicht sogar eine Granate. Er trug etwas spazieren. Und egal, war er gesagt hatte, sie würde es finden.

Lucy spürte, wie ihr Schweißperlen über den Rücken liefen, als sie seine Seiten abtastete.

Jackpot. Er trug ein Schulterholster unter dem linken Arm. Triumphierend schlüpfte sie mit den Händen unter das Hemd, nur um herauszufinden, dass das Holster … leer war?

„Wo ist die Pistole, McCoy?", fragte sie.

„Ich habe es doch gesagt", erwiderte er. „Ich trage keine Waffe."

„Ja, richtig." Sie stand da, die Hände unter seinem Hemd, und mit den Fingern berührte sie seine weiche warme Haut. Schnell zog sie die Hände zurück. „Ich soll glauben, du trägst das leere Holster, weil du so daran gewöhnt bist, dass du dir ohne komisch vorkommst? Ob eine Waffe drinsteckt oder nicht? Habe ich recht?"

„Allerdings", antwortete er lächelnd. „Ich hätte es selbst nicht besser ausdrücken können."

Lucy seufzte und durchsuchte den Inhalt seiner Hemdtaschen. Sie bemühte sich sehr, seine seidenglatte Haut nicht noch einmal zu berühren. In der rechten Tasche entdeckte sie ein Schweizer Armeemesser.

Jetzt war es an Blue zu seufzen. „Das ist keine Waffe", erklärte er spöttisch. „Damit streiche ich mir Erdnussbutter auf die Sandwiches."

„Nach allem, was ich über SEALs gelesen habe", sagte Lucy nachdenklich, „könnte selbst ein *Schuh* eine Waffe sein."

„Ich trage keine Schuhe", entgegnete er gedehnt. „Hätte ich allerdings welche an, könntest du nach der geheimnisvollen Maschinenpistole suchen, die in der Sohle versteckt ist."

„Sei still und lass mich das hinter mich bringen", murmelte sie und ging in die Hocke, um seinen rechten Knöchel abzuklopfen. Mit den Händen strich sie an seinem Bein hoch. Er hatte schrecklich hübsche Beine.

„Du willst es hinter dich bringen? Sag bloß – ich dachte, das macht dir Spaß?! *Mir* auf jeden Fall. Sicher, wenn du mich überall berühren willst – und ich meine wirklich *überall* –, dann sollten wir das lieber im Schlafzimmer tun, nicht hier unter freiem Himmel. Aber … was immer dich scharf macht."

Lucy versuchte, schnell und unpersönlich mit den Händen über die harten Muskeln seiner Beine zu streichen. Sie erkannte zu spät, was er vorhatte. Er wollte sie mit voller Absicht durcheinanderbringen, damit sie sich keine Zeit ließ. Hier war irgendetwas, das er vor ihr verbergen wollte.

Ihre Hände glitten an einem festen Oberschenkel hoch, ganz hoch bis zwischen seine Beine. Doch dann zögerte sie. Lieber Gott, wie gründlich durchsuchte eine Frau einen Mann, ohne sie beide in Verlegenheit zu bringen? Und dann war da noch sein Gürtel …

„Hör nicht auf, Süße", raunte er amüsiert.

Und mit einem Mal wusste Lucy, dass er das nur sagte, weil er *wollte*, dass sie aufhörte. Er versuchte, sie zum Ausflippen zu bewegen, damit sie sich zurückzog.

Tja, gut. Sie würde mitspielen – nur für eine Weile.

Sie widmete sich seinem linken Fußgelenk und wiederholte die Prozedur von vorhin. Wieder hielt sie kurz vor dem Ziel inne.

Sie klopfte seinen Po und die Hüfte eher vorsichtig ab – damit er glaubte, dass er das Spiel gewann.

„Schöner Gürtel", sagte sie und betastete seine Taille weiterhin unwirksam. „So eine große Metallschnalle löst bei der Personenkontrolle am Flughafen bestimmt Alarm aus, was? Ich wette, das

Flughafenpersonal lässt dich den Gürtel immer ausziehen und noch einmal durch die Schranke gehen."

Blue zuckte die Schultern. „Ist ein oder zweimal passiert."

„Es macht dir doch nichts aus, wenn ich ihn dir ausziehe und ihn mir mal genauer ansehe", sagte Lucy und zog den Riemen durch die Schlaufe. „Mal *ganz genau* hinschaue?"

Sie musste es ihm anrechnen. Er reagierte nicht, als sie den Gürtel von seiner Hose zog. Er zeigte keinerlei Überraschung. Er seufzte nicht, stöhnte nicht, räusperte sich nicht einmal, als er seine Niederlage einsah. Und er *musste* ahnen, was gleich passieren würde.

Er sagte nur sehr sachlich: „Der Gürtel verhindert, dass meine Hose rutscht."

„Sieht aus, als könnte er mehr als das", entgegnete Lucy und untersuchte die Rückseite der Gürtelschnalle. Tatsächlich war dort und im dicken Leder ein kurzes, aber sehr gefährliches Springmesser versteckt.

Blue warf über die Schulter einen Blick auf sie und das Messer, sagte allerdings nach wie vor nichts dazu.

„Wofür benutzt du es?", fragte sie und schob das Messer zurück in die Gürtelschnalle. „Und erzähl mir nicht, dass es ein Obstmesser ist."

Gelassen begegnete er ihrem Blick. Sie las keinerlei Reue auf seinem Gesicht. „Ich vermute, ich habe dich unterschätzt", sagte er und wollte sich wieder aufrichten.

Lucy hielt ihn zurück. „Wir sind noch nicht fertig." Sie schenkte ihm ein charmantes Lächeln. „Solange du den Gürtel nicht mehr hast, machst du vielleicht die Hose auf und gibst mir die Waffe, die du in den Shorts versteckst."

Er lächelte. Dann lachte er. Und ließ es darauf ankommen. „Du *denkst*, dass ich da etwas verstecke", sagte er. „Aber du täuschst dich. Tu dir keinen Zwang an und schau selbst nach."

Er wusste, dass sie es nicht tun würde. Nein – er *glaubte* es zu wissen. Und irrte sich schon wieder.

Das Schlimmste, was passieren konnte, war: Lucy lag falsch und griff am Ende kurz dem Mann in den Schritt, der ihre Tagträume beherrschte, seit sie fünfzehn war. Sicher, und wenn sie sich irrte, würde er es sie niemals vergessen lassen.

Aber sie lag *richtig*. Wohin auch immer die Pistole aus dem Schulterholster verschwunden war – sie hatte sich nicht getäuscht, das wusste sie. Wahrscheinlich hatte er sie in die Shorts rutschen lassen und dann an eine Stelle geschoben, wo die meisten Frauen ihn nur sehr behutsam ... abtasteten. Wenn überhaupt.

Betend, dass sie recht behielt, durchsuchte sie ihn, und an den Fingern spürte sie ...

Metall.

„Autsch", sagte Blue. „Vorsichtig. Bitte."

„Tut mir leid", entschuldigte sie sich überfreundlich. „Willst du das Ding da rausholen oder soll ich das übernehmen? Gott verhüte, dass sie geladen ist und ich sie versehentlich entsichert habe ..."

Blue warf ihr einen finsteren Blick zu und griff in seine Hose. Er zog eine sehr kleine Handfeuerwaffe heraus.

Und er richtete sie auf Lucy. „Hände hoch!", rief er. Beunruhigt riss sie die Hände hoch.

Während sie sich von ihm entfernte, stolperte Lucy über eine Baumwurzel und plumpste genau auf den Po.

Blue zog sich schnell wieder an, dann half er Lucy mit einer Hand auf, während er ihr mit der anderen die Waffe reichte. „Verdammt, Lucy! Du findest eine Waffe bei mir und lässt sie mich selbst rausholen? Das ist verdammt dumm! Wenn ich einer der Bösen wäre, hätte ich auf dich schießen können, und du wärst jetzt tot. Wenn du das nächste Mal in so eine Situation kommst, richtest du deine Waffe auf den Kopf des Kerls und befiehlst ihm, Hose *und* Shorts auszuziehen. Dann fällt die Waffe auf den Boden. Von wo *du* sie aufhebst. Hast du das verstanden?"

Lucy nickte. Ihr Herz klopfte immer noch wie wild, Adrenalin rauschte ihr durch die Adern. Diese Lektion würde sie nicht vergessen. Aber sie musste ihm ebenfalls eine erteilen.

„Solltest du jemals wieder", sagte sie kühl, „*jemals* im Laufe der Ermittlungen wieder eine Waffe auf mich richten, nehme ich dich fest und zeige dich an, weil du einen Polizisten bedroht hast. Hast *du* das verstanden?"

Am Ende der Straße entdeckte sie einen Streifenwagen, der in ihre Richtung fuhr. Es waren Frank Redfield und Tom Harper. Sie sollten die Fotos machen und die Reifenspuren sicherstellen.

Blue blickte vom Wagen zu Lucy und nickte. „Klingt fair", erwiderte er. Dann lächelte er. „Vorausgesetzt, du schnappst mich und kannst mich in Schach halten, nachdem ich es getan habe."

Lucy lächelte nicht. Sie sah ihn lediglich kühl an. Sie hatte zwei Waffen gefunden, obwohl sie dazu nicht für fähig gehalten hatte; sie hatte gesiegt. Dennoch behielt er die Oberhand und sie stand als Dummkopf da.

„Sperr meine Waffe und meinen Gürtel weg", forderte Blue sie auf. „Sonst müssen wir gleich zum Revier fahren und mein Zeug übergeben und haben keine Zeit, um die beiden Typen zu den Reifenabdrücken zu führen."

Lucy hob Blues Gürtel mit dem versteckten Messer vom Boden auf und betete, dass sie sich nicht zu einem noch größeren Idioten machte. Statt den Gürtel zu verwahren, gab sie ihn ihm zurück.

„Du hast gesagt, dir rutscht sonst die Hose", erklärte sie. Ruhig zog sie die Schlüssel aus der Tasche und schloss die schwere Stahlkiste auf, die auf der Ladefläche ihres Trucks festmontiert war. Sie verstaute Blues Pistole und das Schweizer Messer darin und schloss die Kiste wieder zu. „Ich weiß schon: Verlass dich nie auf Vermutungen", fügte sie hinzu und wandte sich zu ihm um. „Aber in diesem Fall verlasse ich mich darauf, dass der Bewohner deines Schulterholsters nicht weit entfernt ist. Sonst würde ich dir die Pistole auch zurückgeben. Zu dumm, dass ich dir nicht dafür danken kann, dass du die Wahrheit gesagt hast."

Blue hatte sich nicht von der Stelle gerührt. Er blickte sie fest an und hielt einfach den Gürtel in der Hand. Auf seiner Miene spiegelte sich eine seltsame Mischung aus Überraschung wider – Überraschung und etwas, das sie nicht genau bestimmen konnte. Was immer es war: Es war klar, dass er von ihr nicht erwartet hatte, dass sie für ihn irgendwelche Vorschriften verletzte.

Lucy entfernte sich von ihm und ging auf den parkenden Wagen zu, in dem Frank und Tom saßen. Sie warf einen Blick über die Schulter zu Blue. „Du hast mich wohl unterschätzt", sagte sie.

Blue sagte kein Wort. Aber der Ausdruck in seinen Augen sprach Bände.

Lucy half Tom und Frank dabei, die schwere Ausrüstung und die Hilfsmittel auszuladen, die sie brauchten, um die Reifenspuren im

Wald zu sichern. Zu dritt schnauften und keuchten sie und hörten sich wie eine ganze Armee an, die sich durch das dichte Unterholz schlug. Nur Blue gelang es, sich leise zu bewegen, obwohl er mindestens genauso schwer trug – und vielleicht sogar noch mehr Zeug.

Sie waren auf halbem Weg den Hügel hochgestiegen, als Blue die Hand hob und alle zum Stehen bewegte.

Da war ein entferntes Geräusch. Es war kaum mehr als ein seltsames Brummen, ein fiependes Wimmern.

Erst nachdem Blue sich umgewandt und in Richtung der Reifenspuren rannte, hatte Lucy das Geräusch eingeordnet.

Geländemotorräder.

Es klang wie eine Gruppe von Motorradfahrern. Mit wenig Aufwand konnten die Motorräder die Reifenspuren auf dem Pfad zerstören und damit die Ermittlung zum Ausgangspunkt zurückführen.

Lucy ließ den Eimer voll Gips fallen, den sie getragen hatte, und hastete hinter Blue her. Über die Schulter rief sie Frank und Tom zu, dass sie ihr folgen sollten.

Blue bewegte sich schnell zwischen den Bäumen, es war fast unmöglich, mit ihm mitzuhalten. Dennoch bemühte Lucy sich, sprang über Steine und Wurzeln, während ihr Zweige ins Gesicht und gegen die Arme schlugen.

Das Geräusch der Geländemotorräder wurde lauter und klang dann weiter entfernt. Und als Lucy Blue weiter vor sich einfach dastehen saß, befürchtete sie das Schlimmste. Sie lief langsamer. Er hörte mit Sicherheit, wie sie sich ihm näherte, doch er drehte sich nicht um. Er stand nur da und blickte den Pfad hinunter.

Die Abdrücke der breiten Reifen waren vollkommen geebnet und ausgelöscht. Es gab nichts, das sie hätten retten können. Nichts, womit sie auf das Fahrzeug hätten schließen können, das in der Nacht von Gerrys Tod hier gestanden hatte.

Blues Gesicht wirkte angespannt, ausdruckslos. Und sobald er sie ansah, funkelten seine Augen kalt.

„Ich hätte hier bleiben sollen“, sagte er leise. „Ich hätte die Spuren bewachen sollen, bis die Abdrücke gesichert sind. Es ist meine Schuld.“

„Meine genauso“, flüsterte Lucy. „Oh, Blue. Es tut mir leid.“

Blue schwieg, während sie zu ihrem Haus zurückfuhren. Er blieb schweigsam, als sie seinen Seesack flüchtig durchsuchte, und genauso still, als sie zur Polizeistation fuhren, um eine seiner Waffen an Chief Bradley zu übergeben.

Erst nachdem sie das Gebäude verlassen hatten, brach er sein Schweigen.

„Sheldon Bradley hat etwas damit zu tun", sagte Blue.

Lucy wandte sich um und sah ihn überrascht an. „Womit zu tun?"

„Mit diesem abgekarteten Spiel", erwiderte er. „Mit den Reifenspuren. Und vermutlich mit dem Mord an Gerry."

„Du meinst, der Polizeichef", wiederholte Lucy skeptisch, „hat Gerry ermordet und versucht, es dir in die Schuhe zu schieben?"

„Das habe ich nicht gesagt. Ich habe gesagt, ich glaube, dass Bradley irgendwie mit drinsteckt. Bradley oder jemand anderes von der Polizei."

„Ich weiß, wie sehr du dich darüber ärgerst", entgegnete Lucy. „Es war ein schlechtes Timing, dass diese Motorradfahrer ausgerechnet …"

„Ich für meinen Teil denke, das Timing war ziemlich perfekt", unterbrach er sie. „Du nimmst Funkkontakt zur Zentrale auf, erzählst Bradley von den Reifenspuren, und keine Dreiviertelstunde später fahren Motorradfahrer genau denselben Pfad entlang und vernichten die Beweise."

Lucy seufzte. „Du hast recht", gab sie zu. „Der Zufall wäre wirklich etwas zu groß. Das heißt aber nicht unbedingt, dass der Chief darin verwickelt ist. Jeder, der den Funkverkehr mitgehört hat, hat erfahren, dass wir Reifenspuren entdeckt haben." Sie fuhr langsam vor Joe's Grill vor. „Was hältst du von einem Happen zu essen?"

Blue zog einen Fünf-Dollar-Schein aus seiner Brieftasche. „Bestell meins lieber zum Mitnehmen", meinte er und gab ihr das Geld.

Sie nickte. „Bin schon unterwegs."

Wie gewöhnlich war es voll in dem Lokal. Trotzdem nahm Lucy schnell mit Iris Blickkontakt auf und bestellte ein paar Sandwiches. Sarah winkte ihr von einem Tisch in der Ecke zu, woraufhin Lucy zu ihr ging.

„Hey", meinte sie und setzte sich Sarah gegenüber.

Deutlich blickte Sarah durch das Fenster und auf Lucys Wagen, in dem Blue saß. „Kann er nicht hereinkommen und selbst etwas bestellen?", fragte sie. „Oder hat er dafür zu viele Y-Chromosome?"

Lucy seufzte. „Als er das letzte Mal hier drin war, gab es fast einen Aufruhr. Die meisten in der Stadt halten Blue bereits für schuldig."

„Du aber nicht", bemerkte Sarah und sah ihre Freundin an.

„Nein. Ich nicht."

„Bist du sicher, dass du diesem Typen nicht zu sehr vertraust?"

Lucy zwang sich zu lächeln. „Können wir uns über etwas anderes unterhalten?"

Sarah zögerte. Zu dem Thema hatte sie offensichtlich noch mehr zu sagen.

„Bitte!"

„Okay", erwiderte Sarah fest. „Gute Neuigkeiten! Erinnerst du dich an das Demotape, das ich der Charleston Music Society geschickt habe? Sie wollen mich als besonderen Gast bei ihrem Winterkonzert dabei haben! Sie haben mich gefragt, ob ich ein paar französische Chansons zusammenstellen kann."

Lucy lächelte ihre Freundin an. „Das ist ja toll! Weißt du schon, wann das Konzert stattfinden soll?"

„Irgendwann im Dezember", antwortete Sarah und verzog das Gesicht. „Vorausgesetzt, ich habe das Baby bis dahin bekommen."

Lucy musste lachen. „Das ist noch sechs Monate hin. Niemand ist je fünfzehn Monate lang schwanger gewesen."

„Bis jetzt jedenfalls nicht."

„Lucy", rief Iris. „Deine Bestellung ist fertig."

Lucy stand auf. „Gratulation", sagte sie.

„Danke", erwiderte Sarah. „Ruf mich nachher an, ja?" Sie lehnte sich vor und senkte die Stimme. „Lucy, sag mal … Ist das wahr? Ich habe gehört, dass das Navy-Sahneschnittchen bei dir wohnt. Stimmt das etwa?"

Leise fluchend schloss Lucy die Augen. Sie setzte sich wieder zu Sarah an den Tisch. „Das hast du gehört?"

Sarah nickte. „Die Leute reden. Nicht besonders nett übrigens."

„Jedd Southeby wollte Blue kein Zimmer in seinem Motel geben", erklärte Lucy. „Was hätte ich denn tun sollen? Ihn ins Gefängnis stecken?"

Sarah nickte. „Ja. Es ist eine Schande, aber … ja."

Lucy schüttelte den Kopf und erhob sich wieder. „Ich kann das nicht tun. Danke, dass du es mir gesagt hast, aber ..." Sie zuckte die Schultern. „Ich schätze, die Leute müssen einfach über irgendetwas tratschen."

„Lucy, er *könnte* es getan haben, das ist dir doch klar!" Sorgenvoll sah Sarah sie aus ihren braunen Augen an. „Du lässt einen Mann in dein Haus, der sehr wohl ein Mörder sein könnte. Ich weiß, du siehst es wahrscheinlich anders. Er ist ein Mann, den du immer respektiert und bewundert hast. Lass das aber nicht dein Urteilsvermögen trüben."

„Lieb, dass du dir Sorgen machst", entgegnete Lucy. „Aber das ist wirklich nicht nötig."

„Aber ..."

„Wir sprechen nachher darüber."

Lucy spürte Sarahs Blick auf sich, als sie Iris das Geld für das Essen gab und die Papiertüte hinaustrug. Über den Bürgersteig schlenderte sie auf ihren Wagen zu und blieb abrupt stehen.

Blue war weg.

Dieses Mal fluchte sie nicht leise. Sie drehte sich um, einmal um die eigene Achse, und suchte nach einem Anhaltspunkt dafür, wohin er gegangen sein mochte.

Tom Harpers Streifenwagen fuhr fort, mit höherem Tempo als gewöhnlich. Einem Verdacht folgend, stieg Lucy in ihren Truck, warf die Tüte mit den Sandwiches auf den Beifahrersitz und folgte Tom.

Neben der Tankstelle, mehrere Blocks von der Main Street entfernt, hielt der Streifenwagen vor einem leeren Hof.

Tatsächlich. Da war Blue. Er trat drei Männern gegenüber und sah aus, als wollte er gleichzeitig mit ihnen kämpfen. Einer der Männer hatte eine Kette, ein anderer eine Dachlatte. Aber Blue trat vor. Ein paar Männer standen dabei und sahen zu.

Während sie aus dem Wagen sprang und ihnen entgegenrannte, erkannte Lucy einen der Männer. Merle Groggin. Matt Parker war auch dabei. Und der dritte war Leroy Hurley. Matts Nase blutete, Merle hatte anscheinend bald ein blaues Auge, und Leroy schwitzte. Blue dagegen sah nicht einmal zerzaust aus. Nur fuchsteufelswild.

„Das reicht! Sofort aufhören!", rief Lucy. Tom Harper war nur einen Schritt hinter ihr.

„Ruf *ihn* zurück!", sagte Merle und wies auf Blue. „Er ist doch derjenige, der uns in Stücke zerreißen will."

„Sie sind auf mich gesprungen", erwiderte Blue gedehnt. „Schon vergessen?"

„McCoy, kommen Sie her", sagte Lucy scharf.

Er blickte zu ihr, und sie erkannte den Zorn in seinen Augen. Echter, heißer, glutvoller, tödlicher Zorn.

„Diese Jungs sind gerade von einem Motorradausflug zurückgekehrt", erklärte er ihr. „Mit glänzenden, funkelnagelneuen Geländemaschinen. Was glaubst du, wer ihnen die geschenkt hat? Angeblich haben sie sie gefunden, nachdem sie vom Laster gefallen waren. Ich fand, sie brauchen eine kleine Ermunterung, um mit der wahren Geschichte herauszurücken – zum Beispiel, wer sie angerufen und den Ausflug zur Gate's Hill Road angeregt hat. Darum habe ich sie gebeten, noch einmal gründlich nachzudenken, und da haben sie sich auf mich gestürzt."

„Er ist verrückt", sagte Leroy. „Wir haben die Motorräder wirklich gefunden! Die Kartons sind immer noch an der Route 17. Wir zeigen sie dir, wenn du willst. Wir dachten, es macht nichts, wenn wir eine kleine Runde drehen."

Blues Stimme klang tief und gefährlich. „Was für eine gequirlte Scheiße! Sie und Ihr ,Kumpel' Merle sind rein zufällig an der Zufahrt zur Autobahn spazieren gegangen? Oder haben Sie die Maschinen entdeckt und sich gedacht ,Hey, ich rufe mal Merle an und frag nach, ob er Lust auf ein Spazierfahrt hat.'? Vor zwei Tagen haben Sie noch damit gedroht, ihn *umzubringen*."

Leroy schwang die Dachlatte, die er in der Hand hatte. „Nennen Sie mich einen Lügner?"

„Oh ja." Blues Augen schienen Feuer zu speien. „Sie sind ein Lügner und ein Säufer und ein Hurensohn. Und ich werde die Wahrheit aus Ihnen herausbekommen, und wenn es das Letzte ist, was ich tue."

Leroy nahm eine drohende Haltung ein. „Nennen Sie mich noch einmal einen Lügner, und ich werde …"

„… mich schlagen? Damit? Nur zu, Sie Lüg…"

Leroy schnellte vor, die Dachlatte schnitt durch die Luft.

Aber Blue hatte sich bewegt. Er stand nicht mehr an derselben Stelle wie zuvor. Er drehte sich und trat in der Bewegung mit dem Bein und traf Leroy fest am Arm. Das Stück Holz flog durch die Luft und landete mit einem Krachen auf dem Boden, das sich wie das Brechen von Knochen anhörte.

Leroy schrie.

Lucy warf sich vor Blue, packte ihn am Arm und versuchte, ihn zurückzuhalten. „Hör auf", zischte sie. „Sofort!"

Leroy krümmte sich auf dem Boden, stöhnte und hielt seinen Arm.

„Sagen Sie mir, wer Ihnen die Motorräder gegeben hat", befahl Blue.

Leroy spuckte in den Dreck.

Blue sah Lucy an. Sein Blick war wild, und er atmete immer noch schwer. „Ich kann ihn dazu bringen, es zu sagen."

Sie schüttelte den Kopf. „Nein, das kannst du nicht."

„Ich alarmiere die Sanitäter", sagte Tom zu ihr. „Wir bringen sie lieber allesamt hin."

Lucy ärgerte sich über Blue.

Ihre Wut war fast greifbar, füllte das Wageninnere aus und hüllte sie beide ein. Sie war wütend, als sie auf den Parkplatz des Polizeireviers bog und als sie die Main Street entlangfuhr. Und sie war immer noch außer sich, als sie rechts in die Fox Run Road bog und auf der Kieseinfahrt zu ihrem Haus bremste.

Zornig stieg sie aus dem Wagen und stapfte über den vorderen Weg zur Veranda. Sie schloss die Küchentür auf und stieß sie mit der Schulter auf.

„Ich will, dass du reingehst", sagte sie barsch, „und ich will, dass du hier bleibst, bis ich wieder da bin."

Blues Temperament war jetzt ebenfalls entzündet. „Seit wann sagst du mir, was ich zu tun habe?"

„Seit *du* dich wie ein Idiot benimmst", antwortete Lucy. „Was hast du dir nur dabei gedacht, McCoy? Hast du ernsthaft geglaubt, du kannst Leroy Hurley zusammenschlagen? Dachtest du, du kannst ihn so dazu bringen, dir alles zu sagen, *ohne* dabei hinter Gittern zu landen? Ich musste mit Engelszungen auf Chief Bradley einreden, um ihn davon abzuhalten, dich zu verhaften." Frustriert strich sie sich das Haar aus dem Gesicht, marschierte in die Küche und ging dort auf und ab. „Ich habe keine Ahnung, wie das unter SEALs läuft, aber in diesem Teil des Landes kannst du nicht einfach rumlaufen und wie ein Verrückter Leute terrorisieren. Gott, ich habe mehr von dir erwartet."

*Ich habe mehr von dir erwartet.* Ihre Worte brachten Blue an die Decke, stürzten ihn in einen Strudel der Emotionen und der Wut, aus dem er sich nicht befreien konnte. Er versuchte es, doch es überkam ihn vollends und sein Temperament ging mit ihm durch.

„Wenn du mehr von mir erwartet hast", polterte er, „dann ist das *dein* Problem, Yankee, nicht meins. Denn weißt du was? Ich bin nicht perfekt. Das bin ich nie gewesen."

Die Gewalt seiner Worte ließ Lucy zurückschrecken, sie presste sich an die Arbeitsplatte. Er sah ihren schockierten Blick, ihre erschrockene Miene, aber er konnte nicht mehr aufhören.

„Du denkst, ich bin ein verfluchter Held, aber das bin ich nicht! Ich bin aus Fleisch und Blut – und genauso in der Lage, alles zu vermasseln, wie jeder andere Kerl auch. Und weißt du noch was?", fuhr er fort. „Ich brülle manchmal. Ich brülle *gern*. Ich kämpfe *gern*. Aber ich gewinne nicht immer, weil ich eben *kein* Held bin. Ich habe *nicht* immer recht. Ich habe mich *nicht* immer unter Kontrolle. Ich mache Fehler, manchmal *dumme* Fehler. Ich werde wütend. Ich werde verletzt, und ich bekomme Angst. Und gerade jetzt bin ich alles *drei*." Seine Stimme wurde leiser, er wich ihrem Blick aus und sah aus dem Küchenfenster. „Aber ich kann dir das nicht sagen, oder doch? Denn … du erwartest ja mehr von mir."

Die Stille, die sie dann umgab, war fast unnatürlich, unwirklich. Blue hörte das Brummen des Kühlschranks und das fast nicht hörbare Ticken der Uhr. Draußen wehte eine sanfte Brise, und ein Zweig schlug gegen das Haus.

Blue nahm wahr, wie Lucy einen Schritt auf ihn zuging und dann noch einen. Er spürte ihre Hand auf seinem Rücken. Es war eine tröstend gemeinte Berührung. Blue wusste nicht, was er jetzt von ihr wollte, aber ganz bestimmt keinen Trost. Trotzdem drehte er sich um und sah Tränen in ihren Augen schimmern. Da wurde ihm klar, dass er alles annehmen würde, was sie ihm auch anbot. Und vielleicht sogar noch mehr.

Sie schmiegte sich in seine Umarmung und hielt ihn genauso fest wie er sie. Die Sehnsucht, die in ihm aufstieg, war scharf und entsetzlich schmerzhaft. Es war kein Trost; es war Folter.

„Es tut mir so leid", murmelte sie.

Er fühlte ihre Hände auf seinem Rücken, in seinem Haar. Sie wollte ihn beruhigen und besänftigen. Es funktionierte nicht.

„Lucy, ich will dich", flüsterte er, „und ich glaube nicht, dass ich es länger ertragen kann."

Er spürte, wie sie sich bei diesen Worten versteifte. Sie hob den Kopf, sodass er ihr direkt in die Augen sehen konnte.

„Blue ..."

Er berührte ihre Lippen mit einem Finger und brachte sie zum Schweigen.

„Ich bin nicht, wofür du mich hältst", erklärte er. „Du denkst, ich bin eine Art Gentleman. Du meinst, du musst nur ‚Nein' und ‚Nicht' sagen, obwohl du es verdammt noch mal genauso sehr willst wie ich. Du glaubst, weil ich eine Art Held bin, verhindere ich, dass wir zu weit gehen. Und du denkst, du kannst mich aus diesen großen braunen Augen ansehen, ohne dir Mühe zu geben, zu verbergen, wie sehr du dich nach mir sehnst. Du denkst, du kannst mich oben in einem Gästezimmer unterbringen, während du nicht weit entfernt schläfst, bei unverschlossener und offener Schlafzimmertür, als wäre ich stark genug, uns voneinander fernzuhalten. Aber weißt du was? Wenn du diese Tür heute Nacht unverschlossen lässt, werde ich es als die Einladung auffassen, die es ist – weil ich eben *nicht* stark genug bin. Ich will nicht mehr stark genug sein. Ich bin kein Held, Lucy, und ich bin es leid, einen zu spielen."

Sie zitterte, sie zitterte wirklich in seinen Armen. „Blue, ich kann nicht. Du hast recht. Ein Teil von mir will so mit dir zusammen sein, aber ich kann nicht ..."

„Vielleicht kannst du es nicht, aber ich kann es mit Sicherheit."

Blue küsste sie. Er senkte den Mund auf Lucys Lippen und nahm ihren Geschmack begierig in sich auf. Sie schmeckte süß und heiß, und sie entzündete ein verheerendes Feuer in ihm. Wenn sie seinem Kuss widerstand, dann widerstand sie genau eine halbe Sekunde lang. Und ihre Zunge hieß ihn leidenschaftlich willkommen, während Lucy den Kuss vertiefte und Blue fest an sich zog.

Die Macht ihres Verlangens raubte ihm den Atem. Er küsste sie wieder und wieder, versuchte verzweifelt, ihr noch näher zu kommen, sie mit allen Sinnen wahrzunehmen, mehr und noch mehr von ihr zu bekommen.

Er tastete nach ihrer Bluse, zerrte sie aus der Hose. Er erkundete ihre weiche Haut und seufzte, während er sie mit den Fingerspitzen berührte.

Er küsste sie immer noch, und sie küsste ihn. Es war ungezähmt, unglaublich, erstaunlich. Er konnte nicht genug bekommen, würde niemals genug bekommen. Ihre Hände glitten über seinen Kopf, den Rücken, über seinen Po, bevor sie ihn energischer an sich presste.

Sie spürte mit Sicherheit, wie erregt er war. Er war so hart, dass es fast wehtat.

Blue hob sie hoch, sodass sie die Beine um seine Hüfte schlingen konnte. Er fühlte sich benommen, berauscht von dem Wissen, dass er mit ihr schlafen würde. Genau hier und jetzt konnte er sie nehmen, und sie würde ihn nicht zurückweisen.

Er zog sich das Hemd über den Kopf, löste schnell das Schulterholster und warf es auf den Tisch. Lucys Hände schienen überall zu sein, strichen sanft über seine Schultermuskeln, die Brust und den Rücken. Sie berührte ihn, streichelte seine Haut, nur ganz zart, so zart, dass es ihn um den Verstand brachte.

*Ich kann nicht.*

Blue machte die Augen auf. Lucy hatte nichts gesagt. Sie küsste ihn immer noch. Sie hatte nicht die Stimme erhoben, um wieder zu protestieren. Dennoch hallte es noch in seinen Gedanken wider, wieder und wieder.

*Ich kann nicht.*

Wenn sie nicht aufhörten, verlor sie ihren Job und ihre Selbstachtung. Genau, wie sie gesagt hatte.

Und wenn sie aufhörten, war er wahnsinnig. Schließlich war er kein Held.

Aber selbst wenn, wie konnte er etwas tun wollen, das ihr Leben zerstören würde?

Als hätte sie sein Zögern gespürt, hob Lucy den Kopf und sah Blue mit einem Mal erschrocken in die Augen.

„Oh, mein Gott", sagte sie. „Was machen wir hier? Was tue *ich* hier? Blue, ich kann das nicht tun …"

Sanft setzte er sie auf der Arbeitsplatte ab. Er musste wegschauen; sie sah mit dem zerzausten Haar und der verrutschten Kleidung einfach zu gut aus. Er hob das Holster vom Tisch und das Hemd vom Boden auf und mied dabei ihren Blick.

„Ich bin draußen", erklärte er ihr und brachte die Worte kaum zwischen den zusammengebissenen Zähnen hervor. „Ich brauche frische Luft."

# 9. Kapitel

Als Lucy vom Revier nach Hause fuhr, war die Sonne bereits untergegangen. In ihrem Haus brannte kein Licht. Von nervöser Unruhe erfüllt, stieg sie aus dem Wagen. Wohin war Blue dieses Mal verschwunden?

Sie hatte ihm gesagt, dass er hier bleiben sollte. Doch das bedeutete nicht, dass er auch da war.

In der Hoffnung, wieder eine Nachricht auf dem Küchentisch zu finden, stieg Lucy besorgt die Treppe zur Veranda hoch und suchte in der Dunkelheit nach ihrem Schlüssel.

„Sie ist nicht verschlossen."

Lucy schrak zurück. Mein Gott. Blue saß im Dunkeln auf der Veranda.

„Du bist hier", sagte sie und kam sich dabei albern vor.

„Du wolltest doch, dass ich hier herumhänge."

Als sich ihre Augen an die Dunkelheit gewöhnt hatten, erkannte sie, dass er auf der Verandaschaukel saß. Er beobachtete sie und schaukelte sanft.

„Und du hast gesagt, du würdest tun, was du willst."

„Nicht alles", erwiderte er leise. Es bestand kein Zweifel daran, wie er es meinte. Er bezog sich auf den Nachmittag – als sie um ein Haar miteinander geschlafen hatten.

Lucy setzte sich auf eine Stufe. Das war so weit von ihm entfernt wie möglich und trotzdem noch auf der Veranda.

„Es tut mir leid wegen vorhin", murmelte er.

Sie wandte sich um und sah ihn an. Aus dieser Entfernung konnte sie sein Gesicht in der Dunkelheit nicht gut erkennen. „Welcher Teil von vorhin?", fragte sie geradeheraus. „Der Teil, als du mich angeschrien hast, oder der Teil, als wir beinah Sex hatten?"

„Ich entschuldige mich dafür, dass ich so wütend war und dich angeschrien habe."

„Aber nicht für das andere."

Er lachte leise. „Das tut mir auch leid – aber nur, weil wir nicht zu Ende geführt haben, was wir begonnen haben."

Einige Minuten lang schwieg Lucy und blickte zu den Sternen auf. Ein anderer Mann hätte das vermutlich nicht zugegeben. Ein anderer Mann hätte so getan, als würde er sich dafür entschuldigen.

Mit Sicherheit hätte ein anderer Mann auch nicht ungeniert darüber gelogen, dass er drei verschiedene Waffen nicht sichtbar bei sich trug. Ein anderer Mann hätte keinen wütenden Kerl provoziert, der eine Dachlatte in der Hand hatte.

Blue McCoy war kein Held. Er war ein Mann mit allen Stärken und Schwächen, die jeder hatte. Bis zu seinem Wutausbruch hatte sich Lucy nicht gestattet, hinter die perfekte Fassade zu blicken, die sie in ihrer Fantasie aufgebaut hatte. Sie hatte ihm keine menschlichen Gefühle wie Angst zugesprochen. Aber die empfand er.

Der Mond kam hinter den Wolken hervor. Er war fast voll, beschien den Hof und ließ die weiß gestrichene Veranda erstrahlen.

„Hast du wirklich Angst?", fragte Lucy.

Sie hörte ihn seufzen. „Das würde ich normalerweise nur ein einziges Mal pro Jahrzehnt zugeben – aber, ja, Yankee. Ich fürchte mich."

Sie drehte sich, lehnte sich gegen das Treppengeländer, zog die Knie an die Brust und schlang die Arme um die Beine. „Du wirkst nicht, als hättest du vor irgendetwas Angst."

„Ich schrecke vor keinem Kampf zurück", erwiderte er. „Ich weiß, was zu tun ist, wenn es zu Gewalt kommt. Ich kann damit umgehen. Und ich weiß, dass ich darin gut bin. Der Gedanke, verletzt zu werden, erschreckt mich nicht. Mir ist schon mal wehgetan worden. Der Schmerz hört auf, Körper heilen. Ich habe auch keine Angst vor dem Tod." Er blickte zum Mond auf und blinzelte leicht, während er ihn betrachtete. „Ich habe meinen Glauben", fügte Blue leise hinzu.

Er wandte sich ihr zu, und seine Augen schimmerten im silbrigen Mondlicht, sodass er unwirklich erschien.

„Aber mich entsetzt der Gedanke, in einem Rechtssystem gefangen zu sein, das korrupt ist – und womöglich von Leuten kontrolliert wird, die mich verleumden wollen. Ich fühle mich, als stünde ich mitten in einem Krieg, in dem ich die Kampftechniken nicht beherrsche."

Er schloss kurz die Augen, und Lucy erkannte, wie schwer es ihm fiel.

„Ich habe Angst davor, ins Gefängnis zu kommen, Lucy. Es jagt mir fast eine Höllenangst ein. Ich werde nicht zulassen, dass sie mich einsperren. Ich schwöre, ich laufe weg, bevor das geschieht."

Lucy neigte sich vor. „Aber verstehst du es denn nicht? Dadurch wirkst du schuldig."

„Ich scheine so schon verflucht schuldig zu sein", entgegnete Blue kategorisch. „Jeder in der Stadt glaubt, ich hätte es getan."

„*Ich* weiß, dass du Gerry nicht umgebracht hast", widersprach Lucy leidenschaftlich. „Und ich werde dafür sorgen, dass du nicht für etwas ins Gefängnis kommst, das du nicht getan hast."

Im Mondschein beobachtete sie, wie ein seltsames Wechselspiel von Emotionen über seine Miene glitt.

„Du glaubst mir immer noch", sagte er. Er klang beinah überrascht.

„Natürlich."

„Auch wenn ich nicht ... eine Art Superheld bin?"

Im Grunde gefiel er ihr so besser. Der menschliche Blue erschien ihr so viel wärmer, so viel echter. Zu erkennen, dass er Schwächen hatte und nicht vollkommen war, verlieh ihm mehr Tiefe. Er war immer noch sündhaft attraktiv – vielleicht sogar noch attraktiver, da sie ihn jetzt verwundbar erlebte und als einen Mann mit der vollen Bandbreite menschlicher Empfindungen kennenlernte. Seine Verletzbarkeit stand seiner Stärke gegenüber, verlieh ihm eine Empfindsamkeit, von der sie nicht geahnt hatte, dass er sie besaß.

„Was hat das damit zu tun, ob ich dich für den Mörder deines Stiefbruders halte?", fragte sie bestimmt.

„Keine Ahnung", gestand er. Nach einer kurzen Pause fuhr er fort: „Ich schätze, ich habe missverstanden, warum du mir hilfst."

Leise lachte Lucy. „Ich versichere dir, ich habe nur lautere Gründe. Das Streben nach Gerechtigkeit. Der Kampf gegen das Böse. Solche Sachen. Ob du über hohe Gebäude springen kannst, hat damit nichts zu tun."

Blue schwieg. Sie wusste, dass er an Gerry dachte. In Gerrys Fall hatte das Böse gesiegt. Und Lucy war sicher, wenn sie keine neuen Indizien fand, die Blue entlasteten, würde Chief Bradley es zu einer

Anklage bringen. Mit Matt Parkers belastender Aussage und ohne den Beweis der Reifenspuren war es nur eine Frage der Zeit. Sie hatte an diesem Tag mit Matt Parker gesprochen. Er hielt an Leroys Geschichte fest; angeblich hatten sie die Motorräder am Rande der Route 17 gefunden. Und er schwor, Blue in der Nacht von Gerrys Tod in der Nähe des Walds gesehen zu haben.

„Vielleicht solltest du jemanden anrufen", sagte Lucy. „Besorg dir einen Anwalt."

Blue verlagerte sein Gewicht, sodass sich die Schaukel leicht bewegte.

„Ich habe heute versucht, Joe Cat anzurufen – Joe Catalanotto. Er ist mein Commander, und er ist mein Freund", erklärte Blue. „Ich dachte, er wüsste, wie man mir vielleicht einen guten Anwalt von der Navy besorgen kann, um dieses Chaos zu beseitigen. Aber ich habe erfahren, dass die Alpha Squad bis auf Weiteres auf einer Trainingsmission ist. Und Admiral Forrest ist plötzlich nicht zu erreichen. Er ist normalerweise die Kontaktperson für das SEAL Team Ten." Er klang angespannt. „Ich habe mit einem dieser bleistiftspitzenden Sesselpuper vom Innenministerium gesprochen, der behauptet, er würde sich bis auf Weiteres um den Papierkram für die Alpha Squad kümmern. Tatsächlich sucht er nach Gründen, um uns loszuwerden; das macht das Ministerium alle paar Jahre, wenn es um Budgetkürzungen geht. Wenn er erfährt, dass einem Mitglied der Alpha Squad eine Mordanklage droht …" Blue schüttelte den Kopf. „Ich muss da allein durch."

„Aber du bist nicht allein", warf Lucy sanft ein. „Du hast mich."

Blue versuchte zu lächeln. „Danke, Yankee, aber …"

„Ich gehöre nicht zur Alpha Squad", beendete Lucy den Satz an seiner Stelle.

Er nickte. „Wir sind dazu ausgebildet worden, als Team zu funktionieren", setzte er zu einer Erklärung an.

„Ich weiß", erwiderte sie. „Ich weiß, wie SEAL-Teams operieren. Und ich habe gelesen, dass ein paar von euch schon seit der Grundausbildung zusammenarbeiten."

Blue nickte. „Joe Cat und ich sind vor über zehn Jahren zusammen durch die BUZ/S gegangen. Wir waren Schwimmkumpel, und wir sind es immer noch."

Schwimmkumpel. Das bedeutete, dass Blue und sein Freund

Joe Cat während der SEAL-Ausbildung wie Pech und Schwefel zusammengehalten hatten. Wo einer hinging, war auch der andere. Sie hatten zweifellos ein Band geknüpft, das weit über Freundschaft hinausging, das auf Respekt und Entschlossenheit und einem unerschütterlichen Verantwortungsbewusstsein füreinander und für die Alpha Squad beruhte.

„Ich habe etwas über die Hell Week gelesen", erwiderte Lucy und stützte das Kinn auf eine Hand, während sie zu ihm sah. „Klingt schrecklich. Stimmt es, dass man da in einer Woche nur vier Stunden Schlaf bekommt?"

„Ja", bestätigte er lächelnd. „Sowohl Cat als auch ich haben angefangen zu halluzinieren, bevor es vorbei war. Zum Glück hat er übernommen, als ich Seeungeheuer sah. Und als *er* Schaum vorm Mund bekam, konnte ich ihn packen und wieder zu Verstand bringen. Es war wirklich eine höllische Woche. Ich schätze, deshalb nennt man sie auch so."

„Erzählst du mir davon?", fragte Lucy.

Blue stieß sich mit dem Fuß ab, sodass sich die Schaukel in Bewegung setzte. Sie knarrte in dem Rhythmus, in dem sie vor- und zurückschwang. Er sah sie an, sein Gesichtsausdruck war minutenlang unergründlich.

„Bitte", fügte sie hinzu.

„Du musst es verzweifelt wollen", erwiderte er.

Sekundenlang war Lucy verwirrt. Doch dann erklärte er es ihr.

„Das hat uns einer der Ausbilder immer entgegengebrüllt: ‚Du musst es verzweifelt wollen.' Das ist das Einzige, was ich aus der Höllenwoche klar im Gedächtnis habe."

Eine Wolke schob sich vor den Mond und dämpfte das silbrige Licht. Blue wirkte wie ein dunkler Schatten auf der anderen Seite der Veranda. Aber seine Stimme hüllte sie ein, so warm, weich und absolut wie die Dunkelheit.

„Die Ausbilder haben uns über Megafone angebrüllt", erzählte Blue. „Ununterbrochen. Sie haben uns die ganze Zeit verhöhnt und gequält – ob sie uns der Brandung ausgesetzt haben oder uns ewig lang über den Strand rennen oder extrapenibel exerzieren ließen. Einen dieser Mistkerle, den gemeinsten und strengsten von ihnen, nannten wir ‚Captain Blood'. Er wollte buchstäblich Blut sehen. Und eines der ersten Dinge, die er uns durch das Megafon zugebrüllt hat, war: ‚Du musst es verzweifelt wollen‘.“

Blue lachte leise. „Es muss gleich am ersten Tag gewesen sein. Wir waren im Wasser, im *kalten* Wasser, unter fünfzehn Grad. Wir mussten uns einhaken, uns in die Brandung hocken und versuchen, uns nicht den Arsch abzufrieren. Sie nannten das ‚Gischttortur‘. Sie wollten wissen, wie viel wir aushalten – falls wir mal stundenlang vor Alaska im Eiswasser herumschwimmen sollten. Wir froren bereits über eine Stunde lang im Meer, als der erste Mann aufgab. Es war so verflucht kalt! Ich hatte in meinem ganzen Leben noch nie so gefroren wie da. Ich hörte, wie sich die anderen um mich herum beklagten. Warum taten wir das? Wozu sollte das gut sein? Was wollten die Ausbilder damit beweisen?“

Die Wolken vor dem Mond wurden durchscheinend, lösten sich auf, und Blue schwieg. Lucy sah ihn an. Sie konnte sich ihn im eiskalten Wasser vorstellen, sein attraktives Gesicht angespannt, die Zähne zusammengebissen.

„Als ich da saß“, fuhr er fort, „haben diese anderen Jungs nach und nach aufgegeben. Einfach so. Es wurde zu unbequem, zu hart, zu schmerzhaft, darum sind sie aufgestanden und gegangen. Aber ich bin nirgendwohin gegangen. Und ich sah Joe Cat an und wusste, er würde sich genauso wenig von der Stelle rühren wie ich. An seinem Gesichtsausdruck erkannte ich, dass wir dasselbe dachten: *Du musst es verzweifelt wollen!* Und das taten wir. Wir wollten das durchstehen. Wir wollten SEALs werden.“

Blue lächelte ihr zu, und Lucy merkte, wie sie sein Lächeln mit einem fast törichten Gesichtsausdruck erwiderte. Sein Blick schien sie zu liebkosen. Und er schüttelte den Kopf kaum merklich, als wäre er tief in Gedanken versunken. „Du bist *wirklich* hübsch“, flüsterte er.

Sie musste den Blick abwenden. Jeder sah im Mondschein hübsch aus.

„Bist du sicher, dass du dich nicht hier neben mich auf die Schaukel setzen willst?“

Fest sah sie ihn an. „Du weißt, dass ich nicht kann.“

„Ich weiß, dass du es nicht tun *wirst*“, entgegnete er.

„Ganz egal“, sagte sie. „Ich bleibe lieber, wo ich bin.“

„Wir könnten nur Händchen halten. Wie Verliebte. Nicht mehr. Das wäre wirklich unschuldig."

Lucy musste lachen. „In dir steckt keine einzige unschuldige Faser, McCoy. Dir ist genauso klar wie mir, dass Händchenhalten zum Küssen führt. Und wir wissen beide, wohin wiederum *das* führt."

Sein Blick wurde verlangend. „Ja", erwiderte er zärtlich. „Ich habe heute viel Zeit damit verbracht, davon zu träumen."

Sie stand auf. „Ich denke, wir sollten das Gespräch jetzt beenden."

Er erhob sich ebenfalls. Er wollte sie nicht gehen lassen. Noch mehr als er sich nach einer Nacht mit ihr sehnte, brauchte er ihre Gesellschaft. Ihr Lächeln und ihre schönen mitternachtsdunklen Augen vertrieben all seine Ängste. „Willst du wirklich nicht mehr über die Hell Week erfahren?", fragte er.

Noch nie hatte er so viel geredet. Er hatte niemandem diese Geschichten erzählt und die Vergangenheit nie wie die anderen aus der Truppe immer wieder Revue passieren lassen. Es lag nicht daran, dass er nichts Spannendes zu erzählen hätte. Er hörte einfach lieber zu.

Er und Joe Cat redeten nicht viel. Sie kannten sich so gut, dass meist ein Blick, ein Nicken reichte, um ihre Gedanken zu teilen.

Seine Freundschaft mit Daryl Becker, den sie wegen seiner Ausbildung am Elitecollege „Harvard" nannten, bestand aus Gesprächen über Bücher, Philosophie, Wissenschaft, Kunst, Technik und alles Mögliche. Ein Stichwort genügte, und sie griffen das Thema auf. Allerdings bestritt Harvard den Hauptteil dieser Unterhaltungen. Er dachte laut, platzte mit Ideen heraus, bevor er sie zu Ende gedacht hatte. Blue behielt seine Gedanken für sich, bildete sich erst eine Meinung, bevor er den Mund aufmachte. Darum waren seine Kommentare immer kurz und bündig.

Heute aber wollte er weitererzählen, obwohl sich seine Stimme vom vielen Reden schon heiser anhörte – nur damit Lucy noch ein bisschen länger bei ihm blieb.

Die Arme vor der Brust verschränkt, stand sie immer noch auf der Stufe. „Kann ich mich wieder hier hinsetzen?", fragte sie zögerlich.

Er nickte. „Ja."

Nachdem sie Platz genommen hatte, sah sie ihn erwartungsvoll an. Er brauchte eine Minute, um sich daran zu erinnern, dass er versprochen hatte, ihr mehr über die Höllenwoche zu erzählen. Nur, dass ihm jetzt überhaupt nichts darüber einfiel.

„Ich habe keine Ahnung, was genau du wissen willst", sagte er lahm.

Lucy rutschte hin und her, um eine bequemere Position auf der harten Holzstufe zu finden. „Ich habe gelesen, dass es etwas namens ,Felstransport' gibt", sagte sie. „Gehört das auch zur Grundausbildung?"

„Ja. Gegen Mitte der Hell Week mussten wir nachts in unseren Rettungsschlauchbooten an der Küste an Land gehen." Blue nickte wieder. Er war froh, dass sie ein Thema angeregt hatte. Oder nicht? Die Nacht des Felstransports war für ihn ein verschwommener Albtraum. Er zögerte. „Ich erinnere mich nicht mehr an viel", gab er zu. „Ich weiß noch, wie ich mich gefragt habe, wie zum Geier wir sicher an Land gehen und das Boot heil bleiben sollte. Die Brandung war stark, und die Küste war eine einzige zerklüftete Felslandschaft. Man konnte nur zu leicht zwischen den Felsen und unserem Boot zerquetscht werden." Er blickte auf seine Hände und überlegte, was er ihr noch erzählen konnte. „Wir waren erschöpft und froren. Jemand von unserer Crew war verletzt. Ich kann dir wirklich nicht genau sagen, wie wir an Land gekommen sind. Aber wir haben es irgendwie geschafft."

Blue blickte zu Lucy auf, die ihn immer noch beobachtete. Sie hörte ihm genau zu, ihre dunklen Augen glänzten warm im Mondschein. Und da wurde ihm klar, was er ihr erzählen konnte. Er würde ihr die Wahrheit sagen.

„Ich erinnere mich daran, dass ich dabei Todesängste ausgestanden habe", fügte er leise hinzu. „Ich habe mich wie ein Schlappschwanz gefühlt, wie ein Feigling."

Seine Worte hingen in der Luft. Das hatte er bisher niemandem gegenüber zugegeben. Weder vor Joe Cat noch vor Frisco oder Harvard. Er hatte es sich ja selbst kaum eingestanden. Die Geräusche der Nacht hüllten ihn ein, während er Lucy in die Augen sah und sich fragte, was sie mit diesem persönlichen Geständnis anfangen würde.

Sie lächelte. „Du warst kein Feigling! Ein Feigling lässt sich nicht auf etwas ein, was ihn zu Tode erschreckt. Ein Feigling gibt auf. Nur sehr starke, sehr mutige Menschen stellen sich ihrer Angst."

Blue nickte und erwiderte ihr Lächeln. „Heute weiß ich das", sagte er. „Aber damals war ich jünger."

„Ich wette, dass eine Menge Jungs beim Felstransport aufgegeben haben", meinte Lucy.

„Der dienstälteste Offizier in unserer Crew hat's getan", erzählte er ihr. „Er hat einen Blick auf die Felsen geworfen und ist ausgestiegen. Wir haben es ohne ihn geschafft in dieser Nacht."

Lucy war fasziniert; sie hing regelrecht an seinen Lippen. Blue wusste: Solange er weiterredete, würde sie mit ihm hierbleiben. Und er wollte, dass sie blieb.

„Am Ende der Woche war nur die Hälfte der Männer übrig", fuhr er fort, und die Worte kamen ihm nun leichter über die Lippen. „Wir rannten runter zum Strand. Meine gesamte Crew humpelte, wir waren total fertig. Wie gesagt – unser Offizier hatte uns verlassen. Joe Cat und ich haben das Kommando übernommen; irgendjemand musste es ja tun. Cat war verletzt und hatte Schmerzen. Wie sich herausstellte, hatte er eine schwere Beinfraktur, doch das wussten wir da noch nicht."

„Er lief mit einem *gebrochenen* Bein weiter?"

„Ja." Blue nickte. Lucys Gefühle spiegelten sich auf ihrer Miene wider. Sie sah ihm in die Augen, wartete. Ihre volle Aufmerksamkeit war auf ihn gerichtet. Er musste lächeln. Ihm hatte bestimmt noch nie die ganze, ungeteilte Aufmerksamkeit einer Frau gegolten – zumindest nicht, wenn beide vollständig angezogen waren. Am Ende hatte dieses Geschichtenerzählen doch etwas Gutes.

„Jedenfalls wollte Cat auf keinen Fall wegen seiner Verletzung abgezogen werden", fuhr er fort. „Darum haben wir ihn vor den Ausbildern versteckt. Wir haben ihn getragen, wenn es ging, standen um ihn herum, hielten und zogen ihn, wenn keiner hinsah. Doch Captain Blood entdeckte ihn schließlich doch und fing damit an, warum Cat uns aufhielt. Er brüllte in sein verdammtes Megafon, dass wir ihn liegen lassen sollen, ihn einfach zurücklassen und der Brandung überlassen."

Blue lachte leise. „Joe Cat und ich, wir hatten beide genug. Es war der siebte Tag. Wir hatten Schlafentzug. Wir waren psychisch völlig ausgelaugt. Cat litt entsetzliche Schmerzen, und ich glaube, es gab keinen Körperteil, der mir nicht wehtat oder brannte. Wir froren, wir waren nass und hungrig. Und Cat bekommt wirklich schlechte Laune, wenn er friert, durchnässt ist und Hunger hat. Ich dagegen werde gemein. Darum habe ich Captain Blood ins Gesicht gesagt, dass er sich zum Teufel scheren soll, und ihm ganz genau erklärt, was er tun solle, wenn er dort angekommen ist. Anschließend habe ich dem Rest der Crew befohlen, Cat auf das Boot zu legen, damit wir ihn tragen können." Blue runzelte die Stirn. „Aber als wir das taten, bemerkte Blood, dass Cat viel schwerer verletzt war, als er angenommen hatte. Und er befahl ihm, auszusteigen, wollte einen Krankenwagen rufen. Cat sah aus, als würde die Welt untergehen. Die Hell Week war in fünf Stunden zu Ende! Schlappe *fünf Stunden*, und er wird rausgezogen."

Blue seufzte. „Da bin ich zu Captain Blood gegangen, habe sein Telefonat unterbrochen und ihm erzählt, dass mit Cats Bein alles in Ordnung wäre. Und dass Cat, um es zu beweisen, eine Meile am Strand laufen würde. Blood wusste, dass ich eine Scheißangst hatte. Aber weil er gern Spielchen spielte, hat er zugestimmt: Wenn Cat eine Meile liefe, dürfte er bleiben."

Der Mond verschwand wieder hinter den Wolken, Dunkelheit senkte sich über die Veranda. Doch Blue hörte Lucy leise atmen. Er hörte, wie sie das Gewicht verlagerte, und machte ihre Umrisse aus. Er spürte ihre Aufmerksamkeit, als wäre sie greifbar, als säße Lucy neben ihm, sodass er sie hätte berühren können.

„Cat wollte gerade vom Schlauchboot springen und loslegen", fuhr Blue fort. „Aber mir war klar, dass er es nicht schaffen würde. Sein verdammtes Bein nur mit dem Körpergewicht zu belasten, hätte ihn in Ohnmacht fallen lassen. Deshalb habe ich Joes Arm um meine Schulter gelegt, damit wir zusammen über den Strand laufen können, sozusagen auf drei Beinen. Aber er war schwerer verletzt, als ich gedacht hatte. Darum habe ich ihn am Ende Huckepack genommen und getragen."

Blue hörte, wie Lucy einatmete. „Du hast ihn *eine Meile* weit *getragen?*", flüsterte sie.

„Wir waren Schwimmkumpel", erwiderte er schlicht. „Cat ist kein Fliegengewicht, er ist fast fünf Zentimeter größer als ich und ein Schrank. Nach zweihundertfünfzig Metern bin ich deutlich langsamer geworden. Trotzdem bin ich weitergelaufen, weil ich es verzweifelt wollte. Und ich wusste, dass Cat es genauso verzweifelt wollte. Ich konnte nicht zulassen, dass er ausscheidet. Ich habe keine Ahnung, woher ich die Kraft dazu genommen habe, aber als ich aufsah, merkte ich, dass der Rest von uns neben mir herlief. Cat und ich, wir waren nicht allein. Unser Team war bei uns, Crow und Harvard und all die anderen. Sie hatten allesamt genau solche Schmerzen wie ich, trotzdem blieben sie dabei. Zusammen haben wir Cat die volle Strecke über den Strand getragen."

Lächelnd erzählte er weiter: „Doch als wir fertig waren, hat Captain Blood erst Cat und mich angesehen, dann hat er genickt und zu unserer Crew gemeint: ‚Ihr Jungs seid sicher.' Einfach so, viereinhalb Stunden zu früh, war die Höllenwoche damit für unsere ganze Crew beendet. Wir hatten es geschafft, wir alle. Und ich schwöre bei Gott, Captain Blood hat sich umgedreht und uns salutiert. Ein Offizier, der vor einer Bande Rekruten salutiert – das soll was heißen."

Lucy hatte Tränen in den Augen und Gänsehaut auf den Armen. Sie hatte die Knie an die Brust gezogen und war froh, dass ihre emotionale Reaktion auf Blues leise Worte in der Dunkelheit verborgen blieb. Es war eine beeindruckende Geschichte. Und Blue hatte sie so sachlich erzählt, als wäre ihm nicht bewusst, wie selten und bewegend seine Loyalität zu seinem Freund tatsächlich war.

Ihr wurde klar, dass diese Loyalität nicht einseitig war. Wäre dieser Joe Cat nicht gerade auf einer Mission, wäre er längst auf dem Weg nach Hatboro Creek. Blue konnte weiß Gott Unterstützung gebrauchen. Lucy gab ihr Bestes, sie wusste jedoch mit Bestimmtheit, dass das nicht genügte. Sie hatte nicht die nötige Erfahrung, um diese Ermittlung weiterzuführen.

Und das Einzige, dessen sie sich sicher war, konnte sie nicht tun: Sie durfte Blue nicht lieben – weder körperlich, wonach er sich so verzweifelt sehnte, noch mit dem Herzen. Sie durfte sich nicht in ihn verlieben; sie durfte sich nicht mehr als unvoreingenommenes Mitgefühl für ihn leisten.

Und das tat sie. Sie empfand weit mehr als das. Sie litt mit ihm, teilte seine Sorgen und spürte seine kalte Angst.

Sie durfte sich nicht in ihn verlieben … aber genau damit hatte sie längst angefangen. Jetzt gerade, in der Dunkelheit, hallte seine samtene Stimme in ihren Ohren wider, und sie verliebte sich noch mehr in Blue McCoy.

Es war Ironie des Schicksals. Bis zu diesem Abend, bevor Blues Wutausbruch sie aufgerüttelt hatte, hätte sie ihre Gefühle für ihn als Schwärmerei abgetan. Es war eine oberflächliche Mischung von Ehrfurcht, Bewunderung und Lust gewesen – bloß Heldenverehrung.

Doch dann hatte Blue das Heldenkostüm abgeworfen und den unvollkommenen Mann aus Fleisch und Blut offenbart, der darunter steckte.

Der Held konnte nur verehrt werden.

Aber den Mann konnte man lieben.

Es war verrückt. Sogar falls es ihr gelang, seinen Namen reinzuwaschen, könnte Blue in ein paar Tagen, vielleicht innerhalb von Stunden fort sein. Wie konnte sie sich in einen Mann verlieben, der ihre Gefühle niemals erwidern würde?

Das stand allerdings nicht zur Debatte. Sie durfte ihn nicht lieben. Sie musste verhindern, dass sie noch mehr für ihn empfand. Denn gerade jetzt waren ihr die Hände gebunden, weil sie für die Mordermittlungen zuständig war.

„Versuch, Joe Cat morgen zu erreichen", sagte sie. Ihre Stimme klang heiser, und Lucy räusperte sich. „Wenn er nicht da ist, probier es am Nachmittag noch einmal."

„Mach ich", erwiderte er. „Früher oder später wird er zurück sein."

Sie stand auf und spürte mehr, als sie es sah, wie er sich anspannte.

„Lucy", bat er sie leise. „Geh noch nicht rein. Bitte."

Sie erkannte die Einsamkeit in seinem Tonfall und wusste, wie viel es ihn gekostet hatte, sie zu bitten, noch nicht ins Haus zu gehen.

Aber sie konnte nicht bleiben. Mit jedem seiner Worte nahm er mehr Raum in ihrem Herzen ein. Sie war nicht stark genug, um ihm zu widerstehen. Sogar hier in der Dunkelheit, drei Schritte von ihm entfernt, nahm sie die fast animalische Anziehungskraft beunruhigend stark wahr. Und sie fühlte sich emotional zu ihm hingezogen. Es war schier überwältigend.

Das konnte sie ihm jedoch nicht sagen.

„Tut mir leid, ich bin müde", erklärte sie, ging über die Veranda und zog die Küchentür auf. „Ich gehe duschen und dann ins Bett."

Sie spürte seine Enttäuschung, doch er versuchte nicht, Lucy zu überreden.

„In Ordnung", meinte er leise. „Gute Nacht."

Die Fliegengittertür war hinter ihr zugefallen, und Lucy hatte die Küche bereits halb durchquert, als sie Blues sanfte Stimme hörte.

„Lucy?"

Sie blieb stehen, drehte sich jedoch nicht um. Sie hörte seine Schritte, er stand also auf der anderen Seite der Fliegengittertür.

„Schließ heute Nacht deine Tür ab", flüsterte er.

Lucy nickte. „Werde ich."

Die Wolken, die den Mond vergangene Nacht verhangen hatten, brachten tristen grauen Regen am Tag. Er bildete die passende Kulisse für Gerrys Beerdigung.

Fast die ganze Stadt hatte sich dort versammelt. Viele Leute warfen böse Blicke in Blues Richtung.

In seiner glänzenden weißen Uniform hatte er allein auf einer der vorderen Kirchenbänke gesessen. Nur Jenny Lee Beaumont hatte mit ihm gesprochen, und das nur kurz, bevor sie hinter Gerrys schimmernd weißem Sarg aus der Kirche geführt worden war.

Eigentlich hatte Lucy an diesem Tag frei. Aber sie war aufs Revier gefahren, um die Ermittlungen um Gerrys Tod wieder aufzunehmen. Allerdings hatte Chief Bradley ihr, kaum das er sie entdeckt hatte, aufgetragen, einstweilen den Verkehr bei der Beerdigung zu regeln. Jetzt stand sie im Regen, dirigierte die Fahrzeuge und gab dem Trauerzug den Weg frei, der sich zum Friedhof bewegte.

Blue hatte sich Lucys Wagen geliehen und begegnete ihrem Blick kurz, als er vom Kirchenparkplatz fuhr und durch die Windschutzscheibe sah. Während des Trauergottesdiensts war Lucy in die Kirche gegangen und hatte mitbekommen, dass Blue bei der Beerdigung seines Stiefbruders offensichtlich nicht gern gesehen war. Er war nicht gebeten worden, den Sarg zu tragen. Er wurde praktisch ignoriert. Der Pfarrer hatte Blue in seiner kurzen Ansprache nicht einmal erwähnt.

Lucy tat es für Blue im Herzen weh. Während sie mit jedem fallenden Regentropfen zunehmend nasser wurde, betete sie für einen Durchbruch in dem Fall.

An diesem Tag würde sie lieber nicht mit Jenny Lee Beaumont sprechen. Aber am nächsten konnte Lucy vielleicht zu dem Haus fahren, in dem Gerry und Jenny Lee gewohnt hatten. Wenn sie Gerrys Mörder finden wollte, fing sie am besten beim Motiv an. Warum hatte jemand Gerry tot sehen wollen? Hatte er Feinde gehabt? Hatte er in irgendwelchen Auseinandersetzungen oder geschäftlichen Schwierigkeiten gesteckt? Vielleicht wusste Jenny Lee etwas.

Und falls nicht, musste irgendjemand in der Stadt etwas wissen. Lucy wollte sich von der Gate's Hill Road, wo Gerry ermordet worden war, bis in die Stadt vorarbeiten, an Türen klopfen und Fragen stellen. Irgendjemand musste in der besagten Nacht etwas gesehen oder gehört haben! Irgendjemand wusste, wer Gerry McCoy getötet hatte.

Außerdem waren da noch Leroy Hurley und Matt Parker. Blue lag mit seiner Einschätzung richtig. Ihre Geschichte, dass sie die Motorräder am Straßenrand gefunden hatten, war aberwitzig. Jemand hatte sie dafür bezahlt, dass sie die Reifenspuren vernichteten. Und es war gut möglich, dass Matt Parker von demselben für die Aussage bezahlt worden war, Blue in der Nähe des Walds mit Gerry beobachtet zu haben.

Die letzten Fahrzeuge rollten vom Kirchenparkplatz. Lucy sah die Rücklichter nicht mehr, nachdem sie um die Ecke Main und Willow gebogen waren.

Sie drehte sich um, strich sich die nassen Strähnen aus dem Gesicht, zog den durchweichten Hut zurecht und machte sich auf den Heimweg. Es war fast drei Uhr, und Lucy wollte aus der durchnässten Uniform kommen und etwas essen. Sie würde sich einen Salat machen und ihn am Küchentisch verspeisen. Und um nicht das Gefühl zu haben, Zeit zu vergeuden, würde sie sich den Obduktionsbericht bei der Gelegenheit genau durchlesen.

Bis sie zu Hause ankam, war es Viertel nach drei. Um halb vier kam sie aus der Dusche, und um fast vier Uhr saß sie, den Salat vor sich, am Küchentisch. Sie hatte sich eine kurze abgeschnittene Jeans und ein Tanktop angezogen und kämmte sich gerade das nasse Haar.

Flüchtig las sie den Bericht durch, bevor sie alles noch einmal genau durchging. Erst beim dritten Durchgang entdeckte sie es.

In Gerrys Blut war so gut wie kein Alkohol nachgewiesen worden.

Kein Alkohol?

Sie überprüfte die Zahlen noch einmal. Tatsächlich, nach diesen Angaben konnte Gerry nicht mehr als ein Bier an dem Abend getrunken haben, bevor er gestorben war.

Das musste falsch sein.

Sie hatte mit eigenen Augen gesehen, wie sich Gerry benommen hatte. Er hatte auf der Party ebenso betrunken gewirkt wie sich verhalten. Das war gegen Viertel nach acht gewesen. Kaum drei Stunden danach war er tot gewesen, um elf Uhr sechs. Und da hatte er keine Spur von Alkohol im Blut gehabt.

Das ergab keinen Sinn. Entweder war der Obduktionsbericht falsch ...

Oder ...

Hatte Gerry womöglich allen vorgespielt, dass er betrunken war? War er stocknüchtern gewesen? Hatte er nur so getan, als wäre er stark alkoholisiert? Und wenn ja – warum? Welchem Zweck hätte das wohl gedient? Er hatte sich selbst, Blue *und* Jenny Lee in Verlegenheit gebracht. Warum hätte er das absichtlich tun sollen?

Es ergab keinen Sinn.

Lucy musste mit jemandem darüber sprechen. Sie musste Fragen stellen, mit Jenny Lee reden und herausfinden, ob Gerry früher auf der Party nüchtern oder angetrunken gewesen war. Und R. W. Fisher. Blue hatte gesagt, er habe Gerry mit dem Tabakkönig kurz vor Gerrys Wutanfall reden sehen. Lucy musste mit Fisher sprechen und klären, ob ihm an Gerry während des Gesprächs irgendetwas merkwürdig vorgekommen war.

Lucy stand auf, schlüpfte in ihre Laufschuhe und schnappte sich den Regenmantel vom Haken an der Küchentür. Erst als sie auf der Veranda stand, fiel ihr ein, dass sie weder ihre Schlüssel noch den Wagen hatte.

Okay. Kein Problem. Sie würde sich ein paar Minuten nehmen, reingehen und sich eine lange Jeans anziehen. So warm es auch trotz der Feuchtigkeit durch den Regen war, es wäre nicht besonders gut, wenn Lucy in kurzen Hosen auf dem Revier erschien.

Zwei Stufen auf einmal nehmend, lief sie die Treppe hoch und ging in ihr Schlafzimmer. Hastig zog sie die Sneaker aus, schlüpfte aus den Shorts und stieg in die Jeans. Nachdem Lucy die Cowboystiefel unter dem Bett hervorgezogen hatte, zog sie die ebenfalls an.

Sie war gerade auf dem Weg zum Telefon, um sich beim Revier eine Mitfahrgelegenheit zu organisieren, als sie hörte, wie die Küchentür auf- und wieder zuging.

Blue war zurück.

Lucy lief die Treppe herunter und in die Küche, wo sie abrupt stehen blieb. Blue zog sich noch an der Tür die tropfnassen Kleidungsstücke aus.

Aber seine Sachen waren nicht nur nass, erkannte Lucy. Sie waren schmutzig und zerrissen. Und blutverschmiert. *Sein* Blut.

Blue war in einen Kampf geraten.

Er hatte sich das Jackett und das Hemd ausgezogen. Er blutete am Arm, ihm tropfte das Blut von den Fingern. Lucy erhaschte einen Blick auf einen hässlichen Schnitt an seinem Bizeps, bevor er das Hemd zusammenknüllte und auf die Wunde drückte.

Angst stieg in ihr auf. Er war da draußen in der Stadt gewesen, allein, ohne sie. Er hätte schwer verletzt sein können. Oder sogar tot. „Geht es dir gut?"

Er begegnete kurz ihrem Blick, während er aus der schmutzigen Hose stieg. „Ich könnte einen Erste-Hilfe-Kasten gebrauchen", erwiderte er. „Und ich brauche etwas zum Kühlen für mein Bein."

Lucy sah, dass sich auf seinem linken Oberschenkel eine erschreckend große Prellung abzeichnete.

Schweigend ging sie zum Schrank und holte den Erste-Hilfe-Kasten heraus. Blue stand immer noch an der Tür. Betreten hielt er seine Kleidungsstücke in der Hand.

„Ich will deinen Fußboden nicht noch schmutziger machen", erklärte er entschuldigend.

„Lass sie einfach fallen", erwiderte sie und hoffte, dass er nicht merkte, wie zittrig sie klang. „Den Boden kann ich wischen."

Er nickte und legte die Sachen auf den Boden.

„Was ist passiert?", fragte Lucy, nachdem er offenbar nicht von selbst anfing, darüber zu sprechen. Sie ließ warmes Wasser in eine große Schüssel laufen und stellte sie neben dem Verbandszeug auf den Tisch.

„Ein Kampf", antwortete Blue und ließ sich vorsichtig auf einen der Stühle sinken.

Lucy nahm einen weichen Waschlappen aus dem Regal und warf Blue einen genervten Blick über die Schulter zu. „Kannst du das vielleicht ein bisschen genauer beschreiben, McCoy?"

Sie reichte ihm den Waschlappen und ging zum Kühlschrank, um ein Tüte Eiswürfel herauszuholen.

„Nein."

Er hatte Schrammen an Händen und Gelenken, eine Schürfwunde an der linken Wagen. Es blutete immer noch, und er versuchte vergeblich, das Blut mit der Hand zurückzuhalten.

Lucys Furcht verwandelte sich in Frustration. „Nein", wiederholte sie. Sie wickelte das Eis in ein kleines Handtuch und ging zu ihm.

„Nichts, was ich anzeigen würde." Er hob das zusammengedrückte Hemd von dem Schnitt am Arm, es war blutdurchtränkt. Schnell bedeckte er die Wunde mit dem sauberen Waschlappen und drückte ihn fest darauf.

„Anzeigen?" Lucy sah ihn fassungslos an. „Ich habe dich gefragt, was passiert ist – nicht, ob du jemanden anzeigen willst."

„Ich will hier keinen weiteren Streit anzetteln", entgegnete Blue und sah zu ihr auf. Seine Augen waren erstaunlich blau. „Es ist nur … Du hast mich mehrfach darin erinnert, dass du Police Officer bist. Daraus habe ich geschlossen, dass du nicht erfahren willst, was heute Nachmittag passiert ist."

Lucy war schockiert. „Das ist alles, was ich für dich bin? Ein Police Officer?"

„Ich dachte, das willst du." Er spülte den Waschlappen in der Schüssel aus, bevor er ihn wieder auf die Wunde presste. „Ich dachte, du bist diejenige, die diese Grenze gezogen hat."

„Ich kann nicht deine Geliebte sein", erklärte sie ihm. „*Das* ist die Grenze. Aber ich dachte, wir sind zumindest Freunde."

Wieder sah er sie an, sein Blick glitt über ihren Körper, bevor er ihr Gesicht erreichte. „Meine Freunde sehen in Jeans nicht so gut aus."

„Ich gehe davon aus, dass du mit keiner Frau befreundet bist."

„Stimmt."

„Jetzt schon", entgegnete sie ärgerlich. Sie hockte sich neben ihn und wusste nicht recht, wie sie ihm das Eis am besten auf das Bein legen sollte. Die Prellung sah sehr schmerzhaft aus. Auf seiner Haut zeigten sich alle Nuancen von Rot, mit einer langen dunkleren Strieme in der Mitte, als hätte … „Mein Gott! Sie haben dich mit einem Rohr verprügelt?"

Wieder begegnete er kurz ihrem Blick. „Ja. Ich glaube, das war es." Er nahm eine Flasche Desinfektionsmittel aus dem Kasten und sprühte es sich auf den Arm. Es brannte mit Sicherheit, doch Blue zuckte nicht einmal mit der Wimper.

„Gott, Blue, wenn sie dich mit dieser Wucht am Kopf getroffen hätten …" Lucy setzte die Füße ganz auf den Boden. Sie fühlte sich, als bekäme sie Magenschmerzen. Er hätte tot sein können.

„Haben sie aber nicht", erwiderte er. „Ich habe darauf geachtet, dass ihnen das nicht gelingt."

„Bitte erzähl mir, was geschehen ist." Langsam und vorsichtig und bemüht, ihn sanft zu berühren, senkte Lucy das Eis auf Blues Bein. Er zuckte nicht zusammen, biss nur die Zähne ein klein wenig fester zusammen.

„Ich habe mich auf dem Friedhof hinten gehalten", sagte Blue und wickelte sich einen sterilen Verband um den Arm.

„Soll ich das für dich machen?", fragte Lucy und unterbrach ihn.

Er schenkte ihr ein schmales Lächeln. „Nein. Danke. Es ist nicht einfach, das mit einer Hand zu machen. Aber das lenkt mich von meinem Bein ab."

„Es muss sehr wehtun."

„Höllisch."

„Vielleicht ist es gebrochen", meinte Lucy besorgt.

„Nein", widersprach Blue. „Ich weiß, wie es sich anfühlt, wenn es gebrochen ist. Und das ist anders."

Er saß mitten in ihrer Küche, nur mit weißen Shorts bekleidet. Das wurde Lucy mit einem Mal bewusst. Sogar übel zugerichtet und mit blauen Flecken war er umwerfend. Jeder Zentimeter seines Körpers war trainiert, fit, muskulös und schimmerte goldbraun.

„Ich bin zurückgeblieben, um das Grab meiner Mutter zu besuchen", erzählte er weiter.

Lucy zwang sich dazu, sich auf seine Worte zu konzentrieren statt auf seinen Körper.

„Ich dachte, alle wären bei Gerrys Bestattung, aber ich habe mich offensichtlich geirrt. Ich ging gerade zu deinem Wagen, als sich jemand auf mich stürzte."

Wieder spülte er den Waschlappen aus und wischte sich damit nun ohne sichtlichen Erfolg über die Wunde an der Wange. Lucy zog einen weiteren Stuhl heran, nahm Blue den Waschlappen aus der Hand und lehnte sich vor, um die Wunde zu säubern. Sie musste die linke Hand benutzen, um ihm das Haar aus dem Gesicht zu streichen. Es fühlte sich dicht und sehr weich an. Sie bemühte sich, nicht daran zu denken, genauso wenig an seinen Mund, der nur wenige Zentimeter von ihrem entfernt war.

„Hast du gesehen, wer sich auf dich gestürzt hat?", fragte sie fest.

„Mein alter Kumpel Leroy Hurley", erwiderte Blue. „Und Jedd Southeby. Ich glaube, der hatte das Rohr dabei. Und ich bin mir nicht sicher, wer noch da war. Es waren verdammt viele."

Lucy zog sich zurück, um ihm in die Augen zu sehen. „Wie viele?"

„Keine Ahnung."

Sie suchte seinen Blick. Wusste er es wirklich nicht, oder wollte er ihr nur nicht die Wahrheit sagen? „Was schätzt du denn?"

„Über fünfzehn, weniger als zwanzig."

Lucys Mund blieb offen stehen. „*So* viele?"

„Die meisten waren keine echte Bedrohung", sagte er. „Als klar war, dass ich mich nicht zusammenkrümmen und sterben würde, sind die meisten weggelaufen."

Ihr Blick fiel auf den Verband an seinem Arm. „Wem genau gehört das Messer?"

„Wir wurden einander nicht vorgestellt, aber es ist der Gentleman, der mit einer gebrochenen Hand im Krankenhaus erscheinen wird."

Lucy lachte. Sie musste einfach lachen, sonst würde sie weinen. Trotzdem stiegen ihr Tränen in die Augen.

„Hey", meinte Blue sanft. Zärtlich berührte er ihre Wange mit den Fingerspitzen. „Mir geht es gut, Yankee. Die anderen fünfzehn Typen sehen im Augenblick viel schlechter aus."

„Du wirst von über fünfzehn Männern angegriffen, und *sie* sind diejenigen, die schlimmer aussehen?" Wieder lachte Lucy. Dieses Mal brachen sich die Tränen Bahn und liefen ihr über die Wange. „Was, wenn einer von ihnen eine Pistole gehabt hätte?"

„Dann wäre wahrscheinlich jemand erschossen worden." Liebevoll strich Blue ihr durchs Haar. „Aber da war keine Pistole. Niemand ist schwer verletzt."

Lucy konnte fast nicht anders. Beinah hätte sie die Arme um Blue geschlungen und ihn fest gehalten.

Er las es in ihrem Blick, das wusste sie, als sie in seine begehrlich glänzenden Augen sah. Davon abgesehen bewegte er keinen Muskel.

Beherrscht zog sie sich zurück und wischte sich mit beiden Händen die Tränen vom Gesicht.

„Ich muss zum Revier", erklärte sie, zog ein Taschentuch aus der Schachtel in der Küche und putzte sich die Nase. Verzweifelt bemühte sie sich, die hoch angespannte Stimmung im Raum zu brechen. Lucy leerte die Schüssel und spülte den Waschlappen aus. „Ich habe den Obduktionsbericht gelesen und etwas Merkwürdiges entdeckt. Gerry hatte so gut wie keinen Alkohol im Blut, als er gestorben ist."

Blue runzelte die Stirn. „Muss ein Fehler vom Labor sein. Gerry ist in der Nacht sternhagelvoll gewesen."

„Wirklich?", fragte Lucy und sah ihn an. „Oder hat er dich das nur *glauben* gemacht? Hatte er eine Fahne?"

Schweigend versuchte Blue, sich zu erinnern. „Ich weiß es nicht", gab er schließlich zu.

„Ich habe nachgedacht." Lucy lehnte sich gegen die Arbeitsplatte. „Und mir ist aufgefallen, dass ich dich noch gar nicht gefragt habe, was Gerry dir zugeflüstert hat, bevor du den Countryclub verlassen hast. Erinnerst du dich daran?"

Blue nickte, ein Muskel auf seiner Wange zuckte. „Er hat gesagt: ‚Es tut mir leid, aber du musst die Stadt verlassen.' Ich dachte, es ging um Jenny Lee! Ich dachte, er will verhindern, dass auf seiner Hochzeit die Vergangenheit hochgekocht wird. Aber jetzt …"

„Was, wenn er wusste, dass etwas Schlimmes passieren würde? Wenn er die ganze Szene mit dem Betrunkenen gespielt hat, weil er nur so mit dir reden konnte?"

Blue blickte starr auf den Eisbeutel auf seinem Bein. „Das wäre eine verdammt schlechte Art der Kommunikation. Warum hat er mich nicht beiseite genommen und mit mir geredet?"

„Vielleicht konnte er das nicht", sagte Lucy. Ihre Stimme klang ganz aufgeregt. „Vielleicht wusste er, dass er sich in Gefahr befand. Womöglich ahnte er, dass ihn jemand umbringen wollte."

„Warum hätte er mir das nicht sagen sollen?", fragte Blue und sah sie wieder an. In seinem Tonfall hallte seine Frustration deutlich wider. „Ich hätte ihm helfen können. Ich hätte ihn in Sicherheit bringen können."

Lucy schüttelte den Kopf. „Keine Ahnung", gab sie zu. „Als Nächstes muss ich mit ein paar Leuten reden, die auf der Party waren – Leute, die mit Gerry zu tun hatten. Und ich lasse das Labor noch einmal die Ergebnisse der Blutuntersuchung prüfen. Ich will sicher wissen, ob Gerry in der Nacht nüchtern war."

Sie nahm den Regenmantel von der Stuhllehne, über die sie ihn geworfen hatte. „Ich gehe jetzt gleich zum Revier. Kommst du allein zurecht?"

Er lächelte. „Natürlich."

Lucy ging zur Tür, kehrte aber noch einmal zurück. „In meinem Badezimmer ist ein Whirlpool. Vielleicht tut das deinem Bein ganz gut."

Kopfschüttelnd sagte er: „Ist schon in Ordnung. Ich will nicht in deine Privatsphäre eindringen …"

„Bitte", beharrte sie. „Benutz ihn. Ich bin wieder da, so schnell ich kann."

# 10. Kapitel

Sheldon Bradley saß hinter seinem großen Schreibtisch aus Eichenholz und starrte Lucy an. „Das ist doch lächerlich", sagte der Polizeichef. „Ob Gerry McCoy auf der Feier betrunken war oder nicht, hat nichts mit den Ereignissen zu tun, die sich drei Stunden danach abgespielt haben. Mit den Ereignissen, die zu seinem Tod geführt haben."

„Ich glaube doch", beharrte Lucy auf ihrem Standpunkt. „Ich werde mit den Leuten sprechen, mit denen sich Gerry vor der Szene unterhalten hat. R. W. Fisher hat ein langes Gespräch mit Gerry geführt …"

„Nein", erklärte Bradley und sprang auf. „Auf gar keinen Fall. Das geht zu weit. Ich entziehe Ihnen den Fall. Und ich suspendiere Sie außerdem bis auf Weiteres."

Schockiert erhob Lucy sich ebenfalls. „Wie bitte?"

„Mir ist Ihr unangemessenes Benehmen gegenüber Blue McCoy zu Ohren gekommen", stieß er hervor. „Offensichtlich sind Sie befangen."

Er nahm wieder Platz und schlug eine Akte auf – ihre Personalakte, wie Lucy erkannte. „Sir, ich habe *nichts* getan, das man als unangemessen bezeichnen könnte."

Die Augenbrauen hochgezogen, sah Bradley zu ihr hoch. „Leugnen Sie also, dass der Hauptverdächtige in diesem Fall bei Ihnen wohnt? Und bedenken Sie, bevor Sie einen Meineid leisten, dass Nachbarn *beobachtet* haben, wie McCoy nachts mit Ihnen heimgekommen und morgens mit Ihnen das Haus verlassen hat."

„Er musste doch irgendwo unterkommen!"

„Darum bieten Sie ihm selbstverständlich Ihr Bett an?"

„Ich habe nichts dergleichen …"

„Offiziell lautet der Vorwurf sexuelles Fehlverhalten", erklärte Bradley ihr. „Und das wird nicht mit Suspendierung geahndet, sondern mit der Kündigung. Aber Sie sind jung und Sie sind neu. Am Anfang macht jeder mal einen Fehler, den man verzeihen kann. Das hier ist Ihrer."

„Aber Sir ..."

„Ich schlage vor, dass Sie den Mund halten, Miss Tait", unterbrach Bradley sie. „Denn ich werde es nur einmal sagen, *und* darüber gibt es *keine Debatte*: Ich suspendiere Sie für mindestens eine Woche, und es liegt in meinem Ermessen, wann Sie zurückkommen können. Geben Sie Ihre Marke und Ihre Waffe ab." Er streckte eine Hand aus. „Ich werde Ihre Suspendierung in der Akte als unbezahlten Urlaub vermerken. Es werden keine weiteren Fragen gestellt, kein Gerede über diese Angelegenheit und kein hässlicher Eintrag in Ihrer Akte. Natürlich, solange Sie Stillschweigen bewahren."

Lucy schüttelte den Kopf. Sie fühlte sich taub. „Ich habe nichts falsch gemacht."

„Ich verlange von Ihnen kein unterzeichnetes Geständnis", sagte er. „Wie gesagt, von diesem Moment an werden keine Fragen mehr gestellt ..."

„Ich bin schon suspendiert?"

„Ja, das sind Sie."

„Weil Sie glauben, dass ich mit Blue McCoy Sex hatte?"

Bradley zuckte zusammen. „Ich wünsche nicht, das im Detail zu diskutieren ..."

„Aber ich habe es *nicht getan*."

„Andere haben ihre Besorgnis und Vermutungen zum Ausdruck gebracht und fürchten, Sie hätten sich dazu hinreißen lassen ... sagen wir, unter dem ... Einfluss des Verdächtigen zu stehen." Bradley schloss die Akte. „Ich habe nicht das geringste Verlangen, zu klären, wer in dieser Sache recht hat oder nicht ..."

„Das tun Sie doch bereits! Indem Sie mich suspendieren, befinden Sie mich einer Sache für schuldig, die ich *nicht* getan habe", stieß sie aufgebracht hervor.

„Wollen Sie behaupten, dass Sie bei diesem Fall zu hundert Prozent neutral sind?"

Darauf wusste Lucy keine Antwort. Und sie wusste, dass ihr Schweigen für sich sprach.

Bradley lehnte sich vor. „Tun Sie sich einen Gefallen, Lucy. Nehmen Sie Urlaub. Verlassen Sie die Stadt für ein paar Tage, zumindest so lange, bis dieses Chaos vorbei ist."

„Das kann ich nicht", antwortete Lucy. Sie war so wütend, dass ihr die Stimme zitterte.

„Machen Sie es nicht noch schlimmer, Tait. Bringen Sie mich nicht dazu, Ihnen zu kündigen."

„Wenn Sie mir sexuelles Fehlverhalten vorwerfen, will ich offiziell angeklagt werden."

„Sollte ich Sie anklagen", erwiderte Bradley entschlossen, „wird sich die Konsequenz *nicht* auf eine Suspendierung belaufen."

„*Wenn* ich für schuldig befunden werden", fügte Lucy hinzu.

Bradley hatte genug. „Gut. Ich befinde Sie für schuldig. Anhörung beendet. Sie sind gefeuert, Darling." Er warf ihre Personalakte in den Papierkorb. „Lassen Sie Ihre Marke und Ihre Waffe gleich hier auf meinem Schreibtisch und verschwinden Sie aus meinem Büro."

„Wenn das Ihr Verständnis von einer fairen Anhörung ist, will ich nicht länger für Sie arbeiten. Sie können mich nicht feuern – ich kündige!"

Sie schleuderte Marke und Waffe auf Bradleys Schreibtisch.

„Ich übergebe Ihre Ermittlungen Travis Southeby", bemerkte der Chief.

Travis Southeby? „Sie übergeben Travis den Fall?" Lucy war fassungslos.

Travis Southeby, der bei den Leuten gewesen war, die Blue an diesem Nachmittag angegriffen hatten. Travis Southeby, der im Lokal aufgestanden war, weil er nicht im selben Raum essen wollte wie Gerrys „Mörder".

Travis Southeby? Ein unvoreingenommener Ermittler?

Nicht einmal annähernd.

Lucy kochte regelrecht vor Wut und vor Frustration. Sie ging aus Bradleys Büro und schlug die Tür hinter sich zu.


Blue schloss die Augen und lehnte sich in der Wanne zurück, während die Wasserstrahlen sanft sein schmerzendes Bein massierten.

Als Lucy ihm gesagt hatte, dass sie einen Whirlpool hatte, hatte er sich im ersten Moment eine dieser typischen Badewannen vorgestellt. Stattdessen war es ein großer Jacuzzi, in dem man eine Party feiern konnte.

Er versuchte, sich auszumalen, wie Lucy Champagner und Wein

servierte, wenn sie mit ein paar Freundinnen in der Wanne saß, plauderte und lachte. Doch irgendwie konnte er sich das nicht so recht vorstellen; das passte einfach nicht zu ihr. Als Nächstes überlegte er sich, wie Lucy mit dem Mann auf dem Foto hier eine ganz private Party feierte. *Das* hatte er dagegen nur allzu deutlich vor Augen. Blue schüttelte den Kopf, um die Bilder zu vertreiben.

Stattdessen stellte er sich vor, dass Lucy vom Revier zurückkam. Er sah sie im Geiste deutlich vor sich, in diesen sündhaft engen Jeans und den schwarzen Cowboystiefeln, mit dem schwarzen Top, das sich an ihre Kurven schmiegte. Das glänzende Haar fiel ihr offen auf die Schultern. Einen Augenblick lang lehnte sie sich gegen den Türrahmen und warf ihm aus ihren braunen Augen einen feurigen Blick zu, der die Temperatur des Badewassers bei Weitem überstieg. Dann hob sie das Shirt an, zog es sich über den Kopf und …

Beim Geräusch der Küchentür öffnete Blue die Augen. Lucy war zurück. Er hörte, wie sie die Schlüssel auf den Küchentisch warf. Die Kühlschranktür wurde geöffnet.

„Blue, möchtest du ein Bier?", rief sie.

Darüber musste er nicht lange nachdenken. „Ja, danke!" Verflucht, er hätte auch einen Becher Gift genommen, wenn es bedeutete, dass Lucy ihn ihm hierherbrachte.

Er hörte ein leises Klacken, als sie die Kühlschranktür schloss. In der Küche wurde eine Schublade aufgezogen, Lucy suchte darin offenbar nach etwas. Als Nächstes hörte er, wie Kronkorken gelöst wurden, einen dumpfen Aufprall, als Lucy wohl den Flaschenöffner auf den Tisch legte, und zwei kürzere Geräusche, als sie die Kronkorken in den Müll warf.

Dann nahm er ihre Schritte wahr, während sie die Treppe hochstieg. Erbarmen! Allein beim Gedanken daran, dass Lucy gleich in das Badezimmer kam und ihn hier sah, wurde er steinhart. Er zwang sich dazu, weiterzuatmen und sich zu entspannen. Sie brachte ihm eine Flasche Bier. Mehr nicht. Doch wenn er keine Pheromone in die Luft pustete und wenn er den Anschein erweckte, dass er nicht am liebsten über sie herfallen würde, dann setzte sie sich vielleicht für eine Weile zu ihm und unterhielt sich mit ihm.

Das war genau, wonach er sich sehnte. Sicher, er hätte fast alles dafür getan, um mit dieser Frau Sex zu haben. Aber er wollte nicht das Risiko eingehen, dass er sie verschreckte. Denn er brauchte ihre Gesellschaft an diesem Abend, ihr Lächeln, den Klang ihres heiseren Lachens, dass sie ihn warm ansah und wohl am meisten ihren beständigen und unerschütterlichen Glauben an ihn. All das brauchte er dringender als körperliche Entspannung.

Und dann stand sie in der Tür.

Bluc erkannte sofort, wie angespannt Lucy war. Noch bevor sie etwas sagte, fiel ihm ihre unterschwellige Wut und Frustration auf.

„Ich hoffe, amerikanisches Bier ist okay", sagte sie und reichte ihm die dunkelbraune Flasche. Dann wandte Lucy sich um, um die Vorhänge zuzuziehen. „Es war im Angebot und …"

„Völlig in Ordnung", unterbrach er sie. Ihr zitterten die Hände, und ihre Stimme klang unnatürlich angespannt. Allerdings strengte Lucy sich sehr an, ihm das nicht zu zeigen. Deshalb sprach er sie lieber nicht direkt darauf an. „Wie war's in der Stadt?", stellte er stattdessen eine neutrale Frage und schlug einen unbeschwerten Ton an.

„Tja. Ging so", erwiderte sie und trank einen großen Schluck Bier. „Es ging geradewegs den Bach runter." Sie drehte sich um und sah ihm in die Augen. „Was dagegen, wenn ich mit reinkomme?"

Blue blieb das Herz stehen. Im nächsten Moment schlug es im doppelten Tempo weiter. „Nein", brachte er schließlich hervor.

Lucy stützte sich auf das Waschbecken, während sie die Schuhe mit den Füßen abstreifte und sich dann der Strümpfe entledigte. Sie warf sie in den Wäschekorb, bevor sie den Reißverschluss ihrer Hose herunterzog.

Unter Blues Blicken schlängelte sie sich aus der Jeans. Ihre Beine waren länger und sogar schöner, als er sie in Erinnerung hatte. Neben ihrer gebräunten Haut blitzte ihr Slip blendend weiß. Gleich würde er sterben …

Ohne ihn anzusehen, rollte sie das Top hoch und zog es sich über den Kopf, bevor sie es achtlos auf die auf dem Boden liegende Jeans warf. Ihr BH war auch weiß, und sie öffnete den Vorderverschluss, als würde sie sich jeden Tag vor einem Mann ausziehen. Ihre Brüste waren so schön, voll und fest, die dunklen Brustspitzen wurden unter seinem Blick fest. Ihr Körper war genau, wie er ihn sich vorgestellt hatte. Sie war schlank, hatte aber gut trainierte Arme und Beine. Auch der Oberkörper war trainiert und wohlgeformt. Ihr Bauch war flach, ihre Hüfte sanft gerundet.

Ich halte das nicht aus, dachte er. Von allen möglichen Wendungen, die dieser Abend nehmen konnte, hätte Blue niemals damit gerechnet, dass Lucy ihre Vorsicht und die Vorbehalte über Bord werfen und tatsächlich mit ihm schlafen würde. Er hatte zwar davon geträumt, aber nicht daran geglaubt. Erst gestern Abend hatte sie ihre Tür fest vor ihm verschlossen. Er wusste das so genau, weil er versucht hatte, sie zu öffnen.

Was war also zwischen dem Abend und jetzt geschehen? Was war in den letzten Stunden passiert, nachdem Lucy daran festgehalten hatte, dass sie Freunde, aber kein Paar waren?

Sie schob sich ihr Höschen über die Beine und trat auf den Hocker, der vor dem Whirlpool stand. Einen Augenblick lang hielt sie inne und sah Blue verwegen an. „Hat es dir die Sprache verschlagen?"

Langsam ließ sie sich in das Wasser gleiten, sodass es ihren Körper allmählich bedeckte. Einen halben Meter von ihm entfernt setzte sie sich hin. Dann schloss sie die Augen und lehnte den Kopf an den Rand des Whirlpools.

„Ich versuche nur, herauszufinden, wann ich gestorben und in den Himmel gekommen bin", erwiderte er.

Lucy schlug die Augen auf. „Du bist nicht im Himmel, McCoy – zumindest noch nicht."

Jetzt musste er lachen. Das war einfach zu viel. Er hätte kein besseres Drehbuch für eine erotische Szene schreiben können. „Ich bin total verwirrt", gab er zu. „Was geschieht hier gerade, Lucy?"

„Ich habe beschlossen, nach Hause zu gehen und dich zu verführen." Ihr Blick wirkte plötzlich unsicher, verletzlich. Ihre Stimme wurde leiser. „Mache ich es falsch?"

„Oh, nein", antwortete er hastig. „Nein, du machst es perfekt. Ich verstehe nur nicht so ganz, *warum* du es tust."

„Ich bin soeben vom Polizeidienst suspendiert worden", erklärte sie in demselben zurückhaltenden Tonfall. „Wegen sexuellen Fehlverhaltens."

„Aber ..."

„Es gab weder eine richtige Anhörung noch die Gelegenheit, die Anschuldigungen zurückzuweisen", fuhr sie mit festerer Stimme fort. In ihren Augen blitzte Wut auf. „Zuerst hat Bradley mir den Fall entzogen und mich für eine Woche suspendiert. Ich habe mich dagegen gewehrt, woraufhin er mich rausgeworfen hat. Also habe ich gekündigt."

Blue fluchte. „Das ist meine Schuld."

„Du hast überhaupt nichts falsch gemacht und ich auch nicht. Aber wenn ich schon für etwas bestraft werde, das ich nicht getan habe – tja, dann kann ich es doch genauso gut endlich tun, oder?"

Blue wusste weder was er tun noch was er dazu sagen sollte. Sie war nicht zu ihm gekommen, weil sie es wirklich wollte. Es war eine Trotzreaktion auf ihre Auseinandersetzung mit Chief Bradley. Deswegen wollte sie mit ihm Sex haben.

Bei jeder anderen Frau hätte Blue nicht gezögert. Bei jeder anderen Frau wäre er schon längst in die andere Ecke des Whirlpools gerutscht und hätte sie seinerseits verführt. Sie hatte ihn schon so weit; es wäre ihm ein Leichtes, es sozusagen auf die Spitze zu treiben.

Aber … Lucy war seine Freundin. Sie hatte recht gehabt an diesem Morgen: Zwischen ihnen hatte sich etwas entwickelt, das man nur Freundschaft nennen konnte. Und so sehr Blue sie auch begehrte – er wollte nicht, dass es unter diesen Bedingungen geschah.

Darum wahrte er Abstand und wartete, bis sie die eigene Frage beantwortete.

„Allerdings bin ich das nicht", erklärte sie schließlich. „Ich meine, ich … mache so etwas eigentlich nicht. Ich habe noch nie versucht, jemanden zu verführen …"

„Yankee, ich bin davon überzeugt, dass du ein Naturtalent bist", sagte er und lächelte ihr zu.

Sie lachte und schlug sich die Hände vors Gesicht. „Ich komme mir ganz schön dumm vor."

„Musst du nicht. Ich leide ganz schön."

„Warum kommst du dann nicht zu mir rüber?"

Nach ihrer leise ausgesprochenen Frage schien es im Badezimmer plötzlich sehr, *sehr* still zu sein. Blue hörte das Ticken seiner Armbanduhr, die unter dem Stapel sauberer Sachen lag, die er später hatte anziehen wollen. Er befeuchtete sich die trockenen Lippen. Verdammt. Er war in Gegenwart einer Frau noch nie so nervös gewesen! „Du willst, dass ich mich neben dich setze?", fragte er.

Ihre Augen wirkten groß und das Braun ihrer Iris bodenlos, als sie ihn ansah. „Ich weiß nicht, was ich will", gestand sie.

Blue atmete tief ein und bemühte sich, seinen rasenden Puls zu beruhigen und den steigenden Blutdruck zu bekämpfen. „Sag *mir* Bescheid", erwiderte er, „sobald *du* es weißt."

Schweigend betrachtete sie ihn. „Ich kann nicht fassen, dass du mich abweist", stieß sie schließlich hervor.

„Ich weise dich nicht ab. Du hast es doch gar nicht richtig versucht." Blue sprach leise weiter: „Mach mir ein Angebot, Lucy, und ich verspreche dir, ich werde es nicht ablehnen."

Verwunderung spiegelte sich in ihrem Blick, und Tränen glänzten in ihren Augen. „Du hast gesagt, du wärst kein Gentleman."

„Bin ich auch nicht."

Und genau deshalb musste er hier weg. Sofort. Blue stand auf, und das Wasser rann an seinem Körper hinab. Bemüht, nicht zu humpeln, stieg er die Stufen hoch und aus dem Whirlpool. Er spürte Lucys Blick, wie sie seinen nackten Körper musterte, und schlang sich ein Handtuch um die Hüften. Ihr konnte nicht entgangen sein, wie erregt er war. Auch wenn er sich nach Kräften angestrengt hatte, sein Verlangen zu zügeln – es wäre selbst dann noch da, wenn er für alle Zeit in der Wanne sitzen geblieben wäre.

„Was hältst du davon, wenn ich runtergehe und uns beiden etwas zu essen mache?", fragte Blue. Er ließ ihr keine Zeit zum Antworten, weil er kein Nein hören wollte. „Zieh dir was an und komm dann in die Küche."

Es war fast zehn Uhr, als sie ihr Dinner beendeten.

Lucy war ziemlich beklommen zumute, als sie in die Küche gekommen war. Wie dämlich sie sich gerade im Bad benommen hatte! Doch Blue hatte nichts gesagt oder getan, um sie daran zu erinnern.

Er hatte sie lediglich gebeten, den Tisch zu decken und sich hinzusetzen, während er eine köstlich duftende Pastasoße und Spaghetti zubereitete.

Während des Kochens und noch beim Essen hatte er ihr erzählt, wie sein Freund und Schwimmkumpel Joe Cat seine Frau Veronica kennengelernt hatte. Sie, das „anständige Mädchen" aus gutem Hause, hatte als Medienberaterin für ein Königshaus gearbeitet. Und war dabei dem raubeinigen, toughen Navy SEAL aus New Jersey begegnet. Es war Liebe auf den ersten Blick – nur, dass sowohl Joe Cat als auch Veronica das zunächst stur ignoriert hatten.

„Glaubst du an Liebe auf den ersten Blick?", fragte Lucy ihn, als er mit dem Geschirrspülen begann.

„Ja", gab er zu. „Ich weiß, es klingt abgedroschen, aber ich glaube tatsächlich daran. Ich habe mitbekommen, was mit Joe passiert ist. Ihn hat einfach etwas gepackt und nicht mehr losgelassen. Das hat mich ziemlich erschreckt. An einem Tag war noch alles wie immer, und am nächsten war Cat völlig außer Kontrolle geraten."

Lucy blieb still. Sie konnte es nachvollziehen. Denn sie verliebte sich in Blue, und das lag jenseits ihres Einflussbereichs. Sie konnte es nicht kontrollieren.

„Cat und Veronica haben beide versucht, vor ihren Gefühlen davonzulaufen", sagte Blue langsam. „Aber man kann nicht vor sich selbst weglaufen, das habe ich mit eigenen Augen gesehen. Cat war ohne Veronica sehr unglücklich."

Genau, wie Lucy ohne Blue unglücklich war. Warum sollte sie sich dazu zwingen, *mit* ihm genauso unglücklich zu sein? Sie *konnte* ihn doch haben – wenn auch nur für ein paar Tage, wenn auch nur für ein paar lustvolle Stunden.

Sie wusste, dass Blue eine mehr als platonische Beziehung mit ihr eingehen wollte. Obwohl er sie im Whirlpool sehr höflich zurückgewiesen hatte, hatte er das mehr als deutlich gemacht. Sie konnte seinen Körper haben. Sie musste nur fragen. Das war besser als nichts, und es musste genug sein.

Warum sollte sie sich sogar ein oder zwei Stunden Glück und Vergnügen versagen? Ja, Blue würde abreisen. Nein, Blue liebte sie nicht. Ja, sie wäre vermutlich nur ein Ersatz für Jenny Lee Beaumont. Darüber musste sich Lucy allerdings keine Gedanken machen. Sie musste sich nicht selbst unglücklich machen. Das konnte sie noch für den Rest ihres Lebens tun. Sie verdiente jetzt wenigstens ein oder zwei Tage voller Glück – auch, wenn es ein falsches Glück war.

Doch wie sollte sie ihm sagen, dass sie jetzt endlich wusste, was sie wollte – dass sie mit ihm schlafen wollte?

*Mach mir ein Angebot*, hatte er gesagt. Aber das erschien ihr so unromantisch, so kalkuliert und kalt. Eine Einladung dagegen …

Lucy stand auf. „Ich gehe nach oben", sagte sie. „Es sei denn, du möchtest, dass ich dir beim Aufräumen helfe."

Über die Schulter warf er ihr einen Blick zu und sah dann auf die Uhr. Es war noch früh am Abend, und Blue war offensichtlich enttäuscht, weil sie sich schon verabschiedete. „Nein, ist schon okay", erwiderte er. „Ich bin hier schon so gut wie fertig."

„Dann gute Nacht." Sie ging auf die Tür zu.

„Lucy."

*Schließ deine Tür ab.* Er musste es nicht aussprechen. „Ich weiß", sagte sie. Und als sie die Treppe hochstieg, umspielte ein Lächeln ihre Lippen.

Nachdem er den Abwasch erledigt hatte, versuchte Blue am Telefon in der Küche, in Kalifornien anzurufen. Ja, Lieutenant Joe Catalanotto befand sich immer noch auf der Trainingsmission. Ja, Admiral Forrest war immer noch nicht zu erreichen.

Blue legte auf und kämpfte gegen das Gefühl der Furcht an.

Lucy war nicht länger mit den Ermittlungen um den Mord an Gerry betraut. Aber Travis Southeby. Blue rechnete damit, dass es nur eine Frage von Tagen oder sogar nur Stunden war, bis Southeby etwas fand und aus seiner Sicht genug Indizien hatte, um Blue einzusperren. Am nächsten Tag konnte Blue schon im Gefängnis sitzen.

Und an diesem Tag war er nur einen Schritt vom Paradies entfernt gewesen. Und es war ihm wie einem verdammten Dummkopf wieder entglitten.

Es war noch früh – jedenfalls noch vor Mitternacht –, und er fühlte sich zu rastlos, um schlafen zu gehen. Sein Bein schmerzte zu stark, als dass er hätte joggen gehen können. Aber ein Spaziergang würde ihm guttun.

Er stieg die Treppe hoch, um seine Pistole zu holen, und …

Die Tür zu Lucys Zimmer war unverschlossen. Sie stand einen Spalt offen.

In dem Raum war es dunkel, die Tür war jedoch mit Sicherheit offen gelassen worden.

Verdammt noch mal, er war dem hier nicht gewachsen! An diesem Abend hatte er sie einmal zurückgewiesen, das würde ihm unmöglich ein zweites Mal gelingen. Laut klopfte er an die Tür. „Hey!", rief er verärgert. „Yankee! Du hast vergessen abzuschließen."

„Nein, habe ich nicht." Sie klang leise, aber bestimmt.

Die Bedeutung ihrer Worte stürmte auf ihn ein. Blue musste sich einen Moment am Türrahmen festhalten, um das Gleichgewicht zu halten. Sie hatte die Tür offen gelassen. Mit Absicht.

„Darf ich ... reinkommen?", fragte er.

Er hörte sie heiser lachen. „Wie viele Einladungen brauchst du, McCoy?"

Er stieß die Tür auf. Das gedämpfte Licht aus dem Flur fiel in Lucys Schlafzimmer, es erhellte den Weg zu ihrem Bett. Lucy saß dort, in einem riesigen T-Shirt und einem Höschen und wahrscheinlich sonst nichts.

Ihr fiel das Haar auf die Schultern, und sie war ungeschminkt. Sie sah frisch geduscht aus. Und als sie ihn zögernd anlächelte, konnte er nicht fassen, wie vollkommen und schön sie war.

Sie streckte die Arme aus, zuckte weich die Schultern und lächelte ihn jetzt fast entschuldigend an. „Hier bin ich", sagte sie und lachte verlegen. „Was du jetzt siehst, ist mein wahres Ich. Kein Negligé. Weder ein geliehenes schwarzes Kleid noch High Heels. Keine schicke Frisur. Keine Verführung im Jacuzzi. Nur ein altes T-Shirt von der Universität von South California und Baumwollunterwäsche. Weiß. Ohne Schnickschnack. So wie ich. Wenn du dich dazu entschließt, meine ... Einladung anzunehmen, bekommst du genau das."

Blue wusste sofort, dass er genau darauf gewartet hatte. Sie versteckte sich hinter keiner Polizeimarke, es gab keine Unsicherheit, keine Zweifel. Sie hatte ihre Beziehung auf eine einfach Gleichung heruntergebrochen: Sie wollte ihn, und er wollte sie.

Und wie sehr er sie begehrte! Er hatte Frauen in ausgefallenen Negligés und verführerischer Kleidung erlebt, aber keine von ihnen hatte auch nur halb so sexy ausgesehen wie Lucy Tait in ihrem alten Uni-T-Shirt, mit offenem Haar und ohne Make-up. Ohne Schnickschnack, hatte sie gesagt. Vielleicht nicht. Vielleicht einfach hundert Prozent Frau.

Blue setzte sich neben Lucy auf das Bett und gab ihr seine Antwort, indem er sie küsste. Trotz des Feuers, das durch seinen Körper flammte, war es ein sanfter Kuss – so sanft, wie er einen Kuss nie erlebt hatte. Er spürte ihre Hände auf seiner Brust, während sie ihm das Hemd aufknöpfte. Ruhig legte er eine Hand auf ihre, um Lucy zurückzuhalten und zu bremsen.

„Wir haben noch die ganze Nacht vor uns", flüsterte er und wich zurück, um sie anzusehen.

Er schloss die Augen, als sie ihm durchs Haar strich. Es fühlte sich sündig an, wundervoll, gut.

„Dann hast du ja sicher nichts dagegen, wenn ich bloß hier sitze und das ungefähr eine Stunde lang tue", erwiderte sie.

„Nicht solange ich dich dabei küssen kann, Yankee", murmelte Blue und drückte die Lippen auf ihren Mund.

Ohne den Kuss zu unterbrechen, zog er sie mit sich aufs Bett. Die Beine ineinander verschlungen, küsste er sie lang, zärtlich, tief. Ein Kuss folgte dem nächsten, bis sie sich noch enger an ihn schmiegte.

Geschickt entledigte er sie ihres T-Shirts, indem er es ihr mit einer schnellen Bewegung hoch und über den Kopf zog. Und dann konnte er ihre glatte, seidig glänzende Haut berühren, streicheln und küssen.

Lucy war wie berauscht. Sie hatte geahnt, dass eine Nacht mit Blue eine außergewöhnliche Erfahrung bedeutete. Aber sie hätte nie gedacht, dass sich seine Hände auf ihrem Körper so sanft anfühlen könnten. Sie hätte nicht davon zu träumen gewagt, dass er sie so zärtlich küsste, so vollkommen.

Sie hatte sich wilde, ungezügelte Leidenschaft vorgestellt, nicht diese verträumte, sinnliche Erkundung ihres Körpers. Sie klammerte sich an ihn, während er den Mund erst auf eine ihrer Brüste senkte und dann auf die andere. Mit der Zunge reizte er ihre empfindsamen Brustspitzen und saugte sanft an ihnen.

Sie zerrte an seinem Hemd und zog es ihm aus, schleuderte es mitsamt dem Schulterholster auf den Fußboden. Als sie die Hände über seinen seidigen Rücken gleiten ließ und ihn wegen des Verbands am Arm vorsichtig berührte, zog er mit dem Mund eine feuchte Spur über ihre Haut. Auf ihrem Bauch hielt er inne, um ihren Nabel zu erkunden.

Glühende Hitze pulsierte durch ihren Körper und strömte ihr heiß durch die Adern. Die Liebe, die sie für diesen Mann empfand, erschien ihr fast mit den Händen greifbar zu sein. Sie war sich fast sicher, dass er ihr ihre Gefühle ansah.

„Du bist so schön", flüsterte er, begegnete ihrem Blick und lächelte, während er ihr Höschen abstreifte. In seinen Augen brannte ein Feuer, das mehr war als nur Lust. Es war mächtiger, reiner – fast übersinnlich. Zum ersten Mal in ihrem ganzen Leben fühlte Lucy sich wirklich geliebt.

Sie wusste, dass es nicht so war. Blue liebte sie nicht, und er würde sie niemals lieben. Doch sie verdrängte diese Realität und tauchte für diese Nacht in einen Traum. In dieser Nacht fühlte sie sich geliebt.

Er küsste sie auf die Innenseite des Knies und drückte ihr Bein sanft nach außen, während er mit dem Mund über die empfindsamen Stellen an ihrem Oberschenkel strich. Und höher. Lucy krallte sich in die Bettdecke, als er sie berührte und küsste, anfangs zärtlich, dann fester und tiefer.

Die Empfindungen, die er in ihr auslöste, gingen weit über Vergnügen hinaus, über Ekstase, über alles, was sie je erlebt hatte. Dieser Rausch an Gefühlen paarte sich mit ihrer Liebe für diesen Mann und trug sie zum Gipfel.

Sie hörte sich schreien, als er sie festhielt und eine plötzliche, unerwartete Erlösung durch ihren Körper schoss. Welle um Welle um Welle rauschte ein reines, fast quälend wildes Glück durch ihren Körper und schien sie zu zerreißen.

Schließlich hörte es auf. Lucy streckte die Hände nach Blue aus und zog ihn an sich. Seine Augen glänzten, und er lachte.

„Wow", sagte er.

„Wahnsinn", stieß Lucy nach Atem ringend hervor.

„Machst du das immer so, Yankee?", fragte er und strich ihr sanft das Haar aus dem Gesicht.

„Nein", antwortete sie keuchend. „Nie. Nicht so."

Sein Lächeln wirkte breiter und sehr zufrieden. „Gut."

Wieder küsste er sie lange und zärtlich. Aber das war nicht, wonach sie sich jetzt sehnte. Sie vertiefte den Kuss und tastete nach seinem Gürtel.

„Hab Erbarmen." Blue zog sich zurück und lachte wieder. „Du willst *mehr*?"

„Ja." Lucy zog den Reißverschluss seiner Hose herunter, umfasste seine pralle Männlichkeit. Blue war unglaublich gut ausgestattet. Und Lucy sehnte sich fast schmerzhaft danach, ihn in sich zu spüren.

„Bitte!" Sie ließ die Hand unter seine Shorts gleiten, berührte ihn, streichelte umfasste ihn, während sie ihn voller Verlangen küsste.

Sie hörte sein Seufzen und fühlte, wie er sich aufstützte, um sich hastig von der Hose zu befreien. Sie versuchte, ihm zu helfen, vermutete jedoch, dass sie es ihm nur schwerer machte. Nach wie vor sehnte sie sich danach, ihn zu berühren, die Hände über seine langen muskulösen Beine gleiten zu lassen ...

Oh, Mist, sie hatte seine Verletzung völlig vergessen. Prompt zog sie sich zurück. „Oh, Blue, habe ich dir wehgetan?"

Er lachte nur und nahm ihren Mund in Besitz. Sie spürte, wie sie unter seinem Kuss dahinschmolz, wie sie sich ihm in jeder möglichen Hinsicht öffnete. Um ihn noch einmal zu berühren, senkte sie die Hand, und stellte fest, dass er sich bereits ein Kondom übergestreift hatte.

Wieder küsste er sie, voller Hitze und Leidenschaft, und sie spürte, dass sich etwas veränderte. Als schlüge das mächtige antreibende Feuer, das die ganze Zeit zwischen ihnen geknistert hatte, jetzt lichterlohe Flammen. Sie wusste instinktiv, dass sie sich jetzt weder langsam noch träge lieben würden.

Er spürte, wie sie die Hüfte hob, ihm entgegenkam, ihn lockte. Und er merkte, wie seine mühsam gewahrte Selbstbeherrschung zu bröckeln begann. Er musste sie spüren. Jetzt.

Er drang in sie ein, hart und schnell, und ... Gott! Er musste sich zusammenreißen, vorsichtig sein. Er wollte ihr nicht wehtun.

Aber sie war alles andere als von Schmerz erfüllt. „Ja", murmelte sie dicht an seinem Ohr. „Ja." Sie zog ihn fester an sich und kam jedem seiner Stöße mit schwindelerregender Leidenschaft entgegen.

Das war einfach zu gut. Es sollte niemandem erlaubt sein, sich jemals so gut zu fühlen! Dieser Gedanke brachte ihn dazu, laut zu lachen. Wieder küsste er Lucy. Alles drehte sich. Er empfand nichts als Freude und Glück, weil er exakt, haargenau dort war, wo er sein wollte.

Er drehte sich auf den Rücken und zog sie mit sich, sodass sie rittlings auf ihm saß. Schnell strich sie sich das Haar von den Augen und begann, sich hart und fest auf ihm zu bewegen, genau wie er es mochte. Sie lächelte auf ihn herab, ihre Augen funkelten und glänzten vor reinem Vergnügen. Seine sorgsam gewahrte Selbstbeherrschung löste sich zunehmend auf.

Er streckte die Hände aus, berührte ihre Brüste. Und sie neigte sich vor, um sich dicht an seine Handflächen zu schmiegen. Im nächsten Moment warf sie den Kopf in den Nacken, ihr Lächeln verblasste, und er spürte, wie sie sich anspannte. Sie rief seinen Namen, der Klang ihrer Stimme war wie Musik in seinen Ohren. Sie kam genauso machtvoll wie zuvor – nur dieses Mal riss sie ihn mit sich.

Nie zuvor hatte er einen so vollkommenen Genuss erlebt. Nie zuvor hatte ihn der Rausch der prasselnden Leidenschaft so hoch und so weit getrieben. Noch nie hatte er diesen Augenblick festhalten wollen und sich gewünscht, die Zeit möge stehen bleiben.

Doch er würde nicht den Moment der überwältigenden, rohen sexuellen Lust festhalten. Es war der Augenblick danach, als er Lucy fest an sich gepresst gehalten und das Gesicht an ihr Haar gedrückt hatte, während ihre Herzen noch genauso wild pochten und sie allmählich wieder in die Welt zurückkehrten. Diesen Augenblick wollte er bewahren, für immer. Denn nie zuvor hatte er einen derartigen Frieden, eine derartige Erfüllung verspürt.

Ihm schmerzte die Brust, seine Augen brannten. Er wollte mit ihr sprechen, wollte ihr etwas erzählen, aber er wusste nicht, was er sagen sollte. Er fand keine Worte, die seine Gefühle auch nur annähernd beschrieben hätten. Deshalb küsste er Lucy innig und sanft und zärtlich und hoffte, dass sie verstand.

# 11. Kapitel

Blue wachte einige Stunden nach der Morgendämmerung auf. Er streckte sich und gähnte. Er fühlte sich seltsam ausgeruht. Seit Langem hatte er nicht so gut geschlafen und ...

Er schlug die Augen auf.

Er war in Lucys Bett. Sie lag neben ihm, friedlich, schlafend. Sie hatte sich in die Decke gekuschelt.

Die Erinnerungen an die vergangene Nacht stürmten machtvoll auf ihn ein. Einen Moment lang konnte er kaum atmen, kaum klar denken. Was sie getan hatten, was er empfunden hatte ...

Gnade!

Aber die Sonne stand schon über den Bäumen und schien in Lucys Zimmer. Die Nacht war vorbei, es war Morgen.

Der Morgen. Die Zeit der Reue und der Schuldzuweisungen. Die Zeit des peinlichen Schweigens und der unangenehmen Gespräche. Wie ein Zauber, der gebrochen wurde, verblasste dann die Magie der vergangenen Nacht und erstarb im Morgenlicht.

Einer „heißen Nacht", darunter verstanden alle nur eine schöne Zeit. Doch mit dem Frühstück wurde daraus etwas völlig anderes. Es wurde eine Beziehung. Es wurde zu einer Möglichkeit, einer Erwartung, einer Verpflichtung. Blue hatte vor langer Zeit gelernt, dass man sich am besten vor dem Morgengrauen aus dem Schlafzimmer einer Lady schlich.

Das hatte er dieses Mal nicht getan. Dieses Mal hatte der Zauber der Nacht ihn gebannt, und er war in einen traumlosen Schlaf gefallen. Jetzt kam er jedoch zur Vernunft und stieg aus dem Bett. Er hatte immer noch Zeit für den Rückzug.

Lucy schlief weiter. Er betrachtete sie, wie sie auf dem Bauch lag, die Konturen ihres Pos, die sanfte Rundung ihrer Brust. Sie hatte die Arme unter das Kopfkissen geschoben. Blue verspürte einen unerwarteten Anflug von Sehnsucht.

Die wenigen Male, als er bis zum Morgen bei einer Frau geblieben war, war seine Lust nach dem Aufwachen abgeschwächt, die erotische Anziehungskraft war schnell verflogen. Angesichts des im schonungslosen Morgenlicht verschmierten Make-ups der Frau, des derangierten Haars und der für gewöhnlich roten Augen hatte Blue meistens nichts gewollt, außer schnell zu verschwinden.

Lucy sah jedoch im frühen Morgenlicht wie ein Engel aus. Ihre Haut schien zu leuchten, sie war so glatt und perfekt. Er wollte die Hand ausstrecken und sie berühren. Er wollte wieder ihre weichen Kurven spüren. Ihr Haar war zerzaust, aber bei ihr sah es sexy aus. Und ihr Gesicht …

Sie war unglaublich schön. Ihre Wimpern waren lang und dunkel, er mochte die Sommersprossen auf ihren Wangen. Ihr Mund war leicht geöffnet, und ihre Lippen wirkten so verführerisch …

Sie bewegte sich leicht. Abrupt setzte Blue sich in Bewegung und ging lautlos aus dem Zimmer, bevor Lucy die Augen aufschlug. Er rannte weg, weil er das schon immer getan hatte.

„Guten Morgen", sagte Blue. Er fühlte sich offensichtlich unwohl und sah Lucy nicht in die Augen, als er den Kühlschrank aufmachte und eine Tüte Orangensaft herausnahm.

Fast seit einer Stunde war Lucy bereits in der Küche, bevor er jetzt aufgekreuzt war. Sie beobachtete, wie er sich ein Glas aus dem Schrank holte und Saft einschenkte. Er sah sie immer noch nicht an.

Lucys letzte Hoffnung zerbarst in tausend kleine Teilchen.

Sie war ein Narr! Als sie aufgewacht war und mitbekommen hatte, wie Blue sich aus ihrem Zimmer geschlichen hatte, war ihr klar geworden, dass er die Nacht mit ihr bereute. Sicher, er könnte auch gegangen sein, um seinen Vorrat an Kondomen aufzufüllen. Aber als er auch nicht zurück war, nachdem sie geduscht hatte, nachdem sie sich mit dem Anziehen Zeit gelassen hatte, nachdem sie die Tür geöffnet und starr vor seiner offensichtlich geschlossenen Tür gestanden hatte, da hatte sie es gewusst.

Dennoch hoffte sie, dass er es nicht wirklich bereute. Vielleicht hatte er bloß leise Zweifel. Doch als sie ihn in ihrer Küche stehen sah, bereit, sich auf der Stelle umzudrehen und wegzulaufen, wusste sie es: Für ihn war die vergangene Nacht nichts anderes als ein großer, ein riesiger, ein gigantischer Fehler. Sie war ein Narr, wenn sie hoffte, dass er das anders sah. Und ein noch größerer, wenn sie hoffte, dass er sich irgendwie, irgendwann in sie verlieben würde. Ein kleiner, *extrem* naiver Teil von ihr hatte sogar davon geträumt, dass Blue McCoy mit ihr schlief, mit der Kein-Schnickschnack-Baumwollhöschen-Lucy-Tait, und die Erde würde beben und die Himmelstore würden sich öffnen. Und er würde erkennen, dass sie seine Liebe, sein Leben und seine Zukunft war.

Oh, ja, sie war wirklich ein Narr.

Wenigstens war sie ein verständiger Narr. Ihre Träume waren zerstört und nutzlos, deshalb kehrte sie die Scherben zusammen und brachte sie außer Sichtweite, zumindest vorerst. Später hatte sie viel Zeit, um sich schlecht zu fühlen.

„Möchtest du frühstücken?", fragte sie erstaunlich selbstsicher, während sie damit beschäftigt war, ihren Frühstücksteller abzuspülen.

„Ich mache mir nur schnell einen Toast."

„Gut", erwiderte sie. „Nimm ihn mit."

Ihr entging seine Überraschung nicht, auch wenn Lucy mit dem Rücken zu ihm stand.

„Gehen wir irgendwo hin?"

Sie wrang den Spülschwamm aus und legte ihn auf die Kante der Spüle, bevor sie sich umdrehte und Blue ansah. „Ich habe Jenny Lee angerufen und sie gefragt, ob wir bei ihr vorbeischauen können. Sie hat Ja gesagt, wir sollen gegen halb zehn da sein. Außerdem würde es zeitlich passen, damit wir einen Blick in Gerrys Arbeitszimmer werfen können und …"

„Warte mal. Ich verstehe nicht ganz. Warum fahren wir zu Jenny Lee?"

Lucy musterte ihn wie erstarrt. Er verstand es tatsächlich nicht. Zum ersten Mal, seit er heruntergekommen war, sah er sie an, sah er sie richtig an, statt durch sie hindurchzublicken, zu ihr rüberzuschauen oder drunter oder drüber.

„Ich dachte, du bist von der Ermittlung abgezogen worden", sagte Blue. „Du hast erzählt, du hättest gekündigt. Du bist kein Cop mehr."

Lucy nickte. „Stimmt."

„Du musst das nicht tun."

Wieder nickte sie. „Ja, ich weiß. Aber ich *will* es tun. Wir sind die Einzigen, die wirklich herausfinden wollen, wer Gerry ermordet hat.

Travis Southeby wird so lange herumpfuschen, bis er genug Indizien hat, um dich festzunehmen. Wenn wir nicht klären, wer einen Grund hatte, Gerry tot zu sehen, wird der wahre Mörder frei herumlaufen, während du im Gefängnis sitzt." Sie zuckte die Schultern. „Ich habe gerade ein bisschen freie Zeit, also …"

Blue schwieg. Er betrachtete gerade die alten Holzbohlen, aus denen der Küchenboden bestand.

„Du hast nicht vor, einfach umzukippen und zu sterben, oder doch?", fragte Lucy.

Er blickte auf. „Nein, aber …"

„Ich auch nicht." Sie war sich bewusst, dass ihre Worte noch eine andere versteckte Bedeutung enthielten.

„Warum willst du mir helfen?" Seine Frage war direkt und traf Lucy ohne Vorwarnung. Wieder sah er sie an, sein Blick war fast stechend intensiv.

*Weil ich dich liebe.* Aber das konnte sie ihm kaum sagen. Nicht, solange sie noch über einen letzten Funken Stolz verfügte. „Weil ich weiß, dass du Gerry nicht umgebracht hast", antwortete Lucy stattdessen. „Weil du jetzt gerade niemand anderen hast. Und weil ich mit dir befreundet bin."

Wieder schwieg er, sah sie an, und Lucy wusste genau, was in ihm vorging. Er dachte an die vergangene Nacht. Daran, wie sich ihre sogenannte Freundschaft verändert hatte. Sie waren jetzt nicht mehr nur Freunde. Allerdings wollte Blue offensichtlich nicht, dass sie als Liebespaar weitermachten. Wohin genau sollte sie das also führen?

Es lag so klar auf der Hand, dass er seine Sachen packen und von hier verschwinden wollte. Doch wohin sollte er gehen? Was würde er tun?

Blue brauchte sie jetzt, ob ihm das bewusst war oder nicht. Lucy glaubte fest daran; sie *musste* es glauben. Denn mehr war ihr nicht geblieben.

„Ich *bin* deine Freundin", erklärte sie ihm leise. „Letzte Nacht waren wir ein Liebespaar, aber heute bin ich wieder deine Freundin, McCoy. Ich erwarte nichts von dir. Das habe ich heute Nacht nicht, und garantiert nicht heute Morgen – das heißt, nichts außer Freundschaft. Du kannst jetzt also mit diesem Eiertanz aufhören. Tu nicht so, als wäre ich verletzt oder wütend, weil die letzte Nacht nicht der Anfang von ‚bis an ihr Lebensende' war. Mir ist klar, dass sich nichts geändert hat. Außer, dass ich jetzt weiß, wo ich dich berühren muss, um dich scharf zu machen."

Er lachte, ungläubig und voller Respekt. „Du kommst wohl immer gleich zur Sache, was?"

Lucy zog eine Augenbraue hoch und verschränkte die Arme. „Hätte ich etwa so tun sollen, als würde ich deinen Anfall von Morgen-danach-Panik nicht bemerken?"

„Tja, ich weiß nicht. Ja. Die meisten Frauen würden ..."

„Ich würde dich nur gehen lassen, wenn es *dir* plötzlich unangenehm wäre, dass wir letzte Nacht nackt waren und Sex hatten – *großartigen* Sex, übrigens." Lucy warf ihm einen Blick zu. „Hast du ernsthaft gedacht, dass ich unsere Freundschaft einfach so wegwerfe? Vergiss es, McCoy! Ich kann damit umgehen. Deine Annahme, ich würde überreagieren, rührt wahrscheinlich von deiner traurigen, mitleiderregenden Erfahrung mit den ‚meisten Frauen'. Doch anzunehmen, ich würde die Freundschaft mit dir wegwerfen – *das* tut weh."

„Es tut mir leid", erklärte er und sah tatsächlich auch so aus. „Es ist nur ... Ich bin vorher nie mit ... einer Freundin im Bett gewesen. Das ist neu für mich. Ich weiß nicht, was ich dir sagen ... oder was ich tun soll."

„Du könntest sagen: ‚Guten Morgen, Lucy. Hey, du hast mich total vom Hocker gehauen.'" Sie nahm eine Scheibe Brot aus dem Brotkasten und warf sie ihm mit mehr Schwung zu als nötig. „Und dann könntest du dir deinen blöden Toast machen, damit wir uns daran machen können, Gerrys Mörder zu finden."

Blue saß in Lucys Wagen und beobachtete sie beim Fahren. Jenny Lee zu besuchen, hatte sie kein Stück weitergebracht.

Nein, Gerry schien keine Feinde zu haben. Ja, während der letzten Tage hatte er sich merkwürdig verhalten. Aber Jenny Lee hatte geglaubt, es hinge mit Blues bevorstehender Ankunft zusammen. Im vergangenen Jahr war seine Baufirma gut gelaufen. Gerry hatte viele Projekte in der Entwicklungsphase und mehrere im fortgeschrittenen Stadium betreut. Geld kam herein und wurde wieder investiert, alles schien normal zu sein. Sein Personal war fest angestellt, niemandem drohte die Kündigung. Vor Kurzem hatte er für eine Baustelle sogar zusätzlich Zimmermänner und Bauarbeiter von einer Zeitarbeitsfirma eingestellt.

Auch Gerrys Arbeitszimmer zu durchsuchen, hatte ihnen keinerlei neue Informationen geliefert. An seinen laufenden Projekten war nichts ungewöhnlich. Seine Akten waren ordentlich, keine Spur von Warnungen oder Drohungen auf seinem Schreibtisch. In seinem Terminkalender gab es keinen rot eingekreisten Eintrag, der so viel wie „Lunch mit den Mördern" bedeutete.

Gerry hatte sich eine unauffällige Anzahl von geschäftlichen Terminen notiert. Gewissenhaft war Lucy die Namen durchgegangen und hatte sie den laufenden Aufträgen zugeordnet. Einige waren Kunden, die Gerry hatte werben wollen. Und es gab darunter auch gesellschaftliche Treffen. Er war regelmäßig mit Jenny Lee essen gegangen. Außerdem war er offenbar vor Kurzem dem Hatboro Creek Men's Club beigetreten. In diesen exklusiven Kreis, der gemeinnützige Projekte im Umkreis auf die Beine stellte, gelangte man ausschließlich auf persönliche Einladung von R. W. Fisher. Aus Gerrys Aufzeichnungen ging hervor, dass sie gerade Spenden für die Reparaturen am Dach des Landeskrankenhauses sammelten.

Nein, der Besuch in dem Haus, in dem Gerry und Jenny Lee zusammengewohnt hatten, verschaffte ihnen keine neuen Anhaltspunkte.

Allerdings hatten sich für Blue nun neue Fragen aufgeworfen.

Etwa, warum Lucy Tait sich seinetwegen so viele Umstände machte. Warum hatte sie in der vergangenen Nacht mit ihm geschlafen? Was wollte sie wirklich? Wenn es etwas gab, das Blue im Leben gelernt hatte, dann das: Die meisten hatten gute Gründe für so gut wie jede Kleinigkeit. Was waren hier Lucys Motive?

Sie hatte behauptet, ihm aus Freundschaft zu helfen. Und dass sie mit ihm ins Bett gegangen war, weil sie es gewollt hatte – ohne Verpflichtungen. Doch Blue fiel es schwer, das zu glauben. Sicher, er war von Natur aus misstrauisch. Seit seiner Kindheit verließ er sich auf sich selbst und auf niemand anders. Anderen zu vertrauen, bedeutete, das Risiko einzugehen, verletzt zu werden. Darum hatte er gelernt, niemandem zu vertrauen.

Als er jedoch ein SEAL geworden war, hatte er sein Leben buchstäblich in die Hände seiner Kameraden legen müssen. Er hatte gelernt, den Männern in seiner Truppe und denen der Einheit zu vertrauen. Und dieses Vertrauen war gewachsen, verbunden mit Freundschaft und Loyalität.

SEALs hatten keine Hintergedanken, zumindest nicht innerhalb der Einheit. Natürlich hatten sie berufliche und persönliche Ziele. Aber mitten im Kampf, mitten in einer Operation gab es für sie alle nur ein Ziel: den Job zu erledigen und dabei jeden lebend und in einem Stück herauszubringen.

Lucy Tait war kein SEAL und doch mit ihm befreundet.

Er musste lächeln, als er sich daran erinnerte, wie sie ihn an diesem Morgen in der Küche konfrontiert hatte. Sie war tough, das musste er ihr lassen. Er dagegen würde sich, ohne eine Sekunde zu zögern, einem Nahkampf stellen – wenn es jedoch zu einer emotionalen Auseinandersetzung kam, würde er alles tun, um das Feld zu räumen. Lucy hingegen hatte den Angriff gewählt.

Blue war froh darüber. Auch wenn es sie nirgendwohin geführt hatte, mit Jenny Lee zu sprechen, war er froh, weil Lucy ihn nicht hatte gehen lassen. Er war froh darüber, dass er jetzt neben ihr im Wagen saß.

Er war gern mit Lucy befreundet. Es war merkwürdig: Sie war eine Frau und *trotzdem* mit ihm befreundet. Noch seltsamer fand er die Tatsache, dass sie in der vergangenen Nacht fantastischen Sex gehabt hatten und Lucy an diesem Morgen irgendwie *immer noch* seine Freundin war.

Blue konnte sich nicht daran erinnern, je eine derart überwältigende Nacht mit einer Frau erlebt zu haben. Sie hatte ihn *tatsächlich* aus den Schuhen gehauen. Warum zum Teufel hatte er sich dann am Morgen zurückgezogen? Weshalb hatte er zugelassen, dass die Nacht vorbeiging? Wieso war er nicht in Lucys Bett geblieben? Sie könnten jetzt immer noch in ihrem Schlafzimmer sein und sich den ganzen Tag lang lieben. Er hätte sie halten, sie küssen, ihr in die schönen Augen schauen und ihre ungeteilte Aufmerksamkeit genießen können, während er ihr von vergangenen Einsätzen, von den hochgefährlichen Missionen, die er erfüllt hatte, erzählte.

Warum war er zurückgewichen?

*Weil er das immer tat.* Er hatte die Möglichkeit, zu bleiben und aus dem One-Night-Stand etwas Längeres zu machen, nicht einmal in Betracht gezogen. Er hatte nicht geahnt, dass Lucy nach einer heißen

Nacht immer noch seine Freundin sein könnte. Er hatte es einfach nicht gewusst.

Doch könnten sie wirklich tagsüber Freunde und nachts Geliebte sein? Würde das tatsächlich funktionieren?

Irgendetwas daran passte für ihn nicht zusammen. Jetzt, da er Zeit zum Nachdenken hatte, kam es ihm vor, als würde er Lucy ausnutzen. Als würde er sie benutzen. Und das würde und konnte er mit einem Freund nicht tun.

Bestimmt wäre es das Beste, wenn ihre Freundschaft nichts mit Sex zu tun hatte. Es wäre nicht leicht, weil ihn jedes Mal, wenn er in Lucys Richtung sähe, die Erinnerungen an die vergangene Nacht überfielen. Nein, es wäre nicht einfach, aber es wäre das Richtige.

Vielleicht sagte Lucy die Wahrheit und half ihm aus reiner Freundschaft, Gerrys Mörder zu finden. Wenn das stimmte, war es das Mindeste von ihm, sie mit demselben Respekt zu behandeln.

Blue betrachtete Lucy. Sie lenkte den großen Wagen mit derselben ruhigen Zuversicht, mit der sie fast allem begegnete. Ihre Uniform trug sie nicht, das ging nicht, nachdem sie aus dem Polizeidienst ausgetreten war. Stattdessen hatte sie eine verwaschene Jeans, Cowboystiefel und ein weites T-Shirt an – weiß, Baumwolle, ohne Schnörkel. Verdammt – sie sah so gut aus.

Als spürte sie seinen Blick, sah sie Blue an. „Was hältst du davon, wenn wir vor dem Lunch zu Matt Parker gehen und mit ihm reden?"

Matt Parker. Der „Zeuge", der Blue im Streit mit seinem Bruder im Wald bei der Gate's Hill Road „gesehen" hatte, kurz vor Gerrys Tod. Er war ebenfalls einer der Motorradfahrer, die die Reifenspuren vernichtet hatten. Blue nickte und lächelte verbissen. Er wollte sich auf jeden Fall mit Parker unterhalten. „Ja."

Lucy blickte wieder zu ihm. Sie wirkte besorgt. „Wir reden nur mit ihm, McCoy", sagte sie. „Hast du verstanden?"

Ungerührt erwiderte er ihren Blick. „Er wird uns nichts Neues erzählen, solange wir keine neue Vorgehensweise haben. Zum Beispiel könnten wir ihm gehörig Angst machen."

„Und wenn er sich dann umdreht und Chief Bradley anruft, um einen tätlichen Angriff anzuzeigen, kann ich nichts tun, um dich vor dem Gefängnis zu bewahren", entgegnete Lucy. „Du weißt genauso gut wie ich, dass Travis Southeby nur auf einen Grund wartet, damit er dich einsperren kann."

Lucy las in Blues Augen, wie frustriert er war.

„Warum sollen wir dann überhaupt mit Parker reden?"

„Weil ihn jemand für das bezahlt, was er erzählt", erwiderte Lucy. „Und ich wette, egal, wie viel Geld er einsteckt, er hat ein schlechtes Gewissen, weil er lügt. Er kann dir garantiert nicht in die Augen sehen, weil er im Grunde seines Herzens ein anständiger Kerl ist. Und er weiß, dass die Vorwürfe gegen dich auf seiner Aussage beruhen."

„Und du glaubst, er muss mich nur sehen und wird sofort gestehen?" Blue triefte geradezu vor Argwohn.

„Nein", antwortete sie gelassen. „Ich glaube, dass er bei seiner Geschichte bleibt, und dann fahren wir wieder. Und dann wird er heute Nacht kein Auge zutun, weil er immer wieder daran denken muss, dass er mit seiner Aussage einen unschuldigen Mann hinter Gitter bringt."

Blue lachte. „Komm wieder runter, du Optimistin! Er wird den Abend damit verbringen, sein Schweigegeld zu zählen, und sich sinnlos betrinken. Mein trauriges Schicksal wird ihm nicht in den beduselten Sinn kommen."

„Vielleicht lässt er uns nicht einmal ein", gab Lucy zu. „Trotzdem müssen wir es versuchen." Sie fuhr langsamer und hielt vor Parkers kleinem Bungalow. „Nach dem Lunch möchte ich zur Gate's Hill Road fahren und anfangen, die Nachbarschaft abzuklappern. Irgendjemand muss etwas Ungewöhnliches gehört oder gesehen haben."

„Und wenn keinem etwas aufgefallen ist?"

Gelassen sah sie ihm in die Augen. „Dann gehen wir die Zulassungen der Geländewagen durch und erstellen eine Liste aller Fahrer von Wagen mit extrabreiten Reifen. Wir werden sie alle überprüfen und herausfinden, welche Wagen neue Profile haben. Und wenn uns *das* nicht weiterführt, besorgen wir uns die Gästeliste von der Party im Countryclub. Dann sprechen wir mit jedem Einzelnen, der da gewesen ist. Ich will immer noch wissen, ob Gerry nur so getan hat, als wäre er betrunken. Irgendwer muss irgendetwas wissen."

Blues Miene wurde weich, als er Lucy anlächelte. „Du wirst nicht aufgeben, was, Yankee?"

Sie schüttelte den Kopf. „Nein." Sie dachte nicht daran, aufzugeben – weder diesen Fall noch ihn. Wenn sie in der Lage war, einen

Besuch bei Jenny Lee Beaumont durchzustehen, konnte sie mit so gut wie allem fertig werden. Zuzusehen, wie Blue Jenny Lee tröstend umarmt hatte, war scheußlich gewesen. Lucy hatte sich in Jenny Lees Bilderbuchwohnzimmer nicht besonders wohl gefühlt – Blue mit seiner Highschool-Liebe und der Frau, mit der er die vergangene Nacht verbracht hatte. Gut, vermutlich wusste Jenny Lee nicht, dass Lucy und Blue miteinander geschlafen hatten. Aber es war eine ziemlich eigenartige Situation gewesen.

Lucy hatte sich extrem bemüht, *nicht* darauf zu achten, ob Blue immer noch etwas für Jenny Lee empfand. Trotzdem konnte sie nicht anders: Sie fragte sich, ob Blue die Augen geschlossen und während der vergangenen Nacht an Jenny Lee gedacht hatte. Seinen Körper hatte er vorübergehend Lucy geschenkt, aber sein Herz gehörte vermutlich nach wie vor Jenny Lee.

Lucy hätte fast alles dafür gegeben, um zumindest kurzzeitig zu seinem Herzen durchzudringen. Doch das würde nicht geschehen. *Das* hatte er an diesem Morgen mehr als deutlich gemacht.

Die Stille im Wagen erstreckte sich viel länger als angebracht, während Lucy in Blues dunkle Augen blickte. Er begehrte sie immer noch. Sie las das heiße Verlangen in seinem Blick. Seine Wangen wirkten angespannt, er presste die Lippen aufeinander. Was sich in der vergangenen Nacht zwischen ihnen abgespielt hatte, genügte nicht. Er wollte mehr.

Aber er wandte sich ab. Offenbar wollte er sich sogar die Erinnerungen an die gemeinsame Nacht versagen. Weil er Jenny Lee wiedergesehen hat, überlegte Lucy. Hatte seine Exfreundin noch so viel Macht über ihn? Lucy bekam Magenschmerzen. Erst am Morgen hatte sie Blue erklärt, dass sie immer noch seine Freundin war. Allerdings war sie jetzt auch seine Geliebte. Sie wusste: Wenn er in dieser Nacht wieder in ihr Zimmer käme, wäre sie nicht in der Lage, ihm abzuschlagen, was er wollte oder brauchte. Sie liebte ihn so sehr!

Und was war mit dem, was Lucy brauchte?

Blue blickte durch die Windschutzscheibe zu Matt Parkers Haus und atmete tief ein. „Bringen wir es hinter uns."

# 12. Kapitel

Sie hatten Glück. Der kleine Tommy Parker öffnete die Tür und ließ sie eintreten.

Lucy erkannte an Matt Parkers Blick, dass *er* nicht einmal die Fliegengittertür aufgemacht hätte, um mit ihnen zu sprechen. Aber jetzt waren sie hier, in seinem kleinen Wohnzimmer. Sie sah sich um. Die Möbel waren schäbig, aber gepflegt. Eigentlich wirkte das ganze Haus sehr ordentlich. Der alte weiche orange Teppich war vor Kurzem gereinigt worden, und auf den Beistelltischen lag weder Staub noch herrschte darauf Unordnung.

Sie hörte, dass in der Küche, die am Ende des kurzen Flurs lag, das Sonntagsessen zubereitet wurde. Kochlöffel schlugen gegen Töpfe, Teller klapperten, als der Tisch gedeckt wurde. Der köstliche Duft nach frittierten Zwiebeln drang ins Wohnzimmer.

Blue trat in den Raum und machte den Fernseher aus, der gerade lief.

„Travis hat mir erzählt, dass *er* den Fall jetzt aufklärt." Parkers Blick ging von Lucy zu Blue und wieder zurück. Zweifellos erinnerte er sich an den Kampf bei der Tankstelle. Seine Nase war immer noch angeschwollen, und er berührte sie vorsichtig. „McCoy ist in meinem Haus nicht willkommen."

„Wir wollen dir nur ein paar Fragen stellen", erklärte Lucy in beruhigendem Ton. „Du hast keinen Grund, uns die Wahrheit vorzuenthalten, oder, Matt?"

Sein Blick schweifte wieder zu Blue. „Natürlich nicht." Er rutschte kurz auf seinem Platz auf dem abgenutzten Kippstuhl hin und her. „Aber ich habe schon alle Fragen beantwortet. Meine Aussage liegt auf dem Polizeirevier. Warum besorgst du dir nicht einfach eine Kopie, statt mich wieder damit zu belästigen?"

„Tja, wir haben eine Kopie von deiner Aussage." Lucy hielt ihren Tonfall bewusst sachlich und gelassen. „Allerdings hat sie ein oder zwei neue Fragen aufgeworfen, weil Blue zu der Zeit, als du ihn dort angeblich mit Gerry gesehen hast, nicht in der Nähe der Gate's Hill Road gewesen ist."

Parker stand auf. „Unterstellst du mir etwa, dass ich lüge?"

„Nein, Sir." Lucy sah ihn ruhig an. „Du bist viel zu klug, um dich in eine Situation zu bringen, in der du vor Gericht einen Meineid schwören müsstest. Du weißt ja, dass das mit einer saftigen Geldbuße und Gefängnis bestraft wird." Sie schüttelte den Kopf. „Nein, du hast dich nur in dem getäuscht, was genau du beobachtet hast. Du musst jemand anders gesehen haben – nicht Blue. Ich würde dir raten, heute Nacht darüber nachzudenken. Denn es wäre wirklich eine Schande, wenn wegen deiner Zeugenaussage ein unschuldiger Mann ins Gefängnis kommt, nicht wahr?"

Sie drehte sich um und bewegte sich auf die Tür zu. Aus dem Augenwinkel sah Lucy einen Schatten im Flur bei der Küche. Matts Ehefrau Darlene stand dort, verschwand jedoch, bevor Lucy sie begrüßen konnte.

„Sag mir Bescheid, wenn dir etwas Neues eingefallen ist", sagte Lucy zu Parker. Dann öffnete sie die Haustür. Blue folgte ihr ins Freie.

Sie spürte, dass Parker – oder Darlene – sie beobachtete, während sie den Weg zur Straße entlang und zu ihrem Wagen gingen.

„Hast du gut gemacht", sagte Blue, als sie im Wagen saßen. „Du hast ihm genau so viel erzählt, dass er Schuldgefühle bekommen muss. Vorausgesetzt, er hat ein Gewissen."

„Danke." Lucy legte den ersten Gang ein und steuerte den Wagen zurück auf die Hauptstraße. „Du warst auch gut."

„Ich habe nur dagestanden."

„Genau." Sie warf ihm einen Blick zu und konnte ein Lächeln nicht unterdrücken. „Du hast ihn *nicht* an die Wand geworfen und nicht gedroht, ihm den Hals umzudrehen. Ich weiß, dass du das am liebsten getan hättest."

Er verzog den Mund ebenfalls zu einem Lächeln. „Dass du so etwas denkst, kränkt und verletzt mich, Yankee."

„Liege ich falsch?"

Sein Lächeln wurde breiter. Es verwandelte sein Gesicht; es machte ihn jünger und fast lähmend attraktiv. „Nein, Ma'am."

Lucy musste lachen. Doch als sich ihre Blicke wieder begegneten, funkte etwas zwischen ihnen, etwas Glutvolles, etwas Heißes, der bebende Widerhall der vergangenen Nacht. Und wie zuvor unterbrach Blue als Erster den Blickkontakt.

Bemüht, sich darüber keine Gedanken zu machen, konzentrierte Lucy sich wieder auf die Straße. Dennoch konnte sie nichts dagegen tun, dass sie enttäuscht war. Und sie wusste mit schrecklicher Gewissheit, was genau sie wollte. Und ebenso genau, was sie brauchte. Sie brauchte Blue McCoy an ihrer Seite, und zwar für den Rest ihres Lebens.

Die Aussichten darauf waren *höchst* gering. Doch wenn sie es geschickt anstellte, hatte sie Blue in dieser Nacht an ihrer Seite. Es war nur ein erbärmlicher Ersatz für das, wonach sie sich eigentlich sehnte. Aber es war alles, worauf sie hoffen konnte.

Nur dass sich Blue mit der undurchsichtigen Bedeutung ihrer Beziehung offensichtlich unwohl fühlte. Waren sie Freunde oder ein Paar? Er schien nicht zu verstehen, dass beides gleichzeitig möglich war. Ihm war anscheinend nicht klar, dass die besten Partner in einer Liebesbeziehung auch beste Freunde waren.

Wenn sie nur genug Zeit hätte, könnte sie ihm das klarmachen. Die Zeit spielte jedoch gegen sie.

Lucy zwang sich zu lächeln und sah Blue wieder an. „Komm schon, McCoy. Wir klopfen vor dem Lunch noch an ein paar Türen bei der Gate's Hill Road. Wir rütteln die Stadt auf. Vielleicht kommt etwas Interessantes dabei raus."

Das Essen war beendet, der Abwasch erledigt.

Lucy war auf die Veranda gegangen, um zum Nachthimmel zu blicken und etwas frische Luft zu genießen.

Blue wusste, dass er ihr nicht nachgehen sollte. Während des Dinners hatte er sich das mindestens hundert Mal gesagt. Und wohl tausend Mal hatte er sich an diesem Tag daran erinnert, dass Sex in seiner Beziehung zu Lucy nicht zur Gewohnheit werden durfte. Er respektierte sie viel zu sehr; er wollte sie nicht benutzen. Leider sorgte diese Erkenntnis allerdings nicht dafür, dass er Lucy weniger begehrte. Und wie er sich nach ihr sehnte! Er wollte sie so sehr, dass es wehtat. Aber er hatte Schmerzen schon öfter durchgestanden. Er konnte es wieder schaffen.

Während des Essens hatten sie sich über die Ermittlung unterhalten und waren die Fakten wieder und wieder durchgegangen. Verzweifelt hatten sie versucht, herauszufinden, welches Puzzlestück ihnen fehlte, und nach jeder Art von Fährte gesucht.

Nachdem sie heute stundenlang an Türen geklopft und die Leute befragt hatten, die in der Nähe der Stelle lebten, an der Gerry gestorben war, waren sie auch nicht klüger als zuvor. Und sie hatten weder von Jenny Lee noch von Parker etwas Brauchbares erfahren.

Es war verdammt frustrierend.

Blue hob den Telefonhörer ab und rief wieder einmal im Hauptquartier in Kalifornien an. Die Alpha Squad war immer noch nicht zurück, und der Offizier vom Innenministerium nahm nach wie vor alle Anrufe entgegen. Blue bemühte sich, den Frust niederzuringen, der in ihm wuchs. Er brauchte Unterstützung und stand immer noch allein da.

Nicht *ganz* allein. Er hatte Lucy auf seiner Seite.

Weil er unbedingt ihr warmes vertrautes Lächeln sehen wollte, stieß Blue die Tür auf und trat hinaus auf die Veranda. Er wollte ihr eine gute Nacht wünschen. Und zwar *nur* Gute Nacht sagen.

Sie saß auf den Stufen und blickte zu den Sternen. Als sie die Tür hörte, drehte Lucy sich lächelnd um. Blue fühlte sich gleichzeitig besser und schlechter. Himmel! Wie sehr er heute Nacht noch einmal mit ihr schlafen wollte!

Aber das konnte er nicht tun. Es wäre falsch.

Gefährlich dicht neben ihr nahm er Platz – auf der Treppe statt auf der Schaukel –, auch wenn ihm klar war, dass es zwischen ihnen nur so knistern würde. Allerdings war er aufs Entschärfen spezialisiert. Er ging wie selbstverständlich mit hochgefährlichen Substanzen um. Blue konnte hier sitzen, Lucys frischen verführerischen Duft einatmen und war stark genug, um wieder aufzustehen und sie zu verlassen. Er wusste, dass er es konnte.

„Die Plejaden", sagte sie und zeigte zum Himmel. „Das sind meine Lieblingssterne. Es ist …"

„Das Siebengestirn", erwiderte Blue. „Ich kenne das Sternbild."

Lucy sah ihn an. „Sag nicht, dass SEALs auch in Astronomie ausgebildet werden."

„Intergalaktische Raumfahrt", verbesserte er sie. „Für den Fall, dass wir eine Rettungsmission auf einem Planeten in der Andromeda-Galaxie durchführen müssen."

Sie musterte ihn und lachte. Er liebte den Klang ihres Lachens. Blue rang schwer mit sich, um nicht die Hand auszustrecken und Lucy eine Haarsträhne hinters Ohr zu streichen.

„Du sagst das mit solch einem Ernst, dass ich dir fast glauben könnte", erklärte sie.

„Die Alpha Squad *ist* dazu ausgebildet, ein Space Shuttle zu fliegen", entgegnete er. „Bisher hatten wir keine Gelegenheit dazu, aber wenn es so weit ist, sind wir bereit."

„Das sagst du so lässig." Lucy bewegte sich auf den Stufen, sodass sie ihm nun ins Gesicht blickte. „Als wären hundert, vermutlich *tausend* Stunden Ausbildung unbedeutend."

Sie hatte die Jeans gegen abgeschnittene Shorts getauscht, nachdem sie zu Hause angekommen waren. Blue konnte den Blick nicht von ihren langen, glatten Beinen wenden. Erst vergangene Nacht hatte er jeden Zentimeter dieser wunderschönen sexy Beine mit den Händen und den Lippen erkundet …

Er riss sich zusammen und zuckte die Schultern. „Diese besondere Trainingsmission hat Spaß gebracht. Ein paar von den anderen weniger."

„Zum Beispiel?"

Wieder zuckte er die Schultern. „Ein paar von den Jungs hassen die Arbeit auf U-Booten; dafür sollte man tatsächlich besser nicht an Klaustrophobie leiden. Andere werden beim Fallschirmspringen aus extremer Höhe ganz grün im Gesicht. Und die meisten SEALs haben beim Überlebenstraining in der Arktis nicht wirklich Spaß."

„Und dir hat das nichts ausgemacht."

„Nein." Er lächelte. „Mit dem körperlichen Training bin ich gut klargekommen. Mein persönlicher Albtraum war es, verschiedene Sprachen zu lernen. Da musste ich mich wirklich extrem anstrengen."

Blue sah das amüsierte Funkeln in Lucys Augen. „Meinst du das ernst?"

„Heute spreche ich fließend Deutsch", fuhr er fort. „Und ich kann genug *parlez-vous*, um mich auf Französisch und Arabisch zu verständigen. Aber ich kann dir sagen, es war ein echt harter Kampf. Stattdessen hätte ich liebend gern eine Runde Überlebenstraining wiederholt."

„Warum musstest du denn auch Sprachen lernen?", fragte Lucy. „Ich dachte, Joe Cat wäre der Sprachexperte in deiner Einheit."

Blue rutschte einige Stufen herunter, stützte sich auf die Ellenbogen und streckte die Beine aus. Damit wollte er sich dem Bann entziehen, den Lucys Blick auf ihn legte. Mit dem Ergebnis, dass er jetzt nur Zentimeter von ihren seidenglatten Oberschenkeln entfernt war. Er spürte, wie ihm Schweißperlen über den Rücken rannen.

„Ist er auch. Aber wir müssen wenigstens eine Sprache außer Englisch beherrschen, und zwar fließend. Für internationale Einsätze ist das sehr wichtig, damit wir *weder* wie Amerikaner aussehen *noch* uns so anhören. Das kann für einen sonst leicht den Todesstoß bedeuten. Ein Teil vom Team Ten lernt in der Antiterrorismus-Ausbildung, wie man in ein Land eindringt und sich anpasst. Bei hellem Tageslicht versteckt." Er seufzte und schüttelte den Kopf. „Ich kann dir sagen, es war ziemlich frustrierend, mit anzusehen, wie Joe eine Sprache nach der anderen durchackerte und schon nach ein oder höchstens zwei Tagen, in denen er sich die Aufnahmen angehört hatte, wie ein Muttersprachler redete. Er hat zwei verschiedene russische Dialekte gelernt, als ich noch über ‚Guten Tag, wie geht es dir? Mein Name ist Fritz' gestolpert bin."

„Du heißt Fritz?", fragte Lucy und schlug eine Hand vor den Mund, um nicht laut loszulachen.

„Fritz oder Hans oder Johann." Blue erwiderte ihr Lächeln. „Wenn ich zu einem Einsatz nach Kairo oder Katmandu muss, spiele ich wegen meiner Haarfarbe den Deutschen. Ich habe sogar gelernt, mit starkem deutschen Akzent Englisch zu sprechen."

Lucy wandte den Blick ab und sah wieder zu den Sternen. Sie versuchte, sich vorzustellen, wie viel Mühe es Blue gekostet hatte, ein SEAL zu werden. Offensichtlich war es nicht nur Muskeltraining. Er hatte hart dafür gearbeitet, da hinzukommen, wo er heute stand. Er hatte es wirklich verzweifelt gewollt.

Das Zirpen, Summen und Brummen von Insekten erfüllte die Nacht. „Du erstaunst mich immer wieder", sagte Lucy irgendwann so leise, dass er sich zu ihr neigen musste, um sie zu verstehen.

„Du bist selbst ziemlich erstaunlich, Yankee." Ihre Blicke hielten einander fest, und Blue spürte, wie er in den Strudel einer wilden, rasenden erotischen Macht geriet, was sogar das Gefühl übertraf, als er aus extremer Höhe mit dem Fallschirm in den freien Fall gesprungen war. Nur dass er in diesem Moment keinerlei Ausrüstung hatte, mit der er den Fall hätte bremsen können. Gott allein wusste, wie er landen sollte, ohne sich zu verletzen. Oder Lucy.

„Ich bin nicht erstaunlich. Ich bin ein Angsthase", widersprach sie und wandte den Blick ab. „Du bist an so vielen Orten gewesen und hast so viele Abenteuer bestanden." Sie seufzte. „Du hattest völlig recht mit Hatboro Creek. Es gibt einige Orte, an denen ich lieber wäre, aber sieh mich an – ich bin wieder hier gelandet." Sie erhob sich und blickte an dem großen viktorianischen Haus hoch, das über ihnen in der Dunkelheit schimmerte. „Hier zu leben, das war der Traum meiner Mutter, nicht meiner."

„Was hält dich davon ab, es zu verkaufen und umzuziehen?", fragte er leise.

Lucy streckte die Hand aus, und er zögerte nur eine Sekunde, bevor er sie nahm und sich von ihr auf die Füße ziehen ließ. Fast sofort ließ sie ihn wieder los. Er folgte Lucy, während sie im sanften Mondschein um das Haus ging.

„Ich weiß genau, was ich an Hatboro Creek habe." Sie schlenderten zum Garten. „Hier ist es sicher und geschützt – ohne Risiken. Wie gesagt: Ich bin ein Angsthase."

„Dass es dir schwerfällt, die Träume deiner Mutter hinter dir zu lassen", entgegnete er sanft, „das macht dich zu keinem Angsthasen."

Sie drehte sich zu ihm um. Das Mondlicht glitzerte in ihrem überraschten Blick. „Sag es nicht! SEALs haben auch eine Grundausbildung in Psychologie?"

„Was wir lernen, geht über das Grundstudium der Psychologie hinaus", antwortete er lächelnd. Sogleich verblasste sein Lächeln; er sah sie fest und ernst an. „Nein, ich spreche aus Erfahrung, Lucy. Ich habe so lange in Hatboro Creek gelebt, weil es der Traum *meiner* Mutter war."

Lucys Schritte hatten sich verlangsamt. Abwartend sah sie ihn an. Aber jetzt, nachdem er das Thema angeschnitten hatte, zweifelte er daran, dass er es vertiefen konnte. Er hatte bisher mit niemandem über seine Mutter gesprochen, nicht einmal mit Joe Cat. Andererseits wollte er Lucy verständlich machen, dass sie nicht allein war. Das war das Mindeste, was er für einen Freund tun konnte.

„Meine Mutter hat Arthur McCoy geheiratet, weil er ein ehrlicher und anständiger Mann gewesen ist. Er war nicht unbedingt ein freundlicher Mann, aber sie hat in der kurzen Zeit, die sie hatte, ihr Bestes getan. Sie wusste, dass sie Krebs hatte – sie war sich bewusst, dass sie sterben würde. Meinetwegen hat sie Arthur geheiratet. Damit ich nach ihrem Tod nicht allein und von aller Welt verlassen dastand."

Still hörte Lucy ihm zu.

Blue atmete tief ein und fuhr fort: „Sie hat davon geträumt, dass es jemanden in Hatboro Creek gab, der sich um mich kümmern würde. Jemand, der mich lieben und für mich sorgen würde. Sie wollte sichergehen, dass ich hier aufwuchs, in dieser Kleinstadt, in einem schönen Zuhause. Und sie hat mir das Versprechen abgenommen, bis zum Schulabschluss hier zu bleiben."

Sie hatten den ganzen Weg über den Hinterhof zum Garten zurückgelegt und den Pfad durch den Wald zum Feld dahinter hinter sich gelassen, wo es einen kleinen Teich gab. Der Mond warf ein reizvolles Licht auf die spiegelglatte Wasseroberfläche. Es war schön, aber Lucy konnte den Blick nicht von Blues Gesicht wenden, als er weitersprach.

„Ich hatte es versprochen, darum bin ich hier geblieben." Seine Stimme klang noch leiser. „Sogar als sich herausgestellt hat, dass ihr Traum nicht Wirklichkeit wurde – und Arthur McCoy nicht mehr für mich übrig hatte als ein Bett zum Schlafen und etwas zu essen."

Lucy betrachtete ihn im Mondschein. Er war ein Mann, dem es nicht leicht fiel, etwas von sich preiszugeben. Und es fiel ihm besonders schwer, über dieses Thema zu sprechen. Als sie ihm in die Augen sah, bekam sie eine Ahnung von dem kleinen Jungen, der er gewesen war, verloren und allein. Für seine Grundbedürfnisse war gesorgt worden, doch er hatte so viel mehr gebraucht. Das galt auch heute noch.

In diesem Moment wusste Lucy, dass sie Blue McCoy ohne jeden Zweifel und rückhaltlos liebte. Vergangene Nacht und noch am Morgen war es ihr so kompliziert erschienen. In Wahrheit war es das gar nicht. Es war so einfach, wie es nur ging.

Sie verspürte einen Stich im Herzen und überlegte, ob jemals irgendjemand, *irgendwer* Blue gesagt hatte, dass er oder sie ihn liebte. Ihr war klar: Wenn sie die Worte aussprach, würde Blue sich von ihr entfernen. Er wollte keine Liebe mehr, die er als Bürde empfand, als eine unglückliche Verstrickung des Schicksals, als eine schwere Last, die man tragen musste. Und Lucy wusste: Selbst, wenn er seine Meinung ändern würde, wäre sie nicht diejenige, von der er geliebt werden wollte. Er wollte eine perfekte und feminine Frau. Jemanden, der besonders war und süß ... wie Jenny Lee.

Und er war weder allein noch ungeliebt. Nicht, solange Lucys Herz schlug.

„Ich habe mich immer gefühlt, als würde etwas mit mir nicht stimmen", sagte er. „Weil ich hier war, den Traum meiner Mutter gelebt habe und es jeden verdammten Moment lang gehasst habe. Erst als ich älter wurde, habe ich verstanden, dass es eben *ihr* Traum gewesen ist, Yankee, nicht meiner. Natürlich wäre es schön gewesen, wenn es funktioniert hätte. Hat es aber nicht. Und ich war daran nicht schuld."

Vielleicht dauerte es nur viel länger, bis sich der Traum von Blues Mutter erfüllte. Denn in diesem Moment *gab* es jemanden in Hatboro Creek – jemanden, der alles tun würde, um für Blue zu sorgen und ihn zu beschützen. Jemanden, der ihn liebte. Jemanden, der Lucy Tait hieß.

Doch das gehörte auch zu den Dingen, die Lucy ihm nicht sagen konnte. Ihre Worte hätten ihn erschreckt. Statt ihm in Worten zu sagen, dass sie ihn liebte, würde sie ihm ihre Gefühle zeigen.

Behutsam hob sie den Arm, umfasste Blues Hand und verschränkte ihre Finger mit seinen.

Er sah sie jedoch bedauernd an. „Lucy, ich glaube nicht ..."

„Schhh", erwiderte sie, stellte sich auf die Zehenspitzen und küsste ihn. Sein Mund fühlte sich warm und weich an und schmeckte wie süßer Kaffee. Lustvoll stöhnte er auf, als sie mit der Zunge sanft über seine Lippen strich. Er zog Lucy in seine Arme, während er den Kuss vertiefte.

In Blue drehte sich alles. Ein Kuss, und er konnte nicht aufhören. Ein Kuss, und er erkannte endlich die Bedeutung des Wortes *unmöglich*. Sein ganzes Leben lang hatte er sich geweigert, anzuerkennen, dass es irgendetwas geben könnte, was nicht machbar war. Bisher hatte das Wort *unmöglich* keinen Platz in seinem Wortschatz gehabt. Vor diesem Kuss war nichts unmöglich gewesen. Jetzt allerdings wurde ihm klar, dass er sich gründlich geirrt hatte. Sich von Lucy fernzuhalten, auf den heißesten Sex zu verzichten und das unkontrollierbare *Verlangen* aus ihrer Beziehung zu verbannen, das war genau das: *unmöglich*.

Sie schob die Hände unter den Saum seines Hemds, und ihre Finger fühlten sich trotz der warmen Nacht kühl auf seiner Haut an. Ihre Berührung ließ keine Frage offen – Blue wusste genau, was Lucy wollte. Sie wollte ihn. Ganz. Und sie wollte ihn jetzt.

Und lieber Gott, so sicher er auch war, dass er es nicht tun sollte, so begehrte er sie doch genauso stark. Er verzehrte sich so sehr nach ihr, dass es ihn bis in die Seele erschütterte. Die Kraft, die ihn zu ihr hinzog, warf seine Entscheidung für eine rein platonische Freundschaft um und schaltete seinen Drang aus, das Unmögliche zu erreichen und zu gewinnen.

Sich von Lucy fernzuhalten, war unmöglich. Denn so sehr er auch das Richtige tun wollte, er sehnte sich stärker danach, sie zu lieben, ihr Lust zu bereiten und zu hören, wie sie die Luft auf diese unglaubliche, sexy Art einsog, wenn er sie ausfüllte. Das alles brauchte er weit mehr.

Er wollte ja aufhören. Aber sein Wille war nicht stark genug.

Sie knöpfte ihm das Hemd auf, und er half ihr bei den letzten Knöpfen. Er ließ es sich von den Schultern gleiten und ins Gras fallen. Während sie sich das T-Shirt über den Kopf zog, entledigte er sich des Schulterholsters. Der Mondschein schimmerte verführerisch auf ihrer schönen glatten Haut, auf der Rundung ihrer Brust und dem weißen Stoff ihres BHs. Und dann lag sie wieder in seinen Armen; er fühlte sie.

Gott! Den ganzen Tag lang hatte er gegen den Wunsch angekämpft, sie zu berühren. Den ganzen Tag lang hatte er sich eingeredet, dass Lucy sich nicht so weich und glatt und wunderbar anfühlen konnte, wie er es in Erinnerung hatte, als er sie gestreichelt, geküsst und geschmeckt hatte. Was sie in der vergangenen Nacht erlebt hatten, war verdammt gut gewesen. Seine Fantasie und seine stürmische Lust hatten jene Erinnerungen mit Sicherheit beeinträchtigt und sie unvernünftig zu mehr gemacht.

Er hatte sich geirrt.

Sie war perfekt.

Und sie gehörte zu ihm.

„Komm, wir gehen schwimmen", flüsterte sie und löste seinen Gürtel. Ihre Augen funkelten so verheißungsvoll, dass es ihm den Atem raubte, als sie ihn anlächelte. Blue wusste ohne jeden Zweifel, sie hätte auch einen Ausflug in die Tiefen der Hölle vorschlagen können – er wäre ihr liebend gern gefolgt. Er kickte die Sandalen von den Füßen und befreite sich hastig aus den restlichen Kleidungsstücken, während Lucy dasselbe tat.

Im Mondschein war sie so schön – so *wunder*schön, dass ihm bei ihrem Anblick fast die Luft wegblieb. Lucy ging auf den Teich zu, blieb dann jedoch stehen und wandte sich zu Blue um. Sie betrachtete ihn, als wüsste sie genau, dass er sich einen Moment Zeit nehmen und sie anschauen wollte. Das dunkle, dichte glänzende Haar fiel ihr auf die Schultern – Schultern, die sowohl stark als auch zierlich waren. Sie war gut durchtrainiert und schlank, aber an den richtigen Stellen weich. Ihre Beine waren lang und leicht gebräunt, sie lenkten seinen Blick zu ihren schlanken Hüften und zu dem flachen Bauch. Das silbrige Licht verlieh ihrer Haut einen goldenen Glanz, tauchte sie in reizvolle Schatten, betonte die sanfte Rundung ihrer Hüften und die vollen Brüste. Vor Erwartung und Begehren waren ihre Knospen ganz hart.

Dieses Begehren spiegelte sich auf ihrem schönen Gesicht wider. Ihre Lippen waren feucht und der Mund leicht geöffnet, ihre Augen glänzten dunkel. Als sie ihn ansah, lag ein glutvolles Verlangen in ihrem Blick.

Mit einem Mal erkannte er, dass Lucy sich *nicht* umgedreht hatte, damit er sie betrachten konnte. Ein heißer Stoß rauschte durch seinen Körper. Sie hatte sich umgedreht, weil *sie ihn* betrachten wollte.

Er spürte ihren Blick beinah wie eine sanfte Berührung, während sie ihn von oben bis unten musterte. Mutig ließ sie sich Zeit, sobald sie den offenkundigen Beweis seiner Erregung erreicht hatte. Als sie schließlich aufsah, schenkte sie ihm ein Lächeln, das so süß, heiß und voller Sehnsucht war.

Sie wandte sich ab, ging ein paar Schritte und stand am Rand des Teichs. Mit einem Kopfsprung tauchte sie ins Wasser, es spritzte kaum hoch, und sie schwamm bis zur Mitte, bevor sie in der Dunkelheit des kleinen Sees nicht mehr zu sehen war.

Blue folgte ihr langsam und beobachtete, wie sie auf der anderen Seite des kleinen Teichs wieder auftauchte.

„Verdammt", sagte er, sobald er über den Rand getreten war und plötzlich bis zur Hüfte im See stand. „Dieses Wasser ist aber *kalt*."

„Es gibt eine tiefe Strömung, die in den See fließt." Lucy schwamm auf ihn zu. „Das ist toll – normalerweise würde das Wasser in einem See dieser Größe hier stehen und sich innerhalb von ein paar Monaten zu einem Sumpf verwandeln. Aber es gibt ihn schon seit Jahren. Früher bin ich oft hergekommen und habe hier nackt gebadet."

„Hätte ich das bloß gewusst", murmelte Blue und ging in die Knie, bis ihm das kalte Wasser bis zum Kinn ging. Die Schnittverletzung an seinem Arm brannte, jedoch nur einen kurzen Moment lang.

„Ich habe dich einmal gefragt, ob du mit zum Schwimmen kommen willst", erklärte Lucy und trat Wasser. „Ich habe dir alles über diesen See erzählt. Aber du bist nie hier aufgekreuzt."

Er erinnerte sich nicht daran.

„Es war ein wirklich heißer Tag. Du bist stehen geblieben, um dich mit mir zu unterhalten", erzählte Lucy. „Es war das zweite Mal, dass du mit mir geredet hast – abgesehen von dem Mal, als du mir zu Hilfe geeilt bist."

„Du meinst, als diese verdammten Idioten dir auf dem Baseballfeld die Rippe gebrochen haben."

„Sie war nur angebrochen."

„Kommt aufs Gleiche raus."

„Das war fast genau einen Monat danach", fuhr sie fort. „Und es kommt nicht aufs Gleiche raus. Eine angeknackste Rippe heilt schneller als eine gebrochene."

„Ich weiß. Habe beides schon erlebt. Und es macht beides keinen Spaß." Er lächelte. „Ich habe beide Male an dich gedacht, Yankee, als mich der Arzt verbunden hat."

Lucy bespritzte ihn mit Wasser. „Hast du nicht."

„Doch", entgegnete er und wich ihr aus. „Habe ich ehrlich. Ich dachte daran, was für ein zähes Mädchen du gewesen sein musst, dass du diese Schmerzen ausgehalten hast."

„Das sagst du bloß, um wieder gutzumachen, dass du das einzige Mal vergessen hast, als wir damals miteinander geredet haben." Sie forderte ihn heraus, um die Verlegenheit zu überspielen. „Gib es zu! Das war eins der Highlights meiner Schulzeit, und du hast es nicht einmal vage im Gedächtnis."

Blue widersprach. „Hilf mir auf die Sprünge."

„Das war etwa einen Monat nach der Prügelei. Wir beide sind im

Flur vor den Schließfächern fast ineinander gerannt. Ich bin nach dem Training reingekommen."

Blue hatte das Gefühl, sich blass zu erinnern. „Und ich hatte gerade einen Langstreckenlauf hinter mir?"

„Und draußen waren bestimmt tausend Grad", sagte Lucy. „Wir hatten eine entsetzliche Hitzewelle."

„Ja, stimmt. Das war im Oktober, richtig?" Er sah sie vor sich, wie sie im Schulflur gestanden hatte. Sie hatte ein Baseballtrikot getragen, die Knie waren vom Hinwerfen und Fangen der Bälle aufgeschürft gewesen, ihr Pferdeschwanz hatte sich gelöst. Irgendwie waren ihm ihr strahlendes Lächeln und die schönen glänzenden Augen entgangen. Er musste blind gewesen sein oder ein verdammter Idiot oder beides. „Aber wir hatten nur ungefähr dreiunddreißig Grad. Ich erinnere mich, Yankee. Ich bin in der Hitze fast gestorben."

„Du hast tatsächlich vor Schweiß getropft."

„Ich war widerlich."

„Du warst verdammt sexy."

*Sie* war gerade verdammt sexy, wenn das Wasser ihre Brüste kaum bedeckte. Mit der ersten Berührung hatte das Wasser Blues überhitzten Körper abgekühlt. Doch jetzt gewöhnte er sich an die Temperatur. Und der Gedanke daran, dass Lucy ihre langen Beine um ihn schlingen könnte, entflammte in ihm eine neue Hitze. Dieser kühle See musste gleich kochen.

„Du warst fünfzehn", meinte er. „Du wusstest nicht einmal, was das Wort bedeutet."

„Sexy?" Lucy zog die Augenbrauen hoch. „Wollen wir wetten, McCoy? Ein Blick, und ich war von dir geradezu hypnotisiert."

Wieder lachte er. „Ich dachte, du warst nur schüchtern."

„Ich? Niemals." Sie lächelte ihm zu. „Nein, ich war nur high von zu vielen Hormonen."

Das Phänomen kannte er – nur, dass es ihn nicht lähmte. Lucy ließ sich wenige Meter von ihm entfernt auf dem Wasser treiben, aber das würde er bald ändern.

„Ich glaube, ich habe dich gefragt, wie es im Baseballteam läuft?", fragte er und schwamm in einem großen Kreis um sie herum. Kurz tauchte er unter und schüttelte sich das nasse Haar aus dem Gesicht, nachdem er die Wasseroberfläche wieder erreicht hatte.

„Hast du." Sie drehte sich im Wasser, um ihm weiterhin ins Gesicht zu sehen. „Ich habe dir erzählt, dass wir die ersten sechs Spiele gewonnen hatten und dass die Mannschaft immer noch mit persönlichen Problemen zu kämpfen hatte. Genau an dem Nachmittag hatten sich der Fänger und der Mittelfeldspieler geprügelt. Du hast daraufhin gemeint, dass die für die Jahreszeit ungewöhnliche Hitze und Feuchtigkeit den Verstand eines jeden trüben."

Blue hielt inne. „Daran erinnerst du dich?"

Sie lächelte. „Ich habe es Wort für Wort in mein Tagebuch geschrieben."

„Und dann hast du mir von deinem See erzählt. Du hast mich zum Schwimmen eingeladen. Ich weiß es jetzt wieder. Es hörte sich wirklich verlockend an, und ich habe zu dir gesagt, dass ich mal vorbeischaue."

„Das hast du allerdings nicht getan. Ich war todunglücklich."

Ihr Tonfall klang unbeschwert und scherzhaft. Trotzdem wusste Blue, dass ihre Worte wenigstens ein Körnchen Wahrheit enthielten.

„Ich war ein Idiot, Lucy."

„Ich habe mich weit außerhalb deiner Liga bewegt."

„Du *warst* tatsächlich ein bisschen jung", gab er zu. „Ich wusste, dass du eine Schwäche für mich hattest. Das habe ich allerdings nicht ernst genommen. Hätte ich es, hätte ich dich genau angeschaut …"

„Du hattest Jenny Lee", unterbrach Lucy ihn. „Sie war perfekt. Ich dagegen hätte das Gesicht einer Kampagne für Bad Hair Days werden können."

„Zumindest hattest du keine Angst davor, schwimmen zu gehen und dir die Haare nass zu machen. Ich schwöre, Jenny Lee war nicht ein einziges Mal im Wasser, als wir zusammen waren."

„Das ist das Dumme an Vollkommenheit", erwiderte Lucy wehmütig. „Wenn man sie einmal erreicht hat, verbringt man bestimmt viel Zeit damit, dafür zu sorgen, dass man sie nie wieder verliert."

Blue war klar, dass sie damit auf mehr anspielte als auf Jenny Lee Beaumonts Frisur. Gerade als er sie darauf ansprechen wollte, tauchte Lucy unter. Als sie wieder auftauchte, fuhr sie sich durchs Haar und drückte das Wasser heraus.

Dann sah sie ihn an und lächelte. „Ich habe dich oft am Strand und am Hafen beobachtet. Ich habe mich immer gefragt, warum Jenny Lee nicht dabei war. Mir ist damals nicht klar gewesen, dass es was mit ihrer Frisur zu tun haben könnte." Lachend schüttelte Lucy den Kopf. „Gott, wäre ich deine Freundin gewesen, wäre ich mit dir überallhin gegangen, auch ins Wasser."

Wäre Lucy seine Freundin gewesen ... Mit Jenny Lee hatte Blue eine intensive körperliche Beziehung geführt, aber sie hatte sich eigentlich nicht richtig für ihn interessiert. Lucy hätte es.

„Es hatte bei Jenny Lee mit mehr als der Frisur zu tun", erwiderte er und begann wieder, Kreise um sie zu ziehen. Jeder Kreis wurde kleiner, er schwamm immer dichter an sie heran. „Wäre ich clever gewesen, wäre ich mit einem süßen Yankee-Erstsemester ausgegangen."

„Du hattest deine Chance!" Lucy begann jetzt ebenfalls, in Kreisen zu schwimmen, in demselben gemächlichen Tempo. So würde er sie nie erreichen. „Ich habe dich gefragt, ob du hier schwimmen möchtest. Ich hatte den perfekten Nachmittag geplant. Du bist derjenige, der nicht gekommen ist."

„Du gibst zu schnell auf. Was ist aus der berühmten Yankee-Hartnäckigkeit geworden, über die ich immer wieder lese? Du hättest etwas tun können, um mir aufzufallen."

Sie schnaubte. „Du hättest mich nicht bemerkt, selbst wenn ich mit Kettensägen jongliert hätte. Du hättest mich hinter Jenny Lees großem ..."

Blue musste lachen. „Mach mal halblang", erwiderte er. „Ich war achtzehn Jahre alt, und Jenny Lee hat sich mir praktisch an den Hals geworfen. Wusstest du, dass sie mich zuerst angesprochen hat?"

Schweigend schüttelte Lucy den Kopf.

Mit den Fingern kämmte er sich das Haar. „Die ersten drei Male, als wir zusammen ausgegangen sind, hat Jenny Lee mich angerufen", erklärte Blue. „Bevor ich mir darüber im Klaren war, waren wir fest zusammen." Als könnte er es heute nicht mehr fassen, lachte er. „Ich dachte, dass sie mich wirklich liebte, weil sie immer zu mir kommen und zu Hause etwas unternehmen wollte, nur wir beide. Wir haben ferngesehen und, du weißt schon, es uns auf der Couch gemütlich gemacht. Tatsächlich waren wir aber nicht zu zweit in dem Zimmer. Da war Jenny Lee, ich war da, und Gerry – oder wenigstens die Möglichkeit, dass Gerry auftauchte. Meistens kam er an den Wochenenden vom College nach Hause. Weißt du, wie sich herausstellte, hat Jenny

Lee mich nur benutzt, um in Gerrys Nähe zu sein. Sogar damals war er derjenige, den sie gewollt hat."

Was tat er da? Er erklärte ihr seine Beziehung mit Jenny Lee? Lucy wollte das nicht hören. Warum erzählte er ihr das dann alles? Er sollte sie küssen, und nicht lange Reden schwingen! Doch genau das schien er in letzter Zeit nur tun zu wollen.

Und ihm fiel es so leicht, mit Lucy zu sprechen. Blue hatte nie den Eindruck, dass sie ihm nur mit halbem Ohr zuhörte. Sie schenkte ihm jedes Mal ihre volle Aufmerksamkeit. Im Gegensatz zu den meisten Menschen hatte sie keine Angst vor dem Schweigen. Die meisten hatten schnell das Bedürfnis, eine Gesprächspause zu beenden. Lucy hingegen schien zu verstehen, dass die Pausen und das Schweigen zumindest für ihn dazugehörten.

Still betrachtete sie ihn. Er sehnte sich verzweifelt danach, dahin zurückzukehren, wo sie gewesen waren, bevor er das heikle Thema Jenny Lee angerissen hatte.

Also schlug er einen zwanglosen Ton an. „Nun sag schon – dieser perfekte Nachmittag, den du für mich in jenem warmen Oktober geplant hattest … Was wäre passiert, wenn ich gekommen wäre?"

„Möchtest du das wirklich wissen?"

„Unbedingt." Er lächelte ihr zu.

Lucy legte sich auf den Rücken und bewegte nur die Arme, während sie sich vom See tragen ließ. Ihre Zehenspitzen ragten aus dem Wasser, und ihr Blick ruhte nachdenklich auf ihnen.

„Du wärst hier aufgekreuzt, und ich wäre schon im Wasser gewesen", begann sie.

„Hmmm."

„Ich hätte gelächelt, dir zugewunken und gesagt: ‚Komm mit rein, es ist schön hier drin.'"

„Und das hätte ich dann getan."

„Nein." Lucy warf ihm einen Blick zu und lächelte. In ihren Augen schimmerte ein mutwilliger Glanz. „Du hättest gesagt …" Sie imitierte seinen Südstaatenakzent: „‚Meinst du, deine Mom hat etwas dagegen, wenn ich ins Haus gehe und meine Badesachen anziehe?' Und ich hätte geantwortet: ‚Du brauchst keine Badehose, um in diesem See zu schwimmen, McCoy. Keine Bange – wenn du schüchtern bist, mache ich die Augen zu, bis du im Wasser bist.'"

Blue lachte. „*Dann* wäre ich bestimmt ins Wasser gegangen."

„Nein." Lucy biss sich auf die Lippe und konnte das Lachen kaum unterdrücken. Vergnügt sah sie ihn an. „Dann hättest du auf dem Rasen gestanden und überlegt, ob oder ob du lieber nicht schüchtern sein sollst. Und ich hätte gesagt: ‚Ich habe auch keinen Badeanzug an. Siehst du?' Und dann hätte ich das hier gemacht."

Lucy hatte eine flache Stelle erreicht und stand jetzt auf. Wie eine Göttin, die aus der Tiefe aufstieg, tauchte sie aus dem Wasser, das Mondlicht fiel auf ihre nassen Brüste, die Knospen waren vor Kälte zusammengezogen. Das Wasser ging ihr nicht ganz bis zum Bauchnabel. Sie sah unglaublich sexy aus, wie sie ihn jetzt anlächelte.

Laut lachte sie auf, als sie seinen Gesichtsausdruck bemerkte. Ihre Stimme schwang wie Musik durch die Nachtluft.

„Klar, ich war mit fünfzehn ein bisschen magerer", erklärte sie ihm. „Aber ich glaube nicht, dass du noch fünf oder zehn Minuten am Ufer stehen geblieben wärst und darüber nachgedacht hättest, ob du ins Wasser kommen sollst."

„Eher fünf Sekunden", erwiderte er und schwamm auf sie zu.

„Nachdem ich dich erfolgreich in den See gelockt hätte", fuhr Lucy fort und schwamm lachend in die entgegengesetzte Richtung, „wäre ich untergetaucht. Du hättest dagestanden und dich gefragt, wo ich bin – bis ich plötzlich aufgetaucht wäre."

Blue verfolgte sie, aber sie entwischte ihm geschickt und verschwand, genau wie sie es ihm beschrieben hatte, unter Wasser. Nur ein oder zwei Wellen bewegten die Oberfläche des Sees, bevor sie wieder ruhig wurde. Er sah sich nach einem Anzeichen von Luftblasen um und wartete auf eine Bewegung. Doch er sah nur das silbrige Mondlicht, das sich auf dem See spiegelte. Alles, was er hörte, waren das Zirpen der Grillen und der eigene Atem.

Und dann traf ihn eine Welle, Lucy tauchte um seine Beine herum und berührte ihn. Sie glitt hoch und aus dem Wasser, schlang die Arme um seinen Nacken und küsste Blue.

Ihren schlanken, nackten Körper an seinem zu spüren, war fast unerträglich wundervoll. Er hörte sich zwischen ihren reinen, berauschenden Küssen aufkeuchen und konnte nicht genug von ihr bekommen. Er sehnte sich nach mehr.

Sie wich zurück, rang nach Atem und lachte.

„Das hättest du niemals getan, als wir noch auf die Highschool gegangen sind", stieß er hervor. Seine Stimme klang rau in der Stille der Nacht.

Lucy warf ihm einen vergnügten Blick zu, während sie sich das nasse Haar aus dem Gesicht strich. „Natürlich nicht. Ich war fünfzehn. Dass ich wusste, was das Wort Sex bedeutet, heißt nicht, dass ich auch wusste, was ich tun würde, wenn wir allein wären." Sie schüttelte den Kopf und schloss genussvoll die Augen, als er die Hände wieder über ihren glatten Körper gleiten ließ. „Nein, in meinem perfekten Nachmittag mit dir wäre Schwimmen vorgekommen – aber *mit* Badesachen. Danach wären wir ins Haus gegangen, hätten uns im Fernsehen ein Baseballspiel angeschaut und Popkorn gegessen. Das wäre für mich der Himmel auf Erden gewesen."

Sie verteilte sanfte Küsse über seine Wange und drückte sich an ihn. „Allerdings bin ich nicht mehr fünfzehn. Und mein Verständnis vom Paradies hat sich ein bisschen verändert."

Blues Verständnis davon war genau hier, in seinen Armen.

Er küsste Lucy ungeduldig und leidenschaftlich. Sie verschränkte die Arme hinter seinem Nacken und schlang die Beine um seine Hüfte. Lucy war bereit für ihn, er spürte ihre weiche, glatte Hitze, während ihre Körper eins wurden.

Doch er wich im selben Moment zurück wie sie.

„Kondom", stieß sie keuchend hervor und sah ihn aus großen Augen an.

„Ja."

„Funktioniert das im Wasser?"

„Oh ja."

Er hastete ans Ufer, zu der Stelle, wo er sein Hemd hatte fallen lassen. Schnell wühlte er in den Taschen und war innerhalb von Sekunden wieder bei Lucy. Wieder lag sie in seinen Armen, leidenschaftlich küsste er sie. Sie zog ihn näher an sich, öffnete sich ihm und bewegte die Hüfte, während er tief in sie eindrang.

Das Gefühl war unglaublich. Ihr feuchter Körper berührte ihn überall, als sie ihn umfing. Sobald sie die Beine fest um seine Hüfte geschlungen hatte, hielt er ihren Po und presste sie an sich. Gemeinsam fielen sie in einen fiebrigen, entfesselten, fast ursprünglichen Rhythmus.

Sie strich erst sich das nasse Haar aus dem Gesicht und dann ihm. Dann zog sie seinen Kopf zu sich heran, um ihn leidenschaftlich zu küssen.

Er konnte nicht fassen, dass er sich den ganzen Tag über einzureden versucht hatte, das hier würde nicht noch einmal geschehen. Dass er wirklich geglaubt hatte, Lucy zurückweisen zu können! Er verstand nicht, warum er sich am Morgen aus ihrem Bett geschlichen und gedacht hatte, er müsse fliehen und sich vor ihr verstecken.

Ohne Zweifel würde er in dieser Nacht wieder in ihrem Bett schlafen. Und dieses Mal würde er alles dafür tun, um es nie wieder zu verlassen.

Nie wieder.

Niemals.

Die Worte hüllten ihn ein, übten einen weit stärkeren Druck auf seine Brust aus als das Wasser, das ihn umschmeichelte. Er konnte kaum atmen, er ertrank in dem Sog seiner Empfindungen. Verflucht, wo war der Gedanke bloß hergekommen? Das war doch verrückt! Er war ein SEAL! Und SEALs rückten aus. Das taten sie, sie zogen fort. Immer. Sie gingen immer woanders hin, es gab immer einen neuen Einsatz.

Er war nicht in diese Frau verliebt. Unmöglich. Er hatte keinen Blitzschlag verspürt. Er hatte nichts gesehen, kein besonderes Zeichen. Als er ihr zum ersten Mal in die Augen gesehen hatte, hatte er nicht im siebten Himmel geschwebt. Unter ihm hatte nicht die Erde gebebt.

Aber, so wahr ihm Gott helfe, sie bebte gerade.

Der merkwürdige Gedanke, Lucy nie mehr zu verlassen, musste eine Art Reaktion auf die intensiven Lustgefühle sein. Er hatte in Lucy Tait die perfekte Geliebte für sich gefunden; daran war nicht zu rütteln. Sex hatte ihm schon immer Spaß gemacht – verdammt, das war eine Untertreibung. Allerdings war es nicht im Entferntesten so gewesen wie jetzt.

Niemals.

Er spürte, wie sich ihr geschmeidiger Körper anspannte, und wusste, dass sie kurz vor dem Höhepunkt war. Ihm ging es genauso. Jeder Gedanke wich aus seinem Bewusstsein.

„Oh, Blue!"

Sie lehnte sich zurück, um ihm in die Augen zu sehen, und zeigte ihm, welche Macht er über sie hatte. Er las noch etwas anderes in ihrem Blick. Etwas Warmes und Liebevolles. Etwas, das weit über die reine körperliche Lust, die sie einander schenkten, hinausging.

In diesem Augenblick wusste er, dass er sie an einen Ort führen wollte, den sie vielleicht nie gekannt hatte. Er wollte diesen Moment, den sie mit ihm teilte, für sie unvergesslich machen.

„Atme", flüsterte er heiser. „Atme tief ein!"

Für den Bruchteil einer Sekunde sah sie ihn verwirrt an, bevor sie verstand, was er meinte. Lucy atmete tief ein, füllte die Lungen und hielt den Atem an. Im nächsten Moment zog Blue sie mit sich unter die Wasseroberfläche.

Es war dunkel und so vollkommen still. Blue liebte es, unter Wasser zu sein, in dieser anderen Welt. Er konnte sich an dem seltsam stillen Blau nicht sattsehen und liebte dieses Gefühl von Frieden, das ihn unter Wasser befiel. Er hatte viele Stunden unter Wasser verbracht und sich keine Gelegenheit entgehen lassen, zu tauchen. Trotzdem wusste er, dass sich viele Menschen unter Wasser beengt und eingesperrt fühlten. Er lockerte den Griff um Lucys Körper, um sie loszulassen, sobald sie in Panik geriet und abrupt auftauchen wollte. Doch sie hatte keine Angst. Sie küsste ihn mit demselben drängenden Verlangen, das ihn beherrschte, Luftblasen stiegen vor ihren Gesichtern auf.

Jedes Geräusch war gedämpft, die Sicht eingeschränkt, aber Blues andere Sinne umso schärfer. Lucys Küsse schmeckten süßer. Ihre rhythmischen Bewegungen berauschten ihn, sodass er nur noch von einer reinen, puren und konzentrierten Wonne erfüllt war.

Blue zog Lucy mit sich hoch zur Wasseroberfläche und zur Luft. Zusammen rangen sie nach Atem, ohne dass sie sich langsamer bewegten oder gar aufhörten.

„Mehr", stieß sie keuchend hervor.

Eine weitere Aufforderung brauchte er nicht. Er wartete nur darauf, dass sie wieder lange und tief einatmete, dann zog er sie wieder unter Wasser, und wieder hüllte die magische Stille sie ein.

Lucys Haar schwebte um ihre Köpfe, langsam, verträumt, es bildete den perfekten Gegensatz zu den wilden Bewegungen ihrer Körper. Blue fand ihre Brust mit dem Mund, küsste ihre harten Brustspitzen, saugte und reizte sie. Er spürte, wie sie die Muskeln anspannte, spürte den Taumel, als sie Welle um Welle höher trieb. Mit einem Mal verlor Blue in der Stille unter dem Wasser die Beherrschung. Er war jenseits aller Gedanken. Jede Faser seines Körpers wurde von dem schwindelerregenden Rausch des so überwältigenden, so unfassbar süßen Genusses erschüttert.

Um sich zu beruhigen, atmete er tief ein.

Spuckend und hustend zog er Lucy mit sich an die Oberfläche. Doch er fand mit den Füßen kaum Halt, rutschte aus und tauchte wieder unter. Die Wellen schlossen sich über seinem Kopf, und er verspürte einen Anflug von Panik. Seine Lunge brannten, seine Brust schmerzte. Verzweifelt versuchte er, das Wasser aus der Lunge zu bekommen und Luft zu holen.

Aber Lucy war da, umfasste seinen Arm und zog Blue nach oben. Mit ihrer Hilfe stieg er aus dem See und ließ sich auf das Gras fallen. Er hustete und würgte, um die Lunge freizubekommen.

Endlich, *endlich* bekam er wieder Luft. Dennoch dauerte es mehrere Minuten, bis er sprechen konnte. Er spürte Lucy, wie sie geduldig neben ihm saß und ihm sanft über das Haar strich.

Er hob den Kopf und sah sie verärgert an.

„Geht's wieder?", fragte sie.

Blue nickte. Ihm tat der Rachen weh, er hatte Tränen in den Augen, aber es ging ihm gut. „Ich schäme mich entsetzlich." Er konnte nur mit kratziger Stimme flüstern.

Ihre Augen funkelten amüsiert, und sie bemühte sich offensichtlich, nicht zu lächeln. „Es passiert nicht jeden Tag, dass ich einen Navy SEAL vor dem Ertrinken retten kann."

„Es passiert nicht jeden Tag, dass ich Wasser einatme." Blue schwang sich auf und glitt wieder in den See. Mit den Händen schöpfte er kaltes sauberes Wasser, nahm es in den Mund und gurgelte, bevor er es wieder ausspuckte.

Lucys Lächeln hatte sich Bahn gebrochen, als sie ihn dabei beobachtete. „Du warst abgelenkt."

Dem konnte er nicht widersprechen. Sie lenkte ihn immer noch stark ab, wie sie so entspannt auf dem Rasen saß und der Mond ihren nackten Körper in ein silbriges Licht tauchte. Doch die Wahrheit sah so aus: Er hatte völlig die Kontrolle verloren. Absolut. Ohne Frage. Zum ersten Mal überhaupt war Blue McCoy außer Kontrolle geraten.

Das traf ihn wie ein Faustschlag in den Magen. Blue musste den Blick abwenden. Er war außer Kontrolle geraten, und er hatte sich *immer noch* nicht im Griff.

Er hörte, wie sie aufstand, und wandte sich um. Lucy sammelte ihre Kleidungsstücke ein. „Gehen wir lieber rein", sagte sie, „bevor ich von einem Monsterinsekt gebissen werde." Sie stieß sein Schulterholster mit dem Zeh an. „Komm schon, McCoy. Schnapp dir deine Sachen."

*Komm schon, McCoy.* Sie redete so zwanglos und unbeschwert mit ihm, wie sie sich mit einem Freund unterhalten würde, aber nicht mit ihrem Geliebten. Und sie wartete nicht, bis er wieder aus dem Wasser gekommen war. Sie ging ohne ihn zum Haus zurück.

Zweifel befielen Blue. Er fragte sich, ob sie nicht dieselben unfassbar tiefen Empfindungen erlebt hatte – er wagte nicht, sie Gefühle zu nennen –, die *ihn* schier um den Verstand gebracht hatten. Doch er hätte schwören können, noch etwas anderes als Freundschaft und Verlangen in ihrem Blick gelesen zu haben.

Vielleicht hatte er sich doch getäuscht.

Natürlich, er hatte sie nach dem Sex nicht umarmt. Er hätte sie küssen und bei ihr bleiben sollen, bis sie das besänftigende Nachglühen gespürt hätten. Stattdessen hatte er versucht, Wasser einzuatmen, und ihre Nähe war viel zu abrupt beendet worden.

Er zog sich aus dem Wasser, sammelte seine Sachen zusammen und lief hinter Lucy her.

Nackt spazierte sie durch ihren Garten, und er musste angesichts ihrer Unbefangenheit lächeln. Es war klar, dass sie häufiger als ab und zu nackt in ihrem See gebadet hatte. Gemächlich spazierte sie zurück zum Haus, ohne sich wieder angezogen zu haben. Und sie konnte das ganz ungezwungen tun. Denn die Nachbarhäuser standen weit genug entfernt, außerdem war der Garten durch Bäume und Büsche sichtgeschützt.

Aus einer Laune heraus ließ er seine Kleidungsstücke fallen, kaum dass er Lucy eingeholt hatte. Er zog sie in die Arme und drehte sich mit ihr im Kreis. Blue hatte nie mehr als einen langsamen Blues probiert, wenn er mal in einer Bar oder Kneipe mit einer Lady getanzt hatte. Trotz seiner Unbeholfenheit ließ Lucy jedoch ihre Wäsche auf den Rasen fallen und bewegte sich in fließender Anmut mit ihm.

„Also tanzt du doch nackt im Garten", sagte er. „Hab ich's doch gewusst."

Sie lachte. Gott, wie er den Klang ihres Lachens liebte!

„Nur in Gesellschaft von *sehr* guten Freunden."

*Freunde.* Da war es wieder, dieses Wort. Und wieder war es von den bohrenden Zweifeln begleitet. Er verspürte ein unbestimmbares, aber in jedem Fall unangenehmes Gefühl im Magen.

Er wirbelte sie wieder herum und zog sie an sich, hielt sie eng an sich gedrückt, während sie zu der stillen Melodie der Nacht tanzten. Ohne die störende Kleidung schmiegte sich Lucys Körper an seinen, ihre weichen Brüste ruhten an seiner Brust, ihr Bauch streifte ihn. Und er war erregt. Wieder. Oder vielleicht nicht wieder, sondern immer noch. Vielleicht würde er für den Rest seines Lebens erregt sein, egal wie oft er mit dieser Frau schlief.

Lucy sah ihn aus großen Augen an, ihr Lächeln verblasste angesichts der plötzlichen Intensität des Augenblicks. Sie fühlte es auch – sie *musste* es auch fühlen. Was immer es war, diese beinah greifbare Verbindung zwischen ihnen, diese abrupte Atemlosigkeit, dieses Wunder, das ihm die Zügel entgleiten ließ. Als er ihr in die Augen sah, nahm sie es ebenfalls wahr.

Er senkte den Mund und küsste sie. Es war ein träger, sanfter und ergreifender Kuss. Als er sprach, klang seine Stimme rau. „Lädst du mich nach drinnen ein?"

„Ich dachte, das hätte ich längst." Ihre Worte kamen leise über ihre zitternden Lippen.

„Du hast mich nicht in dein Zimmer gebeten."

„Die Tür ist immer noch offen."

„Ich wollte mich nicht ..."

„... auf Vermutungen verlassen", beendete sie einen Satz. „Ich weiß." Sie streichelte seinen Nacken mit den Fingerspitzen und blickte ihn lächelnd an. „Obwohl ich zu vermuten wage, dass du in sehr naher Zukunft hinaufgehen möchtest."

„*Diese* Vermutung ist richtig." Er erwiderte ihr Lächeln. „Natürlich basiert sie auf Fakten ..."

„Auf harten Fakten", stimmte sie zu und lächelte verführerisch. „Auf *sehr* harten Fakten."

Blue küsste sie wieder. Dieser Kuss war immer noch sanft, aber in ihm lag auch ein loderndes Feuer. Sie presste sich an ihn, und er musste sie loslassen. Hätte er es nicht getan, wären sie nicht mehr ins Haus gelangt, das wusste er. Blue hob die auf dem Boden liegenden Kleidungsstücke auf und führte Lucy auf die hintere Veranda.

Es war verrückt, der reine Wahnsinn. Sie hatten sich gerade geliebt. Sie hatten eine so erotische Erfahrung geteilt, dass Blue nicht mehr gewusst hatte, wo oben und unten war.

Und er wollte sie schon wieder. Gleich hier im Garten. Auf dem Rasen. Oder auf der Veranda. Gleich hier auf der Veranda. Er zog sie an sich und küsste sie stürmisch, während sie die Fliegengittertür öffnete und ihn ins Haus zog. Oder vielleicht auf dem Küchentisch. Das wäre genauso gut. Er warf das Bündel Kleidungsstücke zu Boden, damit er die Hand frei hatte, um Lucy zu berühren, um ihre weiche Haut zu streicheln, während er sie wieder küsste. Doch sie entkam ihm, zog ihn mit sich die Treppe hinauf und in ihr Schlafzimmer.

Die Stärke seines Verlangens hätte ihn erschreckt, hätte er nicht gewusst, dass Lucy genauso empfand.

Sie klammerte sich an ihn und küsste ihn wie wild. Irgendwie gelang es ihm, sich und sie beide zu schützen.

Und dann zog sie ihn auf das farbenfroh bezogene Bett. Sie stöhnte lustvoll auf, als er in sie eindrang.

*Oh ja.*

Was auch immer er fühlte, wie auch immer man es nennen sollte – sie *musste* es auch fühlen, das war Blue jetzt klar.

# 13. Kapitel

„Wer ist der Mann auf dem Bild?"

Lucy hatte den Kopf auf Blues Schulter gelegt und strich gerade über die Konturen seiner perfekt geformten Brustmuskulatur. Was er fragte, ergab keinen Sinn – bis sie den Kopf hob und ihm in die Augen sah. Auch wenn sie nicht sicher war, worüber er redete.

„Welches Bild?"

„Das auf deiner Kommode", erwiderte er und wies mit einer Kopfbewegung auf die entsprechende Zimmerecke. „Das ist ein Rahmen mit einem Foto von dir und einem Mann."

„Edgar Winston." Jetzt wusste sie, was er meinte. Lucy richtete sich halb auf, damit sie ihn besser anschauen konnte. Den Kopf auf eine Hand gestützt, sagte sie: „Er war ein Freund."

Blue wandte den Blick ab und sah durch den gedämpft beleuchteten Raum zu der Kommode, auf der das Foto stand. Von hier aus konnte er das Foto nicht genau erkennen. Lucy schloss daraus, dass es ihm zu einer anderen Gelegenheit aufgefallen sein musste. Aber die Vorstellung, wie Blue allein in ihrem Zimmer war und ihre Sachen betrachtete, verärgerte sie nicht. Lucy war nicht einmal gekränkt. Eigentlich war es genau das Gegenteil. Mit einem Mal fühlte sie sich gut und froh. Blue war neugierig. Er wollte mehr über sie erfahren.

„Ein Freund", wiederholte er leise. Fest blickte Blue ihr in die Augen. „So wie ich dein Freund bin?"

War Blue etwa eifersüchtig? Lucys Herz schlug etwas schneller. Wenn er eifersüchtig war, empfand er womöglich mehr als bloß freundschaftliche Gefühle für sie.

„Meinst du Sex?", fragte sie. „Meinst du, ob ich mit ihm geschlafen habe?"

Als er lächelte, entdeckte sie die Lachfalten um seine Augen. „Weißt du, Lucy, das liebe ich so an dir: Du kommst gleich zur Sache. Du redest nicht lange um den heißen Brei herum."

*Das liebe ich so an dir?* In dem Zusammenhang, in dem Blue die

Worte gebrauchte, war es nur eine Redensart. Lucy sehnte sich danach, dass es stimmte. Wenn er sie nur lieben könnte! So, wie er sie heute Nacht geliebt hatte, sowohl im See als auch in ihrem Bett, könnte sie sich fast hinreißen lassen, zu glauben, dass er wirklich etwas für sie empfand. Etwas Machtvolles und Starkes. Etwas, das Liebe sehr nahe kam.

Das war allerdings bloßes Wunschdenken.

„Wolltest du das nicht herausfinden?", fragte Lucy nach. „Ob Sex zu meiner Beziehung zu Edgar gehörte oder nicht?"

„Doch", erwiderte er und lachte leise. „Du hast recht. Genau das wollte ich wissen." Er richtete sich auf und stützte sich auf den Ellenbogen, um Lucy zu küssen. „Dennoch tut es mir leid. Es geht mich nichts an. Ich hätte nicht fragen sollen. Du musst es mir nicht sagen."

„Willst du nicht, dass ich es dir erzähle?"

Er wusste, dass sie ihn neckte, und schmunzelte gutmütig. „Was ich *will*", antwortete er, „ist, dass du mir alles über diesen Edgar erzählst. Angefangen damit, dass er auf keinen Fall hier wütend auftauchen, mit einem doppelläufigen Gewehr herumfuchteln und mir drohen wird, mich damit ins Jenseits zu befördern."

„Das ist ausgeschlossen", erwiderte Lucy leise. „Er ist tot."

Blue schloss die Augen und fluchte leise über seine Dummheit. Von allen unsensiblen Bemerkungen, die er hätte machen können … „Oh, Lucy, bitte entschuldige."

„Du konntest es nicht wissen. Woher solltest du auch?"

„Es tut mir leid", wiederholte er.

Sie streckte die Hand aus und berührte seine Wange. Ihre Finger fühlten sich kühl an, während sie ihn sanft streichelte. „Er war mein Geschäftspartner", erklärte sie. „Und, ja, unsere Beziehung war absolut platonisch. Kein Sex. Sogar, als er noch am Leben war, wäre er nie mit einem Gewehr hier aufgekreuzt. Er hätte dich gemocht. Denn er hatte selbst viel für gut gebaute blonde Männer übrig."

Es dauerte einen Moment, bis ihre Worte angekommen waren. „Du meinst, er war …?"

„Schwul. Ich habe Edgar auf dem College kennengelernt. Zwei Tage nach unserer ersten Begegnung war es, als wären wir schon ewig befreundet gewesen. Nach dem Abschluss haben wir zusammen eine

Firma gegründet. Softwaredesign für Computer. Wir hatten unser Büro in Charleston und haben einen Haufen Geld verdient."

„Ich wusste nicht, dass du ein eigenes Unternehmen hattest", erwiderte Blue. Er nahm ihre Hand und verschränkte die Finger mit ihren. Ihre Hände waren schmal, aber stark.

Sie verzog das Gesicht. „Was hast du denn gedacht, was ich zwischen dem College und bis vor sechs Monaten getan habe? Ich bin erst seit einem halben Jahr bei der Polizei in Hatboro Creek."

Blue schüttelte den Kopf. „Ich weiß nicht. Ich schätze ..." Er zuckte die Schultern. „Ich habe nicht darüber nachgedacht. Ich habe mir dich immer in dieser Kleinstadt vorgestellt. Aber du hast in der Großstadt gelebt."

„Eigentlich bin ich vor einem Jahr zurück nach Hatboro Creek gezogen. Gleich nachdem Edgar gestorben war ..."

Dies ist eines der wenigen Male, wo sie nicht lächelt, überlegte Blue. Lucy war sonst immer so fröhlich. Sie hatte immer ein Lächeln, manchmal sogar ein Grinsen auf den Lippen, das nur darauf wartete, ihr zu entschlüpfen. Doch jetzt lag eine stille Traurigkeit in ihrem Blick, und Blue litt mit ihr.

„Es tut mir leid", murmelte Blue. „Wie ist er ...?"

„Aids", antwortete sie. „Es war schrecklich. Er ist so krank geworden. Ich habe zusehen müssen, wie er ... verschwand." Ihr brach die Stimme, und Lucy musste den Blick abwenden. Blue wollte das nicht hören.

Doch er tat es. Er streichelte ihre Wange und strich ihr zärtlich eine Haarsträhne hinter das Ohr. Lucy sah in seine warmen, mitfühlenden blauen Augen und spürte, wie ihr die Tränen kamen.

„Es ist hart, zuzusehen, wie jemand stirbt, den man liebt", sagte Blue sanft. „Man weiß weder was man sagen noch was man tun soll." Er schwieg kurz. „Ich habe einen Freund – Frisco. Alan Francisco. Er ist nicht gestorben, aber an den Rollstuhl gefesselt. Ich weiß nicht mehr, was ich zu ihm sagen soll. Ich weiß nicht, wie ich mit ihm umgehen soll."

„Genau so wie vorher", entgegnete Lucy. Mit einer Hand wischte sie sich die Tränen von den Augen.

„Auch, wenn er mich nicht an sich ranlässt?"

„Besonders, wenn er dich nicht an sich ranlässt. Als Edgar den Mut verlor, bin ich bei ihm geblieben. Ich bin in seine Wohnung gezogen. Und ich ließ nicht zu, dass er aufgab. Wusstest du, dass Lachen und gute Laune die Überlebenschancen schwer kranker Patienten erhöhen? Das ist wissenschaftlich bewiesen."

Blue schüttelte den Kopf. „Nein, das wusste ich nicht."

„Ich bin bis zum Schluss bei Edgar geblieben. Und ich habe seine Hand gehalten, als er gestorben ist."

„Du läufst vor nichts davon, oder, Yankee?" Er deutete ein Lächeln an. „Du hättest SEAL werden sollen."

Jetzt musste sie auch lächeln. „Ja, genau."

„Was ist aus deiner Software-Firma geworden?"

„Als Edgar krank geworden ist, war gerade der Punkt erreicht, an dem sie von selbst lief", erzählte Lucy. „Wir haben ein paar Leute eingestellt, die unsere Arbeit übernommen haben, und eine Kreuzfahrt rund um den Globus gebucht. Doch es war schon zu spät. Als Edgar erfahren hat, dass er Aids hatte, war die Krankheit schon zu weit fortgeschritten. Ich glaube, er hatte schon länger geahnt, dass er krank war, aber er hat es vor sich her geschoben. Schließlich sind wir nicht nach Ägypten oder Nepal gereist. Stattdessen habe ich seine Hand gehalten, während er gegen alle Arten von Virusinfektionen und drei verschiedene Arten von Lungenentzündung gekämpft hat. Die Lungenentzündung hat am Ende gesiegt."

Sie atmete tief ein. Blue hörte ihr immer noch zu, deshalb fuhr sie fort: „Nachdem er … gegangen war, bin ich seit Monaten zum ersten Mal wieder im Büro gewesen. Ich bin keine ganze Minute geblieben, bevor mir klar geworden ist, dass ich nicht dorthin zurückgehen konnte. Ohne Edgar wollte ich das nicht mehr. Aber die Geschäftsführerin bat mich, nicht zu verkaufen, zumindest nicht sofort. Sie hatte Angst, dass eine der größeren Gesellschaften unsere Firma schlucken und alle Angestellten entlassen könnte. Das wollte ich natürlich auch nicht, wusste gleichzeitig jedoch, dass ich nicht bleiben konnte. Darum habe ich einfach alles beim Alten gelassen."

„Dann bist du hierher zurückgekehrt, ja?"

Lucy nickte. „Meine Mutter hat mir dieses Haus hinterlassen. Mir erschien es logisch, nach Hatboro Creek zu gehen. Und dann gab es eine freie Stelle bei der Polizei …"

„Das Gesetz zu hüten, unterscheidet sich ziemlich von Softwaredesign", warf Blue ein.

„Genau darum ging es: Ich wollte etwas völlig anderes machen, und *das* war es auch. Du hättest sehen sollen, wie ich schießen gelernt habe. Ohne angeben zu wollen – ich hatte eine Trefferquote von hundert Prozent, als ich das erste Mal auf dem Schießplatz stand. Ich war gut. Was noch dazugehört, um ein Cop zu sein, kommt dann schon von allein, dachte ich. Junge, da hatte ich mich geirrt."

Während er Lucy beobachtete, wurde Blue bewusst, dass sie ihm zum ersten Mal von sich erzählte. In den vergangenen Tagen hatte er fast die ganze Zeit geredet, und sie hatte die meiste Zeit zugehört. Ihm war tatsächlich nicht in den Sinn gekommen, dass sie ein Leben außerhalb von Hatboro Creek hatte. Doch mit einem Mal fügte sich das Puzzle zusammen.

Er hatte gewusst, dass sie ein Frischling war, dass sie erst vor sechs Monaten bei der Polizei angefangen hatte. Aber er hatte *nicht* gewusst, dass sie davor in der Stadt gelebt und gearbeitet hatte. Sie hatte ihr eigenes Geschäft erfolgreich geführt. Bestimmt hatte sie sich mit Kunden getroffen, Kostüme getragen und High Heels ...

Nein, wahrscheinlich nicht. Lucy gehörte bestimmt eines dieser lässigen Jeans-und-T-Shirt-Unternehmen. Das passte viel besser zu ihr. Aber wie dem auch sei: Sie hatte definitiv ein Leben jenseits von Hatboro Creek.

Er freute sich für sie und war gleichzeitig traurig, weil sie mit ihrem Freund so viel durchgemacht hatte.

„Ein Cop zu sein, ist nicht einfach." Lucy zwang sich, zu lächeln, um den unglücklichen Gesichtsausdruck zu vertreiben.

Blue zog sie an sich und drückte sie fest. Garantiert hatte sie ihren Freund Edgar während all der endlosen Monate angelächelt, in denen er langsam gestorben war. Blue konnte sich gut vorstellen, wie sie Edgar zuliebe lächelte, obwohl ihr nach Weinen zumute war. Sie war eine außergewöhnliche Frau.

Er hielt sie, und sie lehnte das Gesicht an seinen Nacken. Plötzlich spürte Blue seinen Herzschlag. Es pochte langsam, stetig und höchstwahrscheinlich stärker und lauter, als er es je wahrgenommen hatte. Eine Ruhe, ein Frieden überkam ihn, der stärker und vollkommener als alles war, was er je zuvor gespürt hatte.

Und das war extrem merkwürdig. Immerhin galt er im Augenblick als der Hauptverdächtige in dem Mordfall. Er sollte Unruhe, Zorn, Frust und Trauer empfinden.

Doch all diese chaotischen Empfindungen waren beiseite geschoben worden. Ein starkes Gefühl hatte sie verdrängt, ein Gefühl der Vollständigkeit.

*Er war in Lucy Tait verliebt.*

Wie aus dem Nichts war dieser Gedanke in ihm aufgekommen, spontan wollte Blue ihn kurzerhand zerstreuen. Das war lächerlich. Unmöglich. Liebe passierte so nicht. Liebe schlug schnell und hart und vernichtend stark ein, etwa wie eine Wildkatze ihre Beute erlegte.

Diese Gefühle, die er für Lucy hegte – was immer es genau war –, hatten ihn beschlichen, als er nicht aufgepasst hatte. Langsam und stetig hatten diese sanfte Wärme und dieses stille Glück ihn eingekreist.

Er mochte sie. Er mochte sie wirklich, *wirklich* sehr. Vielleicht war es das.

Allerdings mochte er Joe Cat auch. Und der Gedanke, von Cat getrennt zu sein, erschütterte ihn nicht so sehr wie die Vorstellung, Lucy verlassen zu müssen.

Es war mehr als Sex – auch wenn ihm *das* weiß Gott bereits fünf Minuten, nachdem er sich von Lucy verabschiedet hätte, fehlen würde. Aber es war ihr Lächeln, ihr Lachen, ihre direkte Art, ihre aufheiternde Aufrichtigkeit, die er *wirklich* vermissen würde.

Lucy hob den Kopf und versuchte zu lächeln. „Ich habe auf die harte Tour gelernt, dass ich im Softwaredesign besser bin", erklärte sie. „In Wahrheit war ich ein lausiger Cop."

„Nein, das stimmt nicht."

Sie schüttelte den Kopf und legte ihm die Hand vor den Mund. „Du weißt, dass ich für den Job nicht geschaffen bin. Also tu mir einen Gefallen und versuch nicht, so zu tun, als wäre es anders. Mir ist die Wahrheit lieber, McCoy – egal wie hart sie sein mag. Lüg nicht, nur weil du nett sein willst."

Er zog ihre Hand fort und küsste zunächst zärtlich ihre Finger. „Das würde ich nicht tun. Mir ist Ehrlichkeit auch sehr wichtig, Lucy. Das ganze Leben lang habe ich zugesehen, wie Leute einander benutzen." Er schwieg einen Moment lang, bevor er hinzufügte:

„Ist dir klar, dass du die erste Frau bist, mit der ich … etwas habe, die keine Hintergedanken hat, wenn sie mit mir zusammen ist?"

Lucy sah woanders hin und hoffte, dass Blue nicht die Geheimnisse erriet, die sie vor ihm verbarg. Denn sie hatte Hintergedanken. Sie war in ihn verliebt – und sie sehnte sich danach, dass er ihre Liebe erwiderte. Das waren große Hintergedanken. „Du übertreibst", entgegnete sie. „Du *musst* übertreiben."

„Tu ich nicht."

„Du willst mir erzählen, dass du *mit Sicherheit* weißt, jede Einzelne von *all* den Frauen, mit denen du …"

„So viele waren es gar nicht", unterbrach er sie leise.

„Es fällt mir schwer, das zu glauben."

„Es ist wahr."

„Und keine Einzige war mit dir einfach deshalb zusammen, weil sie dich mochte?"

„Keine von ihnen hat je versucht, mich richtig kennenzulernen." Er schwieg kurz. „Außer dir."

Bei seinen sanften Worten errötete sie. Wenn sie nur nicht mehr von ihm gewollt hätte – mehr als eine unbekümmerte Freundschaft, die mit heißem Sex gewürzt war. Aber Lucy wollte mehr. Sie wollte so viel mehr.

„Sogar auf der Highschool. Sogar Jenny Lee …" In seinem Blick flackerte etwas auf. Es war fast nicht wahrnehmbar. Fast. „In gewisser Hinsicht war sie die Schlimmste. Ich habe lange gebraucht, um darüber hinwegzukommen, dass sie mich derart benutzt hat. Danach bin ich allmählich von so etwas ausgegangen. Einige Frauen waren gern mit einem Mann in Uniform zusammen. Andere waren hinter einem Offizier her – es spielte keine Rolle, wer man war, solange man nur irgendeinen Rang hatte. Ich habe einmal ein Mädchen kennengelernt, und sie schien wirklich nett zu sein. Dann hat sich herausgestellt, dass sie mit ihrem Bruder ein Buch über SEALs schrieb."

Die Augen leicht zusammengekniffen, setzte Lucy sich auf. „Und du hast natürlich eine höhere Moralvorstellung als diese Frauen und niemanden in irgendeiner Weise ausgenutzt. Jedes Mal, wenn du eine Frau mit nach Hause genommen hast, bist du auf der Suche nach einer Beziehung von Bedeutung gewesen – nach etwas Längerem, etwas Besonderem, ja?"

In gespielter Kapitulation ließ Blue den Kopf hängen. „Ich sehe es ein. Es ist nur, Jenny Lee hat …" Er brach ab. „Lass uns nicht länger über Jenny Lee reden."

Gute Idee.

Lucy sah ihn an. „Dann sag mir ehrlich", bat sie. „Weißt du, wie man einem Mann das Genick bricht, so wie es bei Gerry gemacht worden ist?"

Er nickte. „Ja. Das weiß ich."

Während sie ihm ernst ins Gesicht sah, verarbeitete sie diese Information. „Hast du …" Sie riss sich zusammen. „Vielleicht sollte ich dich das nicht fragen."

„Ob ich es schon mal gemacht habe?", fragte Blue. „Ich habe mich in zahlreichen Kampfsituationen oder antiterroristischen Einsätzen befunden, in denen der Feind für immer ausgeschaltet werden muss, oft muss das leise geschehen. Also, ja, ich habe die Technik angewandt. Sie ist wirksam und effizient."

Wieder kniff sie die Augen zusammen. „Du redest darüber, einen Menschen zu töten."

Er schüttelte den Kopf. „Ein Terrorist, der ein Kreuzfahrtschiff voller Zivilisten entführt, diese Leute foltert und ermordet, so jemand ist für mich kein Mensch."

„So empfindest du in der Hitze des Gefechts. Aber wenn es vorbei ist – fragst du dich dann nicht, wer diese Menschen waren? Fühlst du dich dann nicht schlecht?"

„Nein", antwortete er geradeheraus. „Keine Schuldgefühle. Keine Reue. Was hätte ich davon, mich schlecht zu fühlen? Ich betrachte es so: Ich habe sie nicht getötet, sie haben sich selbst getötet, indem sie sich in eine Situation gebracht haben, in der sie gegen mich kämpfen müssen."

„Aber jedes Leben ist heilig", wandte Lucy ein.

„Erzähl das den Terroristen", erwiderte Blue milde. „Wenn du sie davon überzeugen kannst, stimme ich dir allzu gern sofort zu. Bis dahin besteht mein Job darin, zu beschützen und zu verteidigen – wenn es sein muss, mit tödlicher Gewalt. Ich bin kein Botschafter oder Diplomat, Lucy. Ich bin Soldat. Mir wäre es weit lieber, Botschafter und Diplomaten würden die Sache regeln. Ich wäre der Erste, der aufspringt und applaudiert, wenn der Weltfrieden einkehrt. Zur

Hölle, ich würde liebend gern den Rest meines Lebens damit verbringen, die Opfer von Naturkatastrophen zu retten. Aber so wird es in naher Zukunft nicht sein."

„Das weiß ich", erwiderte Lucy seufzend.

„Wir forschen nach Waffen, die nicht tödlich sind", fuhr Blue fort. „Gäbe es eine Art Elektroschocker oder Betäubungspistole, die die Neutralisierung für eine bestimmte Zeit, eine längere Zeit sicherstellt, würden wir sie in Betracht ziehen. In manchen Situationen, zum Beispiel wenn die Terroristen schlafen, injizieren wir Schlafmittel. Wache Tangos sitzen nur leider meistens nicht still und warten darauf, dass man ihnen eine Nadel in den Arm sticht. Und wenn sie eine Pistole haben, wird es schwer."

Blue seufzte. „Und das macht es hart, wenn man in einer Situation steckt, in der es um Leben oder Tod geht. Alles, was du tust, konzentriert sich darauf, selbst am Leben zu bleiben, die Truppe zu schützen. Wenn man einen Terroristen nur betäubt, statt ihn zu töten, braucht man Energie und Verstand – nicht, dass er vielleicht plötzlich auftaucht und die halbe Truppe mit seinem Maschinengewehr niedermäht. Aber tot ist tot. Du machst es richtig und weißt das auch. Terrorist X wird nicht wieder aufstehen und irgendjemanden umbringen, wenn er einen Genickbruch hat."

Lucy sah ihn nach wie vor an. „Ich kann deinen Standpunkt nachvollziehen." Sie stimmte ihm nicht unbedingt zu. Doch es war offensichtlich, dass er viel darüber nachgedacht hatte. Er war ein Soldat. Er hatte anderen das Leben genommen – nicht weil er es wollte, sondern weil er es tun *musste*. Sie wusste, dass es in den Sondereinsatzkommandos durchaus auch Männer gab, denen der Akt des Tötens tatsächlich Spaß machte. Blue gehörte zweifellos nicht dazu.

Dennoch entschuldigte er sich nicht für das, was er tat. Beschützen und verteidigen. Lucy wusste, dass er sein Leben einsetzte; er würde *sterben*, um seine Aufgabe zu erfüllen.

Wie viele Menschen kannte sie, die von sich dasselbe behaupten konnten?

Sie blickte auf. Blue beobachtete sie. Sie erkannte an seinem Blick, dass er auf einen negativen Kommentar von ihr wartete. Er wappnete sich gegen ihre Missbilligung und dagegen, dass sie ihn verurteilte.

„Weißt du, ich mag dich wirklich, Blue McCoy", sagte Lucy und lächelte.

Er musste ihr Lächeln erwidern. Dieser Kommentar war typisch für Lucy. Sie mochte ihn wirklich. Ihm wurde warm ums Herz. Warm, aber er wurde auch wehmütig. Hätte er womöglich lieber von ihr gehört, dass sie ihn *liebte*?

Gott! Die Komplikationen, die das nach sich ziehen würde, wären verwirrend, überwältigend. *Aber ich will es*, erkannte er. Er wollte, dass sie ihn liebte.

„Wir sollten versuchen zu schlafen", meinte Lucy und legte sich wieder aufs Bett. „Wir haben morgen viel vor."

„Werden wir den Fall knacken?"

Lucy seufzte, als er sie umarmte und sie an sich zog, sodass sie sich mit dem Rücken an seine Brust kuschelte. „Nein", erwiderte sie. „Wir fahren morgen nach Charleston und beauftragen einen Privatdetektiv – jemand mit mehr als sechs Monaten Erfahrung. Er oder sie wird den Fall knacken."

„Entschuldigen Sie, Officer Tait …?"

Lucy tankte gerade ihren Wagen, hob den Blick und sah eine müde wirkende Frau auf der anderen Seite der Zapfsäule, die ebenfalls Benzin in den Tank ihres Autos laufen ließ.

Es war Darlene Parker, Matts Ehefrau. Ihr alter Kombi war bis unter das Dach beladen, und ihr kleiner Sohn Tommy saß auf dem Beifahrersitz. Matt war nirgendwo in Sicht.

„Ich wollte Ihnen das hier schicken", sagte Darlene und reichte Lucy einen Umschlag. Sie blickte sich verstohlen um, ob sie auch nicht beobachtet wurden. „Aber weil Sie gerade hier sind, kann ich es Ihnen genauso gut persönlich geben. Zeigen Sie es niemandem."

„Verlassen Sie die Stadt?", fragte Lucy, faltete den Umschlag und steckte ihn in die Hosentasche.

Darlene nickte. Sie schien erleichtert darüber zu sein, dass der Briefumschlag nicht mehr zu sehen war. Ihr mageres Gesicht wirkte erschöpft und nervös. Sie sagte noch leiser als zuvor: „Ich habe Ihnen geschrieben, damit Sie wissen, was wirklich in der Nacht passiert ist, als Gerry McCoy gestorben ist."

Hoffnung keimte in Lucy auf. „Sie wissen, wer Gerry McCoy ermordet hat?"

Darlene schüttelte den Kopf, während sie den Zapfhahn wieder in die Halterung schob. „Nein. Aber ich weiß, dass Matt ziemlich viel Geld dafür bekommen hat, damit er erzählt, er hätte Blue im Streit mit seinem Stiefbruder im Wald gesehen. Und ich weiß mit Sicherheit, dass Matt nichts dergleichen beobachtet hat. Er ist die ganze Nacht bei mir gewesen. Es steht alles im Brief. Wenn Sie ihn lesen, werden Sie es wissen."

Darlene eilte in das Tankstellenhäuschen, um zu bezahlen. Durch das Fenster sah Lucy, wie Darlene schnell mehrere Geldscheine auf die Theke warf. Sie hastete zurück zu ihrem Wagen, doch Lucy hielt sie auf.

„Wenn Sie die Stadt verlassen", sagte Lucy leise, „können Sie darüber keine Aussage bei der Polizei machen."

Darlene schüttelte bereits den Kopf. „Nein. Das werde ich nicht tun. Ich habe schon mehr getan, als ich sollte. Sie haben Gerry McCoy umgebracht. Und sie werden nicht lange fackeln, bevor sie einen zweiten Mord begehen."

„Wer sind ‚sie'?"

„R. W. Fisher", flüsterte Darlene. „Und die Polizei. Sie sind die Einzige, bei der ich absolut sicher bin, dass Sie nicht mit drinstecken."

*Die Polizei? Und R. W. Fisher? Haben Gerry McCoy umgebracht?* In Lucys Kopf begann sich alles zu drehen.

Darlene ging an ihr vorbei und zog die Tür zu ihrem Kombi auf. „Ich verschwinde mit Tommy, solange ich es noch kann. Matt wird selbst mit einem gebrochenen Genick enden, aber er ist verdammt noch mal selbst daran schuld."

Mit einem Knall zog sie die Tür zu und schloss ab. Lucy beugte sich zu dem offenen Wagenfenster. Umgeben von Taschen und losen Dingen, die seine Mutter offenbar in letzter Sekunde in den Kombi geworfen hatte, saß Tommy da und sah sie missmutig an.

„Woher wissen Sie das? Darlene, ich muss wissen, woher Sie diese Informationen haben."

Darlene warf den Motor an, der aufheulte. „Ich habe schon zu viel gesagt."

„Geben Sie mir wenigstens Ihre neue Adresse, damit ich Sie erreichen kann, für den Fall, dass …"

„Machen Sie Witze?" Darlene legte den ersten Gang ein und trat aufs Gaspedal. Lucy musste zur Seite springen, damit ihr Schuh nicht unter den Reifen geriet.

Darlenes näselnde Stimme tönte durch das offene Fenster: „An Ihrer Stelle würde ich aus der Stadt verschwinden, bevor Sie auch wie Gerry McCoy enden."

Lucy zog den Umschlag, den Darlene ihr gegeben hatte, aus der Tasche. Sie griff in die andere Hosentasche und suchte nach einem Stift. Eilig notierte sie sich das Nummernschild. Nur für den Fall. Dann ging sie bezahlen und setzte sich wieder in den Wagen, bevor sie den Brief öffnete.

Es war nur eine Seite, handbeschrieben. Darlenes Schrift war krakelig und schwer leserlich.

Lucy sah auf den ersten Blick, dass der Brief nicht unterschrieben war. Wäre sie Darlene nicht begegnet und hätte sich den Inhalt nicht bestätigen lassen, hätte der Brief wenig genützt, um Matt Parkers Geschichte in Zweifel zu ziehen. Trotzdem las Lucy Zeile für Zeile und arbeitete sich durch die fast unleserlichen Wörter.

Genau, wie Darlene es bereits erzählt hatte, schrieb sie, dass Matt in der Nacht von Gerry McCoys Tod zu Hause gewesen war. Nachdem er jedoch seine Aussage gemacht und behauptet hatte, Gerry und Blue in der Nähe der Gate's Hill Road gesehen zu haben, hatte er plötzlich viel Geld. Darlene sprach ihn darauf an – immerhin war er im Moment arbeitslos. Aber er entgegnete nur, sie solle sich gefälligst um ihre eigenen Angelegenheiten kümmern.

Später erzählte Matt ihr allerdings, dass er von R. W. Fisher Geld bekommen habe. Und dass er außerdem in wenigen Monaten, wenn sich die Aufregung gelegt hätte, vom Tabakkönig eine Festanstellung bekäme.

R. W. Fisher.

Es erschien aberwitzig. Ausgerechnet der wohlhabendste, erfolgreichste Mann der Stadt sollte in einen Mordfall verstrickt sein?

Und die Polizei war vermutlich auch darin verwickelt. Darlene hatte weder gesagt, was sie davon überzeugte, noch von wem sie diese Information bekommen hatte. Sie hatte lediglich festgestellt, dass der Polizei nicht zu trauen sei.

Lucy sah von dem Brief auf und blickte in den Morgenhimmel.

Blue hatte Fisher in einem ernsten Gespräch mit Gerry gesehen. In derselben Nacht, in der Gerry getötet worden war.

Am liebsten wäre sie gleich losgefahren, um sich mit R. W. Fisher zu unterhalten. Im Obduktionsbericht stand, dass Gerry keinen Alkohol im Blut gehabt hatte. Sie wollte Fisher fragen, ob Gerry vor dem Zwischenfall auf der Tanzfläche etwas getrunken hatte.

Als sie Chief Bradley davon erzählte, dass sie mit Fisher reden wollte …

Er hatte ihr daraufhin nicht nur den Fall entzogen, sondern sie außerdem vom Polizeidienst suspendiert. Er hatte ihr geraten, die Stadt zu verlassen.

Was, wenn Darlene recht hatte und die Polizei – Sheldon Bradley eingeschlossen – in eine Art Verschwörung verstrickt war?

Und was, wenn sie der Wahrheit zu nahe kam, wenn sie mit Fisher sprach?

Was immer mit der Morgenpost gekommen war, es verursachte Aufregung in Chief Bradleys Büro. Nichtsdestotrotz hielt Annabella Lucy auf, als sie gerade zu ihrem Schreibtisch gehen wollte.

„Ich dachte, du bist weg vom Fenster", sagte Annabella mit gewohntem Feingefühl und zündete sich mit einem zischenden Streichholz eine Zigarette an.

„Ich hole nur etwas … aus meinem Schrank", erklärte Lucy. „Will ein paar meiner Sachen einpacken." Ihre Neugier siegte, darum kam Lucy auf die Unruhe zu sprechen. „Was ist hier los?"

„Blue McCoys Personalakte ist gerade eingetroffen", erzählte die Frau ihr mit rauchiger Stimme und stieß eine Wolke Zigarettenrauch aus. „Wusstest du, dass er Kampfkunstexperte ist?"

„Tja, ja … Das wusste ich tatsächlich."

Lucy konnte kaum fassen, dass sie es wagte, auf dem Revier zu erscheinen. Die normalen, nichtssagenden beigen Wände schienen plötzlich Ohren zu haben. Die vertrauten Gesichter ihrer Kollegen erschienen ihr mit einem Mal düster und bedrohlich.

Wahrscheinlich eine Überreaktion. Sie folgte der unbegründeten Aussage von Darlene Parker – die paranoiden Wahnvorstellungen erlegen sein könnte, das wusste Lucy. Wenn R. W. Fisher und die *ganze* Polizei Gerry McCoy ermordet hatten, musste es einen Grund dafür geben, irgendein Motiv. Darlene hatte ihr keins genannt, und Lucy zerbrach sich den Kopf darüber, worin es bestehen könnte.

Aber sie konnte auch nicht vollständig von der Hand weisen, was Darlene ihr gesagt hatte. Und Lucy nahm Darlenes Warnungen ernst genug, um sich zu bewaffnen. Sicher, sie hatte ihre Polizeiwaffe vor zwei Tagen abgegeben, als sie sich mit Chief Bradley gestritten hatte. Doch sie hatte eine Lizenz für eine kleinere Pistole – die sie zufällig in ihrem Schließfach auf dem Revier aufbewahrte.

Der ganze Tag verlief anders, als sie geplant hatte. Wieder war sie allein aufgewacht und war enttäuscht gewesen, bevor sie den verlockenden Duft von Kaffee und Pfannkuchen wahrgenommen hatte, der aus der Küche gedrungen war. Nachdem sie die Treppe heruntergegangen war, hatte Lucy Blue beim Zubereiten des Frühstücks vorgefunden. Mit einem Lächeln und einem Kuss, der nach Ahornsirup schmeckte, hatte er ihr einen guten Morgen gewünscht. Das war nett. Sie konnte sich nicht beklagen.

Nach dem Frühstück hatte sie das Haus jedoch allein verlassen. Sie hatte zur Stadtbücherei fahren wollen, um sich die Adressen von Privatdetektiven aus dem Telefonbuch von Charleston zu kopieren. An diesem Tag hatte Lucy sich für die Mordermittlung professionelle Unterstützung suchen wollen.

Stattdessen geisterte ihr jetzt Darlene Parkers verrückter Verdacht durch den Sinn. Lucy schlich sich die Treppe hinunter und hoffte, dass sie zu ihrem Schrank gelangte, die Waffe in den Händen halten und wieder verschwinden könnte, bevor sie von noch jemandem außer Annabella gesehen wurde.

Keine Chance.

Chief Bradley stellte sich ihr auf dem Rückweg entgegen.

Aus Vorsicht bewahrte Lucy eine ausdruckslose Miene. Sie hoffte, dass er ihr nicht an den Augen ablas, was sie vermutete: Dass der Polizeichef zu einer verrückten, mörderischen Verschwörung gehörte, in die die halbe Stadt verstrickt war.

Er fragte sie allerdings nicht, was sie hier wollte. Er starrte sie an und fragte: „Sie wussten, dass Blue McCoy Kampfkunst- und Nahkampfexperte ist?"

Lucy blickte zu Annabellas Schreibtisch, wo die Dienstfahrtenleiterin eine weitere Zigarette rauchte und die Szene mit unverhohlener Neugier beobachtete.

„Das sind alle Navy SEALs", erwiderte Lucy fest. „Es überrascht mich, dass Sie es nicht wussten."

„Nein, ich wusste es tatsächlich nicht", herrschte Bradley sie an. „Bevor mir Annabella gerade erzählt hat, dass Sie es wussten. Und zufällig habe ich mich gestern mit Doc Harringtons hübscher junger Frau unterhalten. Und *sie* hat erwähnt, dass Sie ein wandelndes Lexikon über militärische Sondereinsatzkommandos sind."

„Sarah hat übertrieben. Ich weiß gar nicht *so* viel ..."

„Was mich interessiert ist: Warum zum Teufel ist keine dieser Informationen auf meinem Schreibtisch gelandet?"

„Ich dachte nicht ..."

Bradley drückte ihr ein paar Blätter Papier in die Hand. Es handelte sich offenbar um Fotokopien von Blues Personalakte. Zahlreiche Zeilen waren geschwärzt, zweifellos aus Sicherheitsgründen. Es gab jedoch eine vollständige Liste der Bereiche, in denen Blue Expertenstatus oder sogar noch mehr hatte. Kampfkünste und Nahkampf standen ganz oben auf der Liste.

Fasziniert von Blues Akte, blätterte Lucy um. Und zwar trotz der Tatsache, dass sie von Leuten umgeben war, die anscheinend etwas mit Gerry McCoys Tod zu tun hatten.

Sie überflog die kurze psychologische Einschätzung, die am Ende der zweiten Seite stand. „Carter McCoy ist ein perfekter Kandidat für das SEAL-Programm", las sie laut. „Er ist ein zäher, für gewöhnlich zuverlässiger, aufmerksamer Mann, der sich nicht scheut zu handeln. Jedoch kann sein Temperament gelegentlich mit ihm durchgehen. Außerdem ist er ein Einzelgänger, der seine Gedanken und Gefühle niemandem mitteilen will oder kann, außer vielleicht den engsten Freunden. Carter McCoy ist ..."

„Und jetzt sagen Sie mir", unterbrach Chief Bradley sie, „ob McCoy die Fähigkeit und das Wissen hat, einem Mann mit bloßen Händen das Genick zu brechen."

Lucy sah auf. Diese Frage wollte sie nicht beantworten. Sie *konnte* darauf keine Antwort geben, ohne Blue in Verdacht zu bringen. Aber wenn sie die Antwort verweigerte, würde Bradley ihr unterstellen, ihm die Wahrheit vorzuenthalten.

„Blue McCoy ist Lieutenant bei den Navy SEALs", erklärte sie dem Chief. „Er ist ausführender Offizier in Team Ten, Stellvertreter des Commanders der Alpha Squad." Sie schlug sich mit den Blättern gegen die Handfläche. „Hier steht, dass er zahlreiche Medaillen für Tapferkeit ..."

„Ich habe Sie nicht aufgefordert, mir die Vergangenheit des Mannes zu skizzieren", entgegnete Bradley. „Ich wollte wissen, ob Blue McCoy in der Lage ist, jemanden auf diese Weise zu töten ..."

„So etwas würde er nie tun."

„Das ist eine Ja-oder-Nein-Frage, Tait. Ist er in der Lage, einem Mann mit bloßen Händen sauber das Genick zu brechen oder nicht?"

Bradley beobachtete sie. Annabella ebenfalls. Hinten im Flur standen Travis Southeby und Tom Harper und starrten zu ihr hinüber. Sie alle warteten auf Lucys Antwort.

„*Alle* SEALs ..."

Chief Bradley hörte ihr nicht länger zu. „Das klingt für mich nach einem Ja. Gehen Sie gleich zum Richter", sagte er zu Travis. „Besorgen wir uns einen Haftbefehl und sperren den Hurensohn ein. Wir haben das Motiv, und jetzt haben wir auch die Mittel."

„Motiv?", fragte Lucy und folgte Bradley über den Gang zu seinem Büro. „Was für ein Motiv hätte Blue McCoy, um seinen Bruder umzubringen?"

Bradley blieb stehen und sah sie an, als wäre sie direkt mit dem Dorftrottel verwandt. „Jenny Lee Beaumont", erwiderte er. „Für fast jeden Mann ist sie Grund genug."

„Das ist lächerlich."

„Wissen Sie ein besseres Motiv?", fragte Bradley und musterte sie. „Oder vielleicht haben Sie auch jemand ganz anderen in Verdacht?"

*Sie haben Gerry McCoy getötet.* Darlene Parker hatte sich nicht festgelegt. *Und sie werden nicht lange fackeln, bevor sie einen zweiten Mord begehen.*

Kopfschüttelnd wich Lucy Schritt für Schritt zurück. „Nein. Nein, habe ich nicht." Sie sah dem Chief in die Augen. War er fähig, einen Mord zu begehen? So wenig sie den Mann auch mochte, das fiel ihr schwer zu glauben. Andererseits hatte sie sich schon öfter geirrt.

„Ich habe den Haftbefehl, Chief", rief Travis.

„Nehmen Sie Tom mit und holen McCoy her", sagte Bradley zu

Travis. Dann wandte er sich an Lucy. „Wohnt er immer noch bei Ihnen?" Wissend lächelte er. „Im *Gästezimmer?*"

Lucys Magen krampfte sich zusammen. Sie würden Blue verhaften. Sie würden ihn wegen des Mordes an seinem Bruder ins Gefängnis bringen. Womöglich würden sie ihn auch nicht in Untersuchungshaft nehmen. Vielleicht würden sie ihn stattdessen einfach umbringen und behaupten, er hätte sich der Verhaftung widersetzt.

„Lassen Sie mich mitgehen", bat sie Bradley. Ihre Gedanken rasten, während sie verzweifelt nach einem Ausweg suchte. „Ich kann mit ihm reden, damit er ohne Probleme mitgeht."

„Genau. Sie können ihm einen Tipp geben – ihn warnen, damit er verschwindet. Sie arbeiten nicht mehr für mich, schon vergessen?" Bradley nickte Travis zu, der bereits auf dem Weg zur Tür war. Tom Harper hielt sich einen Schritt hinter ihm. „Nein, ich will, dass Sie in meinem Büro warten, bis ich erfahre, dass McCoy in der Zelle ist."

„Sie können mich hier nicht festhalten", entgegnete Lucy fest entschlossen. Ihre Angst um Blue war stärker als die Sorge um die eigene Sicherheit.

„Doch, das kann ich. Es gibt zwei Möglichkeiten: Sie können sich nett und freundlich hinsetzen, oder ich nehme Sie in Gewahrsam. Wofür entscheiden Sie sich?"

Lucy trat einen Schritt zurück. „Nehmen Sie mich in Gewahrsam."

„Wie Sie wollen." Er rief den Flur hinunter: „Annabella, schicken Sie Frank Redfield her, damit er Lucy Tait festnimmt."

Lucy sah, wie Annabella hastig in ihrem Handbuch blätterte und nach dem passenden Code suchte. Schließlich gab die Fahrdienstleiterin auf und hob den Telefonhörer ab.

Doch Frank war bereits die Treppe hochgekommen. Er trat in den Gang und versperrte Lucy den Weg aus dem Gebäude.

„Komm schon, Lucy", sagte er. „Warum willst du dich in Schwierigkeiten bringen?"

„Wenn Sie mich festnehmen", erkundigte Lucy sich, „wie lautet dann der Vorwurf?"

„Behinderung der Justiz", erwiderte Chief Bradley.

„Das ist lächerlich", entgegnete sie und wandte sich zu ihm um. „Und das wissen Sie. *Versuchen* Sie, mich deswegen einzusperren. Versuchen Sie es ruhig."

Sie marschierte an Frank vorbei, der seinen Vorgesetzten ansah und auf Anweisungen wartete. Doch Bradley sagte kein Wort. Er schwieg, während Lucy die Tür aufstieß und über die Treppe in das warme Morgenlicht eilte.

Sie hatte es darauf ankommen lassen.

Lucy rannte zu ihrem Wagen und ließ den Motor an, bevor sie die Tür zugezogen hatte. Mit quietschenden Reifen fuhr sie vom Parkplatz und raste zur Fox Run Road. Sie betete, dass sie nicht zu spät kam.

# 14. Kapitel

Als der Streifenwagen in die Einfahrt bog, trat Blue auf die Veranda hinaus.

Lucy war noch in der Stadt. Travis Southeby saß hinterm Steuer, Tom Harper begleitete ihn. Zweifellos hatte Tom die Bürgerrechte gründlich studiert, wohingegen Travis offenbar ein paar Kapitel im Handbuch übersprungen hatte.

Sie waren hier, um ihn festzunehmen. Das wusste Blue bereits, bevor sie aus dem Wagen gestiegen waren. Und die beiden Polizisten stiegen auf fast komisch gegensätzliche Weise aus.

Tom stand auf, strich sich die Hose glatt, nickte Blue zur Begrüßung zu und schloss die Autotür.

Travis zog seine Waffe und zielte sofort auf Blue, während er die Wagentür als Schild benutzte.

„Blue McCoy, Sie sind festgenommen", verkündete er schrill.

Tom warf einen Blick auf Travis, dann sah er Blue entschuldigend an. „Wir müssen dich mitnehmen", erklärte er. „Es wird Anklage gegen dich erhoben."

„Ich habe Gerry nicht umgebracht", sagte Blue ruhig. „Hätte ich es getan, wäre ich längst über alle Berge."

„Lassen Sie die Hände da, wo ich sie sehen kann", befahl Travis scharf.

Blue sah wieder zu Travis und seiner Pistole. „Sie sind zu weit weg, um mit dem Ding richtig zielen zu können. Legen Sie sie weg, bevor noch jemand versehentlich verletzt wird." Er wandte sich an Tom. „Du machst hier einen großen Fehler. Du verschwendest mit mir deine Zeit, während der wahre Mörder noch frei herumläuft."

Tom wirkte tatsächlich so, als täte es ihm leid, als er Blue Handschellen anlegte. Kurz durchsuchte er Blue und erklärte ihm seine Rechte.

Travis trat zu ihnen und ließ die Hand offensichtlich in der Nähe seines Pistolenholsters. „Wir haben genug Indizien, um Sie wegzusperren, McCoy", sagte er. „Wir haben ein Eifersuchtsmotiv …"

„Das ist totaler Quatsch."

„Tatsächlich? Das denke ich nicht. Und der Chief auch nicht", erwiderte Travis. „Wir haben einen Zeugen, der Sie mit dem Opfer in der Nähe des Tatorts beobachtet hat …"

„Sie haben einen Lügner, der anscheinend dafür bezahlt wird, dass er sich Geschichten ausdenkt", widersprach Blue.

„Außerdem bezeugt ein Haufen Leute, dass Sie das Opfer früher am Abend bedroht haben. Werden die auch alle bezahlt?" Travis brachte die Sache entschieden zu viel Spaß.

Tom öffnete die Tür des Streifenwagens, und Blue wollte gerade einsteigen. Das war nicht einfach, wenn einem die Hände auf den Rücken gefesselt waren.

„Und", fuhr Travis fort und spielte sein Ass triumphierend aus, „wir haben Militärakten, die Sie als Kampfkunstexperten ausweisen. *Außerdem* haben wir unseren Fachmann in SEALs-Fragen – jedenfalls so ähnlich –, der bestätigen wird, dass ein Navy SEAL wie Sie sowohl über das Wissen als auch über die nötigen Fähigkeiten verfügt, jemandem so das Genick zu brechen, wie man es bei Gerry gemacht hat."

Blue spannte sich an. Meinte er etwa …?

Travis schmunzelte über Blues Gesichtsausdruck. „Ganz genau", sagte er. „Lucy Tait. Sie wird für die Staatsanwaltschaft doppelt nützlich sein, wenn man bedenkt, dass Sie seit ein paar Tagen unter ihrem Dach leben. Stellen Sie sich vor, wie das auf die Geschworenen wirken muss – Ihre eigene Geliebte sagt gegen Sie aus. Tss, tss, tss." Grinsend schüttelte er den Kopf.

„Das würde Lucy niemals tun." Blue spürte, wie in ihm heiße Wut aufwallte und zu brodeln begann.

„Doch, das wird sie, wenn sie vorgeladen wird", widersprach Travis. „Und genau das wird passieren. Sie muss nur wiederholen, was sie heute Morgen auf dem Revier gesagt hat."

Blue setzte sich in den Wagen. „Spielen Sie Ihre Gedankenexperimente mit jemand anders, Southeby", entgegnete er kurz angebunden. „Ich weiß mit Sicherheit, dass Lucy heute Morgen nicht auf der Polizeistation war."

„Tja, ich weiß mit Sicherheit, dass sie da war." Travis schlug die Tür hinter Blue zu und nahm hinter dem Steuer Platz. „Sie ist gekommen, um Sie auszuliefern. Sie hat uns mit den Informationen versorgt, die uns noch gefehlt haben, um herzukommen und Sie einzubuchten."

Blue lachte nur und erklärte Travis in aller Deutlichkeit, was genau er mit sich tun sollte.

Travis sah Tom an, der eingestiegen war und sich angeschnallt hatte. „McCoy denkt, ich erzähle Märchen", sagte er. „Er glaubt, ich denke mir das alles aus. Ist das nicht genau, was sich heute Morgen abgespielt hat, Tom? Lucy Tait ist hereinspaziert, hat dem Chief erzählt, dass McCoy die Kenntnisse hat, um einem Mann sauber das Genick zu brechen, und fünf Minuten danach hatte ich den Haftbefehl in der Hand."

Tom warf Blue einen mitfühlenden Blick zu. „Ich weiß nicht, wie es sich genau abgespielt hat. Ich habe nicht alles mitbekommen, aber Lucy *war* heute Morgen auf dem Revier. Und ich habe gehört, wie der Chef sie gefragt hat, ob du in der Lage bist, einem Mann das Genick zu brechen. Kurz darauf hatten wir den Haftbefehl."

Ein Teil von Blue zerbrach und starb. Einfach so. Ein plötzlicher, unerwarteter, tragischer Tod.

Er blickte starr aus dem Wagenfenster, als Travis rückwärts von der Auffahrt fuhr. Es war mitten im Sommer, die Bäume und Wiesen waren voller Leben und Farbe. Überall wuchsen Wildblumen. Der Wind stob gegen die grünen Blätter, sodass die Bäume wie Riesen, wie sich bewegende Lebewesen aussahen. Überall da draußen gab es Leben, und doch fühlte sich Blue wie tot. Tot, braun, vertrocknet und gebrochen.

*Dann sag mir ehrlich,* hatte Lucy in der vergangenen Nacht zu ihm gesagt, nachdem sie sich zum zweiten – oder zum dritten? – Mal geliebt hatten, *weißt du, wie man einem Mann das Genick bricht, so wie es bei Gerry gemacht worden ist?* Ihre Beine waren noch immer verflochten gewesen, und er hatte ihr den Rücken gestreichelt, von den Schultern bis zu den Oberschenkeln. Ihre Haut war so weich und glatt. Er hatte nicht aufhören können, sie zu berühren.

Sie hatten sich gerade über Aufrichtigkeit unterhalten. Darüber, dass Lucy die erste Frau in seinem Leben war, die mit ihm zusammen war, ohne damit irgendwelche Ziele zu verfolgen.

Aber das tat sie. Sie verfolgte ein verdammt großes Ziel. Sie benutzte den Sex und die Nähe zu ihm, um die Informationen zu bekommen, die sie brauchte, um ihn ins Gefängnis zu bringen.

Beinah hatte er die tiefen Gefühle zugelassen. Verdammt, er war so ein Idiot!

Blue schwieg, als Travis Southeby und Tom Harper ihn in das Polizeigebäude führten, als sie seine Fingerabdrücke nahmen und Fotos von seinem Gesicht machten und als sie ihm erklärten, dass die Kaution am Nachmittag festgelegt würde. Blue sagte auch kein Wort, als sie ihn in eine Zelle führten und die Tür abschlossen.

Erst als Travis zurückkam und ihm sagte, dass Lucy draußen wartete und ihn sehen wollte, sprach Blue.

„Ich will sie nicht sehen", erwiderte er und wunderte sich darüber, dass er, der sich innerlich wie tot fühlte, überhaupt einen Satz sagen konnte.

Lucy starrte Travis Southeby an. „Aber …"

„Er sagt, er will dich nicht sehen", wiederholte Travis. Er lächelte. „Kann nicht behaupten, dass man ihm das vorwerfen kann. Schließlich hast du das fehlende Indiz gefunden, damit wir ihn anklagen können. Er hat sich nicht besonders gefreut, als ich ihm das erzählt habe."

„Du hast ihm *was* erzählt?"

„Nichts als die Wahrheit", erwiderte Travis schmunzelnd. „Du bist hergekommen und hast dem Boss gesagt, dass Blue einem Mann das Genick brechen kann. Nicht jeder wusste, dass er diese besondere Fähigkeit hat, weißt du. Dein kleiner Leckerbissen hat den Fall wieder ins Rollen gebracht."

„Du *verdammter* Mistkerl!"

Glaubte Blue etwa wirklich, sie würde ihn derart verraten? Offenbar tat er das.

„Pass auf, was du sagst, Schätzchen", entgegnete Travis steif.

Lucy atmete tief ein. Ihre Faust in Travis' selbstgefälliger Miene zu versenken, würde weder ihr noch Blue nützen. Sie zwang sich dazu, ruhiger zu werden. „Tut mir leid." Noch einmal atmete sie tief ein. Sie war zu spät bei ihrem Haus angekommen. Blue war fort gewesen und Travis' Streifenwagen nirgendwo in Sicht. Sie hatte auf der Stelle kehrtgemacht und war zurück zum Revier gefahren. „Bitte, du musst mich trotzdem zu ihm lassen."

„Kann ich nicht machen."

Die Eingangstür ging auf, und Lucy sah, wie Jenny Lee Beaumont in das Gebäude kam. Sie trug ein rosafarbenes Kostüm und eine weiße Rüschenbluse. Durch die Rüschen wirkte ihre volle Oberweite noch größer. Das Haar hatte sie zu einem vornehmen Knoten aufgesteckt. Außerdem trug sie High Heels an ihren winzigen Füßen, sodass sie noch größer aussah.

Travis ging auf sie zu. „Miss Beaumont", sagte er. „Was kann ich für Sie tun, Ma'am?"

Jenny Lee nahm die Sonnenbrille ab. Ihre Augen sahen verweint und von Kummer erfüllt aus. „Ich habe einen Anruf von Blue McCoy bekommen", erwiderte sie mit ihrem rauchigen Südstaatenakzent. „Ich bin hier, um ihn zu sehen."

Travis nickte. „Hier entlang, Ma'am."

Lucy sah mit an, wie Jenny Lee sich an Annabella wandte, die hinter ihrem Schreibtisch saß. „Meine Anwältin sollte bald hier sein. Würden Sie sie bitte zu uns nach hinten bringen, wenn sie hier ist?"

Lucy beobachtete, wie Jenny Lee Beaumont den Flur entlang und zu den Zellen geleitet wurde. Blue hatte Jenny Lee angerufen. *Jenny Lees* Anwältin kam, um ihm zu helfen. Er vertraute Jenny Lee, nicht Lucy.

Aber Jenny Lee wusste nicht, dass einige, wenn nicht alle Polizisten in Hatboro Creek an der Mordvertuschung beteiligt waren. Und Jenny Lee hatte keine Ahnung, dass R. W. Fisher Matt Parker angeblich eine Menge Geld bezahlt hatte, damit er behauptete, er hätte die beiden Brüder in Gerrys Todesnacht zusammen im Wald gesehen.

Außerdem liebte Jenny Lee ihn nicht.

Lucy schon.

Und irgendwie würde Lucy Gerrys Mörder finden. Sie würde Blues Unschuld irgendwie beweisen. Sie würde es irgendwie schaffen und ihm beweisen, dass sie ihn *nicht* verraten hatte.

Und wenn sie dabei draufging.

„Die Kaution beläuft sich auf … fünfhunderttausend Dollar."

Ein überraschtes Raunen ging durch den Gerichtssaal. Eine halbe Million Dollar. Lucy fühlte sich, als hätte ihr plötzlich jemand in den Magen getreten. Wo sollte Blue eine halbe Million Dollar hernehmen?

„Kann der Beschuldigte die Kaution aufbringen?"

Lucy beobachtete, wie Blue sich seiner Anwältin zuwandte, die sich umdrehte und Jenny Lee ansah. Jenny Lee schüttelte den Kopf. „Zurzeit nicht, Euer Ehren", antwortete die Anwältin. Sie stand auf. „Euer Ehren, mein Mandant ist Lieutenant bei der Navy. Nächste Woche wird ein Rechtsanwalt der Navy eintreffen. Darf ich vorschlagen, dass mein Mandant solange in Hatboro Creek in Gewahrsam bleibt?"

Der Richter schüttelte den Kopf. „Diese Einrichtungen sind ungeeignet", erklärte er. „Der Angeklagte wird umgehend in die Justizvollzugsanstalt in Northgate gebracht."

Mehrere bewaffnete Gerichtsdiener traten auf Blue zu. Er stand auf und ließ sich von ihnen aus dem Saal führen. Er musste doch wissen, dass Lucy hier war, hinten im Saal, aber er sah nicht auf. Er schaute nicht einmal in ihre Richtung.

Blue hasste das Gefängnis von Northgate. Er hasste das Gefühl, eingesperrt zu sein. Er hasste es, dass er seine Kleidung hatte abgeben müssen und in schlecht sitzenden Jeans, weißem T-Shirt und Turnschuhen herumlief. Besonders hasste er die Turnschuhe.

Er stand allein auf dem Hof und beobachtete aus dem Augenwinkel eine große Gruppe Männer, die sich versammelte und dann in seine Richtung bewegte. Es waren offensichtlich die Männer, die hier die Fäden zogen – unter den Insassen hatten sie das Sagen. Sie umringten Blue drohend.

Er ignorierte sie. Erst, als sich einer der Männer direkt vor ihn stellte, sah Blue auf.

„Du bist Popeye, der Seemann?", fragte der Häftling und schmunzelte, weil er einen so cleveren Scherz gemacht hatte.

„Nein", antwortete Blue. „Ich bin Blue McCoy, der Navy SEAL."

Zumindest ein Mensch in der Menge wusste, was das bedeutete. Blue stand da, während ein Flüstern von Mann zu Mann weitergetragen wurde. Er verstand die Worte nicht, kannte allerdings den Inhalt. Ein Navy SEAL. Ein Schlangenfresser. Einer der härtesten Hurensöhne im Militär.

Wie durch Magie zerstreute sich die Menschenansammlung. Niemand wollte sich mit einem Mann prügeln, den er unmöglich schlagen konnte.

Blue war beinah enttäuscht. Er hätte eine saftige Auseinandersetzung gut brauchen können. Er wollte den Schmerz loswerden – den Liebeskummer, der sich seiner bemächtigte, weil Lucy ihn benutzt und verraten hatte.

Sie war so verflucht gut! Er hatte sie nicht eine Sekunde lang verdächtigt. Ihr Sonnenscheinlächeln hatte so natürlich gewirkt. Ihre Küsse waren so aufrichtig gewesen. Wie hatte sie es angestellt? Wie hatte sie ihn mit den gefühlvollen Blicken ansehen können, ohne etwas zu empfinden?

Blue wollte aus diesem Gefängnis heraus. Er wollte weit weg von South Carolina und Lucy Tait sein. Verdammt, er wollte sie nie wieder sehen!

Er sehnte sich danach, mit einem Segelboot aufs offene Meer zu fahren, ohne Land in Sicht, und einfach eins mit dem Wasser und dem Himmel zu sein. Er wollte die Erinnerung an Lucys Gesicht aus seinem Gedächtnis löschen.

Doch das würde nicht geschehen.

Er wollte aufhören, an sie zu denken, aber sie verfolgte ihn überall, drängte sich in seine Gedanken und überwältigte ihn mit ihrer Gegenwart.

Warum hatte sie das getan? Wie konnte sie nur? Es ergab keinen Sinn. Glaubte sie wirklich, er hätte Gerry ermordet? Oder schlimmer: Gehörte sie womöglich zu einer Verschwörung gegen ihn?

Es ergab keinen Sinn.

Es passte überhaupt nicht zusammen.

Er schloss die Augen, und da war sie. Er sah sie im Geiste vor sich, die Arme verschränkt, die Lippen aufeinandergepresst, wie sie ihn mit kaum verhohlener Ungeduld anschaute.

„Warum?", fragte er. Er sprach das Wort laut aus, sodass sich einige der Gefängnisinsassen neugierig zu ihm umwandten und sich dann weiter von ihm entfernten.

Blue *musste* verstehen, warum sie es getan hatte. Aber natürlich konnte Lucy ihm nicht antworten.

Lucy saß vor dem Tor zu R. W. Fishers Anwesen. Es ähnelte einer Plantage. Sie hatte sich auf dem Fahrersitz von Sarahs Wagen klein gemacht. Lucy hatte sich den glänzenden schwarzen Honda von ihrer

Freundin geliehen, weil ihr zerbeulter Truck auf dieser gepflegten Straße wie ein bunter Hund auffallen würde. Außerdem hatte Lucy sich ein kleines Aufnahmegerät aus dem Büro von Sarahs Mann geliehen. Von ihrem Dachboden hatte sie ein Fernglas geholt.

Die Nacht erschien ihr ewig lang. Es war erst drei Uhr, und Lucy fühlte sich, als säße sie bereits eine halbe Ewigkeit hier statt seit acht Stunden. Kurz nach sieben war sie R. W. Fisher von seinem Büro aus hierher gefolgt. Er war ins Haus gegangen und seitdem nicht mehr herausgekommen.

Das Fernglas nützte ihr nicht viel. Im Haus war es dunkel, und durch das Fernglas wirkte es lediglich größer und dunkel.

Das Aufnahmegerät nützte ihr genauso wenig. Lucy war es gelungen, sich eine Weile damit zu unterhalten, einen der aktuellen Hits aufs Band zu singen und sich die Aufnahme dann anzuhören. Aber weil die meisten bekannten Songs von Herzschmerz und traurigen Liebesgeschichten handelten, hatte Lucy damit schnell aufgehört.

Sie zwang sich, wach zu bleiben, indem sie koffeinhaltiges Kaugummi kaute, das sie in einer Fernfahrerkneipe gekauft hatte. Aus Angst, die Überwachung unterbrechen und eine Toilette suchen zu müssen, hatte sie den mitgebrachten Kaffee nicht angerührt.

Die Nacht war schwül und heiß. Doch Lucy ließ den Motor nicht an, um die Klimaanlage einzuschalten. Sie hatte Angst, dass die Nachbarn sonst auf den laufenden Motor aufmerksam wurden und die Polizei riefen.

Genau die Polizei, die auf irgendeine Weise in einem Mordkomplott mit R. W. Fisher unter einer Decke steckte.

Darum saß Lucy da. Und schwitzte. Und wünschte sich, Blue hätte nicht so schnell Zweifel an ihrer Aufrichtigkeit bekommen. Sie überlegte, ob Northgate genauso furchtbar war, wie sie gehört hatte. Sie fragte sich, wo Blue war, ob er schlief oder wach war. Und sie betete, dass er in Sicherheit war.

Drei Minuten vor sechs öffnete sich Fishers automatisches Tor. Lucy setzte sich gerade hin und rutschte im nächsten Moment weiter hinunter, um sich zu verstecken. Fisher fuhr in einem großen Geländewagen mit extrabreiten Reifen durch das Tor. Lucy hätte sowohl ihr Haus als auch ihre Software-Firma in Charleston darauf gesetzt, dass die Profile fast noch nagelneu waren. Und sie hätte ihren Einsatz dafür verdoppelt, dass die Spuren, die Blue in der Nähe vom Fundort der Leiche entdeckt hatte, von genau diesen breiten Reifen stammten.

Sie beobachtete, wie Fisher rechts abbog und schnell auf die Straße fuhr.

Sie drehte den Zündschlüssel zu Sarahs Wagen, wartete jedoch, bis Fisher weiter weggefahren war, bevor sie ihm folgte.

Er kam nicht weit. Er fuhr auf den Parkplatz der Schule und bremste.

Ohne die Geschwindigkeit zu drosseln, fuhr Lucy an ihm vorbei und lenkte den Wagen erst mehrere hundert Meter weiter an den Straßenrand. Sie schnappte sich das Aufnahmegerät – nur zur Sicherheit – und stieg leise aus dem Wagen. Zu Fuß ging sie durch den Wald und näherte sich von dort dem Parkplatz.

Fisher stand bei seinem Geländewagen und hatte einen Fuß auf die Stoßstange gestellt, als würde er sich die Schuhe zubinden. Er trug eine kurze Jogginghose und ein T-Shirt. Für einen fast siebzigjährigen Mann war er erstaunlich gut in Form.

Er machte ein paar Dehnübungen, setzte sich die Kopfhörer seines Walkmans auf und begann dann, am Rand des Schulsportplatzes entlangzulaufen. Lucy verfolgte ihn, indem sie parallel zu ihm schnell durch das dichte Gehölz marschierte.

Er ist *abscheulich* fit, dachte sie, als sie schon nach einer kurzen Strecke außer Atem war. Natürlich lief Fisher nicht in einer langen Jeans und Cowboystiefeln, musste nicht über Wurzeln und Steine springen und bekam keine Zweige und Schlingpflanzen ins Gesicht. Sie erkannte, dass sie ihn verlor, riss sich zusammen und rannte schneller.

Er erreichte die Ecke des Sportplatzes und lief auf einen Pfad, der in den Wald führte. Er verlangsamte sein Tempo, aber nicht stark.

Lucy war froh, dass Fisher Kopfhörer trug, weil er sie dadurch nicht hörte. Sie machte mehr Krach als eine wilde Herde Elefanten. Jetzt erinnerte sie sich daran, wie Blue leise durch den Wald laufen konnte. Und außerdem ohne müde zu werden. Als ihr ein besonders großer Zweig gegen die Stirn schlug, wünschte Lucy, Blue wäre bei ihr. Aber das war er nicht. Wenn sie mit Fisher Schritt halten wollte, musste sie es allein schaffen.

*Du musst es verzweifelt wollen.* Die Worte von Blues Ausbilder kamen ihr in den Sinn. Das tat sie. Sie wollte es. Unbedingt. Sie wollte, dass dieser Albtraum gut ausging. Sie wollte den Beweis finden, der Blue aus dem Gefängnis holen würde. Er sollte aus dem Staatsgefängnis spazieren und direkt in ihre Arme. Und wenn sie sich schon ein Happy End ausdachte, dann sollte er sie küssen und ihr sagen, dass er sie liebte. Sie wollte ihn heiraten und mit ihm glücklich sein, bis an ihr Lebensende.

Gott, war sie dumm! So würde es nicht ablaufen. Selbst, wenn sie sich nicht ermorden ließe, und selbst, wenn sie es schaffte, Blue aus dem Gefängnis zu holen, würde er mit der perfekten, rosa gerüschten Jenny Lee Beaumont in den Sonnenuntergang reiten.

Lucy fluchte, nachdem sie über eine Wurzel gestolpert und hingefallen war. Sie hatte sich über dem Knie ein Loch in die Jeans gerissen. Aber Lucy ignorierte den Schmerz, die Schrammen und das Blut. Sie rappelte sich auf und rannte weiter.

R. W. Fisher war weit vor ihr.

Sicher, war er nur zum morgendlichen Joggen hier, würde Lucy sich ziemlich dämlich vorkommen. Sie betete, dass er sich mit jemandem traf, dass etwas geschah, damit …

Abrupt blieb sie stehen und warf sich in das Unterholz.

Fisher hatte aufgehört zu laufen. Er stand mitten auf dem Trampelpfad und rang nach Atem. Er hatte die Kopfhörer abgenommen und lehnte sich gegen einen hohen Felsen. Gott sei Dank hatte er sie weder gehört noch gesehen.

Langsam, vorsichtig und angestrengt, keine Geräusche zu machen, kroch Lucy vorwärts.

Bitte, betete sie im Takt ihres pochenden Herzens. *Bitte, bitte, bitte, bitte, lass ihn jemanden treffen, bitte, bitte, bitte …*

Da hörte sie es. Das Dröhnen von Motorrädern, die sich näherten. Lucy nutzte den Schutz der lauten Motoren, um dichter heranzukriechen und das Aufnahmegerät aus der Tasche zu ziehen.

Doch mit einem Mal wurde ihr bewusst, dass es nicht nur ein Motorrad war, sondern zwei. Die Fahrer bremsten scharf und stellten die Motoren aus. Beide trugen Helme. Lucy beobachtete, wie sie sie abnahmen.

Travis Southeby. Und … Frank Redfield? Oh, mein Gott, wenn der freundliche und höfliche Frank mit drinsteckte, dann vielleicht auch Tom Harper. Und Chief Bradley – warum er nicht auch?

„Was wollt ihr wegen McCoy unternehmen?", fragte Fisher. Lucy hörte seine Stimme klar und deutlich. Hastig drückte sie auf die Aufnahmetaste und stellte das Mikrofon auf Maximum. Fassungslos schüttelte Fisher den Kopf. „Verflucht, habe ich euch nicht erst vor einer Woche dieselbe Frage gestellt? Haben wir dieses Gespräch nicht schon einmal geführt?"

„Dieses Mal ist es ein anderer McCoy", erwiderte Travis. „Aber er wird uns keine Probleme machen, Mr. Fisher. Blue McCoy ist im Gefängnis in Northgate, und da wird er auch bleiben. Es besteht nicht die geringste Chance, dass er die Kaution stellen kann."

„Scheint, als würde seinetwegen ein besonderer Navy-Anwalt einfliegen", sagte Fisher. „Ich hätte fast in New York angerufen und ..."

„Snake will da nicht mit reingezogen werden", unterbrach Travis ihn. „Er hat seinen Teil erledigt ..."

„Indem er Gerry das Genick gebrochen hat?", vollendete Fisher den Satz spöttisch. „Er hätte dafür sorgen sollen, dass es wie ein Unfall aussieht. Aber Genickbruch? Das war idiotisch."

„Wir konnten es Blue ganz leicht in die Schuhe schieben. Er wird dafür bezahlen."

„Und was ist mit dem Navy-Anwalt?"

„Das ist kein Problem", warf Frank ein. „McCoy sitzt in Northgate, richtig? Gegen Mittag wird es in der Cafeteria eine Schlägerei geben. Blue McCoy wird sie nicht überleben. Das garantiere ich."

Lucy stockte der Atem. Blue McCoy würde nicht überleben? Nicht, solange sie noch gesund und munter war.

Fisher nickte, sein faltiges Gesicht wirkte plötzlich müde und alt. „In Ordnung."

„Was *mich* viel mehr interessiert, ist: Wie wollen Sie die Lücke füllen, die Gerrys Tod hinterlassen hat?", fragte Travis. „Wie zur *Hölle* sollen wir das Geld rechtzeitig vor Ablauf der Frist des Syndikats ins System und zurück nach New York bringen?"

„Matt Parker." Fisher fügte hinzu: „Bis jetzt hat er uns gern geholfen. Ich bin sicher, er wird unsere Beziehung mit Freuden aufrechterhalten. Ich sorge dafür, dass er ein Darlehen von der Bank bekommt; natürlich nichts, das in unsere Richtung führt. Aber es wird Matt dazu verhelfen, ein passendes Unternehmen zu kaufen –

vielleicht sogar McCoys Baufirma. Das Baugewerbe war perfekt, um Geld zu waschen."

„Zu dumm, dass sich Gerry in die Hosen gemacht hat", meinte Travis.

Ein Syndikat in New York. Geldwäsche. Mein Gott, das war vermutlich, worum es hier ging. Jemand namens Snake, der wohl zum Syndikat gehörte, hatte Gerry das Genick gebrochen, weil der aussteigen wollte.

„Bald sind wir reich, Gentlemen", sagte Frank und setzte sich den Helm wieder auf. „Nächstes Jahr um diese Zeit schwimmen wir im Geld."

Lucy blieb noch lange im Unterholz versteckt, nachdem die Motorräder davongefahren und Fisher sich auf den Rückweg gemacht hatte. Sie wusste nicht, wo *sie* nächstes Jahr um diese Zeit sein würde, aber eines war sicher: R. W. Fisher, Frank Redfield, Travis Southeby und jeder, der sonst noch mit Gerrys Tod zu tun hatte, würde im Gefängnis sitzen.

Und wenn sie sie eigenhändig dorthin befördern musste.

# 15. Kapitel

Lucy lief zurück zu Sarahs Wagen. Sie rannte jetzt schneller als zuvor, als sie R. W. Fisher verfolgt hatte.

Wenn ihre Armbanduhr richtig ging, war es Viertel vor sieben. Lucy musste vor halb elf in Northgate sein und Blue während der Besuchszeit warnen. Es lag etwa eine Stunde Fahrzeit entfernt, aber das war okay. Sie konnte es schaffen.

Allerdings konnte sie nicht mit Sicherheit davon ausgehen, dass Blue sie sehen wollte.

Total verschwitzt, voller Kletten und Dreck, stieg Lucy in den Wagen. Laut ließ sie den Motor aufheulen und fuhr schnell nach Hause.

Sie konnte sich nicht an die örtliche Polizei wenden. Sie steckten mit drin. Daran hatte Lucy keinen Zweifel mehr. Die Nationalgarde? Zum Teufel, sie konnte nicht sicher sein, dass *dort* niemand in die Sache verwickelt war. Und die Bundesagenten im Umkreis? Verdammt, sie war inzwischen so paranoid, dass sie Angst hatte, überhaupt irgendjemanden zu verständigen.

Der Kies spritzte auf, als Lucy in die Einfahrt zu ihrem Haus fuhr. Sie rannte die Verandatreppe hoch, schloss die Tür auf und schlug sie hinter sich zu.

Nachdenken. Sie musste nachdenken.

Sie hob den Telefonhörer ab und legte gleich wieder auf. Dann hatte sie plötzlich die Erleuchtung. Sie nahm wieder ab und drückte die Wahlwiederholungstaste. Lucy schloss die Augen und betete, dass Blue das Telefon als Letzter benutzt und zuletzt im Team-Ten-Hauptquartier in Kalifornien angerufen hatte.

Es klingelte. Wo immer sie auch anrief, es klingelte. Sie konnte nur hoffen, dass sie nicht die Nummer der Pizzeria in Hatboro Creek gewählt hatte.

„Nachtdienst", sagte eine tiefe Stimme am anderen Ende der Leitung.

Mein Gott, natürlich, in Kalifornien war es drei Stunden früher als hier. Dort war es gerade fünf Uhr morgens.

„Wer ist da?", fragte sie.

Schweigen. „Wer ist da?", lautete die argwöhnische Antwort.

Lucy atmete tief ein und ging ein großes Risiko ein. „Ich heiße Lucy Tait, und ich bin eine Freundin von Blue McCoy", sagte sie. „Er steckt in großen Schwierigkeiten, und ich muss sofort mit Joe Cat sprechen."

Wieder herrschte Stille. Dann sagte der Mann: „Von wo rufen Sie an, Ma'am?"

„Hatboro Creek, South Carolina", antwortete Lucy.

„Können Sie diese Schwierigkeiten näher beschreiben, in denen Lieutenant McCoy Ihrer Ansicht nach steckt?"

„Bitte, wer sind Sie? Ich kann nicht mehr sagen, solange ich nicht weiß, mit wem ich spreche."

Wieder entstand kurzes Schweigen am anderen Ende der Leitung. Dann sagte der Mann: „Ich heiße Daryl Becker. Blue nennt mich Harvard."

Harvard. Sie hatte den Namen schon einmal gehört. „Sie haben mit Blue und Joe Cat die Höllenwoche durchgestanden", stieß Lucy erleichtert hervor.

„Woher wissen Sie das?", fragte er misstrauisch.

„Blue hat es mir erzählt."

„Reden wir über denselben Blue McCoy?", fragte Harvard. „Den Blue McCoy, der in seinem ganzen Leben nicht mehr als drei Sätze von sich gegeben hat?"

„Mit mir spricht er", erwiderte Lucy. „Bitte, Sie müssen ihm helfen! Ich muss mit Joe Cat sprechen."

„Hier an der Westküste ist es 0500", antwortete Harvard. „Wir sind erst gestern Nacht zurückgekehrt. Joe ist heute bei seiner Lady."

„Veronica", sagte Lucy.

Harvard lachte. „Wenn Sie ihren Namen kennen, hat Blue tatsächlich den Mund aufgemacht. Sie müssen eine besondere Frau sein, Lucy Tait."

„Ich bin nur eine Freundin."

„Ich bin auch mit ihm befreundet. Also erzählen Sie mir, was los ist."

Lucy erzählte ihm alles, angefangen bei der Geldwäsche über den Mord an Gerry und der Anklage, die gegen Blue erhoben würde, bis zu dem Mordversuch, der im Northgate-Gefängnis stattfinden sollte. Als sie geendet hatte, schwieg Harvard.

„Verflucht", sagte er. „Wenn dieser Südstaatenjunge Ärger bekommt, dann *verflucht* großen, was?"

„Ich brauche Hilfe", erwiderte Lucy. „Ich kann das nicht allein schaffen, aber ich weiß nicht, wen ich anrufen kann. Ich muss wissen, wem ich vertrauen kann."

„Okay, Lucy Tait. Das ist auch für mich eine Nummer zu groß. Geben Sie mir Ihre Telefonnummer. Ich riskiere zwar einiges, wenn ich Cat aus seinem seligen Schlummer reiße. Aber er wird wissen, was zu tun ist. Ich sage ihm, dass er Sie gleich zurückrufen soll."

„Vielen Dank", sagte Lucy und nannte ihm ihre Telefonnummer.

Sie legte auf, öffnete den Kühlschrank und schenkte sich ein Glas Orangensaft ein, während sie sich bemühte, nicht auf die Uhr zu sehen. Gott, sie sah furchtbar aus. Sie war voller Schweiß und Dreck, ihr Haar war strähnig und klebte ihr am Kopf. Durch das Loch in der Jeans sah sie, dass ihr Knie immer noch blutete.

Drei Minuten und vierzig Sekunden, nachdem sie aufgelegt hatte, klingelte das Telefon.

Hastig griff Lucy nach dem Hörer. „Ja?"

„Lucy? Hier ist Joe Catalanotto."

Lucy schloss die Augen. „Gott sei Dank."

„Also, Lucy, Harvard hat mir erzählt, was los ist. Ich habe bereits mit dem Admiral telefoniert; wir werden einen Noteinsatz durchführen. Ich bin auf dem Weg, aber es wird zu lange dauern, bis ich da bin. Verstehen Sie mich?" Joe Cats Akzent war das pure New York City. Seine Stimme war tief und voll und klang nach der Zuversicht eines Navy SEAL Commanders. „Ronnie setzt sich mit Kevin Laughton in Verbindung. Er ist FInCOM-Agent … Federal Intelligence Commission … in D. C. Ich vertraue ihm. Er schickt jemanden nach Hatboro Creek – jemanden, dem Sie Ihre Aufnahme anvertrauen können."

Ronnie? Veronica. Natürlich. Seine Ehefrau.

„Ich möchte, dass Sie etwas tun", fuhr Joe fort. „Fahren Sie dahin, wo immer Blue festgehalten wird, und erzählen Sie ihm von dem Anschlagsversuch am Mittag. Tun Sie, was auch immer zu tun ist, Lucy, um ihn aus diesem Gefängnis rauszuholen."

Lucy atmete tief ein. „Ich soll einen Tunnel graben?"

Joe lachte. Er hatte ein tiefes, heiseres Lachen. „Wenn Sie das müssen, dann ja. Tun Sie, was nötig ist. Nur lassen Sie nicht zu, dass Blue oder Sie getötet werden."

Bevor Joe auflegte, gab er ihr seine Telefonnummer, die vom Hauptquartier des SEAL Team Ten und Kevin Laughtons, dem FInCOM-Agenten. Nur zur Sicherheit.

Lucy legte den Hörer auf.

Tu, was nötig ist. Was auch immer zu tun ist. Koste es, was es wolle.

Sie griff wieder nach dem Hörer und wählte Sarahs Nummer. Lucy wusste, dass sie die Freundin weckte.

„Hallo?", meldete Sarah sich schläfrig.

„Ich bin's", sagte Lucy. „Wie viel Geld hast du auf deinem Sparbuch?"


Lucy arbeitete schnell. Sie kramte sowohl die Unterlagen zu ihrem Haus als auch die über ihre Firma im Arbeitszimmer hervor. Sie fand die Wagenpapiere. Sie sammelte ihre Sparbücher zusammen und klappte das Scheckheft auf, das sie in der Kommode aufbewahrte.

Sie blätterte in den Gelben Seiten von Charleston und machte einen Anruf nach dem anderen, bis sie den richtigen Unternehmer gefunden hatte. Sie beschrieb ihm den Weg nach Hatboro Creek und nahm ihm das Versprechen ab, vor neun Uhr da zu sein, wenn die örtliche Bankfiliale öffnete.

Sie machte eine Kopie der Aufnahme, indem sie den Anrufbeantworter aufzeichnen ließ und den Gesprächsmitschnitt abspielte. Die Qualität der Aufnahme würde schlechter sein, aber das kümmerte Lucy nicht. Solange die Worte irgendwie zu verstehen waren und die Stimmen erkannt werden konnten, genügte es. Eine der Kassetten verwahrte sie in der Küchenschublade.

Drei Minuten vor neun stieg sie in Sarahs Wagen und fuhr in die Stadt.

Auf dem Bürgersteig vor der Bank wartete Sarah. Lucy parkte und stieg aus.

„Ich kann nicht fassen, dass du mich dazu überredet hast", sagte Sarah besorgt. „Es sind die dreißigtausend Dollar, mit denen Richard seine Praxis modernisieren wollte."

„Du bekommst das Geld zurück", erwiderte Lucy und hoffte, dass sie recht behalten würde. „Ich kann dir gar nicht sagen, wie viel mir das bedeutet. Dein Geld ist genau das, was mir gefehlt hat."

„Ich hatte keine Ahnung, dass du so viel hast", murmelte Sarah.

„Das meiste steckt im Geschäft. Oh, bevor ich es vergesse – ich habe in meiner Küche eine Kassette versteckt, in der Schublade. Sollte mir irgendetwas zustoßen ..."

„Oh Gott! Sag doch so etwas nicht."

„Es ist wichtig", beharrte Lucy. „An meiner Pinnwand hängt ein Zettel mit der Telefonnummer eines FInCOM-Agenten namens Kevin Laughton. Sorg dafür, dass er die Kassette bekommt."

„Die Kassette aus der Küchenschublade." Sarah nickte. „Warum denn ausgerechnet die Küchenschublade?"

„Ich wollte sie ja im Toaster verstecken. Aber dann habe ich gedacht, was ist, wenn jemand hereinkommt und sich einen Toast machen will ..."

Lucy wandte sich um, als ein korpulenter Mann in einem Geschäftsanzug und mit einem deutlich erkennbaren Toupet auf sie zukam. Er musste Benjamin Robinson sein, der Mann, den sie über die Gelben Seiten gefunden hatte. Er *musste* es einfach sein.

„Miss Tait?", fragte der Mann und sah fragend von Sarah zu Lucy. Lucy streckte die Hand aus. „Mr. Robinson", sagte sie. „Ich bin Lucy Tait. Sollen wir in die Bank gehen und gleich das Geschäftliche erledigen?"

Ein kahlköpfiger Mann blieb während des morgendlichen Hofgangs neben Blue stehen. Mit zittriger Hand zündete er sich eine Zigarette an und sah zum Himmel.

„Du wirst fertiggemacht", sagte er.

Er brauchte einen Augenblick, bis Blue erkannt hatte, dass der Mann mit *ihm* redete. Er wandte den Blick von dem Mann ab und sah zum Boden, auf die unbequemen Turnschuhe, als ihm die Bedeutung der Worte klar wurde. Fertiggemacht. Getötet. „Wann?"

„Lunch", antwortete der Mann.

So bald. Blue verspürte den vertrauten Adrenalinstoß, den er immer vor einem Kampf bekam. „Wie viele?"

„Zu viele. Sogar wenn du dich wehrst, kriegen sie dich. Wenn du beim Lunch nicht auftauchst, machen sie dich beim Abendbrot fertig."

„Wie viele?", wiederholte Blue seine Frage. Es gab kein „zu viele".
Er musste es nur vorher wissen, um sich vorzubereiten und sich eine
Gegenangriffstaktik zurechtzulegen.

„Sind dreißig, Kumpel. Alles tickende Zeitbomben."

Dreißig. Gott. Nicht unmöglich, aber auch keine gute Voraussetzung.

„Sie kriegen dich", sagte der Mann.

Dreißig. Das würde ein hartes Stück Arbeit. Da hatte der Typ wahrscheinlich recht. „Warum erzählst du es mir dann?"

„Ich erzähle es dir, weil ich es würde wissen wollen, wenn ich
sterben muss." Der Mann schnippte die Asche von seiner Zigarette
und sah Blue immer noch nicht an. „Mach ein Testament", sagte er.
„Schließ Frieden mit dem Gott, an den du auch glauben magst. Oder
stell dich vor dem Telefon an – ruf deine Freundin an und sag ihr,
dass du sie liebst." Er entfernte sich von Blue. „Erledige, was es noch
zu tun gibt."

*Stell dich in die Schlange vorm Telefon.* Gott, wenn er es nur könnte.
Aber Blue durfte bisher nicht telefonieren. Erst in einer Woche würde
man ihm das gestatten. Und laut dem glatzköpfigen Insassen würde
Blue das nicht mehr erleben.

Blue ging in das Hauptgebäude und in die Bücherei.

„Ich hätte gern einen Stift und Papier, bitte", sagte er zu dem
korpulenten Häftling, der an der Ausleihe saß.

Schweigend schob der Mann beides über die Theke. Blue sah seinen
bevorstehenden Tod im stummen Blick des Mannes.

„Danke", sagte er. Aber der andere antwortete nicht, als wäre Blue
bereits gestorben. Der Stift war mit einer Kette an dem Tisch befestigt,
damit er weder gestohlen noch als Waffe benutzt werden konnte. Blue
stand da, hob den Stift und setzte ihn auf das Papier.

Verflucht. Ihm fiel es schwerer, es aufzuschreiben, als er gedacht
hatte.

Der Anfang war einfach: „Liebe Lucy." Danach wurde es jedoch
wesentlich schwieriger.

Er hatte nicht genug Zeit, um länger nachzudenken. Ihm blieb zu
wenig Zeit, um es perfekt zu machen. Blue wusste, was er sagen wollte.
Darum musste er es bloß niederschreiben. Er schrieb und strengte sich
an, leserliche Buchstaben auf das Blatt Papier zu schreiben.

*Ich hatte viel Zeit, um über die letzten vierundzwanzig Stunden nachzudenken. Und jedes Mal, wenn ich versuche, Dich in das Rätsel einzufügen, wer Gerry ermordet hat, passt nichts mehr zusammen. Wann immer ich mir vorstelle, wie Du zum Revier gegangen bist, um die Information abzuliefern, die den Fall gegen mich erhärten sollte, kann ich es einfach nicht glauben.*

*Ich habe über Travis Southeby nachgedacht. Darüber, wie er sich mir im Lokal entgegengestellt hat, und darüber, wie viel Freude es ihm bereitet hat, mir zu erzählen, dass Du mich der Polizei ausgeliefert hast. Im ersten Moment habe ich ihm vorgeworfen, Spielchen zu treiben. Und jetzt kann ich nicht anders, als zu glauben, dass er mir tatsächlich einen Floh ins Ohr gesetzt hat. Ich habe Tom Harper geglaubt, als er erzählt hat, dass er Dich auf der Wache gesehen hat. Aber hat er auch gelogen? Oder bist Du dort gewesen, nur aus einem völlig anderen Grund?*

*Ich schätze, es läuft alles darauf hinaus, dass ich ihnen nicht glauben will. Ich werde ihnen nicht glauben. Aber ich fürchte, es ist zu spät. Ich fürchte, dass sie längst gewonnen haben.*

*Es bringt mich um, dass ich Dich nicht gesehen habe, als ich die Gelegenheit dazu hatte. Ich bin nicht sicher, ob ich sie noch einmal bekomme, weil mich hier drinnen jemand tot sehen will – bestimmt, damit ich meine Unschuld nicht beweisen und nicht laut danach fragen kann, wer Gerry wirklich getötet hat.*

*Vielleicht bin ich ein Idiot, und vielleicht machst Du mit diesen Mördern gemeinsame Sache. Aber ich will das nicht glauben. Ich werde es nicht glauben. Sollte ich bald sterben, dann in dem Bewusstsein, dass ich Dich liebe.*

Blue atmete tief ein, dann fuhr er fort.

*Ich habe diese Worte niemals zu jemandem gesagt, geschweige denn sie aufgeschrieben. Aber irgendwann in den letzten Tagen habe ich mich in Dich verliebt, Yankee.*

*Ich dachte, das solltest Du wissen.*

Er wollte den Brief mit „Carter" unterschreiben, strich die Buchstaben wieder durch und schrieb „Blue".

Anschließend faltete Blue den Brief dreimal und schob dem Mann den Stift entgegen. Der Häftling sagte immer noch nichts. Blue bat um einen Briefumschlag und eine Marke. Schweigend zeigte der Mann auf den kleinen Raum, in dem die Post eingesammelt und ausgegeben wurde.

Während Blue dort war, traten mehrere Wachen ein und ratterten eine Reihe von Zahlen herunter. Er brauchte einen Augenblick, um zu begreifen, dass es Identifikationsnummern waren – *seine* Identifikationsnummern. Sie suchten ihn.

„Sie werden vom Direktor erwartet", sagte einer der Wachmänner, nachdem Blue den Brief in den Postkasten gesteckt hatte.

Hatte der Gefängnisdirektor irgendwie von dem geplanten Mord erfahren? Würde er Blue in eine Einzelzelle stecken, bis die Gefahr vorüber war? Der Weg zum Büro des Direktors beim vorderen Tor des Gefängnisses war weit, Blue hatte viel Zeit für Spekulationen.

Doch als der Wachmann die Tür öffnete und Blue eintrat, überraschten ihn die Worte des Direktors.

„Ihre Kaution ist gezahlt worden", erklärte der Mann. „Unterschreiben Sie das Formular und ziehen Sie sich um. Dann können Sie gehen."

Seine Kaution war gezahlt worden. Eine halbe Million Dollar. Wer zur Hölle hatte einfach so mit einer halben Million Dollar herausgerückt? Und auch noch rechtzeitig.

Die Uhr an der Wand zeigte zehn nach elf an. In zwanzig Minuten würden sich die Häftlinge aufstellen, um den Speisesaal zu betreten. In zwanzig Minuten würden dreißig Insassen nach ihm suchen, bereit, sein Leben auszulöschen. Doch er würde nicht da sein. Er musste nicht gegen dreißig Männer kämpfen. Erleichterung durchflutete ihn. Er würde nicht sterben. Nicht heute. Jedenfalls nicht vor dem Lunch.

„Wer hat die Kaution gestellt?", fragte er.

„Ist das wirklich wichtig?"

Blue schüttelte den Kopf. „Nein."

Eilig zog er sich um und schob den Gürtel wieder in die Schlaufen seiner Hose. Sie hatten das in der Schnalle versteckte Messer nicht gefunden. Das war gut. Vielleicht wendete sich das Blatt zu seinen Gunsten.

Die Wachen führten ihn über den Flur zu einem verschlossenen Tor. Er wurde hindurchgebeten, dann einen weiteren Gang entlang und zu einer weiteren Pforte geführt. Durch den eng gewickelten Sicherheitsdraht sah Blue, dass auf der anderen Seite jemand stand. Während er näherkam, erkannte er mit einem Mal, wer dort stand und auf ihn wartete.

Lucy. Gott, es war Lucy. Das Blatt wendete sich definitiv.

Ihre Miene wirkte besorgt, als wüsste sie nicht, wie er sie begrüßen würde. Trotzdem hielt sie seinem Blick stand und sah ihm in die Augen, als der Wachmann die letzte Schranke aufschloss.

Und dann war er frei. Er stand außerhalb des Gefängnisses im Besucherbereich.

„*Du* hast meine Kaution bezahlt?", fragte er. Eigentlich wollte er etwas anderes zu ihr sagen, doch es war besser, als nur dazustehen und sie anzustarren.

Sie nickte.

„Wo zum Teufel hast du eine halbe Million Dollar her?"

Nervös befeuchtete Lucy sich die Lippen und zuckte die Schultern. Ihr Lächeln wirkte wie ein schwaches Abbild des sonst so herzlichen und warmen Lächelns. „Erinnerst du dich daran, dass ich eine Software-Firma besitze?", fragte sie. „Die Geschäfte sind in letzter Zeit extrem gut gelaufen."

„Aber du konntest doch nicht so viel Bargeld …"

Sie schüttelte den Kopf. „Nein, es steckt fast alles fest im Firmenkapital. Ich habe die Firma und ein paar andere Dinge als Sicherheit angegeben, etwas Geld geliehen und …" Wieder zuckte sie die Schultern. „Ich habe nichts mit deiner Festnahme zu tun, Blue." Sie sprach schnell und leise. „Ich meine, ich bin auf dem Revier gewesen, um meine Pistole aus dem Schließfach zu holen. Bradley hat mir eine Frage gestellt, und ich habe sie, so gut ich konnte, beantwortet. Und mit einem Mal hatte Travis Southeby einen Haftbefehl gegen dich. Ich habe … Ich wollte …" Sie hatte Tränen in den Augen und sah ihn dennoch direkt an. Still bat sie ihn darum, ihr zu glauben.

„Das Gesetz schreibt vor, dass ich Sie bis zum vorderen Tor begleite", sagte der Wachmann zu Blue.

Er ignorierte den Gefängnisangestellten und trat auf Lucy zu. „Ich weiß."

Sie wischte sich die Tränen mit dem Handrücken fort und wollte zweifellos auf keinen Fall weinen. „Wirklich?"

„Ja", bestätigte Blue. Er wollte sie in die Arme ziehen, aber er war schrecklich nervös. Er war verliebt in diese Frau. Irgendwie änderte es alles, dass er sich dessen bewusst war. Er hatte Angst, sie zu berühren und sich zu verraten. Sicher, er hatte gerade seine tiefsten Gefühle in einem Brief preisgegeben, doch auf keinen Fall konnte er sie laut in Worte fassen. „Ich habe eine Weile gebraucht, bin aber schließlich darauf gekommen. Lucy, es tut mir leid ..."

„Kommt schon, Leute", sagte der Wachmann ungeduldig. „Hebt euch das tränenreiche Wiedersehen auf, bis ihr auf der anderen Seite vom Tor steht."

Lucy wandte sich dem Wachmann zu, hob das Kinn und funkelte ihn an. „Ich habe gerade eine halbe Million Dollar bezahlt, damit dieser Mann hier mit mir hinausspazieren kann – und wir werden das in unserem Tempo tun, dann, wenn wir es wollen und keine Minute früher. Vielen Dank."

Blue merkte, dass er lächelte, wie er es scheinbar seit Jahrzehnten nicht mehr getan hatte. „Ich glaube, ich bin so weit", sagte er zu ihr.

Der Wachmann begleitete sie bis zur Tür, und dann standen sie in der feuchten Luft und schließlich auf der anderen Seite des Tors.

Freiheit.

„War es sehr schlimm?", fragte Lucy leise.

„Es ist vorbei."

Ihre Blicke begegneten sich, jedoch nur kurz, nur sekundenlang, denn Lucy sah sofort zu Boden. Und Blue wusste mit tödlicher Gewissheit, dass sie zurückweichen würde, wenn er jetzt auf sie zuging.

Als er sie hinter dem Tor auf ihn hatte warten sehen, als er begriffen hatte, dass sie die Kaution für ihn gestellt hatte, hatte er einen Moment lang gedacht, es wäre der Beweis für ihre Liebe. Welche Frau setzte alles, was sie besaß, für einen Mann aufs Spiel, den sie nicht liebte?

Doch dann erinnerte er sich an ihren Freund Edgar. Lucy war nur mit Edgar befreundet gewesen und hatte dennoch so viel geopfert, um in seinen letzten Monaten bei ihm zu sein.

Sie stand unerschütterlich zu ihren Freunden. Aber Blue wollte nicht mehr nur ihr Freund sein. Er wollte mehr, Gott steh ihm bei. Er wollte mehr. Die Tatsache, dass er den Glauben in sie verloren hatte, könnte allerdings genau die zarten Gefühle zerstört haben, die sie vielleicht für ihn entwickelt hatte.

Blue musste auf sie zugehen; er musste es versuchen. Bevor er das konnte, marschierte Lucy jedoch auf den Parkplatz und ihren Truck zu.

„Matt Parkers Ehefrau hat mir erzählt, dass R. W. Fisher Matt viel Geld dafür gezahlt hat, damit er behauptet, dich mit Gerry im Wald gesehen zu haben", berichtete sie ihm.

R. W. Fisher?

„Sie hat außerdem gesagt, dass einige Männer von der Polizei damit zu tun haben", fuhr Lucy fort.

Das war Blue klar gewesen. Vom ersten Tag an hatte er es geahnt.

„Darum habe ich Fisher verfolgt, und er hat sich mit Travis Southeby und Frank Redfield getroffen", erzählte Lucy weiter. „Ich habe ihr Gespräch auf Band. Sie sind in Geldwäschegeschäfte des organisierten Verbrechens verstrickt, es wird alles von einem Syndikat in New York gelenkt. So wie ich es verstanden habe, bekommen sie von der Mafia Geld und frisieren die Einnahmen ihrer Firmen, machen einen Schnitt, der hoch genug ist, um die höheren Steuern und mehr zu zahlen, und geben dann den Rest zurück. Bis zu einem gewissen Zeitpunkt steckte Gerry mit drin. Ich vermute, dass er eine Weile mitgemacht und seine Baufirma dazu benutzt hat, um viel von dem schmutzigen Geld der Mafia wieder in Umlauf zu bringen. Doch er hat wohl ein schlechtes Gewissen bekommen und wollte aussteigen. Als er laut geworden ist, haben sie ihn umgebracht. Die Mafia hat einen Typen namens Snake beauftragt."

Blue war erstaunt. „Mensch, du bist ganz schön beschäftigt gewesen."

„Es kommt noch mehr", sagte sie. Der Staub vom Parkplatz bedeckte ihre Stiefel. Lucy blieb stehen, um Blue ins Gesicht zu sehen, und wischte sich die Stiefel an der Hose sauber. „Die Alpha Squad ist zurück. Ich habe mit Joe Cat gesprochen, er ist auf dem Weg hierher. In der Zwischenzeit hat Veronica einen gewissen Kevin Laughton angerufen. Es ist nur eine Frage der Zeit, bis die FInCOM hier eintrifft."

Blue musste lachen. „Das alles hast du getan *und* nebenbei noch das Geld für meine Kaution aufgetrieben?"

Lucy nickte und ging weiter. Ihr Truck stand am Ende einer Reihe geparkter Wagen. „Jetzt müssen wir nur noch einen sicheren Ort finden, wo wir uns verstecken können, bis die FInCOM-Agenten hier sind."

Abrupt blieb Blue stehen und hielt Lucy am Arm fest. „Hinter deinem Wagen ist jemand", zischte er ihr leise zu.

Lucy griff nach ihrer Waffe, aber sie war nicht schnell genug.

Travis Southeby stand auf und zielte direkt auf Blue. „Rühr dich nicht von der Stelle", warnte er Lucy, „sonst schieß ich ein Loch in ihn."

„Lass den Mistkerl nur machen", sagte Blue, ohne Travis aus den Augen zu lassen. „Und dann schießt du genau zwischen seine Augen. Ich weiß, dass du das kannst."

„Ich bring ihn um", sagte Travis. Seine Stimme klang hoch, seine Hände bebten leicht, sein rotes Gesicht wirkte angespannt. „Heb langsam die Hände hoch."

Lucy tat es. „Ich kann das nicht riskieren", flüsterte sie Blue zu.

Travis hielt seine Pistole auf Blue gerichtet, während er auf sie zuging und schnell Lucys Waffe unter ihrer Jacke und aus dem Schulterholster zog.

„Verdammt", sagte Travis. „Ich konnte es nicht fassen, als der Gefängnisdirektor angerufen und mir erzählt hat, dass die Kaution für Blue McCoy gezahlt wurde. Eine halbe Million Dollar." Er sah Lucy an und wischte sich mit dem Handrücken über die schweißnasse Stirn. „Was zum Teufel hat jemand mit so viel Kohle bei der Polizei verloren?"

„Was zum Teufel hat dort jemand mit deiner Moral verloren?", entgegnete Lucy fest.

Travis reichte Lucy nur einen Schlüsselbund. „Mein Wagen steht gleich neben deinem", sagte er. „Steig ein."

Blue nahm Lucy die Schlüssel aus der Hand. „Ich fahre", sagte er. „Sie muss nicht mitkommen."

„Ich fürchte doch", entgegnete Travis. Er achtete peinlich genau darauf, sich auf mindestens eine Armlänge von Blue entfernt zu halten. Ihm war bewusst, dass Blue ihn angreifen würde, wenn er ihm zu nahe kam, und zwar ungeachtet der Pistole. Travis zielte auf Blues Kopf. „Steig ein, oder, Gott steh mir bei, ich werde euch beide gleich hier ausschalten."

Lucy hatte Herzrasen. Sie wusste, dass Blue nicht einsteigen wollte. Sie wusste, dass er genau hier auf dem Parkplatz bleiben wollte. Er wartete nur auf die richtige Gelegenheit, um auf Travis loszugehen. Wäre Blue derjenige mit der Pistole im Holster, hätte er Travis getreten, sobald er ihm nah genug gekommen wäre. Aber Lucy konnte die Tatsache nicht ignorieren, dass Travis direkt auf Blue zielte.

Blue hatte die Daumen in die Schlaufen seiner Hose geschoben, eine Hand lag auf der Gürtelschnalle. Im Bruchteil einer Sekunde huschte sein Blick zu Lucy. „Tu, was er sagt", bat Blue sie leise. „Steig in den Wagen." Er streckte die Hand aus und hielt ihr auf der Handfläche die Wagenschlüssel hin. „Bitte."

Was immer Blue vorhatte, er würde es nicht tun, solange Lucy sich nicht ein Stückchen entfernt hatte. Was auch immer er plante – Travis hatte eine Pistole, Blue nicht. Wenn jemand verletzt oder getötet wurde, war es wahrscheinlich Blue.

Lucy nahm die Schlüssel entgegen und berührte seine warme Hand. Ihr war nur allzu bewusst, dass sie ihn vielleicht zum letzten Mal spürte.

Und mit einem Mal waren all ihre Zweifel über die Frage, wie sie zueinander standen, fort. Auch die Angst verschwand, dass er sich für Jenny Lee entscheiden könnte, wenn er zwischen ihnen beiden wählen müsste. Nichts zählte mehr außer dem, was Lucy fühlte.

Wieder sah Blue sie an, nur kurz, und in seinem Blick lag eine stumme Botschaft. Doch was sie ihm sagen wollte, die Worte, die er hören sollte, konnte sie ihm nicht mit einem einzigen Blick zu verstehen geben.

„Ich liebe dich", flüsterte sie.

Blue sah sie wieder an. Seine Augen blickten sie überrascht an.

Lucy drehte sich um und stieg in Travis' Wagen.

Blue zwang sich, den Blick von Lucy abzuwenden und sich auf Travis und die Pistole zu konzentrieren. Sie liebte ihn! Lucy *liebte* ihn. Sie war mit ihm befreundet, aber sie liebte ihn auch.

Wenn es ihm irgendwie gelang, die nächsten paar Minuten zu überstehen, dann hatte er bei Gott eine wahre Chance, bis an sein Lebensende glücklich zu sein. Lucy liebte ihn. Und er liebte sie auch, das war so sicher wie das Amen in der Kirche.

Genau das hatten Joe Cat und Veronica gefunden. Deshalb war Cat fast verrückt vor Sorge geworden, als Terroristen das Kreuzfahrtschiff entführt hatten, auf dem sie sich aufgehalten hatte. Blue fixierte den Lauf der kleinen schwarzen Pistole und beschwor Travis stumm, sie weiterhin auf ihn zu richten. Würde Travis sich umdrehen und auf Lucy zielen, könnte Blue nicht zurückschlagen. Dann wäre er nicht in der Lage, das Risiko einzugehen.

Und er hatte das Messer bereits fast aus seinem Gürtel gezogen …

„Jetzt du", sagte Travis zu Blue und wies mit dem Kopf zum Wagen. „Wir machen eine kleine Spritztour."

Blue rührte sich nicht. Zumindest nicht die Füße. „Das glaube ich nicht. Du musst mich wohl erschießen. Und dann, wenn dein Kugellager leer ist, komme ich zu dir rüber und breche dir dein Genick genau so, wie es jemand bei Gerry gemacht hat. Keine Sorge, es tut nicht weh. Das Letzte, was du hörst, wird wahrscheinlich das Brechen deiner Knochen sein. Das ist vermutlich ziemlich laut, aber nur einen Augenblick lang."

Jetzt lief Travis der Schweiß herunter, und seine Hände zitterten noch stärker. „Ich habe gesagt, steig in den Wagen."

Vom Auto aus beobachtete Lucy die Szene. Blue hielt die Hände so, dass Travis sie sehen konnte, die Daumen am Gürtel und …

Blues Gürtel! Blue war dabei, das Messer herauszuziehen. Als Lucy einen Blick in den Rückspiegel warf, sah sie, wie Blue die Hände sinken ließ. Sie wusste, dass er das Messer in der Hand hielt.

Gott, ein Messer gegen eine Pistole! Sie musste etwas unternehmen, um Blues Chancen zu erhöhen, und zwar sofort.

Blue schritt auf den Wagen zu. Er wartete auf den geeigneten Moment. Er hatte Travis nervös gemacht. Er brauchte nur eine Art Ablenkung und …

Lucy drehte den Zündschlüssel und ließ den Motor aufheulen. Erschrocken sah Travis zu ihr hin.

Es dauerte nur den Bruchteil einer Sekunden, aber Blue zögerte nicht. Mit unfehlbarer Treffsicherheit warf er sich auf Travis, der mit einem Aufschrei zu Boden ging. Die Pistole fiel in den Schmutz, als Travis sich an das verletzte Bein fasste. Blue schnappte sie sich und hielt sie ihm unter das Kinn, während er Lucys Waffe aus Travis' Tasche zog.

Das Messer steckte bis zum Griff in Travis' Oberschenkel.

„Du stirbst trotzdem", zischte Travis Blue zu.

„Ich würde das Messer an deiner Stelle lieber nicht rausziehen", erwiderte Blue. „Wenigstens nicht, bevor du ins Krankenhaus kommst. Ich habe auf eine der Hauptarterien gezielt. Wenn du es selbst herausziehst, wirst du innerhalb von zwei Minuten verbluten."

Travis' bleiche Miene wurde noch blasser.

„Steig ein", rief Lucy Blue zu. „Fishers Geländewagen ist gerade auf den Parkplatz gebogen."

Wie um ihre Worte zu unterstreichen, löste sich ein Schuss, die Heckscheibe von Lucys Wagen zerbarst.

„Zumindest zielen sie schlecht", sagte Blue, zog die Tür von Travis' Auto auf und warf sich auf den Sitz hinter Lucy.

Mit quietschenden Reifen raste Lucy vom Parkplatz, während Blue auf den Beifahrersitz kletterte. Sie warf ihm einen Blick zu. „Mich überrascht, dass du Travis nicht getötet hast."

„Soll das ein Scherz sein?", entgegnete Blue. „Ich soll verpassen, wie er für den Mord an Gerry vor Gericht steht?" Er drehte sich um und blinzelte, um einen Blick auf den Wagen zu werfen, der sie verfolgte.

Es war ein Monstertruck mit großen extrabreiten Reifen. Es sah aus, als würde Fisher selbst fahren. Aber neben ihm saß jemand, der eine Flinte aus dem Fenster hielt.

„Was ist, wenn er verblutet?", fragte Lucy.

„Das wird er nicht", antwortete Blue. „Ich habe ihm nur vorgemacht, dass ich eine Arterie getroffen habe. Das ist totaler Quatsch. Ich wollte ihn nur bewegungsunfähig machen."

Ein weiterer Schuss löste sich. So weit Blue es beurteilen konnte, war Travis' Auto nicht getroffen worden. Lucy gab mehr Gas, aber der Geländewagen hielt mit, mit Leichtigkeit.

Blue drehte sich um und begutachtete mit einem Blick das Wageninnere. Es war ein vornehmes ausländisches Fabrikat mit einem starken Motor und vielen kleinen Extras. Travis hatte zwischen den Vordersitzen ein Telefon einbauen lassen.

Sie rasten auf der Philips Road in Richtung Norden. Lucy fuhr in den Kurven mit höherer Geschwindigkeit, als sie sollte. Die Reifen quietschten und ächzten. Blue versuchte, sich bildlich vorzustellen, wo genau sie waren. Die Philips Road kreuzte die Route 17, nicht weit vom Gefängnis entfernt. Und irgendwo westlich der Route 17, zwischen der Philips Road und der Abzweigung nach Hatboro Creek, lag die Fernsehstation, wo Jenny Lee arbeitete. Bingo. Blue griff zum Telefonhörer. Er hatte einen Plan.

Er sah sich nach dem Truck um, genau als die Heckscheibe zersplitterte. Der Schütze hatte ein Zielfernrohr an seinem Gewehr befestigt. Jetzt hatten sie Probleme.

„Schneller", sagte er zu Lucy. „Und halt deinen Kopf unten."

„Das kann ich nicht gleichzeitig", entgegnete sie angespannt.

„Du musst es."

„Solltest du nicht zurückschießen?", fragte Lucy.

Blue schüttelte den Kopf. „Pistolen haben nicht dieselbe Reichweite wie Jagdgewehre. Ich würde die Kugeln vergeuden."

„Blue, ich kann hier nicht noch schneller fahren!" Mehr als Panik lag in ihrer Stimme.

Er legte den Hörer auf und griff stattdessen nach Travis' Pistole, dann verschränkte er die Arme hinter dem Vordersitz. „Tritt auf die Bremse", sagte er zu Lucy. „Jetzt."

Schockiert sah sie ihn an. „Was …?"

Er hob die Stimme. „Tu es!"

Lucy gehorchte. Der Wagen verlangsamte die Fahrt, holperte leicht, und der Truck schloss zu ihnen auf.

„Fahr weiter!", rief Blue und leerte das Magazin der Waffe in schneller Folge. Er sah die Frontscheibe des Trucks zerspringen, sah die verräterischen roten Spritzer auf dem Heckfenster und wusste, dass er jemanden getroffen hatte.

Wenn es der Fahrer war, hatte er ihn nicht getötet. Blue beobachtete, wie der Truck an den Straßenrand rollte und stehen blieb. Lucy sah es ebenfalls im Rückspiegel. „Fahr weiter", sagte Blue zu ihr. „So schnell du kannst."

„Sie haben angehalten", wandte sie ein.

„Das heißt nicht, dass sie uns nicht mehr verfolgen", erwiderte er.

Mehrere Minuten verstrichen in angespanntem Schweigen, während Lucy so schnell fuhr, wie sie konnte, und Blue nach dem Truck Ausschau hielt. Sie rasten einen kleinen Hügel hoch. Die Straße, die sie passiert hatten, lag in dem Tal; sie war gut einsehbar. Blue erblickte den Monstertruck, der wieder auf der Straße war.

Lucy fluchte wie ein Seemann, als er es ihr erzählte. Sie warf einen

Blick auf die Geschwindigkeitsanzeige und fuhr noch schneller, ohne die Straße aus den Augen zu lassen. „Wir sind gleich bei der Route 17. Welche Richtung?"

„Westen."

Blue griff wieder nach dem Telefonhörer und wählte eine Nummer, die er offenbar auswendig kannte.

„Wen rufst du an?", fragte Lucy.

„Jenny Lee."

Lucy spürte, wie sie sehr, sehr still wurde. Jenny Lee. Blue rief ausgerechnet jetzt Jenny Lee an. Es sollte Lucy nicht wundern, aber irgendwie war sie dummerweise doch überrascht. Und verletzt. Gott, wie sehr es sie kränkte, schockierte Lucy. Sie hatte es vorhergesehen. Sie war darauf vorbereitet gewesen. Jedenfalls hatte sie das geglaubt.

Irgendwie gelang es Lucy weiterzufahren. Irgendwie schaffte sie es, in die Route 17 zu biegen. Sie hatte Blue ihre Liebe gestanden, und er hatte nicht einmal den Anstand, mit seinem Anruf bei Jenny Lee so lange zu warten, bis sie außer Gefahr waren. Vielleicht traf sie das am stärksten.

„Jenny Lee Beaumont bitte", sagte Blue und wartete dann, bis er verbunden wurde.

Lucy war tatsächlich in der Lage weiterzufahren. Sie fuhr schneller, hörte, wie die Reifen über die Straße bretterten, und versuchte, Blue nicht zuzuhören. Doch es war schwer, ihn zu überhören.

„Weißt du noch, als du mich im Gefängnis besucht hast und ich dich gebeten habe, dich bereitzuhalten?", fragte Blue Jenny Lee. „Jetzt bin ich auf dem Weg." Er schwieg kurz, bevor er sagte: „Zehn Minuten." Wieder hörte er zu. „Genau." Dann legte er auf.

Zu Lucy sagte Blue: „Kennst du den Weg zum Sender?"

Sie nickte. Ja, den kannte sie.

Blue musterte sie aufmerksam. „Alles in Ordnung mit dir?"

Lucy nickte wieder. „Mir geht es gut." Sie warf ihm einen Blick zu. Blue hatte tatsächlich keine Ahnung. Besorgt und verwirrt betrachtete er sie. „Wenn man bedenkt, dass die Leute, die uns töten wollen, uns in einem Truck folgen, der wahrscheinlich sehr viel schneller fahren kann als dieses Auto."

Blue drehte sich um und sah aus dem zerstörten Rückfenster. „Einen von ihnen habe ich angeschossen."

„Ich dachte, du bist ein Scharfschütze", entgegnete sie.

Er wandte sich ihr wieder zu, und sie spürte, wie er ihr Gesicht musterte. Sie presste die Lippen aufeinander und sah geradeaus auf die Straße.

„Das bin ich auch", erwiderte er schließlich. „Aber ich hatte keine Zeit, herauszufinden, wie Travis' Pistole schießt. Und keine Zeit, der Abweichung entgegenzuwirken."

Blue drehte sich wieder um. Sie legten mehrere Kilometer zurück, in denen nur der Wind durch die geborstenen Fensterscheiben brauste und die Stille brach.

„Es ist fast vorbei", sagte Blue irgendwann.

Lucy nickte. Sie waren fast am Gebäude des Fernsehsenders angekommen. Sie hatte keinen blassen Schimmer, was Blue dort wollte. Und sie hatte Angst, ihn zu fragen. Vielleicht wollte er Jenny Lee mitnehmen und mit dem Helikopter des Senders fliehen. Schließlich war er ein Navy SEAL. Er könnte einen Hubschrauber ohne Schwierigkeiten lenken. Womöglich hatte er auch vor, sich in Jenny Lees Büro zu verschanzen und Fisher und den zweiten Mann – bestimmt Frank Redfield – so lange in Schach zu halten, bis die Behörden einschritten.

Aber womöglich meinte Blue gar nicht die Gefahr, in der sie schwebten. Vielleicht bezog er sich auf sein Verhältnis zu Lucy. Und es stimmte. Es war fast vorbei. Wenn Blue ab jetzt mit Jenny Lee zusammen sein wollte, konnte er die Freundschaft mit Lucy nicht so weiterführen wie bisher.

Mit einem Mal fluchte Blue laut, Lucy sah auf. Der Monstertruck war wieder im Rückspiegel zu sehen. Mit jeder Sekunde wurde das Spiegelbild größer, er kam immer näher.

Lucy erspähte bereits die Abzweigung zum Sender.

Doch sie würden es nicht schaffen. Lucy sah, wie das blasse Sonnenlicht auf den Lauf des Jagdgewehrs traf.

„Runter!", rief Blue, und sie duckte sich. Ein Schuss gellte über die Straße, Blue fluchte wieder.

Oh, mein Gott. Blue war getroffen. Sein Blut war auf die Windschutzscheibe gespritzt. Irgendwie gelang es ihm, es mit dem Arm fortzuwischen, damit Lucy freie Sicht hatte.

Sein Arm. Er war am Arm getroffen worden, und er blutete.

„Blue", schrie Lucy. „Oh, Gott, Blue …"

Ein weiterer Schuss, und die Windschutzscheibe brach, die Risse verteilten sich spinnennetzartig. Und wieder war Blue da und trat die Splitter fort, damit Lucy etwas sehen konnte.

„Dein Arm", stieß sie keuchend hervor. Der Wind, der ihr ins Gesicht schlug, nahm ihr den Atem.

„Mir geht's gut", erwiderte er immer noch gelassen, während er sein Hemd zerriss und sich den Stofffetzen um den Arm wickelte, um die Blutung zu stoppen. „Das ist nichts. Nur ein bisschen Blut, das ist alles. Komm schon, Yankee. Da ist die Abfahrt. Nicht langsamer werden! Fahr rechts rein!"

Lucy riss das Lenkrad herum, und sie schlitterten um die Ecke. Die Reifen hatten nicht gleich wieder Bodenhaftung, aber dann rasten sie weiter, viermal so schnell wie erlaubt.

Bei der ersten Bodenwelle schossen sie beinah in die Luft.

Der Truck war direkt hinter ihnen, er flog hoch und knallte fast auf sie.

Aber dann fuhren sie auf den Parkplatz und auf das Hauptgebäude zu.

Lucy sah eine kleine Gruppe Menschen, die davor standen. Anscheinend ein Fernsehteam, komplett mit zwei Kameras, einem Haufen Techniker. Was zum Kuckuck …?

„Tritt nicht auf die Bremse, bevor wir nicht fast an ihnen vorbei sind", sagte Blue zu ihr. „Und dann geh einfach runter und bleib da, verstanden?"

Ja. Lucy verstand. Plötzlich begriff sie.

Sie sah Jenny Lee Beaumont, wie immer in Rosa gekleidet, stand sie vor der kleinen Gruppe, hielt ein Mikrofon in der Hand und berichtete live.

Wenn R. W. Fisher und Frank Redfield Blue und Lucy töten wollten, mussten sie es also live tun.

Das war perfekt. Es war so genial, dass sie lachen musste. Zweifellos hatte Blue es so mit Jenny Lee vereinbart. Er hatte sich mit Sicherheit überlegt, dass der Zeitpunkt kommen musste, in dem Gerrys Mörder versuchen würden, auch ihn umzubringen. Allerdings würde niemand, der bei wachem Verstand war, vor einem über zweihunderttausend Zuschauer starken Publikum einen Mord begehen.

Fest trat sie auf die Bremse und spürte, wie der Wagen ins Schleudern geriet, bevor sie schließlich stehen blieben. Allerdings duckte sie sich nicht schnell genug, Blue drückte sie in den Fußraum und deckte sie mit seinem Körper.

Lucy hörte Rufe. Sie hörte das Quietschen der Bremsen, als der Monstertruck rasant auf dem Parkplatz wendete. Sie hörte das Dröhnen eines Hubschraubers, in dem die FInCOM-Agenten die Verfolgung des Monstertrucks aufnahmen. Und dann hörte sie nur noch Blues Atem und das Pochen ihres Herzens.

Blue bewegte sich, sodass sein Körpergewicht kaum noch auf ihr lastete. Lucy drehte den Kopf und sah ihm mit einem Mal direkt in die Augen.

„Alles in Ordnung?", fragte er leise.

Sie nickte. „Und du?"

Er nickte ebenfalls. „Die Kugeln haben meinen Arm nur gestreift. Nichts, worüber man sich Sorgen machen müsste."

Ihre Beine waren immer noch miteinander verschränkt. Es fühlte sich so intim an und so falsch. Vielleicht auch zu richtig.

Sie blickte auf und bemerkte, wie Jenny Lee sie durch das Fenster betrachtete.

„Juchhu! Wir machen das Interview später. Tut mir leid. Wollte nicht stören, Carter."

Lucy setzte sich auf und stieß sich den Kopf am Lenkrad. Blue half ihr auf und zog sie auf den Fahrersitz.

„Mir geht es gut", sagte sie und rieb sich den Kopf. „Ist nicht schlimm. Du kannst gehen, mit mir ist alles in Ordnung."

„Gehen", wiederholte Blue. „Wohin gehen?"

Sie zwang sich zu lächeln. „Gch zu Jenny Lee. Es ist schon okay." Doch dann fing sie sich. Was sagte sie da? „Nein, es ist nicht okay. Eigentlich ist es das Letzte. Du bist ein Arschloch, und ich weiß nicht einmal, was ich in dir gesehen habe, als ich dich zum ersten Mal …"

„Lucy, was zum Teufel …?"

„Geh schon", sagte sie und sah ihn auffordernd an. „Geh und verbringe den Rest deines Lebens mit Jenny Lee. Ich hoffe, du magst Spitzenzierdeckchen und kleine rosa Blumen, denn dein Haus wird voll damit sein."

Blue wirkte tatsächlich irritiert. „Warum sollte ich den Rest meines Lebens mit Jenny Lee verbringen wollen?"

„Weil du dir kindischerweise einbildest, dass du in sie verliebt bist."
Blue brach in Gelächter aus. „Lucy, hast du dir den Kopf stärker gestoßen, als ich gedacht habe?"

„Nein."

Sie meinte es ernst. Tatsächlich glänzten Tränen in ihren Augen. Sie war wütend auf ihn. Sie meinte es *ernst*. Blue hörte auf zu lachen. Wie war sie denn bloß darauf gekommen? Er strich sich durchs Haar, und als er redete, klang seine Stimme ruhig und bestimmt. „Ich bin nicht in Jenny Lee verliebt."

„Genau was ich sage", entgegnete sie hitzig. „Du bildest es dir nur ein."

„Nein, ich ..."

„Doch, das tust du", beharrte Lucy. „Und weißt du, was passiert, wenn du sie heiratest? Nach spätestens sechs Monaten wirst du dich mit ihr zu Tode langweilen."

„Lucy, ich bin nicht ..."

„Das heißt, wenn du nicht vorher an den ganzen rosa Blümchen erstickst."

„Warum", sagte er so klar und deutlich, wie er konnte, „sollte ich Jenny Lee Beaumont heiraten wollen, wenn ich in dich verliebt bin?"

Lucy wurde still. Das Schweigen hielt mehrere lange Momente an.

„Wie bitte?", fragte sie schließlich.

„Du hast mich schon verstanden, Yankee", erwiderte Blue gefährlich leise. „Bring mich nicht dazu, das noch mal zu sagen."

„Ich will aber, dass du es noch mal sagst." Und dann lächelte sie.

Ihr schimmerten noch Tränen in den Augen, doch ihr Lächeln war der reinste Sonnenschein, pure Freude. Wenn sie ihn so anlächelte, konnte Blue ihr nichts abschlagen.

„Ich liebe dich", sagte er sanft, berührte zaghaft ihre Wange und verlor sich in ihrem Blick. Wow, es auszusprechen, war überhaupt nicht so schwer gewesen. „Ich finde, du solltest mich heiraten, Lucy."

Lucy spürte, wie ihr alles entglitt. Heiraten. Blue. Mein Gott. Sie hatte nie zu träumen gewagt ... Doch, genau davon *hatte* sie geträumt. Sie hatte es jedoch für genau das gehalten: für Träume.

Blue versuchte, einen scherzhaften Ton anzuschlagen. „Möchtest du, dass ich es noch einmal sage?"

Sie schüttelte den Kopf. „Nein." Ihre Kehle war trocken, Lucy schluckte. „Nein, ich habe es gehört."

Ihr entging nicht die Unsicherheit in seinem Blick.

„Was hältst du davon?", fragte er.

Er war sich wirklich nicht sicher, wie ihre Antwort lautete. Lucy räusperte sich. „Du meinst, davon, nach Kalifornien zu ziehen?" Sie musste Zeit gewinnen. War er sich darüber im Klaren, worum er sie bat? Hatte er sich nur von dem emotionalen Augenblick hinreißen lassen? Wie konnte sie sich sicher sein?

Blue nickte. „Da sind wir stationiert." Er suchte ihren Blick. „Meine Wohnung liegt ein wenig außerhalb von Coronado. Sie ist ziemlich klein, aber wir könnten uns ja etwas Größeres suchen …"

Lucy sagte kein Wort. Sie konnte nicht sprechen. Er schien es sich gut überlegt zu haben. Er schien bei vollem Verstand und sich sicher zu sein.

Blue deutete ihr Schweigen falsch und hielt es für Zögern. „Ich weiß, mit einem SEAL verheiratet zu sein, ist kein Zuckerschlecken. Ich wäre oft fort – zu oft. Aber ich schwöre dir, wenn ich fort bin, bin ich treu. Andere Frauen machen sich da vielleicht Sorgen, doch das müsstest du niemals, Lucy. Und wenn ich zu Hause bin, gebe ich mein Bestes, um die Zeit meiner Abwesenheit wieder aufzuholen …"

„Bist du sicher?", unterbrach sie ihn. Sie konnte es nicht länger aushalten und musste die entscheidende Frage einfach stellen.

„Es ist immer hart, wenn man zu einem Einsatz muss. Aber Joe Cat und Veronica schaffen es auch und …"

„Nein, ich meine: bist du sicher, dass du *mich* heiraten willst?"

Überrascht lachte Blue auf. „Ich schätze, du hast mir beim ersten Mal, und auch beim zweiten Mal, nicht richtig zugehört. Ich liebe dich."

Zärtlich umfasste er ihr Kinn, lehnte sich vor und küsste sie. Seine Lippen fühlten sich warm und wundervoll an, genau, wie sie es in Erinnerung hatte.

„Es war keine Liebe auf den ersten Blick", erklärte er ihr mit seinem samtig-sündigen Akzent, während er sie wieder küsste. „Es hat etwas länger gedauert. Ich kann dir nicht einmal sagen, wann genau ich es entdeckt habe. Ich weiß nur, dass mir nach und nach, Stück für Stück, klar geworden ist, dass ich bei dir sein will, Lucy. Ich habe erkannt, dass ich dich liebe. Und ich wünsche mir, dass du meinen Ring trägst, meinen Namen und meine Kinder zur Welt bringst. Ich möchte dich als Freundin und als Geliebte behalten, für den Rest unseres Lebens. Also bitte ich dich, Lucy, heirate mich!"

Lucy schlug das Herz bis zum Hals, darum öffnete sie den Mund und schenkte es Blue. „Ja", sagte sie fest.

Lächelnd küsste er sie.

Blue setzte sich neben Lucy auf die Verandaschaukel. „Ich habe mit Joe Cat gesprochen", erzählte er. „Ich habe ihn noch vor dem Abflug nach Kansas City erwischt. Kaum dass ich aus den Schwierigkeiten raus bin, dreht er sich um und fliegt zurück zu Veronica."

Während sie beobachtete, wie die Dämmerung allmählich der Nacht wich, lehnte Lucy sich an ihn. Nach dem Duschen duftete er frisch und verführerisch. Außerdem hatte er sich rasiert, und sie schmiegte das Kinn an seine glatte Wange.

„Einer der FInCOM-Agenten ist kurz hier gewesen, als du geduscht hast. Travis hat ein umfangreiches Geständnis abgelegt. Offenbar war er in der Nacht, in der Gerry gestorben ist, dabei – zusammen mit Fisher und Frank Redfield."

Blue nickte und wartete schweigend darauf, dass sie weitersprach.

„Laut Travis", fuhr Lucy fort, „war Gerry an der Geldwäsche beteiligt. R.W. Fisher kennt anscheinend einen Mafiaboss in New York, der ihn davon überzeugt hat, dass Hatboro Creek die perfekte verschlafene Kleinstadt ist, um Drogengelder zu waschen. Fisher hat Gerry, die Southeby-Brüder und Frank Redfield in die Sache hineingezogen. Alles lief glatt, bis Gerry anfing, mit Jenny Lee in die Kirche zu gehen. Sein Gewissen begann plötzlich, ihn zu quälen. Deshalb wollte er aussteigen."

Leise erzählte sie weiter: „Sie haben ihn bedroht, und er hat Angst bekommen und verzweifelt überlegt, was er tun sollte. Als du hier aufgekreuzt bist, hatte Fisher Angst, dass Gerry dich um Hilfe bitten würde. Darum hat er Gerry gedroht, sie würden den Auftragsmörder aus New York – ein Mann namens Snake – herholen und *dich* umbringen lassen, wenn Gerry auch nur *ein Wort* mit dir wechselt. Stattdessen hat Snake Gerry ermordet."

Blue fluchte leise.

„Travis hat ausgesagt, dass Gerry in jener Nacht *nicht* betrunken gewesen ist. Er hat *wirklich* nur so getan. Damit du die Stadt verlässt."

„Er hat versucht, mich zu beschützen", erwiderte Blue.

Lucy nickte. „Ja. All die schrecklichen Vorwürfe, die er dir gemacht hat, waren nur ein Vorwand und nicht ernst gemeint. Er hat sich Sorgen um dich gemacht. Er wollte nicht, dass du verletzt wirst."

„Ich hätte ihm helfen können."

„Ich weiß."

Schweigend saßen sie einen Augenblick da und hörten nur dem Zirpen der Grillen in der frühen Abendstunde zu.

„Ich habe Joe Cat von dir erzählt", sagte Blue unvermittelt.

Sie wandte sich ihm überrascht zu. „Wirklich? Was hast du ihm gesagt?"

„Dass ich mich in eine Freundin verliebt habe. Er schien es zu verstehen." Blue lehnte sich vor und küsste sie. Es war ein langer, tiefer und genussvoller Kuss, der ein Versprechen auf die Ewigkeit enthielt: ein immerwährendes süßes, schwindelerregendes Glück.

„Ich kann es kaum erwarten, ihn kennenzulernen", sagte Lucy, nachdem sie sich wieder an Blue gekuschelt und den Kopf auf seinen Schoß gelegt hatte, sodass sie zu ihm aufsah. „Erzähl mir mehr von ihm. Ich will alles über die Alpha Squad-Jungs und Kalifornien wissen …"

Blue schenkte ihr ein liebevolles Lächeln und begann zu erzählen.

Lucy in die Augen zu sehen und zu lächeln, fiel ihm so leicht. Genauso einfach war es, ihr zu sagen, dass er sie liebte. Ihr den Heiratsantrag zu machen, war ihm so selbstverständlich erschienen. Sie zu küssen und mit ihr zu schlafen, kam ihm so natürlich vor wie das Atmen. Doch während er hier auf der sanft hin und her schwingenden Verandaschaukel saß und sich die Nacht über sie senkte, erkannte Blue vor allem, was ihm inzwischen am leichtesten fiel: mit Lucy zu reden, die seine Freundin und seine Geliebte war und bald auch seine Ehefrau sein würde.

# Epilog

Lucy stand im Hinterzimmer der Navy-Kapelle, und Sarah befestigte ihr den Schleier.

„Ich komme mir dumm vor", murrte Lucy. „Was soll dieses Ding vor meinem Gesicht? Soll es mich verhüllen? Sehe ich wirklich *so* schrecklich aus? Warum muss ich das Ding überhaupt tragen?"

„Weil es Tradition ist", erwiderte Sarah gelassen. Sie trug Nora, ihr inzwischen drei Monate altes Baby, in einem Tragetuch auf dem Rücken. Nora lächelte Lucy vergnügt an. „Du siehst wunderschön aus, und das weißt du auch."

„Es gehört aber nicht gerade zur Tradition, dass die Braut von ihrer besten Freundin und ihrem Patenkind zum Altar geführt wird", lautete Lucys Kommentar.

Einen Moment lang sah Sarah sie an, dann entfernte sie die Haarnadeln wieder, mit denen sie den Schleier befestigt hatte, und legte ihn beiseite. „Auch gut."

„Ich wünschte, ich könnte meine Jeans tragen", erklärte Lucy wehmütig.

Sarah schüttelte den Kopf. „Nein. Netter Versuch, aber ich habe schon beim Schleier nachgegeben. Ich kann auf keinen Fall zulassen, dass du in Jeans zum Altar schreitest."

„Ich komme mir nur so ... gar nicht wie ich vor." Das Kleid war tief ausgeschnitten, ließ die Schultern frei, lag an der Taille eng an, hatte einen langen weiten Rock und außerdem eine Schleppe.

„Du siehst wunderschön aus", sagte Sarah. Zustimmend gluckste Nora und kaute am Haar ihrer Mutter.

Als die Musik einsetzte, nahm Sarah Lucys Arm. „Komm." Sarah lächelte. „Und warte ab, was dich am Ende des Gangs erwartet."

Verlegen ließ Lucy sich von Sarah in das Innere der Kapelle führen. Und dann war jegliche Unsicherheit verflogen. Denn sie sah Blue. Neben ihm standen die sechs anderen Mitglieder der Alpha Squad. Alle sieben Männer trugen strahlend weiße Uniformen, und Lucy fühlte sich fast geblendet.

Ihr Blick glitt über die inzwischen vertrauten Gesichter. Joe Cats Lächeln war aufrichtig und warm, aber er konnte sich nicht davon abhalten, seiner Frau Ronnie zuzulächeln. Auf den ersten Blick hatte Ronnie auf Lucy wie eine Art Eiskönigin gewirkt – bis sie in der Outback Bar gewesen waren. Dort war die elegante Frau mit dem britischen Akzent aus ihrer strengen Hülle geschlüpft und hatte außer Rand und Band mit ihrem attraktiven Ehemann getanzt.

Harvard war ebenfalls da. Daryl Becker. Entsprechend seiner Eliteuniversitätsausbildung hatte Harvard einen erstklassigen Sinn für Humor. Sein rasierter Kopf glänzte fast genauso wie der Diamantohrring in seinem linken Ohr.

Cowboy, Wesley und Bob grinsten Lucy an. Cowboy zwinkerte ihr zu. Er war das jüngste Mitglied der Alpha Squad, und er gab sein Bestes, um seinen Ruf als Hitzkopf aufrechtzuerhalten.

Lucky O'Donlon lächelte auch. Und, oh, mein Gott, neben ihm stand niemand Geringerer als Frisco. Da standen nicht sieben Männer, es waren *acht*. Alan Francisco war bei seinen Alpha Squad-Jungs. Vor einigen Monaten, als Blue Lucy in die Rehaklinik mitgenommen hatte, hatte Frisco noch im Rollstuhl gesessen. Seine Verletzung war Jahre alt, und die Ärzte hatten geschworen, dass er nie wieder würde gehen können. Aber heute … Er *stand*! Er stützte sich auf einen Gehstock, aber er stand. Lucy blickte sich um, entdeckte aber keinen Rollstuhl weit und breit. War er tatsächlich in die Kapelle *gelaufen*?

Und Lucky – Friscos bester Freund und Schwimmkumpel – sah glücklicher aus, als Lucy ihn bisher je gesehen hatte. Die beiden Männer waren fast gleich groß und gleich gebaut. Lucky hatte blondes Haar, Frisco dunkles. Doch davon abgesehen ähnelten sich ihre Gesichtszüge derart, dass sie Brüder hätten sein können.

Allerdings konnte Frisco nicht verbergen, dass er die Zähne zusammenbiss. Er stand zwar, aber das bereitete ihm offensichtlich Schmerzen.

„Vielen, vielen Dank, dass du gekommen bist, Alan", sagte Lucy. Sie war so bewegt, dass ihr beinah die Stimme versagte.

Frisco nickte. „Um nichts in der Welt hätte ich mir das entgehen lassen."

Und dann standen sie plötzlich vor dem Altar. Sarah gab Lucy einen Kuss auf die Wange. Im nächsten Moment stand sie Blue gegenüber. Blue McCoy.

In seiner weißen Uniform sah er einfach fantastisch aus. Lucy hatte ihn seit Gerrys Beerdigung nicht derart zurechtgemacht gesehen, und davor zuletzt auf der Party im Countryclub. An diesem Tag trug sie wie an jenem Abend ein Kleid, in dem sie sich komisch vorkam, als würde sie sich als jemand anders verkleiden.

Allerdings sah Blue auch anders aus als sonst. Das glänzende blonde Haar war perfekt gekämmt, jede Welle, jede Locke saßen. Die vielen Medaillen, die er an seiner Brust trug, waren überwältigend. Seine Uniform war so sauber, gestärkt, steif und strahlend weiß. Ohne zu lächeln, sah er Lucy in die Augen.

Wer war dieser Fremde, dieser Seemann, den sie heiratete? Ihr blieb fast das Herz stehen. Denn mit einem Mal wusste sie es nicht mit Sicherheit.

Sie senkte den Blick und entdeckte Blues Füße. Im Gegensatz zu den anderen trug er keine glänzend polierten Schuhe, sondern seine alten bequemen Ledersandalen.

Er hatte seine Sandalen angezogen und sie ihre Baumwollunterwäsche. Ihr Höschen und ihr BH waren eleganter als sonst, aber es war immer noch Baumwolle. Lucy hatte darauf bestanden. Sie beide trugen jetzt zwar andere Frisuren und ein anderes Outfit, aber tief im Inneren wussten sie, wen sie bekamen: genau den Menschen, mit dem sie den Rest ihres Lebens verbringen wollten.

Lucy lächelte.

Blue erwiderte ihr Lächeln. Und dann küsste er die Braut.

– ENDE –